2006青年文學會議論文集

台灣作家的地理書寫與文學體驗

國家台灣文學館籌備處
財團法人台灣文學發展基金會◎共同出版
文訊雜誌社◎編印

【序】

搖曳自己的風姿

封德屏*

十年前，一個小小的理想開始萌芽，經過自我的成長、歲月的磨練，一些好心人不時的澆灌養分，這棵小樹逐漸地成長茁壯，枝繁葉茂，終於可以搖曳出自己的風姿。

1997 年，首屆青年文學會議在一個小小的空間舉辦，卻擠進了百餘位青年學子，雖然僅有三篇論文，〈X 世代的現代詩人與現代詩〉、〈新世代躍登文壇的管道分析〉、〈台灣大專院校校園文學獎初探〉，主題卻緊扣彼時年輕世代的心，中午休息時的民歌演唱，以及下午「這一代的青年文學」座談會，又將會議帶向高潮。

這樣的熱情鼓舞了我們，於是我們用更豐富的內容，更周延的設計，以及更篤定的堅持來回應他們。

「青年文學會議」由世紀末延伸到新世紀，在不算短的十年，正是台灣文學研究與教學，逐漸充實、逐漸擴張、逐漸走出自我的重要階段。越來越多的台灣文學系所成立，相對的也越來越多的研究人力投身其中，然而並沒有豐富的台灣文學史料以及足夠的師資來對應這些需求。幸好仍有許多人不斷貢獻心力，再加上年輕學者的加入，讓台灣文學在眾聲喧嘩中依舊開出許多奇花異果，這樣的苦心經營，同時也映照出台灣文學研究面臨

* 財團法人台灣文學發展基金會執行長、文訊雜誌社社長兼總編輯

的困境與問題。

體認到這樣的現狀，經過細緻的整合與分析，於是，青年文學會議有計畫地提供台灣文學研究另一個演出場域及觀察角度，在不斷地開闢研究疆界的同時，也與許多與會者及年輕朋友一起成長。

為了慶祝難得的「十年」，去年 12 月 16、17 日在國家圖書館舉辦「2006 青年文學會議」，特別擴大舉行，廣邀兩岸三地台灣文學研究者共同參與。透過《文訊》以及許多熱心學者的傳播，截止日收到符合大會主題要求的完整論文近九十篇，經過嚴謹的複選、決選，共錄取 20 篇論文，包括大陸四篇、香港一篇，台灣十五篇。中國大陸對台灣文學的研究，雖說受到地域的限制與資料蒐集不易，難免有些隔閡，但近幾年，我們已明顯感覺到許多質量俱佳的論文密集出現。此次會議，除了兩岸三地的年輕學子發表論文，我們也邀請了大陸、香港研究台灣文學的學者參與，相互討論、激盪，經過兩天九場馬拉松式會議的接力賽，台上、台下火光併放，機鋒連連，儘管每個人都有些疲累，但任誰都不願意放棄這難得的盛會。不僅發表論文的年輕學者力求表現，講評的教授也傾囊演出。幾位主持人更是穿針引線，妙語如珠，幾場駭人的雷雨，頓時化為一場場令人回味的甘霖。

這本論文集就是整個會議精彩的結集，除了論文，還包括講評、專題演講、座談實錄、觀察報告、會議側記，我們把它呈現給所有關心台灣文學發展的人。

2006青年文學會議論文集

台灣作家的地理書寫與文學體驗

目錄

城市・場所・遊樂園
從駱以軍「育嬰三部曲」觀察其地景描繪的變遷與挪移

祁立峰*

摘要

熟讀村上龍《到處都存在的場所》的讀者，對於城市的千篇一律、五步一樓、十步一閣、金粉樓台、楊花舞榭並不會感到意外。這些場所無涉地域鄉愁，到處存在任人流連忘返。駱以軍早期的小說大量而刻意地去台北化，而這個台北城孕育的都市嬰仔污名而詭譎地收斂起遊走在城市霸權與族群自卑的日暮鄉關，以一種時尚而共鳴的描繪充斥堆塞。《月球姓氏》是駱首次正視這個與我們休戚與共的雄偉城市。而中正紀念堂、中山堂、這些到處存活寄生的地景不盡然是某種似曾相識的非其不可，而地域與背地國族論述的暗渡陳倉也難免悵然。但無疑的，駱逐步正視這個城市的地景以及島嶼的各種角落，以及沾染上敵國／故鄉陰影的九江。故本文從地景描繪、圖測的角度切入，將觀察點放在《遠方》以及之後的、本文定名的「育嬰三部曲」(《我們》、《我未來次子關於我的回憶》、《我愛羅》) 三本短篇小說合集。夜黯的酒館虛無飄渺、滿妹的店也可以疊床架屋，然而妻和妻族的親戚、長子次子的幼稚園、育兒院、隱蔽城市角落的、讓老靈魂亦為之摧枯拉朽的幽暗迂迴的場所，挪移成一具偌大的遊樂園，實在是我們對——被出版商與書迷們譽為新世代創作者一哥的——駱以軍最好不過的觀察點。誰的酒館、誰的家？誰的城市、誰的故鄉？也正在地景的置換、圖測的轉向縫隙間，族群、情慾、家恨、國仇，悄然於檯面下暗波流轉、欲語還休。台北人已經厭倦了《台北人》青春／肉欲的陳腔濫調；而東京村上春樹、上海張愛玲、紐約沙林傑、布拉格昆德拉又難免百無聊賴。還有什麼比暢銷作家／好爸爸、育嬰日記與家居地圖更讓人見獵心恨、昔非今比呢？

關鍵詞：駱以軍、地景、遊樂園、我們、我未來次子關於我的回憶、我愛羅

---

* 政治大學中國文學系博士生，E-mail：litt1e.wind@msa.hinet.net

壹、前言：無可奈何的認知圖繪

從二十世紀末幾年到二十一世紀初，空間論述在學術界紮實地流行了一段時間，而這股熱潮的發軔歷史我們已經難以溯源。當然，關於空間、地景、圖測、繪形銘鐫的各種技巧，還是有其始祖可循。我們姑且不論法蘭克福學派、現象學者、符號學者、結構主義學者或者是巴舍拉（Gaston Bachelard）、詹明信（Fredric Jameson）、段義孚這些赫赫有名的理論家。王德威論及朱天心《古都》的幾段空間論述、蒼老靈魂的道妙心契，迄今仍讓研究生見之心喜、手不釋卷，

> 我們的女敘述者穿街入巷，行行復行行。她腳下的台北像個幽靈城市，疊映著過去與現在的重重痕跡。總督府還是總統府、艋舺還是萬華，本町還是重慶南路，……朱天心的愛走路，從《擊壤歌》中小蝦漫步西門町、中山北路，乃至遠征劍潭、士林已可得見。……熟悉新馬理論的評者可以再搬出班雅明的「遊蕩者」來比附朱天心的偽觀光客。……她從最繁華的所在看到最寒涼的廢墟……與其說她是遊蕩者，倒不如說她是個傅柯定義下的考古者。在有限的都會空間內，她幽靈般穿刺於斷層之間，看出罅痕裂縫。[1]

然而朱天心不僅是遊蕩者、也不甘只是闇啞迂腐、抱殘守缺的考古者，實際上王德威沒有語重心長點出女作家不逛名店城、不坐簡餐店的主因——朱天心正扮演某種老台北的守護者，而外省的國族身分又讓這個迷宮上異鄉外國、牛頭人身雙重壓迫的米諾陶斯（Minotaur）手足無措。於是觀光客當然恰如其分、只是難免不愛台灣、而遊民街友般的遊蕩感加諸於書寫者又難免嫌其骯髒污穢。於是朱成為了肉身已腐、靈魂滄桑的守護者，穿梭

[1] 王德威，《跨世紀風華，當代小說 20 家》（台北：麥田出版，2002），128~129 頁。

在過去、過去的過去縫隙間的古跡地圖。迷宮中的安莉雅德（Ariadne）、象徵青春、記憶、美麗與哀愁的殖民霸權舊址、另外一種壓迫的來源。一方面粗暴和外來政權、殖民主，終將成為地圖上、城市導覽地圖中的二級、一級的旅遊勝地；如今的執政黨變泰發跡的民主聖地成了那卡西酒家。另一方面，「守護者」的「泛台北化」、從貴陽街的樹種栽植，重慶南路的攤商成列，都讓我們聯想到在電影「藍色大門」中，張士豪和孟克柔騎腳踏車穿梭四目相望的民生東路——車流街景蜿蜒的場景。[2]這是老台北人的故事——由台北作者寫、給台北讀者看的。不僅止於此，這還是北么老綠綠的故事，某個世代的共同潛層記憶。台北名校之間形成的權力場，在文本運作中殘忍地拒絕場域外的讀者攀龍附鳳。而這正是早期駱以軍所極盡所能去避免的。由此而見，「克服」朱天心未免攀鑿附會，而在朱天心挑戰盃衛冕的駱，自有其一套消解與重生的書寫圖式與臨摹篩選的過程。

王德威眼中的老靈魂繼續旅程、一步一腳、穿堂遶弄，追尋地圖上從未刻記過的座標、終於碰壁而頹唐癱軟，面對蒼老與過時、消逝前夕的難堪與瘖啞，

> 朱天心的老靈魂尋尋覓覓，日暮途窮，終陷於堤外沼澤之地。桃花源遠矣，但見時間的逐客、歷史的遺民徘徊在「江畔」。……不再記得，不再想起，修路幽蔽，道遠忽兮。「這是哪裡，你放聲大哭。」——恰如三歲時盟盟丟掉手中視若珍寶而旁人不屑一顧的樹葉一樣。老靈魂這回是真的老了。[3]

---

[2] 關於「藍色大門」的青春記憶論述，可參見拙著〈個體／社群？話語／權力？——個體／社群？話語／權力？ ——從《第三屆文學社會學研討會論文集》出發論所謂的「文學社會學」及當代研究生研究策略的轉向〉（發表於「第四屆文學社會學研究生研討會」，2006・5）筆者以為閱聽人往往宣稱「藍色大門」正是我們的故事、我們的高中生生涯和青春記憶，然而事實上，這是一個屬於台北名校的故事、抑或者、這是專屬於師大附中的故事。從民生東路的街景、腳踏車道、河濱公園、游泳池畔、社團的活動時間與權力升降等等，皆可察覺。

[3] 王德威，《跨世紀風華，當代小說 20 家》，131~132 頁。

謝海盟某種類似毛巾癖的執著成了老靈魂的衰老證據，難免過度詮釋。無論如何，空間論述在某種場域時空之中成為了論文生產製作的靈丹妙藥，在遊戲者深明遊戲規則與代價的籌碼下，隨時都做好準備、義無反顧地投入遊戲場域之間，並且扮演其職責生死人而肉白骨。事實上，我們若對詹明信（Fredric Jameson）弔詭的理論——認知圖繪（cognitive mapping）還記憶猶新的話，空間觀的複製、挪用、模仿，在研討會中的沸沸揚揚，許多議題／文本被分拆脫售、借殼上市。時空論述的不得不寫、研討主題的無可奈何，成了發表者的永恆原鄉、亙古地標。這不僅是權力角逐的表徵，更以更真實而雜沓的方式展演。

然而本文的動機除去不得不然的無奈之外，更有其他足以說服論者的可能性。在青壯時期力求去台北化、強調與原鄉神話、島嶼核心、霸權場域作切割的駱以軍，逐漸正視城市與地景、標的物的不可或缺。無論是KTV、動物園、紀念館、中山堂，都不僅是地圖上，可以任意割裂複製的場域。[4]在《遠方》中書寫者因為父親中風，離開台北、過境九江，在記憶中的故鄉、所謂外省第二代身份的扞隔、與島嶼的格格不入、與大陸的斷裂鴻溝、九江腦神外科主任的貪婪嘴臉、CT放射室的設備簡陋匱乏，都讓我們記憶猶新。於是這個青年創作者欲除之後快、將文本向文化地理場外的讀者開放的城市、家園，終於成為了「育嬰三部曲」中帶著兩個兒子——

[4] 關於駱以軍《月球姓氏》的地景書寫，討論者多將重點放在國族、遷徙、異鄉外省等論述上，楊佳嫻於此頗多著墨。〈中正紀念堂〉結尾處，敘事者抄近路回家的過程，楊以政治上、文化上、歷史偶然的「弄錯地圖」詮解之（參見〈這是一個弄錯地圖的故事——駱以軍〈中正紀念堂〉的空間技藝與歷史書寫〉，《文訊》，2002・12〈青年文學會議專題〉，46頁）；至於近來讓駱以軍研究者們七葷八素，令人絕倒的楊凱麟一系列論駱以軍第四人稱書寫的論文，題之名曰「空間地理學」，然作者大量搬演塊莖理論、游牧思維，用以分析人稱、敘事、結構、單複筆書寫氛圍，當然在釐清駱以軍書寫過程與動機史上或許有其貢獻，然本文以為就解讀上未必能讓長期浸淫駱式風格的消費群狂熱迷能夠甘心於此（可參見楊凱麟，〈駱以軍的第四人稱單數書寫（1/2）：空間考古學〉，《中外文學》，2006・2）。故本文試圖以某種更貼合、更細讀的方式，將焦點放在《遠方》之後的，三本隨筆作品，以實際的地圖與標的物為切點，探討駱以軍某種層面的變異、位移與轉向。

阿白和阿ㄋㄧㄥˊ咕認識這個世界的敲門磚、怯生的第一步。而那個對於青年創作者而言，象徵著家國、榮耀、身分認同、權力爭霸或者是耽溺情慾的場合，在靈光消逝之後，繁榮的城市、遼闊的島國，終於成了兩個寶貝兒子的廣袤育嬰房、遊樂場。在大遊樂園中，書迷們理所當然的可以進一步理解創作者——那個曾經在東區夜店流連忘返、把妹上馬、踹啤酒妹、搞女店員的書寫者——其眼底的另外一份地圖與心靈的標的。對於這個浪子的地圖冊、成為一哥的足跡紀實、好爸爸的育嬰景點、家居好男人的觀光勝地。難道除了地景與空間的觀點之外，我們還有更為適切的角度觀察駱以軍介紹城市給尚未懂事、無心學飛的阿ㄋㄧㄥˊ咕，以及藉著地景的置換、描繪的差異，再次追認駱以軍轉向的事實與對於過往書寫榮光的刻痕。[5]用小說家的話來說，我們必須在所謂紛亂失序塵埃落定之前，加入隱蔽其中。即便分析那些紛亂與置換的代價，可能令之更為紛陳。

貳、從千篇一律到座標分明

一、夜店

雜遝於城市與城市縫隙間，紛亂中井然的地景鋪陳、星羅棋布之際，我們未必能全幅掌握駱以軍對空間書寫的必要與非必要。易言之，跳躍的空間與分布清晰的場景與路名、地標、著名建築，可能只是為了回歸或呼應檯面下的國族與格格不入——如《月球姓氏》；而無意卻吻合事實的書寫、對於餐廳、Lounge Bar、研討會教室或者是闃黑迂迴的迷宮書寫，卻意外的只是小說家的生活剪影、隨筆隨刊隨意集結傾銷的伴手禮品；愛家愛鄉愛台北、所謂的細膩鐫刻生活折光剪影的散文集——一如《我們》或《我

[5] 關於駱以軍《我》三部曲的轉向，可參見拙著〈一哥愛與死——從《我未來次子關於我的回憶》出發梳理駱以軍的轉向〉（發表於第三屆台灣文學研究生論文發表會，2006・6）一文。小說家的轉變無庸置疑，然而從地景切入並觀察介入其他面向，為本文戮力嘗試之處。

愛羅》（這正是莊宜文所謂的，「作者的造句天份在固定的素描練習中，磨得靈光閃閃」[6]）。下文從「夜店」、「動物園」、「醫院」這幾個在駱系列創作歷史中有其象徵性的地景，進行變遷與轉向的梳理與安置。

〈降生十二星座〉中的「滿妹的店」，當然是駱早期的夜店原型。由合宜意淫的空姐擔綱店主、提供輟學重考少年流連忘返的特殊場所。「滿妹的店」到處存在、無關地域。但根據脈絡，楊延輝始終扮演嫻熟台北城的迌迌慘綠青年的角色，在〈折光〉中楊延輝負笈北上，在牛郎店兼職、對於當時的台北城以及應許的世故、優雅與從容熟而生巧。當然書寫者和楊延輝廝混的酒吧夜店不但了無新意、而且泛黃平板、唾手可得，

> 有一次，我和我的朋友楊延輝一同去我們大學時期一夥人常去的酒吧。那時老闆是一個胖子，……酒吧賃租一間影印行的樓上，尤其廁所臭的可以，他就搞的像是國四重考生那種牆壁上用大便畫下的長長五道指痕，屋頂上像鐘乳石那樣齊齊整整黏滿了菸屁股的廁所。要命的是真就是一間廁所關著門的大便池算是女生的，外邊孤零零一只尿斗像是男生的。[7]

相較於楊延輝一代酒吧的糞臭濃郁、撲鼻而溫暖清新，《第三個舞者》中敘事者只因為啤酒妹的輕蔑與鄙視，就開展出一章暴力腥羶、拳拳到肉，穢語病與躁鬱症的世紀決戰；《遣悲懷》中假憑弔妙津之名，卻在背地裡大談起與五六人渣兄弟帶著絕世正妹，誤闖同女夜店，而遭到英挺帥氣的 T 社群

[6] 莊宜文於書評中對《我們》以及其後可能付梓出版的作品作了大方面的預告。然本文對於莊文所使用的「夢囈」、「討好獻技」、「迷戀說故事的癮」未必認同，然而莊所提及的貝殼隱喻，正是本文所提出「育嬰三部曲」的冷調處理（參見莊宜文，〈曝光的底片——讀駱以軍《我們》〉，《文訊》238 期，2005・8，52~53 頁）。然而耽溺於過去創作者的雄渾豪邁、升膛進屌、真刀真槍畢竟不是評論的長久之計，而為書寫者尋找某種原因、字裡行間更為晦澀、深層、難以言愈不易察覺的巨大憂傷，或許是我們足以橫盱駱從捭闔到細碎的另外一種觀賞角度與方式。

[7] 駱以軍，《降生十二星座》（台北：印刻出版，2005），67 頁。

檯面上較勁挑釁的窩囊糗事，無疑讓讀者對於那一段，逝去的、屬性分明、節奏輕快而場所單一的似水年華愀然神往。[8]

光陰如梭、時移事往，夜店教父當然難以忘懷當年的荒唐與難堪，侷促或者意氣風發，然而年近四十的敘事者在「頭文字我」系列中總喜歡舊事重提，Pub 成了敘事者頗為熱衷的一個靈感來源、隨筆隨扔的切入點，

> 我已經有十年沒再混pub了。尤其娶妻、生子後，偶爾被三兩人渣好友（不論昔日或新識的）拉去pub，總會在近十二點大家酒興方酣之際，便心不在焉起來，然後像《灰姑娘》的劇本急著抽身離開（鐘敲十二響後，我的捷運就停開、我的蛇皮外套、大麻、龍舌蘭酒、滿嘴聰明的黃色笑話就要一陣清煙變成躺在孩子的床邊，慢速說著《伊索寓言》、《傑克與豌豆》、《西遊記》這些床邊故事了）……（《我們・昔日酒館》）[9]

於是夜店教父唯唯諾諾、戰戰兢兢發展到了《我愛羅》中，成了自己都不願也不堪回顧的窩囊熊樣。當年那個上馬無數、升屌入堂採陰補陽、媽媽妹妹一身兼／姦的盧子玉成了阿ㄋㄧㄥˊ咕口中陽具已萎、空剩一張嘴跟林森路上老派過氣、胭脂水粉濃烈地令人作嘔的酒家女虎爛未休的盧伯伯，而敘事者肉軀百年多病，心靈時間與社會化下的場域遊戲技能也開始被驅使奴役，見異思遷。[10]在一次與昔日「這些年聽說混的很好的」兄弟開誠佈公的社會化炫能逞技的慶典之中，敘事者終於對過去的那些附贈小魚豆干花生米的爛pub開始不忍卒睹，

> 近十年不見的昔日老友，某個晚上與我相約喝酒。電話中我囁懦地向他

---

[8] 參見《第三個舞者》（台北：聯合文學，1999），31~32 頁以及《遣悲懷》（台北：麥田出版，2001），244~245 頁。

[9] 駱以軍，《我們》（台北：印刻，2005），160 頁。以下「育嬰三部曲」等三本我字頭隨筆集，僅於引文後附篇章題名，不另贅註，以免妨礙論文之流暢。

[10] 參見駱以軍，《我未來次子關於我的回憶》，10~11 頁，以及拙著〈一哥愛與死〉，收錄《第三屆台灣文學研究生論文集》，103 頁。

> 解釋：「……很多年沒出去混了……這幾年身體變差、酒量也不行了，看我們是不是找個安靜些的小酒館」……他說好，遂約在遠企隔敦化南路對面的一座小公園前。……他帶我走進一間低調、高雅、帶著俱樂部氣氛的沙發酒吧……他向侍者要了一瓶寄存的威士忌。我注意到四周一區一取沙發聚落裡的老外、精英傢伙、和那些模特兒般的豪華女孩，竟然全像電視上的烈酒廣告一樣，人手一杯純酒（確實不是我們年輕時混的那些喝台啤吃薯條爆米花的爛 pub）……（《我愛羅・酒吧長夜》）

除了那些大學旁邊的骯髒夜店、摧枯拉朽的洗手間置換成了遠企巷弄、安和路、大安路、敦化 216 巷裡典雅高檔鋼琴酒吧之餘，昔日同窗共享肛交女孩、阿飛表妹或者是什麼廉價空姐，也在檯面下波光流轉、一瞬間就被消解隳壞、脫冕加冕、成了能量守恆不變、內蘊外質都全然迥異的姿態。敘事者對這眼前的一切讚嘆而感傷，

> 我不知道自己在激動什麼？「這確實是我們當年那些人渣老狗們進出的 pub 啊。」和後來跟那些比較稱頭些的朋友像混進名流 Party 那樣，城市展覽櫥窗般的——不論是傳說會碰見徐若瑄或小 S 的 Mode，或是六福皇宮地下室那間標榜花生殼可以倒在地上「喀喇喀喇」踩的愛爾蘭酒館，或是謠傳可以吃到平行輸入最上等的松露跟紅酒的 Dimmer……如此不同。（《我們・昔日酒吧》）

物換星移、年華流轉，悲懷難譴、週遭場景一方面升格高檔、卻又某種程度似曾相識。這我們依稀目睹，卻又難以言喻、橫亙在記憶中如白翳般的神秘契合，小說家替我們詮解道盡：

> 我那時確定眼前的這個高級酒吧的場景，絕對是我某一個長篇的開頭。印象中身邊那些在一種高級烈酒的暈澤裡晃動的酒客和女孩們，都曾經、已經在我年輕時的小說裡出現過了。只是他們的年紀變得稍微大一點、衣裝變得昂

貴體面一點，酒的顏色也變深湛了……（《我愛羅・酒吧長夜》）

原來一切都在後設再後設、架框未撤框的詭計中被預測配套到位，而我們終於恍然大悟，原來我們真的都被動過了手腳。駱以軍反覆重申的正是這樣的「不該如此」與「莫可奈何」。但正在心不甘情不願的蒼老、轉向、衰弱與步向華麗的盡頭、淫猥的終端前夕，駱卻仍然試圖以昔日慧黠而前瞻的敘事者的姿態，告訴著我們說，你看，我不是早就料到會有這一天了嗎！青山依舊、夜店如昔，然而遊戲者、參與者、旁觀者與旅行者、定居者都已更動了原本的樣態。在早期作品中，〈齊人〉有這樣的段落，

……不論我該日遊蕩至城東城西城北城南，不論我磨時間的地點是在茶葉蛋店、圖書館、咖啡屋或是牙醫診所，興高采烈描述的場景全是沒有差別的，一台一台躺滿了五彩娃娃、上頭懸著個機器鐵爪的玻璃櫃。[11]

文中沒有差別的城市街景，現在有了壁壘分明的權力場劃分與階級地圖。然而物是人非，在小說家預言的城市中，青春、放蕩、荒誕、清新、純粹的革命情感、不含爾虞我詐的人渣勾當，也都顯得如此天真無邪、風清骨峻。風景即便延續，青春確定遠行。由此而知，敘事者的變遷、地景的從無機到有機、從不可考到按圖索驥、從千篇一律、去台北化到與台北城的共存共榮、緊密聯繫，這都值得我們關注。在地景的變遷背後，老靈魂的蒼老與行將就木，我們有目共睹，然信仰後設而面臨衰亡的敘事魂魄，即便已經反覆明言其的變動、轉向、遷移、挪位，其中的必然性、無奈感以及不得不然，但這次要如何仰仗著其服膺多年、總能化否為泰、轉危為安的時間術，再一次的浴火重生，考驗著書寫者、出版商、廣告主，以及讀者間切割出的行銷定位與分場策略。

[11] 駱以軍，《降生十二星座》，101 頁。

二、動物園

擅長國族與外省、眷村論述的研究者，沒有人不覺察《月球姓氏》是一本梳理家國與族群融合、交流、配置與傾斜扭曲極端不協調的作品。[12] 而〈動物園〉這一則故事說的既不是圓山動物園、也不是木柵動物園或者是六福村，其中大量的動物圖測與標本論述，隱喻著都是三十八年的那次遷徙或者是比那個更為切身更為哀傷而失序的事件與心理狀態。〈動物園〉開場就寫移動死犀牛的過程，因為盟軍開始空襲台灣，所以台北廳警察署決定將大型而殘暴的肉食動物電死並製成標本，

> 他們用一台輪車推一隻犀牛近來。之前那隻犀牛已被修飾的維妙維肖，犀牛皮早經過數十道手續的柔化及防腐處理，這隻犀牛在被電擊的二十四小時之內，已經有五個工作人員熟練地將他的內臟、肚腸掏空，……內部防腐劑處理，把犀牛的咽道、肛門和尿道縫好，最後填塞進大量的木屑。……當然事實上這些動物早都死了，[13]

我們從後文的家書、日記以及黨外沸揚喧騰著老賊下臺、那個在動物園失蹤走丟而注定要位移錯落的父親身影，我們理所當然地發覺，這些電死的、肚破腸流的動物們正是大遷徙事件的本質隱喻。移動不僅是空間進行了置換、地景開始跳躍、熟悉的與陌生的地圖產生交疊互換共享這樣單純而已。那是一次過度到死亡與重生邊界的行旅、一次連根拔起的插枝，所以他們成爲了標本，更動了心靈底層的信仰與靈魂，方能以一種可笑的、畸零的、

[12] 關於駱以軍《月球姓氏》的國族情懷與空間論述，可參見張瑞芬，〈彷彿在君父的城邦——郝譽翔〈逆旅〉、駱以軍〈月球姓氏〉、朱天心〈漫遊者〉三書評介〉（《文訊》，2001・2）以及楊佳嫻，〈這是一個弄錯地圖的故事——談駱以軍「中正紀念堂」的空間記憶與歷史隱喻〉（《文訊》，2002・12）、楊佳嫻，〈在歷史的裂隙中——駱以軍「月球姓氏」的記憶書寫〉（《中外文學》，2003・6）等單篇論文，此處與本文論述關聯性並不強烈，故不贅引。

[13] 駱以軍，《月球姓氏》（台北：聯合文學，2000），59~60頁。

浸泡福馬林中以避免腐朽壞死生蛆的姿態得以重生。

有趣的是由於在兩個兒子學齡前住深坑的駱以軍，在育嬰階段同樣與木柵動物園產生了密切的聯繫與互動。林旺標本的那次事件我們應許記憶猶新，敘事者的朋友有幸接下了替林旺爺爺製作標本的工程，而令人詫異的林旺標本裡面竟然只是象的假體、一個不存在的螢光骨架，

> ……最後再把動物園裡，林旺的那張象皮包附住這個大型螢光塑膠玩具一樣的「假體」，所有的小朋友都會朝著那具維妙維肖嘿然靜默在某一靜止時光的大象喊，「林旺爺爺。」沒有人知道它縫再裡面的是一大陀凝結上百個正方木框的螢光硬膠。……「仔細看哪，」我對孩子們說：「等到他們把皮披上去，他就變成林旺爺爺嘍。」(《我愛羅・林旺的標本》)

標本師的疊床架屋、小說家的玄虛故弄，往往名異形同。表象背後的真實理路，實在讓人難堪而無奈。這當然還不是一個最貼切的床邊故事、寶寶日記，但標本製作的血肉模糊、滿地爛肉已經從字裡行間徹底移除。敘事者本身也對於如數字周刊、蘋果頭條的鮮血淋漓場景的缺席而感到意外，「他們（標本師傅）一直不眠不休地工作到第二天的幾點——測量身距、繪圖、剝皮卸甲（那時可能才是我想像中血肉模糊、大象內臟像IKEA沙發展示扔滿四周的大型場面吧）」。[14]

隱喻著國仇家恨、外省族群的生離死別的動物園退場之後，木柵園區成了駱家熱衷而就近的場所。即便駱家舉家遷回市區，木柵仍然是阿ㄋㄧㄥˊ咕魂遷夢縈的歡樂場所。於是虛擬的隱喻成為了真實的座標，因為拗不過處女座的次子，於是敘事者重新離開都心、流連城市邊緣。然而這次駱爸爸的英雄旅程，雖然成功抵擋囉哩八嗦的處女座侍從／史瑞克的驢子

[14] 駱以軍，《我愛羅・林旺的標本》（台北：印刻，2006），74 頁。

／怪獸公司的單眼公仔／花木蘭的木須龍／魔戒中的皮聘／阿ㄋㄧㄥˊ咕的喋喋不休，卻無奈遇上週一動物園公休。於是模範爸爸／哈比人英雄決定轉進荒涼的 Zoo mall，

> 於是你可以想像這個畫面，一個憊懶的、完全違反所有「幼兒教育須知」手冊的父親帶著兩個孩子，在假日空無一人（除了換代弊的工讀生小妹）的電動玩具遊樂場，換了大量代幣，看著兩個孩子在無人的馬戲團裡，勁搞搞地玩著碰碰車，皮卡丘猜拳遊戲、麵包超人車、鏟糖果機、打鴨子、打地鼠、丟彩球到垃圾桶……孤寂又喧囂。（《我愛羅・父親的遊戲》）

無論是孤寂又荒蕪、喧囂又擁擠的動物園賣場；或者是廢棄的、在海邊百無聊賴閒置中的海水浴場；假日的擁擠、半舊不新、一點也沒有卡爾維諾古老歐洲風格以及旅人慵懶或永恆原鄉的台北車站，這本來都應該是讓書寫者見獵心喜、愛不釋手的遼闊、空曠、悠久與一望無盡、無垠無涯。然而此時的駱爸卻一心要耗盡兒子們的無窮精力，並且將他們隨著北行的捷運帶回都心，「算是移轉了本來的承諾」。[15]當阿ㄋㄧㄥˊ咕在舊事重提關於動物園的諾言時，父親自然可以理所當然地說，我們已經去過了呀，因為下雨且休館有什麼辦法！承諾、信仰、靈光、心猿意馬、見獵心癢也正在舞台上下內外的消磨置換中，成就了另外一種風格樣態。

最讓讀者驚異的應該是那次動物園旅程的歸途，駱家爺仨遇到了打鬧的國中生：

> ……在我們對面，是兩個小個子的國中男生和一旁站著兩個比他們高大卻明顯是同班同學的女孩在打打鬧鬧。女孩裡有一個長得清秀漂亮，她的同伴則是個胖女生。男孩們以一種不自覺的懵懂和那漂亮女孩調笑著，他們拿手機的自拍裝置拍她，女孩充滿女人味地佯嗔又歡喜，胖女孩則（這我不理解）非常稱職地進入

---

[15] 駱以軍，《我愛羅・父親的遊戲》，128 頁。

一個替同伴攻擊男孩，並讓大家輕侮嘲弄的配角角色。(《我愛羅・父親的遊戲》)

敘事者僅是若有似無地一筆勾消，然後說著關於彩卷與大人遊戲的事情。但我們疑惑的是，那個漂亮的國中女孩呢。她與鄭憶英、盧歸真、揚素敏或張庭相仿呢？她是不是擁有所謂的、毀滅或安頓這個世界宇宙的力量呢？像是天蠍座聖鬥士春麗還是不知火舞？或者是童稚、美艷、哀愁、殘忍，是否從眼神就可以察覺其對於愛情或星空的位列糾結擁有失序崩解的驅動力。但事實上，因為阿白的害羞窺探、次子的精疲力竭，於是這個片段的流光折影，就嘎然截止，沒有然後。

三、醫院

在《月球姓氏・醫院》這個段落中，敘事者與父親前往病房探訪父執輩，並聽著那一代人中和父親躲過共軍的守城兵、幾個結義兄弟一如趙氏孤兒、里見八犬傳或雞鳴狗盜的事蹟星夜竄奔出南京城的故事。父親喚乾爹的老人癌症纏身、命在旦夕，這時乾爹甫從睡夢中驚醒、說了一個關於死亡隱喻的夢魘，

> 他乾爹告訴他剛才他作了個夢。「你爸爸……」他乾爹說，他夢見在一處醫院（仔細想想，不就是這間醫院麼），他拿著一把鋤頭（卻像是雙手持長劍那種姿勢）嚴陣以待面對一堵牆（就是一樓批價領藥那邊那堵貼滿磁磚底牆）。他腦海正閃過「為何要這麼緊張地面對這面牆」的念頭，馬上就明白自己苟死賴活過一生，不正是為了這一刻嗎？[16]

顯然的，這個當年抗日剿匪、半生戎馬的乾爹，最後也最險惡嚴峻的敵人，就是象徵死亡到臨前夕的這堵磚牆。然而那一代、三十八年大遷徙下的霸權、悲情、漂泊與後殖民的既得利益／異鄉人，即便走過了腥風血雨的國

[16] 駱以軍，《月球姓氏》，頁 97。

會改選、二二八歷史悲情、美麗島，以及因為不諳台語而被全民計程車司機趕下車之外，他們勢必挑了這場最終的戰役參與，那正是與時間術、死神與生命終結的倒數沙漏的世紀鏖戰、迄死方休。那一輩人返鄉落葉歸根的夢已碎，島內的改革勢力與新霸權對他們極其容忍與靜耐。於是我們終於讀懂這段磚牆隱喻的盤根錯節。〈醫院〉另外一處關於小解的段落，讓我們可直接推演到那段遠在九江的真實故事，

> 他乾爹說想要小解，要按鈴叫護士。他說我來吧……他說嘜你怎麼把我當外人哩。我是你乾兒子耶。……他拿著一個原先擱在牆沿床頭几角的寬口橡皮夜壺，湊在他乾爹的褲襠下。……但一瞬間略過的印象仍似乎看見了老人那灰白毛叢中的那話兒，竟然大的讓他錯愕，像隻纍纍喉結的火雞。[17]

乾爹那如火雞澎湃的陽物，除了讓我們聯想起《挪威的森林》中，綠腦腫瘤的父親碩大的雞雞之外，[18]《遠方》中〈父親的屁眼〉也足以並論相提，

> 那時我突然發覺，我的臉（以鼻尖作為最近點）距離父親的屁眼，竟然不到十五公分的距離。我像外科的醫生，如此專注地凝視著那似乎被畫上圈圈的特寫區域。那個孔穴被我用左手拇指和中指鉗形撐開，周圍太陽光芒紋路的擴約肌，原本早已腫脹不堪，且在粉紅色嫩肉的夾縫間已出現了一小塊一小塊的破口。[19]

從陽物到肛門，這樣的轉向與挪移恐怕會讓不少仰賴服膺精神分析的實業派學者們砰然心動。然而九江的市立醫院對於分隔兩岸駱家無疑都是一場災難和浩劫，小說家也在這次真實而並非存在於夜行動物館透明玻璃罩之

---

[17] 駱以軍，《月球姓氏》，105 頁。

[18] 參見村上春樹、賴明珠譯，《挪威的森林》（台北，時報出版，1997），300~301 頁。

[19] 駱以軍，《遠方》，71 頁。

中的事件感受良多。醫院的景象一如往昔，然敘事者冷調的梳理方式記載了迥異的空間判讀觀以及迴盪感：

> 在那條走廊盡頭的一個小房間裡，有四五個穿著一式白袍制服的青年正在嘻嘻哈哈地說笑著……在房間的中央，倒是非常突兀地放了一台非常具現代感的大機器。……裸體的父親躺在那台太空艙般的奇怪機器，似乎正孤獨地進行一趟我們不知他眼前景象為何的漫遊旅程。……三哥老人則又像是對自己負氣，又像冤忿地咕噥咒罵著：「他們放那麼大聲的音響……這樣的搞好……病人這樣子搞……共產黨就是這樣子搞垮的耶……」[20]

這個兼具矛盾性、荒誕性，以及雜揉、拼貼感的房間，正是駱爸流離失所、照完腦斷層掃描的 CT 放射科。而生死未卜的焦慮、簡陋的機具以及對於那個應許為家鄉的「遠方」，讓這個操弄死亡時間術習以為常的敘事者也顯得心力交瘁、制肘難書。鄭憶英在游泳池畔情慾而死亡的遊戲是否還奏效呢？阿朔真的用他媽的絲襪纏在脖子上然後過了一個星期才被發現嗎？《遠方》其實一直瀰漫著刻意而宣稱式的地景臨摹，這一點我們從扉頁那張簡體字版的、九江市地圖就可以察覺一二。而面對親人與家族的死亡隱喻，敘事者卻一反常態的混淆自己真實與魔幻的明晰（作者自稱）界線，而直到這個幻象阿白的矛槍點醒戳破，

> 「我不喜歡爺爺。」
>
> 「為什麼？」我震怒不已，不防備地被什麼矛槍劍戟迎面戳刺。
>
> 「因為他好髒。」孩子睜著黑不溜啾的大眼，認真的說，「而且他已經

[20] 駱以軍，《遠方》，71 頁。

> 死了。」[21]

事實上，無論昏迷的指數多少，死亡證明書上有多少數據，但在 Zoo mall 的彩色大鳥姊姊身邊、外雙溪那些會動的、投幣就可以走路的大象、獅子、無尾熊和斑馬的電動投幣玩具、那些阿白的城市「好朋友」建構地圖的同時，老人就已經被確定而宣示死亡到臨。彷如白色長頸鹿的隱喻，

> 孩子指著那水泥坡道盡頭下方，開心驚呼：「看，長頸鹿！」我該怎麼說呢，在動物園背後的排水溝裡，孤零零躺著一隻白色的長頸鹿。像嚼掉了色素的口香糖一樣潔白。我當下就知道這隻長頸鹿已經死了。[22]

長頸鹿之死，父親之死，這些隱喻巧妙而俐落地媾聯在一起。敘事者開始用另外一個視域鳥瞰這種城市。而當這個灰暗狡詐的、帶著外省第二代壓迫歷史的城市轉向成為一個偌大而充斥著動物卡通朋友的大遊樂園時，許多題材與風格、隱喻與象徵，以及對於生命場景、自我認同的愛恨情仇、人我不分的坐實與抗告，也在阿白兄弟倆的世界中消磨或寬恕。如果作者之死，讀者重生，而父親的死、青春敘事者之死，理所當然指涉著兩個兒子以及小說家爸爸的重生。

「醫院」或象徵死亡的地景並沒有消失在三部曲中，到了《我愛羅》的〈千面人與我〉中父親在耕莘醫院青年護士醫師中，尋求生命最後可以換取的、弱智化背後的溫度；[23]或者是〈父親的鞋〉中，父親穿上偽造的名牌皮鞋，到了往日那些同袍戰友面前複製的炫耀「我兒子的老闆說這雙皮

---

[21] 駱以軍，《遠方》，288~289 頁。

[22] 駱以軍，《遠方》，294 頁。

[23] 駱以軍，《我愛羅》，166~167 頁。〈千面人與我〉一文中，敘事者所提及的，「某部分來說，千面人穿過的，正是一座具體而微的，我們漂浮不知在其內或在其外的城市。」（165 頁）這座城市的歡愉與貪婪、遊藝與險惡，敘事者始終了然於心，就像那張未曾撥打的電話帳單、以及敘事者沉痛而世故地說出「你們無法將自己變成一座城市」（167 頁）而終於妥協屈服而轉帳的無奈。然而僅是選擇其適合作為床邊故事的認知方式而已，這也是敘事者在前瞻顧後之餘所提醒我們的。此亦可作為本文另一個觀察地景的切入點。

鞋至少要一萬塊呢」。[24]書寫者開始重新鳥瞰那些事件，並且試圖用紛亂而戲謔的嚴肅、平淡的摯情來詮解那些太紊亂或太哀傷的。借用駱早期作品〈折光〉的結局：小說家在所有的紛亂塵埃落定之前，試圖比那些紛亂更為紛亂。然而秩序、嚴肅、步入中年的危機四伏，無疑都是對敘事者的壓迫或束縛。於是我們看到屢屢展演的、荒誕之中的哀傷、嘲弄之後的語重心長、嚴肅的打屁、一仿青春的偽逞兇鬥狠、假年少輕狂。白色長頸鹿，這回是真的死了。

參、是情慾地圖或闔家出遊

一、卡通地標

前文筆者反覆宣稱，昔日那個浪子敘事者與人渣兄弟渾渾噩噩、落拓江湖的虛擬城市，已經落實成為實際的地理座標、路名以及城市的顯赫標的物，換言之，小說家引以自豪的情慾尋芳地圖、廝混的深夜遊藝場，理所當然隨著結婚生子、養兒育女而笙歌歸院落，開始陪妻教子，把屎把尿的隨筆隨刊。我們未必要用簡媜或林文月這些以日常生活、無機隨筆起家的女散文家來將駱框架脫冕，但是其轉向和斷裂都難免讓人感受到一種「突如其來」和「何必當初」。於是情慾地標藏入爸爸的書櫃底層、國族的不安與異域也抑鬱成了與新黨大老朱天心不同的流景和脈絡，相對而來取而代之的成為駱家出遊的生活拾遺，將這個並沒有那麼友善而生動開放的城市翱翔徜徉成了一座大遊樂場、巨幅的摩天輪。《我愛羅》出版之後，駱以軍一系列的「頭文字我」、育兒專輯宣告完整，本文於此限於篇幅，僅提出書寫者於三部曲中熱衷的卡通書寫與對於青年世代的他者感受與新世代創作者一哥的身分認同，進行某種看似非關又與空間息息相關的、原鄉式的延

[24] 駱以軍，《我愛羅》，90 頁。

伸討論，作為「我字頭三部曲」的某種切入點。

卡通節目與電動機台的歷史地標斷裂性，我們當然必須回歸出版商所謂的，沒有〈降生十二星座〉，就沒有新世代創作者口中的一哥中的一哥出道成名曲——關於快打旋風與熱愛復仇的天蠍座大春麗開始。那些紅白機的遊戲、令人魂牽夢縈的飄邈角色——凶悍而肌肉結纍的越南軍官、手長腳長的印度瑜珈大師、大金剛、1943、天堂鳥、綠色與卡其色的坦克對決、色澤鮮黃嗜吃大力丸的小精靈、或者是身穿各種等級的，白金、黃金的十二星座聖鬥士星矢、恐龍救生隊，每每提及都讓橫跨五六年級的、當時的男孩們回味不已的故事與意象。然而我們再回到「育嬰三部曲」中的卡通剪影、遊機地圖，敘事者的斷裂其實昭然若揭。在《我未來次子關於我的回憶》（下文簡稱《我未來》）書中駱特別撥冗為迪士尼年度動畫《怪獸電力公司》打響名號，

> 事實上，在這個故事（怪獸電力公司）裡，始終造成我觀片過程之分神狀態的，正是一扇又一扇，像汽水工廠烘乾消毒後晾掛在履帶上等著罐裝汽水並封蓋的空玻璃瓶的那些門。……在那場作為良善怪物的藍毛大塊頭「毛怪」和它的夥伴「大眼仔」帶著那人類小女孩逃躲那隻隱形蜥蜴之追捕時，他們來回穿梭在門兩端不同的兩個次元。……任意門，我懷疑這個點子是抄自我們童年即耳熟能詳的，藤子不二雄的小叮噹……（《我未來・6》）

「小叮噹」的歷久彌新無庸置疑、任意門也是童話漫畫中屢見不鮮的想像力原初殘餘——某種勾聯空間、變造場域的慧黠小道具。不過敘事者同樣為其卡通地景的斷裂性、注射預防針在先。次子發覺小叮噹的實體存在、並且如千面英雄、假鳳虛凰著扮演過每個童話傳說故事中的「被捶被剮被剝皮抽筋砍頭」的角色，

> ……文章中提到的那位「小叮噹」(以父親在下面的標注，可能當時這位人物才剛正名為「多啦A夢」不久)，是我們同年床邊的一只實體玩偶。我從未讀過任何一本這個「小叮噹」的漫畫，卻像遙遠祖先一般從父親那邊聽來許多關於他的故事。……在我和大哥的童年時光，這隻「小叮噹」扮演了各式床邊故事的重要臨時演員：譬如父親說到「武松打虎」時，那隻不幸的笑臉布偶便要扮演老虎……在「哪吒刮骨還父剮肉還母」故事裡，牠演那條被抽筋的龍王太子……(《我未來・6》)

過去的那些卡通人物、定型後的角色以及鮮明的人物塑造過程與特質，在次子的視域中成為了虛空召換各種時空人物進駐坐實的抽象布偶，那麼曾經擁有的、那個如專利般尚未被其他庸俗跟風的讀者伸進黑手染指的村上春樹、充滿存在主義寓意和消解時間與根源價值的彈珠玩具，或者是隱喻生命與文字組成一座沒有出口、沒有通道和救贖的迷宮的道路十六，在好爸爸誕生之際突然早退離場、無影無蹤。那個同樣擅長為春麗報仇雪恨的小鬼，取而代之的是如祖靈附生般的外籍新娘嫻熟苦練的投籃機，

> 她是一個二十來歲的印尼女孩，身材矮小單薄。……機器開始到數計時，那個黑女孩突然像祖靈附體：雙眼、顴骨、舉球並送出的手腕弧線，乃至整個身軀的擺動，皆進入一種恍惚舞蹈的節奏。……計時結束。沒有人再理會那機器女聲的奉承了。計分板上亮著，四百五十分。(《我愛羅・投籃機女孩》)

或者是那些動物造型的、阿白好不容易鼓起勇氣嘗試的投幣玩具，

> 後來他全以那些投幣玩具標誌他跟隨我在這城市移動的停留處：木柵麥當勞旁有小綿羊、叮噹、挖土機和旋轉吊車、皮卡丘；外雙溪的漢堡王(多了)有猴子車、公雞車、龍車、兔車、阿鼠車，有火車、警車越野車直昇機；關渡醫院有小猴子、小飛機、雙頭馬車；高島屋有貓巴士和

> 小飛機。……有一天他發現那些串聯起來會搖動歌唱的好朋友，全是一些塗上油漆內部馬達因機械疲乏而發出嘎嘎聲響的，並非童話國度的飛翔神獸只是城市邊陲角落及便宜代價即能「爽」到一段限定時光的死物。
>
> 他會不會恨我呢？那連動物屍體都不是。[25]

過去那個城東城南城西到處遊蕩的敘事者，靠著那些如數家珍、或雞或馬或熊或鼠的電動車，拼貼並且點綴安置闔家出遊的飄移地圖、城市座標，並提醒阿白和我們所謂通往死亡的過度。曾幾何時，那個嫻熟指尖技藝、能夠召喚鮮活大春麗的少年，開始認真地跟我們說，那並非童話飛翔的神獸，而僅是消遣一段便宜流光的死體。於是這個城市也理所當然的成為了一座巨型遊樂場與育兒園，讓好爸爸中心移轉再豎立、主體解構再建構，長久以來信仰的秩序重新洗牌、座標即時更新。卡通編年史也是我們細讀「育嬰三部曲」的另外一個重點，從《我們》中的幼教教材「迷迷羊」、瑞典國寶「嚕嚕米」，以及其佔作品集的篇幅與序列，到了《我未來》中的大眼仔、藍毛怪，再到了大小朋友終於能跟上風潮的繪本聖經「大象艾瑪」、風靡國小國中生的「火影忍者」，我們目睹爸爸幼教旅程以及陪看童話的編年史。每個爸爸都能談上幾嘴卡漫經、就好像每個青春期的男孩都有自己的一些打槍幹炮、操陰摳乳的真實或虛構經驗，但是在我們還渾然不覺之際，「竟然有人把這些事都給寫了出來」的似曾相識或者已然遺失，於是油然而生。用王德威的話來說就是，「實簡直讓同是過來人的讀者啞然失笑」。[26]

最讓動漫迷同仇敵愾的是《我愛羅》的副標正是「愛自己的阿修羅」，那個在卡漫迷心目中票選第四名，僅次於主角旋渦鳴人、卡卡西老師的孱臞單薄的少年，亦正亦邪的我愛羅意外地成為第三本新書的標題。在新書

---

[25] 駱以軍，《遠方》，279~280 頁。

[26] 王德威〈我華麗的淫猥與悲傷——論駱以軍〉，《跨世紀風華：當代小說 20 家》，453 頁。

讀者群的我們——已經過了火影忍者根正苗紅收視群，在分場機制中不上不下高不成低不就的——駱老師長期基本教義派社群，還對標題一無所悉、焦慮徬徨地撕開膠模、翻開新書扉頁的找尋著到底誰是「羅」的時候，敘事者已經開始深嚼著角色的配置、毀滅的終端、以及神的戰爭、救贖、一場原欲與愛憎的史詩科幻大作戰，在被書寫者賦予在這個媚俗的東瀛卡漫已足以讓我們焦頭爛額。敘事者這樣宣稱，

> 我愛羅，妖魔之子。只愛自己的阿修羅。……
>
> 據說在漫畫出版社為岸本齊史《火影忍者》舉辦的人氣大賽中，……得票居第四位的，辨識這位具備恐怖、殘忍、無愛人能力的瘦小畸形少年。而他的忍術展開之巨大景觀，讓人不寒而慄，像地獄門開。……他們總在心智、感性力和對歷史（或時間）之理解力極其弱小單薄的軀殼裡，藏匿著可拔城毀國的妖魔力量。他們是典型的受虐兒，被人世遺棄的怨靈。(《我愛羅・序》)

敘事者此刻已然徹底從當年棄的故事中遺棄與毀滅脫胎換骨，而對於我愛羅以及這個世界匱缺的以及自身擁有並施予的父愛親情拉抬迄無與倫比、一擲千金。實際上我愛羅只是日本卡漫系譜的一個極其典型、到處存在的關鍵角色。《幽遊白書》中被雪國遺棄、而熱衷地獄黑色火焰的棄嬰的飛影；《獵人》中在電擊鞭刑中成長、在旅途中遺棄意象如影隨形的白髮冷酷少年奇犽。換言之，我愛羅的畸零形象與伴隨而來的家暴背景未必值得書寫者驚為天人，相反地，對於卡漫原型的斷裂性以及操弄時尚文化與即席新聞的書寫者，很容易在這樣的斷裂性中稍有不慎、即自鋪其短（童年結束之後，孩提曉事之前，敘事者對於之間的流行卡漫如魔動王、月光俠、千面女郎或蠟筆小新、小丸子、遊戲王無知無覺）。不過即便陌生、縱然斷裂，書寫者對於遺棄意象的視域融合、時空罅隙中的捻花微笑自有其敏銳觸感。而也正在地景與題

材、文類與空間、意象與外緣景觀（如大人世界的各類運動、跑車、名牌包）或生活象徵（如敘事者的神奇寶貝、皮卡丘、進化或在大人世界的貽笑大方）的熟悉與陌生、延續與切割之間，我們再次追認「育嬰三部曲」中地景的變遷，生活場域的轉向與稱職爸爸的編年歷史、英雄旅程。

二、青春他者

新世代創作者馬首是瞻的敘事者，《我愛羅》以「憂鬱症迄今已滿九個月」開宗。[27]題材的難覓、一哥的不勝寒，筆者於前作提及。然而本文於此特標出「青春他者」的這個標題，以為可視為敘事者壓力與夢魘由來的另外一種可能性。既欲坐實新世代創作者與讀者口中的一哥，對於青春世代的符碼以及話語間的隱喻、少年少女的時空觀、步途軌跡，敘事者勢必感同身受亦步亦趨。在《我愛羅》中，敘事者不只一次地重申他者的現狀與悲鳴。即便文字冷調、字行間瀰漫著司空見慣，然而密度背後的悵然若失、南轅北轍，始終是小說家難以掩蓋的，如同濫竽充數那個寓言故事一樣難堪與哀傷。一次老婆省親的黃昏，敘事者記載了巷口冰店的情侶對談，

> 女的非常大聲地說：「我把說明書丟一邊？你說你對我的了解是『我一定把說明書丟一邊』，拜託欸，我從小到大，買手機、買音響、買冰箱……我一定會優先寫上『我是一個使用說明書的閱讀狂』。」如此當眾像舞台劇演員大聲念著劇本台詞，以一對在路邊攤吃剉冰的情侶來說，他們的對白，從內容到腔調，都太不自然不像面對想像中的觀眾在演出了。還是現在的年輕孩子都這麼說話？一種無暗影無話語間停頓留白無想像空間的連續性長句，一種半誇張半喜劇的饒舌風格。（《我愛羅・不見的眼神》）

[27] 駱以軍，《我愛羅》，1頁。

敘事者也記載了兩人的其他話題，關於TPA或者PAT之類的關於機票購票系統的話題、各種航空公司的飛行路線與票價、某種適合攜帶某種適合觀賞的筆記型電腦或者是螢幕尺寸、硬碟容量。不過讀到「無暗影無話語間停頓留白無想像空間」的這樣連續長句，我們實在很難不聯想到這個眼前小說家的過去和現在，光是在《我愛羅》序中的，那個「以我們這個年紀看難免暴富太快因之講話氣氛皆帶種剛吹出之玻璃器皿既炫耀又狐疑且變成強迫症似的鑑賞名車紅酒高級女人或密藏黑道八卦的L君」[28]讓我們誦唸出口一度難以換氣句子。問題的癥結並不是在只許州官放火或偽吃冰的小劇場情侶的Rap功力，而正是我於前篇論文提過，那些「理所當然」置換了「豈有此理」、「軼事奇譚」變成了「正在進行」。我們從妻去研討會的那個假日校園，敘事者聽訪談帶的那個故事，更可以進一步將青春他者與地景變遷密切聯繫。導演朋友和敗金女孩從名車談到高級夜店，兩人穩紮穩打、誨淫誨盜、真槍實彈的話題，敘事者卻總感天馬行空、格格不入，

> 然後導演問了一下女孩提的 LV，在這話題一會便不了了之（我猜他對名牌皮包不是挺內行）。然後他們開始哈拉台北的高級餐廳和夜店，安和路上的、天母的、敦化南路的哪一家，像兩個盲棋高手在對弈（很慚愧，他們心領神會說的那些店名，我沒有一家聽過）。最後是導演歎了一口氣：「反正妳和妳的朋友們是哪家昂貴往哪家去，不夠貴的還不屑進去是不是？」（《我愛羅・假日校園》）

導演交代的這份功課——探討「他們這世代（說實話我完全不瞭）的都會美少女，如何穿過不可能的昂貴名牌、衣裝、吃過與年齡不符的昂貴美食；怎樣在不同城市、機場、但卻全球化的玻璃鏡城裡漂流……一個人物輪廓，一則無傳奇城市的童話」，[29]實際上也是敘事者始終站在框線的邊邊，思索

---

[28] 駱以軍，《我愛羅》，3 頁。
[29] 駱以軍，《我愛羅・假日校園》，84 頁。

著跨越與不跨越與否的疆界。那個容顏已毀、昨日黃花的靚女讀者所說的，「你以前寫的東西還挺性感的」[30]媚惑與古羅馬榮光言猶在耳，但在妻兒圍繞、溫暖家園中，醉臥卡通世界、天真純粹的平淡遊樂園的昔日英雄，未必有需要重提寶劍、再出江湖。然而事實是，浪子遊蕩的西區、骯髒酒吧、平價夜店、一些大學城附近的簡陋商家，都已經隨著都市重劃和新首都格局深埋瓦礫土堆、殘壁斷垣。而敘事者對於信義區的，A11、A8、A9 等市府建設局的土地標號全然陌生之際，安和路、大安路、延吉街、敦南路的街道巷弄、一夜千金的消費型態與經營策略，對敘事者更是海市蜃樓、天外奇聞。嶄新的、初生的、新世代的、被規劃過後的、象徵青春、荒淫、華麗、猥瑣的地景、標的物，對敘事者而言恍如隔世，形同他者，然而那些曾經擁有的、耳熟能詳的、可如盲棋瞎眼高手穿針引線、走滿九宮格的那些地圖、理所當然的街景、老家、新家、深坑、永和、基隆河彼岸、台北城都心，卻還是在台上台下、圍城裡外易弦更張。於是敘事者與我們都開始明白這個道理，對於地圖的熟稔，並非只是強記下幾個地址路口名而已。敘事者與青春認真地進行告別。容我再次消費王德威的句法，好爸爸這回是真的好了。

肆、結語：模範爸爸的鄉關何處

一、地圖集的對號入座

從地景的變遷與轉向出發，並以之作為敘事者隱喻或暗示的文字符碼，以及作為創作者風格轉向的舉證、呼應，並根據地景的置換，對風格的變遷、生活模式的跳躍、升等、斷裂，進行一種弔詭式的相互對舉、數學公式中的兩兩得證，正是本文的研究取徑。而敘事者正如其筆下的跟風

[30] 駱以軍，《我未來次子關於我的回憶》，121 頁。

村上春樹的角色般以羞赧而娓娓道來的經驗選擇（還有背後的優劣好壞）落實「我族認同」，

> 一如那些 pub 裡那些迷信香草食譜和精油療法、穿著低腰露臍牛仔褲的馬子，人人皆能順口背誦一段張愛玲最冷僻的段落；穿著三宅一生裙裝染金髮打菸出來是 Davidoff 涼菸的死痞子，開了他的 Smart 小車載我便車一路華麗流暢地大談班雅明和納博可夫……這總令我詫異且驚怒：那是如何做到……？怎麼可能？（《我們・失落的彈珠檯玩具》）

無論怎麼可能、何其震怒，那些《我們自夜闇酒館離開》中的到處存在、去台北化的酒吧，與後來條理分明、路名簡介清楚如同旅遊規劃雜誌的記載，當然有所迥異。敘事者已有了「制高點」，可以「藉由鳥瞰程式全景歷史層層覆蓋的時間地圖」達成羅蘭巴特筆下的「城市入族式」。[31]《月球姓氏》中用來隱喻國族遷徙與家譜愛恨的空間佈景，也隨著父親九江中風、兩個兒子相繼出世、成長，經過《遠方》或「三部曲」中顯赫標明的、有其真實性、存在價值、功效利益的「泛台北化」場合，最後蛻變成為如《我們》中敘事者提及永和／老家，如腔腸的地貌、扭曲的時空、複製的便宜小鎮、童年的迷宮，〈老家〉無疑是某種切割，從此之後，什麼異鄉外省、什麼眷村兄弟、什麼擊壤歌般青春禮讚、博愛特區，都可以功成身退。[32]敘事者終於是個無須對沿途的圖景地貌遮遮掩掩、欲言又止的「台北人」了。

從本文上述一連串的推演過程，我們很清楚察覺駱以軍作品風格的轉

---

[31] 參見駱以軍，《我們・失落的彈珠檯玩具》，70 頁。後文敘事者進而論及關於我們的彈珠檯經驗不存在於村上春樹未來感荒涼的廢工廠而座落於西門町獅子林一群小流氓如趕牲口又踹又拍又打又罵幹伊娘的畫面，頗能與本文此處所論的地景帶出的經驗，與經驗吻合與拒絕、優與劣進行論證上的補充。

[32] 參見駱以軍，《我們・老家》，56~59 頁。

向，而這個轉向與地景空間變遷的密切與息息相關，實有並置而觀、相輔相成的必要性。不可諱言的，駱家與台北城已然密不可分，而早期的那些荒誕、淫猥、放諸四海皆準的慘綠唐突，或者是那些認真定調的國仇家恨，都隨著駱家庭的組織完善、與盆地的相依相存、成為了過去式。短篇的故事中未必不曾提及台南、提及妻的老家、提及躲避瘟疫的後山，然而這仍然是給台北人看的台北故事，即便有些段落與台北貌合神離；這仍然是一系列讀者群鎖定在年輕新世代的、文壇一哥新讀本，即便敘事者不斷具結聲明在先，強調與新世代格格不入、若離若即。我們可以從各種角度、論述——無論是老派的國族、情慾、男性霸權或華麗淫穢這些都好——梳理駱以軍的轉像、延續、繼承或者是對於創作、小說、隨筆、散文種種文類之間、後設又戲謔、認真又嚴肅、翻攪又融合、一面魔幻寫實同時「人我不分」的片段折角，然而地景論述、地圖冊集的編撰、拼貼、出版，從青春浪子的尋芳軌跡、轉眼成了模範爸爸的闔家出遊，接下來，繞著阿白兄弟為世界中心的小說家，生平瀕屆不惑、眼前日暮鄉關的船長，會將舵擺向何方？

二、跳跳蛙的假日時光

《我愛羅》故事中駱以軍引用了一個小說家老前輩的一段令嫻熟其作品的讀者們一面噤聲一面又忍俊不住的譬喻，

> ……駱以軍的小說我實在看不懂，一下跳過來，一下跳過去……我前幾天看 Discovery 在播一個介紹青蛙的研究節目，那些科學家就蹲著跟在那些青蛙的身後，青蛙跳過來它們就跳過來，青蛙跳過去它們就跳過去……弄得電視機前的我都眼花了。(《我愛羅・黃昏月台》)

然而也正在這三本既小說既散文既隨筆、非小說非散文非隨筆的三部曲中，我們清晰地察覺昔日在探索頻道的雨林中教攝影記者疲於奔命的南亞馬遜熱帶蛙，開始了牠的冬眠期或休假日。我們在字裡行間已經不容易察量堆砌著某種對事物、場景、生活片段、剪影、流光、折射、角度、氣息深刻細膩的描繪之後，給予讀者大量的留白和冷調。在表面上那當然是一種迷文化[33]信仰中的教外別傳、不立文字，迷戀國王新衣的讀者一定可以理直氣壯的說，「你們看這一段，駱一哥要隱喻的就是，嘰哩咕嚕劈哩啪啦……」然而相對的文字的迷障不但稱不上加深、反而讓基本盤讀者有種迷霧漸散、僅是如此的悵然落失。留白的結果一如空白，假作真時的終端或許殘賸一無所有，即便敘事者在短篇中不斷幽默的、饒舌地像讀者邀功或者是聲明在先，打滿了每劑的預防針，然而疾病和菌球仍然一如象徵似的蔓延。我不否認步趨中年的敘事者更深切感知城市街景榮光背後的暴力，但這仍是小說家／散文家／專刊寫手在寫作「專欄／育嬰三部曲」之初，所始料未及（或早已了然於心）的。

三、小說家的回頭是岸

在《我愛羅》中，駱以軍以一種如過去私小說類似又迥異的私密細語般的口吻，說了一段令人動容又語重心長的話。而這段話的由來，正為了駱口中的那些、平庸而粗暴的評論文章而來。

> ……「又來了。」這兩年來，我屢屢被這樣平庸又粗暴的想像力手指伸進小說的黯影界面弄得厭煩又沮喪。我想像著那些平庸的小說老師們如何把小說當作他們貧乏課堂的教材：「所以小說，絕對要避免這種『人我不分』的寫法……」（《我愛羅・偶遇》）

如果我們對克莉絲汀或林志玲面對狗仔的宣言還記憶猶新的話，我們或許可以跟駱哥解釋到，「因為你的作品被買斷了」。為什麼我們要花大錢買私

---

33 關於「迷文化」可參見 Matt Hills，《迷文化》（台北：韋伯文化，2005），以及拙著〈一哥愛與死〉第一章節的部分。

密隨筆跟生活札記？因為你早已把評論的權力和孤芳自賞的罅隙親手分崩離析。然而這些人我不分、自我衍生的評論，其實其來有自，行之有年。駱在《我們》中用了夜行動物館的玻璃箱和金角銀角大王的寶貝葫蘆說明魔幻寫實與私小說之間的欲辯無言。[34]但無論如何，讀者們對於敘事者的真情告白，還是難免感到突如其來和其字行文脈中的悔不當初，

> ……但那非關道德，而是我受限於年齡，看待並素描這個世界的整套方法論之錯誤。它們已不再是新鮮豔異的小說素材，而是一個景框一個景框透視延伸，人痛苦生存其中的形象……（《我愛羅・偶遇》）

獵奇離席退場、懊惱方興未艾，或許就在「人痛苦存在其中」的意象與圖景之中，我們察覺小說家深刻而細膩的「哀矜勿喜」以及「為時已晚」。問題的癥結並非在於真實的或是謊言的、魔幻或者是寫實的，而正在反覆消費與框架、挪移與剽竊的鴻溝之中，許多傷害被作為獵奇的模組給複製翻貼。如果要詮解駱以軍文學風格的轉向、地景描摹的變遷，還有什麼比如此的終極體悟與福至心靈更為有其證據力呢？本文並不否認，文類的更動、創作者年歲的增長、生活圈環境的變化、家庭的組成模式，都是造成書寫者風格與描繪對象變遷轉向的可能驅動之一，但是從慾望到親情、從夜夜笙歌到尿布奶瓶、從虛擬街景到按圖索驥，駱以軍暗示我們的，正是新世代創作者的一哥欲說還休，而取而代之的——一個保持距離、靜默慧黠、冷眼慣看秋月春風的心情隨筆書寫者，即將背負著過去某些的十字架，尋求耶路撒冷或者是自我救贖的另外一種可能。小說家試圖（亦或是被迫）放下屠刀，至於能否立地成佛，猶待各位衣食父母的讀者大哥大姊見仁見智。

---

[34] 參見駱以軍，《我們》，224頁。

參考文獻

專著

- 駱以軍，《我愛羅》，台北：印刻，2006。
- ———，《紅字團》，台北：聯合文學，2005。
- ———，《我未來次子關於我的回憶》，台北：印刻，2005。
- ———，《降生十二星座》，台北：印刻，2005。
- ———，《我們》，台北：印刻，2005。
- ———，《遠方》，台北：印刻，2003。
- ———，《遣悲懷》，台北：麥田出版，2001。
- ———，《月球姓氏》，台北：聯合文學，2000。
- ———，《第三個舞者》，台北：聯合文學，1999。
- 巴舍拉（Gaston Bachelard）著、龔卓軍譯，《空間詩學》，台北：張老師文化，2003。
- 詹明信（Fredric Jameson）著、吳美真譯，《後現代主義或晚期資本主義的文化邏輯》，台北：時報出版，1998。
- Matt Hills、朱華瑄譯，《迷文化》，台北：韋伯文化出版，2005。
- 王德威，《跨世紀風華：當代小說 20 家》，台北：麥田出版，2003。
- 高宣揚，《布爾迪厄》，台北：揚智文化，2002。

單篇論文與書評

- 黃錦樹，〈家庭劇場：流離與破碎〉，《聯合報》，2000・11・20，「開卷週報」。
- 焦侗，〈深情的家族拼圖——駱以軍《月球姓氏》〉，《中央日報》出版&閱讀，2001・4・9。

- 楊佳嫻、鄭千慈，〈遊走虛實之間——細讀駱以軍小說〈降生十二星座〉〉，收錄《多向的蛻變》，台北：行政院文建會出版，2000。
- 楊佳嫻，〈這是一個弄錯地圖的故事——談駱以軍「中正紀念堂」的空間記憶與歷史隱喻〉，《文訊》，2002・12。
- 楊佳嫻，〈在歷史的裂隙中——駱以軍《月球姓氏》的記憶書寫〉，《中外文學》，2003・6。
- 莊宜文，〈曝光的底片——讀駱以軍《我們》〉，《文訊》，2005・8。
- 楊凱麟，〈駱以軍的第四人稱單數書寫（1/2）：空間考古學〉，《中外文學》，2006・2。
- 祁立峰，〈Oedipus・Anima・通往深層心靈之路——從《海邊的卡夫卡》、《第三個舞者》出發〉，發表於「92 學年政治大學中國文學研究所研究生發表會」，2004・5。
- 祁立峰，〈快打旋風與彈珠玩具——關於「追尋」的對比與考察〉，收錄於《中央大學全國研究生論文研討會論文集》，2005・11。
- 祁立峰：〈一哥愛與死——從《我未來次子關於我的回憶》出發梳理駱以軍作品的轉向〉，收錄於《第三屆台灣文學研究生論文集》，2006・6。

講評

施淑[*]

這篇論文以駱以軍作品中的都市意象及地景書寫為對象，探討都市地標及公共場所，如何由早期刻意去台北化的青春情慾投射，轉變為隱含外省第二代的身分認同與國族論述，及至最近作品中，虛擬城市終於落實與實際的生活場景的歷程，並由之分析及詮釋駱以軍創作心理和藝術風格的衍異變化。

全文以《遠方》為駱以軍寫作思考的轉折點，以《我們》、《我未來次子關於我的回憶》、《我愛羅》為討論重心。針對這三部作品中，具象徵性意義的都市地標和場所的描述，本文作者由空間意義的置換為切入點，指出相對於駱以軍早期的〈降生十二星座〉、〈我們自夜闇的酒館離開〉，夜店、酒館已經由都會青年的情慾地圖和闃黑迂迴的迷宮書寫，轉變為敘事者讚嘆感傷的青春廢墟與消費文化下壁壘分明的階級地圖及權力場。《月球姓氏》裡〈動物園〉一章，作為戰後大遷徙和來台大陸人命運的本質隱喻的動物標本製作，它的血肉模糊的描寫在近作〈林旺的標本〉已被徹底移除，取而代之的是塑膠支撐的大象林旺的工藝生命陳列，動物園成了家族出遊的歡樂場所，國族流離，家譜愛恨的隱喻，也連同駱以軍最近三部隨筆散文中，座標分明的生活化和現實化的台北路名、地景、場所的存在，悄然退場。

在關於駱以軍寫作中，空間意義的挪移置換及與之相應的認知測繪的轉向的解讀中，最能顯示本文作者思辨力和洞視力的應屬論文第三節對「卡通地標」及「青春他者」的分析。這兩小節具高度感性及原創思考的論述

---

* 淡江大學中文系榮譽教授。

文字，雖與城市具體空間缺少直接關連，但卻精確地觸及一再宣稱「我就是那座城市」的當代都會作家駱以軍創作的心理機制和精神地圖。論述中對象徵都市童年（以至於其他年齡層）的想像力場的漫畫世界，對作為都市青春生命的浮標的情侶對話、敗金少女言談等等的解讀，對站在它們的框邊，痛苦狼狽地思索著跨越與不跨越的駱以軍形象的測繪，都讓人覺得直入造就駱以軍文字城市的魔法儀式的重要部位。

根據上述分析，這篇論文對駱以軍藝術風格轉向的判斷，或有再思考的餘地。結論中指出他的三部近作大量堆砌對事物、場景、生活片段、流光、氣息等等深刻細膩描繪之後，留給讀者大片空白和冷調，但留白的結果一如空白。又說，他敘事慣有的「跳跳蛙」現象已開始冬眠、休假，都市之於他也從青春浪子的獵奇蛻變成模範爸爸的歡樂出遊及專欄寫作的文學消費。這些判斷可能與文中論點有所悖反。因為這樣的敘寫現象，正是城市的物質性存在的文字擬像和文字遺址，也是將城市內化為個人生命空間的符號表徵與翻譯。留白也不盡然只是空白，因為它彰顯的是駱以軍自陳的躁鬱、壓抑、離心的都市性癥狀，也是論文中引述的他當前生存和寫作的形式：「一個景框一個景框透視延伸，人痛苦生存其中的形象。」如此自覺，雖未必能使駱以軍的文學未來免於敘寫風格的放縱，但應可排除本文作者預測的文化工業的藝術消費或冷眼旁觀的道德絕境。

城市・消費・情感

論朱天文小說中的香港

葉嘉詠*

摘要

城市消費成為了現代社會的重要特徵。城市的外在風景影響著人物的內部生活，而兩者也構成了複雜糾結的關係。本文以朱天文三篇描寫香港的小說——〈世夢〉、〈帶我去吧，月光〉（以下簡稱〈月光〉）與〈巫看〉為討論文本，從城市這個場域著手，一方面試圖探討作者如何以文字圖像重塑或見証這座城市，從而突顯其景觀的轉變，另一方面透過分析文本，理解人物在這變動環境中的生活經驗與情感體會。朱天文以「外來者」的敘述角度，訴說一個又一個的香港故事，這個城市的人、物、情在流動變幻之中，留下了種種值得思考的問題。

關鍵詞：城市、消費、朱天文、香港

* 香港中文大學中國語言及文學系博士生，yip_kawing@yahoo.com

壹、引言

「城市」在當代文化與文學評論中是非常重要的條目，威廉斯（Raymond Williams）便指出「城市」是一「關鍵詞」，它與社會、文化、政治產生種種對話；威廉斯形容「城市」是與鄉村對立的。前者是文明的產物，隱含喧鬧與騷動，後者的自然風景則代表了和諧與美好。[1]隨著城市化的進展，城市已由田野變成了密集的居住空間，技術高度分工與專業化，舊有的鄉村式生活急速瓦解。在不同的文學作品之中，這種城市化經驗已經成為書寫的對象，其中所指涉的內容、表述的方式，更是眾多作者、研究者爭論不休的話題。至於「香港」這個城市，又將會被作家透過想像與經驗，敘寫為一個怎樣的故事呢？

> 向前看或向後看，我以為香港在文學與歷史上的定位，終將與其千變萬化的城市形象息息相關。過去百年的變遷，使香港從無到有，成為一個獨特的都會，在其中政治與商業、殖民勢力與國族主義、現代性與傳統性等力量交相衝擊。輾轉於無常的政經文化因素間，香港能屹立不變，正是因為它的多變。不論是小島、前殖民地，還是特區，香港最重要的意義在於它是座絕無僅有的城市——一座不斷重新琢磨其功能及國族屬性的都會。[2]

以上文字點出了香港的特質：香港是一個多變的、包容的、混雜的城市，香港與不同層面互為關係。落實到文學作品，作家又會如何演繹這個城市？本文選取了朱天文三篇描寫香港的小說——〈世夢〉、〈月光〉與〈巫看〉，從城市這個場域著手，試圖探討作者如何以文字圖像重塑或見証這座城市，從而突顯其景觀的轉變，另一方面透過分析文本，理解人物在這變動環境中的生活經驗與情感體會。至於朱天文

[1] Raymond Williams. *The Country and the City.* London: Hogarth Press, 1993, p.1-8.

[2] 王德威：〈香港——一座城市的故事〉，載張美君、朱耀偉編：《香港文學@文化研究》（香港：牛津大學出版社，2002 年），頁 319。

的「外來者」敘述位置，與其描寫與觀察的城市的關係，這都會在本文一併討論。

〈世夢〉是朱天文第一篇描寫香港的小說。這篇小說的寫作時間在台灣解嚴時——1987 年，特殊的歷史時間標誌著它別有意義。這年，台灣宣佈解嚴，開放大陸探親，小說即敘寫住在台灣的楊伯伯與必嘉、居於內地的五姑與兒子，四人來到香港相見的情形。選擇香港相見，故然有其現實考慮，但作者試圖描述她對香港的觀感，也是不容忽視的。兩年後，朱天文再寫同一題材，〈月光〉裡的香港已不再是探親的目的地，而是進步驚人的商業城市，小說的主角佳瑋已可從不同媒體得到香港印象，並進而自行遊走其間，期望尋找自己的夢幻愛情。跨越千禧年，〈巫看〉的「不結伴旅行者」「我」與帽子小姐來到香港，有意疏離他人獨處，然而她們最終為種種情感所牽絆，未能隨著自己的心意在香港旅行。換言之，城市的外在風景與人物的內部生活，所構成的複雜糾結的制衡關係，正是迷人與獨特之處，值得一一細緻探尋。

貳、香港城市景觀

阿巴斯在分析香港四篇小說（黃思騁〈一粒大痲丸〉、三蘇《香港二十年目睹怪現狀》的第七回、鍾曉陽〈翠袖〉與劉以鬯〈對倒〉）時，指出它們所描寫的「城市是那麼無情地烙印在文本上：它成為中心、迫使別人遵從它的節奏、毀滅或扭曲感情生活。」[3]城市成為了城市人生活的重要空間，因而城市人如何理解城市的外在景觀並進而與之溝通，都是需要思考與探索的問題。

〈世夢〉以返鄉探親為主題，訴說老一輩的鄉愁記憶。他們的見面地

[3] 阿巴斯：〈香港城市書寫〉，載張美君、朱耀偉編：《香港文學@文化研究》（香港：牛津大學出版社，2002 年），頁 303。

點是香港。在朱天文的筆下，香港是一個新鮮、刺激的城市，這種觀感可從飛機降落的一刻開始：

> 苔綠的海水直逼上艙窗，機翅平貼在海上滑翔，好像投在大海之中，波濤比機身還高，正驚疑未定，剎那間，陸地已映入眼前，直衝逝而過，轟隆一震，便著地了。〔……〕她心想，飛機沒開到海裡去真是慶幸。[4]

從現在看來，以上文字很可以對已拆除的啟德機場懷舊一番（啟德機場便是建在滿是樓房的九龍城中心），而對一個初來香港的台灣人而言，則能從中概略認識香港：地少人多，連機場都建在大海與樓宇之間。事實上，飛機有開到海裡去的危機，是香港的一大「特色」。下機之後，楊伯伯與必嘉便從高空轉移「置身其中」，從感官，如色彩、溫度等感受香港：

> 漸漸暗澹的天色，亮起來的街景，當頭昇起一座巨無霸霓虹廣告，胭脂螢光潑了半里，他們走到源頭底下，仰之彌高，浸得遍體嫣紅。[5]分不清宇宙南北，街上的招牌橫伸在街心，綿綿密密搭成棚，把夜空拉得低低的，他們像在金星火球底下鑽進鑽出，走一下已眩熱得吃不消，脫了外套，又脫了毛衣，直說香港比台北暖和多了。[6]

必嘉好友程明燦帶他們逛尖沙咀。在空間設置上，巨大的廣告牌、又多又密的招牌、霓虹燈等，營造香港五光十色、燈光華美的環境，然而這種環境卻不為他們欣賞，相反予人強烈的侷促感、壓迫感等，因為這裡已朝向城市化、物質化的方向發展。貫通東西南北的交通網絡，使各地之間的距離縮短，有助加速資訊、人、物等的流通，可是，天然、自然的空氣與環

[4] 朱天文：〈世夢〉，《炎夏之都》（台北：遠流出版事業有限公司，1989年），頁158-159。
[5] 〈世夢〉，頁161。
[6] 〈世夢〉，頁164。

境便會隨之而失去。幸好的是，〈世夢〉還能一窺香港轉為城市的過程，但近郊與市區的互相滲雜，在朱天文小說裡，卻成為了頗為醜陋的情景：

> 必嘉領父親到火車總站搭車去大埔。出了市區，鐵道兩側的公寓樓房比市區還險峻，一律從峰洞般的窗口伸出竿子晾著衣物，千仞萬丈掛而下，像絕壁上濫開藤蘭。狹峭處，貼近玻璃窗朝上望去，亦幾不見頂，逼成一線天，車子在濕涼的陰影底處穿過。豁然開朗，新興的社區，樹小草薄，砂蕪的平野上聳植一叢一叢漆新公寓，卻像荒漠裡巨生的仙人掌。都令人驚心，怎麼生得出這麼多人，群居蟻穴。[7]

相對於市區，大埔這種近郊表面上看似接近自然，但實際上卻不是這回事。原來近郊的樓房比市區的密度更高，即使是險峻的山上還要建屋，另外從人們把衣物晾在窗外而幾近看不到頂，可想而知房子面積之小與居住人口之多。在這些較「中性」的文字之後，出現了幾個形象鮮明的「驚心」比喻：不同衣物如「濫開」花朵、除飛機差不多開到海裡外，火車也從各式房屋「陰影」的衣物底下經過、「砂蕪」「荒漠」的平野上生出「仙人掌」。這些看似帶有田園色彩的字眼，不能帶來一絲鄉土氣息，反之，嘲諷意味非常強烈，香港就如寸草不生的荒原。最後總結的一句：不知何來那麼多人住在「蟻穴」，更把人比喻為極細小的螞蟻。朱天文以批判的態度，表達對這個城市的情緒，當中包括不滿、可笑、奇怪。

城市的急速改動，不僅造成景觀的破壞，更重要的是對人心的「震驚」（shock）。本雅明（Walter Benjamin）曾引用波特萊爾的詩，指出城市變化之快速，是人所難以觸及的，故此城市人便產生一種自我保護的能力，有意逃避由城市經驗所帶來的震驚。[8]好像〈月光〉的主角佳瑋，她受到來

---

[7] 〈世夢〉，頁 166。

[8] Walter, Benjamin. 'On Some Motifs in Baudelaire.' *Illuminations*. New York: Schocken Books,

自香港的夏杰甫一次又一次的「震驚」，便有意保護自己。她用挑釁的態度對他說：「聽說你來台灣渡週末把馬子嘍？準備突破他的，卻先被自己驚訝住。」[9]城市人不能完全避免情感的觸動，只是反應太遲緩了。[10]故此，當他用真誠的口吻問她是否願意當其在台灣的女友，她便只能以笑遮醜。夏杰甫的輕佻浮躁，樣樣使佳瑋感到新奇，然而夏杰甫是個情場老手，他視談情說愛為表演，顧慮的只是調情樂趣與個人風格。到底這樣一個人，居住的地方又是怎樣的呢？當他返港後，佳瑋便到這個城市找他。

> 下半天，她把尖沙咀大街小巷就走光了。一切如她從黛雜誌錄影帶和港片裡所看到的尖沙咀差不多，並無意外，不過是把實景與她腦中的圖像重合而已。所以第二天她繼續依圖索景的走完尖東，在梳士巴利道被曠寒大風吹得腳不著地飄著走，隔海望去的香港正是一切明信片和觀光指南上所看到的香港。搭地鐵去對岸，從地底鑽出來，置身在帷幕玻璃的縱深峽谷中，太陽光於其間反射曝照，一片眩目，她也不吃驚，覺得那只是腦中熟悉的新宿圖照的香港版罷了。然後她轉上黃瀾昨天帶他們走過的德輔道，停在一棟大廈前面，褐黑磨石壁打滑得鑑人，上面銅金厚重兩個阿拉伯數字，烙燙她視覺的發出硝煙，啊這裡就是了。只要她乘電梯登上十五樓，就立刻會看到JJ王子（按：佳瑋幻想中的夏杰甫），他坐在水晶透明的辦公室裡，海洋映進來的蔚藍波光滿室輕晃，他的眼睛就在瀲灩深處看著她。〔……〕走過域多利皇后街，上天橋穿入一座金碧輝煌購物大廳，下扶手電梯，出來沿

1968, p.163-167, 169-170. 中譯據本雅明著、張旭東、王斑譯、漢娜・阿倫特編：〈論波特萊爾的幾個主題〉《啟迪：本雅明文選》（香港：牛津大學出版社，1998 年），頁 155-160,163-165。亦可參考張美君：〈「城市想像」引言〉，載張美君、朱耀偉編：《香港文學@文化研究》（香港：牛津大學出版社，2002 年），頁 287-289。

9 朱天文：〈月光〉，《世紀末的華麗》（台北：遠流出版社，1992 年），頁 95。

10 〈「城市想像」引言〉，頁 288。

岸邊到天星碼頭渡回九龍。[11]

相比〈世夢〉描寫了近郊的大埔，〈月光〉只寫尖東這個如迷宮的市區核心，暗示類近郊區的地方已不再存在，或它已吸引不到外來者了。引文首句概述了商業化城市的面積小，景物無特別，半天即可走完。朱天文的書寫態度顯然不是正面的，接著她要指出的是媒體傳播速度之快，消除了城市人對其他城市的期待、驚喜，也減退了城市人細緻觀察陌生異地的機會，就如佳瑋可從影像、聲音、文字等媒介中看到香港；當她真正來到香港時，只需要將現實與她看見的結合，這個過程只流於程式化，並不能帶給她什麼。而且實景與想像對佳瑋而言都不重要；她覺得新宿與香港並無差別，已隱含文化差異的泯滅與消費特質的突顯。故此，置身於這樣熟悉的環境裡，佳瑋毫無不安之感，乘地鐵、玻璃大廈、陽光反射的眩目，「她也不吃驚」。這個規律化、單一化了的程序，間接鼓勵了香港消費、資訊、科技的盛行與擴張，讓人忽略思考與觀察文化這個步驟，直接通向崇尚通俗、淺俗的商品社會。

在這個「熟悉」的城市，佳瑋不僅不被商業大廈的眩目與熱力蒙蔽其視覺，反而一眼便辨認出大廈的十五樓便是其幻想中與等待中的「JJ王子」辦公室。林燿德在〈空間剪貼薄——漫遊晚近台灣都市小說的建築空間〉中指出，巨大化的超高層辦公大廈，使仰望者產生敬畏之感，「那是資本主義凝望而成的權力集團。」[12]佳瑋對在辦公大樓高處的他的仰望，也是以敬畏之情對之，不過她對資本主義、權力等問題並無留意，她只是沈醉於幻想之中。她走出大廈之後，到購物中心後便乘船回酒店，除了這條路程，之前的尖沙咀之旅也是非常順利的，這一方面是她很熟悉香港的道路交

[11] 〈月光〉，頁117-118。

[12] 林燿德：〈空間剪貼薄──漫遊晚近台灣都市小說的建築空間〉，《敏感地帶──探索小說的意識真象》（板橋：駱駝出版社，1996年9月，初版），頁127。

通，另一方面是香港建設了便利且有系統的城市網絡，交通四通八達。但這樣的環境裡，由於流動性極高，人與人之間關係疏離，造成冷漠與孤獨，電梯便是其中一個表述意象。「電梯是一種後設空間，它提醒搭乘者，他們所進出的大廈樓層和各個房間的封閉、孤立和破碎的性格。」[13]佳瑋熟悉的城市，其實都是由封閉、冷漠的空間所建構成的，然而這不是當下的佳瑋想像得到的，因為她深信在那個辦公室裡，他的情人正在等著她。

舞鶴在一次訪問朱天文時提到，〈巫看〉的帽子小姐如跨過千禧年的米亞，[14]是指兩位人物都著重衣飾物質，甚至到了瘋狂的地步。不同的是，〈世紀末的華麗〉只有「台北米蘭巴黎倫敦東京紐約結成的城市邦聯」，[15]卻沒有香港，這次帽子小姐就來香港旅行購物。與帽子小姐同樣是搭團來港的還有一位「我」；「我」來香港是為了看《歌劇魅影》。在她們實行「計劃」以前，小說以「我們」的視角，把讀者帶進香港城市：

> 我們給雙層巴士載到旅館，一棟鈦銀色調疑似未來城的聳塊建築，入口窄窄，櫃檯亦狹，而明亮如冷鋼，仰頭見電扶梯升入空中，豁然拉開，好闊綽的大廳大頂，通往更高的去處。〔……〕
>
> 我們在櫃檯前等分配房間，等得不算長，可也不算短，長短恰足以把酷感未來城消解為一席難民收容所，大家紛紛開始上廁所，吃東西，或蹲或坐，行李潰散。[16]

讀者如跟著「我們」坐車、進入酒店然後等待，一起經歷香港之旅。這或

---

13 〈空間剪貼薄——漫遊晚近台灣都市小說的建築空間〉，頁127。

14 舞鶴：〈凝視朱天文——小說家舞鶴專訪小說家朱天文〉，《印刻文學生活誌》第1期（2003年9月），頁28。

15 朱天文：〈世紀末的華麗〉，《世紀末的華麗》（台北：遠流出版社，1992年），頁189。

16 朱天文：〈巫看〉，《印刻文學生活誌》第1期（2003年9月），頁45。

許是朱天文在敘述形式上的設計，一方面將角色與讀者之間的距離收窄，讓讀者成為建構或見證城市的一員，但另一方面，讀者過於親近這個城市，失去了思考的空間，繼而墮入城市機械化的陷阱而不自知，或無力或不願走出來。除了作者刻意安排的敘事方式外，旅館的建築外型與色調的冷峻，都散發出時尚的魅力，質感的設計消除了人的戒心，甚或是加倍留意去多看兩眼，而忘卻了這是旅館精心的計劃。在那樣的地方，旅客只能被城市支配，如「給載到」旅館、「等分配」房間，完全是被動的、被支配的。旅館成為了主體掌握著權力，迫使別人遵從它的節奏，尤其是外來者如旅客。在等待分配房間之時，旅客好像「自動自覺」明白如何利用當下多出來的、「不算長也不算短」的時間，紛紛上廁所、吃東西，就如預先設定般，不用再加思考，配合城市是不斷地流動的特質。在這樣的情況下，旅客之間的情感交流可說是零，只是各自冷漠地遵守一套「旅行」方程式。旅客或許會想這是他們精心安排時間的結果，然而這又未嘗不是旅館的銷售方式，以消除精費者不安或抗拒的心理。

「物化」現象在現時的全球化社會普遍存在，王斑曾在〈呼喚氣韻的記憶：朱天文的現代都市懷舊〉討論過有關問題：「被剝離人文價值的物品，除了面對市場，實現其銷售、交換價值，別無其他的價值，它完全局限在銷售和消費的迴圈軌道中。當人們的身體和智慧也被投入到這種迴圈中時，個人或群體的身份就等同於物件和商品，就淪爲物象。這就是物品的『爲人所用』的使用價值被簡化，萎縮到交換價值。在這個過程中，對經驗有益的主動的生產活動，便成了被動的、經驗蒼白的消費活動。」[17] 朱天文書寫的城市空間，揭露了香港在璀璨華麗背後的不安、陰暗、墮落、複製，尤其消費活動成爲了現代社會中重要的一環，更讓人的慾望不斷延伸、推展，往往忘卻精神的需要，最後爲物慾支配而未知。

[17] 王斑：〈呼喚氣韻的記憶：朱天文的現代都市懷舊〉，《歷史與記憶：全球現代性的質疑》（香港：牛津大學出版社，2004 年），頁 228-229。

參、香港故事

張美君曾說：「『城市』紊亂紛雜、變動多元，叫城市人迷失、疏離、冷漠，但同時也締造了移動疆界、逃逸權力操控的契機。」[18]朱天文顯然了解城市對人的負面影響，也明白在失落之中還可以產生積極的思考，〈世夢〉、〈月光〉與〈巫看〉的故事都是交織著夢想、慾望、渴求逃離現實，創造個人天地的生活感受，然而社會、文化、歷史等實際因素，都會影響人的內心感受與想像意欲。

一、〈世夢〉：探親與購物

想家多年的楊伯伯，終於等到與親人會面的機會，便急不及待與女兒必嘉到香港。為了這次見面，他們經歷重重困難，包括地理阻隔、身份轉換（成了「外來者」或遊客）、上文提及香港環境具壓迫感、資本主導，父女兩人最終要在大埔火車站茫無頭緒地等候。必嘉對此有如此感悟：「一刻分不清置身在哪裡，塵舊的斜陽光像又在哪裡見過，她忽然覺得將在這樣一個不適合的時空裡相見，失落的會很多。」[19]朱天文顯然是從外來者的角度議論，認為香港的空間難以確定、社會制度混亂，有些似曾相識，卻又記不起在那裡見過，一切都令人有種茫然的感受。香港身份曖昧不明，流動性高，必嘉似乎很有同感。幸好，他們的深厚情感超越了一切困難，五姑與表哥終於也來到這個「不適合的時空」，東奔西跑後最終都能相見。

根據安德森（Benedict Anderson），「民族/國家」是「想像的共同體」，即使成員互不認識，但傳媒與資本的流通，讓彼此間建立互相依存的情感。[20]梅家玲認為：「在中國傳統文化中，由於『安土重遷』、『葉落歸根』及

---

18 〈「城市想像」引言〉，頁 295。

19 〈世夢〉，頁 167

20 Benedict, Anderson. *Imagined Communities: Reflections on the Origin and Spread of Nationalism.* London; New York: Verso, 1991,p. 6-7. 中譯據安德森：《想像的共同體：民族主

由內及外的『齊家—治國—平天下』等觀念使然，不僅『家』與『國』向成互為表裡之象徵體系，前者並為後者建構形成之基礎；甚且『家』之所在地的『鄉』，也幾可等同於『國』。」[21]父親在內地出生，後到台灣生活，他視內地為他的「家」也是「國」，但必嘉出生及成長都在台灣，她對父親所認同的國家或與國家有關的一切都無同感，所以她不明白父親為何會在這個異地（香港）比平日在家（在必嘉的理解裡，家是指台灣）健談、「我爸越老越想家，我們這些他旁邊的好像都不算數，真的，有這種感覺」，[22]因為五姑就是他的「國」裡的「家」人。值得注意的是，他們在這個流動不定的過客城市作為見面的地方，雖然有現實的考慮（如交通網絡），但在暫居之地想像國家、懷望故鄉，地理的阻隔顯然注定這份希望最終是會幻滅的。唯有借助真實的家鄉食品，暫時紓解對可望而不可即的故鄉的想望與懷念。

五姑帶來的土產禮品，成為了中介物品，讓必嘉父親想起大陸的人事。他吃得很滋味：「這才叫山楂糕，台灣那麼多年我就沒吃過對的。』」[23]這種對他來說是「對的」山楂糕，不只是製法或包裝不同於台灣，最重要的還是喚起了他對親人的深厚記憶。不過，這些食品對必嘉來說只有好奇的感覺，她會問「百合也可以吃啊？」看見一匹翠綠緞子蘇繡，必嘉便驚呼起來，[24]不像父親那樣與五姑有問有答。這種懷念舊時舊物的氛圍，她是想介入也進不去的，可說是「親近而沒有交流」。[25]沒有這份鄉愁，必嘉來港也不怕沒事忙，香港素有「飲食天堂」、「購物天堂」的美譽，

義的起源與散布》（台北：時報文化出版有限公司，1999年），頁10-12。

21 梅家玲：〈八、九〇年代眷村小說（家）的家國想像與書寫政治〉，載陳義芝編：《台灣現代小說史綜論》（台北：聯經出版事業公司，1998年），頁389。

22 〈世夢〉，頁165。

23 〈世夢〉，頁174。

24 〈世夢〉，頁175。

25 阿巴斯在〈香港城市書寫〉中指劉以鬯〈對倒〉的兩位主角阿杏與淳于白「親近而沒有交流」，也同時認為這樣的評論「是王家衛在其電影中精彩地探討的問題」。參考〈香港城市書寫〉，頁302。

必嘉來港也把握機會：「橫豎是到了香港，不痛快買兩件名牌，好好吃幾頓，怎麼行。」[26]言語間看似把親情與購物並列比較，實際上她可能把購物看得更重要呢。在香港殺價買名牌太陽眼鏡讓必嘉感到「刺激」，連帶戴眼鏡反映出來的光，都好像特別明亮，又自覺如是舞台上的模特兒般觸目。不只購買當天興奮，必嘉在睡前還拿出太陽眼鏡「反覆」地仔細看：「鏡內側鑲一粒金片，Y・S・L，三個英文字母纏綿抱在一起，像枝妖逸的蕨草。覺得很有成就感，這一天是充實的。」[27]香港的購物經驗讓必嘉「很有成就感」、「充實」，她已沈醉於物質享樂之中，忘記了五姑與父親還在話「家」常。香港的虛榮與物慾似乎已入侵了、甚至改變了必嘉的生活模式與態度，甚至必嘉已在無形中投入了香港這個崇尚消費的社會，並無產生歸屬與認同的焦慮，而與內地即父親的家國所在的距離則越來越遠。

香港雖然是一個資本主義社會，但朱天文並非只有批評，香港的自由、流動與開放，能夠容納不同消費模式，也可在小說中看到。住在物質條件較好的台北的必嘉，購物時會朝向「奢侈」方向去想，如較注意質料與包裝，[28]相比表哥考慮的則是經濟與實際需要。[29]兩地人購物原則的不同，反映國內與台灣的經濟水平、生活文化的差異。朱天文或許無意批判政治對生活的影響，但內地經濟環境較落後，卻是可以察見的。

此篇小說寫於在台灣開放大陸探親之初，但朱天文似乎已對「家國」不存有很大的希望。五姑兩次說他們是最後一次見面，必嘉則有機會上來，暗示父親是再也回不了想像中的「家」了，但雙方皆沒有明顯表示要再來香港，是朱天文表達對香港利慾薰心的不滿？父親雖然想極力挽留這一

---

[26] 〈世夢〉，頁 160。
[27] 〈世夢〉，頁 185-186。
[28] 〈世夢〉，頁 202。
[29] 如中國限定人民攜帶物品的數量，多了就要打稅。〈世夢〉，頁 177-178。

切，可是他也只能走到月台柵欄前，「白花花的石子和鐵道直直往前通去」，前去便是往大陸之路，可是他「不能再走」，而遠處所見的是「南台灣常見的芭蕉樹」，[30]暗示台灣對必嘉兩人而言，是很親切的，即使在香港也能辨認出來，但這又是否從側面呈現香港環境過於雜亂？缺乏香港本身的特色？小說的最後一句：「她與父親，正在回家的路上」，[31]看來他們的家已從大陸轉移到台灣了。梅家玲認為「除政治因素（按：指改變家國觀念的政治因素）外，最具關鍵性影響者，當屬持續且不可避免的『都市化』現象之滲入，以及隨之而生的眷村拆遷改建。」[32]城市化的影響力不只在台灣，就連在香港也受牽連。他們在香港探親已感受到物慾的力量，足以令人忘卻情感，這就是社會城市化帶來的負面影響之一。

二、〈月光〉：尋找愛情？尋找幻想？

根據蕭娃特（Elaine Showalter）的說法，「世紀末」（Fin-de-siècle）一詞源出於十九世紀末的法國，迅即傳遍歐洲及美國，用以描繪一種保守人士所感知的末世恐慌與「頹廢」。[33]「頹廢男」（decadent）亦在此時出現，他們打扮唯美敗德，就如〈月光〉的夏杰甫。佳瑋在台北認識了來自香港的花花公子夏杰甫，「港仔囉，來台灣渡週末，把馬子」。[34]劉亮雅形容夏杰甫「唯美到『逆流行與抗名牌』，自戀到把每一次調情當做『完成自我表現和品鑑』的情慾舞台。」[35]夏杰甫對待佳瑋的態度，完全表現出「頹廢」特色：「無感覺、無情的機制」、「拒絕一切自然、生物面，偏好精

---

[30] 〈世夢〉，頁 208-209。

[31] 〈世夢〉，頁 210。

[32] 〈八、九〇年代眷村小說（家）的家國想像與書寫政治〉，頁 391。

[33] Elaine, Showalter. *Sexual Anarchy: Gender and Culture at the Fin de siècle*. New York: Viking, 1990, p.2-3. 中譯引自劉亮雅：〈世紀末台灣小說裡的性別跨界與頹廢：以李昂、朱天文、邱妙津、成英姝為例〉，《情色世紀末：小說、性別、文化、美學》（台北：九歌出版社，2001 年，初版），頁 14。

[34] 〈月光〉，188。

[35] 〈世紀末台灣小說裡的性別跨界與頹廢：以李昂、朱天文、邱妙津、成英姝為例〉，頁 29。

緻、新奇、稀罕的藝術、藝術品、感官、想像的內在生活」。[36]相反，佳瑋無視外在的一切、不受環境氣氛動搖，好像活在另一個世界裡。故此，在這個由始至終都由夏杰甫控制的愛情遊戲裡，佳瑋注定是失敗者、被動者。她為了他，可以放棄與媽媽及哥哥回南京探親，堅持留在香港找他。她為了他，到港後第一件事便是請哥哥替她打電話找他，當她知道將會見到他時，便「忽然有一種我倆沒有明天的放蕩感」。[37]佳瑋這樣全情投入，原因之一是上文所見她視香港城市是個複製品，她覺得香港就如地圖般在她想像之內，可是她過於自信。在這裡，夏杰甫明顯處於高人一等的優越位置，佳瑋只能跟著他的腳步與規則。

> 遊戲已經結束，拜託這是遊戲的默契和不成文法！認真的遊戲，認真的工作，不同時候扮演不同角色，絕對不拖泥帶水，從容而漂亮，這就是本事，頂尖。在這裡，苦相是不被允許的。當然要認真，那意味著專業，但過份認真必然就成苦相，那比失敗還更不可原諒。不怕輸，只要輸得羽扇綸巾，哪個遊戲不是沒有輸贏的。
>
> 女孩是好女孩，然而那是在台灣的時候，異域情調，他十分願意與之同步。現在，回到他的頻道裡，女孩的過份認真變得極不賞心悅目，出狀況要他來解決。他回電話給她，女孩仍然那種慢半拍的節奏，台灣的節奏。[38]

朱天文從第三者、距離故事之外的角度來看香港人的性格：多變、靈活、收放自如、極有自信、輸得起但要輸得好看，相反，台灣人則待人過份認真、「慢半拍」。朱天文透過夏杰甫這種縱情議論，顯示她對香港自視為西化與商業化的精英之地（說話中英夾雜）的批判，他把佳瑋的感情

---

36 〈世紀末台灣小說裡的性別跨界與頹廢：以李昂、朱天文、邱妙津、成英姝為例〉，頁 16。
37 〈月光〉，頁 118。
38 〈月光〉，頁 122。

視為麻煩，把她視為「她者」（other），受控制他這個「自我」（self）之下。他以高高在上的姿態，教育她、嘲諷她，這種「自我」與「他者」的不對等關係，是朱天文憂慮台灣將會被香港趕上？或由始至終台灣都不及香港？香港是一個講求效率的城市，這裡的愛情故事快速上演又落幕，佳瑋對愛情的過份投入與認真，是很另類的，然而香港也是一個具包容性、開放的社會，她的「異域情調」可被保護，他其實是願意憐愛的：「女孩淡淡的態度解開了他武裝」、[39]「他的確願意與她保持這種適度認真遊戲的長久關係，他自信做得到。」[40]然而這一切都由夏杰甫作領導者、主導者。

最後她終於夢醒：「那個曾經發出煙硝的門牌號碼，如今看來恍如隔世」、「清晰明快特屬於辦公室的音質，她不認識了，折動她使她更變得卑微，眼淚兩行滾下」、「那蔚藍和水晶的精英世界裡沒有她的位子。」[41]佳瑋意識到夏杰甫（或香港）不是她可以理解、認識與想像的，是作者有意寫在香港面前，台灣是很卑微，沒有主動權？「精英世界」表示對香港的崇拜？比起〈世夢〉裡父親與五姑在香港相聚，必嘉在香港購物，香港存在物慾傾向但又不完全被物質掩蓋，親情依然感人，〈月光〉中香港好像化身為一個人物（或夏杰甫是香港的化身），主導他人的意識，但外來者對它（或他？）的傾慕超越了物質層次，甚至願意無條件的付出與認同。

王德威指〈月光〉「有一種歇斯底里絕望」，[42]可能是指她除了現實中失去了寄託，幻想中的一切也終將要遺忘：

> 美美我（按：佳瑋幻想中的JJ王子）和你，在借來的時空裡遇見，現在必須回去了。我們雖然還會再見，只是你並不知道我，所發生的這

[39] 〈月光〉，頁 122。
[40] 〈月光〉，頁 123。
[41] 〈月光〉，頁 121。
[42] 王德威：〈從〈狂人日記〉到《荒人手記》——論朱天文，兼及胡蘭成與張愛玲〉，王德威主編：《花憶前身》（台北：麥田出版有限公司，2000 年），頁 19。

一切你將全部遺忘。……一切都會遺忘。遺忘遺忘……[43]

劉亮雅從「世紀末」的角度分析這篇小說：「〈帶我去吧，月光〉嬌嬌女程佳瑋在安靜雅潔的表面下潑辣強硬，做廣告創意的她活在廣告與圖像所編織的自我夢幻世界裡。她以幻想彌補失戀，並揮舞美工刀，以捍衛私密的夢幻世界。」[44]佳瑋的記憶最終只停留在小學之時，父母帶她去郊外，哥哥扮演不同人物逗她笑，因為這些都是快樂的記憶。她如母親一樣「留下的，是因為她願意記得所以留下，否則統統遺忘。」[45]她忘記了香港與夏杰甫，因為他們給她悲痛的經歷。香港的不真實實在是因為它本身的浮動不定，也因為它太炫目、太華麗了，香港這樣難以觸摸，使外來者刺激過大而變了樣。

三、〈巫看〉：不結伴的旅行

《巫言》首章〈巫看〉的主題是旅行。小說寫兩位不結伴的旅行者「我」與帽子小姐搭團到香港旅行的經歷。她們不約而同地要單獨到香港，是各有懷抱的。「我」表面上為犒賞自己工作辛勞而來港看《歌劇魅影》，實際上是要逃避眾人的譏笑；帽子小姐則為忘記男友而找一個可以購物的地方來充塞時間。為避開與外間相處，她們兩人都有一段心照不宣的獨白：

「別，別打招呼，別問我姓名，千萬別！我是來放鬆，當白癡，當野獸的。請你把我看做一張椅子，一盞檯燈，一支抽屜，或隨便一顆什麼東西，總之不要是個人。因為我是肯定不會跟你有半句人語的。」[46]

---

[43] 〈月光〉，頁 123-124。
[44] 〈世紀末台灣小說裡的性別跨界與頹廢：以李昂、朱天文、邱妙津、成英姝為例〉，頁 28。
[45] 〈月光〉，頁 146。
[46] 〈巫看〉，頁 45。

死物沒有表情、動作、語言，其他人不會知道她們在想些什麼，她們兩人也不想知道彼此是怎樣的人，這樣，她們便成為了「兩件互不干擾的物體，窄促斗室，運行得亮不擦撞」，[47]各自活在自己的世界裡。她們不願與人溝通的表現，在〈世夢〉與〈月光〉都能找到相近例子。必嘉不能與家人好好相處，尤其是父親；他退休在家後，他們的關係更形惡化，她感慨「人為什麼變得滴水難滲，任何言語都入不了身」。[48]〈月光〉中的眷村改建為國宅，佳瑋與母親經常為家庭小事爭吵，如新居沙發套的顏色、嫂嫂浪費食物等，其實她們都在適應佳柏結婚的生活，只是不願意說出內心感受。

人際關係冷漠是城市化社會的一大特質，劉亮雅曾言：「朱天文撻伐後現代台灣頹廢享樂、欠缺深度感與歷史意識」，從〈巫看〉來說，朱天文也有意批評香港過於物質享受、缺乏思考，[49]有意逆抗這股潮流。「我」與帽子小姐雖然要在台灣與香港逃避眾人的目光，卻在香港這個所謂「逃難所」為一些事物而不得不抬頭細看，這一點很值得留意。她們低眉迴避，實際上是避免洩露其外在的或心裡的不同程度的「入世」處事方法，看來香港並不是一個「不可救藥」的城市，至少城市中的物仍能引起「我」的目光。

1.「我」：戀物的焦慮

周蕾曾在〈現代性和敘事──女性的細節描述〉中引用女性主義學者肖爾（Naomi Schor）的說法。肖爾觀察到，西方的細節描寫美學與政治和厭惡女性現象互爲關係，她亦分析了黑格爾學派的昇華（sublimation）與巴特（Roland Barthes）的非昇華（desublimation）的特點。[50]周蕾認爲肖爾的見

---

47 〈巫看〉，頁 49。

48 〈世夢〉，頁 152。

49 劉亮雅：〈擺盪在現代與後現代之間──朱天文近期作品中的國族、世代、性別、情慾問題〉，張小虹編：《性／別研究讀本》（台北：麥田出版有限公司，1998 年，初版），頁 201。

50 Naomi, Schor. *Reading in Detail: Aesthetics and the Feminine*. New York: Methuen, 1987, p.23-41,79-97. 亦可參考周蕾：〈第三章：現代性和敘事──女性的細節描述〉，《婦女與中國現代性》（台北：麥田出版有限公司，1995 年），頁 168。

解可以總結爲：「細節描述的史冊，不單跟那些單調乏味、平常和裝飾點綴結上不解之緣，也和這些範疇一直指向的女性特質糾纏不清。」[51]朱天文在接受舞鶴訪問時亦坦言，對物的情迷「似是所有女性的天賦」，只是「我永遠被無以名之的各種細節所困，在現實生活裡糾纏得拖不動」；「逐物迷己，我好像活在一個泛靈的世界裡，連塑膠都有靈。」[52]

張小虹在〈戀物張愛玲——性、商品與殖民迷魅〉中指出，「戀物」可以是一種「換得換失」的心理機制。[53]〈巫看〉裡的「我」便把帽子小姐遺棄在酒店房間的垃圾分成不同的界別：永生界、重生界、投胎界與再生界，以換成有尊嚴的消費物，因此她認為自己是「非常病態的」發展「一套垃圾分類系統」：[54]

> 邊界那邊慘遭小偷光顧般到處掀腸剖肚的盒子和包裝紙。〔……〕脫下來的套衫，褲子，小可愛，木屐式涼鞋，皆各以其被脫下時的形狀或癱瘓，或蹲踞，或奔跑的散布著。
>
> 瞧，帽子小姐的浴室垃圾筒。
>
> 她把三樣東西混貶為堆，衛生紙，破絲襪，和戳着吸管的優酪乳空盒。三樣物件生前，我意思是，變成垃圾前活着使用時，它們是不可能混放在一起的。它們各有位份，秩序井然，用後，它們要有用後的待遇。[55]

「掀腸剖肚」、「癱瘓」、「蹲踞」、「奔跑」等字詞都可見「我」將物件視作人，是具有生命的物體，故此要遵從生活的規則。這種思索不只是對垃圾分類的重視，更是對物件消費過程的深刻理解。「我」不只是自己

[51]〈第三章：現代性和敘事——女性的細節描述〉，頁 168。
[52]〈凝視朱天文——小說家舞鶴專訪小說家朱天文〉，頁 30。
[53] 張小虹：〈戀物張愛玲——性、商品與殖民迷魅〉，《慾望新地圖》（台北：聯合文學出版社，2000 年），頁 9。
[54] 余非：〈文字：新舊寫作人都要過的關口〉，《星島日報》2004 年 8 月 31 日，F8。
[55]〈巫看〉，頁 49。

「在閱人，在讀物」，還要讀者跟隨「我」去觀察帽子小姐的垃圾：先用「瞧」，再用「且看」。而且，「我」在描述物件的狀態外，更以議論口吻逐一評論。其中，「我」對帽子小姐處理與「字」相關的物件時，語氣頗為不滿：

> 首先我把倒栽蔥插在筒裡的免稅品型錄拯救出來，真不解為何有人把它帶下飛機。馬上又把它扔掉，跟市貨比價嗎？其次，我救張著口給壓縮扭曲的手提袋。袋中塞著，天啊帽子小姐是沙漠還是火爐，喝光光買兩罐送一罐的果菜汁三罐，礦泉水兩瓶。殘汁弄污了低限主義設計的購物袋，就像在日本式禪境裡呸了一口痰。接著我救電話卡，兩張，三張。再救衣服標籤。帽子小姐顯然是找不到利器剪割，又啃又咬扯斷的標籤尼龍線，齒斑累累，一口年輕好牙，還得加上急切的決心，否則尼龍線咬不斷的，不相信儘管試試。〔……〕現在帽子小姐將洗標都扔了，收訊不到任何預警，犯下洗濯大錯，一件衣服的悲劇故此鑄成。〔……〕
>
> 「不看字罷，這就是下場！」我心底對帽子小姐發出惡意吶喊。
>
> 字，舉凡紙上有字的，哪怕碎小到是從何處撕下來一截紙頭記著號碼歪斜難辨的，皆不許棄為垃圾。字的歸字，只可回收，然後再生。我的再生界裡，字歸最高級，應列入第十一戒頒布：「不可廢棄字紙。」[56]

「我」顯現對文字有特別深刻的情感。事物經過人的搜尋、吸收、思考、消化等複雜過程，然後才轉化成文字，用以傳遞訊息、說明道理、表達情感等。因此，與「字」有關的物品需要特別嚴格處理。「我」更不惜「越界」拯救各種物品，寧願違背自己的旅行原則，也希望「它們獲得了條理，

---

[56] 〈巫看〉，頁 51-52。

心平氣和不再怨怒。」[57]

上面的長篇引文不僅呈現物也有其生命與尊嚴，還可連結丟棄物的地方——香港來思考。香港文學從前只被視為中國文學的一部份，英國統治香港時不鼓勵文學，到三十年代有「南來作家」，可是他們未注意本土意識，再加上香港重經濟發展，文化更少人關心；遲至七十年代才有較全面的香港文學研究。[58]現時的香港重物質消費、聲色光影，忽視歷史記憶，有如本雅明在〈機械複製時代的藝術作品〉所言「在機械複製時代凋萎的東西正是藝術作品的氣息（aura）。」[59]複製媒體把藝術的「氣息」消除，作品至此只淪為消費品。在香港可置之不理的物品，甚至是文字，在王德威眼中卻有另一番見解：「香港從不以文學馳名，但文學卻的確構成這座島嶼/城市的重要的人文風景。」[60]可見在艱難的香港環境，藝術作品依然有一線希望。〈巫看〉的「我」如此不厭其煩地逐一細看各種類別的物件，還要是以一個旅行者的身份來檢拾被人遺棄的物件，其堅守的道德態度與行為，實在為香港這個空洞、缺乏深度的城市，帶來一點點動人的力量。

2. 帽子小姐：商品消費背後的欲望

上文討論過香港的商品消費型態，其中帽子小姐便最為「了解」，因為她無心遊覽香港，只是為了「瞎拚」，每次「累得無暇檢點戰果，鞋沒脫就倒在戰利品上睡著了。」[61]其實，她是借香港為避風港，逃避思考與男友的關係。

---

[57] 〈巫看〉，頁 52。

[58] 朱耀偉、張美君：〈導論：文學研究與文化研究之間〉，載張美君、朱耀偉編：《香港文學@文化研究》（香港：牛津大學出版社，2002 年），頁 xix-xxv。

[59] Walter, Benjamin. 'The Work of Art in the Age of Mechanical of Reproduction.' *Illuminations*. New York: Schocken Books, 1968, p.223. 中譯據本雅明著、張旭東、王斑譯、漢娜・阿倫特編：〈機械複製時代的藝術作品〉，《啟迪：本雅明文選》（香港：牛津大學出版社，1998 年），頁 220。

[60] 〈香港——一座城市的故事〉，頁 320。

[61] 〈巫看〉，頁 49。

作為商品化城市，香港讓她有足夠空間發揮其「瞎拚女王」的本色。她面不改容地買春裝、「馳騁畋獵，令人心發狂，她驅策自己在幾處大mall裡面獵物，跑斷鞋跟，骨拆骸散。」[62]她屈服於資本主義之下，不能抗拒物慾的誘惑，以致情緒過度興奮刺激，很可能已忘記買過些什麼，也不會知道她已被當成獵物，正在獵人（城市）的監控與圍捕（「大mall」把不同款式的物品集中其內，務求讓消費者有更多時間購物，此即是百貨公司設計的銷售策略）之內。

人與人之間關係冷漠，與馬克思在《資本論》中所提及的「商品」（commodity）概念相關。「商品」是指在資本主義的社會中，被市場所交換與消費的物品。馬克思認為，商品彷彿與金錢一樣，可以有其自主性，能讓人產生一種幻想的快感（phantasmagoria）及外觀，但它又將其自身的本質加以掩藏，成為替代式的符號，讓事物客觀化，而抽空了其真實本質的價值，當人們消費這種商品價值背後的文化符號，即是「商品拜物」（commmdity fetishism）。[63]

在「商品拜物」的香港裡，帽子小姐瘋狂購物只是精神寄託，男女關係才是她所關心的。即使周旋於各式購物中心，她想著的仍是何時打電話給男友，思想的矛盾暴露了她對愛情的執著，也同時暗示了香港不是一個可以永恒逃避問題的地方，而從正面去想，香港可以是一個予人無形勇氣或力量去解決問題的地方？

打電話是帽子小姐不可避免的思考問題。電話這個意象具有兩個極端相反的意義：一是消費，二是溝通，頗符合香港這個味曖不明的身份。她一方面把電話卡變成購物這種消費活動，泯滅了電話用以拉近人與人之間

---

62 〈巫看〉，頁 75。

63 馬克思在《資本論》第一篇第一章「商品」論及商品的價值，有關「商品拜物」可參考《資本論》（台北：時報文化出版企業公司，1990 年），頁 87-101。另參考廖炳惠編著：《關鍵詞 200：文學與批評研究的通用辭彙編》（台北：麥田出版有限公司，2003 年），頁 47。

的距離的作用；她還努力以購物去抑壓其試圖與他人溝通的慾望，「她得努力購物，補滿時間空隙以防一不留神就走那隙間去電話亭。」[64]另一方面，她經常思考何時打電話給男友。當她打電話時，電話響了兩下便接通了，暗示溝通對他們而言是很容易的事；他們談天說地直到電話卡時間用盡，然後她又去買了另一張電話卡繼續通話，雙方的溝通意欲顯然是很強烈的。「帽子小姐走回房間，感到一切如此之輕易。既然打了第一通電話，打了第二通電話，那麼還差第三通嗎？輕易於焉變得更加輕易。」[65]香港並不是一個全然冷漠的社會，溝通的可能是存在的。比對〈世夢〉與〈月光〉，朱天文的寫作態度表示她不否認香港是有希望的城市，還可能是值得期待的城市，她對香港的前景越來越樂觀了。

在這趟旅程中，「我」與帽子小姐都發現自己生活在別人的目光之下。即使能夠暫時以旅行的方式離開，她們最後也必要面對生活中各種人事問題。縱觀三篇小說，在資本主導、物慾享樂的香港社會裡，「我」拯救了「扎扎實實的會佔據行李空間的實物」回家，[66]帽子小姐解決了愛情問題，已顯示情感仍然可在香港存在。雖然就深度而言，「我」重視物的情感，尤如同其生死，比起帽子小姐顧慮的個人感情，前者的思考要比後者為多。但帽子小姐已比〈月光〉的佳瑋幸運得多，佳瑋被自視甚高也極自戀的香港人夏杰甫遺棄，在那精英世界裡佔不了一個位置。而〈世夢〉的必嘉則似乎隱然被物質社會所同化。朱天文曾說：「越是全球化，越是要並存地域性區域性。」[67]朱天文筆下的香港，是一個既物質化又商業化，但仍抹殺不了存有情感可能的城市，這兩種矛盾又同時存在的特質，即是朱天文所觀察到的香港特色了。

---

[64] 〈巫看〉，頁 75。
[65] 〈巫看〉，頁 76。
[66] 〈巫看〉，頁 53。
[67] 〈凝視朱天文——小說家舞鶴專訪小說家朱天文〉，頁 43。

肆、結語

也斯在〈香港的故事：為甚麼這麼難說？〉一文中說：「他們都爭著要說香港的故事，同時都異口同聲地宣佈：香港本來是沒有故事的。香港是一塊空地，變成各種意識型態的角力場所；是一個空盒子，等待他們的填充；是一個飄浮的能指（signifier），他們覺得自己才掌握了唯一的解讀權，能把它固定下來」。[68]朱天文的〈世夢〉、〈月光〉與〈巫看〉以外來者、過客這個較有距離的身份，描寫香港景觀與敘說香港故事。小說中的人物從離開台灣、到達香港、最後回歸台灣，「出走─回歸」模式[69]顯現香港是中途站。兩地文化、歷史、生活相異，兩地人的感受自然也有不同。朱天文有意批評香港城市過於物質享樂、投機拜金，人的情感變得脆弱、傾向悲觀，因而容易為物慾所支配，但她也不全盤否認香港是存有情感的，從而透露出一點希望與期待。

香港故事這樣「難說」，以上所述小說可能都只是朱天文個人的「偏見」，然而在這些書寫表述之中，留下與香港有關的問題，都值得思考與延伸討論。如〈月光〉裡佳瑋來到香港便不陪伴母親回大陸探親，當中可能涉及政治問題，或新人類對國族的見解；[70]又如香港與台北的「雙城故事」（可能是朱天文選擇敘寫香港的原因之一）。兩城都處於邊緣的位置，也曾受到殖民統治（台灣受日本統治，香港受英國統治）。這些外國勢力淡化本土意識（日治時期的台灣作家需用日語寫作），加上城市化、金錢掛

[68] 也斯：〈香港的故事：為甚麼這麼難說？〉，載張美君、朱耀偉編：《香港文學@文化研究》（香港：牛津大學出版社，2002 年），頁 12。

[69] 梅家玲論文指〈傾城之戀〉白流蘇「出走與回歸」上海/香港，即是張愛玲的「參差對照」美學。有關討論可參考梅家玲：〈烽火佳人的出走與回歸──《傾城之戀》中參差對照的蒼涼美學〉，楊澤編：《閱讀張愛玲：張愛玲國際研討會論文集》（台北：麥田出版有限公司，1999 年），頁 257-275。

[70] 張誦聖提到外省第二代不願回鄉探親，是因為「中國情結」已瓦解。有關討論可參考張誦聖著，高志仁、黃素卿譯：〈朱天文與臺灣文化及文學的新向〉，梅家玲編：《性別論述與台灣小說》（台北：麥田出版有限公司，2000 年，初版），頁 328。

帥、媒體資訊泛濫等因素都足以影響文學藝術的發展。「家」、「國」（或「城」）論述至今依然是方興未艾的文學議題，誠如王德威所言：「尤其在全球化和後殖民觀念的激盪下，我們對國家與文學間的對話關係，必須作出更靈活的思考。」[71]期待朱天文其後書寫香港或與香港相關的作品，能夠呈現更多元更豐富的城市面貌與生活文化。

[71] 王德威：〈文學行旅與世界想像〉，《聯合報》2006 年 7 月 8 日，E7。

參考文獻

專書

- Benedict, Anderson. *Imagined Communities: Reflections on the Origin and Spread of Nationalism.* London; New York: Verso, 1991.
- Benjamin, Walter. *Illuminations*. New York: Schocken Books, 1968.
- Schor, Naomi. *Reading in Detail: Aesthetics and the Feminine*. New York: Methuen, 1987.
- Showalter, Elaine. *Sexual Anarchy: Gender and Culture at the Fin de siècle.* New York: Viking, 1990.
- Williams, Raymond. *The Country and the City.* London: Hogarth Press, 1993, p.1-8.
- 王斑：〈呼喚氣韻的記憶：朱天文的現代都市懷舊〉，《歷史與記憶：全球現代性的質疑》，香港：牛津大學出版社，2004 年，頁 221-242。
- 本雅明著、張旭東、王斑譯、漢娜・阿倫特編：《啟迪：本雅明文選》，香港：牛津大學出版社，1998年。
- 安德森：《想像的共同體：民族主義的起源與散布》，台北：時報文化出版有限公司，1999 年。
- 朱天文：《世紀末的華麗》，台北：遠流出版事業有限公司，1990年。
- 朱天文：《炎夏之都》，台北：遠流出版事業有限公司，1989年。
- 周蕾：〈第三章：現代性和敘事——女性的細節描述〉，《婦女與中國現代性》，台北：麥田出版有限公司，1995 年，頁 167-234。
- 林燿德：〈空間剪貼薄——漫遊晚近台灣都市小說的建築空間〉，《敏感地帶——探索小說的意識真象》，板橋：駱駝出版社，1996 年 9 月，初版，頁 95-133。

- 馬克思：《資本論》，台北：時報文化出版企業公司，1990 年，頁 87-101。
- 張小虹：〈戀物張愛玲——性、商品與殖民迷魅〉，《慾望新地圖》，台北：聯合文學出版社，2000 年，頁 9-49。
- 張美君、朱耀偉編：《香港文學@文化研究》，香港：牛津大學出版社，2002 年。
- 張誦聖著，高志仁、黃素卿譯：〈朱天文與臺灣文化及文學的新向〉，梅家玲編：《性別論述與台灣小說》，台北：麥田出版有限公司，2000 年，初版，頁 323-347。
- 梅家玲：〈八、九〇年代眷村小說（家）的家國想像與書寫政治〉，載陳義芝編：《台灣現代小說史綜論》，台北：聯經出版事業公司，1998 年，頁 385-417。
- 梅家玲：〈烽火佳人的出走與回歸——《傾城之戀》中參差對照的蒼涼美學〉，楊澤編：《閱讀張愛玲：張愛玲國際研討會論文集》，台北：麥田出版有限公司，1999 年，頁 257-275。
- 廖炳惠編著：《關鍵詞 200：文學與批評研究的通用辭彙編》，台北：麥田出版有限公司，2003 年。
- 劉亮雅：〈世紀末台灣小說裡的性別跨界與「頹廢」：以李昂、朱天文、邱妙津、成英姝為例〉，《情色世紀末：小說、性別、文化、美學》，台北：九歌出版社有限公司，2001 年，初版，頁 13-47。
- 劉亮雅：〈擺盪在現代與後現代之間——朱天文近期作品中的國族、世代、性別、情慾問題〉，張小虹編：《性/別研究讀本》，台北：麥田出版有限公司，1998 年，初版，頁 195-211。

期刊論文

- 王德威：〈文學行旅與世界想像〉，《聯合報》2006 年 7 月 8 日，E7。
- 朱天文：〈巫看〉，《印刻文學生活誌》第 1 期（2003 年 9 月），頁 44-79。

- 余非：〈文字：新舊寫作人都要過的關口〉，《星島日報》2004 年 8 月 31 日，F8。
- 舞鶴：〈凝視朱天文——小說家舞鶴專訪小說家朱天文〉，《印刻文學生活誌》第 1 期（2003 年 9 月），頁 24-43。

參考網站

- 麥哲倫：〈朱天文：命名的喜悅是最大的回饋〉，《南方周末》第 26 期（2004 年 1 月）：
http://magazines.sina.com.tw/nfweekend/contents/20040108/2000108-026_13.html。

講評

劉俊*

朱天文寫城市的小說不少，涉及到香港的卻不多。〈世夢〉、〈帶我去吧，月光〉和〈巫看〉(長篇小說《巫言》中的一節）這三部作品都有一個香港在。作為一個台灣作家，朱天文在寫到香港的時候，是把它作為一個什麼樣的元素帶入到自己的作品中的呢？

單就三篇小說來看，《世夢》寫於 1987 年 7 月，8 月發表於《中國時報》，其時台灣「戒嚴令」剛剛解除，開放大陸探親尚未啟動，〈世夢〉可謂既開「探親小說」的先河，也接續上二十世紀五十年代台灣「懷鄉文學」的傳統，香港在小說中的功能，是兩岸親人（來自大陸的五姑、表哥和來自臺灣的父親、必嘉）相見的仲介地；在寫於 1989 年的《帶我去吧，月光》中，香港人夏傑甫對於生活在台灣的程佳瑋來說是個新奇的「外來者」，他的氣質、風度和行事作風令程佳瑋目為之炫，心為之動，可是等她來到香港尋找夏傑甫的時候，她在夏傑甫的眼裡卻成了一個帶著「慢半拍」的台灣節奏、玩情感遊戲時因「過分認真」而「變得極不賞心悅目」的「闖入者」——如果以台灣的程佳瑋為本位，而把夏傑甫作為香港的代表或象徵的話，〈帶我去吧，月光〉中的香港就成了新奇、刺激而又有點匪夷所思的「它者」，它能喚起程佳瑋的內心波瀾，卻不能讓程佳瑋停留；到了 2003 年的〈巫看〉，香港基本上成了「不結伴旅行者」帽子小姐逃避感情、瘋狂購物和「我」獨自往觀《歌劇魅影》的場所，香港在小說中提供了一個「菩薩低眉」欲看還休的背景。

因此，如果簡單概括「香港」在朱天文三篇小說中的功能，大概可以

* 南京大學中文系教授

歸為「血親相見的仲介」(〈世夢〉)、「新奇刺激的它者」(〈帶我去吧，月光〉)和「觀看／不看的場所」(〈巫看〉)。

由於朱天文一向的「博物志」書寫風格，故而在小說中涉及到香港這個繁華都市和購物天堂的時候，她自然會把她擅長的「物的情迷」特點在香港的身上揮灑得淋漓盡致，順帶地也就表現出了香港的城市特點、消費性格、「商品拜物」及其對人的影響和塑造——在這一點上，我基本同意論文在經過仔細分析後得出的結論：「朱天文有意批評香港城市過於物質享樂、投機拜金，人的情感變得脆弱、傾向悲觀，因而容易為物欲所支配，但她也不全盤否認香港是存有情感的，從而透露出一點希望與期待」。

論文作者生活在香港，所以對朱天文這三篇小說中的「香港」因素有著特別的敏感和體認，並以此做出了自己頗有見地的解讀。如果說對論文的進一步完善還有什麼建議的話，我想作者也許可以在這三方面稍加用力：(1) 在強調香港的重要性的同時，對香港在朱天文這三篇小說中究竟處於什麼位置、具有何種功能應給予總體的判斷；(2) 香港到底是朱天文著力書寫的物件，還是只不過是她用來達成特殊目的（表現探親、刻畫情動和展示特異）的媒質、載體和工具？如是後者，小說又是如何進行的？(3) 論文對朱天文筆下的香港特性的概括和歸納（都市風景、曖昧身分、殖民積澱、消費性格、商品拜物、疏離特性）是否就是朱天文的小說所獨有？如果在其他作家（如劉以鬯、施叔青等）的筆下，香港也是如此，那朱天文小說中的香港的獨特性，又是什麼呢？

集體記憶的書寫

論《溫州街的故事》的時間、空間與敘事

黃啟峰*

摘要

李渝由於多重遷徙的背景，其作品《溫州街的故事》呈現著一種空間大幅置換的書寫方式，然其書寫的主體仍在於幼年時代居住的台北溫州街為主。溫州街這塊區域，在國民政府遷台之後，成了一塊集思想、政治與各方菁英匯集的地方，也是國民黨打造中國完整圖像的一部份。經由日本統治、國民黨打造，以及臺灣當地的色彩之變遷，溫州街的空間與地景呈現一種不斷「刮除重寫」以及混雜的文化歷史痕跡。

李渝以這個地方的人事物出發，書寫自己以及部分外省族群之集體記憶，小說當中所透露的地理空間，是來自作家本身的體驗，也是一種國族的想像。李渝使用意識流的手法，將小說人物與氛圍帶進了更細膩而複雜的意識活動中，其中不管是營造出的時間感、空間的置換，以及敘事的手法，都是此部小說作者別具匠心而值得細究的特點。

關鍵字：李渝、集體記憶、溫州街、地景、意識流

---

* 中央大學中文所碩士生，E-mail：93121012@cc.ncu.edu.tw

前言

李渝，一位出生於四川，生長於台灣，又移居至美國的作家，如此多重遷徙的背景因緣，使得她的作品《溫州街的故事》呈現著一種對於地理空間重建以及記憶召喚的氛圍。此部書的撰寫在八〇年代之後[1]，地點則在遠方的美國，可是小說中多所著墨的時間與地點，則是回到了四〇、五〇年代附近的時空，至於場景更是以台北與中國各地為鋪敘重點。憑著過去遺留於記憶的家鄉印象，已經不在場的時間與空間成了李渝打造鄉愁與記憶的重要據點，循著紛亂的脈絡，我們彷彿可以探視到戰後部分外省族群的身影以及溫州街的地景，並且當中亦瀰漫著濃厚的作者之鄉愁。

李渝的小說除了題材上與生長的背景因緣之外，另外後來的所學專業以及與丈夫郭松棻共同的生活經歷，都在她的小說筆法呈現上有所影響。從作者藝術史的專業來看，視覺呈現是李渝小說表現的重點，至於與郭松棻近似的詩化而凝練之文字敘述，則是這對文學夫妻檔鮮明的創作共通之處。

戰後初期的溫州街對當時代可說是別具意義，這個地方集中了李渝少年時所認為的那些中國近代的失意官僚、過氣文人、打敗了的將軍、半調子新女性的窩聚地[2]，實質上更是聚集了政治界、教育界、文化界等菁英的地方，因著時局的大變化，溫州街更承載起了原先大中國當中，非共產陣營的自由中國思想之集聚地，所謂「溫州街」這樣一個地標，隨著歷史與文化的因素，逐漸顯得複雜而不平凡。

截至目前為止，關於李渝作品的探究並不多，主要由楊佳嫻在碩論《論

---

[1] 李渝自述：「七篇小說和兩篇散文收在這兒，從一九八三年寫起延續到一九九一年而未止，不包括我最初的作品，是我第一本小說集。」李渝。〈集前〉《溫州街的故事》，台北：洪範，1991，頁 2。

[2] 李渝。〈臺靜農先生、父親・和溫州街〉《溫州街的故事》，台北：洪範，1991，頁 232。

戰後台灣外省籍小說家作品中的「台北人」》一書，以及兩篇單篇論文，曾花了部分篇幅探討其小說中的家國想像與空間變遷，然楊佳嫻主要仍偏向與其他外省作家呈現台北地景的一個概括性綜述，另外鄭穎亦發表過一篇單篇探究李渝前後期全部作品的論文[3]，以及王德威與郝譽翔寫過的較為簡短的書評與作家評等。因此，綜觀台灣整個文學場，相較於她小說的藝術與文化價值來看，學界對於李渝的關注終究還是略嫌稀少。而本篇論文擬從「文化地理學」與「記憶論述」出發，集中焦點對於《溫州街的故事》一書作文本解析，以期挖掘出當中的文化意涵與敘事美學。

一、重建地景，觀看城市

1、從「中國」到「台北」

與李渝的出生時代背景一般，記憶中族群的遷徙經驗，城市空間的快速置換，李渝的鄉愁來自中國，也來自台北[4]。中國是文化上的、上一輩遺留下來的記憶，而台北則是李渝親身渡過的童年記憶。

在〈她穿了一件水紅色的衣服〉以及〈夜琴〉等篇章，都訴及了角色經歷流離的中國經驗，以及最後以暫居心態卻久留於當地的臺北。像那位穿著水紅色衣服的她與她的情人，他們記憶中的中國城市並不完整分明，而是片斷式的逃難鏡頭：

> 城市在重圍中被陷落被佔領，敵人投入空前的兵力從鐵路和江岸湖岸

---

[3] 鄭穎。〈由「多重引渡」論李渝小說中的現代性與歷史書寫〉《2005 海峽兩岸華文文學學術研討會論文集》，台北：中國現代文學學會，2005。

[4]「李渝小說中的探訪旅行是雙重的，一是朝向青春時代的台北，二是把目光轉向父母的家鄉，地理上的中國；不論是哪一條路線，她都試圖在重重政治面具下，挖掘一點溫暖的線索。」楊佳嫻。〈離／返鄉旅行：以李渝、朱天文、朱天心和駱以軍描寫台北的小說為例〉《中外文學》34 卷第二期，2005 年 7 月。

夾攻進入。飛機擦過屋脊，震跳起玻璃杯，濺得面前筆記本上的字都洇成一團團的藍印子。我可能被彈擊中被彈片流彈劃傷妳也可能，房樑會塌會壓在身上，屋會起火車會翻倒船會沈沒，我突然覺得一刻不能再容忍再遲疑，城市就要陷落江水就要被封鎖沒有希望沒有希望沒有一處能抵擋攻勢的局勢[5]。

很多年以後我們再回想城市的陷落都已不再記得確實的日期時間和地點。南京的淪陷和北平的淪陷和廣州的淪陷和海南島的淪陷，或者等等不同的城市在不同的戰爭中的淪陷在記憶中都混成了一片[6]。

這樣子的逃難經驗，以及每座城市記憶的雷同模糊化，使得整個大中國的空間記憶漸漸由具體變為虛構，由多元變為單一。由於官方機構強調正統中國的完整國家圖像，台北城儼然成了一座中國大陸地圖的縮影，人們在大陸所失落的土地，在台灣又重新的建構起地景。因此像「溫州」這樣一個深處中國東方浙江省內的城市，也變成台北市東區的「溫州街」，完全不同的空間在這裡卻有意的照著方位與名稱，樹立起一個個打造的虛構地標。

而在溫州街不乏出現的日式建築，也透露了這裡被經由打造再打造的痕跡：

學校的建築都不高，日據時代的紅磚樓，肅穆的青灰瓦。從窗口的左邊順著正路，能看到進底的木柵門[7]。

灰舊的日式木房，屋簷低低覆蓋在防盜木條上。矮冬青長得很密，一棵棵連成了圍牆。沒有大門，碎石和水泥壓成的門樁分立在中間，

[5] 李渝。〈她穿了一件水紅色的衣服〉《溫州街的故事》，台北：洪範，1991，頁 54。
[6] 李渝。〈她穿了一件水紅色的衣服〉《溫州街的故事》，台北：洪範，1991，頁 57。
[7] 李渝。〈菩提樹〉《溫州街的故事》，台北：洪範，1991，頁 147。

算是到了進口[8]。

經歷了日據時代帝國大學的宿舍時代，雖然隨著對日抗戰的勝利，日本的殖民被終結，而之後的國府撤退來台，更是執意的將大台北打造成中國文化與國土的延續。正如原先的「水稻町」變為日後的「溫州街」[9]，國族的打造經由日本轉為中國，國民黨來台第一件所做的事情便是「刮除重寫[10]」台灣人的記憶，並且極力的撲滅日本留下的地誌痕跡。然而最後呈現的是一個重寫之後的複合地景，從日本，到中國，再加上當地的色彩，溫州街的地景反映出了過去時代變遷並且一再被重寫的痕跡。

2、存在空間與想像的「地方」

空間的快速置換是李渝小說的特點之一，並且就因為像繁雜的記憶進行一般，讀者在依循故事進行閱讀時，將發現大量空間的錯落，加上時間亦非傳統的單線性進行，很容易使得讀者無法一氣呵成的進入作者的故事脈絡當中。而這些斷裂空間事實上是這些人物所經歷存在場景的移動結果，並且在一個已經逐漸穩定下來的「台北」這個地域，繼續想像，以追尋家鄉的文化與過去的時間，台北的「溫州街」在當時，成了瀰漫濃厚中國鄉愁的「地方」[11]。

---

[8] 李渝。〈朵雲〉《溫州街的故事》，台北：洪範，1991，頁 179。

[9] 李渝曾在散文裡提及：「光復初期和二二八時的溫州街，說到那時叫做水稻町的曾是日本大學宿舍，最高的地方叫做龍安坡。」李渝。〈臺靜農先生・父親・和溫州街〉《溫州街的故事》，台北：洪範，1991，頁 230。

[10] 刮除重寫一詞衍生自中世紀的書寫材料。這指涉的是刮除原有的銘刻，再寫上其他文字，如此不斷反覆。先前銘寫的文字永遠無法徹底清除，隨著時間過去，所呈現的結果會是混合的，刮除重寫呈現了所有消除與覆寫的總和。因此，我們可以用這個觀念來類比銘刻於特定區域的文化，指出地景是隨著時間而抹除、增添、變異與殘餘的集合體。克蘭（Mike Crang）著，王志宏、余佳玲、方淑惠譯。《文化地理學》，台北：巨流，2003，頁 27-28。

[11] 研究「地方」的取向指出了「歸屬感」對人類而言至關重要。基本的生活地理並非壓縮於一系列的地圖格網座標中，而是超越了區位（location）觀念，也超出了區位科學的範圍。極為重要的一點是，人群並不只是定出自己的位置，更藉由地方感來界定自我。被問到自

前後時間的空間對照，小說人物出現一種停留於想像的地方，而忘身自我實質上存在空間的情形。那群成天躲在樓房裡打牌的各家太太們，慢慢失去了時間進行的意義，戰爭轟炸場景的不斷重複，則是他們共同經歷過的集體記憶。在戰爭結束之後，過去的光榮頭銜與場面，除了在一個樓房裡面進行的「麻將聚會」可以讓這些人重溫自己的顯貴與身份之外，一旦從牌局裡解散，這些人又回到了現實已經不復光榮的窘境。

> 一百零八張牌傾倒在水中，看不見水花，只聽見哺哺的聲音及打著前進的船身。他獨自坐在後座聽著不間斷的水聲，偶然出來透透空氣吃點東西。屬於過去的隨水聲而屬於過去，你正駛向不可測的某地，無論你有多少頭銜房產古董姨太太都要放棄都要重新開始。你終於能夠重新開始。突然他記起來，再過幾天就是他五十歲的生日了[12]。
>
> 十年過去，二十年過去，三十年過去，洗牌洗牌洗牌，骨脊在桌面排擠撞擊散開又合起，(口桀)(口桀)割刮著你的耳膜，你是這麼熟悉轟炸，以致於到了溫州街以後聽到了演習警報還以為是真的呢，你的履歷表畢業證書結婚照值錢的首飾都還留在小皮箱裡呢[13]。

因此牌局不斷在進行，這些人在麻將桌上已經將時間凝結，即使大量的時間過去，所具有的都仍是相同的意義，因為「溫州街」原本應該只是一個暫時停留的居留地，他們並不想馬上接受自己存在於一個並非是「真正家鄉」的空間。

己是誰時，許多人會回答「我是蘇格蘭人」、「我是布里斯托人」、「倫敦人」、「紐約人」等等。這些地方不僅是地球上的幾個地點而已。地方代表了一系列文化特徵；地方不只說明了你的住處或家鄉，更顯示了你的身份。克蘭（Mike Crang）著，王志宏、余佳玲、方淑惠譯。《文化地理學》，台北：巨流，2003，頁 136。

[12] 李渝。〈她穿了一件水紅色的衣服〉《溫州街的故事》，台北：洪範，1991，頁 75。

[13] 李渝。〈她穿了一件水紅色的衣服〉《溫州街的故事》，台北：洪範，1991，頁 78。

空間的變動使得原先含蘊的地方精神也產生了衝擊，如〈朵雲〉裡的夏教授拿出了魯迅與泰戈爾的書給阿玉看，並且感嘆的說：「中國的東西更好，可惜這裡看不到。[14]」這句話充滿了對於「中國文化」的憧憬，空間的區隔間接也切斷了兩岸現實文化的交流，即使因著自由主義一系的文學宣揚，但也只是部分知識份子所建構的想像國家體系。國民黨在四〇年代末失去中國大陸之後，仍以完整的中國秋海棠版圖自居，或許可說是一種擬象（simulation）的現象。自由中國所指涉的「地方」事實上只存在於神話空間的刻意創造之中。從現象學的角度來說，這種空間是「不真實的」，是外加的發明，而非地域文化的表現。這些空間的象徵意涵是由外人創造，並以外人為目標，因此可說是「他人導向的」（other- directed）[15]。

李渝的小說當中雖然沒有刻意的將地景的打造明確標示，但空間、文化、時間的轉換與變異，在這裡頭我們卻也可以感受到溫州街曾經與當地並不如此貼近，並且還遙遙映照的是一個想像的「家鄉」。

3、觀看城市的「渡引」[16]人物——阿玉

在多篇小說皆曾露臉的「阿玉」，是李渝作為小說視角引渡的主要人物，她出現在溫州街的街道當中，常常看似無意的帶領著讀者作著「觀看」的動作，溫州街的那些老知識份子、老達官貴人的體態與言行，就在阿玉那凝視的剎那，更加傳神的呈現他們在這座城市所給予人的印象。在這般渡引的手法背後，這些人物的形象不再只是一種作者刻意而絕對的情節塑

14 李渝。〈朵雲〉《溫州街的故事》，台北：洪範，1991，頁 197。

15 克蘭（Mike Crang）著，王志宏、余佳玲、方淑惠譯。《文化地理學》，台北：巨流，2003，頁 155。

16 關於小說「渡引」的概念，李渝曾在〈無岸之河〉提到：「小說家佈置多重機關，設下幾道渡口，拉長視的距離，讀者的我們要由他帶領進入人物，再由人物經過構圖框格般的門或窗，看進如同進行在鏡頭內或舞台上的活動，這麼長距離的，有意地「觀看」過去，普通的變得不普通，寫實的變得不寫實。」
李渝。〈無岸之河〉《夏日踟躇》，台北：麥田，2002，頁 44。

造，而是在一個有限視角底下純粹呈現畫面，並保留了讀者對畫面應有的想像空間。例如阿玉在〈她穿了一件水紅色的衣服〉最後轉頭觀看著陽台依靠在欄杆的那位經歷風霜仍穿著水紅色長衣的老婦人；〈傷癒的手，飛起來〉中，在離開溫州街的一陣時間之後，阿玉的腦海，浮現那無意間瞥見的父親繪畫時冥思的背影；〈菩提樹〉裡阿玉經歷著陳森陽因白色恐怖被抓走的經過；〈朵雲〉中，阿玉在牆角碰巧看到夏教授與下女的曖昧，蒼老的儀態中現出一個久需親人安撫的疲貌。

李渝曾經在採訪中承認，阿玉有著自己自傳的性質在裡頭[17]，不過也如她一再強調的，小說所呈現的是最初素材的轉化與扭曲之後的結果，因此人物也不必然是完整如實的一個自傳體對照，更非讀者觀照的重點。反而在吸收了李渝本身的少年成長經驗之後，阿玉這個角色的視角與感受在小說中被內在化了。讀者經由阿玉的視覺、聽覺與遭遇的導引，經由聽與看之間的多重引渡，得到的不是聆聽一個故事，而是像親身走在溫州街一般的體驗小說人物與故事的氛圍。

二、召喚記憶，救贖心靈

1、高階層社會的記憶價值

探討國族記憶，從一個能代表當時高階層社會的族群聚居地——溫州街察看，有其價值性。晚近學界開始有學者強調民間的歷史、人民的歷史，這幫助我們對於歷史向度的探索有著多元的可能，並能解放官方大歷史敘述的權威。然這並不代表這些在歷史上地位身居要角的歷史應該完全鄙棄，在這些人當中，他們充當的是連結中國近代歷史集體記憶的延續者，

[17] 廖玉蕙。〈郭松棻、李渝：生命裡的暫時停格〉《打開作家的瓶中稿：再訪捕蝶人》，台北：九歌，2004，頁 173-174。

經由他們顯赫的家族與生平，也暴露了國族政局幾十年來的主軸線。

> 你要回去追索四○、三○年代，他們都是有聲有色的人物。我的父親是台大教授，我來到美國以後，重新開始接觸中國近代史，突然發現這裡、那裡的名字根本就是我家飯桌上常常被提到的。原來我家飯桌上進行的就是中國近代史！不只是這些，有時候父親回來就說：「唉呀！今天胡適又在找牌搭子！」因為胡適的太太要打麻將，他們家裡我們家很近。媽媽買菜回來又說：「啊！黑轎車又停在哪兒！」就是張道藩來看蔣碧微[18]。

小說中由蔣碧微所延伸出來的水紅色衣服的婦人，胡適太太找牌搭子而轉換成為一群不停在轟炸的樓房底下打牌的夫人們，英千里老師轉化而成的夏教授，或者更多因白色恐怖而犧牲的高知識份子，與陷入等待與驚慌的被害者之妻子等人物原型所鋪演出來的故事。

在溫州街發生的這些故事，充斥著中國近代史的政治事件，但李渝以每個人物的感官去陳述這些歷史，而歷史在人們的記憶中，往往就是如此容易被人們完全歸屬於幾個重要的人物身上，再去作追憶的動作。從抗戰到內戰，二二八事件到台共整肅，白色恐怖到文化大革命，李渝批判戰爭與政治的意圖歷歷可見[19]，但意圖僅僅是被暴露，實質上這些故事被李渝以詩性的文字緩和，並且不時轉移了家國之痛的焦點，而走向個人之憂愁。捨棄以線性陳述的說故事方式，李渝藉著每個故事當中的人物，因著他們的意識與記憶遊走，使得歷史的空白處變大，而局勢的氛圍則顯得更加內斂化。在這裡，重大的政治事件逐漸在小說被弱化，而個人的情感則反倒

---

[18] 廖玉蕙。〈郭松棻、李渝：生命裡的暫時停格〉《打開作家的瓶中稿：再訪捕蝶人》，台北：九歌，2004，頁 169-170。

[19] 王德威。〈走在鄉愁的路上：評李渝《溫州街的故事》〉《眾聲喧嘩以後：點評當代中文小說》，台北：麥田，2001，頁 325。

被大力宣揚。

2、照片、圖畫的召喚

視覺性的照片與圖畫一直是李渝召喚記憶很重要的一個要素。故事中的角色通過視覺和對象產生了距離，利用這樣的視覺及觀點，也就形成了一種知識與觀賞位置，而在這當中隱藏了一種作者本身對他者再現的方式[20]。隨著照片的出現，人們慢慢順著線索回溯過去並且重新建構記憶，在這個歷程當中，發現，召喚，填補，觸發，成了視覺性事物對於人物情感的影響過程。尤其是一個在生活中已經消失或者死亡的人，對於記憶來說，由於時間的沖淡，過去的可靠性變得不真實起來，因此可靠存在的事物成了維繫過去的重要依據。

〈夜琴〉的第三人稱主角因著一張並肩坐著父親、母親、妹妹和丈夫的合照，來召喚自己對這些已經死亡或者離散的親人的記憶；〈她穿了一件水紅色的衣服〉亦透過照片來回憶在戰爭犧牲的年輕軍官。而〈夜煦〉的第一人稱主角與〈傷癒的手，飛起來〉中阿玉的父母一般，都藉著照片重新拼湊並建構記憶，只是〈夜煦〉的主角是藉由簡報、新聞、照片慢慢的抓出了女伶與胡琴師的愛情故事，而阿玉的父母則因為時間與空間的拉長，對於照片的空間背景也不確定了起來，會堂與中山陵，玄武湖、莫愁湖與西湖，父親與母親的記憶在這個追溯的過程產生了歧異，然而每次爭論的結果，母親提出的論點從「中山陵的台階多一點」、「西湖的柳岸密一點」來作為判斷依據，所有推測的動作都是彼此對記憶的空白處所作的填補，當然在完成記憶的追尋之後，感情的觸發反倒才是視覺性事物出現的主要目的。

另外饒負趣味的是〈傷癒的手，飛起來〉中，阿玉的父親無意發現年

---

[20] 視覺文化的觀點參照自廖炳惠《關鍵詞 200》，台北：麥田，2003。

輕時代自己所畫的畫像：

> 那是一張約兩尺寬長的油畫像，湖水般的綠底襯托出穿白衫的半身青年。梳得很整齊的頭側過去那邊，隱約的笑容底下似又藏著不安，在斜看過來這邊的眼裡。筆觸有意用得荒昧，參差出恍惚的質地，透露了灑脫卻也有些羞澀拘謹的性情[21]。

這樣一張畫像所造成的效果以非僅止於召喚記憶，其畫像背後隱隱浮現著的是父親因為戰爭的開始，這雙手從創造變為殺戮，而戰爭的結束、圖畫的重現，也讓父親重拾畫筆，並且擺脫了那一段創傷記憶的陰霾。

李渝照片與圖畫這般視覺性的呈現，除了作為觸發的引子，另外對於小說節奏也起了微妙的作用。楊佳嫻曾在一篇單篇論文提到李渝的筆法：「他的寫法注重細節，將視線放慢，營造氣氛，對於光和色彩多所描述，即使故事本身說的是驚心動魄的逃難，逮捕，也時常插入內心獨白的成分，刻意放慢了情節播轉的速度和連續性，在時空虛實之間躍動，增加了小說的節奏，也沖淡了悸怖感。[22]」在此，楊佳嫻提到了使讀者視線放慢的此一重點，李渝介紹照片，並不僅只於告訴你這張照片有何意義？而是帶著讀者在照片前緩緩移動，從前頭到背景，到人物的細緻動作與表情，甚至進入到裡頭人物的處境，讀者在此被延宕於一種觀看與凝視當中。從前面這些視覺性素材的使用，也可以說是呼應了李渝本身的藝術史專業，並在其影響下因而特別強調的小說筆法。

3、琴韻、歌聲的救贖

除了視覺性的藝術運用之外，聽覺性藝術的描述則被李渝用來作為救贖

---

[21] 李渝。〈傷癒的手，飛起來〉《溫州街的故事》，台北：洪範，1991，頁 94。

[22] 楊佳嫻。〈記憶˙啟蒙˙溫州街——論李渝的「台北人」書寫〉《中國文學研究》第 17 期，2003 年，頁 209。

的工具。王德威曾對此有一番見地：

> 「李渝有意以文字（文學）作為滌清歷史混沌的另一種藝術媒介。他敬謹的寫作方式因此不只出於小說家的我執，也更代表一種回應、批判與超脫亂世的方式。這種對藝術的烏托邦式寄託，亦可見於〈傷癒的手，飛起來〉中對繪畫、〈菩提樹〉中對口琴、〈煙花〉中對鋼琴的描述。[23]」

在〈夜煦〉之中，女伶經由舞台前的紅角，到投奔共產中國，被套上匪諜二字，再到在文化大革命時被批鬥而失去記憶，最後與胡琴師一起被流放，傳奇色彩極其濃厚的這段故事，在這篇小說進行的後面胡琴師靠著連續十年每夜的歌聲喚醒了女伶。這個歌聲將結局拉回到了圓滿，不過那終究只是一個主角朋友所轉述的故事，名伶與胡琴師的人生並不因故事的結束而消失。小說其後登場表演的兩人，經過了四十年的時間，又再度同台演出，蒼老的姿態，卻仍不減表演的感染力，作者對這段表演有著這樣的描述：

> 奇異的氣氛瀰漫在劇場裡，連我也感染到了。似乎是每個人，至少在我能看見的周圍都顯出了福賜的笑容。很蒼白的我的朋友的臉上出現孩子一樣的快活的神情，眼裡閃爍著舞台的光[24]。

在這場表演之後，觀眾因女伶的歌聲而在心靈有所解脫，然真正達到救贖的效果則是在表演結束之後，糕餅店前的三個印地安人所追奏的的民歌曲

[23] 王德威。〈走在鄉愁的路上：評李渝《溫州街的故事》〉《眾聲喧嘩以後：點評當代中文小說》，台北：麥田，2001，頁 326。

[24] 李渝。〈夜煦〉《溫州街的故事》，台北：洪範，1991，頁 39。

子，召喚了主角的記憶與鄉愁，而鄉愁也在經歷時間的流逝之後，重新聽到召喚記憶的曲子，此時鄉愁已經轉化成一種釋然的超脫與救贖。

> 原以為早丟棄了的句子，竟是這樣燦煥地走過眼前。
>
> 少年唱完最後一行詞，高興地笑起來，重新吹起了笛子打起了鼓。我隨幾人走前兩步，把口袋裡的零錢都扔進地上的舊帽子裡。大鐘敲打十二時，沈重地迴響在神話的四壁；水晶燈顫晃，星斗轉移，光芒紛紛散落，天使合攏雙翼下降，一霎時，已經逝去的少年的苦澀和甜蜜齊聲歡唱如聖堂的頌鳴[25]。

〈夜煦〉之外，〈夜琴〉裡頭的暗夜琴聲亦象徵著自我苦痛的解脫，還有〈菩提樹〉最後的口琴聲，以及〈煙花〉裡垃圾車所響起的「給愛麗絲」的琴聲，這些角色原先面臨的是遙遠的鄉愁、現實的苦痛、時間的流失，但也在最後祥和音樂的演奏聲音或歌聲當中，被撫平了心靈，不過除此之外，作者也常在此中隱隱透露時間的訊息，事實上時間並沒有放過從這些人身上留下的痕跡，是他們作為換取精神救贖的籌碼。

4、敘事與時間

在討論了小說當中空間與記憶之間的意涵之後，本章節筆者意欲以〈夜煦〉一篇較為特殊的文字敘述，以及此部小說當中的時間營造作一探究，此兩者在小說當中間接幫助作者對記憶的表述呈現一種特殊的氛圍，實在技巧上有作者的用心。

5、敘述的連綿不止

[25] 李渝。〈夜煦〉《溫州街的故事》，台北：洪範，1991，頁 42。

在整部書七篇小說兩篇散文當中，〈夜煦〉的文字敘述最為特別，連綿不止的句子常有令讀者閱讀時感到節奏的急促，以及不時的閱讀中斷。

> 翻到這一頁—回想你在生活中自幼稚園起就要參加智能測驗唱遊表演識字比賽要學拉小提琴彈鋼琴跳芭蕾加入市區少年交響樂團繪畫組體操隊在校表演不得輸過某伯伯家的小二賽跑比賽不得落後某阿姨家的張三前三名代表校際辯論團科學天才獎聯考第一志願博士及後博士生物大獎及小獎十大優秀青年國際級學者行政部主管內外銷經理跨國公司總裁家庭與事業堅固的女強人等等種種驅策你作一個好兒子學生好丈夫好公民的縫隙……[26]

一個回憶，卻長達有六行毫不間斷的句子敘述，讓整個時間之河快速的帶領我們瀏覽著這位朋友的一生，也如同閱讀時的急促，這個朋友就像這段敘述一般，毫無停頓與逗留，一個接著一個目標的要達到別人的期望，但這長達將近一生的敘述，事實上卻僅是那剪報中的一頁所引發，猶如意識之流的流動一般，記憶綿延不斷而發生於在一剎那，最終被李渝進入記憶內部捕捉並且暴露出來。

至於另外一次在失眠夜裡，「你」的敘述則是另外一種文字連綴的方式：

> 於是對話重新開始，繼續昨天晚上（現在已是凌晨）的話題。嘴圍攏過來，鋼牙不斷地切磋黑洞不斷地開合。但是而且實非並非而是仍是所以因為無論反正既然從這樣的觀點那樣的角度事實上換句話說假設主張提出呈現堅持努力爭取，直到你完全亢奮從床上翻身起來對你自己你對談的對手還是對面的牆壁大聲說停止停止快停止！27

---

26 李渝。〈夜煦〉《溫州街的故事》，台北：洪範，1991，頁 6-7。

27 李渝。〈夜煦〉《溫州街的故事》，台北：洪範，1991，頁 21。

大量同質性的副詞堆砌表現了一種對於社會不適應的病態所生發的躁鬱，因為是失眠夜中自我的喃喃自語，失去訴說對象，句子的流暢度與選擇性已經變得不重要，但是連綿不絕而渙散邏輯結構的句子，與焦躁而不願停歇的意識在文本當中實質上正互相作著呼應。

6、時間的割裂與變形

由於《溫州街的故事》整部書當中是一系列追溯回憶的故事，從作者的回憶回到當時代，又從當時代的各個人物之間的回憶，穿梭於更早的戰爭空間與當時代的時空，因此時空場景的變換、漫長時間跨度的割裂與挑選置放，成了本部小說作者所極力經營的重點。

其中〈她穿了一件水紅色的衣服〉的時間置換尤為頻繁，帶給讀者零碎性時間的感受也最為強烈。在〈她穿了一件水紅色的衣服〉裡頭，時間的主要發展軸線以這位水紅色衣服的女子經過的一生為主，在一間小套房中與一群夫人打著麻將成了敘述的現在進行式，但這個場景仍是引渡自別人的回憶中，隨著麻將的進行，時間不斷的跳回到戰爭以及城市陷落的場景，還有一段壓抑而禁忌的愛情經歷，時間感在戰爭當中是急迫而慌張的，可是隨著時間的跳躍，回到夫人的牌桌上，時間卻又緩慢的近乎凝滯。最後，時間大量的被跳過，女子回復到到一位溫州街的老婦人，這個時間是李渝的真實記憶時空，也就是四〇、五〇年代的溫州街。像如此零碎而分裂的敘述手法，充滿著意識流[28]的風格，這樣的風格亦同樣的被使用於〈夜琴〉當中婦人追憶過去二二八事件的恐懼與經歷的敘述[29]。

---

[28] 意識流為小說的一種風格，也是一種敘述手法與題材，企圖追蹤人物的內心經驗，呈現許多不同層次的心理活動，包括連串雜亂無章的思緒，往事或現在的交錯穿梭和追憶聯想。這種反應　人物意識及其內心思緒流動的手法，叫做意識流。
張錯。《西洋文學術與手冊》，台北：書林，2005，頁 278。

[29] 參考鄭穎〈由「多重引渡」論李渝小說中的現代性與歷史書寫〉《2005 海峽兩岸華文文學學術研討會論文集》，台北：中國現代文學學會，2005，頁 70-71。

然從李渝所經歷過現代主義高張的六〇、七〇年代之背景，一般學者將其視為現代主義的作家，並非毫無道理，光是以時間與意識的處理上，李渝便有著十足的現代主義之特性。邁克伍德對現代主義的時間曾提過這樣的看法

> 現代主義主要是與時間和歷史的一種古怪而且苦惱的爭吵。現代主義者對現在感到不安，他們力圖拒絕離現在最近的過去，以及導向這個過去的線性時間；它們喜歡把遙遠的過去作為模範和論據。當他們認真思索時間的時候，他們更願意把它看作是循環的，或者破碎不規則的，像是季節、回音或預言，而不像時鐘、一天或一年。時間本身就是一種墮落；通過對文化記憶做縝密的篩選就有了重回天堂的一半希望[30]。

由現代主義的時間論述，再回過頭來審視李渝對時間的處理，可以洞見破碎的時間，意識之流的跳接，呈現了片斷化的場景，李渝小說裡的時間已非傳統的線性發展，而具有隨時循環反覆的可能，時間的割裂與變形不但沒有因此肢解小說的涵義，反而使得強調心理活動的意識與記憶，在此部小說獲得解放。

三、結論

李渝在七〇年代與先生郭松棻投入保釣運動，更一頭栽進左翼的社會主義當中，然而八〇年代之後李渝的作品重新生產，卻大有現代主義的色彩，而在七〇年代其所執著的民族情感，到了八〇年代又回歸個人情志的文學書寫，王德威以為李渝在二者悖反形式中，不斷在作品形成辯證。在其作品中，從敘事、時間邏輯的渙散，到文字修辭的「一意孤行」，由主體

---

[30] 邁克爾·伍德（Michael Wood）著，顧鈞譯。《沉默之子：論當代小說》，北京：三聯書店，2003，頁 139。

意識的辯證，到社會參與的隱遁，都是明顯現代主義的例證。[31]

不過一般現代主義所重視的個人部分，李渝並不只偏頗於此道，她所書寫的個人記憶來自家國的族群，空間在中國與台北之間擺盪，探視的文化亦在於傳統中國一條軸線之上，以意識流的方式切割出片斷的畫面，帶領出近代中國的歷史、台灣的歷史，戰爭、創傷、歷史與政治的敏感地帶，全都被清晰的導引出來，小說當中李渝表面上在追尋鄉愁，重構記憶，而實質上則喚起了外省第一代與第二代的集體記憶，也藉著時間之河的流逝，重新正視曾經被隱瞞的歷史傷口，並且試圖在當中給予宗教一般的救贖。

溫州街的故事代表著一部份外省族群的集體記憶[32]，他們涉及中國與台灣之間，土地的認同與鄉愁的歸屬。直到現在，李渝雖以移居美國數十年，然而回憶起家鄉仍是連結著中國與台灣的，因為中國是她父母的故鄉，而台灣則是自己的成長地，這樣的國族認同藉著相傳的家族記憶而維繫，不過隨著世代的交替，猶如眷村的逐漸消逝一般，溫州街那濃厚的外省高知識份子失根的鄉愁，也將隨著外省第三代、第四代的出生之後，而逐漸植根於台灣與台北這個實體的空間之上。

或許溫州街中那些流離來台的大人物以及時代下的特殊意義，將猶如哈布瓦赫所說，隨著時間而被人遺忘[33]，可是李渝的文本卻為這段族群的記

31 參照 王德威。〈無岸之河的渡引者——李渝論〉《跨世紀風華當代小說 20 家》，台北：麥田，2002，頁 394。

32 溫州街雖然代表部分外省族群的集體記憶，但仍須釐清的是溫州街居住的族群並非全為外省族群，當中也包含本省部分的文化菁英份子在裡面。筆者之所以如此提出，是因為在李渝的小說當中所著重刻畫的是那批從大陸遷移來台的人物們。

33 一個群體的興趣和注意力是有限的，這個群體給在世的成員起名字，而同時在思想和記憶中除去死去的人，取走他們的名字。某個個體也許不想忘記已經離世的親人，固執地唸叨著他們的名字，但是不久，這個個體就會體驗到外界對他普遍的冷漠態度。他為自己的記憶所圍繞，徒勞地試圖把當前社會所專注的東西與過去群體所專注的東西混在一起；他缺乏的正是來自業已消失的群體的支持。 [法]莫里斯・哈布瓦赫（Halbwachs,M.）著，華然、郭金華譯。《論集體記憶》，上海：上海人民，2002，頁 126-127。

憶留下了一個可靠的依據，結合著中國地圖打造出來的地誌，以及台北空間上的林林總總之歷史地標，溫州街在歷史上所代表的意義，將同樣的被現代主義式的時間所居留，每當讀者翻開此本書的第一頁，時間即開始循環倒退到諸多人物記憶的溫州街時空當中。

參考文獻

專書

- 王德威。〈無岸之河的渡引者——李渝論〉《跨世紀風華當代小說20家》，台北：麥田，2002。
- 王德威。〈走在鄉愁的路上：評李渝《溫州街的故事》〉《眾聲喧嘩以後：點評當代中文小說》，台北：麥田，2001。
- 本雅明著，王才勇譯。《發達資本主義時代的抒情詩人》，南京：江蘇人民出版社，2005。
- 米克・巴爾著（Mieke Bal），譚君強譯。《敘述學：敘事理論導論》，北京；中國社會科學出版社，2003年。
- 李渝。《溫州街的故事》，台北：洪範，1991。
- 李渝。《夏日踟躇》，台北：麥田，2002。
- 克瑞茲威爾（Cresswell, Tim）著，徐苔玲、王志弘譯：《地方：記憶、想像與認同》，台北：群學，2006。
- 克蘭（Mike Crang）著，王志宏、余佳玲、方淑惠譯。《文化地理學》，台北：巨流，2003。
- 范銘如：《像一盒巧克力：當代文學文化評論》，台北：印刻，2005。
- 約翰・列區（John Lechte）著，王志弘、劉亞蘭、郭貞伶。《當代五十大師》，台北：巨流，2002。
- 郝譽翔。〈給永恆的理想主義者：評李渝《金絲猿的故事》〉《情慾世紀末：當代台灣女性小說論》，台北：聯合文學，2002。
- 莫里斯・哈布瓦赫（Halbwachs,M.）著，華然、郭金華譯。《論集體記憶》，上海：上海人民，2002。
- 陳義芝編。《台灣現代小說史綜論》，台北：聯經，1998。

- 張誦聖。《文學場域的變遷》，台北：聯合文學，2001。
- 張錯。《西洋文學術與手冊》，台北：書林，2005。
- 梅家玲編。《性別論述與台灣小說》，台北：麥田，2000。
- 廖玉蕙。〈郭松棻、李渝：生命裡的暫時停格〉《打開作家的瓶中稿：再訪捕蝶人》，台北：九歌，2004。
- 廖炳惠。《關鍵詞200》，台北：麥田，2003。
- 邁克爾·伍德（Michael Wood）著，顧鈞譯。《沉默之子：論當代小說》，北京：三聯書店，2003。

單篇論文

- 楊佳嫻。〈記憶˙啟蒙˙溫州街——論李渝的「台北人」書寫〉《中國文學研究》第17期，2003年。
- 楊佳嫻。〈離/返鄉旅行：以李渝、朱天文、朱天心和駱以軍描寫台北的小說為例〉《中外文學》34卷第二期，2005年。
- 鄭穎。〈由「多重引渡」論李渝小說中的現代性與歷史書寫〉《2005海峽兩岸華文文學學術研討會論文集》，台北：中國現代文學學會，2005。

碩博士論文

- 楊佳嫻。《論戰後台灣外省籍小說家作品中的「台北／人」》，台灣大學中國文學所碩論，2004。

講評

袁勇麟*

黃啟峰的論文所評述的是李渝的小說集《溫州街的故事》，論者顯然敏銳地注意到這部小說潛在的指向特徵，因此從空間、時間等維度展開論述地圖，在圖紙上畫出時空的橫軸和縱軸，使得論文有據而生。接著再一一點繪記憶書寫、想像虛構等深層精神意旨，並以此追尋國族、歷史等問題，使得整篇論述的框架搭建比較完整。

但是完整並不意味著完善。時間、空間、記憶、虛構、國族、歷史……這中間的每一個問題都可以單獨成為一個巨大的磁場，而論者只是面面俱到地一一鋪展開，卻沒有更進一步的深入，使得每一個問題的討論戛然而止。例如「從『中國』到『臺北』」，本應是一個有關地緣政治的問題，不同的文化特質代表了不同的地域特徵，更隱含了複雜的文化想像和政治訴求，一個是國家的象徵，一個是地區的代表，二者的象徵關係如何在歷史中糾纏交錯，如何成為可以互相置換的可能？這種可能如何在作者的敘事中成為一種現實？這些問題都值得深究。但是，論者只是在表面上展開：「中國是文化上的、上一輩遺留下來的記憶，而臺北則是李渝親身渡過的童年記憶」、「由於官方機構強調正統中國的完整國家圖像，臺北城儼然成了一座中國大陸地圖的縮影，人們在大陸所失落的土地，在臺灣又重新的建構起地景」、「然而最後呈現的是一個重寫之後的複合地景，從日本，到中國，再加上當地的色彩，溫州街的地景反映出了過去時代變遷並且一再被重寫的痕跡」。「文化上的、上一輩的」中國記憶究竟是什麼樣的？而李渝

* 福建師範大學傳播學院教授

的「童年記憶」又是什麼樣的？二者之間有什麼錯落疏離？在文本中是如何體現的？作者如何看待這種疏離？臺灣如何重構中國大陸地圖的縮影？這種重構是官方的政治策略還是民眾的族群想像亦或完全是作者的文化虛構？「溫州街」的「複合地景」如何解釋「日本」（異族）和「中國」（國族）以及「當地」（區域）三者之間複雜的關係？為什麼要選擇溫州街這樣一個地點？難道僅僅只是作者童年記憶的生發點？或者還具有什麼更深層的歷史文化糾結？這些問題在論文中都沒有展開，也沒有深入，我們只能浮光掠影地瞥到溫州街的地緣面貌，彷彿在高空遠遠的俯視，卻不能呈現一種顯微鏡下的細緻剖析，不能不說是一種缺憾。

又如「城市中的漫遊者」（現論文中的「觀看城市的『渡引』人物——阿玉」）這一節，「漫遊者」狀態的選取是相當有意義的，但對其遊走的姿態、豐富的視域、獨異的特點卻缺乏深入的分析。「漫遊」不僅僅是文本中人物的一種行走姿態，更是作者的一種寫作視角，「漫遊」的出與入、走與停、看與聽……都是一種觀察的角度，漫遊的主體應該處於一種自由的精神狀態，才能不據守於一隅，而優遊於世事之間，甚至穿梭于現實與歷史、真實與虛構之間。實際上，這是一個很可論述的主題，但是論者點到即止，僅僅就文本中人物的「漫遊」進行一番論述，得到的結論自然也是文本敍事層面的東西，尚未開掘深入文本作者的創作主體精神。

細碎偷窺，迂迴摺疊

陳黎書寫花蓮／地方的幾種方法

馬翊航*

摘要

本文從段義孚對於地方經驗的意義剖析作為觀察地方書寫的起點，試圖以陳黎的花蓮書寫為例，從陳黎的「細碎全景」寫地方的隱微人事，如何讓地方的「可見度」重新「顯微」，以及陳黎如何藉由引入歷史感的地方書寫，將地方意義以「迂迴繞道」的過程，以及不斷「互文折疊」的方式，將地方書寫的層次除了在題材範圍的變動之下，也不斷在意義上有所補充與形塑。除了希望釐清陳黎地方書寫當中的策略與層次，也試圖藉由此文作為開端，重新思考地方「文學」與「景觀」之間相互「勾連」與「註解」的關係。

關鍵詞：陳黎、花蓮文學、地方書寫

* 台灣大學台灣文學研究所碩士生，E-mail：mabe1jacky@yahoo.com.tw

壹、前言

若視文學為個體（或集體）經驗再現或創造的過程，那麼作家的地方[1]經驗以及對於地方的親切感，理所當然的將成為作家念茲在茲的題材，正如楊牧在一場演講中「山風海雨詩故鄉」中提到的「我的秘密就是花蓮的山風、海雨等等」[2]。作家或論者或將故鄉視為永恆的召喚，而逐漸在書寫中形成一種地方意識，如焦桐所言「懷舊，因此成為花蓮作家凝聚情感、建構花蓮意識的重要手段。」[3]地方經驗除了作為作家背後的靈感來源，地方書寫亦是某種凝聚以及增加地方「能見度」的文化策略，而如何創造／改造地方意義正是過程重點所在，因此地方書寫的觀察向度或可擺脫「作者重現個人經驗」的思考，而如何將其中所容納的現象與層次抽絲剝繭，可作為解讀地方書寫的另一個面向。

民國八十二年，台南縣政府舉辦了台灣第一個地方文學獎「南瀛文學獎」，之後地方文學獎如雨後春筍蔚然成風，至今有近二十個地方文學獎。之所以產生這種以地方為主的文學競賽，自然可以歸因於所謂「本土意識」的高漲，以及政府的文化事業孕育出的現象。但在所謂「一鄉一特色」的眾多地方文學之中，花蓮文學以其秀異的山海景觀，獨特的風土民情，族群的複雜多元，形成花蓮的特殊文學景觀，以及眾多重要的作家諸如楊牧、王禎和、林宜澐、陳黎、陳克華等等都出生成長於花蓮，並且不斷地於他們的作品中重現、召喚花蓮，相對於於台北的文藝中心，花蓮作家群卻似

---

[1] 地方（place）的概念取於人文地理學中對於地方的研究，按照段義孚（YI-Fu Tuan）的說法，地方與空間相對，作為在移動過程中停駐的所在，因此地方可能是一個寓租的房間，也可能是所在的鄉土，此處取此概念主要是想要解除對於「地方想像」的固着與迷惑，地方是人所居之處，但也同時是變動不居的，因此地方意義的浮動並非意指認同的莫衷一是，而是在書寫與定位當中不斷移換角力的現象。可參見徐苔玲、王志弘譯，《地方》，台北：群學，2006 年 3 月。

[2] 林宜澐編，《拜訪文學系列講座專輯》，花蓮：花蓮縣文化中心，1996 年 6 月，頁 8。

[3] 第一屆花蓮文學研討會論文集，花蓮縣立文化中心，1998 年 6 月，頁 136。

乎形成某種「大規模的團結」[4]，而「花蓮書寫」帶給城市人的「桃花源」「後山淨土」想像，也正強化了地方特色，當「花蓮意識」似乎躍然於紙、山水有神的時候，我們想要提問的是：莫非花蓮僅僅作為一種「永恆鄉愁」的存在，或只是作家書寫時的某種「秘密武器」？作家的召喚與懷舊必然導向地方意識的建構與團結？地方不同於具體的地區劃分，也不僅僅只是相對於城市的鄉土，地方可能更是某種存在經驗的再現，地方書寫亦是改造或製造地方意義的過程，倘若「地方」只是被用來相對於「中央」的角力工具，那麼也許就窄化縮減了其中的複雜意義。

因此以下將以陳黎的作品為例，不以「地方題材」的分類解讀為重[5]，也不特別集中於某一文體的勘察，而希望從陳黎書寫花蓮的作品中，觀察出其對於地方情感的停駐與超越，以及對地方意義的提煉與實驗過程中，剖悉其層次與方法，以及與花蓮作家／地方／歷史感之間的互文性，進而提出重新思考地方書寫以及地方性的方式。

貳、陳黎的波特萊爾街——偷窺者的細碎故事

陳黎在《聲音鐘：陳黎散文一九七四——九九一》的自序中說：「它們我對居住的小城素樸的週記，是我在我的『波特萊爾街』旅行的筆記。」[6]，如同班雅明談波特萊爾時所說的「漫遊者」(flaneur)，眼光四處逡巡，最浪漫的微物之城莫過於此，大城小事皆是文章，拾撿點綴而從細碎中成就全景。從賣麻糬的叫賣聲到老去的鐵匠，小城頻繁的地震進行曲、年華老去後互為彼此丈夫的同居女人，陳黎看來彷彿無所事事、遊手好閒，四處探索小城中最隱微的罅隙。但陳黎並不是一味地歌頌小人物的劬勞與偉

4 同上。
5 例如地方山水題材、歷史題材、政治題材的解讀與分類。
6 陳黎，《聲音鐘：陳黎散文一九七四——九九一》，台北：元尊，1997 年，頁 5。

大，以呈現一種不可質疑的浪漫想像，而是以「細碎全景」的方式來為小城畫像，以容納美醜與善惡。班雅明說「當一位作家走入市場，他就會四下環顧，好像走入了西洋景裡」[7]，他看見波特萊爾處在「發達的資本主義時代」中間，處在櫥窗與拱廊街折射的光影裡，於頹廢與消費之中呈現了世紀末最浪漫的迷魅形象；而陳黎身處後殖民後現代交相解釋對立的台灣，花蓮乍看是最純樸的淨土，但意義卻也在陳黎的筆下不停交錯綜橫，「花蓮」的範圍亦是時而須彌時而芥子地不斷變動，但此處並非意指陳黎對鄉土認同的搖擺不定，而是要點出，作家在書寫地方時眼光以及姿態視角的不斷移換，即是呈現作者「如何」及「為何」書寫鄉土的過程。事實上陳黎早期對於花蓮認同以及地方書寫的意義在《聲音鐘》一書的附錄〈醇厚的人情，驕傲的山水——寫我的家鄉花蓮〉中已經清楚地宣告。這篇文章原先載於一九八五年七月三十一日的《時報雜誌》上，後刊登於一九九○年七月・八月的《東海岸》評論，文章分為後山、街與街、生之河、廟前、山之華、榮譽國民、驕傲的山水七節，從花蓮的開發簡史到個人的家族遷移過程，花蓮市街的溝水與人事、山水的開發與破壞一一娓娓道來，其中兼容善惡與美醜，視花蓮為一駁雜卻美善的樂土：

> 結合再結合、混血再混血，這塊土地的人們自由地、努力地在他們新的家園裡生殖、繁衍、教育他們的後代。醇厚的人情、驕傲的山水將同化一切外來的善與惡、美與醜。走到世界任何角落，花蓮人都會驕傲地說：「我的家鄉在花蓮，那裡是最美麗的樂土。」[8]

引此文並非要抬舉花蓮勝過台東、宜蘭或台灣其他能夠被歸屬分類出的「其他地方」，也並非作為旅遊宣傳強調花蓮的確是唯一淨土／樂土，而

---

[7] 班雅明着，張旭東譯，《發達資本主義時代的抒情詩人：論波特萊爾》，台北：城邦，2002年6月，頁99。

[8] 同註六，頁325。

是點出「家鄉即為樂土」此基底的地方書寫概念，在某些層次上的普遍性可能大於特殊性，例如當所謂花蓮作家與台東作家、南投作家的作品並置時，重要的並非山水孰者雄偉、孰者有靈於其中，而是對於地方的「親切經驗」是最基本的出發點。由於人需要「寓居」，需要「安適其位」，所以需要地方來作為移動中的依靠與需求，但所謂「此身安居是吾鄉」，因此追索作家的「地方認同」是否「正確」並非首要目的，而是作家如何書寫他所「選擇」的地方。陳黎出生於花蓮、求學於台北又回到花蓮任中學教職，固然無庸置疑地，以花蓮作為其「永恆」的家鄉所在，而《聲音鐘》一書亦可視為其最素樸地，對於地方「親切經驗」的自白，亦是對於「鄉土的附著」，此處試以段義孚的話來解釋何謂「鄉土的附著」。[9]

> 「地方」有不同尺度的存在，以極端小的尺度言，一張扶手椅是人們很喜愛的地方，另一極端大的尺度，整個地球為一地方。鄉土為一極重要的中型尺度的地方。它是一個區域，包括城市或鄉間，只要是夠大而足以支持人們的生活。對鄉土的附著性可以是很強烈的。[10]

> 人類團體幾乎皆趨向於把自己鄉土視作世界的中心。人們相信他們在中心，因為認為所在的位置有無可比擬的特殊價值……這樣的”地方的概念”必須給予極高的價值，放棄了此一概念，其他便很難想像。[11]

段義孚這兩段文字很清楚地說明了作家書寫地方的情意本能，而與作家同處一地的「同鄉」讀者也必然能夠在閱讀時按圖索驥，產生「同情共感」的閱讀趣味，而與作家「不同鄉」的讀者，也可以因為情意的普遍性而產生「移情過的同情共感」，而「地方書寫」的第一層效應於焉誕生。陳

---

[9] 「親切經驗」以及「鄉土的附著」的概念參考自段義孚（YI-Fu Tuan）着《經驗透視中的空間與地方》，潘桂成譯，台北：國立編譯館，1998 年 3 月。

[10] 同註九，頁 143。

[11] 同上。

黎在《聲音鐘》一書的表現恰如其所要求的「醇厚人情」「驕傲山水」一般，即便其中是小城小事，呈現的全景不只是山水街景的整體，而是情意的整體凝聚與希望。地方的意義是能夠創造與檢選的，意即我們能夠決定地方的「可見度」。

> 事實上，許多地方對某些特定的個人或團體具有深度的重要性而卻沒有視覺的突出感。俗語稱為心知肚明，而不是透過眼睛和思想去識別的，文藝著作的功能就可使親切的經驗獲得可見度。[12]

可見度的增加如同「照明」，是一種積極創造地方意義的過程，而花蓮作家的集體書寫也同樣可視為積極的創造過程，[13]但是當我們理解作家的鄉土情意之後，除了順流而下與其並肩感懷，共同接納故鄉的美與醜，或許仍要去解釋現象情意的普遍以外，陳黎何以為陳黎的特殊性。

陳黎在收入《聲音鐘》的一篇散文〈波特萊爾街〉中，陳黎化用芥川龍之介的名言：「人生不如一行波特萊爾」，將其每日走過的花蓮市街稱為「波特萊爾街」，從片段的漫步中撿拾，從不為人知卻又心知肚」的街坊小事中提煉出人生的面貌。生活的街道是生活中親切經驗的一部份，陳黎的地方書寫中，人的氣味以及痕跡是最重要的部份，在他眼裡筆下每個人物都像是一個演員，一個主角，共同啟動了地方的「戲劇化韻律」。

> 我會騎過一間齒模所，無師自通的擬牙科大夫很快地用他的工具把你的牙痛弄停，或者拔掉你的蛀牙，鑲上他的新牙，讓你在一年之內，牙齦發炎，重新痛的更厲害。(240)

---

[12] 同註九，頁156。

[13] 當然花蓮作家群或其他地方作家群或許並不是一個實體結盟的聯合過程，而是對於地方情感在寫作歷程中，不約而同留下痕跡的過程，但是整理地方作家群、推廣地方文學、舉行地方文藝活動，則無疑地是積極「製造地方可見度的過程」。

> 我會騎過那賣甜不辣與豬血粿的小店，走進去，因為豬血裡藏著我們的口水，並且他們可愛的女兒是我的小學同學。(240)
>
> 我會騎過一間酒家，彈手風琴男子有時剛好走出來，友善地對我說:「小弟，我們來作個朋友。」我會友善的笑笑，離開。我很早就知道酒家裡那些女生都不怕他，因為她們說他愛男生勝過愛女生。(240~241)

腳踏車作為乘載經驗與身體的工具，不斷地在巷弄門口間穿梭，隨即進入故事然後又緩步離去，這正是陳黎的某種姿態:那是「事事關己」的一個小城，而即使是旁觀，也絕對不是冷眼相待，此處腳踏車與作家的筆正是同物，而能夠「騎過你的身邊」，能夠「騎過我的成年」，也「騎回我的童年」。滑稽、困苦、喜悅、哀傷同在，紀實與虛構並存，秘密與新聞比鄰而居，一條街不只是一條街，對陳黎來說那即是每天都必須路過的人生。當陳黎在呈現小人物時的某種戲謔氛圍，與王禎和、劉春城、林宜澐等花蓮作家下來的「笑謔傳統」[14]十分相似，例如在他另一篇散文〈地震進行曲〉[15]中就能讀到類似的情調，地震將既定的秩序搖晃顛倒:夜間被地震驚醒而穿反的衣褲，母親奪門而出後從廚房消失的煎魚，震碎玻璃框後變得和藹可親的國父遺像，利用地震宣傳的美琪戲院大胸脯歌舞秀，種種合理與不合理一下從地震的節奏中傾巢而出，這是陳黎的小城週記，也是他身為「偷窺大師」的心得。

王威智在〈偷窺者陳黎〉一文中，指出陳黎運用了「偷窺的本領」觀看人間的熱鬧風景，凡可觀可感的莫不是他偷窺的對象[16]。在陳黎〈偷窺大師〉一文中，陳黎彷彿比況自身，娓娓道來偷窺如何作為「一種含蓄而微妙的藝術」，讓我們瞥見他「偷窺花蓮」的線索:

---

[14] 所謂「笑謔傳統」的說法見於王浩威，《拜訪文學系列講座》〈花蓮文學的特質〉，花蓮:花蓮縣文化中心，1996 年 6 月，頁 93。

[15] 同註六，頁 236。

[16] 王威智主編，《在現實與想像間走索——陳黎作品評論集》，台北:書林，1999 年 12 月，頁 347。

> 對於我們的偷窺大師，迂迴永遠勝過直接，隱密永遠勝過公開，暗示永遠勝過明示，局部永遠勝過全景。[17]

> 他不需要在眼前築一道牆，挖一個洞，也不需要在胸前配一副望遠鏡；因為他長年積累的美感經驗，他可以毫無困難地只注意到一個點，一個局部，然後讓他的想像享受以偏概全，以管窺天的樂趣。[18]

這裡所要提問的是，陳黎呈現的果真只是「以偏概全」或「以管窺天」的「局部」嗎？或本就沒有一個寫作者能夠寫出地方的全貌，反而是地方的全貌，除了山水風情地景街況之外，更端賴寫作者對於地方意義的不斷挖掘來作為補充。所謂「細碎全景」的思考，並非意圖斷然判定陳黎在這些細瑣人事的窺視書寫之中，以足夠寫出花蓮的全貌，反而是地方的全貌，卻需要靠著文本的細碎片斷的不斷重組，以「顯微」與「照明」。有趣之處在於，地方的「可見度」卻是依靠著原本「不可見」的記憶，來重新被記憶或被喚醒，現形與隱形，具象與抽象之間開始出現了微妙的轉圜。由王威智主編的陳黎評論集，書名稱其「在想像或現實間走索」，陳黎的創作如他本人所說，具有「一種是現代的、前衛的、國際性格的，另外一種是本土的、歷史的或是生活的。」[19]陳黎如果在這方面具有兩種極端，那麼想像與現實之間可能亦是另外的兩個極端，但是極端僅僅只是一種傾向，並不妨礙作家不斷往返擺盪的「走索」。如果承認陳黎在《聲音鐘》這本散文集開發出了一種「以偷窺逼近真實」、「以細碎補充全貌」的書寫方法，這位不斷在現實與想像間來往的作者，是否有其他層次與面向去「捏塑」或「補遺」花蓮呢？

---

[17] 陳黎，《陳黎散文選》，台北：九歌，2001 年，頁 185。
[18] 同上，186。
[19] 同註十六，頁 121。

參、想像花蓮——陳黎的花蓮地圖

如上節所說，陳黎騎車經過他的波特萊爾街，每條慣常經過的路線、每日經過的門牌，都像是註記一樣私自標點了屬於他的記憶，可說是在一種平面式的移動中，繪記了他的私房地圖。但在平面式的移動之外，陳黎還有另一種方式去跳脫或是重繪他的地圖：

> 我的花蓮街地圖是繪在記憶與夢的底片上的，一切街道、橋樑、屋舍、阡陌……皆以熟悉、親愛的人物為座標。穿過地圖中央的是一首音樂，一首河流般蜿蜒，沒有起點終點，沒有標題的音樂。你說是七腳川溪。你說是砂婆礑溪。你說是花蓮溪。你說是立霧溪。[20]

這是陳黎的散文〈想像花蓮〉的開頭，點出作家的「花蓮」不只是地圖上的經緯地標，而更是依照想像的座標，以記憶為其定位，並且任何人都擁有一條像音樂蜿蜒流過的河水，穿過自己的記憶地圖中央，無始而無終。既然是想像花蓮，陳黎的私房地圖是透過何種方式成形而又變形，通過什麼樣的時空捕捉而能讓夢與記憶同時停留在底片上？王威智在論文〈一個看不見的城市的誕生——花蓮作家的私房花蓮地圖：以陳黎、林宜澐為例〉[21]一文中企圖「把兩位創作者的『私房花蓮地圖』與真實世界的花蓮交錯參照，試著為他們所建構的『看不見的城市』逐一顯影」，而在文章中也頗細膩地點出了二作者的寫作策略，如何於私房地圖下藏著無盡的記憶及歷史。但或如焦桐評論其文時提到「時間因素是如何滲入地圖所可能產生的任何糾葛、變異、衝突或是地圖的再製；又，關於時代如何在地

[20] 同註十七，頁 237。

[21]《地誌書寫與城鄉想像：第二屆花蓮文學研討會論文集》，花蓮：花蓮縣文化局，2000 年 12 月。頁 143~154。

圖中流動呢，這些都是缺乏說明的部份。」[22]，此處並未意圖推翻王威智的觀點，而是順流而下，討論陳黎展現出的另一種在地方中移動／書寫的方式：那是透過經由小歷史以及大歷史的不斷組合，以及在路程當中不斷地迂迴與繞道，時空的不斷重疊之後產生的風景。以下將以陳黎的散文〈想像花蓮〉以及詩作〈花蓮港街．一九三九〉為例，試圖重新勾繪陳黎迂迴繞道後留下的私房地圖究竟呈顯了何種風景。

在陳黎的一場演講「尋求歷史的聲音」當中，我們可以很清楚地看到陳黎對於島嶼歷史圖像重新追尋定位的過程：

> 做為一個創作者，我無意去褒貶日本或任何單一的政權，我更感興趣的是穿過不同時空所獲致的真相或本質。表面上，沉默的歷史，特別是白紙黑字的官方歷史，只收聽到一種聲音——統治者、當權者的聲音，然而伏流其下卻是更多擋不住的聲音。[23]

這是陳黎對於書寫視域擴張以及轉換深度的回顧，展現其如何意識到自我書寫當中納入了歷史感的交錯與辯證。劉志宏在碩士論文《邊緣敘事與島嶼書寫——陳黎新詩研究》中提示了陳黎如何藉由「島嶼」與「邊緣」兩種概念的相互嵌合，來重新衝擊歷史以及敘述權力的位階，於是歷史的大敘述（Grand narrative）在陳黎的書寫下，將原本在話語之下隱藏無聲（Silence）的事物重新發聲。[24]如果歷史是時間的衍生物，那麼若將歷史與時間暫時分離成兩個概念呢：歷史要是遺失了時間，那麼記憶將循什麼座標來書寫？如果失卻了言詮與紀錄，時間與話語將成為「非歷史」嗎？這裡無意故弄玄虛，畢竟歷史從來不可從時間分離，卻是為了要點出陳黎

---

[22] 同上

[23] 同註十六，頁128。

[24] 劉志宏，靜宜大學中國文學研究所碩士論文《邊緣敘事與島嶼書寫——陳黎新詩研究》，2003年5月。此說法參見第三章〈為島嶼造像〉，頁46。

除了將「伏流」的話語重新獲得「真相」以外，更是有意的將原本的「單一事件」在歷史的途徑中狡猾地悠遊現身，讓「記憶」成為重新攪動歷史／時間的石子，此處先從〈花蓮港街・一九三九〉看起：

——那不只是一條街，

那是一個城市，一種氣質……[25]

此處揭櫫了一首詩所要或所能介入的，正是比一條街的「特定範圍」「特定時空」來得更脫溢、更難以範限的位置，將小城擬為「嫻靜如少女的小城」，陳黎化身為一全知的敘事者，出入往返於變動與凝止之間，從「當事者」的立足點，從歷史的轉彎處不斷傳來的回聲：

> 他的家鄉在遙遠的福島，同樣閃亮／如鏡的大海。那海的與天的藍／似曾相識，但他無法逆知此際停駐／頭上的浮雲會駛向何處，一如他無法／逆知他所住的面海的中學校宿舍／十年後會變成青島來的綦老師的家／而教地理的綦老師在擔任十五年的導師／之後會教到一個，跟他一樣在這個／小城擔任英語教師，喜歡寫詩，聽音樂／並且不時到花崗山上看海的學生[26]

這是一種容納與重寫，棄歷史糾纏於不顧，歷史的剛硬在此處被消解，取而代之的是「似曾相識的海」以及「留下的宿舍」，於鑑往知來的歷史敘述之外，更是某種神秘的記憶、巧合與相似，歷史之中無法容納的是眾多「你所不知道的事」，因此「記憶甦醒的位置」便顯的更加醒目，糾葛亦顯得舉重若輕。此處並非是忽略歷史，而是在歷史的罅隙之間見縫插針，以顯現「歷

---

25 陳黎，《陳黎詩集》，台北：九歌，2001年 5月。頁238。
26 同註二十五，頁239。

史以外的時間」。此詩中「當事者」的行動以及敘述者的「補述」之間不斷形成差異，在「過去的當下」與「相對於過去的未來」之間縱橫比對：

> 他們的老師告訴他們這個名叫花蓮港街的／小城即將由街升為市，但他們的老師沒有／告訴他們新年後的一場大火將燒毀他們／經常去看電影和話劇的筑紫館劇場／沒有告訴他們，這色彩鮮明的三條大街／有一天會隨著他們的離去被整形成／鐵三角的中華路，中正路，中山路[27]

作者所謂「我站立的位置」在每一段不斷移換，而就如詩中所說：「我站立的位置在時間大街的彎處／過去，現在與未來的聲音如波浪翻疊／止息於徐徐伸出去的港的臂彎」[28]如果說陳黎遊走地方的途徑變得迂迴，那不僅僅是空間上的繞道曲折以尋幽探微，而是包含了時間的位移遊走，讓「此刻」的街道宛若疊合了無限的時間遺跡，讓地方的「原址」不再只是一棟宿舍，一面海洋。值得注意的是〈花蓮港街．一九三九〉並非獨立，若和陳黎的另外兩首詩作〈太魯閣．一九八九〉以及〈福爾摩莎．一九六一〉相互參照，將會更為立體地呈現出陳黎如何藉由「花蓮」「島嶼」「邊緣」這一組概念交錯之後對於歷史的辯證。如果從〈花蓮港街．一九三九〉可以看見陳黎「迂迴」時間的線索，那麼在〈想像花蓮〉一文當中，更是將這樣的姿態做了更具體的展演。

〈想像花蓮〉開頭所說的「你說是七腳川溪。你說是砂婆礑溪。你說是花蓮溪。你說是立霧溪。」這樣的句子，可以說是對於地方中個體的「異體驗」的承認，但是種種的異體驗卻同時被鎖定在「花蓮」這一個意識與概念中。陳黎從「穿過我童年的是一條大水溝」開始，以他的「波特萊爾街」為座標軸的中心，不斷向外擴張成形。在這篇散文中他採用了類似〈花

[27] 同註二十五，頁 240。
[28] 同住二十五，頁 241。

蓮港街・一九三九〉的「我站立的位置在⋯⋯」的修辭，而轉變為「如果我站在⋯⋯年」，將歷史的想像重新「模擬」與「示現」：

> 如果我站在一九三〇年，站在一張參與霧社事件警備任務歸來的太魯閣族原住民的照片裡，我也許會登上那輛編號「花 96」，寫著「恆興商會」四字的卡車，向擠在上面的他們問什麼是「兇蕃」，什麼是「味方蕃」。[29]

> 如果我站在一九二四年，站在更生報社前的小廣場，我也許會看到擔任東台灣新報社長和花蓮港街長的梅野清太從他樹影搖曳，綠意盎然的宿舍走出來，他和熱愛東台灣的《台灣パズク》雜誌編輯主編橋本白水剛剛發起成立「東台灣研究會」。[30]

而這個示現的過程中，充滿著「歷史」「個人記憶」「家庭事件」等等範圍大小不一的事件，讓文章當中的跳躍感十分強烈，雖然名為「想像花蓮」，但某些事件「真有其事」的意味卻十分濃厚，但卻並非必要以史實為證（畢竟歷史的真實與虛構此處都是有待商榷），而是諸如「有圖為證，我的朋友邱上林編的《影像寫花蓮》裡就收錄了兩張小說家提供的照片。」（238）「熟悉原住民音樂的作曲家林道生，他的父親林存本一九四〇年帶著家人從彰化遷到花蓮，就住在這裡。」（243）而又有某些描寫諸如：「王禎和《玫瑰玫瑰我愛你》裡寫的美軍光顧的酒吧一定就在這裡」（238）「我看到二十年前在大三元上班的男子，伸出雙臂，抱虛空讀舞。他一定在俯身時觸及她的眼，她的唇。他空虛的兩手擁抱了一切。迴旋，迴旋，時間的舞圈越圍越大。」（245）史實、新聞、家族史、文學活動、小說場景、個人記憶、虛構想像不斷地協商走位，充滿了劇場感，也像是陳黎自己所說的「在時間中旅遊的音樂溪流」。

---

[29] 同註十七，頁 239~240。
[30] 同註十七，頁 240。

值得注意的是，陳黎在〈想像花蓮〉的摺疊不只為了辯證歷史還原記憶，而是經由花蓮作家的事件、歷史甚至文本的引述，讓此篇文章除了延續陳黎的「花蓮想像」之外，更像是一篇非官方版的花蓮文學史縮寫，而由此帶入了另外一個層次：陳黎除了在地方書寫上納入了某種「重層式」的時間觀，在地方的原址上不斷疊合範圍不同的「記憶」之外，亦經由其他作者／文本之間的「互文」來更進一步強化、豐富地方／書寫的意義厚度。若回到文本中「地方書寫」的向度來觀察，事實上關於「地方感」的討論之間上亦有兩種層次存在：

> 那種印象經常傳達了「地方感」是一種自主心靈的產物，心靈自由地詮釋情感的世界——記憶、意義，以及源自自主意向所鼓舞的自主行動的情感。因此，「地方感」常被視為自由漂浮的現象，它既不會受到歷史特殊權力關係（它們常善用其自然而易接受的觀點加諸別人身上）所影響；也不會受到那些受社會、經濟限制行動和思想所影響。[31]
>
> 事實上，如果地方感不要成為另一個物化的範疇，指涉思想的流散，或者是純粹獨自存在的消極反映，它必須以具有時空特殊性的每日實踐茱重新詮釋，藉此地方感成為伴隨了其他意識發展和社會化的元素，是個人經歷的一部分……地方感需被視為是在歷史的特殊情境下，個體與社會、實踐與結構之間不斷辯證的形成過程中的另一種副產品（by-product）。[32]

若地方感從單純的「心靈的自由詮釋」而可能需要引入「個體與社會」的不斷辯證，那麼陳黎對於地方意義的重塑、堆疊以及視角不斷變化的觀看，亦引導地方書寫的層次從初期的「親切經驗的依賴」而轉換成「經驗

[31] 艾蘭`．普瑞德（Allan Pred），〈結構歷程與地方——地方感與感覺結構的形成過程〉，收入夏鑄九、王志弘編譯，《空間的文化形式與社會理論讀本》，台北：明文，2002。頁88。

[32] 同上

與歷史的不斷辯證」，而本文所謂陳黎的書寫從「細碎偷窺」而到「迂迴折疊」，也不意圖僅停留在筆調視角的轉換，而是點出陳黎對於地方書寫具有「自覺性」的實踐與挑戰，並且在書寫地方以及提煉地方意義的過程當中，扮演了十分重要的樞紐以及中介的位置。

肆、結語——刮除與重寫

在《文化地理學》一書中，對於地景有一個十分有趣的比喻：「地景是張刮除重寫的羊皮紙」

> 刮除重寫一詞衍生自中世紀的書寫材料。這指涉的是刮除原有的銘刻，再寫上其他文字，如此不斷反覆。先前銘寫的文字永遠無法徹底清除，隨著時間過去，所呈現的結果會是混和的，刮除重寫呈現了所有消除與覆寫的總和。因此我們可以用這個觀念來類比銘刻於特定區域的文化，指出地景是隨著時間而抹除、增添、變異與殘餘的集合體。[33]

「地景」與「依附地景的文本」之間相互增添書寫之間的關係正是如此微妙堪思，地景的破壞／刮除以及重建／重寫之間是一種隱喻，當地景永遠能夠納入時間以及記憶經驗的要素而無法徹底刮除時，所謂地方的「原址」以及「現況」絕對不是「眼見為憑」如此單純而已，正如楊牧散文中提過的白燈塔，即使早已不再，其風度精神仍似長存，這絕對不是故作浪漫的追懷，而是地景的意義在經過不斷的書寫、銘刻之後，如何成為另一種存有的過程。地方的刮除與重寫不是某種遺忘，正如地景在具象與抽象的層次上都是難以消抹的。書寫若僅作為某種「頂住消亡」的記憶／技藝，那麼地方書寫，可能亦只停留在對

[33] Mike Crang 著，王志弘、余佳玲、方淑惠譯，《文化地理學》，台北：巨流，2005 年 6 月。頁 22。

於地景人事移換後的憑弔。當然，書寫並非只是為了承認死亡與消滅，而僅僅只是「添負為零」的工具，所謂「刮除重寫」的要義在於「呈現了所有消除與覆寫的總和」，因此地方因為地方書寫而不斷添補層疊的過程，亦體現了將地景作為「集合體」的意義。

順著上一節提到的，陳黎在〈想像花蓮〉當中由於引入其他作家／文本產生了某種「互文性」，那麼除了文本與文本之間的互文，地景與文本之間也同樣有相互牽引的意義：如果視地方的地景為地方書寫的模型，或是地方書寫正是在為某種地景的塑造／賦義的過程，此中的勾連與相互註記亦並非是單向的關係。地景的刮除與重建，此中若多數為人的因素，那麼地方書寫的文本可能也無法僅僅以作者為單一書寫者，此處並未意圖無限擴大解釋的空間，只是試圖點出，地方書寫除了作家本身的實踐，之中仍存有許多歷史與記憶不斷興建與拆除的角力過程。陳黎在花蓮文學／地方文學的關鍵性至此稍稍可明，陳黎直接描寫花蓮的作品可能不是「花蓮作家群」當中最多的，但卻在集中的篇章以及具有自覺性的書寫實踐中具體而微地扮演了一個標的的作用。本文標題所謂的「幾種方法」並非是不確定的口吻，而是暗示書寫地方的方法能夠不斷的開發，而陳黎書寫地方的方法，除了書面可見的文字，其編選「花蓮現代文學選」以及在地方的教育、文化實踐，亦成為另外一種「書寫地方文學」的方法。地方文學可能並不是一個用來與「中央」相對應的名詞，而是在個體與集體經驗中，能夠不斷被重新開發以及檢視其意義的場域，以在抒情中警醒，浪漫中超越，正如段義孚所說：

> 親切的感覺所能表達的能力遠比人認知的更強，例如地方的意象是藉著曾有識覺經驗的作者之意象轉化而來的，但透過他們所表面呈現的藝術之光，我們有分享經驗氣味的特權，否則，這些親切的經驗亦超過了回憶而褪色而消亡。這裡有一段值得思考的語言：思想創造距離而破壞對直接經驗的深思，然而，透過思想性的反映，過去的困惑難明的時刻便

向我們的現在之真實接近，從而獲得一個永久的量度。[34]

楊牧在「山風海雨詩故鄉」的演講中說：「總的來說，花蓮是很重要的，可是一定還要能超越花蓮。」35對於作家來說，書寫地方可能必須到達一種超越，但唯先有地方，才有可能有超越的基準。因此，我們對地方的解讀也有可能需要某種超越，因此我們從作家如何書寫地方出發，從而重新試圖超越解讀地方文學的眼光，從而向「真實接近」以「獲得永久的量度。」

[34] 同註九，頁 141。
[35] 同註四，頁 19。

參考文獻

專書

- 陳黎：《聲音鐘：陳黎散文一九七四——九九一》，台北：元尊，1997 年，頁 5。
- 陳黎：《陳黎散文選》，台北：九歌，2001 年。
- 陳黎：《陳黎詩集》，台北：九歌，2001 年 5 月。
- 劉志宏：靜宜大學中國文學研究所碩士論文《邊緣敘事與島嶼書寫——陳黎新詩研究》，2003 年 5 月。
- 王威智主編：《在現實與想像間走索——陳黎作品評論集》，台北：書林，1999 年 12 月。
- 林宜澐編：《拜訪文學系列講座專輯》，花蓮：花蓮縣文化中心，1996 年 6 月。
- 《第一屆花蓮文學研討會論文集》，花蓮縣立文化中心，1998 年 6 月。
- 《地誌書寫與城鄉想像：第二屆花蓮文學研討會論文集》，花蓮：花蓮縣文化局，2000 年 12 月。
- 段義孚（YI-Fu Tuan）：《經驗透視中的空間與地方》，潘桂成譯，台北：國立編譯館，1998 年 3 月。
- 班雅明着，張旭東譯：《發達資本主義時代的抒情詩人：論波特萊爾》，台北：城邦，2002 年 6 月。
- 夏鑄九、王志弘編譯：《空間的文化形式與社會理論讀本》，台北：明文，2002。
- Mike Crang 著，王志弘、余佳玲、方淑惠譯，《文化地理學》，台北：巨流，2005 年 6 月。

講評

白靈[*]

地方書寫之所以可能，是因沒有任何一個地方可以窮盡，就個人學科學的角度來看，其實宇宙間任何一點皆不可窮盡，一粒砂、一微塵亦然，因此地方書寫可視為「將地方奈米化的過程」，而採用的方法即是以身體知覺長久地去親臨去搓摩某個地方，使之生熱發光。

此論文有幾項優點。首先是，文字非常優美，行文處處有詩的痕跡，如文中說陳黎的腳踏車就是他的筆，行過波特萊爾街，又如說讀陳文彷彿可聽到「從歷史的轉彎處不斷傳來的回聲」等等，文采斐然，可讀性高，竊以為馬同學的語言天份理應從事創作才不致「暴殄天物」。其次，命題下得巧、摘要也寫得好，「細碎偷窺」指實境再現，呼應了文中第二節「一種以偷窺逼近真實、以細碎補充全貌的書寫方法」，細碎是「多」，全景是「一」，「多」只能逼近但永無法等於「一」，而「一」只能借細碎的「多」才能呈現，馬文說全貌需依細碎片斷的不斷重組才得「顯微」與「照明」，正是此意，也成了全文的焦點；而「迂迴摺疊」偏向虛擬想像，切合文中第三節，是對所謂真相的可能產生質疑，只有迂迴與繞道攪動歷史/時間、進入清濁不分的混沌狀態才更易逼近真實，此段提到與其他作者／文本進行互文方式，對陳黎的詩文有了細膩的視角。再則，副標題的「幾種方法」其實在結論中也有技巧的解釋，而結論中關於「刮除/重寫」的論述讓地方書寫的文本成了在歷史遺跡上建構複雜工程的看法，也甚有深度。

此論文有幾項可進一步注意和討論者，一是此文顯然受到字數限制，舉証限在三四篇詩文，比如經由其他作者／文本產生互文性的部分所舉只限於陳文

* 台北科技大學副教授

的幾頁文字，周邊相關例証若能加入，或能更為厚實。二是細碎偷窺的說法只是一種說法，所有作家寫人景事物都是偷窺者，抒情運思時皆是暴露狂，因此只見一般性，若未將「細」「碎」的程度推過某個閾限則難具說服性，可能需進一步補強。三是理論僅從段義孚的幾段文字架構，立論有些單薄，所謂人文地理學的「地方感」還可從身體與時空共存時的當下性、情境性、與參與性等著手，比如不光是視覺、還可經由「聽覺、嗅覺、味覺、觸覺」所生關聯性予以更細碎的探討，去突顯地方感產生的背後動力、尤其是突顯身體知覺對藝術創造和地方書寫成為可能的原因，亦即經由人之肉身及意識與地方內在的聯繫性、無名的集體性、和不可切割區分的人性特質等方面切入，或能更切中地方書寫的核心，此外，馬西（Massey）關於「進步的地方感」的說法或也能提供作為第三節的補充論據。四是註 31 及 32 所引用文句之原作者及篇名應加入，不宜只列譯者及頁數；註 33《文化地理學》一書作者 Mike Crang 也應註明，參考文獻也應加入此書。

鍾理和原鄉書寫與認同形構歷程研究**

以鍾理和返回原鄉時期的書寫為對象

何淑華*

摘要

鍾理和生於日治時期的臺灣，較一般人多了在大陸的生活經驗，在他的作品中呈現日本經驗、臺灣經驗、祖國經驗的疊照，一生糾葛在中國、日本與本土文化中，多重意識的錯置下，站在邊陲地帶，檢視、批判、質疑核心的情形。此邊緣的經驗，成為鍾理和文學創作的能量，也成為本研究探索鍾理和記敘特殊空間的經歷過程，其認同（identity）形構的起點。本文將從人文地理學的角度，探討地誌書寫與認同形構的關係，擬就鍾理和生命史上原鄉認同的三階段：（一）聽說：原鄉的記憶與經驗、（二）涉事：熟悉的陌生人（familiar stranger）、（三）逃避：認同的轉化與重建，透過個人式的地誌書寫，分析文本形象化的繪圖（figurative mapping），討論其原鄉的實存與認同過程的變化，也讓鍾理和的認同得以暫時安頓。

關鍵詞： 鍾理和、原鄉經驗、地誌書寫、認同形構

** 本文承蒙指導教授須文蔚老師的提點，以及修習「區域文學與環境關係」課程時，授業師吳明益老師的教導與啟發，也感謝應鳳凰老師對於學生的批評指教，於此由衷致謝。

* 東華大學中文所碩士生，E-mail：litredbean@gmail.com

壹、前言：一場曲折的尋根之旅

鍾理和生長於南臺灣的一個客家小農村，在日本殖民統治下成長受教育，受父兄影響，對有文化血緣關係的「原鄉」、「祖國」有一種莫名的嚮往與憧憬。所以當他為突破傳統社會的束縛，力爭同姓之婚，決定奔逃到父親勢力無法企及的異地時，「原鄉」便是他的理想去所。他在作品中寫到：

> 其後不久，我就走了——到大陸去。
>
> 我沒有護照；但我探出一條便道，先搭船到日本，再轉往大連；到了那裡，以後往南往北，一切都隨你的便。
>
> …………
>
> 我沒有給自己定下要做什麼的計劃，祇想離開當時的臺灣……
>
> 我不是愛國主義者，但是原鄉人的血，必須流返原鄉，才會停止沸騰！
>
> ——鍾理和〈原鄉人〉[1]

原鄉，對身在臺灣的鍾理和而言是精神母國的指稱，對那陌生的、廣闊的新天地，懷著理想與希望，但是等到他真正踏上中國，眼前看到的儘是「漾溢著在人類社會上，一切用醜惡與悲哀的言語所可表現出來的罪惡與悲慘。」[2]，繼而憧憬完全破滅。從中國大陸奉天／瀋陽遷徙至北平／北京，最後帶著失望與憤怒，在戰後回到故鄉美濃，直到病歿。

本文鎖定鍾理和返回原鄉這趟旅行的經歷，藉由閱讀鍾理和的地誌書

---

[1] 鍾理和〈原鄉人〉寫成於 1959 年 1 月 27 日。本文引自鍾理和著，鍾鐵民主編：〈原鄉人〉，《鍾理和全集 2》，高雄：春暉出版社，2003 年 12 月，頁 14。

[2] 鍾理和〈夾竹桃〉寫成於1944 年 7 月 7 日。本文引自鍾理和著，鍾鐵民主編：〈夾竹桃〉，《鍾理和全集 2》，高雄：春暉出版社，2003 年 12 月，頁 100-101。

寫，分析他對所居之地的認識、自我與他者之間的辯證，以及面對生命的態度。關於鍾理和多重游離的原鄉認同狀態，本文將從人文地理學的角度，探討地誌書寫與認同形構的關係，擬就其生命史上原鄉認同的三階段：（一）聽說：原鄉的記憶與經驗、（二）涉事：熟悉的陌生人（familiar stranger）、（三）逃避：認同的轉化與重建。透過剖析鍾理和個人式的地誌書寫，分析文本形象化的繪圖（figurative mapping），討論其原鄉的實存與認同過程的變化，也讓鍾理和的認同得以暫時安頓。

貳、地誌書寫與認同形構的理論初探

鍾理和地誌書寫中流露出的原鄉認同，充分顯現出認同形構的多重因素。過去探討鍾理和的原鄉認同，多半膠著在僵化或對立的國族認同檢驗上，或將家與認同視為一種穩定的聯繫[3]。鍾理和生於日治時期的臺灣，又多了在大陸的生活經驗，在他的作品中呈現日本經驗與臺灣經驗、祖國經驗與日本經驗、臺灣經驗與祖國經驗等三層次面貌，一生糾葛在中國、日本與本土文化中，多重意識的錯置下，站在邊陲地帶，檢視、批判、質疑核心的情形。某些程度來說，這些重疊的經驗已經成為某種壓力的催化劑，只因為必須在環境的軋壓之間力求生存空間。此邊緣的經驗，成為鍾理和文學創作的能量，也成為本研究探索鍾理和在記敘對特殊空間的經歷過程，其認同形構的起點。

[3] 張良澤於一九七四年發表〈鍾理和作品中的日本經驗與祖國經驗〉一文，指出：鍾理和不但在作品的意識型態上，表現強烈的民族精神；且在實際行動上，也表現勇於參與、爭取立場的積極面。陳映真於一九七七年發表的〈原鄉的失落：試評「夾竹桃」〉，以其「中國民族意識」批判和分析鍾理和的錯誤。澤井律之認為鍾理和畢竟是臺灣作家，作品世界具有濃厚的臺灣區域性，主題內容、表現方式以致於思想層次，都順應著中國近代文學的潮流。許素蘭認為鍾理和是以客族漢人的立場去看大陸人。其他如鄭秀婷從民族主義的觀點，談鍾理和對原鄉流動的民族認同；林燕玲以一個單純反應人生際遇與追求生存尊嚴的人的本質的角度，拼貼鍾理和的原鄉認同與故鄉意識。以上論述大致所呈顯的是單方面的平面觀察，揭示了鍾理和原鄉認同論述的面貌。

有時候情感的度量和一些有特殊意義的地理位置或環境有關。人們透過記憶、書寫與日常實踐，創造對於空間的主觀感覺，一個地方意義的形成，即來自於個人生命歷程與環境間所累積的互動。地緣經驗常常會包含某些所有權的感情。換言之，空間不僅承載著具體的人事物，且是個意向客體（intended object），[4]涵構主體在特殊的地點和時間中，生活特質的感覺以及特殊活動的感覺所結合而成的思考和生活方式。[5]文學文本中常存有生產形塑的意象空間，紀錄著不同時空中的歷史與文化情境。空間的意象在文本中透過語言文字的再現（representation）之後，明顯展現出不同空間、不同主體的屬性認同（identity），[6]而空間場景描述，可說是作者對於既存空間的潛意識的感知、構思與經驗的再現。[7]

Tuan, Yi-fu對「地方」（place）作了兩種界義，他認為地方感的獲得來自外在的知識，物體的高度可意象性，將人訓練成得以洞悉美和具有公共符號的意義，體現公共生活、渴望需求以及價值觀。此外，地方感導源於內在熟悉的知識，在一個實質環境中關懷領域（fields of care），人際關懷網絡的建立，情感緊繫的物質環境，以及可察覺的環境認同和空間界線；導

[4] 關於空間（space）與地方（place）的差異，潘朝陽綜合段義孚、芮查（Edward Relph）等人所提出的說法：「一個地方，即是被主體我佔有居存的空間，在其中不斷生發存有意義，使此原本空洞、抽象的空間轉化成涵詠蘊具人文與生命意義的空間。」參見〈空間・地方觀與「大地具現」暨「經典訴說」的宗教性詮釋〉，《中國文哲研究通訊》，第 10 卷第 3 期，2000 年 9 月，頁 178。

[5] 參見Allan Pred著，許坤榮譯：〈結構歷程和地方—地方感和感覺結構的形成過程〉，收錄於夏鑄九、王志弘編譯之《空間的文化形式與社會理論讀本》，台北市：明文書局，1994 年 6 月，頁 92。原文為Allan Pred. "Structuration and Place: On the Becoming of Sense of Place and Structure of Feeling", Journal for the Theory of Social-Behavior, Vol, 13, No.1, March （1983）: 45-68.

[6] 開一心：〈空間、記憶與屬性認同：論《偶然生為亞裔人》〉，《中外文學》，第 33 卷第 12 期，2005 年 5 月，頁 155。

[7] 當代空間社會學者Henri Lefebvre承繼西方自來的空間主體意識觀點，將空間生產細部化切作三個向度：空間實踐（spatial practice）、空間表徵（representation of space）、具象空間（representation space）。在他的空間論述觀點中，空間實踐劃歸在感知性（perception）層面下；空間表徵劃歸在構思性（conception）層面下；而具象空間則劃歸在生活經驗性（life experience）層面下。參見 Lefebvre, Henri. The Production of Space. Trans. Donald Nicholson-Smith. 1974. Oxford: Basil Blackwell, 1991:38-39

源於經由聽覺、嗅覺、味覺、觸覺所強化的親切的關聯性；導源於文化傳統的復現與發展，或與其他聚落居民之間的競爭，導源於周遭環境的整體經驗。[8]

Relph則強調地方是否具有真實感和不具有真實感（authentic and inauthentic）之間的差異。他覺得一個具有真實感的地方，對於個體以及作為某社群的一成員來說，是內在於而且有所歸屬的場所；而一個對地點不真實的態度，基本上是缺乏地方感的，因為它無法令人覺知地點更深沉的、象徵的重要意義，更不會對其自明性（identity）有所讚賞。因此一個真實的地方感，其意義建立在對象、背景環境、事件，以及日常實踐與被視為理所當然的生活基本特性的特質上，它不再被視為是被動的客體，而是人與空間相互定義的場所。[9]

Norberg-Schulz更進一步指出，具體環境的特性為人所能認同的客體，而認同感給予人一種「存在的立足點（existential foothold）」之感受。存在空間（existential space）包含人與其環境間的基本關係，因此除須關注空間及其特性外，還須了解精神上的功能：方向感和認同感。認同感和方向感是人類在世存有的主要觀點。因此認同感是歸屬感的主要基礎，方向感的功能在於使人成為人間過客（homo viator），自然中的一部分。[10]

當代的文化與身份認同是一種多元與流動的認同（multiple and mobile），不基於單純的血緣認同，而是感情的度量。認同的形構是一個想像社群（imagined community）的文化和社會過程。在歐美社會科學的傳統中，認同指的是將自己視為某一群體（group）的一份子，如階級認同、性別認同等。這些有關認同的

---

[8] Allan Pred著，許坤榮譯：〈結構歷程和地方——地方感和感覺結構的形成過程〉，收錄於夏鑄九、王志弘編譯之《空間的文化形式與社會理論讀本》，台北市：明文書局，1994年6月，頁86-87。

[9] Allan Pred著，許坤榮譯：〈結構歷程和地方——地方感和感覺結構的形成過程〉，收錄於夏鑄九、王志弘編譯之《空間的文化形式與社會理論讀本》，台北市：明文書局，1994年6月，頁87。

[10] Christian Norberg-Schulz著，施植明譯：《場所精神：邁向建築現象學》，台北市：田園城市文化，1995年3月，頁22。

社會現象，都是以具有某類特徵或特性的群體（種族、族群、階級、性別立場等）為對象，將自己視為該群體的一份子，並且因而認為自己和所屬群體有共同的特性和利益，甚至共同的命運。[11] Werner Sollors認為同意與祖裔是兩種身分認同的形式：族裔為和血緣、先性與祖裔相關的建構，而國家認同則靠法律、行為與同意。[12]

以知名的文化研究大師Stuart Hall為例，他是加勒比海的非洲黑人後裔，也是戰後第一代移民，緣於自身的成長經歷，對於文化認同（cultural identity）有其獨到的見解。他認為文化認同是一件涉及「實存」(being)，也涉及「變成」(becoming)的事，既屬於過去，也屬於未來，歷經不斷的轉化，聽命於歷史、文化、權力持續不停的遊戲運作，也就是說，文化認同不僅建基於對共同社群的認同，分享共有相同的歷史思想、宗教儀式、社會道德規範，形成同一性極高、確定性極佳的文化身分；更立足於「位置」的安放與定位（positioning），在尋求身分建構的過程中，不強調單一社群和國族認同，不強調歷史傳承和身分規範，而是以人類作為個體存在的獨特性，因此這種「文化身分」是多重的組合、是相對性、異質性高的、可能充滿矛盾與衝突的一種文化身分。[13]故Stuart Hall主張所有的發言都必須經過某種定位，如果沒有立場的定位，便不會存在任何意義；如果相信意義是永無止境的符號過程，便不存在任何最終的立場。[14]

一個人在受到壓迫的時候，往往會不自覺地產生逃避(escape)的心理，在想如何逃避時，也可以說是如何去克服，思量如何逃避，其實也是一種

---

[11] 吳乃德：〈麵包與愛情：初探臺灣民眾民族認同的變動〉，《臺灣政治學刊》，第 9 卷第 2 期，2005 年 12 月，頁 10。

[12] Sollors, Werner. Beyond Ethnicity: Consent and Descent in American culture. New York: Oxford UP, 1986:151

[13] Hall, Stuart. "Cultural Identity and Diaspora." Identity: Community, Culture, Difference. Ed. Jonathan Rutherford. London: Lawrence & Wishart, 1990:222-237

[14] Stuart Hall、酒井直樹著，唐維敏編譯：〈東京對話：馬克思主義、認同形構和文化研究〉，收錄於Stuart Hall、陳光興著，唐維敏編譯之《文化研究：霍爾訪談錄》，台北市：元尊文化，1998 年 8 月，頁 178。

創造，使得膠著的現狀產生新的風景。所以逃避的過程也是創造的過程[15]。鍾理和的作品記錄著他的個人經歷，從中可見明顯的時空移動，筆者以為，鍾理和之所以不停地遷徙，是因為逃避現實，因為失落感的恐懼，因為無法在現實環境中確定方向，因為找不到歸屬感。旅行是一種界線和生活場域的轉換或跨越，因此常會有將新空間與自身記憶空間「疊影對照」的狀況出現。地方的歸屬感不再存在時，旅行便成為一種逃離文化的無根狀態。每一次的逃離或尋求自由的失敗都再喚起下一次的逃離，也都再次經歷收編或失敗的命運。[16]而純粹或從零開始的旅行是不可能的，因為旅行的主體永遠戴著原先的文化、語言結構或意識形態的眼鏡。主體永遠帶著移動的結構一起旅行，在旅行所經過的土地上，主體同時也將原來的結構帶入這些地方，並將異地的某些東西帶回生長的土地上。[17]

由於認同形構是動態的過程，不適合用單一的文本作分析，必須比照作者生命史，來研究鍾理和逃避過程所出現的姿態。本文暫不處理版本的比較，認為二○○三年鍾鐵民所編的《鍾理和全集》屬較完善的版本，所以僅以此《全集》作為研究對象。緣此，本文選擇從鍾理和小時候對原鄉的記憶與經驗出發，觀察他在祖國奉天／瀋陽和北平／北京所體現與再現的地誌書寫，探討其追尋主體認同的過程，追索其身分認同／族群認同／國家認同／文化認同的實存與轉化。

參、鍾理和的原鄉認同階段一──聽說：原鄉的記憶與經驗

如果鍾理和勢不能停止探索，而所有探索的目的，是為了到達當初出發的點，那麼筆者假設，島嶼南岸是鍾理和設定的一個起點。隨其文字描

---

15 段義孚著，周尚意、張春梅譯：《逃避主義》，新店市：立緒文化，2006 年 4 月。

16 李鴻瓊：〈空間，旅行，後現代：波西亞與海德格〉，《中外文學》第 26 卷第 4 期，1997 年 9 月，頁 109。

17 李鴻瓊：〈空間，旅行，後現代：波西亞與海德格〉，《中外文學》第 26 卷第 4 期，1997 年 9 月，頁 109-110。

繪，以綠的海平線為分野，從兒時記憶開始談起，探察其場所精神（genius loci or spirit of place）[18]。

鍾理和生長在殖民地臺灣南方的一個小村落，年幼時，對日本人的印象是「經常穿著制服、制帽、腰佩長刀，鼻下蓄著撮短鬚。昂頭闊步。威風凜凜。他們所到之處，鴉雀無聲，人遠遠避開。」[19]母親們總是用日本人會打人，會帶走愛哭的小孩來哄誘哭著的孩子。其次，從奶奶口中得知自己「原來也是原鄉人」[20]，認識的原鄉人，都像些候鳥一樣來去無蹤的流浪人物，不很體面，如：賣藥郎中、鑄犁頭的、補破缸爛釜的、修理布傘鎖匙的、算命先生、地理師（堪輿家）之類。除此不算，覺得他們都神奇、聰巧、有本事。使破的東西經他們的手摸摸，待一會兒全變好了，[21]看主婦們收回她們的東西時露出滿足的笑容得以察知。在幼小心靈還有一個鮮明的印記便是：原鄉人都愛吃狗肉！

待年事漸長，始有地域的概念，自父親的談話中得知原鄉本叫做「中國」，原鄉人叫做「中國人」。到公學校上地理課時，中國卻變成「支那」，中國人變成了「支那人」。地圖上，中國和臺灣一衣帶水，它隔著條海峽向臺灣劃著一條半月形弧線，自西南角一直劃到東北角。小鍾理和驚嘆：「我沒有想到它竟是如此之大！它比起臺灣不知要大好幾百倍。」[22]課堂上，日

---

[18] 意義是由構成場所的場所精神所集結產生。安頓（settle）即是人洞察意義，實現其意義。場所精神本是古羅馬人的信仰，每一種獨立的本體都有自己的靈魂（genius），守護神靈（guaraian spirit）這種靈魂賦予人和場所生命，自生至死伴隨人和場所，同時決定了他們的特性和本質。Christian Norberg-Schulz著，施植明譯：《場所精神：邁向建築現象學》，台北市：田園城市文化，1995年3月，頁170-171。

[19] 鍾理和著，鍾鐵民主編：〈原鄉人〉，《鍾理和全集2》，高雄：春暉出版社，2003年12月，頁1。

[20] 奶奶向鍾理和解釋他們原來也是原鄉人，但因曾曾祖父始渡海來台定居，後輩現下不住在原鄉，所以在臺灣住的他們就算不上是原鄉人了。奶奶的這個說明，卻也因此讓年幼的鍾理和，對自己是哪種人產生困惑。鍾理和著，鍾鐵民主編：〈原鄉人〉，《鍾理和全集2》，高雄：春暉出版社，2003年12月，頁2-5。

[21] 鍾理和著，鍾鐵民主編：〈原鄉人〉，《鍾理和全集2》，高雄：春暉出版社，2003年12月，頁5-6。

[22] 鍾理和著，鍾鐵民主編：〈原鄉人〉，《鍾理和全集2》，高雄：春暉出版社，2003年12月，

本老師生動地訴說著有關支那、支那人、支那兵等各種名詞和故事，但這些名詞都有它所代表的意義：支那代表衰老破敗；支那人代表鴉片鬼，卑鄙骯髒的人種；支那兵代表怯懦怕死，不負責等等。[23]那麼，小鍾理和聽完故事，覺得怎樣呢？他記敘道：「老師的故事，不但說得有趣，而且有情，有理，我不能決定自己該不該相信。」[24]

在這裡，小鍾理和看見的日本人，是威嚴不可親的，且不斷教育生長在臺灣的孩子，支那的衰敗，支那人的骯髒卑鄙、貪生怕死；而原鄉人，雖然是落魄的，但卻靈敏勤奮，因此，即便再害怕日本人，他還是無法完全相信老師對支那人的指稱，因為奶奶說：我們原來也是原鄉人，因為爸爸說：原鄉人叫做中國人，而老師說：中國人就是支那人。緣於長輩的告知，小鍾理和已經默識了自己身上留著原鄉人的血，但在情感上，卻無法產生共鳴，正如同他的作品中，區別日本人的國籍。言此，可以確認的是，鍾理和絕對不是盲目中立的科學事實。

同時，二哥鍾和鳴與父親自不同的方向影響鍾理和。其父鍾蕃薯是日據時期名聞六堆客家地區的地主與農村企業家，事業亦遍及大陸沿海各省，對中國見聞很廣，父親在敘述中國時的口吻，總是帶了二分嘲笑、三分尊敬與五分嘆息，彷彿在講述一個沒落貴族的故事，裡頭包含了不滿、驕傲與傷感。但真正啟發鍾理和對中國發生思想和感情的人，是他的二哥。這位二哥少時即有一種可說是與生俱來的強烈傾向——傾慕祖國大陸。在高雄中學時，曾為「思想不穩」—反抗日本老師，及閱讀「不良書籍」—《三民主義》，受到兩次記過處分，並累及父親被召到學校去接受嚴重警告。中學畢業那年，在南京、上海等地暢遊了一個多月，回家時帶了一部留聲機和許多蘇州、西湖等名勝古蹟的照片。

頁 7。

[23] 鍾理和著，鍾鐵民主編：〈原鄉人〉，《鍾理和全集 2》，高雄：春暉出版社，2003 年 12 月，頁 7。

[24] 鍾理和著，鍾鐵民主編：〈原鄉人〉，《鍾理和全集 2》，高雄：春暉出版社，2003 年 12 月，頁 8。

鍾理和記敘著：

> 那天夜裡，我家來了一庭子的人。我把唱機搬上庭心開給他們聽，讓他們盡情欣賞「原鄉的」歌曲。唱片有：梅蘭芳的霸王別姬、廉錦楓的玉堂春、和馬連良、荀慧生的一些片子。還有粵曲：小桃紅、昭君怨；此外不多的流行歌。[25]

鍾理和深深為粵曲那低迴激盪纏綿悱惻的情調著迷，再加上那些賞心悅目的名勝風景，大大地觸發了他的想像，加深了對海峽對岸的嚮往。後來，七七事變發生，鍾理和被編入防衛隊，在一次防空演習，所監視的街道忽然有一家糕餅舖燈光外漏，原以為情有可原，只告誡一番便和伙伴退出，但此時一個有一對老鼠眼的日本警察卻自後面進來了。他像一頭猛獸似的在滿屋裡咆哮了一陣，然後不容分說把老板的名字記下來。[26]事件後，鍾理和經由伙伴口中得知，那個老闆是原鄉人，因為捨不得妻兒和舖子，所以留在臺灣。其後，北平、天津、太原，相繼淪陷，國民政府遷至重慶，時局漸呈膠著狀態。鍾理和的二哥毅然決然赴大陸參加對日抗戰。

藉由防衛隊夥伴的口，鍾理和說出了當時臺灣人的心聲。人們都認為中國打勝仗的希望很微小，戰爭需要團結，可是中國人太自私，每個人都只愛自己的老婆和孩子，糕餅舖的老闆就是一個近在眼前的例子。沒有希望的日子，一切都顯得空虛而沒有意義，此時此刻，二哥臨走前「歡迎你來！歡迎你來！」的聲音在他耳畔縈繞。其後，當他和鍾台妹的同姓相戀無法見容於當時客家宗族固有的傳統時，他選擇聽從自己內心的召喚，追隨二哥的腳步，前往大陸找尋希望，因為：原鄉人的血必須流返原鄉，才會停止沸騰！[27]

---

[25] 鍾理和著，鍾鐵民主編：〈原鄉人〉，《鍾理和全集 2》，高雄：春暉出版社，2003 年 12 月，頁 10。

[26] 鍾理和著，鍾鐵民主編：〈原鄉人〉，《鍾理和全集 2》，高雄：春暉出版社，2003 年 12 月，頁 13。

[27] 鍾理和著，鍾鐵民主編：〈原鄉人〉，《鍾理和全集 2》，高雄：春暉出版社，2003 年 12 月，

在鍾理和〈原鄉人〉一文，敘事的地域是臺灣東南隅以高雄為首的一個鄉村，隔著海峽遙望中國大陸。鍾理和說自己不是愛國主義者，筆者認為他所指的「國家」，應是屬於具有壟斷性武力和在轄區領域中擁有最高權威的行政和法律秩序之政治體制。文中標記的日本人形象，的確看不出他對當時臺灣的殖民者所展現的國家認同（state identity）。如果這個「國」也包含將臺灣割讓給日本的清廷，以及繼起的國民政府，筆者想，鍾理和也是不愛的。但若站在民族認同（national identity）的角度觀視，基於種族血緣的牽繫，他默認了奶奶口中的「原鄉／原鄉人」，父親口中的「中國／中國人」，日本老師口中的「支那／支那人」，當然，還有他身處的臺灣社群。也就是說，鍾理和認同的對象是群體／民族，原鄉在現階段是一個想像的社群，臺灣認同與原鄉認同是指在歷史、語言以及文化上有相當交集的民族認同，歷經臺灣、日本經驗，以及有限的原鄉經驗和記憶，民族的疆界和範圍尚未確定，或者說是處於多重游離的原鄉認同狀態，實難以民族之名形構一個具有主權與政治權威的國家認同。緣於中華民國與中華民族的特殊歷史經驗，即兩者同時出現，中華民國在中華民族的形成過程中，扮演重大的角色；以及人們對於群體／民族範圍之劃定有所不同，在為民族追求一個屬於自己的主權國家的過程中，便會產生政治上極端的對立，因此即便所依據的民族主義原則相同，但民族認同和國家認同容易被混淆。

Norberg-Schulz認為人要定居（dwelling）下來，必須在環境中能辨認方向並認同環境。簡言之，人必須體驗環境是充滿意義的。[28]當所處環境不再是庇護所，更無法在日常生活發生的空間感受到其清晰特性，與生俱來的逃避念頭遂因應而生，當累積的能量到達飽和時，任何引爆遷徙行為的動機將一觸及發。在客家社會，階級、性別意識並不很強烈，女性的勞動

頁 14。

[28] Christian Norberg-Schulz著，施植明譯：《場所精神：邁向建築現象學》，台北市：田園城市文化，1995 年 3 月，頁 5。

力並不亞於男性，男性入贅女方家或是領養童養媳也是普遍現象，然而同姓結婚卻是駭人聽聞的事情，不但有辱門風，更會遭人唾棄嘲弄。對鍾理和而言，台妹的父親是被招贅入楊家，依客家人的習俗，子女可能姓楊，也可能姓鍾，加上台妹祖先來自大陸蕉嶺、自己家族來自廣東梅縣，他認為鍾台妹雖然也姓鍾，但兩人血統是不同的。相愛的兩人因同姓而不受環境接納與容許，卻又不願與事實妥協，於是他假想，原鄉是能讓他逃離家園／他方社會界定（socially defined）的新天地，遂帶著台妹開始了一趟交織著過去、現在與未來生活中認同感錯置的旅行。

肆、鍾理和的原鄉認同階段二──涉事：熟悉的陌生人

對沒有特定方向與目標，一心想離開臺灣到祖國的鍾理和，在無出國護照，只有「渡航證明書」的情況下，最快捷的路徑和方式，便是在日本管轄範圍內乘船渡航離開臺灣，經過日本乘渡輪到釜山，再從釜山搭乘火車通往當時日本扶植下成立，百事待舉的滿州國。鍾理和在〈奔逃〉中寫到：「滿州，對於日本來說，是塊新天地，這新天地以地廣人稀所造成的真空，大量吸引著日本帝國的臣民，想發大財和做大官的野心家，都想到那裡去顯顯身手。移民的怒潮透過那條連結著日本、朝鮮，和南滿鐵路的大動脈，以排山倒海之勢直向那裡猛撲。每班船和每班火車，都堆積得幾無立錐之地。」[29]在這樣的情形下，鍾理和涉足瀋陽，當時滿州國的奉天。那麼，鍾理和的鮮血在奉天停止沸騰了嗎？從他的作品中，可發現不少描寫這個城市的篇章，記敘著他對這個城市的感知經驗。他形容奉天：

> 在那向，渾囂而騷擾的奉天市，在風沙中，橫陳著它那像暴發戶一時來不及修飾的，齷齪的狼藉的姿態。在西邊，那是鐵西區，工廠的煙突張

---

[29] 鍾理和〈奔逃〉寫成於 1958 年春。本文引自鍾理和著，鍾鐵民主編：〈奔逃〉，《鍾理和全集1》，高雄：春暉出版社，2003 年 12 月，頁 88-89。

開了千百個口，在吐著污濁而混沌的粘巴巴的煤煙，染黑了那裡半個天空。

——鍾理和〈柳陰〉[30]

鍾理和眼裡，奉天是「不潔的都市」，永遠被煤煙、雲和塵土隱埋著，但它的人口卻以難於置信的速率在膨脹，盲目而瘋狂的人們像怒潮般地湧進，「它好比是一所堆棧，門打開了，什麼東西都流進去：流氓和紳士，破爛和黃金，理想和狂妄。」[31]透過鍾理和的敘述，與其說奉天「在風沙中，橫陳著它那像暴發戶一時來不及修飾的，齷齪的狼藉的姿態」[32]，不如說鍾理和狼藉地接受奉天齷齪的的姿態，對祖國的憧憬，被渾囂、騷擾、齷齪、狼藉、污濁、混沌、粘巴巴的形容詞給替代，煤煙染黑了鐵西區的半片天空，也沾染了鍾理和的心。繼續閱讀鍾理和的奉天書寫，可發現鍾理和的空間意象，實構思於他居住在奉天大宅院的生活經歷：今日擺攤子的妻與鄰婦為了兩塊煤在院心的雪地上咒罵、撕扯、叫嚷了足足半日；夜裡，洋車夫臉紅脖子粗地向他的妻與四歲的孩子出氣，原因是那日自己的車衝壞了人家的自行車，賠了五塊錢……明日、後日……？ 他不無悲怨地寫道：「是的，只要一天地球還在轉動，則這所院子便一天有事情，並且，不管其事件的形象，有二種方式——是賤民的、是貴民的，所構成的內容，則不外是吝嗇、欺詐、愚昧、嫉妒、卑怯、狹量、猜疑、角逐、魯莽。」[33]

鍾理和心目中所憧憬的祖國逐漸在變形，不潔的城市、不潔的民族心靈，失卻人性、羞恥，與神的民族。他越觀察越感覺到這塊冰天雪地的大

---

[30] 鍾理和〈柳陰〉寫於 1939 年 1 月 14 日，原名為〈都市的黃昏〉。本文引自鍾理和著，鍾鐵民主編：〈柳陰〉，《鍾理和全集 2》，高雄：春暉出版社，2003 年 12 月，頁 19。

[31] 鍾理和著，鍾鐵民主編：〈柳陰〉，《鍾理和全集 2》，高雄：春暉出版社，2003 年 12 月，頁 20。

[32] 鍾理和著，鍾鐵民主編：〈柳陰〉，《鍾理和全集 2》，高雄：春暉出版社，2003 年 12 月，頁 19。

[33] 鍾理和〈門〉寫於 1945 年 10 月 5 日，原題〈絕望〉。本文引自鍾理和著，鍾鐵民主編：〈門〉，《鍾理和全集 2》，高雄：春暉出版社，2003 年 12 月，頁 252-253。

陸，處境與臺灣所受的異國殖民壓迫並無不同。滿州國僅是日本人的傀儡政府，公營、民營、教育機構由日本人把持，無論是趨炎附勢或隨遇而安的中國人，高一等的，混進日本機關當日本官兒；次一等的，在日本人鼻息下做生意；再次一等的，受雇於滿州株式會社；更次一等……。這群人在各機關擔任要職，掌握權柄，以尊貴的姿態嫌惡、鄙視自己的同胞是下流種子、紅匪子，恃勢剝削、壓榨同胞。若在日本憲兵隊任職，連日本小兵對他都得立正敬禮，更不用說由東北軍閥雜牌軍混編起來的滿州國國軍和警察了。鍾理和所接觸的祖國同胞與他過去所懷想的不一樣，好似更接近兒時日本老師形容的支那人，這個認知無情地鞭笞著他滿腔熱情投奔祖國的心，讓鍾理和感到幻滅的痛苦。以致原本應是浪漫的雪國風情，此刻卻以灰色憂鬱的筆調描繪：

> 灰色的日繼續灰色的日，漫長的月承接漫長的月，冬恰似永無曉時的長夜，用堅冰、白雪與死，嚴封住滿州的平野。每從飄著水氣而濕漉的玻璃窗，仰見今天的天空也依樣混沌、暗澹、與低迷時；在寂無人聲的深宵，側耳聽見緊若滿張之弓的冬天，匍匐在一丈多遠的屋外的跫音時；聽見凜冽的朔風如野馬，沿著地面、沿著屋頂，沿著都會的上空，咆哮著奔馳而去時；一目望見街衢、山河都給深深的禁錮在冰雪之下時；我常是感到此都會的絕望，與像死獸之冰冷。
>
> ——鍾理和〈門〉[34]

絕望在胸口爬行，世界的顏色也隨之黯淡。日是灰色的，月是漫長的，街衢、山河都給深深的禁錮在冰雪之下，都會是死寂的，像死獸之冰冷。再次抬頭看奉天時，鍾理和不禁驚嘆：「噫！從前憧憬著，並且住了四年多的奉天，為何而今我重看它時，再不感覺愛與興奮了呢？」[35]家家／人人

34 鍾理和著，鍾鐵民主編：〈門〉，《鍾理和全集2》，高雄：春暉出版社，2003年12月，頁251-252。
35 鍾理和著，鍾鐵民主編：〈門〉，《鍾理和全集2》，高雄：春暉出版社，2003年12月，頁248。

似貼伏泥沙岸上的老鱷魚，殘喘、等待？奉天成了禁錮之都，移民與被殖民者：菜販子、柴販子、皮鞋匠、洋車夫、織工、擺攤子的……，他們誰也不管誰，平靜而安祥的負起自己的地位生活著。為了生活，失掉流動的熱情與理智，磨削掉其富有彈性的稜角，逐漸屈服，至柔順如羊。黃金、狂妄是屬於紳士，理想已被流氓踐踏在卑鄙、骯髒、愚蠢與吝嗇的行為下。鍾理和再不能用熱情的視線瞧它，不能懷著近似怯悅的陶醉，與甜美的顫抖親近它了。反之，他開始詛咒信仰、愛、命運，詛咒賜這種命運給他的神。絕望的寫道：「憎之而又愛之，愛之而又不能不憎之！」[36]

文化是一件深刻的主觀，個人經驗同時也是我們的生活結構。過去和現在的感覺結構（structure of feeling）[37]，是不易安置的共同要素，鍾理和的奉天生活經驗，讓他重新審視記憶中的原鄉，以及同在日本政權下，人民的卑微與無恥，與臺灣、日本、中國在歷史的特殊情境下，一種幾乎不須特意表現的社群經驗。這些情境屬於鍾理和個人的，也屬於機構性的，交織著心理的問題，以及情緒、認同和感覺的結構元素，創造了鍾理和奉天經驗的文學意義，卻在某種意義上，擊敗、摧毀了鍾理和的結構屬性認同，而地方感，即是個體和社會、實踐和結構之間不斷辯證的形成過程中的一種副產品（by-product）。在這裡，鍾理和所呈現的奉天，是絲毫沒有光明與溫情的灰色的日子的連續，空洞情感的地誌，寫出他對奉天的憎恨與悲傷。憎恨奉天剝奪他早先對原鄉的記憶，悲傷奉天強迫他承認：其實對原鄉的熟悉，是因為它涵藏著過去在臺灣的日本經驗，對原鄉的陌生，

[36] 鍾理和著，鍾鐵民主編：〈門〉，《鍾理和全集 2》，高雄：春暉出版社，2003 年 12 月，頁 249。
[37] Raymond Williams在七０年代創造了「感覺結構」的理念，並定義為：「在特殊地點和時間之中，一種生活特質的感覺；一種特殊活動的感覺方法，結合成思考和生活的方式」。而且不同的世代透過自己反應世界的方式，在繼承或複製中，創造出本身的感覺結構。它更清楚的知道社會及歷史脈絡對個人經驗的衝擊，甚至被視為民族、地方文化等整體複雜關係中不可分離的形成過程。參見Allan Pred著，許坤榮譯：〈結構歷程和地方─地方感和感覺結構的形成過程〉，收錄於夏鑄九、王志弘編譯之《空間的文化形式與社會理論讀本》，台北市：明文書局，1994 年 6 月，頁 92-93。

是因為它已不復在臺灣的原鄉印記。然而，絕望中，鍾理和仍是有愛的，因為奉天有憐憫與體恤他與妻遠離家鄉，孤零零相依為命的慈祥的第二個母親；因為奉天並不完全等同於原鄉，奉天只是想像中原鄉的一隅，鍾理和期待著，也許下一個會更好。

伍、鍾理和的原鄉認同階段三──逃避：認同的轉化與重建

滿州既不是鍾理和理想的安身立命之地，一九四一年夏天，他離開奉天到達中國的心臟地區北平。此時，中國籠罩在日本侵華的陰影下，鍾理和為自己創造了機會，但命運仍鑲嵌在歷史的洪流中。他在日記裡記載著：「七七事變後，日本來到華北硬把北平改做『北京』，此外把時間改快了一小時。於是中國人也跟著用起『北京』，並且把時鐘撥快一小時。日本投降。祖國光復了『北京』，於是又把『北京』改回原來的北平，把時間撥慢一小時。」[38]道出人類的生活，以及歷史。北京／北平的一字之別，是整個大歷史的轉變，常民除隨波逐流，依附在不同政權下做安分守己的小老百姓，忍氣吞聲、忍辱負重，似乎別無選擇，只為了活著。這時期的鍾理和，除在作品中告白他個人的內心世界外，又更深一層地去凝視作家本身以及探討人類的存在。在鍾理和以文學作為生命註腳的同時，涵化在其文學意義裡的北京／北平經驗，亦是其體現屬性認同的文本風景。

據鍾理和的描繪，北京城的院落很少有人能夠知道實在有多少間。祇要是上覆之以蓋──至於這蓋，則其種類就繁多了：瓦、洋灰、泥、葦、鐵板，甚至於是一塊草包、一領草蓆、莫不可括而有之；下撐之以物──這物可分為如下數種：三支半柱、二扇半壁、或數塊磚角，那就不管它是垃圾堆、狗窩、毛廁，即不管是萬物之靈長的人類住的，或是人類以外的

[38] 鍾理和著，鍾鐵民主編：〈鍾理和日記—民國三十四年記於北平〉，《鍾理和全集 5》，高雄：春暉出版社，2003 年 12 月，頁 11。

動物住的，皆以一言蔽之……。[39]所以他認為住在這裡的人們，是世界上最優秀的人種，得天獨厚地具備著人類凡有的美德：忍耐、知足、沉默，像動物強韌的生命力，像野草堅忍的適應性。說他們居住，倒不如說他們是像蝙蝠似的匍伏在那裡頭，沒有目的的滾轉著。

在北京大雜院居住，眼前看到的儘是為窩窩頭爭吵的父母兄弟；將自己的房租轉嫁到其他房客身上，卻又裝得很無可奈何的二房東；孤獨不安、身上長蝨子、喜歡亂拿別人東西，缺乏自省能力的老婦人；吝嗇、自私、卑野、好事、多嘴，不知節育的中國女人，以及虐待前妻小孩、典型的中國後母……，人與人之間，充滿猜忌、窺伺、冷漠，缺乏人類最起碼的親切與關懷。[40]

當一個人意識到自己的個體差異時，和社會之間便會產生疏離，而這種疏離，其實來自於一種強烈情感與冷漠的背景環境之間的碰撞。面對這樣一群生活習慣、思考方式、道德信仰……與自己完全不同的人們，鍾理和的族群認同意識受到衝擊，對此院裡的人甚為不滿與厭惡，也為此感到煩惱與苦悶，為自己和他們的關係抱起絕大的疑惑，常狐疑他們是否真為發祥於渭水盆地，和他流著同樣的血、有著同樣的生活習慣、文化傳統、歷史與命運的人種。[41]同時，他開始懷念南方有淳厚而親暱的鄉人愛的環境。

除卻目睹北京城中國人的猥瑣、腐化、怠惰與頹廢，作為一個心向祖國熱情回歸的臺灣青年，鍾理和也強烈地感受到國民政府和祖國人民並未以正確的態度和善意對待臺灣。日本戰敗，臺灣人甚至被視為亡國奴，飽

---

[39] 鍾理和著，鍾鐵民主編：〈夾竹桃〉，《鍾理和全集 2》，高雄：春暉出版社，2003 年 12 月，頁 101。

[40] 許素蘭：〈冷眼與熱腸──從〈夾竹桃〉、〈故鄉〉之比較看鍾理和的原鄉情與臺灣愛〉，收錄於應鳳凰主編《鍾理和論述》，高雄：春暉出版社，2004 年 4 月，頁 81。

[41] 鍾理和著，鍾鐵民主編：〈夾竹桃〉，《鍾理和全集 2》，高雄：春暉出版社，2003 年 12 月，頁 108-109。

受羞辱傷害。他在文章中寫道：「例如有一回，他們（臺灣人）的一個孩子說要買國旗，於是就有人走來問他：『你是要買哪國的國旗？日本的可不大好買了！』又有這樣子問他們的人：你們吃飽了日本飯了吧？又指著報紙上日本投降的消息給他們看，說：你們看了這個難受不難受？……」[42]鍾理和不禁悲歎，北平的謙讓與偉大，只容許擁抱光榮的人們，假若你被人曉得了是臺灣人，不幸的，是等於叫人宣判了死刑。那時候，你就要切實的感覺到北平是那麼窄，窄到不能隱藏你了。因為，你——是臺灣人。[43]

在北平，鍾理和常聽到國內人士對臺灣抱持侮辱式的關心：認為日本投降對臺灣不啻是一種非常頭痛而難受的事。臺灣人之所以有飯吃，全仰賴日本的勢力。實際上，臺灣人是依靠歷史與社會的環境。當臺灣人想要在異域與當地有強韌生活力的同胞競爭，除開做生意的商賈，是需要某種特殊技術與條件才能立足並生活下去。而歷史便給了他們這些：受日本教育，為日本籍民。藉此能力方便吃飯，如此很自然的在偽政權下解決生活問題。祖國抗戰勝利，偽政權解體，臺灣人賴於立足的畸型的社會崩解，歷史的錯誤，使得臺灣人被推入失業圈裡，萌生回臺之念的動機。

其次是精神的打擊與苦悶。抗戰在同胞與國土之間劃開罅隙，大後方的人們到收復區，彷彿王子蒞臨土人之國，眼底下沒有同受苦、同患難的同胞，只剩下一群笨頭笨腦的的劣等人物，弄得收復區風聲鶴唳，對於人物的構成身分疑心疑鬼，非奸即偽之聲猶未絕耳。鍾理和認為，臺灣人的身分與地位在大後方的人看來，不但連奸偽都當不上，恐怕連豬狗、奴才都不如。另一面，國民政府公佈臺灣人由日本投降之日起，即恢復國籍，也就是說，臺灣人理應享有中華民國國民應有的權利和應盡的義務。但事

---

[42] 鍾理和〈白薯的悲哀〉寫於1946年1月14日。本文引自鍾理和著，鍾鐵民主編：〈白薯的悲哀〉,《鍾理和全集3》，高雄：春暉出版社，2003年12月，頁3。

[43] 鍾理和著，鍾鐵民主編：〈白薯的悲哀〉,《鍾理和全集3》，高雄：春暉出版社，2003年12月，頁3。

實又不盡如此。臺灣人不被優遇，在產業處理上，比照朝鮮人辦理[44]，且各處受到歧視、欺負與迫害。就這樣，「白薯」成為北平的臺灣人間的通關密語，如同昆蟲的保護色。

鍾理和在北平的日記記載當時報紙登有一篇新約卞先生的臺灣素描，內容像山海經志怪[45]，反應時人對臺灣的無知。在國共戰爭時期，鍾理和仍處於北平，目睹各地共軍的蜂起，獎勵破壞交通，規定破壞鐵軌一根賞洋千元，電線一斤百元，電桿一根五十元。並強迫民眾每日交出鐵軌、枕木、道釘若干；國民政府的狼狽無能，從當時流傳歌謠可窺視：「此處不留爺，自有留爺處，處處不留爺，大爺投八路。」、「盼中央望中央，中央來了更遭殃。」[46]祖國的紊亂：人民的呼籲、教會傳福音、馬克斯主義的出現、三民主義的意識高漲、通貨膨脹、物資貧困……等社會現象，種種的經驗使得原本抱持誓死不回地決心的鍾理和，在戰後急急尋求歸鄉之路。

---

[44] 鍾理和〈祖國歸來〉記載：「政府通過一月十四日的報紙，頒布了「關於朝鮮人及臺灣人產業處理辦法」。……原文如下：關於朝鮮人及臺灣人產業處理辦法，業經行政院核准公布，並已轉飭全國各省市黨政當局遵照辦理。玆錄其處理辦法如左：一、凡屬朝鮮及臺灣之公產，均收歸國有。二、凡屬朝鮮及臺灣人之私產，由處理局依照行政院處理敵偽產業辦法之規定，接收保管及運用。朝鮮或臺灣人民，凡能提出確實籍貫，證明並未擔任日軍特務工作，或憑藉日人勢力，凌害本國人民，或幫同日人逃避物資，或並無其他罪行者，確實證明後，其私產呈報行政院核定，予以發還。」對此，鍾理和認為臺灣省旅平同鄉會及臺灣革新同志會合啟的意見書，立論公允，措辭嚴正，可堪代表，抄錄其文於下：「——臺灣與朝鮮雖同係日本帝國主義以武力由中國奪取者，但其與本國之政治關係，決不可同日而語。故勝利後，朝鮮獨立而臺灣無條件復歸祖國。雖國際情勢使然，而由民族地理政治歷史各項觀察，亦確屬正當之處置。故今日之言朝鮮，實係指朝鮮民族或獨立之韓國而言。而臺灣則係我國行政區之省名，與所謂福建廣東者無異。今者臺灣與朝鮮並列，臺灣人民與朝鮮人民並稱，儼然別有臺灣民族存在者；既與實際不合，尤易發生政府對臺灣民眾差別待遇之疑心。是以由正名定分之立場而言，臺灣與朝鮮列於同一法令，決非台籍同胞所能忍受者，此本辦法不當之點一也。」鍾理和〈祖國歸來〉寫於 1947 年。本文引自鍾理和著，鍾鐵民主編：〈祖國歸來〉，《鍾理和全集 3》，高雄：春暉出版社，2003 年 12 月，頁 15-16。

[45] 這位新約卞先生說：「臺灣溫度總在九十五度以上，而且地震之頻使一般土人在定期會時常說：『我在上午地震後必去看你』」於是他記述他在一年之中竟經驗至九百餘次之多。新約卞先生更興頭十足的說：「於十六七世紀時，中國有大批大部分是屬於『客家』的遊牧民族移到臺灣去。而『這群人是以吃人肉為快事的』」。鍾理和著，鍾鐵民主編：〈鍾理和日記─民國三十四年記於北平〉，《鍾理和全集 5》，高雄：春暉出版社，2003 年 12 月，頁 18。

[46] 鍾理和著，鍾鐵民主編：〈鍾理和日記——民國三十四年記於北平〉，《鍾理和全集 5》，高雄：春暉出版社，2003 年 12 月，頁 41。

鍾理和悲哀地告白：「白薯站在地球的一邊！只見歷史像遊牧民族，在遼闊的大草原上徬徨著。祖國——但一陣西伯利亞冷風吹來，什麼都不見了，都沒有了。」[47]陰影，在陽光的照射下無所遁形。鍾理和筆下的北平，重疊著在奉天的原鄉經驗，及其自身不安的場所精神，逐漸侵吞蠶食鍾理和內心原鄉美麗的圖像，也轉化了他過去對原鄉的認同，讓他不得不面對現實，開始認真思考：「我是誰？我的家在哪裡？哪裡才是我的原鄉？」

流浪終究不是鍾理和的宿命。從美濃離開，沒有給自己訂下什麼特別的計畫，只期許與台妹的同姓之婚被環境所認同，掙脫身後的舊勢力，回歸和親近祖國文化，投奔到奉天、輾轉於北平，在書寫中漸次反芻祖國的影像——不潔的奉天／瀋陽、不安的北平／北京。在書寫中失落祖國的影像——兒時記憶裡神奇、聰明、有本事，愛吃狗肉的原鄉人；日本老師口中衰老破敗的支那；卑鄙骯髒的人種，代表鴉片鬼的支那人；怯懦、不負責的支那兵；賞心悅目的名勝風景；纏綿悱惻的樂曲……。在書寫中解放苦難的民族，讓大家了解與反省。在書寫中為自己找尋發言的位置，為空間釋名與感覺錨定。

他說：「白薯是不會說話的，但他可以選擇繼續在祖國的腑臟流浪，抑或回到點著暈黃的燈，等待他歸去的家。」到這一刻，他才真正體悟奶奶說的話：我們不是原鄉人。原來，自己一直是歷史的文化戲子，透過這種懸而未決的張力所衍生的創造力動能和力量，突顯了自己在祖國流離失所（diaspora）的事實。鍾理和透過行動完成其形構的實踐（the constitutive practices），導出了認知的辨證立場，以及「他者」的意識。身在中國，鍾理和始終有疏離感，覺得自己是個異鄉人，是個過客。他只能安於想像中那個原鄉人的血液延伸出來的土地，跟周遭的異文化完全隔離開來的祖國。對於無法輕易妥協的認同，他決定再次逃離，面對三邊茫茫無涯岸，

[47] 鍾理和著，鍾鐵民主編：〈白薯的悲哀〉，《鍾理和全集 3》，高雄：春暉出版社，2003 年 12 月，頁 5。

他想起一個依靠的陸地，一個島，就在完全確定的方向，而那個想像的地方，便是他現實的出發起點。

一九四六年三月，鍾理和搭上難民船，回到臺灣。

陸、結語：何處是他鄉：鍾理和的安頓之所？

身分屬性的再脈絡化常涉及一段親身經歷的旅程，經由將個人自其所屬的社會中抽離開來，置入另一不同之文化情境的過程中，透過近身接觸不同的實際物質性的背景空間，使得這段身歷其境的經驗，促成自我身分屬性的追尋，獲致真正的自我認知。[48]從美濃出發，鍾理和不斷定位、脫離、再定位，原鄉的認同即是其情感抽象浮動的體現，身分認同常在某種複雜的國族情境產生逃避的狀況，在主體認同的過程，臣服與支配、中心與邊緣錯置，記憶和遺忘不斷出現，被過去的敘事以不同的方式擺置定位，也已不同的方式將自己擺置在過去的敘事中，而認同就是賦予這些不同方式的名字。[49]

鍾理和筆下渾囂、騷擾、齷齪、狼藉、污濁、混沌、粘巴巴…不潔的奉天／瀋陽，家家／人人似貼伏泥沙岸上的老鱷魚苟延殘喘，卑鄙、骯髒、愚蠢與吝嗇，失卻人性與羞恥的不潔的民族心靈，以灰暗、死寂、冰冷的雪國影射禁錮心靈的絕望；北京城中國人的猥瑣、腐化、怠惰與頹廢，人與人之間，充滿猜忌、窺伺、冷漠，缺乏人類最起碼的親切與關懷，不安的北京／北平經驗；以及日本戰敗，臺灣人被視為亡國奴，為保護自己須以「白薯」作為代稱的悲哀，國內人士對臺灣抱持侮辱式的關心：認為日本投降對臺灣是一種難受的事……等等。鍾理和體認到他可以為自己創造機會，從臺灣到原鄉尋根，卻無法改變歷史的命運，甚至要努力在歷史的錯誤中努力尋找存在的立足點。在臺

[48] Haley, Alex. Roots. New York: Doubleday, 1976:236-237

[49] 王浩威：〈地方文學與地方社群認同〉，收錄於文訊雜誌社主編《鄉土與文學：臺灣地區區域文學會議實錄》，台北：文訊雜誌社，1994 年 3 月，頁 19。

灣長大的自己，在起跑點上早已與眾不同，即使站在原鄉的土地上，面對著與他流有同樣血液的神的民族，彼此的生活習慣、思考方式、道德信仰，甚至是文化傳統、歷史與命運，都已在不同的時空環境下，建立屬於自己的文化認同，即便抗戰勝利，臺灣重回祖國的懷抱，臺灣人的身分與地位在國民政府眼下，不但連奸偽都當不上，連豬狗、奴才都不如。的確，他流有原鄉人的血液，但他已不是原鄉人。雖從小受日本教育，在日本殖民地臺灣長大，但他也從不認為自己是日本人。他是「臺灣」這個想像社群的一份子。由此，他的認同也就出現雙重性：類同與延續、差異與斷裂，以及變動性。

若重新檢視認同的本質，鍾理和已再也無法成為原鄉人，他是經由日本殖民地臺灣而來的中國人，是屬於這個第三地，這個新世界的東西。他既不屬於中國，也不屬於日本，而是另一種空間，另一個場景，也是另外兩個世界相互衝擊的主要場域，他成為這三種世界的產物。如果他要回家，這個「家」，應是回到他心靈或靈魂的家，他可能必須回到三個地方，而不能只回到其中一個家。所以就某種層面來說，對於鍾理和而言，有爭論（contested）的和爭論中的（contesting）場域就是家。圓滿論述外圍的家也可以同時是經由不斷論爭而修正的場域。所以家永遠不會是一個安頓之所。[50]鍾理和透過身體的意向性，和他周圍的環境揉合在一起，相互活化（inter-animation, mutual enlivening）、彼此賦予生命，建構出個人記憶與社會記憶相互結合表現的時空場域。[51]而所有這些認同／故事都銘刻於他採取與認同的立場中，且必須與這個認同立場可能擁有的所有特殊情況生活下去。

艾略特〈小濚頂〉（T.S.Eliot.”Little Gidding”）：「我們所謂起點往往就是終點／而設定一個終點是為了設定起點／終點是我們出發的地方。」[52]在日本經

[50] 黃素卿：〈華裔離散族群意識及華裔移民認同：《桑青與桃紅》和《千金》〉，《中外文學》，第34卷第9期，2006年2月，頁256。

[51] 楊淑媛：〈過去如何被記憶與經驗：以霧鹿布農人為例的研究〉，《臺灣人類學刊》，第1卷第2期，2003年12月，頁100。

[52] 楊牧：〈設定一個起點〉，收錄於吳冠宏、須文蔚主編之《在地與遷移——第三屆花蓮文學

驗、臺灣經驗、祖國經驗的疊照下，糾葛在中國、日本與本土文化中，多重游離的發言位置，是鍾理和的起點，也是終點。鍾理和從美濃出發，經歷了原鄉的追尋，最後又回到了美濃，直到病歿。

本文以「原鄉書寫」為研究對象，未來希望能擴及到美濃時期的書寫，完整觀察鍾理和「原鄉認同」的面貌。美濃是他的起點，也是終點。美濃的藍衫衣著、伯公、三山國王信仰、飛山寺、夥房、菸樓、菸田、人字石峰、客家山歌…靜靜地守候著歸來的遊子。閱讀美濃的記憶與經驗，解讀鍾理和美濃文學書寫的認同形構，可再探究逃避與認同的轉換，以及窺視鍾理和心靈重構的記憶，勾勒其認知地圖（cognitive map），也是筆者所嚮往的。

期待下一次的旅行。起於美濃，終於美濃。

研討會論文集》，花蓮市：花蓮文化局，2006 年 5 月，頁 8。

參考文獻

專書

- Allan Pred 著，許坤榮譯：〈結構歷程和地方—地方感和感覺結構的形成過程〉，收錄於夏鑄九、王志弘編譯之《空間的文化形式與社會理論讀本》，台北市：明文書局，1994 年 6 月，頁 81-103。原文為 Allan Pred. ”Structuration and Place: On the Becoming of Sense of Place and Structure of Feeling”, Journal for the Theory of Social-Behavior, Vol, 13, No.1, March （1983）: 45-68.
- Chris Jenks 著，王淑燕、陳光達、俞智敏譯：《文化》，台北市：巨流，1998 年 5 月。
- Christian Norberg-Schulz 著，施植明譯：《場所精神：邁向建築現象學》，台北市：田園城市文化，1995 年 3 月。
- Edward W. Said 著，單德興譯：《知識分子論》，台北市：麥田出版，1997 年 11 月。
- Escarpit, Robert 著，葉淑燕譯：《文學社會學》，台北市：遠流，1995 年 2 月。
- Mike Crang 著，王志弘、余佳玲、方淑惠譯：《文化地理學》，台北：巨流圖書，2003 年 3 月。
- Paul A. Bell 等著，聶筱秋、胡中凡譯：《環境心理學》，台北：桂冠圖書股份有限公司，2003 年 6 月。
- Stuart Hall、酒井直樹著，唐維敏編譯：〈東京對話：馬克思主義、認同形構和文化研究〉，收錄於 Stuart Hall、陳光興著，唐維敏編譯之《文化研究：霍爾訪談錄》，台北市：元尊文化，1998 年 8 月。
- 王浩威：〈地方文學與地方社群認同〉，收錄於文訊雜誌社主編《鄉土與文學：臺灣地區區域文學會議實錄》，台北：文訊雜誌社，1994 年 3 月，頁 13-37。

- 孟樊：〈旅行文學作為一種文類〉，《旅行文學讀本》，台北：揚智文化，2004 年 3 月，頁 1-24。
- 段義孚著，周尚意、張春梅譯：《逃避主義》，新店市：立緒文化，2006 年 4 月。
- 許素蘭：〈冷眼與熱腸——從〈夾竹桃〉、〈故鄉〉之比較看鍾理和的原鄉情與故鄉愛〉，收錄於應鳳凰編著之《鍾理和論述一九六○～二○○○》，高雄：春暉出版社，2004 年 4 月。
- 陳大為：《亞洲閱讀：都市文學與文化（1950-2004）》，台北市：萬卷樓，2004 年 9 月。
- 楊牧：〈設定一個起點〉，收錄於吳冠宏、須文蔚主編之《在地與遷移——第三屆花蓮文學研討會論文集》，花蓮市：花蓮文化局，2006 年 5 月，頁 7-12。
- 鄭毓瑜：《文本風景：自我與空間的相互定義》，台北市：麥田出版，2005 年 12 月。
- 鄭曉雲：《文化認同與文化變遷》，北京：中國社會科學院，1992 年 10 月。
- 鍾理和著，鍾鐵民主編：《鍾理和全集 1-6》，高雄：春暉出版社，2003 年 12 月。
- 藍博洲：《幌馬車之歌》，台北市：時報文化，2004 年 10 月。
- 顏忠賢：《影像地誌學——邁向電影空間的理論建構》，台北：萬象，1996 年 10 月。

期刊論文

- Hall, Stuart. “Cultural Identity and Diaspora.” Identity: Community,

Culture, Difference. Ed. Jonathan Rutherford. London: Lawrence & Wishart, 1990:222-237

- 江宜樺：〈自由民主體制下的國家認同〉，《臺灣社會研究季刊》，第25期，1997年3月，頁83-121。
- 吳乃德：〈麵包與愛情：初探臺灣民眾民族認同的變動〉，《臺灣政治學刊》，第9卷第2期，2005年12月，頁5-39。
- 李鴻瓊：〈空間，旅行，後現代：波西亞與海德格〉，《中外文學》，第26卷第4期，1997年9月，頁83-117。
- 林燕玲：〈原鄉情與故鄉愛——鍾理和戰前與戰後心境拼圖〉，《國立臺中技術學院學報》，第6期，2005年6月，頁267-282。
- 施正鋒：〈台灣人的民族認同／國家認同〉，《台灣民主季刊》，第1卷第1期，2004年3月，頁185-192。
- 洪淑苓：〈家．笠園．臺灣——陳秀喜作品中的空間文本與身分認同〉，《臺灣詩學學刊》，第6期，2005年11月，頁39-76。
- 張良澤：〈鍾理和作品中的日本經驗與祖國經驗〉，《中外文學》，第2卷第11期，1974年4月，頁32-57。
- 許南村：〈原鄉的失落：試評「夾竹桃」〉，《現代文學》，復刊號第1期，1977年8月，頁83-93。
- 游美惠：〈身分認同與認同政治〉，《性別平等教育季刊》，第31期，2005年5月，頁58-61。
- 開一心：〈空間、記憶與屬性認同：論《偶然生為亞裔人》〉，《中外文學》，第33卷第12期，2005年5月，頁155-187。
- 黃素卿：〈華裔離散族群意識及華裔移民認同：《桑青與桃紅》和《千金》〉，《中外文學》，第34卷第9期，2006年2月，頁237-264。
- 楊淑媛：〈過去如何被記憶與經驗：以霧鹿布農人為例的研究〉，《臺灣人類學刊》，第 1 卷第 2 期，2003 年 12 月，頁 83-114。

- 潘朝陽：〈空間・地方觀與「大地具現」暨「經典訴說」的宗教性詮釋〉，《中國文哲研究通訊》，第 10 卷第 3 期，2000 年 9 月，頁 169-188。
- 鄭秀婷：〈誰的原鄉？誰的失落——評陳映真對鍾理和民族認同的曲解〉，《臺灣文學評論》，第 5 卷第 2 期，2005 年 4 月，頁 160-185。
- 澤井律之：〈臺灣作家鍾理和的民族意識〉，《台灣文藝》，第 8 卷第 128 期，1991 年 12 月，頁 22-41。

參考網站

- 須文蔚：尋根・認同・焦慮：讀出《幽黯國度》中異鄉人無所依附的認同感，http://blog.chinatimes.com/winway/archive/2006/07/23/81305.html
- 羅鳳珠、陳萬益、鍾彩焱、鍾怡彥：《鍾理和數位博物館》，http://cls.hs.yzu.edu.tw/ZHONGLIHE/home.asp。

講評

應鳳凰*

本文的論述主軸是透過鍾理和的文學文本，討論他「原鄉認同」（或祖國認同）的三個階段。重點可由題目的兩個關鍵詞顯示：一是「**原鄉書寫**」（有時稱地誌書寫），一是「**認同形構歷程**」。優點是文章的結構完整，眉目清晰。全篇扣掉前言與結語，中間第二節先表明相關理論，第三、第四、第五小節合佔十三頁為論文主體，分別討論「原鄉認同」的三個階段：

> 階段一，聽說：原鄉的記憶與經驗。
>
> 階段二，涉事：熟悉的陌生人。
>
> 階段三，逃避：認同轉化與重建。

單從上述三個小標題，除了看到論文的整體結構，也顯現這篇論文的幾個問題。例如：階段二「**涉事：熟悉的陌生人**」這標題，就非妥善的論文用語，讀者從字面看不出這階段的內容為何，它與認同的關係何在。

大體而言，從論文的外緣形式來談，缺點有二：一是論文所用的語言不夠明晰，幾處用語甚至過於感性，不像在寫論文倒像寫抒情散文。例如「前言」最後一段，說是：

> 「……透過剖析鍾理和個人式的地誌書寫，分析文本形象化的繪圖，討論其原鄉的實存與認同過程的變化，也讓鍾理和的認同得以暫時安頓。」

讀者既不明白他是怎麼讓「鍾理和的認同得以安頓」，也想不透一篇論文如何能「暫時安頓」某人的認同。

* 成功大學台文系副教授

其二可從論文註解的過於簡略，顯現作者在搜集資料與研究功夫上的用力不足。通篇論文共 51 個註解，凡引用鍾理和文本之處，只用一部《鍾理和全集》草草交代。論文文本裡，鍾理和作品牽涉多少空間與時間，註解上竟然沒有與之相對應的說明。如此只以一部書通吃到底的註解，一個註與十個註並無不同，註不註也都一樣。鍾理和作品版本眾多，一般引用多以第一版為主，如不用初版也可適當加註寫作地點或時間。文學研究生寫一篇「作家認同歷程研究」的論文，竟單用一部 2003 年出的作品貫徹全部引文，這單薄與第二節援引西方理論的眾多人名書名成了強烈對比。

再來是論述的內緣問題。第二節「地誌書寫與認同形構的理論初探」，整節論文羅列一堆艱澀的理論，但每家截取一段，既未梳理各段理論彼此的關係，也看不出它們與作者論述主軸的緊密關係。建議作者與其拉了一堆難懂的理論，不如先清楚界定什麼是「地誌書寫」。尤其前言再三表明要從「地誌書寫」分析其與「原鄉認同」的關係，卻未讓讀者明白什麼是「地誌書寫」。

鍾理和的認同歷程並不複雜：從他早期對原鄉中國的嚮往，而後到了東北與北平，短期生活之後，祖國想像破滅，回到台灣。作者擷取這整段過程，說明「祖國認同」如何開始，如何結束。架構既定，如果認為必得運用西方理論才能使作家鍾理和的「認同」論述更為深刻，則需將「認同理論」與「地誌書寫」分別界定清楚，並扣緊二者的關係，讓理論與實際運用合拍。例如階段一的「**聽說：原鄉的記憶與經驗**」，就得釐清鍾理和的「聽說」經驗與「地誌書寫」的關係，然後指出其與認同形構有何關連。

最後，也是本文論述主軸另一大問題，則是討論鍾理和的祖國認同，居然未強調他的殖民經歷。試想他第一階段的「祖國嚮往」怎能不提他在「日據下台灣」的「被殖民」身份。而他認同的第二第三階段，從北平大雜院生活到離平回台，更不能遺漏他被中國人「當作日本人」的尷尬「殖民者」與「被殖民者」的雙重複雜身份，尤其在中國剛「對日抗戰勝利」，台灣人變成「白薯」的階段。總之，研究鍾理和「**認同形構歷程**」沒有大力討論他的殖民身份與經驗，可說是遺漏了極精彩的部分。

鄉關何處？夢遺美濃

論吳錦發《青春三部曲》

鍾宜芬*

摘要

從〈春秋茶室〉到〈閣樓〉，《青春三部曲》中的美濃風情與時俱變。純真或罪惡，猥瑣或神聖，吳錦發在以虛紀實的故事間，描摹曾被遺忘又重新湧起的鄉土記憶與地理輪廓。美濃在台灣邁入機械再生產的時代之後，澀啞與幻滅就宛若晨靄與薄暮朝夕籠罩著小鎮的天空。作家藉由成長過程中幻滅與苦澀的特質，對比美濃在步入現代化之後的苦味，將個人成長經歷與地方變遷合而觀之，以鄉土寓言的方式重新展現美濃小鎮的地理圖景與文化風情。然而此間以書寫成長小說之名實寄鄉土寓言之實的宏大企圖，在當代評論者慣以成長小說或是鄉土小說的視角剖析下隱而不顯。本文將從貫穿全書卻在不同文本被賦予不同文化詮釋的「性」象以及小鎮在傳統與現代化的勢力交迭中不斷位移的轉變與認同，辯證掩映其間的株連與衝突，循此展現〈春秋茶室〉、〈秋菊〉、〈閣樓〉三篇小說如何從對原鄉（原慾）的認同危機，輾轉於現代化的感官刺激與懷想原鄉之間，以至由工具理性機械文明中折返美濃地方文化的肌理尋求救贖力量的過程。在現代化的魅影中，召喚鄉土的魂兮歸來。

關鍵詞：吳錦發、成長小說、鄉土、現代化

* 淡江大學中國語文學系碩士生，E-mail：692000291@S92.tku.edu.tw

壹、前言

鍾理和在1957年的日記裏曾經這麼寫著，「美濃已大非昔比，它進步之速，擴張之大，使人深深驚嘆。它已學會了看電影，追求現代文明的享受」。目睹故鄉對現代文明的熱衷，鍾理和百感交集地對著美濃說好，「我恭喜你！」[1]然而才幾十年間，在一般人的印象裡，美濃似乎是一個古老而停滯不前的小鎮，紙傘、菸樓等手工藝的榮光，在台灣邁入機械再生產的時代中，褪去昔日風華。美濃步入現代化後，瘖啞與幻滅就宛若晨靄與薄暮朝夕籠罩著小鎮的天空。原鄉的純真美好、枯朽衰敗以及鄉土文化與現代文明的傾軋，吳錦發在《青春三部曲》的文學地誌中為讀者一一回顧與呈現美濃這幾十年來歷史/地理的滄桑與願景。

當代文學評論者對吳錦發《青春三部曲》最津津樂道的莫過於從成長小說的觀點對人物與情節做一深刻的探析，或是從文本當中爬梳原鄉印象，以此立論鄉土小說的特性。[2]歷經十年才創作完成的《青春三部曲》，不只呈現出成長小說的特質，吳錦發將青少年在成長中碰到的問題，類比美濃的變遷。表面看來，《青春三部曲》只是作者以原鄉為背景為似水年華的青春歲月所寫的追憶之作，然而作者重新將其拾掇成冊之舉，暗藏以書寫成長小說之名實寄鄉土寓言之深意，書寫美濃與現代化之間的關聯，從兩者的頡頏矛盾，對傳統及現代性提出雙重省思。《青春三部曲》雖然遵循歌德（Goethe，1749-1832）《少年維特的煩惱》的路子，藉由愛情來

---

1 以上引文出自民國46年4月1日鍾理和的日記內容。鍾理和著，《鍾理和全集》第五集，高雄縣：高雄縣文化中心出版，1997年10月，頁212。

2 論者有如江寶釵〈追尋傳奇——評吳錦發「春秋茶室」〉援引弗萊的「追尋神話」理論剖析〈春秋茶室〉成長小說的書寫模式；另外，王慧君《吳錦發小說之研究》則是針對《青春三部曲》當中的原鄉經驗做出探析。以上請詳參江寶釵，〈追尋傳奇——評吳錦發「春秋茶室」〉，文訊第35期，1988年4月，頁161-164；王慧君，《吳錦發小說之研究》，高雄師範大學國文教學碩士班93年碩士論文，頁100-106。

描寫男性成長蛻變與失落，吳錦發別出心裁的以青春期生理機制的變化來表達成長的過程，以描寫「性啟蒙」這個象徵意涵豐富的符號與行動作為成長小說的書寫策略，[3]藉由成長這種幻滅與苦澀的特質，對比美濃在社會變遷下的苦味。作者將個人成長經歷與地方變遷合而觀之，以鄉土寓言的方式重新展現美濃小鎮地理圖景、文化風情的宏大企圖昭然若揭。從〈春秋茶室〉、〈秋菊〉、〈閣樓〉三篇小說裏梳爬作家如何從對原鄉（原慾）的認同危機，輾轉於現代化的感官刺激與懷想原鄉之間，以至由工具理性機械文明中折返美濃地方文化的肌理尋求救贖力量的過程。循此，本文將從貫穿全書卻在不同文本被賦予不同文化詮釋的「性」象以及小鎮在傳統與現代化的勢力交迭中不斷位移的轉變與認同，辯證掩映其間的株連與衝突。在現代化的魅影中，召喚鄉土的魂兮歸來。

貳、原鄉、原慾、失樂園

《青春三部曲》共包含三篇短篇小說。發表順序依次是〈春秋茶室〉（1988）、〈秋菊〉（1990）、〈閣樓〉（1997），吳錦發自陳《青春三部曲》的創作企圖時，將它定位為成長小說，而小說主角的年齡則分別是國高中學生。透過男主角逐漸成熟的視角，檢視自我與家鄉的雙重蛻變。

一、擺蕩在原鄉與原慾之間

綜觀三篇小說，敘述模式都是以男性第一人稱「我」的方式進行，的確延續歌德的情節鋪陳，書寫少男的情色煩惱。〈春秋茶室〉中的陳美麗之於吳再發，〈秋菊〉中的秋菊之於發仔，以及〈閣樓〉裡惠貞老師之於阿義那般，在暗戀、相戀、需索當中踩探原慾與文明的界線，在喜悅與黯

[3] 吳錦發，《青春三部曲》，台北：聯合文學出版社，2005 年 1 月，頁 5-6。

然中徘徊煎熬，為少年的勃發與遺落留下印記。毫無例外的，文本中男主角們戀慕的女性幾乎都成了他們春夢中的女優。藉由少男青春期中必經的「性」象—夢遺、春夢、自慰，展現其生理與心理增發流轉的過程。

陳長房論及西方成長小說的書寫模式時說道：

> 西方文學中成長小說或教育小說（Bildungsroman or Erziehungsroman），敘述的主題是主人翁思想和性格的發展。……這類小說情節的鋪陳，自主人翁幼年開始所經歷的各種遭遇困阨開始，其間，主人翁通常要經歷一場精神上的危機，一場心靈掙扎的嚴厲考驗，然後長大成人並認識到自己在人世間的位置和功能。[4]

《青春三部曲》卻巧妙地將遭逢各種困阨的對象從主人翁轉移到了小說中的女性。這些女體在小說中承受許多災厄、被壓迫、被迫害—像是陳美麗被迫還債賣淫、秋菊到工廠做女工之後昏倒病死、惠貞老師承受家暴。加諸在女體身上的暴力促使男主角們有所啟蒙，讓他們從原本的天真年少—受挫—長大成人，進而體察到所謂成年社會的價值標準以及個體可能付出的代價。在文學創作上，女體往往會聯想到母親（mother）、自然（nature）、原鄉（motherland）等喻義。這種將女體比附原鄉，正是雜揉成鄉土寓言的傳統書寫策略之一。

以〈春秋茶室〉為例，小說主角吳再發原本是一位不知憂愁為何物的純真少年，被青春痘困擾、三不五時還會翹課去河邊玩耍的大男孩；有一天他在橋邊遇到陳美麗，開始喜歡上她，並試圖幫她對抗茶室的惡勢力。吳再發在橋上看到被賣身茶室逃跑未遂，被茶室壯漢逮個正著的原住民女子陳美麗之後，不只對她產生同情，一種愛慕的情緒也從此在心中低迴蕩漾。然而他對陳美麗的情感，卻只敢在夢中釋放出來。藉由潛意識的活動

---

4 陳長房，〈西方成長/教育小說的模式與演變〉，《幼獅文藝》八十卷第六期，台北：幼獅文化事業公司，1994 年 12 月，頁 5。

而釋放那些在日常生活中一直受到超我（super ego）壓抑的利比多（libido），[5]春夢成為他情感宣洩的出口。當富林問他是不是喜歡陳美麗，發仔只能尷尬氣弱的辯駁著。吳再發不僅不敢正視自己的情感，就連夢遺也是遮遮掩掩，充滿壓抑。根據佛氏釋夢的理論，對夢的形成其中一個解釋就是認為在日常生活中被文化、社會等壓抑的事情，可以在夢中得到滿足。[6]雖然自瀆是少年在青春期正常的生理現象，值得玩味的是，文本中原住民女子的再現形象成為發仔情慾啟蒙的導師，卻又促使發仔將春夢與夢遺視為一種病態舉止頻頻自抑。作者對原住民女子的形象塑造，意在突顯社會傳統對原住民刻板形象的流弊，企圖經由發仔對原慾的壓抑與羞愧的情節安排，展現主角生心理不同步的認同困境。這樣的形象再現，事實上也反應了一般大多數平地漢人的想法。在後殖民的脈絡下，再現其實是權力的再演義，正如薩依德（Edward W. Said，1935-2003）在《東方主義》所言：「再現之所以會是再現，就是由於它並非是對東方的自然描述而已；它是一種再—呈現（re-presence）或是一個再現（representation）。」[7]於此，我們要追問的是，為何是這種而不是那種形象的再現？這種再現暴露了漢人挾其文化上的優越，視原住民為弱勢族群，原住民女體為可買賣的商品。它揭露了原鄉一方面是傳統的、純真的樂園，一方面在族群的關係上又是

---

[5] 根據佛洛依德（Sigmund Freud，1856-1939）對本我（id）、自我（ego）及超我（super ego）的說法，佛氏認為本我以享樂為原則，而超我則根據外在的文化規範行事，壓抑或昇華本我只求享樂的部分。易言之，本我是受到超我所約束的。有關佛洛依德的理論請見杜聲鋒《拉康結構主義精神分析學》第三章第一節〈佛洛依德的無意識理論〉，台北：遠流出版社，1988 年 10 月，頁 93-95。

[6] 佛洛依德認為夢必須要有動機力量（driving-force），而這個力量是由欲求提供的。在《夢的解析》一書分析了四種欲求的起源，分別是：（1）在白天被喚起，但由於外界環境而未獲滿足，此一被承認卻未滿足的欲求便被留到夜晚；（2）在白天產生但卻被排斥，此一欲求到了夜晚並未得到滿足也受到壓抑；（3）可能與白天生活無關，是出自我們心靈受壓抑的部分，而且到夜間才變活躍；（4）當晚發生的欲求衝動（如口渴或性的需求）。關於佛氏欲求起源的說法請詳見佛洛依德著、孫名之譯，《夢的解析》，台北：貓頭鷹出版社，2000 年 9 月，頁 334-346。

[7] 愛德華・薩依德著（Edward W. Said）、王志弘等譯　，《東方主義》，台北：立緒文化事業，2004 年 1 月，頁 28-29。

壓迫弱者、展現原慾的淵藪。作為一位男性，吳再發表現男性原始的生理反應自有其正當性，然而作為一位高度道德自覺者，在「性」想像上的逾越（將原住民女性當成春夢發洩對象的行徑），卻讓他對陽性社會氣質的認同感到遲疑，對自己所居處的鄉土徬徨而陷落認同窘境。

令我們矚目的是，〈春秋茶室〉中出現的現代化符碼展現出的精髓，不是機械主義式的冰冷刻板，而是透著人道主義式的溫情，協助陳美麗回鄉。陳美麗本可藉由火車與警察這兩項利器逃離茶室的魔爪。即使她再度被抓回茶室之後，吳再發他們仍可以藉由報警，藉由公權力來制裁人口販子，使她重獲自由。然而大家都念在富林的關係上，遲遲沒有報警。至於富林平日雖與其母相處不睦，最後仍襟礙臣服於傳統象徵體系中的親情，怕報警連累其母而作罷，導致陳美麗只能認命的打滾風塵。現代性此處代表的是法制的、公義的正向力量，然而還是只能向傳統主導勢力低頭。

王德威在談論〈國族論述與鄉土修辭〉說道：「寫實／現實主義作家信仰文字達意表象的模擬功能，並堅持誠於中形於外的內爍說法。他（她）們力求客觀無我，但一股原道精神——不論是為人性、為主義、還是為國家原道—總是呼之欲出。而與此原道精神相互輝映的，正是原鄉敘述。」[8] 美濃的原鄉敘述，首推鍾理和。鍾理和〈原鄉人〉筆下的主角對殘忍、懦弱、小我、自私、衰老破敗、卑鄙骯髒的原鄉展現高度的無條件的認同，[9] 若循王德威言，鍾理和的原鄉敘述，不僅是書寫對血脈相傳的原鄉懷想而已矣，它更誠於中而形於外的展現了對國族/原道的文化依附與忠貞認同。〈春秋茶室〉主角超我的道德感，拆解了鍾理和筆下安穩、堅定、不容質疑的原鄉/原道認同。[10]小說的主角吳再發他的欲望雖在潛意識的夢境獲得

---

[8] 王德威著，《如何現代，怎樣文學？》，台北：麥田出版，1998 年 10 月，頁 166。
[9] 鍾理和著，《鍾理和全集》第二集，高雄縣：高雄縣文化中心出版， 1997 年 10 月，頁 1-14。
[10] 關於鍾理和〈原鄉人〉中的認同問題，黎湘萍於〈戰後台灣文學的文化想像〉一文對此曾提出討論，認為敘述者在面對日本老師（殖民者）與自己的奶奶、父親、兄弟（血親）對中國/支那不同的描述下，雖然其間對於日本老師的口中可鄙的支那人的說法感到有趣但最

短暫的宣洩，但是等到清醒之際，卻掉入更深的自譴當中，夢境不但不能使他正視自身的欲望，反而更趨使他那強大的超我力量將他鞭笞的羞愧難當。甚至，在小說末尾我們看到的是一個徹底的跟舊日的自我告別的吳再發。

> 新的學期開始以後，我不再和富林他們到河畔去玩，……，我臉上的青春痘也一發不可收拾地到底迸生出來，長得滿頭滿臉都是，但我已不再在乎它了。甚至，我偶爾會陰沉地想：隨它去長吧，最好能把我整張臉都長爛掉了！（頁 167）

他無法正視原鄉即原慾的可鄙，無力救助陳美麗脫離慾海，只能消極的放任青春痘在臉上肆虐；雖然身流原鄉的血，也扮演不出對原鄉的高度認同，原鄉與人的臍帶，仍舊難抵風乾斷裂的命運；在原慾的認同上，終究不若想像中的綿密牢固，對傳統原鄉的認同呈現出流動游移的特質，在罅隙處漂洋過海，故鄉終成「故」鄉。

二、依違於現代與鄉土之間

相較於〈春秋茶室〉裡所設定的小鎮地域，〈秋菊〉在場景的著墨上是不停的在兩地切換著。一個是發仔（敘述者）負笈寄居的都市高雄，一個是他的原鄉故土美濃。前者是一個典型的都市生活，後者則是純樸的鄉下小鎮，這兩個地點不但是此篇小說最重要的兩個場景，還各自表述著不同的文化底蘊。高雄與美濃如同一組極為成功的對照組一般，呈現著都市與鄉村的巨大反差，這裡的高雄是新興、繁榮、進步集南部行政、工業、商業於一身的重要都會大城，美濃只是一處古老位居邊陲山區的傳統小

後的結局仍是以行動表示對祖國的嚮往，從中展現作者的認同取向。此篇論文收錄於何寄澎主編，《文化、認同、社會變遷：戰後五十年台灣文學國際學術研討會論文集》，台北：行政院文化建設委員會出版，2000 年，頁 265-288。

鎮。此處的南部都會大城成了政府最佳展示現代化文化底蘊的場所，轉動著現代化的巨輪快速向前。

七、八〇年代的台灣的經濟面臨了從農業轉型為工業的時刻，以宗族、血緣組成部落的居住型態，如美濃，還遵循著「日出而作，日落而息」的老祖先守則；新興工商業都會區則因為經濟型態的轉變，孕育出一種五花八門、新潮解放的文化與耽溺頹廢的夜生活。因為求學的關係，發仔必須在這兩個完全不同的世界活動。他在裡面看到了兩種不同型態的生活以及對於性的態度。作者極盡張狂的描寫都市中開放大膽的性形象，像在二房東康 B 的生日舞會裡看到熱情上道不穿胸罩的小朱、戲院門口的煽情的海報—擁有一雙豪乳的金髮女郎以及康 B 與花咪雜亂的性生活。這些開放、大膽的性形象，背後展現的是迥異傳統禮教規範的、開放的現代「性」。值得注意的是，這些陳列在舞會裡及戲院外開放的現代「性」，也突顯出現代社會中「消費」的特質。要參加康 B 的舞會就跟上戲院看戲一樣，使用者一律付費。

這些開放的現代性在發仔的眼中又是如何呢？起先，他就像鄉巴佬進城般逛著聲色大觀園，張大了眼張望著這個摩登新世界，抱持著好奇的心理看待著那些在鄉下小鎮未曾見過的人、事、物。像第一次到四樓參加康 B 舉辦的舞會時，只覺得自己是個土包子，完全不懂舞會是怎麼一回事，以觀摩的心情來參加。「來參加舞會的，大都是和康 B 一樣來自眷村的孩子……，我們常乾坐在一旁拼命喝雞尾酒，看著那些小傢伙摟女人，真是羨慕死了。」（頁 182）當時的他對於現代都市的產物並沒有太大的喜惡，覺得有趣，甚至羨慕。這種情勢直到他與秋菊開始一段若有似無的曖昧情愫，以及與他同住一起的好朋友永德因為小朱的關係在生理與心理上都受到嚴重的打擊之後，他的城市經驗才產生質變。發仔開始對於往返兩地感到痛苦。他說：「我來來往往於這兩個世界求學、生活，在感情的各個方面，常有感到被撕裂般的痛苦。」（頁 222）在兩個極端的世界裡擺盪使他產生撕裂般的痛苦。他開始將都市認識的女生與秋菊放在天平的兩端比較著。

> 我暗暗的把她拿來和花咪、騷包小朱與那些城市女孩比較，覺得她們簡直是屬於兩個世界的人，我甚至覺得把她們共同歸類為「少女」這個類別，根本就是一件荒唐的事……（頁 222）

發仔認為拿花咪、小朱等城市女孩與秋菊相比，根本就是一件荒唐的事，會褻瀆了純潔的秋菊。女性、傳統、原鄉等元素在〈秋菊〉當中熔為一爐互相輝映。秋菊在本篇小說中的出場是在發仔家中幫忙卸菸葉，之後在靈山與他偶遇，從雙方的言談之間被塑造成大地之女的形象。她通曉百草，對於山上的野草如數家珍，可以滔滔不絕的細數它們的特徵、氣味、效用與名稱，與大自然有著緊密且熟稔的關係；她不僅會幫忙農事貼補家用、通曉百草，對於家事也是一把罩。某次，秋菊看到發仔笨手笨腳的刷洗鍋子，他拼命用稻草沾石灰刷洗鍋底，刷了半天也沒能把它刷掉。秋菊教他應該先把石灰和著泥沙用力搓洗，並且用瓦片去刮，果然奏效。隨著情節的推展，這樣一位集傳統、風土、美德、原鄉意象於一身的秋菊，讓發仔正視城市與鄉村的差異。在這樣的背景下，作者安排原本在傳統鄉村安身立命的秋菊前往高雄的工廠當女工歷經得病、住院、死亡，象徵傳統勢力的日益衰微與控訴現代化扼殺鄉土的企圖溢於言表。秋菊的出現，讓男主角正視城鄉差距；秋菊的死亡更讓男主角體認世局的變化，成為他心靈成長的重要推手。

究其實，拿城市少女與鄉下女孩相比較，不啻為一場傳統與現代二元對立的競賽。發仔說：這些經過「都市」工廠加工過的女人，對我們這些鄉下來的少男， 一個個都像急流般地可怖！」（頁 227）受到「都市」工廠加工過的女人，貼上的是現代化標籤，成了現代化麾下的一卒。人的身體，成了權力（影響力）展現的場域。人身變成權力的展示品。然而不論是發仔說的都市女人（例如舞會上的熱情阿朱、豪乳海報女郎）或是秋菊她們都在權力爭奪中以身體打起了赤身肉搏戰，不僅突顯出現代與傳統競爭的劇烈程度，更說明了作者對於現代化的抗拒，以及對原鄉流露出無限鄉愁的懷鄉姿態。

摩登新世界在〈秋菊〉中的主人翁發仔與永德以及他們那些來自旗山、眷村等地的同學們以及後來的秋菊面前搬演一幕幕摩登新潮的文化與聲色犬馬的生活。現代化的元素在〈秋菊〉這篇小說當中，俯拾皆是。當初政府所提倡的現代化、工業化，為的是產業昇級、提昇國家競爭力，然而就某層面而言，政府推行現代化的內容，諸如外在的硬體設備，抑或內在的精神以及順勢進入台灣的流行文化，像是舞會、電影院、工廠等等多是援引接枝西方的舶來品。[11]如果說舞會與電影院體現的是現代社會中的消費性結構的話，那麼巨大冰冷的工廠就是現代社會的縮影。它是政府推行現代化實施經濟轉型下的產物，不僅是工業化的產品，勞工與僱主之間的契約關係更是資本主義社會的形式。工廠裡的時間，奉行著時間就是金錢的資本主義社會的鐵律。它比火車站、電影院裡的時刻表更鞭辟入裡的控制著人們的時間，透過工廠中的層層監視系統務求在最短的時間之內獲得最大的生產力。〈秋菊〉這篇小說所體現的社會變遷就是現代化在都市的盛行。因此，象徵自然與傳統的秋菊，在彷若現代社會縮影的工廠被層層監視與無情剝削下，死亡就成了她的結局。

吳錦發在〈秋菊〉運用了許多具有美濃特色的風土，以這些地理景觀的構置，像是靈山、雙峰（乳）山、茶頂山，企圖營造傳統鄉村與現代都市分庭抗禮的氣勢，重新審視鄉土與空間/時間的關係。例如在班際排球時，發仔他們以代表美濃精神的雙乳山為隊名，一路破關斬將到了冠亞軍爭奪賽，這個富有象徵意涵的隊名卻遭到旗山隊以粗話揶揄。雖然雙乳山贏得冠軍，在頒獎典禮校長誇獎之餘也委婉的建議「以後不要用那麼不雅的隊名」。學校最高的行政

[11] 紀登斯（Anthony Giddens，1938-）在《現代性的後果》中認為在制度方面而言，民族國家與系統的資本主義生產是構成現代性制度發展的重要指標。此二者都是在歐洲的歷史情境中產生，因此他十分斬釘截鐵的表示，現代性就是一個西方化的工程。本文認為傳統（本土）與現代（西方）的兩者不同的元素的碰撞即為推動社會變動遷移的力量之一。關於紀登斯的論點，詳參田禾譯，《現代性的後果》，南京：譯林出版社，2002年1月，頁152。

長官的一席話讓發仔他們得來不易的勝利也不免蒙塵。對於美濃居民來說，現代化的摧枯拉朽似乎已是沛然莫之能禦的潮流。

〈秋菊〉預言了傳統式微，確立了在現代化的浪潮下傳統讓位，現代掌舵的基調。主角發仔隨著秋菊的去世感受到自己的人生有一大半已隨秋菊深深埋入陰冷的土裡，以此作為鄉土在都市消逝或是說傳統在與現代化的這場競技當中失敗而發的悲音。或許我們可以說這時作者對現代化的態度是消極的抵抗的；然而到了〈閣樓〉（1997）重新洗牌，伸入鄉村的現代化成了解救主角脫離慾海的力量。現代化在作家筆下呈現出價值流動的複雜面貌。

參、閣樓的傾圮與鄉土的重生

〈秋菊〉此篇小說展現傳統與現代二元對立的基調，然而這種抗拒張力到了〈閣樓〉則有了明顯的轉變。作家從原本對現代化的抗拒轉而正視現代化的優點，循此描摩鄉土的願景與未來。如果說〈秋菊〉直接刻畫了現代化與都市的關係並展現傳統與現代化在都市的景象；那麼〈閣樓〉它所要表達的是現代化在鄉村的問題。

〈閣樓〉這篇小說的內容一貫維持著吳錦發口中成長小說的基調，敘述阿義升上國三之後在閣樓居住期間所發生的故事。阿義說：「閣樓是和菸樓建在一起的，這是我家鄉有菸樓的人家共同的建築方式。」（頁 10）阿義在升上國三之後，在母親的示意下搬進了昌叔（小叔叔）之前使用的閣樓，昌叔是家族當中唯一一個念過大學的人，母親希望阿義能夠像昌叔一樣將來念到大學畢業。除此之外，媽媽還請惠貞老師到閣樓替阿義補習。為的就是希望阿義能考上一間好學校。然而〈閣樓〉的開場卻以一極其淫猥敗德的人獸（口）交震撼揭幕。阿義無預警地瞅見幾個同宗小輩把小雞雞掏出來讓小狗吸吮的猥褻畫面，當下雖然厲聲斥責頑童的行徑，不久竟暗自模仿起那低賤無恥的作為。而那位據說在閣樓裡發奮讀書的模範小叔叔，也的確被阿發發現了大量「藏書」，

「裸體女郎月曆」、「妖精打架的雜誌」還有「一把小武士刀」，充滿色情與暴力。不久，阿義在閣樓裡還撞見小叔叔與他的女朋友在閣樓裡做愛；之後服役中的小叔竟又因不想離開他的女朋友逃兵被捕。有了這位「青年楷模」，阿義索性把媽媽請來幫他補習的惠貞老師，當成性幻想的對象；而人獸交後的羞慚又讓他犯下可怖的滅狗血案。阿義在這塊的私領域（閣樓）裡，展現了他對性的忸怩、不安、與驚懼。閣樓在此變調為一個充滿陰鬱色調且色慾暴力的場所。

熟知美濃文化特色的讀者，對於吳錦發這般醜化菸樓也許要勃然大怒，期期以為不可了。菸葉素來是美濃重要的命脈之一，由夯實泥磚砌成的大阪式菸樓一向被視為美濃客家精神的象徵之一。它紀錄了美濃早期以農為本的歷程也見證了美濃小鎮的歷史興衰，更是一個深具代表性的美濃建築圖騰。[12]由於菸草從種植到採收到烘烤，都需要大量的勞動力，這種需求在美濃當地形成了一個特殊的現象——交工（意即：換工），以互惠的方式，你幫我我幫你，形成一個流動卻強而有力的勞動網絡，這個結構如同心圓般的關係網絡以夥房、宗親、鄉里為核心的交工機制構成了美濃的勞動網絡，這種特殊的勞動方式在無形中又加深了美濃人的凝聚力與向心力。[13]因此菸樓就成了表徵美濃客家崇高精神的堡壘。

無獨有偶的，巴舍拉（Gaston Bachelard，1884-1962）從西方建築意象裏也推崇閣樓的象徵意義。[14]認為閣樓是知性、理性的領域，是一處不存在恐

---

[12] 美濃本地務農人口比例於民國 41 年至 82 年止，至少有一半以上的人口務農，57 年的比率更高達八成以上，而民國 60-84 年間美濃佔全國菸戶比的 1/4 強，在全盛時期全鎮約有一千多棟的烤菸樓。這些數據在在說明了菸葉的栽種對於美濃在經濟上、族群凝聚力上都有很大的影響，因此促成了世人將美濃與菸城互為表徵。不論是 1996 年由中央（行政院）出版的《臺灣鄉土全誌》或是隔年由地方編纂的《美濃鎮誌》，都提到了菸葉與美濃的關係。前者形容美濃為菸城，後者則以書名副標「菸城你的名字是美濃」宣示了菸葉對於美濃的重要性。以上內容詳見《臺灣鄉土全誌》第八冊以及洪馨蘭《菸草美濃—美濃地區客家文化與菸作經濟》，台北：唐山出版社，1999 年 12 月。

[13] 李允斐等著，《高雄縣客家社會與文化》，高雄縣：高雄縣政府，1997 年，頁 110-111；頁 187。

[14] 巴舍拉認為家屋是一處親密、安全的避難所，他在《空間詩學》的第一章提出兩點家屋的詩學架構。他在分析家的空間時，以垂直的存有與集中的存有兩種類型作為理解家屋詩學

懼幽冥的寬敞明亮的地方，此種建築意象與菸樓文化美濃精神交織出中西文化相互輝映的正面論述。

吳錦發的文本，卻一再將這個代表美濃客家精神的光暈與巴舍拉所說的理性光輝摘除及去神聖化，甚至最後在政府現代化的政策下，舊式菸樓終被電腦控制的新式烤菸室給取代，正式宣告現代化的力量深入鄉村。這股現代化的力量不同於〈秋菊〉當中二元對立下既扁平且讓發仔深惡抗拒樣貌，而是呈現流動與不固定性的。在〈閣樓〉，一開始小叔叔就像是現代化顯揚的理性、啟蒙的形象一般，讓鄉里的父老誇獎，讓家族引以為傲，但是他的內裏卻又摻雜了色情與暴力的本質。這個本質勾引出正在青春期的阿義對性的好奇，而沉淪其中，讓閣樓變成一個意慾蔓延的場所。相較於閣樓在文本中顯現的低賤不堪，另外一個美濃文化重要象徵——伯公下（意即：土地公廟），卻在文本裏扮演穩定土地的力量。我們不妨回顧〈閣樓〉中土地公祠出現的時機與形容：

> 這座土地伯公祠臨近著美濃溪，祠的後方有棵如巨傘般的百年老榕樹遮蓋了整個祠坪，由於它靠近我家，所以自小便自我嬉戲的地方；小時候，每當碰到不高興的事，或者挨了媽媽的竹條子，我常一個人偷偷溜到那兒，爬到榕樹巨大的横枝幹上躺著沉思。（頁 31）

敘述者說明了他自小就與伯公建立起深厚的關係。阿義用小狗自慰之後，為了排解心中的罪惡而跑到河畔的伯公下的舉動不只是讓伯公下在文本當中發揮撫慰人心的作用，而且更是為了在精神上尋求一種宗教層面的依託，希望被小叔的「潘朵拉的盒子」所勾引出來的不潔的想法與行動能夠在傳統與宗教的領域得到救贖。把伯公下納入生活圈是美濃人特有的文化特徵。這位「保四境，收五路」的土地爺爺，祂坐落多處，保佑著人們出入平安，給予人們精神上的

的兩大法門。地窖與閣樓則展現且代表垂直縱深的高度與詩學特性，認為地窖與閣樓是非理性與理性兩極對立的地點，分別開啟了兩種不同情感意識的展現。以上理論請詳參巴舍拉著、龔卓軍譯，《空間詩學》，台北：張老師文化出版，2003 年 8 月，頁 64-105。

安定。美濃伯公天方地圓[15]的建造形制蘊含了傳統文化的底蘊，使得土地伯公不單是安定的象徵，更被指涉為傳統文化的符碼。[16]美濃是一個典型的客家鄉鎮，居住的人口當中 97%以上都是客家人。[17]美濃人與土地伯公的關係是很密切的。在早期美濃的開發史上，械鬥事件頻仍，除了蓋城牆防禦外侮之外，也藉由建造土地伯公祠來獲得精神層面的寄託。美濃的土地伯公的屬性雖然可以區分為好幾類，像是庄頭伯公、里社真官、后土伯公、土地龍神、夥房伯公等等，[18]依據伯公坐落的地方與職掌對祂有不同的尊稱，然不論祂的稱呼有多少種，建蓋伯公祠最大的祈求仍是請求伯公能夠庇佑人民平安。對美濃人來說土地爺爺不只是神祇，祂還象徵著人對土地的情感以及被視為安定力量的表徵，伯公下也成為了街坊尋聊的公領域，與居民的日常生活融為一體。

最後，表徵美濃客家精神的閣樓在現代化的轟隆巨響中崩解。在現代與鄉土難分難解的傾軋之間，或許我們可以從這片斷垣殘壁中，獲得再思索的空間。〈閣樓〉的末了是舊式菸樓憑藉著現代化的力量將它拆毀，並被新式電腦控溫的烤菸室取代。阿義的夢魘隨著閣樓瓦解之後，他終於能夠聽到阿公所說的「土地換氣的聲音」。在河邊，阿公雖然也抓魚，但是遇到了一條怎麼抓也抓不到的大鯉魚，也只是輕笑說著莫奈何的話（意即：沒辦法）。這種態度相較於阿義殺狗時，只為了消弭自身對性的不安，可謂雲泥之別。作家藉由阿公人工徒手捕魚的方式引出這種與自然和平共處的天命觀念，不啻是對講求科學理性、人定勝天的專斷思考提出反思。

---

[15] 張二文，《美濃土地伯公之研究》，台南師範學院鄉土文化研究所 90 年度碩士論文，頁 102。

[16] 據林美容的說法臺灣土地公是古代里社的遺跡，它延續古代里社社祭的性質，有土地公處多有大樹，在人群聚居的最小單位中，便有一個土地公廟。由其祭祀圈的居民奉拜，由民間管理。林美容，〈土地公廟——聚落的指標：以草屯鎮為例〉，《臺灣風物》第三十七卷第一期，台北：臺灣風物雜誌，1987 年 3 月，頁 53-57。

[17]《臺灣鄉土全誌》第八冊，台北：中一出版社，1996 年，頁 345。

[18]《臺灣鄉土全誌》中對美濃土地公廟數量的記載，僅約略的提到有一百座以上。根據張二文田野調查的結果，得出美濃有 380 座土地公廟的數據。詳參張二文，《美濃土地伯公之研究》，台南師範學院鄉土文化研究所 90 年度碩士論文，頁 1-2。

肆、結論

吳錦發的《青春三部曲》由成長小說、性啟蒙、社會變遷、鄉土寓言等元素譜寫而成，本文試圖從貫穿全書的「性啟蒙」為引，嘗試以風貌各異的「性」姿態來體察社會變遷的雪泥指爪，從現代化與傳統此消彼長、錯綜轇轕的角力當中書寫美濃小鎮變遷的脈絡。從〈春秋茶室〉到〈閣樓〉，作家筆下的美濃風情與時俱變。純真或罪惡，猥瑣或神聖，作家在以虛紀實的故事間，描摩曾被遺忘又重新湧起的鄉土記憶與地理輪廓，對傳統與現代性提出雙重省思，循此叩問鄉土的願景。一直以來，傳統與現代化在鄉土書寫的脈絡裡總是被擺放在二元對立座標上相互傾軋；在西方，現代化的原鄉，亦有許多學者不斷的對現代化/性進行討論。為人熟知像是哈伯瑪斯（Jurgen　Habermas，1929-），他在〈現代性：一個不完整的方案〉就與新保守主義者為現代性辯證不休。[19]然而不論是堅持現代化是有益於社會民生也好，或是認為現代化是一個本質上的錯誤也好，現代化就像一把雙面刃，它引領人們走入理性、科學的同時，也對於其一手擘劃出來的世界進行毀滅。雖然它的本意是為了讓世界更美好，但是當人定勝天的理性觀的力量過於龐大的時候，可能就會造成了一些社會上的隱憂，例如生態浩劫便是其中之一。《青春三部曲》當中展現了現代化的多種面貌，它是〈春秋茶室〉當中法制、公義的正向力量，也是〈秋菊〉裡推動都市現代化的力量，更是〈閣樓〉裡價值流動的動能。在〈閣樓〉當中迤邐流轉的現代化，漸漸泯滅了傳統與現代化壁壘分明的界線；此外，傳統文化也一改在〈秋菊〉當中無力回天的挫敗，在〈閣樓〉重新銘刻枯朽以外的鄉土精神。在泯除傳統與現代化價值對立的同時，美濃，正從澀啞與幻滅的迷霧中，款款的向我們走來。

[19] Hal Forster 主編、呂健忠譯，《反美學》，台北：立緒出版社，2002.年 10 月，頁 1-24。

參考文獻

專書

- 吳錦發：《青春三部曲》，台北：聯合文學出版社，2005 年 1 月。
- 鍾理和：《鍾理和全集》，高雄縣：高雄縣文化中心出版，1997 年 10 月。
- 花松村編：《臺灣鄉土全誌》第八冊，台北：中一出版社，1996 年。
- 李允斐等著：《高雄縣客家社會與文化》，高雄縣：高雄縣政府，1997 年。
- 洪馨蘭：《菸草美濃——美濃地區客家文化與菸作經濟》，台北：唐山出版社，1999 年 12 月。
- 杜聲鋒：《拉康結構主義精神分析學》，台北：遠流出版社，1988 年 10 月。
- 佛洛依德（Sigmund Freud）：《夢的解析》，台北：貓頭鷹出版社，2000 年 9 月。
- 紀登斯（Anthony Giddens）：《現代性的後果》，南京：譯林出版社，2002 年 1 月。
- Hal Forster 主編：《反美學》，台北：立緒出版社，2002.年 10 月。
- 巴舍拉（Gaston Bachelard）：《空間詩學》，台北：張老師文化出版，2003 年 8 月。
- 愛德華・薩依德（Edward W. Said）：《東方主義》，台北：立緒文化事業，2004 年 1 月。
- 王德威：《如何現代，怎樣文學？》，台北：麥田出版，1998 年 10 月。
- 何寄澎主編：《文化、認同、社會變遷：戰後五十年台灣文學國際學術研討會論文集》，台北：行政院文化建設委員會出版，2000 年。

期刊論文

- 江寶釵：〈追尋傳奇—評吳錦發「春秋茶室」〉，《文訊》，35 期，1988 年 4 月，頁 161-164。
- 陳長房：〈西方成長/教育小說的模式與演變〉，《幼獅文藝》，492 期，1994 年 12 月，頁 5-16。
- 林美容：〈土地公廟—聚落的指標：以草屯鎮為例〉，《臺灣風物》，37：1，1987 年 3 月，頁 53-81。

學位論文

- 張二文：《美濃土地伯公之研究》，台南師範學院鄉土文化研究所 90 年度，碩士論文。
- 王慧君：《吳錦發小說之研究》，高雄師範大學國文教學碩士班 93 年度，碩士論文。

講評

陳明柔*

本篇論文以吳錦發《青春三部曲》為論述對象，嘗試論述作家：「如何從原鄉（原慾）的認同危機，輾轉於現代化的感官刺激與懷想原鄉之間，以至由工具理性機械文明中折返美濃地方文化的肌理尋求救贖力量的過程。」全文文字流暢，理路清楚，作者將論述聚焦於「原鄉、原慾」的交纏、隱喻，以及「鄉土／現代化」的交疊位移兩條軸線。以下即就其論述，謹提出幾點作為參考：

其一：於第二節「原鄉、原慾、失樂園」中，以「擺蕩在原鄉與原慾之間」為題，演繹鄉土書寫策略中將女體比附原鄉，以及通過女體所受的災厄、壓迫，如何促成了男主角的啟蒙。作者於此以〈春秋茶室〉為例，討論小說家吳錦發對於原住民女子形象的塑造，乃是「意在突顯社會傳統對原住民刻板印象的流弊」，並且藉由小說角色發仔對「原慾的壓抑與羞愧的情節安排，展現主角生理／心理不同步的認同困境」。並藉由後殖民論述的理論提出了一個問題：亦即，小說家在文本中再現的原住民形象，為何是「這種而不是那種形象的再現？」並逐步推論出小說男主角「對陽性社會氣質的認同感到遲疑，對自己所居的鄉土徬徨而陷落認同窘境」。然則其論述卻未繼續深入探究於（原住民）女體與鄉土的比附中，少年春夢的原慾想像，如何與原鄉意象的描寫交疊，而「這種」原住民形象的再現，又是怎樣的再現？同時此種比附於原住民女體的鄉土再現，其如何作為母土／原鄉的喻義，從而成就全文鄉土寓言的書寫策略，作者於此並未深入推論，殊為可惜。論文該小節如此作結：吳再發「無法正視原鄉即原慾的可鄙……；在原慾的認同上，終究不若想像中的綿密牢固，對傳統原鄉的認同呈現出流動游移的特質，在罅隙處漂洋過海，故鄉終成『故』鄉。」然此段結語，與前此指出的：「對自己所居的鄉土徬徨而陷落認同窘境」，

* 靜宜大學台文系副教授兼系主任

並未有較為縝密的聯結，因此所謂「認同窘境」之具體指涉於此也顯得空泛。

其二，關於「依違於現代與鄉土之間」，嘗試處理空間轉換與現代／傳統問題。小說中空間特質的書寫與轉換，不論是閣樓／菸樓的描寫與拆毀，美濃／高雄的空間轉移，或是故鄉與都會空間特質的對比描寫，皆可見及小說家特意經營處。論文中對於此種空間的差異性亦多所論述，並指出「秋菊」被形塑成大地之女的形象，且以秋菊的命運寓託了傳統與現代的對立，以及傳統的消逝。同時吳錦發於各篇小說的終了，小說主角面對生命啟蒙的第一課時，其耳際聽聞的皆是曠野之聲或自然的風聲與景觀；於此對於青春啟蒙的人生第一課，故鄉鄉野提供給小說主角的元素是什麼，其實於論文中尚有可進一步鋪展的可能，如此亦可回應前一節所謂「鄉土認同」的論述，並豐富其對鄉土論述的複雜向度。

其三，就全文的論文結構而言，第三節「閣樓的傾圮與鄉土的重生」論述篇幅較短，因此對於「鄉土的重生」的意旨，論述未能以各篇小說文本為例各盡其意，而僅集中於〈閣樓〉一篇的解析，殊為可惜。其次，就三篇小說的創作時序分別為〈春秋茶室〉（1988）、〈秋菊〉（1990）、〈閣樓〉（1997），而集結為小說集《青春三部曲》時，其順序則為〈閣樓〉（1997）、〈春秋茶室〉（1988）、〈秋菊〉（1990），作者以青春生命覺醒的生命路徑貫穿全書，並以「秋菊」的死亡為總結。論文中對於小說的討論乃是以〈春秋茶室〉（1988）、〈秋菊〉（1990）、〈閣樓〉（1997）為序，其中最晚完成的小說文本被置於首篇，於討論《青春三部曲》時實有可以討論處，可惜論文未有著墨。同時全篇論文於分別討論小說文本之外，未能針對論述的重點，進行整體討論，以致全文尚有意猶未盡之感。

原鄉的迴響

李昂小說中鹿港經驗的多重特質

李孟舜*

摘要

鹿港經驗是李昂小說創作中最重要的動力和源泉之一，它在作者的女性書寫過程中呈現出不同的演變軌跡和多重特質。本文擬從四個層次探討鹿港經驗在李昂的女性書寫中所呈現的多重特質。青春期的創作中，她的鹿港經驗主要表現為對古老傳統進行反叛和突圍的感性體驗過程；隨著創作的深入，作家超越了控訴和批判的簡單層面，在鹿港經驗中融入轉型期社會的現實圖景；成年後的李昂更以獨特的女性視角冷靜觀照不同質文化碰撞中鹿港女性的雙重生存現狀，使得作品中的鄉土經驗敘述能夠在開闊的歷史文化和現實環境中得到有力的展現和不斷的充實。

關鍵詞：李昂小說、鹿港經驗、女性視角、多重特質

---

*中國鄭州大學文學院研究生，E-mail：limengshun@sina.com

從十七歲以一篇探討青春期少女朦朧性意識的小說《花季》初登文壇開始，李昂一直是臺灣女性小說的先驅者。在這裏，筆者用「先驅者」這個詞來界定李昂的小說，主要是指她在創作題材上始終具有極強的問題意識，敢於以各種方式大膽碰觸社會問題尤其是敏感的女性問題，勇敢地破除社會與傳統的禁忌，走在了文學探索的前沿地帶。

在李昂漫長的創作歷程中，家鄉鹿港一直是她創作的土壤和源泉之一。正如李昂所言，「我發現鹿港與我的創作的必然聯繫。這個孕育我創作的地方，早期曾被我引為是創作的所在地，中期當我到臺北讀書，曾恨不得遠遠甩脫它，到近期寫《殺夫》又給予我無盡的創作源泉的鹿港，終究會在我的一生中，扮演怎樣的角色呢？」[1]的確，鹿港這個曾經有過三百年光輝歷史但如今又衰落的小鎮，那些如鬼魅般迷人的燦爛過往，作家一直在挖掘且能不斷找到新的突破口，原因就在於鹿港所具有的多層次文化內涵正是作家創作的內在趨動和旨歸。關於原鄉的探尋，作家經歷了一個迂回推進的過程：一方面鹿港經驗以及由此產生的記憶糾結在一起，成為作品中無法擺脫的情感反應，使得作家頻頻回眸遙望故鄉；而另一方面對於鹿港經驗表現出的審視和觀照的態度，使過去的經驗總是和現實的生活交相佐證、並駕齊驅，凸顯出作為主體的作家一直「在路上」的追尋心跡。儘管家園所承載的只是過去的記憶，但原鄉的聲音卻如嬰孩出生時的吶喊久久地回蕩在生命的各個時期。

[1] 李昂：《花季· 序言》，臺北，洪範出版社，1994 年版，第 2 頁。

鹿港經驗的多重特質

美國小說家兼理論家赫姆林・加蘭在《破碎的偶像》一書中曾精闢地指出，藝術的地方色彩是文學的生命力的源泉，是文學一向獨具的特點。地方色彩可以比作一個人無窮地、不斷地湧現出來的魅力。我們首先對差別發生興趣；雷同從來不能吸引我們，不能像差別那樣有刺激性，那樣令人鼓舞。如果文學只是或主要是雷同，文學就是毀滅了。

在臺灣歷史上，鹿港就是這樣一個有著厚重的文化歷史積澱的獨特古鎮。有人認為鹿港的歷史最早可以追溯到隋代的陳稜登陸，因為在鹿港小鎮上至今仍然保留了一條叫做「陳稜路」的街道。而關於鹿港的歷史緣起，更確切的說法是根據《臺北縣誌 ・ 人物志》所載：「永曆三十五年（清康熙二十年，西元 1681 年），鄭經薨，國勢漸替，清人欲圖淡北，鄭克爽命左武衛將軍何祐，智武鎮裏茂淡水，福建南安人鄭長，為明鄭屯井。由鹿港泛海隨軍俱北，於八裏坌登岸，溯淡水河，招佃辟田，開其裏岸荒埔。淡北開闢，相傳以鄭長始為。」在此之前鹿港為平埔番巴布薩族（Babuza）盤踞之地，當時的番社名叫馬芝遴社，原住民在一片荒野之中，過著茹毛飲血的生活，尚未經歷文明的洗禮，因此鹿港先民篳路藍縷，以啟山林的奮鬥歷史，應以此為起點。

一般說來，鹿港的興起與彰化平原的開發以及大陸移民的湧入是有著密切關係的。據尤增輝所著《鹿港三百年》，明鄭永曆十九年（西元 1666 年），設北路安撫司於今之彰化，這是漢人墾拓彰化平原的開始。那時由武平候劉國軒率兵進駐，一方面平北路諸番，同時布兵屯田。而最先移住鹿港的則首推閩省興化人，其次是泉州與漳州人，最後為粵省潮州人，諸邑人，其中福建人占到了百分之八十七。

乾隆三十八年（1773 年），朱景英《海東劄記》云：「鹿仔港為郡境小船出入販運其中。……鹿仔港煙火數千家，帆檣麇集，牙儈居奇，竟成通津」。兩岸對渡，鑄就了鹿港的輝煌，迄今為止「一府二鹿三艋舺」仍為臺灣人耳熟能詳的俗諺。經濟的繁榮必然帶動文化的興盛，鹿港詩人在臺灣竹枝詞的領域也佔有重要地位，鹿港城鎮雖小，卻素有「三步一秀才，五步一舉人」的雅稱。然而鹿港的鼎盛期如同曇花一現，只持續了短短五十餘年。道光二十年，鴉片戰爭爆發，受中英鴉片戰爭及港口淤淺的影響，鹿港的港口地位逐漸被番仔挖所取代，進入衰落期。到了光緒二十年甲午戰爭失敗，臺灣被割讓給日本，鹿港商務更趨凋零，等而下之淪為海濱一個普通小鎮。學界曾經將前清康熙二十三年（西元 1684 年）起至道光二十二年（西元 1842 年）這一百五十八年的期間定義為「鹿港期」，為臺灣文化史上之第四期，由此可見鹿港在臺灣發展史上的重要地位。

作為中國古文化的標本，鹿港光輝燦爛的歷史造就了它崇古尚雅的地域氣質。李昂從小深受鹿港特定地域環境和文化傳統浸潤，通過對鹿港本土文化不斷的自度自審，這些人情、風情、風光、習俗等所構築起來的特殊的精神文化氣質得以從她的作品中曲折地傳遞出來。

壹、叛逆與掙扎——夢魘環境的徘徊與突圍

1969 年，小說《花季》一鳴驚人，16 歲的李昂以才女之姿挺進文壇。高中三年她陸續完成了《花季》、《婚禮》、《混聲合唱》、《有曲線的娃娃》、《海之旅》以及《長跑者》等七篇小說。一個正處於青春期的少女，「能如此熱切的創作，鹿港的閉塞無疑是相當重要的原因，簡單的小鎮生活給了我足夠時間，並使創作成為唯一的情感宣洩。」[2]對於李昂而言，鹿港悠久的歷史、深厚的文化積澱使她從小受到中國傳統文化的良好薰陶，「作為一

[2] 李昂：《寫在第一本書後》，收錄於《花季》，臺北，洪範出版社，1994 年版，第 198 頁。

個累積無數神鬼傳說的老鎮，這種成長環境還醞釀了李昂對於鬼魅、超自然情境、秘教儀式行為以及衝破封閉空間的書寫情致」。[3]那種繁華落盡後的頹敗，處處彌漫的鬼魅色彩和神秘氣息更構成了她創作中鄉土經驗的底蘊和基調。

少年時期的李昂對鹿港最深刻的體會，並不是具體的人和物，而是那些鬼怪傳說和幽深巷弄給她帶來的壓抑感受。如評論家趙園所言，「《花季》一集真正讓人驚歎的，是作者的內省體驗及傳達。」[4]對於小說中主角的心境，李昂自己也認為是青春期這一特定時期的心理表現。在她看來，你對自己那般的懷疑，你想建立起自己，而惟一的方法就是反叛。只有先否定自己，才能建立自己。可是，人常在否定自己之後，就不知道該怎麼辦，所以作品的主角只好荒謬、嘲弄。儘管李昂很善於在作品中營造詭譎神秘的氛圍，而此時這種沉重的怪誕感受並不是她刻意要營造出來的，小說中所展現的那些比劇烈的衝突還讓人難耐的日常的壓抑無奈，其實是青春期少女感性體驗的直觀表達。當時十七歲的李昂正面臨人生中重要的轉折：大專聯考。六十年代臺灣的大專聯考壓力之沉重，是當時學子們揮之不去的青春記憶。想要擺脫小鎮瑣碎沉悶的生活，加入到臺北那充滿文學氣息的嶄新世界，大專聯考就是她必須要打好的一場硬仗。[5]青春期的李昂本來就是在社會環境的無形壓力下艱難呼吸，而少女萌動的性意識使這種躁動不安的焦慮心理更加難以排遣。

在這個由孩子向成人過渡的關鍵期，李昂常常是在欲望與厭惡、希望與恐懼之間搖擺不定。處於那樣傳統滯重的小鎮，欲望是朦朧的、令人窘迫的，是難以言說，也是不可言說的。作品中所展開的強烈的想像生活正

---

[3] 樊洛平：《當代臺灣女性小說史論》，臺北，商務印書館，2006 年 4 月版，第 366 頁。

[4] 中國社會科學院文學研究所編：《臺灣地區文學透視》，西安，陝西人民教育出版社，1998 年版，第 169 頁。

[5] 參閱施淑：《文字迷宮——〈花季〉評析》，收錄於《北港香爐人人插》，臺北，麥田出版社，1997 年 9 月版。

是這種感受的真實體驗。比如《花季》中，在經過密不透風的甘蔗園時，女孩感受到枯殘了的葉子和紅棕色的蔗杆所帶來的隱隱邪意，腦海中閃現出地藏王廟裏神像的臉，進而聯想到國文老師的大肚子，令人恐怖的意象將內心深處細若遊絲的性欲渴望推向極致，無言地傾訴著少女對性的恐懼。在《婚禮》中男孩感受到的象發臭蛋黃的太陽，黏濃蛋青樣的雲，潮濕陰暗的狹長過道，漆黑腐朽的樓梯，新娘消瘦慘白的臉。整個婚禮的過程壓抑沉悶的更像是一場葬禮，處處散發著屍腐的氣息，而他惟一能用來抵禦這荒誕世界的只是女友 J 這個欲望的象徵。《有曲線的娃娃》中已婚的女主角難以自持地迷戀一對柔軟舒適豐腴高聳的乳房，這個女性情欲的象徵符號是女主角與周圍環境溝通失敗後，藉由「性」探索自身情欲秘密的體現。這些作品中的主角們在憋悶的「鹽屋」裏時刻感受著年輕生命與古老傳統，自身渴望與現實秩序之間出現的隔離，卻只能採取最無望的自衛方式——「靜坐等待變化或救贖的空茫」。[6]困境中的年輕生命唯一能掙扎反抗的就是對「性」的探求。對「性」的追索，其實也是種「自我」的探尋。所以李昂會說：「性可能只是我小說裏的第二重要象徵，最重要的象徵還在於自我追尋與自我突破當中」。[7]

鹿港經驗在李昂筆下首先由直觀的感覺、體驗入手，在其生動運用的語言形式中鹿港多層次的文化意蘊初露端倪。此時的李昂儘管能憑藉自己早慧的敏銳直覺體會到傳統社會加諸在自己身上無形的沉重與窒息，憑藉飛揚的文字想像與壓抑的現實環境暗暗抗衡，但是這種感受並沒有上升到自覺的去發現種種矛盾產生的根源，所以年輕的內心被一片虛無感和荒謬感緊緊地包圍著。

如果說鹿港的現實環境賦予了少年李昂這種似真似幻，亦真亦幻的內

[6] 李昂：《寫在第一本書後》，收錄於《花季》，臺北，洪範出版社，1994 年版，第 199 頁。
[7] 李昂語，轉引自林依潔：《叛逆與救贖－李昂歸來的訊息》，收錄於《她們的眼淚》，臺北，洪範出版社，1992 年版，第 214 頁。

省體驗，那麼當時臺灣盛行的現代主義思潮則提供給她表達生命內省體驗的方式和途徑，在現代觀念的折射下封閉落後的鄉俗世界以扭曲、變異的形式被呈現出來。雖然高中時期李昂對存在主義和佛洛德心理分析學說的瞭解並不是很深入，一些作品中存在著斧鑿的痕跡，但是不可否認的是，極具反叛精神與顛覆意識的各種現代主義思想在她的寫作道路上起到了重要的作用，並且此後的創作更證明現代主義對她的影響是深遠的。

貳、彷徨與覺醒——傳統文化的衰微與現代文明的衝擊

六七十年代對於臺灣來說是一個極為重要的社會轉型期。在經濟與文化視窗開放，甚至是一味向西方看齊的過程中，一方面，西方現代文明的降臨給民眾帶來了經濟力量的提升、文化視野擴大等變化，另一方面，跨國經濟體制的介入使原有的經濟體制、政治理念、價值觀念受到強烈的震撼與衝擊，封閉式的社會文化結構也逐漸轉向開放，傳統經濟下生活的人們在農業經濟衰退的過程中遭遇到社會地位和人格尊嚴的失落，因此我們也能通過這一時期的鄉土文學作品看到一些在幸福資料背後喘息的升斗小民的悲歡離合。與此同時，大學生活使李昂的閱讀視野迅速拓寬，社會工作的歷練更促使她「逐漸拋開昔日沉重、迷茫的自我，踏上『返鄉』之旅」，[8]創作了以古樸的鹿港風情為背景，以鹿港人的命運為主線的《鹿城故事》，反映鹿港古鎮處於轉型期的社會變遷和人世滄桑，映現了六七十年代的古老封閉卻逐漸凋零的鹿港如何自我暴露於急速現代化的臺灣社會之前。

《鹿城故事》表現了李昂駕馭現實主義題材的能力，並非是在尚未脫去現代主義陰影下「對鄉土文學的揶揄」，[9]它的背景、人物、故事內容均

[8] 樊洛平：《當代臺灣女性小說史論》，臺北，商務印書館，2006 年 4 月版，第 370 頁。

[9] 彭瑞金：《現代主義陰影下的鹿城故事》，原發表於《書評書目》第 54 期，1977 年 10 月 1 日，第 29 頁。

與鹿港有著明顯的聯繫，因此也是本節分析的重點。《鹿城故事》中的每一篇都是一個獨立的小故事，但是人物和人物之間又彼此關聯，比如：陳西蓮是敍述者李素的姐姐的小學老師，陳西蓮的同學林水麗是個舞蹈家，蔡官對林水麗別有微詞是因為搶走蔡官丈夫的正是林水麗母親的姊妹。從這一角度可以把《鹿城故事》作為一個疏離的故事集來看。故事的敘述者李素本身是鹿港的女兒，但是由於在外求學，某種程度上對於家鄉的人和事獲得了一種相對超然的觀察視角，而鹿港由傳統宗法制社會向現代社會的轉型過程中所經歷的世事變遷也就透過李素的眼睛緩緩在讀者面前展開。

在表現社會形態更替的方面，《色陽》是較有代表意義的一篇，作家將老藝旦色陽的一生寫入鹿城受到近代文明衝擊後的人世轉變，以質樸的文字敍述這段含著淡淡苦澀的滄桑故事。由於工業文明入侵小鎮，色陽賴以維生的手工藝品如同鹿城舊日光輝逐漸凋零沒落，最初是原先紮不夠賣的草人，一年年竟逐漸滯銷起來，因為人們已漸少相信七月大拜燒草人避邪的舊習俗，後來是端午節手工刺繡的香囊被工廠機器製作的價格低廉的化學海綿香囊所取代，接著是八月十五的花燈也因為塑膠花燈的出現斷了銷路，「變化雖然來的遲緩，卻一去不回」[10]，在這種變化中，作家洞察到了聚焦在色陽身上的豐富的人性內容和現代社會的經濟關係。

與手工業者的困頓生活相比，更讓人感到唏噓不已的是世家大族的衰落。鹿港歷史上曾經出現過許多臺灣有名的世家大族，清代中葉流傳至今的一句俗諺：「一府二鹿三艋舺」，道盡小鎮百年繁華風光。鹿港本地流傳一句諺語「施黃許，刺查某」，意思是施黃許三家的女人比較凶，過去施、黃、許在鹿港是名門望族，而且作為百年的港口貿易重鎮，鹿港移民又多為閩籍福佬，很有生意頭腦，因此出了許多有錢人。但是甲午戰爭之後隨著港口淤積和戰爭失敗，鹿港由繁榮走向頹敗，「舊時王謝堂前燕，飛入尋

[10] 李昂：《殺夫——鹿城故事》，西安，華嶽文藝出版社，1988 年 2 月版，第 42 頁。

常百姓家」的滄桑，在這崇尚風雅的古老小城格外明顯。《鹿城故事》的人物多出身名門，但後來幾乎都家道中落，例如蔡官出身于文進士後代，嫁給吳家少爺之後，因為家世衰微而淪為洗衣婦；色陽的丈夫王本家產耗盡，只能靠打零工勉強度日。在一次訪談中，李昂也提到「鹿港最多的就是破落戶」，[11]她的外祖母也是曾經輝煌過的世家的後裔。《鹿城故事》抓住了世家沒落衰頹的滄桑，別富鹿港地區的特色，1991 年的《迷園》虛擬了鹿城第一世家朱家的「菡園」作為小說背景之一，同樣表現了顯赫一時的世家步入衰微荒漠的現實圖景。

作為一個來自鹿港的言說者，李昂富含鄉土經驗的作品並不同于黃春明、陳映真、王禎和等人創作的具有「反西化」意識形態的鄉土小說，由於城鎮的結構介乎於農村和城市之間，無論是清新純淨的田野還是充滿聲色誘惑的都市都與城鎮存在著聯繫但又有一定距離，經濟體制的轉軌對城鎮的衝擊並沒有對農村來的那麼徹底。因此我們在《鹿城故事》中看不到草根庶民們面臨生存危機時心靈分裂的痛苦過程，作家用質樸平順的文字講述的是人們在遭遇價值觀發生轉變時內心的細微變化。當昔日的榮耀註定一去不返，沒落家族的男人們面對生活困境往往表現得軟弱無能，缺乏行動力，而鹿港的女人在被迫走向社會的過程中卻能勇敢承擔生活的重擔，日益顯示出堅毅強韌的品質。如果從另一個角度來觀察，當「傳統」在「現代」的壓力下逐漸崩潰和消失的時候，像李昂這樣離開故鄉、進入都市的知識份子，接觸現代化的種種之後再度回顧自己的家鄉，難免產生認同的矛盾，時常處於掙扎與困惑的衝突中，作品朦朧的敘述視角傳達了一種對故鄉鹿港既熱愛又無限惋惜的傷感情緒，批判之中暗含同情，隱約透露出作家「身在異鄉為異客」的尷尬境遇。鄉土孕育了她的身體和最初的啟蒙思想，因此李昂對故鄉有著最樸素的情感，但通過各種管道對西方

[11] 李昂語，轉引自邱貴芬：《(不) 同國女人聒噪》，臺北，元尊文化企業股份有限公司，1997 年 9 月版，第 114 頁。

文化的學習，又使她深切感到養育自己的土地有著無法回避的文明殘缺，這種矛盾的思想造成了她對鄉土的若即若離，邊緣的文化身份使她在傳統文化和現代文化均形成了距離，一方面促使她不斷向鄉土求索，另一方面也始終使她處於一種反復的對比和思考之中，更為深切地體會本土文化的內在精神。

參、反思與批判——對男權社會的抗爭與女性話語的言說

性別差異主要基於生理的差異，但在漫長的歷史進程中，女性在男性的支配下，不斷地被「性別他者化」，形成了社會性和文化性的巨大差異。傳統文化中，社會籠罩在隱形的男權支配之下，女性一直處於受到壓抑和貶低的位置，男性經驗往往代表人的經驗並自然涵蓋了女性的經驗，這一觀念已經悄然成為人類思維的固定模式。男權意識「不僅在人們心中有著根深蒂固的影響，而且還形成了種種清規戒律，以文字的形式流傳下來，被人為地鑄成壓制女性的層層枷鎖。《禮記· 郊特性》中為女子所下的定義是：婦人，從人者也，嫁從夫，夫死從子。《白虎通》中更是聲言：夫者扶也，以道扶接，婦者服也，以禮屈服」。[12]父權制的二元對立思維更是造成了男性文學展現雄強，女性文學昭示柔弱的傳統審美意識，然而進入 20 世紀之後隨著人性的解放和社會的進步，這種父權制的價值觀在女性文學作品中漸漸被質疑、批判，甚至是否定。

轉型期的臺灣社會，現代文明和新的經濟形態對傳統生產方式，生活形態，道德觀念都帶來前所未有的衝擊。雖然鹿港是一個封閉保守的小鎮，但是李昂的家庭環境無形中給予了她潛在的良性影響，「基本上，我們家是女權至上，不會因為是女性而被排擠，也不會因為我是一個女人，我就覺

---

[12] 喬以鋼：《多彩的旋律——中國女性文學主題研究》，天津，南開大學出版社，2003 年 1 月版，第 67 頁。

得我這個不能，那個不能做」。[13]家庭的民主氛圍給李昂女性主義思想的形成創造了良好的基礎，而後期對新女性主義的接觸，又使她潛伏的女性思想逐漸豐富。隨著女性意識的成熟，李昂對於女性問題也有了更深入透徹的思考，使她能夠「不留情面地撕破傳統女性書寫裏浪漫情愛的紗幕，暴露兩性關係最猙獰可怕的權力、經濟本質」，[14]在創作中對傳統或主流的對男人的審美價值和衡量尺度進行了大膽質疑，從女性視角、立場和感悟上重新認知女性自身的歷史處境和現實地位，張揚女性的生存意識。

從《鹿城故事》的創作開始，李昂就自覺的對女性的命運進行思考，那些對於生活瑣事的描述雖然簡單，卻使人深刻地感受到在鹿港這個封閉的傳統社會中，健康的生命尤其是女性的生命力是怎樣一點一點被男權社會虛偽的倫理道德蠶食殆盡的。以《西蓮》來論，陳西蓮的母親面對丈夫的不忠果決地選擇了離婚，獨自一人撫養女兒。但人們日夜設法窺探她的生活，等著看她有何不檢點的舉止，為了躲避外界不懷好意的目光，她幾乎不與人來往。可是幽居禮佛的生活沒有熄滅她的欲望，卻扭曲了她的人性。當她面對女兒的幸福，因為十幾年來難吐的怨氣，她堅決反對陳西蓮與前夫家的男子聯姻，更為了堵住悠悠眾口，用強硬的手段將女兒嫁給自己的情人。從她的身上，我們眼前似乎再一次浮現出了曹七巧的形象，一個正常的女人（母親）或是為了金錢，或是為了「清白名聲」，強行壓抑自己健康的人性，將內心的積怨轉嫁到最親的人身上，使自己的悲劇命運在下一代身上重現，似乎從她們一手導演的兒女的不幸婚姻裏找到了畸形的精神補償。在保守封閉的鹿城，傳統的社會成規在人們的頭腦中根深蒂固，舊道德的束縛所造成的精神壓迫使健康的人也變得病態扭曲，而鹿城的人

---

[13] 李昂語，轉引自邱貴芬：《（不）同國女人聒噪》，臺北，元尊文化企業股份有限公司，1998年3月版，第98頁。

[14] 邱貴芬：《仲介臺灣‧女人——後殖民女性觀點的臺灣閱讀》，臺北，元尊文化企業股份有限公司，1997年9月版，第92頁。

們似乎就如此一代代重複著相似的悲劇命運。

值得注意的是，在以鹿港為背景的小說中，扮演道德評判者角色的並不是作為父權社會代表的男人，而是同樣倍受欺壓的女人，阿罔官就是其中非常鮮明的例子。阿罔官是《殺夫》中的重要角色，也是《鹿城故事》裏菜官形象的進一步發展。在某種意義上看，《殺夫》中反復描寫的「陳厝」一帶，實際上也成為傳統鹿港的縮影，因為有關鹿港的古老記憶、女性的生存歷史，已經牢牢的滲透進李昂的創作意識中。在她早期小說的想像世界，鹿港作為一種壓抑的生存環境被抽象地呈現出來，隨著女性意識的加強，鹿港的這種象徵意義不再僅僅局限於心理和感觀階段的表層滑行，而是從現實層面予以觀照，用生活在鹿港的具體人物來表現自己對鹿港傳統文化的關注和思考，將鹿港文化的深層含意熔鑄在生動的女性人物形象中，注重對傳統文化下生存的女性心靈的逼視。阿罔官就是這一類女性人物形象的代表。

作為小鎮中口舌桎梏的代表，她們憑著自己身家清白，成為鹿城「廚房後院的良心」，搬弄是非、論人短長。「這一個早年守寡因而飽受壓抑的老婦人，以她尖刻的批評來彌補她生命的損失」。[15]在井邊，阿罔官看到別人稱讚林市嫁來之後長胖了，就懷著一種鄙夷又嫉妒的心理，故意揭林市的傷口，『你那個人一上了你，就沒個收拾，每次聽你大聲喊，我心中直念阿彌陀佛呢！』阿罔官說完，臉上還遺有哀淒，卻眼睛一轉向四周早摒住氣息的女人們飛了個眼風，還朝林市努努嘴，鄰近幾個女人齊會意的憐憫卻懷帶鄙視的看眼林市。」[16]由此可見，詆毀女人最惡毒的不是男人，而是女人。她們認為「在性事方面的看法和做法是『女性』本身的價值的重要表現，所以當她們看到其他女性不符合她們的標準即『犯賤』時，就會對

[15] 呂正惠：《性與現代社會——李昂小說中的「性」主題》，《臺北評論》，第三期 1988 年 1 月，第 112 頁。

[16] 李昂：《殺夫——鹿城故事》，西安，華嶽文藝出版社，1988 年 2 月版，第 94－95 頁。

她們橫加指責」。[17]而這種所謂的「標準」正是男權意識投射在她們大腦中的產物，因此阿罔官在偷窺到林市遭受性虐待的事實後，不僅不同情她，反而譏笑她，並且將這件事在眾人面前大肆渲染加以宣揚，「哪裡要每回唉唉大小聲叫，騙人不知以為有多爽，這種查某，敗壞我們女人的名聲，說伊還浪費我的嘴舌」。[18]正是阿罔官的惡意譏諷將林市最後痛苦呼救的權利也變相的封堵了，間接導致了林市在各種精神和肉體壓迫下的瘋狂。阿罔官雖然身為女人，卻完全承襲了男權社會的思考方式，成為男權意識的幫兇。她們比林市更加可悲，在傷害他人的過程中不知不覺地加速著自我的毀滅。

保留著濃郁中原文化的鹿港，就像一切沒落的沙文主義文化一樣，它早已經徒留形式的傳統，反而更加恐怖駭人。作為臺灣早期市鎮的代表，鹿港始終處於一種追述往昔有限繁華的處境中。在作品中，故事發生的場景往往被設置在偏僻幽靜的深宅大院裏，那些遠離光天化日的陰暗角落正是傳統女性的活動範疇，也是其生活資源及想像力的最終歸宿。封閉的古屋一方面是女性逃避外界威脅的安身之地，但同時也是其身心遭受禁錮封鎖的幽閉象徵。男權社會制定的種種禁忌就如同這古宅深巷一樣在精神上緊緊地束縛著女人，使她們從此不見天日，性的壓迫就是其中最根源的問題。因此，對男權陰影下性觀念和性道德的質疑，成為了李昂小說中書寫鹿港經驗的又一個側重點。

《完整的女人》一書曾經指出：「一個女人的肉體就是她為自由而戰的戰場。壓迫就是通過女人的肉體來實行的，把她具體化，把她感性化，把她當成犧牲品，使她失去戰鬥力。」[19]不可否認，李昂的小說每一次引起的

---

[17]〔英〕傑梅因・格裏爾著，武齊譯：《女太監》，呼和浩特，內蒙古人民出版社，2003 年版，第 208 頁。

[18] 李昂：《殺夫——鹿城故事》，西安，華嶽文藝出版社，1988 年 2 月版，第 151 頁。

[19]〔英〕傑梅因・格裏爾著，歐陽昱譯：《完整的女人》，天津，百花文藝出版社，2002 年版，第 128 頁。

爭議似乎都與「性」的描寫有關，「性」在她的小說中確實佔有重要的地位，但這種重要並非在於性行為的本身，而在於這是一個作家「用來批判主流思考的切入點」。[20]

《殺夫》就是這樣一篇從性的視角透視男權壓迫與女性生存困境的作品。林市揮刀殺夫之舉使人真切的感受到性的壓迫被我們的文化禁忌遮蔽在男權社會最黑暗最隱蔽的底層，然而也正是性的禁錮成為女性生活中最具有殺傷力的精神壓迫。李昂在《殺夫》中提出了一個非常現實的問題，就像林市一樣，許多女性在婚姻中獲得溫飽，但卻必須忍受性暴力的威脅，當她企圖反抗性的凌辱時，卻又再次回到飢餓之中。林市剛開始也是為了食物，可以出賣身體，而且「几近乎是快樂的」。[21]此時林市對自己的性換取食物，甚至是滿意的，這也正是絕大多數婦女選擇的道路——自我物化。[22]

但是當林市無意間偷聽到阿罔官與一群女人在背後評論自己的是非，將自己受虐的呼救聲惡意曲解，她從此噤聲了。當林市不再滿足陳江水的要求，經濟來源就馬上被斷絕，於是林市開始嘗試著自力更生，養鴨仔換米吃。她滿懷希望照顧著鴨仔，但陳江水顯然認為林市的舉動挑戰了他男性的權威，「你是嫌我飼不飽你，還要自己飼鴨去換米？」[23]他無法容忍自己的女人居然想不依靠他來養活，那將意味著他在家庭中不再處於一個至高無上的地位，所以陳江水憤怒的斬殺鴨仔是必然的。但鴨仔死後，林市並沒有走回老路，她的反抗愈發堅定，「在陳江水持續的不帶吃食回家，林市亦不再順從陳江水，她挾緊雙腿，不讓他進入，在力氣不及不得不屈從

[20] 伍寶珠：《從反思到反叛——八、九〇年代臺灣女性主義小說探究》，臺北，大安出版社，2001 年版，第 45 頁。

[21] 李昂：《殺夫——鹿城故事》，西安，華嶽文藝出版社，1988 年 2 月版，第 100 頁。

[22] 關於「自我物化」，列維· 施特勞斯在《野性的思維》一書中指出，「女性是父權制度下象徵資產的符號，在父權秩序中處於從屬地位，並非自主的個體，在婚姻中擔任『物品』的角色。」

[23] 李昂：《殺夫——鹿城故事》，西安，華嶽文藝出版社，1988 年 2 月版，第 167 頁。

後，仍找尋任何時機打咬踢壓在上面的男體……林市的反抗自是遭到陳江水回報更甚的毆打。」[24]林市的拒絕說明她不再將身體視為是丈夫的私有財產，而是自己可以支配的真實個體。《殺夫》的結尾，當自始至終逆來順受的她被逼到忍無可忍的絕境時，以驚世駭俗的方式還施彼身——林市分解了陳江水的屍體（肉體）。「在象徵意義上，可說是代表了對於女性遭受物化的反抗與控訴，將女性分崩離析，飽受切割的自我主體，投射到男性的肉體上」。[25]

鹿港提供給李昂的鄉土經驗世界糾纏著死亡、性、瘋癲和神秘的超自然力量，這些因素一直都存在於她的創作中，只是到了《殺夫》，這些要素才得以淋漓盡致的展現出來。例如描寫林市饑餓難忍之下吞食麵線一節，李昂將民俗的傳統迷信融入小說，創造出帶有「鹿港式」的詭譎魅影，林市由饑餓的知覺轉自對鬼怪報復的恐懼，「她不能自止的總要想到，那無數細條麵線，每條都附有一個吊死鬼的紫紅色舌頭，存留在她的肚腹中，嚷嚷說話，並伺機要有行動。」[26]陰森的鬼氣糅合在饑餓中，恐怖的感覺頓時撲面而來。對於發生在林市身上的種種怪異的情事，作者借助了詭譎的技巧，做徘徊在自然與超自然之間的解釋。這種詭異感是中國古典小說「超自然」小傳統的延續，其中含攝了佛教對因果、報應、冤孽等母題的詮釋。[27]鹿港眾多的名剎古廟和終日繚繞的香火，以及由此產生的一系列招魂、趕鬼、普度、占卜的民間習俗更使得神秘的鬼魅氛圍在作品中有了實實在在的體現。也只有在這樣一個人鬼不分、聖俗雜處、異教相安、虔信與褻瀆並存的世界裏，中元普渡的怪誕氣氛、因果報應的冤孽傳說、鮮血淋淋的

---

[24] 李昂：《殺夫——鹿城故事》，西安，華嶽文藝出版社，1988 年 2 月版，第 176 頁。

[25] 張惠娟：《直道相思了無益——當代臺灣女性小說的覺醒與彷徨》，收於鄭明娳主編《當代臺灣女性小說論》，臺北，時報文化出版公司，1993 年 5 月版，第 55 頁。

[26] 李昂：《殺夫——鹿城故事》，西安，華嶽文藝出版社，1988 年 2 月版，第 176 頁。

[27] 參閱古添洪：《讀李昂的〈殺夫〉——譎詭、對等、與婦女問題》，收錄於《北港香爐人人插》，臺北，麥田出版社，1997 年版，第 235 頁。

殺戮場景才能有機融合，完整地詮釋出死亡、性、原罪的意義衝突。作品以魅影重重的自然環境來傳遞與父權社會所代表的理性和邏輯思考的斷絕，而女性人物反復出現的恍惚、瘋狂同樣是一種顛覆男權文化的寫作策略。

隨著1987年臺灣「戒嚴令」的解除，臺灣文壇驟然百無禁忌，政治敘述與情欲書寫大行其道。經歷了青春的叛逃、成年的夢魘到人性的詭譎，李昂歷時四年多創作長篇力作《迷園》，在鹿港這個極具文化張力的想像地，上演了一場曠日持久的兩性之戰。她以女性主義立場反思了現實生活中當代女性的情欲生存現狀，發掘出在傳統中國社會平靜而優雅的面具之下，女性絕望的生存真相。

性別敘述是作者挑戰既有性別制度的關鍵，在《迷園》中佔據重要地位。正如葛爾· 羅賓所言，「性就像性別（gender）一樣，也是政治的。它被組織在權利體系之中，這個體系獎賞和鼓勵一些個人及行為，懲罰和壓制另一些個人和行為」。[28]作品中朱影紅和林西庚之間就是一場看不見硝煙的兩性戰爭，兩人之間所纏繞著的是女性的自我認同與男權社會對女性情欲的壓制，這二者不可調和的矛盾。出身名門的朱影紅幾乎是與商業鉅子林西庚一見鍾情，她驚奇于卓有成就的林西庚竟是如此年輕俊美，而林西庚也被她身上名門淑媛的氣質和尊貴所吸引，「你好像生在上個世紀」，有「那種傳統臺灣女人的美德，像貞節、柔順、有家教、乖巧……」，[29]林西庚一言一行，也讓我們看到那無處不在的男性優越感，強勢、炫耀、果決、凡事作主。在兩人的交往過程中，朱影紅始終被一個男權意識的社會化標準來評判，來衡量，以一種通過他人的凝視或是自己的審視的方式，不斷監督自己的舉止行為。她要放棄自己喜歡的黑白顏色的衣服而穿著柔媚的

[28] 〔美〕葛爾‧羅賓：《關於性的思考：性政治學激進理論的筆記》，見李銀河譯：《酷兒理論：西方90年代性思潮》，北京，時事出版社，2000年2月版，第68頁。
[29] 李昂：《迷園》，李昂自印，1995年版，第46頁。

服裝來討好林西庚,要「永遠懂得示弱」。[30]因為在傳統社會裡，女人的情欲是不被容許的，它甚至於是一種罪惡。朱影紅從小在極具鹿港韻味的菡園成長，傳統、門族都是壓抑人性的因素，雖然也曾留學日美，但從父輩那裏繼承的仍是本土文化的血脈，她了無著落的情愛、無路可退的處境都隱隱的與菡園的興盛繁華、頹敗迷離相契守。

雖然朱影紅不斷壓抑自己的身體欲望，力圖在男性面前扮演好一個傳統女性的角色，但是朱影紅的獨白印證了梅洛· 龐蒂的話，世界的問題，可以從身體的問題開始。[31]她嫻靜的外表之下，同樣湧動著正常的情欲渴望，獨白系列始終採用自省的語言，「兩個我（一是理性，一是情欲？）掙扎交戰，有時情欲充沛難當，而最後是理性的浮出」。[32]當朱影紅初遇林西庚時，就被他俊美的外表和含蓄的氣質所吸引，進而被挑起難以遏制的情欲波瀾，「止不住自己心中酩酊的縱情渴望」，她甚至「願意同這高壯美麗的男人，到任何地方作任何事」。[33]

然而由於兩人對這段感情定位相去甚遠，朱影紅要的是愛情和婚姻，而林西庚只是要享受一段露水情緣，所以她只能節節敗退。儘管與林西庚的分手使她陷入痛苦的煎熬，但朱影紅在這種至深至切的煎熬中如同鳳凰涅磐一樣——獲得了置之死地而後生的勇氣。她終於勇敢面對自己的情欲，並且像男人一樣將感情的心理需求和性愛的生理需要分的清楚，一方面以積極主動的姿態塑造出柔弱的形象誘捕林西庚上鉤，另一方面利用 Teddy 張舒緩澎湃的情欲，Teddy 張的出現是小說中非常重要的一筆，這個角色顛覆了過去男性作家主導的情欲場面，是李昂對男權社會虛偽性觀念

---

[30] 李昂：《迷園》，李昂自印，1995 年版，第 250 頁。

[31] 參閱〔法〕梅洛・龐蒂：《看得見與看不見的》，見《傾聽著的自我》程志民等譯，西安，陝西人民教育出版社，1997 年版。

[32] 彭小妍：《李昂小說的語言——由〈花季〉到〈迷園〉》，見鐘慧玲主編《女性主義與中國文學》，臺北，里仁書局， 1997 年版，第 267 頁。

[33] 李昂：《迷園》，李昂自印，1995 年版，第 45 頁。

的一次漂亮反擊。

小說第三部分朱影紅自立自強的意識更加溢於言表，面對懷孕的尷尬現實，她的思想卻更加清醒，「何以女性們會渴望、或確實可行的以小孩維繫彼此間的關係。那或許是我們所能有的最終的依賴」，[34]而這「絕不是我要作的」，所以她忍痛犧牲了孩子，成全了對身體的自主。當朱影紅經歷了這一切成功與挫敗，能夠透徹的看待感情和欲望時，放棄一切忸怩作態的表演，回歸真實的自我，反而散發出巨大的吸引力，使得林西庚終於甘心同她結婚。從一個為愛無盡付出的卑微小女人，轉變為一個能夠理性的面對自己的昂揚女性，朱影紅的蛻變實踐了作家對傳統男性話語權的顛覆。

朱影紅的成長一直伴隨著困惑、焦慮、矛盾與不安，她的思想中所呈現的傳統與現代的女性觀點的糾結，其實也正是臺灣女性社會的象徵。從鹿港走出的朱影紅，身上亦有鹿港的影子。林西庚所看重的朱影紅世家小姐的高貴氣質，其實是她無法擺脫的傳統女性的桎梏，溫順乖巧的背後隱藏的是對傳統的被動屈從。與林西庚的交往中，朱影紅對林西庚崇拜、屈服，對於男性文化被動接受，直至內化恪守，使她不由自主地回到傳統女性的弱者地位，長時間的處於臣服者的角色中。但是作為七十年代臺灣價值觀念急劇變遷時代的女子，時代的浸染又使朱影紅強烈感受到傳統文化與外來文化的猛烈碰撞，林西庚的若即若離帶來的打擊，使她的女性意識在巨大的創痛體驗中逐漸覺醒。在朱影紅的轉變過程中，作為鹿港縮影的菡園起到了非常重要的作用。女性的弱勢地位使朱影紅在商場、情場的搏殺中傷痕累累、身心疲憊，只有借助記憶不斷的回歸菡園，才能為千瘡百孔的精神撫平傷口。

朱家兩代人對待菡園的態度都是曖昧不清，富含多重文化意味的，朱祖彥經歷政治抗爭的失敗後一生被囚禁於菡園，這裏既是他放棄精神鬥爭

[34] 李昂：《迷園》，李昂自印，1995 年版，第 283 頁

的無奈選擇，也是他填充理想失落的救贖之路。借助菡園朱祖彥完成了傳統中國文人「田園夢」的人文理想，使他的自救之路有了實實在在的精神價值。至於作品中兩性關係的相處，更「如同那個迷宮般的菡園，永遠充滿山重水複、柳暗花明的誘惑和謎題」。[35]在女主人公自我意識與形象的迷失——分裂——尋覓——重建過程中，我們從另一角度印證了作家對故鄉鹿港的複雜態度。李昂所呈現的鄉土情懷是獨特的，她對故鄉的追尋也經歷了這樣四個階段，作品中朱影紅對故鄉急欲逃離卻又無法脫離的兩難情境，面對鄉土和現代拉扯而產生的焦慮心態，或許也正是作家自身愛恨交織的懷鄉情結的真實流露。

肆、顛覆與建構——鄉土經驗的時空置換

「一切存在的基本形式是時間和空間」。[36]而鄉土作為一個文學話題，則涵蓋著社會情感和文化心理的內容，表現為某種觀念或情緒的原型。從時空角度考察李昂小說中的鹿港經驗，可以看出作為歷史性構造的鄉土文化經驗所呈現出的開放性的結構。《迷園》之前，李昂的鄉土經驗多集中在鹿港一地化身傳統封閉性社會的縮影時，對生活在其中的人們所面臨的生存困境的審視和批判。從 1985 年的《暗夜》到 1991 年的《迷園》，李昂經歷了一個思想上的轉折和創作上的飛躍。她對鹿港的認知從最初感性體驗的朦朧詭譎，經歷了中期尖銳的抨擊和批判，到《迷園》終於能夠撥開迷霧，更寬容和理智地看待不同質文化的碰撞與融合。

相對於李昂的其他作品，《迷園》在女性主義立場下對臺灣現實社會和隱形歷史的書寫是成功的，而她在女性鄉土經驗的空間開拓方面同樣具有

---

[35] 樊洛平：《當代臺灣女性小說史論》，臺北，商務印書館，2006 年 4 月版，第 380 頁。

[36] 恩格斯語，轉引自李澤厚：《李澤厚哲學文存》，合肥，安徽文藝出版社，1999 年 1 月版，第 103 頁。

深刻價值。傳統研究認為，族裔與根源（roots）有其緊密不可分割的關係，祖先和家鄉決定了人的身份認同。但隨著社會發展，人口流動性增強，以及文化研究的深入，土地的意義不再局限于一個具有單一、特定身份認同的地理區域，「『土地』想像可以是以介入的姿態，探討在這塊土地上曾經發生或正在發生的社群關係，想像不同勢力如何爭奪詮釋、界定這個地理領域主要指涉意義的活動」。[37]

李昂以福佬裔女性豐富的商業經驗，敏銳的體會到臺灣在經歷農業文明向工商業文明轉型的過程中，異質文化發生撞擊時對傳統社會產生的巨大衝擊力，「商業文化透過其生產方式顛覆了傳統文化的純淨性與優先權，兩種不同質文化的靜態差異變成動態的衍異」。[38]從這一角度來看，《迷園》超越了傳統鄉土小說局囿於土地、族群、身份認同這些模式化的固定概念，將女性鄉土經驗的時空場景建構在現代臺北都會和鹿港「菡園」的夢幻般交疊與碰撞中，顯示出更加開闊大氣的創作格局。

如王德威所言，「《迷園》的情節集中在一個女人和一個花園間複雜的感情聯繫」，[39]「荒蕪的菡園包含著朱影紅兒時的記憶以及朱家的秘密，是女性受挫的欲望和臺灣被邊緣化的歷史意識的匯合點」，[40]它承載著臺灣數百年歷史記憶和族群身份認同的載體，是李昂對於鹿港文化想像的濃縮。作者一方面塑造了「菡園」這一固定的家園歸宿，朱影紅生命中跟父親，跟林西庚有關的悲歡離合都與「菡園」這個具體的地點緊密相聯；另一方面作家又以現代意識消解了菡園作為固有形象可能隱含的東西，並在消解

[37] 邱貴芬：《仲介臺灣・女人——後殖民女性觀點的臺灣閱讀》，臺北，元尊文化公司，1997 年 9 月版，第 79 頁。

[38] 張小虹：《性別越界——女性主義文學理論與批評》，臺北，聯合文學出版社，1995 年 3 月版，第 81 頁。

[39] 王德威：《性，醜聞，與美學政治——李昂的情欲小說》，收錄於《北港香爐人人插》，臺北，麥田出版社，1997 年 9 月版，第 24 頁。

[40] 王德威：《性，醜聞，與美學政治——李昂的情欲小說》，收錄於《北港香爐人人插》，臺北，麥田出版社，1997 年 9 月版，第 28 頁。

的過程中，通過朱祖彥的回憶，構築起「菡園」在讀者心目中的形象，使它的象徵意義遠遠大於花園本身實際存在的價值，賦予它更多的政治寓意和歷史內涵。

「在一般鄉土小說裡，土地、鄉土經常被賦予正面的意義，往往隱含救贖的可能」。[41]所以鄉土作家多傾向于以自然純美的鄉土風物觀照現實，那種超乎尋常的美麗安詳常常是作為現實生活黑暗、壓抑的反襯。然而關於鄉土、關於精神救贖，李昂顯然有自己獨特的思考。從《鹿城故事》、《殺夫》等作品可以看出，李昂筆下的鄉土世界所呈現的並不是傳統意義上的「樸素傳統」，那一個個慘烈的場景向我們展現的是權力、欲望的衝突交鋒。而《暗夜》等描述都市生活的小說中，作家同樣觀察到現代商業文化的一些先天性缺陷。面對看似淳樸的家園鄉土和緊張激烈的現代都市，人們所遭遇的並不是一個非此即彼的選擇題，而是如何將二者融合的艱難過程。

李昂筆下臺北城市的繁華和故鄉菡園的寧靜總是交互滲透。菡園和父親所代表的「過去」、臺北和林西庚所代表的「現在」形成了一條跨越時間的歷史脈絡。「民俗的世界再次闖入現代的時間，暴露了臺灣其實是同時橫跨兩個時間軸——一者為日益資本主義化、工商社會化、理性化的西化時間，一者為臺灣庶民社會仍貼近傳統信仰與民俗脈動的時間」，[42]傳統文化與外來文化則分別代表了這兩種時間軸對鄉土的影響。作者利用都會的光怪陸離、緊張焦躁暗示著鄉土平靜安詳然而保守脆弱的現狀，封閉社會緩慢的進化使鹿港處於相對滯後、靜止的時間狀態，但同時這種固守又保存了民間文化氣質中堅韌、渾樸的精髓。某種程度上講，鄉土即是命運的歸宿，所以朱影紅堅持把菡園捐給了民間基金會，不再屬於任何個人。結尾處作者點出結論：「這漫漫人生，只不過是種幻相……一切種種，有如不曾

41 邱貴芬：《仲介臺灣・女人——後殖民女性觀點的臺灣閱讀》，臺北，元尊文化公司，1997年9月版，第82頁。

42 邱貴芬：《後殖民及其外》，臺北，麥田出版社，2003年版，第91頁。

發生，無來亦無去，只是這大千世界，迷夢一場」。[43]當家園守望的意義被一片虛幻氣息包圍，作為守望者的朱影紅能堅守的也只能是內心的寧靜。

從《迷園》中，我們可以體會到李昂在經歷多種文化浸染後已經將具體的鹿港經驗漸漸內化成相對穩定的文化心理定勢，「藉著繁複的土地意象，鋪陳錯綜複雜的認同轉換、矛盾，讓讀者深刻體驗『鄉土』最深層的定義，不是一塊牢固不動的土地或純淨，令人懷念的農（漁）村社會，而是意義不斷流動，提供我們不斷反省身分認同建構問題的文化想像空間」。[44]鄉土的意義絕不僅僅在於救贖，或許更適切地說是種解脫，儘管它帶來夢魘，帶來困惑，但是在深重的矛盾中能為人重拾心力的也是故鄉。朱影紅也好，李昂也罷，她們無論是在物質上的還是精神上的叛逆最終仍歸結於菡園——鹿港——故鄉。

透過以上梳理，我們可以看出作為臺灣文學領域最具爭議的女性作家，李昂的才華是無可否認的，縱觀她三十多年的文學實踐，更不難發現每一次社會思潮發生變化之際她都有突出的成績，現代主義、鄉土主義、女性主義、後殖民主義等各種文學思潮在她不同時期的作品中都有所表現。雖然李昂對各種創作手法都興致勃勃的進行嘗試，然而變化之中也有恆常，對故鄉鹿港的記憶如同血型一樣深入到作家的創作中，使她的作品具有了胎記式的鹿港文化意味。儘管李昂創作的外部世界是現代文化潮汐的衝擊，但內心深處湧動著的仍是本土文化的血液，當遭遇多種文化碰撞時，沉積在記憶深處的鹿港文化基因就會自然顯現。

在對故鄉傳統文化疏離、審視和理性認同的過程中，作家一直追隨著故土文化情感的潛流並內化於她的文本之中，通過她的筆尖流淌在字裏行間。李昂通過創作宣洩自己的情感，講述生存的體驗，追尋故土的記憶，探詢生命的意義，以自己獨特的鹿港經驗構成了作品的豐富性和鮮明的個性特徵。那種來自

---

[43] 李昂：《迷園》，李昂自印，1995 年版，第 297 頁。

[44] 邱貴芬：《仲介臺灣・女人——後殖民女性觀點的臺灣閱讀》，臺北，元尊文化企業股份有限公司，1997 年 9 月版，第 96 頁。

童年的記憶和故土的經驗，一點點熔鑄在她筆下一個個滄桑的靈魂中，她更以鹿港的文化身份來解讀人生的情感波瀾和生存境遇，那萬花筒一樣的西方文化並沒有讓她迷失自己，反而使她的鹿港經驗在作品中日益彰顯而且更加豐富充實。

參考文獻

專書

- 李昂：《花季》，臺北，洪範出版社，1994 年版。
- 李昂：《迷園》，李昂自印 ，1995 年版。
- 李昂：《殺夫——鹿城故事》，西安，華嶽文藝出版社，1988 年 2 月版。
- 李昂：《暗夜》，臺北，時報文化出版企業有限公司，1985 年 9 月版。
- 李昂：《北港香爐人人插》，臺北，麥田出版社，1997 年 9 月版。
- 李昂、施叔青：《臺灣兩才女——李昂施叔青散文精粹》，廣州，花城出版社，1997 年 11 月版。
- 尤增輝：《鹿港三百年》，臺北，戶外生活圖書出版公司，1981 年版。
- 施懿琳、楊翠：《彰化縣文學發展史》（上、下），彰化，彰化縣文化局，1997 年 5 月版。
- 陳一仁：《鹿港文史采風》，鹿港文化基金會出版，2004 年版。
- 10．戴瑞坤：《鹿港鎮志· 藝文篇》，鹿港鎮公所，2000 年版。
- 葉大沛：《鹿港發展史》，彰化，左羊出版社，1997 年版。
- 古繼堂：《臺灣小說發展史》，瀋陽，春風文藝出版社，1989 年 11 月版。
- 楊匡漢：《中國文化中的臺灣文學》，武漢，長江文藝出版社，2002 年 10 月版。
- 黎湘萍：《文學臺灣——臺灣知識者的文學敍事與理論想像》，北京，人民文學出版社，2003 年 3 月版。
- 張京媛主編：《當代女性主義文學批評》，北京，北京大學出版社，1992 年 1 月版。
- 劉慧英：《走出男權傳統的樊籬——文學中男權意識的批判》，北京，三聯書店，1995 年 4 月版。

- 樊洛平：《當代臺灣女性小說史論》，臺北，商務印書館，2006 年 4 月版。
- 張岩冰：《女權主義文論》，濟南，山東教育出版社，1998 年 12 月版。
- 呂正惠、趙遐秋主編：《臺灣新文學思潮史綱》，北京，昆侖出版社，2002 年 1 月版。
- 施淑：《兩岸文學論文集》，臺北，新地出版社，1997 年 6 月版。
- 黃絢親：《李昂小說中的女性意識之研究》，臺北，萬卷樓圖書出版公司，2005 年版。
- 呂正惠：《戰後臺灣文學經驗》，臺北，新地出版社，1992 年 12 月版。
- 伍寶珠：《從反思到反叛——八、九 0 年代臺灣女性主義小說探究》，臺北，大安出版社，2001 年版。
- 郝譽翔：《情欲世紀末：當代臺灣女性小說論》，臺北，聯合文學出版社有限公司，2002 年版。
- 張小虹：《性別越界——女性主義文學理論與批評》，臺北，聯合文學出版社有限公司，1995 年 3 月版。
- 彭小妍：《歷史很多漏洞——從張我軍到李昂》，臺北，中央研究院中國文哲研究所籌備處，2002 年版。
- 張誦聖：《文學場域的變遷》，臺北，聯合文學出版社有限公司，2001 年版。
- 簡瑛瑛主編：《女性心靈之旅——女族傷痕與邊界書寫》，臺北，女書文化事業有限公司，2003 年版。
- 邱貴芬：《後殖民及其外》，臺北，麥田出版社，2003 年版。
- 邱貴芬：《仲介臺灣‧女人——後殖民女性觀點的臺灣閱讀》，臺北，元尊文化公司，1997 年 9 月版。
- 范銘如：《眾裏尋她——臺灣女性小說縱論》，臺北，麥田出版社，2002

年3月版。

- 〔法〕西蒙娜· 德· 波伏娃：《第二性》，陶鐵柱譯，北京，中國書籍出版社， 1998年2月版。
- 喬以鋼著：《多彩的旋律——中國女性文學主題研究》，天津，南開大學出版社，2003年1月版。
- 汪民安主編：《身體的文化政治學》，開封，河南大學出版社，2004年版。
- 李有亮著：《給男人命名——20世紀女性文學中男權批判意識的流變》，北京，社會科學文獻出版社，2005年1月版。
- 靳明全主編：《區域文化與文學》，北京，中國社會科學出版社，2003年5月版。
- 程文超等著：《欲望的重新敘述——20世紀中國的文學敘事與文藝精神》，桂林，廣西師範大學出版社，2005年10月版。
- 李銀河譯：《酷兒理論：西方九十年代性思潮》，北京，時事出版社，2000年2月版。
- 李銀河主編：《婦女：最漫長的革命》，北京，三聯書店，1997年5月版。
- 梅家玲主編：《性別論述與臺灣小說》，臺北，麥田出版社，2000年10月版。
- 子宛玉主編：《風起雲湧的女性主義批評》，臺北，穀風出版社，1988年版。
- 楊澤主編：《從四十年代到九十年代——兩岸三邊華文小說研討會論文集》，臺北，時報文化公司，1994年11月版。

期刊論文

- 曾意晶：《族裔女作家文本中的空間經驗——以李昂、朱天心、利格拉樂・阿嬀、利玉芳為例》，臺灣師範大學國文所碩士論文，1998年。

- 顏利真：《從鹿港到北港：解嚴前後李昂小說研究》，靜宜大學中文所碩士論文，2000年。
- 洪慧珊：《性、女性、人性——李昂小說研究》，臺灣清華大學中文所碩士論文，1998年6月。
- 楊翠：《鄉土與記憶——七十年代以來臺灣女性小說的時間意識與空間語境》，臺灣大學歷史學研究所博士論文，2003年7月。
- 林依潔：《叛逆與救贖——李昂歸來的訊息》，《她們的眼淚》，臺北，洪範出版社，1984年版。
- 施淑端：《新蕥納思解說——李昂的自剖與自省／施淑端親訪李昂》，《暗夜》，臺北，時報文化公司，1985年9月版。
- 施淑：《文字迷宮》，《李昂集》，臺北，前衛出版社，1992年版。
- 施淑：《迷園內外》，《北港香爐人人插》，臺北，麥田出版社，1997年9月版。
- 彭小妍：《女作家的情欲書寫與政治論述——解讀〈迷園〉》，《北港香爐人人插》，臺北，麥田出版社，1997年9月版。
- 張誦聖：《當代臺灣文學與文化場域的變遷》，臺北，《中外文學》24卷5期，1995年10月。
- 楊光整理：《我的小說是寫給兩千萬同胞看的——李瑞騰專訪李昂》，臺北，《文訊》132期，1996年10月。
- 王德威：《性，醜聞，與美學政治——李昂的情欲小說》，《北港香爐人人插》，臺北，麥田出版社，1997年9月版。
- 古添洪：《讀李昂的〈殺夫〉——譎詭、對等與婦女問題》，《北港香爐人人插》，臺北，麥田出版社，1997年9月版。

講評

范銘如[*]

〈原鄉的迴響〉從李昂早期的〈花季〉系列小說一直到中期的《殺夫》《迷園》探討鹿港在作家創作生涯中的意義。這篇論文在文學分析上的功夫頗為扎實，行文遣句也很流暢考究，對於台灣文化歷史的脈絡掌握得不錯。不看作者背景介紹的話，整篇論文看起來會覺得是台灣研究生所寫的。可見大陸的台灣文學研究已有長足的進展。當然李孟舜同學自己的努力是顯而易見的。

如果說要提出一些美中不足的觀察的話，我想最大的問題還是在於我看不太出來李同學認為鹿港經驗之於李昂是什麼。因為在論文第三節尾聲，李同學以迷園女主角朱影紅的經歷與李昂做平行對照，聲稱李昂對故鄉的追尋也經歷迷失—分裂—尋覓—重建四個過程。

但是論文的結構卻沒有與這四個過程呼應說明什麼時期是迷失？說明什麼時期是分裂？儘管我對這種目的性史觀說法不盡同意。論文的結論又說，李昂「以鹿港的文化身分解讀人生波瀾和生存境遇，那萬花筒般的西方文化並沒有讓她迷失自己，反而使她的鹿港經驗在作品中日益彰顯而且更加豐富充實。」這句話指的是李昂自《迷園》以後嗎？那麼我不知道李同學會怎麼定義李昂前年出版的《看得見的鬼》的鹿港經驗？是屬於回歸原鄉認同？還是迷失分裂？

我同意鹿港經驗對於李昂的人生觀有一定的影響。但與其說李昂「以

* 政治大學台灣文學所教授

鹿港的文化身分解讀人生波瀾和生存境遇」，不如顛倒過來說作家的閱歷和思維讓她解讀鹿港。隨著作家對文學及社會理念不同，鹿港的形象或文化意義就會有相應的調整。鹿港經驗部分是真實，但更多部分是隱喻、是一種投射，比如說〈殺夫〉或《迷園》。

秘密的流浪人[1]

試論李望洋《西行吟草》中的蘭陽鄉戀

羅詩雲*

摘要

蘭陽的文藝創作透過各式各樣的藝術形式和素材，所展現的人物、主題和情感，有著柔韌卻又堅強的生活性格。宜蘭特有的環境，是造就文化精英地絕佳處所。李望洋宦遊於大陸神州，遊鄂、豫、陜、甘凡十三載，行跡所閱歷，耳目所見聞，結集彙編為《西行吟草》，而後歸裝蕭澀，因此詩句中常帶有愁苦之感，感嘆人事滄桑，以及遊宦在外思鄉之情，透過詩作中營造出的空間和時間感，讀來令人頗感婉轉緜長，寓真情於字句之間。人的生活方式是各種社會、歷史和心理的複合體。環境包括著許多可能性，同樣的環境可能伴以不同的生活方式，它們的被利用完全取決於人類的選擇能力。透過李望洋《西行吟草》的古典詩歌，筆者盼能呈現清代時期臺灣遊宦文人的地理書寫特性，進而能與未來的臺灣古典文學史對話。

關鍵詞：李望洋、故鄉、西行吟草、蘭陽、宦遊

* 政治大學台文所碩士生，E-mail：wow830@hotmail.com

[1] 「秘密的流浪人」一詞轉引自薩依德(Edward Said)著，單德興譯，《知識分子論》，頁 86～87，台北：麥田，1997：「流亡者存在於一種中間狀態，既非完全與新環境合一，也未完全與舊環境分離，而是處於若即若離的困境，一方面懷鄉而感傷，一方面又是巧妙的模仿者或秘密的流浪人。」

壹、前言

文化生態學家史徒華（Julian H. Steward）於六〇年代提出「文化生態學」（cultural ecology）概念，是追求不同區域之間的特殊文化特質與模式。[2]「文化生態學」研究文化的生態背景一即文化環境。強調文化的環境條件，以把握文化生存與文化環境的關係。包括人們的物質生產活動、人與人之間的物質關係等構成的物質生活環境和由語言、思想、觀點、理論、制度、倫理、風俗、文學藝術、大眾傳播等構成的精神生活環境。因此，文學家的作品研究能讓社會關係中的血緣、地緣、職緣、遊緣、人緣等文化的組成、結構、分佈，具體呈現出來：「欲突顯地域特色，最重要的是要能將該地的「土地」與「人民」的歷史記憶緊密結合，以呈現它之所以異於其他地區之處。」[3]可知凸顯地方特色可從作家的歷史記憶出發，不只重視文學的共通性，亦嘗試呈現文學的在地性，呈現歷史的縱深與對土地深厚的情感。作家的地理書寫探討可對整體的文學史帶來新的範圍、書寫空間及視野。

臺灣文學的發展，就空間而言，是從南到北。最初集中於臺南一地。之後，因為政治經濟的開發，南至恆春，北至彰化皆有了顯著的人文發展。再後，則發展至臺北各區乃至宜蘭平原，成為新興文化中心。清代的臺灣，習慣將中央山脈以東稱為後山，宜蘭這個「後山之地」在清嘉慶年間由吳沙率領，[4]有計畫的開墾，樹立了漢人開發的基礎，此後文教漸起、社會發展迅速。十七世紀起，蘭陽先後不斷有泰雅族、噶瑪蘭人、西班牙、荷蘭、漢人的遷移，直到清光緒元年（1875），更改廳為縣，才將此地由「噶瑪蘭」

[2] 史徒華 (Julian H. Steward)，譯者：張恭啟《文化變遷的理論（Theory of Culture Change）》（臺北市：遠流，1995年）。

[3] 施懿琳、楊翠，《彰化縣文學發展史》緒論（彰化市：彰化縣立文化中心，1997），頁4。

[4] 吳沙(1731~1798，雍正9年生~嘉慶3年卒)，福建省漳州府漳浦人。

改稱為「宜蘭」。連橫《臺灣通史・藝文志》:「夫以臺灣山川之奇秀、波濤之壯麗、飛潛動植之變化，可以拓視界、擴襟懷、寫游蹤、供探討，固天然之詩境也。」兩百年來的蘭陽文化發展受其自然環境影響，在「陰翳連天，密雨如線，即逢晴霽，亦潮溼異常」[5]的環境下，宜蘭移民們以強韌的生命力開墾著，進而形塑出屬於宜蘭人血液中的堅強性格，也由於雨水的錘鍊，宜蘭人個性內斂，能在逆境中圖進。蘭陽子弟李望洋在艱困的環境中成長，幼年雖為牧童，但仍勤學不倦，博取功名，之後不僅倡修仰山書院，更獲左宗棠賞識而不次拔擢，高度參與地方上的文教活動。由此，筆者試以清代時期的宜蘭士子李望洋之著作《西行吟草》為一討論範疇，透過詩人十三載宦遊生涯的詩歌書寫，鋪陳出古典詩人作品中特殊的故鄉風土書寫，及其鄉關之思。盼能以深入蘭陽地區的文化底層和作家心靈世界，廣義看待李望洋多年任官異地的心態之於創作的影響，使李望洋文本中的離鄉身體與鄉土意識得到更為準確的詮釋。

貳、詩人生平記要

如何的環境便形塑如何的人文景觀。宜蘭地處「僻在萬山之後」，是臺灣較晚開發的地區之一，而又是「前後山的頸脖」，所以是東臺灣開發較早的地區。開墾過程中，早期宜蘭西北邊地勢險峻，形成自然屏障，而東邊平原為平埔族居住地，又形成人文屏障，以致於外力很難介入，未受到其它文化強烈的稀釋。且設廳之初，官吏大都能以開蘭、治蘭為己任，努力不懈。終於奠定了清代宜蘭政治發展的良好基礎，更帶動噶瑪蘭地區文化水準日高，宜蘭經歷嘉道年間的移墾，而在咸同年間擁有「海濱鄒魯」的美譽，發展出獨特的文化與風格。

[5] 陳淑均，《噶瑪蘭廳志》卷之五上〈氣候〉（臺北市：臺銀經研室，1968 年），頁 371。

李望洋（一八二九~一九〇三），原名水溢，字子觀，號靜齋，又號河洲，宜蘭頭圍人。其祖父、祖母原住在淡水廳擺接堡廿八張庄，道光六年，因為閩粵械鬥，才移居噶瑪蘭聽頭圍堡頂埔庄，遂為宜蘭人。道光十年出生，幼從祖母鄭氏讀書，但之後田產被水沖沙壓，家道遂中落，李望洋因而廢學替人牧牛。十六歲時，遵從父命，於堂叔李景芳就傅讀書，長受業於朱品三宿儒，朱品三先生對李望洋賞識有加，李望洋更篤志力學。廿歲時迫於生活，不得不設館訓蒙以養雙親，但夜晚仍溫習舊業、焚香照讀，凡有所作，皆就正於名儒俞昭文。一八五四年以院試取進淡水廳學為附生，次年，赴福州參加秋闈未中，返家後更加勤讀。終於清咸豐九年（一八五九年）中式第七十二名舉人，次年於蘇炳卿加設館訓課，嗣因父母之喪，守制讀禮。十九世紀宜蘭文風鼎盛，文教型仕紳相對地增加，與政治型仕紳、經濟型仕紳組成地方社會的新權力結構。同治八年（一八六九）仕紳階級的李望洋響應進士楊士芳、舉人李春波的倡導，倡建噶瑪蘭廳文廟，及捐修仰山書院、興建五夫子祠，竭力為之。日治初期，仕紳舉辦「勸善堂」進行救濟工作，修「岳廟」發揚民族精神，推動公共事務，扮演著社會溝通整合的媒介中心。顯而易見，宜蘭地區在咸同年間已與一般的中國文化社會水準相近，並展露出宜蘭官方倡導文教的力量成效，以及民間新價值觀已然建立的社會結構。

一八七一年李望洋赴京會試錄取大挑一等，籤分甘肅以知縣任用，由臺啟程，抵達蘭州，歷任渭源、安化、狄州知縣及河州知州，曾受左宗棠栽培之恩。在任期間，曾請免征協餉，減折丁錢，更正倉用斛斗，為民擁戴。歷任之處頗有政績，宦遊所聞則撰有詩集《西行吟草》。十年遊宦，兩袖清風，返鄉掌教仰山書院，好吟詠，曾題吟社一聯曰：「解印歸田，喜見廬山真面目。攜琴引鶴，重與吾黨論文章。」一八八四年八月先生以法人侵臺為由，爰稟給假出省渡臺，一八八五年四月終返家門，因清法戰爭尚未結束之故，後奉巡撫劉銘傳劄飭辦理善後勸捐、清賦等事，並奉命委辦宜蘭團練，並權主講仰山書院，經營故鄉文教事業。一八九〇年相傳於宜蘭倡建新民堂，為臺灣有鸞堂之始。

日治時期宜蘭深民推請他與陳以德秀才，向侵入宜蘭縣的日軍洽商保護桑梓事宜。一八九六年，日人為籠絡臺人，聘李望洋擔任宜蘭支廳參事，又授佩紳章，且為宜蘭參加「揚文會」的代表，因此遭人非議。然衡量當時形勢，實有其不得已的苦衷。光緒廿九年（日明治卅六年），病卒於宜蘭西門街宅第，葬於礁溪龍潭村，享年七十四歲。王詩琅曾記李望洋：「望洋稟性重厚，氣宇清秀，幼聰慧過人，精通經史，尤好文藝。」[6]可知其人一路由少時刻苦攻讀，弱冠舌耕養親，任宦廉潔除弊的行事作風之所在。

清代宜蘭的農商發達，文教倡行予社會變遷帶來動力。由於商業繁榮、文教發展積累的因素，塑造出仕紳型社會領導人物，取代豪強，成為咸同年間領導階層，擁有科舉功名的李望洋便是咸同時期著名的「紳衿」之一。李望洋十年遊宦於大陸神州，遊鄂、豫、陝、甘凡十三載，行跡所閱歷，耳目所見聞，因物感興，輒記之以詩，由其子登第、登科，女婿張鏡光校印結集彙編為《西行吟草》。分為上、下二卷，存詩兩百二十七首。因萬里遊歸，一身蕭瑟，因此詩句中常帶有愁苦之感，感嘆人事滄桑，以及遊宦在外思鄉之情，透過詩作中營造出的空間和時間感，讀來令人頗感婉轉緜長，寓真情於字句之間，如〈十九夜臥聽更鼓有感〉：

> 堂門鼓打又三更，入耳鼕鼕送遠聲。捫蝨未能談世務，拜官豈但為求名。米無五斗腰徒折，祿過千鍾怨易生。況復網羅多暗設，危機一動夢魂驚。[7]

而〈二月十六夜憶家書久不寄來〉一詩則明顯寫出李望洋期待故鄉家書的急迫心情：

---

[6] 宜蘭縣文獻委員會，《宜蘭文獻》（臺北市：成文，1984），頁 307。原文〈李望洋傳〉見臺灣省通志稿人物志第二冊鄉賢傳，1962.12 出版。

[7] 李望洋，《西行吟草》（臺北市：龍文出版社，1992），頁 101~102。

> 歷觀往事鑒前車，出宰無忘志學初。驛馬只傳回去信，邊鴻不帶寄來書。
> 莫嫌小邑難為政，且勸災黎廣種鋤。百二秦關今夜月，應分餘照到吾廬。[8]

「驛馬只傳回去信，邊鴻不帶寄來書」秦隴客李望洋多年來一直對故鄉保持思念，因此以書信的方式保持與故鄉的聯繫，但只見回鄉信，不見寄來書，兩組對照下凸顯詩人盼鄉音的焦急心情。李望洋秉性厚重，為官清廉，詩如其人，其存集之詩，率多寫實，以詩題注時日。連橫就詩論詩，以「平淡」為評。例如〈除夕思家〉、〈寄吾廬〉：

> 本擬投簪返故家，圍爐好共過年華。誰知老叟身無主，致令賢妻眼望賒。
> 雙婢走堂呼太太，二孩依母念爹爹。今宵定有團圓席，新婦應添一位加。[9]
> （〈除夕思家〉）

> 解組歸來倏歲餘，宜蘭城北寄吾廬。時邀明月為知己，幸有清風不棄余。
> 朋輩喜逢今日面，閒中補讀少年書。茫茫世局誰能識，人事滄桑迭乘除。[10]
> （〈寄吾廬〉）

由於李望洋個人的宦遊心境，讓他對於自然事物都有著深深的感觸，詩句中也隱含著一股超然，頗有「採菊東籬下、悠然見南山」的味道。〈寄吾廬〉中末二句「茫茫世局誰能識，人事滄桑迭乘除。」也見出李望洋返鄉後所保有的智者灑脫，能與明月、清風相伴以保真我之性。

參、《西行吟草》中的蘭陽書寫

自清初以迄中葉，詩歌寫作皆大幅的傾向寫景詠物為主的傳統。文人或以清麗之筆抒寫青山綠水，或以雄渾之氣勢歌詠怒濤狂浪，雖有敘事之

---

[8] 李望洋，《西行吟草》（臺北市：龍文出版社，1992），頁312。
[9] 同註8，頁126。
[10] 同上註，頁174。

作，但卻罕見論及時代，批評當局者。道咸之後，大量湧現具體成熟作品。道光三年鄭用錫考取進士，厥後咸同年間宜蘭也文風大開，文教興起，整體時代的面向及訊息，已能更真實貼切顯示在蘭陽本土文士的文學作品中。關懷一個詩人的故鄉書寫，至少可歸三個層面：一是地理上的；二是精神上的；其三從詩歌角度來看，就是詩歌的故鄉，因為詩是詩人實質意義上的精神家園。李望洋以蘭陽文人擔任中國內陸的官職，其身分地位頗與當時來臺宦遊文士相似，所書寫的詩文是一多向度的整體。而地理關乎空間，世人皆為生命中不斷尋覓探訪的旅人，自然對「自己的房間」[11]的渴求是相當渴望的。一個屬於「自己的房間」，固定的、不受外界干擾的空間，才是真正讓精神回歸純然生命的起點，而李望洋的「房間」正是蘭陽——他的故土。因此根據李望洋故鄉相關詩文的寫作取向，便可探求出其地理書寫意識。以下就其人寫作取向分述之：

一、蘭陽風土及故人之思

臺灣古典詩早期多以描寫景物為主題的來由。[12]同樣地，噶瑪蘭一地自嘉慶六年蕭竹友作〈甲子蘭記〉，取「蘭城拱翠」、「石峽觀潮」、「平湖漁笛」、「曲嶺湯泉」、「龍潭印月」、「龜嶼秋高」、「沙提雪浪」、「濁水涵清」為蘭陽八景，將蘭陽景色貼切描述了一番。其後，清道光五年乙酉夏，署噶瑪蘭廳通判烏竹芳，又選定新蘭陽八景。道光十五年，柯培元《噶瑪蘭志略》

---

11 「自己的房間」之空間概念延伸自英國小說家維吉妮亞・吳爾芙（Virginia Woolf [1882-1941]），《自己的房間》（"A Room of One's Own"，1929）（臺北市：天培文化，2000。）中對女性書寫的空間與意義的闡述。說明一個從事創作的女人需要一個屬於自己的私密空間，從所謂的父權體制的語言和權力中，分離出一種女人對於地方的新感受。推想而知身為清代知識分子與文學創作者的李望洋自然也有一種對於空間的獨特感受，超然於當時權力結構，發展出一套自我的詮釋。

12 連雅堂，《臺灣通史˙藝文志》中曾云：「夫以臺灣山川之奇秀，波濤之壯麗，飛潛動植之變化，可以拓眼界、擴襟懷、寫遊蹤、供探討，固天然之詩境也。以故遊宦之士，頗多撰作，若孫元衡之《赤崁集》、陳夢林之〈遊臺詩〉、張湄之〈瀛壖百詠〉皆可誦也。」這段話解釋了臺灣古典詩創作早期為何多以描寫景物為主。

中亦記載了蘭陽八景的詩句。地名的命名過程可說是透過符號化賦予空間意涵轉化為地方的過程，可見噶瑪蘭一地已有其一套的八景詩傳統。對照臺灣其他地區的詩文發展，可以推敲出蘭陽地區上八景的擇定與八景詩的創作，在清代傳統文人與官吏間是種風雅逸事。道光九年出生的李望洋必定受此類文風影響。

蕭竹友〈甲子蘭記〉一文，以鳥瞰式的方式記敘了蘭陽自然形勢本身的特殊造型或特殊景象。同樣地，李望洋遊宦十年，後返蘭地，亦有其相關蘭陽山海之感的八景詩句作品，參見〈宜蘭雜詠〉一詩：

> 張弓形勢是宜蘭，萬疊高山擁長官。生面別開東海角，龜峰聳峙似彈丸。
> 玉山高並歲常寒，秋水澄清一色看。七十餘年歸治化，番黎今一整衣冠。
> 版籍圖取七十年，萬家淹火戴堯天。菁華自是隨時發，文運何曾限海邊。
> 萬山屏障竹圍城，欹枕時聞海浪聲。報道春帆歸石港，人人爭看弄潮旌。
> 西山爽氣入斜陽，城市人來個個忙。買得米魚歸去後，三餐無餒傲羲皇。
> 潮來汐去萬千遭，巨浪翻空撼石鰲。為問靈胥何抱恨，激成東海怒波濤。
> 龜蒙聳翠鎖中流，萬頃煙波濯素秋。天為我蘭開半面，好觀海日滾金毬。
> 五岳歸來又看山，三貂一路透重關。誰知海角成源洞，別有桃花不改顏。[13]

〈宜蘭雜詠〉寫出了蘭陽形勢、民番集處、文風日上、貨船入口、卿多魚米、北關海潮、龜山曉日、境比桃源的蘭陽美景。具有深刻的在地意識，融合李望洋本身的蘭陽子弟身分，一方面讚嘆「七十餘年歸治化，番黎今亦整衣冠」宜蘭成功的教化績效，另一方面也有「天為我蘭開半面，好觀海日滾金毬」此般天地造景蘭陽為一桃源的無邊想像。莫怪乎馬宗戴序則謂愛其醞釀含蓄，能得唐人三昧。可謂包羅萬象，不論是地理形勢、人文風土或是歷史發展皆簡致刻畫，畫龍點睛。清代的遊宦詩人，不論大

[13] 李望洋，《西行吟草》（臺北市：龍文出版社，1992），頁 172~174。

陸或臺灣出身，在書寫出當地景色的自然景觀時，字裡行間有著一股莫名的閒適感，天邊飛鳥、一葉孤帆等事物都成為詩人眼中的地方風光。雖然這些景物詩句所描寫的與當時社會實況有所差距，但就藝術層面而言仍有其美感價值性。故鄉美麗的景致延伸出詩人的夢想和希望，而懷鄉必然涉及到對故鄉親人的懷念，對家人的思念和懷想其實也與詩人少時生活過的故土緊密相連。〈憶故園〉、〈省邸曉起思蘭陽親友〉二作則分別道出詩人遙憶當年與友作詩，及親友共聚的生活：

> 故園花柳逐春榮，乘興閒行聽曉鶯。何意今成秦隴客，年年遙憶舊詩盟。[14]（〈憶故園〉）

> 托跡金城秋又秋，邊風蕭颯不勝愁。五泉暗雨寒孤枕，兩鬢新霜白上頭。鵷鷺班中同聽鼓，衣冠隊裏學藏鳩。伊人白露蒼葭外，洄溯徒般在水求。[15]（〈省邸曉起思蘭陽親友〉）

〈憶故園〉寫了當年與李鏡如、黃佩卿、陳摶九等友人共同提倡噶瑪蘭聽文教，並與楊士芳齊心共力建修仰山書院的事蹟。這些對於蘭陽文化提升的影響不可謂之不大，而這些理想抱負，也促使李望洋取得功名擔任官職，但另一方面從〈省邸曉起思蘭陽親友〉可知理想卻也讓自己與親友相離，形影孤單。另外，李望洋除了單純寫景的詩文性質之外，還有自然空間與人文活動相配合的書寫，像是〈二月初九日督憲祭丁四更時隨班趨詣文廟觀祭有感〉一詩所敘述的祭祀活動，使李望洋不自禁地聯想到蘭陽文廟創建時的祭典：

> 名場競逐各紛然，車馬勞勞未曉天。俎豆馨香陳魯殿，衣冠蹌濟列群仙。

[14] 李望洋，《西行吟草》（臺北市：龍文出版社，1992），頁 130。
[15] 同註 14，頁 69~70。

> 駿奔自致齋三日，樂舞何須操七絃。迴憶蘭陽新祀典，也應鐘磬不虛懸。[16]

〈觀祭有感〉一詩紀錄當地人過節習俗時的熱鬧景象，整個祭典上人潮不斷，薰香縈繞。詩後序記：「噶瑪蘭廳原附淡水廳學額，自同治六、七年間，余與楊蘭如、李鏡如、黃佩卿、陳搏九諸公首請分學，嗣部准增廣生員，創建文廟，至光緒元年工程告竣，煥然維新，每年春秋二祭與淡水並列祀典，文風蒸蒸日上焉。」除了見出詩人對蘭陽的人文關懷，也能呈現詩人興建文廟的作為。這類詩作重視自然空間與特殊人文活動的和諧性，代表著遊宦詩人另一層次上的觀看角度。清代遊宦文人縱使八景詩的相關創作，承襲了一套的詮釋邏輯，但詩中整體情感面貌的展現，卻會因為觀看角度的不同，而有層次上、情感上的微妙變化。

二、氣候時節之感

「春有百花秋有月 夏有涼風冬有雪。若無閒事掛心頭，便是人間好時節。」遊宦中國內地十多載的李望洋自然是「閒事掛心頭」，既非完全融入新環境，又未完全與舊環境切割，常因懷鄉的心情而感傷。其細膩的心思更時感於氣候時節的變化，延伸抒發情緒，亦成個人生命歷程的詩歌。像是〈二十五日舟行偶詠〉：

> 聞道甘州六月寒，西征車馬路漫漫。只今便作浮萍客，到處行踪且自安。玉關西望起胡塵，楊柳東風不見春。聞道四時無夏氣，羔裘六月尚隨身。[17]

光陰與時節往往最先感動詩人，來自高溫潮濕氣候島嶼的李望洋，卻身處在一年四季都無法感受溫暖春天的甘州，連六月時節都要羔裘厚衣隨伴在旁，詩人悵惘、失意之感透過輕輕的筆觸行過文字間，既然已西行到此只

---

[16] 李望洋，《西行吟草》（臺北市：龍文出版社，1992），頁 113~114。
[17] 同註 16，頁 42。

好適應此地環境，學作浮萍客自安已身的無奈昭然可見。

觸景生情的詩人墨客，一首詞賦難盡其心，李望洋〈蘭州省七月十五夜思家〉亦透過地方上的節慶人文活動表達對故土蘭陽的想念：

記否家鄉獻敬樽，華筵葷素列當門。只今萬里為西客，空對孤燈拭淚痕。

河魚甘米佐盤飧，地角天涯酒一樽。料想蘭陽今夜月，三更應照普孤魂。[18]

宜蘭向有搶孤此類的中元普渡民俗活動，以表達對先民的追念之忱，因而每逢七月十五日便自然牽引出詩人的故鄉情，縱使再為堅強，也會「空對孤燈拭淚痕」表明詩人對故鄉懷有一片深情，因為內心孤愁而以酒澆愁。詩人四處飄零，如天地間的孤鷗，故鄉的懷念時時縈繞在心頭，落葉歸根何嘗不是李望洋心之所向呢？詩人生活在外地，但對故鄉的懷念無時不在進行。小小的一個動作也能勾起詩人對於故鄉的記憶，見〈二十三日喫早飯思家〉:「一別東瀛萬里長，宦遊秦隴到邊疆。催科枉費刑三尺，寫信頻添淚兩行。舊日湖山長入夢，秋風魚膾不充腸。飯餘獨坐情無那，勉強濡毫詠故鄉。」[19]詩句可見李望洋一面懷念著故鄉的美好，一面卻又為其悲傷。詩歌作為一種文體實踐，寫出詩人離鄉萬里的切膚入裡體驗，再好的美食也無法下嚥，只能勉強打起精神懷詠故鄉湖山。李望洋用詩歌敏感的觸覺探入生命的根脈，與生活血脈相融，因此常由日常生活入詩抒情，其〈八月中秋夜拜月〉似乎看到了詩人夜晚輾轉反側，魂夢縈繞故鄉的情境：

今年勝似去年秋，輪鏡初升屋角頭。料想家人應下拜，滿懷離思到河州。[20]

「露從今夜白，月是故鄉明。」這亙久的詩句不知打動多少遊子的心，中秋夜的月色皎潔，因此古人慣以圓月視為團圓象徵，而八月十五中秋又有

---

[18] 李望洋，《西行吟草》（臺北市：龍文出版社，1992），頁 53。
[19] 同註 18，頁 103。
[20] 同上註，頁 104。

團圓節日之涵義。長久以來客居他鄉的遊子，更是以月來寄託鄉情，也為文人墨客情感之所繫，一述離別之情。化不開的濃濃鄉愁，讓李望洋的思鄉愁緒漲升得滿懷心痛，「輪鏡初升屋角頭」令自己聯想起故鄉的人與事。詩人的蘭陽書寫建立在離鄉萬里的殘酷現實之上，李望洋對故鄉所有的追念或言詞，應作是一種價值取向，〈十一日曉起寫懷〉二首七律：

> 二月春深氣尚寒，盆灰撥盡火將殘。披裘擁被煙吹水，埽地焚香鏡整冠。
> 鳥鵲閒來窗外語，筆花開處夢中看。知音若是逢鍾子，流水高山為一彈。
>
> 一盆烘火一杯茶，獨坐窗前興未賒。有口勿談身外事，多情常對鏡中花。
> 西天鵷鷺添新侶，東海龜峯是故家。且喜閒居無案牘，聊將賤紙學塗鴉。[21]

任何一個人的性格，都與成長的地方氣候、地理、飲食習慣有密切關係。性格並非抽象的東西，它具體反映在日常生活，而人常把自己的感覺投射在萬物上，或將萬物想像成具有情感。陰晦的天氣，蕭瑟的冷風，悲涼的我，有氣候，有遠景，這種「移情同感」的作用，就在寒冷的二月天展開來。〈十一日曉起寫懷〉中「東海龜峯是故家」詩中註：「余家臺北府宜蘭縣，長弓形勢，背山面海，海中一島龜山，距岸三百餘里，(舟乞)然聳□，砥柱中流，誌書名曰龜山朝日，蓋旭日初升時如一輪金毬，從海中滾出，其人如斗，東洋一帶，俱蒸紅霞，照澈龜山，即日升漸高，則規形漸小，乃蘭陽八景中一壯觀也。」置身於故鄉時，眼前的一切都是爛熟的風景，絲毫未顯示出它們內在的價值，但當遠離故鄉後最能引起宦遊人歸思的卻是這熟悉的風景，這樣反反覆覆的內心懷念，從而也就更加重身在異鄉的客遊感。人都是有根的，鄉土的根，文化的根，血脈的根，人在他鄉更重情，詩人便從這些根上生出了諸多感念。以上詩篇寫出詩人因時節氣候而發的蘭陽之感，同時反映懷鄉的悲情。李望洋將故鄉提升至精神層面，看

[21]李望洋，《西行吟草》(臺北市：龍文出版社，1992)，頁112~113。

似虛無，但在身體的每個角落莫不佔有一席，時刻在人的潛意識裡跳動。

三、遊歷感鄉之念

詩句展示著詩人的個性，無論是以詩詞言志，還是以詩詞抒情，這種不帶矯飾的直抒胸懷，正是流露著詩人真情。而清代宜蘭地區文人自然也是如此，以心為宗，而取境之寄託。從龍溪文士蕭竹友遊蘭，至其後地方治理官吏的來臺文人楊廷理、烏竹芳、仝卜年、柯培元，以及宜蘭本地出身的李望洋、楊士芳、李逢時、張鏡光等，都能以詩為情緒抒發對歷史之念，無論書寫對象是外地或蘭陽，皆能覺察出其久官異地而思歸的用心所在。

李望洋書寫的念鄉情緒從小處著眼，表面看來恰如一杯淡水，實於平淡中含有濃郁的詩情，表現了詩人對故鄉的強烈眷戀，同可見於初任仕宦，離鄉不久而細筆寫成的〈省邸思家〉:「極目天涯萬里餘，誰教塞雁為傳書。鄉心日逐河流遠，宦跡時隨柳影疏。瓦鵲有情應語汝，野花雖豔轉愁余。鵷班散後閒無事，靜坐窓前憶故居。」由塞雁、瓦鵲、野花構成的畫面中所投射的正是靜坐窗前之人的憶鄉心情，引起強烈的情緒共鳴。相較之下，宜蘭本地出身的文人遊宦在外的鄉愁書寫，自然與仍在外地任官的噶瑪蘭官吏不同，視楊廷理〈移寓口占〉:「心安到處皆清境，履險重來屬暮年，半載自知無善政，不煩計算杖頭錢。」[22]隨遇而安的心境，與李望洋愁鄉情懷兩相比較下，楊廷理似乎懂著如何面對現實生活，理性地體會人生，順其自然地生活。李望洋〈感懷〉則寫下歷經萬苦後的心境：「每羨蘭陽高隱士，琴棋風月自神仙」詩句寄託的那種欲辭官歸隱山水，則是年老，終覓回鄉的隱士情懷；遊歷遍地的李望洋，辭官歸鄉前也常在大陸行旅之中，抒發己之愁苦，如〈除日又吟〉：

[22] 盧世標，《宜蘭縣志》卷十（臺北市：成文，1983），頁9。

> 城市人歸夕照斜，因挑詩興度年華。身羈秦隴常為客，春到蘭州夫見花。栢酒杯中除舊歲，荊妻海外自當家。吾兒今已成童冠，願汝攻書苦倍加。[23]

夕陽正斜照著城市一景一物，因而挑起了詩人詩興，同時也吹拂出詩人心中埋藏已久的故鄉情感。情景動人，聯想自故鄉中的親人，顯現了更濃、更長的思念感觸，在蘭州的春花中由衷刻畫出離人別後的悵然若失、落寞的心理狀態。李望洋《西行吟草》中也多以晚宿、夜泊、夜憶、舟行為詩題的遊歷之作，其〈元月念六日宿紫竹林〉：

> 依然到處是吾家，紫竹林中日又斜。燕市一辭違帝闕，鄉心不隔在天涯。喜看津海魚蝦侶，恰值陽春歲月華。買得火輪來破浪，迴頭應免嘆黃沙。[24]

秉性厚重的李望洋去鄉多年，當中「買得火輪來破浪，迴頭應免嘆黃沙」二句已寫出曠達的人生態度。詩人回鄉的時光已漸漸沉寂，細微的思鄉情淡淡地襲上心頭，縱然踏遍了千山萬水卻依然走不出故鄉的那一寸沃土。而〈十二日宿黃村子客店感遇〉則進一步寫出期盼歸鄉的渴望：

> 輕車暗度到京華，歇馬黃村落日斜。永定門南茅店月，盧溝橋北帝王家。路冰飲雪來應苦，福水臺山路更賒。願借西風吹得力，歸帆直渡海天涯。[25]

詩人旅居距京都永定門三十里外，旅途的艱苦及環境惡劣使詩人奢念向西風借力，以返蘭陽，隱約刻劃出李望洋內心那股渴望，以及千山萬水隔不斷的故鄉正聲聲向他呼喚。〈五月十五夜思家〉一詩正映證這份難捨難分的故鄉留戀：「半庭皎皎半庭陰，一幅圖中分淺深。老馬未堪行遠道，焦桐何處覓知音。西窗自翦生花燭，東海難忘結髮心。兩地相思今夜月，三更同

---

[23] 李望洋，《西行吟草》（臺北市：龍文出版社，1992），頁126。
[24] 同註23，頁169。
[25] 同上註，頁167。

唱白頭吟。」[26]五月十五的月圓夜晚，每一刻都散發出無限嚮往的柔情、溫馨的情景。同時抒發了詩人掛念東海島嶼上結髮人的心情，引用《白頭吟》真誠動人的典故，間夾雜著複雜的情感，述說自己對遠在故鄉的故人相思。李望洋行旅中以詩歌文字寫下他對自身、人群和土地的關照，以情入景，以景描情，一絲一縷皆充斥著故鄉的靈氣，瞬間伸展出許多生命的意象。

肆、《西行吟草》中的宦遊身體

> 大多數人主要知道一個文化、一個環境、一個家，流亡者至少知道兩個；這個多重視野產生一種覺知：覺知同時並存的面向，而這種覺知——借用音樂的術語來說——是對位的（contrapuntal）。
>
> ——薩依德，〈寒冬心靈〉（"The Mind of Winter," 1984, p. 55）[27]

蘭陽平原自然環境的封閉形勢，以及多次移民墾殖的融合更迭、文化面貌的演變，激盪出多元文化收納的人文景觀。而這獨特的歷史背景和血統性格，讓代有傳承的蘭陽子弟，在不同年代的遷徙裡，仍保有經歷一樣的生活場景後的性格精神。地理意識塑造是人們乃至於社會對待主客觀世界的根本性態度，觀諸清代出身蘭陽或與蘭陽有關係的文人士子，以及其為人所熟識的作品，若要歸納其特色，不外乎是區域意識強烈、以雨抒愁之情懷等。而李望洋詩文中彷彿參雜些流亡感，但李望洋詩文中的流亡味道並非是出自喪失家園的情感，而是與外地無法契合的距離之故，在十多年宦遊生涯裡，過著故鄉秩序以外的生活。李望洋之於故鄉認同的感覺，本就是基於對生活土地的情感，因此其中所展現的藝術形式和素材，所書寫的人物、主題和情感，可以是多重而不相互抵觸的。

---

[26] 李望洋，《西行吟草》（臺北市：龍文出版社，1992），頁 129。

[27] 轉引自薩依德 (Said, Edward W.)，《知識分子論》緒論(單德興) （臺北市：麥田，1997），頁 9。

一、藉雨抒鄉愁

宜蘭多山地，以今日而言，宜蘭並未與拓墾時代有極大的差異。以農業為主的經濟發展型態，仍沿襲至今。由於農業的生活產生了道地的宜蘭人，性格上亦然有著「日出而作，日落而息，帝力於我何有哉」的農民性格。隨遇而安的宜蘭人，遇到了生存絕續的關頭，其堅韌的農民性格便會展現，不畏艱難。蘭陽土地的山水風雨，耳濡目染著世代心靈，所抒寫的感受雖各有不同，但卻能喚人共鳴。而其純樸淳厚的在地天性，亦蘊涵了許多生活哲理，培養出一股堅毅不屈的奮鬥到底個性。鄉愁作為一種情緒，對外地而來或蘭陽本地的文人而言，更是集體感覺的社會經驗。順應此般發展，自然而然所書寫的詩句，亦多有在地意識，因為這些人是屬於這塊土地，紮根於此的。見證於李望洋〈三月六日寓南臺中亭街〉：

> 塞上歸來冬復春，沿江烽火問關津。三貂時有南臺夢，五虎欣逢北海人。
> 悶伴孤燈過雨後，閒敲佳句送花神。盤飧縱足魚蝦味，蘭水蘭山目未親。[28]

縱然在外地酒足飯飽，仍是比不上家鄉宜蘭那般值得回憶，可想而知李望洋對於故鄉區域認同感之強烈，連帶其鄉愁詩的創作亦是如此，〈老營村夜泊〉一詩：

> 萬山環擁浙川城，灘籟潺湲別有聲。聽到西風吹岸柳，枝枝搖起故鄉情。[29]

敘述了正在前往異地任職的途中，詩人思鄉之情仍在，凸顯出故鄉與詩人之間強烈的連結。此外，詩作〈省邸思家〉：「極目天涯萬里餘，誰教塞雁為傳書。鄉心日逐河流遠，宦跡時隨柳影疏。瓦鵲有情應語汝，野花雖豔轉愁余。鴉班散後閒無事，靜坐窗前憶故居。」充斥濃厚著鄉愁的情緒，

[28] 盧世標，《宜蘭縣志》卷十，（臺北市：成文，1983），頁 64。
[29] 宜蘭縣文獻委員會，《宜蘭文獻》（臺北市：成文，1984），頁 309。

瓦鵲、野花等外在物象都深深觸動詩人的愁思，對時間的流逝和物候的變遷極為敏感，從字句網絡中感受到了李望洋的文化底蘊。詩篇中詩人發出對故鄉充滿牽掛和關切的字句，更在客觀自然物象中滲透主觀意緒，抒發自己感發生活的漂泊不定，以及對於家鄉的深刻思念。由以上詩作可推知蘭陽出身的李望洋，出任外地官職時縱有千山萬水相隔，生命與內心交集的仍是故鄉一景一物，彼此血脈相連。

而宜蘭此地的鄉愁詩，不僅是在外遊宦的士子多有所作，並且慣用蘭陽「多雨」天氣型態，抒托一己之情緒，對於故鄉的強烈心情在氣候與內心之愁作用下，塑造了一股濃稠的意念，路遙知情深，在傷感中夾帶了風雅和悲壯；而任職蘭陽的遊宦楊廷理亦多有所作，如〈悶雨夜坐〉：「倚囊誰共話深更，兀坐青燈撫短檠。點滴茆簷流不了，滂沱荒砌漫將平。蚓簫蛙鼓淒涼調，別緒羈思去住情。治賦無才民待澤，終朝翹首課陰晴。」[30]礙於清代地方官的迴避制度，觀乎噶瑪蘭設治之後的歷任官吏，皆是以知識分子的身分任職於此。而噶瑪蘭本土出身的文人，多至他地任官，兩者必然會有遠離故土家鄉的空間搖擺感與時間不定感，顯現於創作之中。楊廷理〈悶雨夜坐〉詩後序：「……月晴少雨多不勝焦灼。」可見此詩由蘭陽多雨抒發出一股強烈的孤獨感，「兀坐青燈」之外更有淒涼調不時在耳邊。由這些文人的懷鄉詩中，可以發現懷疑自己人生定位與寄託依歸的矛盾心情。宦情羈思中，除了抒寫治理地方之難，也融入了許多的對故土的思念之情。透過詩人李望洋的〈晚泊東宇邨小雨〉，可以看到一種急切、期待並夾雜了無奈和感傷等複雜的情緒：

> 東邨何處暗飛聲，流水潺湲繞浙城。一雨便成秋夜氣，添衣不改故鄉情。
> 此身未肯同千諾，獨坐何妨到五更。明朝又是行舟路，誰向荊關計驛程。[31]

鄉愁作為一種精微的情緒，詩句「造象」實涵蓋了雙重意義，「一雨便成秋

[30] 宜蘭縣文獻委員會，《宜蘭文獻》（臺北市：成文，1984），頁 194。
[31] 李望洋，《西行吟草》（臺北市：龍文出版社，1992），頁 48。

夜氣，添衣不改故鄉情」便塑造一股濃稠的別離味道，動態而有變化的字詞使用，淋漓盡致地抒發了遊子的鄉愁。在在強烈說明遊宦士子對於故鄉的思念情感，其情感之強度已達「獨坐到五更」此般不成眠的境界了。此外，潮濕多雨氣候亦造成詩人感官而入內心的苦悶之感，見〈泊陳家灣宿雨〉一詩：

> 楚天風雨漫催詩，滴破鄉心漢水涯。麥隴尚垂黃葉穗，柳隄纔長綠煙絲。
> 幾家邨店炊痕冱，隔岸征夫睡起遲。欲報君恩思未逮，此身且許自驅馳。[32]

楚地的風雨深入李望洋的內心，打破他對故鄉思念的矜持。情是主體內心的感情，景是外在於人心的客體，作者的內心可以與外在景物互動、交融，因此也會被外物所影響，以詩襯托人物的內心活動。多雨的天氣型態，不僅使人情緒低落，也打擾到生活日常作息，更令人苦不堪言。觀諸其詩，即使李望洋暫時失去了故鄉，但隨雨水蘊藏的黯然愁鄉之文字卻能成為他永遠的居住之地，展現了特定時空中的詩歌意象。

二、遺世思古的倦客情懷

三面環山且「僻在萬山之後」的蘭陽平原，是由頭城、三星、蘇澳所沖積形成的，錯縱其間的有林泉幽谷、湖泊清潭、地熱溫泉等特殊自然景觀。當年先民艱辛地克服交通不便的困難，來到這片獨樹一格的自然天地。而李望洋這清治時期的宦遊士人，當年西過滄海赴蘭州任官，其心境不免與先民相似，因此發揮韌性專心用事於政務上，詩句所陳也多有治理地方之雄心，或書寫身在異地所感所聞。前者如〈壬午四月初三日讀史〉：「春秋絕筆獲麟時，歷代興亡讀史知。不是考亭持定論，賢奸忠佞到今疑。」33 古聖孔子修《春秋》絕筆於獲麟，先賢朱子之定論，皆教化了後人認清是

[32] 李望洋，《西行吟草》（臺北市：龍文出版社，1992），頁 37。
[33] 同註 32，頁 128。

非，這也帶出李望洋個人任官之志向，他所訴求的是大眾，盡可能地學聖效賢、致力地方。而後者在李望洋身為遊宦者流亡故鄉之外的意識形態作用，及血汗淋漓的人生歷險後的平靜怡然，也進而形塑出一股柔韌兼並的書寫特色，同時帶有損毀和救贖的二面性，詳參〈九月初旬歸山雜詠〉：

> 墮落紅塵十二年，百般罏火任熬煎。只今收拾歸山去，好在東瀛別有天。
> 廬山面目久蒙塵，及早回頭乃見真。記得少年窗下事，焚香照讀不言貧。
> 也識桃源好避秦，一官誤我老風塵。如今方得劉郎意，獨向漁人去問津。
> 自問生前未了因，颶災盜劫死仍頻。彼蒼何意偏留我，又到罏中鍊鐵身。
> 歸心似箭射飛鴻，繕就封章請上公。此日辭官回故里，兒童應笑白頭翁。[34]

「只今收拾歸山去，好在東瀛別有天」臺灣一名東瀛，而宜蘭又俗稱小桃源，在在都顯示了李望洋多年來對於故鄉的思念，末兩句頗有賀知章〈回鄉偶書〉「少小離家老大回，鄉音無改鬢毛衰」之意，平緩地講述一個人落葉歸根之時，已是垂垂老矣，留下淡淡喜愁參半之韻味。確見多年的官職之於李望洋有對其個人生命的損毀，又教導了李望洋對於人生晚年的安逸態度。流亡身體帶給他一種觀看事物的奇異角度，雖然時常感到些許寂寥，但任何事情都不視之為困難，「及早回頭乃見真」可見李望洋面對令人迷惑或恐懼的狀況時，從不以孤立的方式看事情，因為他內心知曉故鄉是永遠擁抱著他的。中國神州的一情一景引他聯想到蘭陽故鄉的一景一物，這意味著一種觀念或經驗對照著另一種觀念或經驗，並從這種流動雙向的位置中得到更好的思考方式。

聚居在宜蘭平原此具封閉性完整區域的居民，其感知是唯一性的，由於集體意識的經驗累積，逐漸演變為地方感，而不同的軼事傳奇，豐富了蘭陽地理的人文意涵。如柯培元〈龜山歌〉將龜山島寫成神靈遺跡，遙想

---

34 宜蘭縣文獻委員會，《宜蘭文獻》（臺北市：成文，1984），頁 155。

孔子與楊龜山的行誼，首尾呼應地期盼能於蘭陽生養不息。[35]當空間與人互動，空間因著居有者所賦予的意義而轉化，便逐漸形成人對空間所產生的地方感情。而經歷環境考驗的李望洋，長久以來面對著自然環境的考驗，亦擁有一定的空間觀感以順應，〈感懷〉：

> 委身作吏十餘年，一事無成兩鬢鬅。欲為殘黎除弊政，敢因覆餗怨蒼天。
> 狂吟尚未詩三百，歸去還多路八十。每羨蘭陽高隱士，琴棋風月自神仙。[36]

詩中寄寓了對命運及歷史流變的深刻感悟與思索，雖寓有今昔對比「一事無成兩鬢鬅」的感嘆，但仍有著「狂吟尚未詩三百」的堅毅不屈，無意間煥發出倦客性格中沉鬱的悲憫心，並謳之以詩。悲憫中，企盼效法隱士擁有著面對創痛而不屈的生命力，他作〈首陽懷古〉、〈和前韻〉、〈又咏〉當中皆有伯夷、叔齊、陶淵明、賈長沙等先賢隱士之列。在充滿限制與危機的官場過往，李望洋用筆詠懷先賢來證明自己靈魂深處的堅持，〈感遇〉便寫出對十多年官場生涯的徹悟：

> 金城連塞亘西秦，胡地山川不見春。自嘆半生徒哺餟，偏來萬里學勞人。
> 當場面目真還假，入世功名假作真。尚幸此身松柏性，風霜歷鍊倍精神。[37]

「歲寒，然後知松柏之後凋」幾千年來的學人士子，無不把松柏精神作為一種象徵、寄託，來燭照精神生活，這是一種不願隨流俗同流合污的理想。〈感遇〉中詩人顯然立意於生命，將時空、情思、古今交織一起，於歷史

---

[35] 參見楊欽年，《詩說噶瑪蘭》（宜蘭市：宜縣文化局，2000），頁 196。〈龜山歌〉:「千歲老龜化為石，遍體綠毛眼深碧。蹣跚欲上蓬萊山，道逢巨鰲話仙跡。天風慘淡迷寒雲，水路蒼莽震霹靂。縮頸潛伏波之心，奔浪汨沒露其脊。不計歲月皴莓苔，竟飽煙霞附砂磧。細草如鱗群鹿遊，深澗穿脇老猿據。我家東魯有龜山，宣聖奏琴何戚戚。我望金沙有龜山，邇英說書嘆嘖嘖。茲龜避地兼避人，不為世人十朋錫。我行正值春風生，遙見空中翠新滴。曳尾波中甘沉堙，昂首天外去咫尺。更聞中央澄清潭，中有金鯉化梭擲。吁嗟乎，龜兮龜兮如有靈，力捍蛟龍斬荊棘，買山有願終乘桴，此間支床學閉息。」

[36] 宜蘭縣文獻委員會，《宜蘭縣志》（宜蘭縣：編者自刊，1959-1965），頁 64。

[37] 李望洋，《西行吟草》（臺北市：龍文出版社，1992），頁 60。

潮流中尋找自我定位，似水沉浮的心情已經沉澱了生命，凝聚所有的完結。綜觀蘭陽文人李望洋之書寫，像是孕育萬物的土地，散發出成熟的韻味。在地文人經歷拓墾時期的艱困，而任官蘭地的遊宦努力克服蘭地的自然環境，教化民眾，所創發之詩文化開沉鬱的時代氛圍融入濃密繁複的筆觸間，展現集人文薈萃、環境試煉之後的平衡協調性。

三、遊宦的流亡視角

經歷宜蘭山水考驗的宜蘭子弟，並未退縮而不斷在這塊土地上開墾，因此擁有堅強、付出的精神。在充滿了考驗的過往時代中，用筆與行動來堅持自己靈魂深處的愛與尊嚴。李望洋〈感懷〉:「委身作吏十餘年，一事無成兩鬢鬍。欲為殘黎除弊政，敢因覆餗怨蒼天。狂吟尚未詩三百，歸去還多路八千。每羨蘭陽高隱士，琴棋風月自神仙。」詩中寄寓了對命運及歷史流變的深刻感悟與思索，雖然「一事無成兩鬢鬍」，但仍有著「狂吟尚未詩三百」的韌性，無意間煥發出詩人一種堅毅而又沉鬱的文學性格，看待社會，看取人生。李望洋的詩文作為一個時代的記錄，顯然不足以形成書寫的完整與真實，但是對於清代時期蘭陽的圖景與思考已然有所貢獻。身為一個外地的遊子，李望洋的詩文拆解既定的歷史統一體或意義結構，得以建立起相互映射的視角。於此，「遊宦」也可以有另一層廣義涵義——流亡者，即精神創造的自由對現實物質的超脫:「流亡者是一種模式，即使不是真正的移民或放逐，仍可能具有移民或放逐者的思維方式……。」[38]遠離往往可以看到一些新事物，因此李望洋因任宦而遠距離的地理位置移動，亦可成為其知識分子生命流亡的實踐方式之一，在現實的局限之外，獲得最大限度的想像力、創造力。

任職地方官，專心任事，關心民情民風的李望洋，在詩句中將新感受

[38] 薩依德 (Said, Edward W.)，《知識分子論》(臺北市：麥田出版，1997)，頁 101。

力的要素融進寫作風格，〈甲戌十一月十四日憶去冬是日抵任首陽〉：

> 牛刀宰割擁專城，轉瞬蟾輝十二盈。地極龍沙天欲半，源窮鳥鼠水偏清。霜華漸覺侵雙鬢，爐火還宜到五更。迴首雲山家萬里，不知何處是東瀛。[39]

此詩雖寫初到蘭州（龍沙是為別名）任職的辛勞，但時間流轉轉瞬也整整一年了，詩人年華逝去，回首萬里外的家鄉，雖穿插些許風物描寫襯托，予人有或柔或韌，如竹卻又剛強如實的胸懷之感，古代秦滅漢興，因此臺灣一名為東瀛，由末二句「迴首雲山家萬裏，不知何處是東瀛。」仍見離鄉的宦游生涯掩蓋不住鄉關何處的思念情緒，詩人關注依戀的依舊為蘭陽故地。此外，李望洋的宦遊視角也常帶有如夢如幻的手筆：

> 放開神漸適，提起思難禁。萬里征夫遠，千尋宦海深。邊花愁客夢，塞雁　斷鄉音。始信為官誤，因循直到今。[40]（〈長相憶〉）

> 寄語征人秋又秋，何因宦海任沉浮。回頭好作還鄉夢，莫似長江水自流。寄語征人秋又秋，寒衣製就向誰謀。勸君莫戀邊城柳，一夜經霜色已不。寄語征人秋又秋，誰教萬里覓封侯。知君夙有從龍志，際會風雲合出頭。[41]　（〈閨思〉）

〈長相憶〉、〈閨思〉皆有一番官海生涯原是夢的慨歎，可見是思家之託言。〈長相憶〉中詩人意以虛花抒託愁客心情，有剛柔並濟，使人靈動的輕逸感。二首皆道出當初勤學立志報效國家之想望，事到如今想起竟是使自己離家萬里，耽誤人生的源始，李望洋不禁感慨萬千，為已自憐。綜觀李望洋《西行吟草》的書寫，雖然其心堅定，卻仍常慨歎自己的人生際遇，不斷大嘆「還鄉夢」，例如〈臘月二十九日曉起口占〉：「枉費還鄉夢，醒來嘆

---

[39] 李望洋，《西行吟草》（臺北市：龍文出版社，1992），頁 78。
[40] 同註 39，頁 69。
[41] 同上註，頁 77~78。

此身。祇因羈作令，萬里未歸人。」42及〈河城有感〉:「冷煖人情看透時，但循吾分不求知。風波過後渾無迹，遇合隨緣勿預期。泉石山林棲隱地，秋花春草舊吟詩。於今好作還鄉夢，睡到三竿日影遲。」43李望洋原與一般讀書人一樣懷抱著許多夢想，為國家盡忠、為人民效力，但多年來旅外任官使潛伏的鄉情不斷累積，官職對他而言如同沉重枷鎖般拘束，唯有虛幻夢境中的故鄉能一解鄉思憂愁。此外，由不同時刻、地點、時空背景中，可以看到詩人各種不同的生命情境，在自然於詩文中展現出不同以往的闊達，其〈蘭州清明日感詠〉就寫出一番新的生命意義：

> 清明祭埽各紛然，燒紙灰飛蝶滿天。千古賢愚同白骨，一生名利化黃泉。
> 斷腸少婦新墳外，痛哭征夫舊塚邊。物理細推皆有盡，也應歸去樂餘年。[44]

鄉愁是個人或集體的歷史經驗，而身處異地的流亡感亦是一種宦遊士人知識模式或精神觀念，從李望洋視角所出發的詩句莫不帶有仰羨隱士、如虛如幻的過客之感，十三年官場像是黃梁大夢一場，直到回鄉後才令人痛徹清醒。清代以來蘭陽此地的士人，考取功名赴內地任官，其心境不免在夜深人靜之際感到寂寥，除了專心用事於政務上，詩句所陳多為懷念故鄉，或書寫己身飄零所感，這是環境試煉後理想構築與幻滅的協調。

伍、結論

李望洋苦讀赴試成為進士後，由臺啟程，抵達蘭州知縣任用，歷任渭源、安化、狄州知縣及河州知州，歷任之處為民擁戴，頗有政績。十多年的宦遊生涯所聞詳實記於《西行吟草》，其深厚的懷鄉思念與地理情感構成

[42] 同上註，頁 79。
[43] 李望洋，《西行吟草》(臺北市：龍文出版社，1992)，頁 108~109。
[44] 同註 43，頁 150~151。

了李望洋遊子身分的縱橫坐標。什麼樣的環境，便塑造什麼樣的性格，李望洋家境因天災遂中落，少時不得不廢學替人牧牛，成年後迫於生活又不得不設館訓蒙以養雙親，但李望洋並未放棄，反而更篤志力學、焚香照讀，至內地任地方官皆以果敢、強韌的體性教化治理，塑造其人一股韌性的生命精神。透過詩歌形式及各式各樣的素材主題，李望洋所展現的人物、主題和情感，是種柔韌卻又堅強的流亡者戳記。同樣的環境對於不同的人可能伴以不同的生活態度，而李望洋的成長歷程見證了人類生活方式不完全是環境影響的產物，而是各種社會、歷史和心理的複合體。環境包括著許多可能性，它們的被利用完全取決於人類的選擇能力，李望洋面對家道困境時從不承認挫敗，反而能力圖上進；至異地任官也能披荊斬棘地面對各種難題，受到人民愛戴，這皆是因為他選擇坦蕩地接受生命中所有的一切。

宜蘭擁有美好的自然山水，純樸良善的民風，優良文化傳承的薰陶，這些對於宜蘭士子李望洋的精神內涵、思想氣質及生活性格，都有決定性的影響。人是一個理性的動物，一個積極的因素，具有一種社會傳統，他的活動並不是直接由他的環境所決定，而是情感交合在一起，然後通過意識形態加以伸展。而李望洋的詩歌藝文作品正是伸展其人其性的媒介，在往返環境與情境之間，以詩歌的內容讓我們得以認識其成長的土地——蘭陽。《西行吟草》中的詩篇醞釀著詩人之於故鄉地理種種流動的情緒，像是蘭陽風土及故人之思、氣候時節之感、遊歷感鄉之念等層面，不斷交替敲打著內心和感知，詩句情緒節奏的變化調劑了李望洋的愁苦鄉情。李望洋對於自我思鄉心情的抒發之作，沒有抽象地緣間隔上的疏離感，因而其文學能夠貼近生命。人的生活正是因為不一樣的情緒而豐富，其中與故鄉連結的作品又最容易引起共鳴，得以與人們的靈魂緊密結合。李望洋的蘭陽書寫藉由詩人的精神家園——詩歌，呈現地理上、精神上、詩歌上的故鄉空間，可謂是同時展現了地理書寫的撰述，亦為清代時期臺灣文人視域的另一剖面。

參考文獻

專書

- 柯培元，《噶瑪蘭志略》，臺北市：臺銀經研室，1957-1961。
- 宜蘭縣文獻委員會，《宜蘭縣志》，宜蘭縣：編者自刊，1959-1965。
- 陳漢光，《臺灣詩錄》臺北市：臺灣省文獻會，1971。
- 王國璠、邱勝安，《三百年來臺灣作家與作品》，鳳山：臺灣時報，1977。
- 宜蘭縣政府民政局文獻課，《宜蘭文獻 ： 宜蘭鄉賢列傳》，宜蘭市：編者自刊，1976。
- 盧世標，《宜蘭縣志》，臺北市：成文，1983。
- 宜蘭縣文獻委員會，《宜蘭文獻》，臺北市：成文，1984。
- 廖風德，《清代之噶瑪蘭》，臺北市：正中，1990。
- 李望洋，《西行吟草》，臺北市：龍文出版社，1992。
- 薩依德 （Said, Edward W.），《知識分子論》，臺北市：麥田出版，1997。
- 林文龍，《臺灣的書院與科舉》，臺北市：常民文化出版，1999。
- 楊欽年，《詩說噶瑪蘭》，宜蘭市：宜縣文化局，2000。
- 《蘭陽溪生命史：「宜蘭研究」第五屆學術研討會論文集》，宜蘭市：宜縣史館，2005。
- 謝崇耀，《清代臺灣宦遊文學研究》，臺北市：蘭臺，2002。

期刊論文

- 游祥明，〈仰山缽韻振蘭陽〉，《蘭陽文教》第 9 期，1986。
- 陳長城，〈宜蘭仰山吟社沿革〉，《臺北文獻直字》，第 109 期，1994.9。
- 各縣市藝文環境調查系列之十三：〈戲劇故鄉——宜蘭的藝文環境〉，《文訊》，第 75 期，1992。
- 高志彬，〈李望洋研究的課題與文獻〉，《宜蘭文獻雜誌》第 12 期，1994.11。

- 傅寶玉，〈日治初期宜蘭地區的漢人教育〉，《宜蘭文獻雜誌》，第 54 期，2001。
- 何致中，〈宜蘭地區地方特質與認同政治間的關連〉，《育達學院學報》，第 9 期，2005。

學位論文

- 王文顏，《臺灣詩社之研究》，政治大學中國文學研究所碩論，1979。
- 陳照明，《清代噶瑪蘭儒學發展之研究》，臺北市立師範學院社教所碩論，2003。

參考網站

- 聯合百科電子出版事業有限公司，《臺灣文獻叢刊》：http://163.22.41.203/taiwan/Content/contentmask.asp
- 國家文化資料庫：http://nrch.cca.gov.tw/ccahome/index.jsp
- 宜蘭縣鄉土教材資料庫：http://media.ilc.edu.tw/

講評

廖振富*

台灣古典文學較少受到年輕研究生之關注，本文是本次會議唯一的屬於台灣古典文學領域之論文，令人期待。就題目選擇而言，宜蘭詩人李望洋所處的時代（晚清、中法戰爭）及其特殊的經歷與作品（由台灣赴中國任官達 13 年之久，寫成一部完整詩集），提供研究者多面向的觀察視角，也頗有研究價值。以下提出數點意見給羅同學參考，或有嚴苛失當之處，尚請見諒。

一、研究視角的選擇

本文只孤立從個案來談，可能會減損論文之深廣度，如扣緊本次會議主題「地理書寫與文學體驗」，題目選定或論述方向，「跨界經驗」與「鄉土情懷」的對照觀察與比較視野，可能是一個有意義的切入點。依作者身分與空間跨界經驗之差異，建議以下幾個角度可以考慮（1）觀察比較《西行吟草》中的中國內地與台灣宜蘭之地理書寫，從而突顯所謂「蘭陽鄉戀」的特殊意涵（2）同時代蘭陽詩人李望洋與李逢時的在地書寫之比較（兩人生年同為 1829 年，但李逢時終生未離開台灣）。（3）李望洋與李逢時等「在地文人」與大陸遊宦文人「蘭陽書寫」的比較（本文曾略有觸及，但主脈不清）。（4）將李望洋的思鄉之情，放在中國及台灣「鄉愁文學」的文學史脈絡加以考察，從而看出其普遍性、特殊性或侷限，並給予適當定位。然而，不論採取何者研究方向，文本的全面研讀、作者生平與時代面貌的清晰勾勒，進而掌握文學作品「懷鄉」、「地理書寫」的精神意涵與文學淵源，都是最基本的功課。

* 台灣師範大學台灣文化及語言文學所教授

二、本文兩大缺失

作者勇於嘗試借助西方理論來解讀台灣古典詩之用功精神值得肯定，然而問題也在此。當前學界，借助西方理論研究台灣文學是一共同趨勢，研究生寫作論文受此趨勢影響，風氣日盛，但是其中常見的共同的缺失，諸如：對理論的掌握是否完整精確？是否將理論凌駕在文本之上？理論運用與文本的吻合度、適切性如何？乃至對文本欠缺全盤閱讀、掌握的踏實基本功夫，類似謬誤仍然一再出現，甚至日趨嚴重，不可不慎。依個人看法，本文最大問題有二：其一，理論運用之謬誤。其二，對研究對象之生平與作品，缺乏完整的掌握與考察。

（一）先談理論運用之謬誤。看似頗有新意的題目「秘密的流浪人」，出自薩伊德《知識份子論》（文中未交代）。薩伊德此語，是在討論流亡者之處境與心境[1]，而本文研究對象李望洋，是被官方派令到異地任官，「任官」與「流亡」之差異性遠大於相似性[2]，不能加以類比。如以台灣文學為例，從明鄭流亡文學、日本領台造成乙未內渡之遺民文學、乃至戰後不同階段的流亡文學，或有吻合之處。但傳統文人在科舉體制內因任官而遠遊，大抵都有「功成名就」的動機，與「報效國家」的想望，李望洋在清末遠赴甘肅任職也不例外。日本領台後，他則與殖民政權有適度的合作。其性格、事蹟、作品，皆不宜套用「流亡」之概念加以附會。說李望洋的「流亡身體」（見原發表會議論文之頁 3「前言」最後一行），給人牽強附會之感。

第四節正文之前（頁 213）引薩伊德〈寒冬心靈〉一文之片段，談流亡

---

1 《知識份子論》：「流亡者存在於一種中間狀態，既非完全與新環境合一，也未完全與舊環境分離，而是處於若即若離的困境，一方面懷舊而感傷，一方面又是巧妙的模仿者，或秘密的流浪人。精於生存之道成為必要的措施，但其危險卻在於過於安逸，因而要一直防範過於安逸這種威脅。」單德興譯，麥田出版公司，86~87 頁。

2 前者是政權之下屬與協力者，後者是政權之反對者。前者多出自志願接受派令，可選擇辭官歸鄉；後者通常是被政治變局或動亂所驅迫，無從返鄉。前者只是在同一國度之遠方任職，仍擁有一定的權利和地位，生活之物質條件無虞；後者則遠離故國，在流離與遷徙中經歷困厄、險阻，具有強烈的悲劇性與道德理想性。

者的「多重視野」，則與正文毫無相關，頁 213 說：「李望洋詩文中彷彿參雜些流亡感，但李望洋詩文中的流亡並非是出自喪失家園的情感，而是以四海為家出發的瀟灑」，此語自相矛盾且犯了雙重錯誤：「鄉愁」是文學的普遍主題，與「流亡」未必相關，因「遊宦」而思鄉，更是台灣與中國古典文學屢見不鮮的題材；說李望洋有「以四海為家出發的瀟灑」，更與其作品充滿愁苦之思鄉情懷不合。頁 219 以「遊宦的流亡視角」標題，論李望洋所代表蘭陽子弟「不畏強權、堅強付出」之精神（此說不合李望洋之人格特質)，更是犯了「以今律古、強加貼合」之弊。李望洋後來與日本殖民政權採合作態度，頁 197 所謂「招人非議」、「時有不得已的苦衷」)，致力於鸞堂與地方文教，與「不畏強權」之說有明顯衝突。

（二）至於說作者對研究對象之生平與作品，缺乏完整的掌握與考察。這可從以下數點看出。

第一，《西行吟草》分上下兩卷，上卷 93 題，下卷 114 題，作品總數有二百多首，本文（見原發表會議論文之頁 5）第三段，卻只記錄上卷的數量。

第二，與本題有關之作品，既未完整蒐集論述[3]，亦未作歷時性之考察分析[4]，反而常見重複引用論述[5]。

第三，作品年代之誤認。試舉三例（1)（見原發表會議論文之頁 13）〈省邸思家〉寫於 1873 任官初期，本文卻說「遊宦多年，返鄉後細筆寫成」，從題目、內容都可知其說之誤。(2)（見原發表會議論文之頁 22)〈甲戌十

[3] 如〈十月十八夜憶家中二子〉、〈庚辰二月初八日辰起感懷〉、〈臘月念六日省邸思家〉、〈除夕思家〉、〈二十八夜思家〉等，都可列入考察。

[4] 李望洋 13 年仕宦生涯之鄉愁，應有階段性之差異或變化，如早期刻意忍受思家之苦，對實踐任官理想有高度自期；到歷經宦海險惡、現實困境之後，倦遊思歸之念強化；乃至任官後期中法戰爭爆發，台灣直接受害，對家鄉的擔憂益熾。

[5] 如〈省邸思家〉重複三次，分見於頁 6、13、16~17，；〈老營村夜泊〉重複兩次，分見於頁 14、16；〈感懷〉重複兩次，分見於頁 20、21，〈感懷〉詩連解說文字也大量重複。另外，連橫《臺灣通史・藝文志》頁 3、頁 6，亦重複引用相同片段。

一月十四日憶去冬是日抵任首陽〉(龍文版《西行吟草》頁 78):第二句「轉瞬蟾輝十二盈」,是指到任首陽經過一年(滿月 12 次),不是任官時間已經過 12 年。題目「憶去冬是日抵任」已是明證,「甲戌」是 1874 年,當時離鄉約兩年多。(3)(見原發表會議論文之頁 23)〈蘭州清明日感詠〉是在蘭州所寫,不是寫於「卸職歸鄉後」。以上三例,只要清楚掌握作者行蹤與作品年代,或仔細辨清文意,都不至於犯此錯誤。

第四,《西行吟草》一書,詳細紀錄他從台灣宜蘭到甘肅任官的行程,以及從 1872 到 1885 年為期 13 年的經歷與行蹤。作者考上科舉是 1871 年,到甘肅任官是 1872 年 1 月 26 日從台灣宜蘭出發起程,6 月 6 日抵蘭州。返鄉之行,則於 1884 年 8 月請求回台,9 月起程,因中法戰爭,台灣被法軍封鎖,直到 1885 年 3 月法軍解除封鎖,4 月才抵達台灣。但作者在第 4 頁第二段卻未清楚交代,容易讓人誤以為是 1871 年離台任官,至於同一頁在「1884 年帶官回籍省親」之後,說「同年七月乃辭去甘肅要缺」,更是明顯錯誤。

三、其他問題之商榷:

(一)要討論文學的「在地性」(見原發表會議論文之頁 2),為什麼是從長期離鄉詩人的旅外作品集觀察,而不是長期定居故鄉者(如李逢時)的故鄉書寫?本文未提出解釋。

(二)正文兩大部分,第三節「《西行吟草》中的蘭陽書寫」、第四節「宦遊身體」,各分三點論述,但多半未能彰顯李望洋詩作之特殊性,而只是思鄉之作的普遍性內涵。如(見原發表會議論文之頁 16)「一、藉雨抒鄉愁」,其中引述作品的「雨」都只是古典詩鄉愁主題之常見意象,無「蘭雨」之特殊性意函。(見原發表會議論文之頁 18)「二、遺世思古的倦客情懷」亦然。另外,(見原發表會議論文之頁 8)所引〈宜蘭雜詠〉組詩,其文學血緣近於竹枝詞、雜事詩傳統,以描寫風土民俗為主,與「八景詩」關聯不大。(見原發表會議論文之頁 9)〈憶故園〉、〈省邸曉起思蘭陽親友〉作品下方兩行的解說錯誤。

(三)作品詮釋，過於空泛或誇大失真。如(見原發表會議論文之頁 20、21),〈感懷〉一詩之詮釋。這種當官「不如歸去」之感懷，可謂古詩之常調，毫無特殊之處。作者對作品意涵作了誇大詮釋，如「狂吟尚未詩三百」，其實只是說：詩作總數還不到三百首(二百多首)，並暗指作品境界不如詩經，並無「堅毅不屈」之意。又,〈首陽懷古〉、〈和前韻〉、〈又咏〉之類作品，是因當時在此地任官而有此作，此乃極常見之懷古題，無法論證「李望洋用筆與行動來證明自己靈魂深處的堅持」。

(四)作品引文或排列錯誤:(1)〈省邸思家〉第五句「瓦鵲友情應語汝」(原發表會議論文之頁 6、13、16~17),「友情」應作「有情」。(2)頁 5 倒數第 4 行「拜官啟但為求名」,「啟」應作「豈」。(3)(原發表會議論文之頁 9)〈省邸曉起思蘭陽親友〉「衣冠隊裏學藏鳩」,「鳩」應作「鳩」。(4)頁 203〈蘭州省七月十五夜思家〉是兩首七言絕句,(頁 204)〈十一日曉起寫懷〉,是兩首七言律詩，不是一首，應分開排列。(5)(原發表論文頁 21、22)〈感懷〉: 第六句「歸去還多路八十」，應作「路八千」(語出岳飛〈滿江紅〉「八千里路雲和月」)

日治時期鹽分地帶作家的短歌與俳句吟詠**

以吳新榮、郭水潭、王登山及王碧蕉的作品為例

周華斌*

摘要

過去論者皆以新詩或散文等台灣新文學作品為文本，評論鹽分地帶作家。本論文則以短歌、俳句的日本傳統文學活動及作品為探討課題，希望多少可以補充過去對鹽分地帶作家作品較少著墨的部份。其中，本文以三面向來探討鹽分地帶作家的短歌、俳句作品中具有濃厚地方色彩的鹽分地帶書寫：其一，是「親情與友情的書寫」，觀察鹽分地帶作家與親友交往的熱情書寫；其二，是「地方景觀的速描」，觀察鹽分地帶作家對這地區的景觀書寫；其三，是「戰時景觀的再現」，觀察鹽分地帶作家對戰時鹽分地帶景觀的再現書寫。藉本文之探討也可發現，利用不同文類書寫，鹽分地帶作家所表現出的風格確實多少有所不同，然而濃厚的地方色彩風格，卻是鹽分地帶作家於短歌、俳句文學以及新文學作品中共同的特色。

關鍵詞：鹽分地帶、短歌、俳句、吳新榮、郭水潭、王登山、王碧蕉

** 本文俳句、短歌作品的中文翻譯，承蒙「跨越語言一代」的詩人錦連先生指導，於此深表感謝。

* 成功大學台灣文學所碩士班，E-mail：fbien@pchome.com.tw

一、前言

日本傳統文學，有短歌、俳句與漢詩文等。[1]其中，短歌是以五七五七七的五句三十一音固定型式為原則的日本獨特短詩型文學；俳句是以五七五的三句十七個音組成，為日本傳統文學中最短的詩。[2]

日本領台初期，日本人在同樣擁有「漢學」文化背景的台灣從事漢詩文活動比較容易，以致漢詩文快速成為日本內地人和台灣本島人間「共通的文藝」[3]。相對之，由於和歌、俳句在台灣是屬於全新的文學，加上台灣與日本的語言、文化隔閡，所以和歌、俳句於台灣日治初期，僅限於日本人之間的吟詠。之後，受到殖民教育與社會之影響，使得語言、文化差距逐漸縮減，便開始出現有能力吟詠和歌、俳句的台灣人。

鹽分地帶作家郭水潭（1908~1995），在談論日治時期的〈台灣日人文學概觀〉中，提到和歌、俳句的發展：

> 日人文學在台灣，很顯然地經過了，以漢詩為中心的時期。其實，日人文學的真正本領，却不在漢學……一般日人之文學活動，必然地依其自身的傳統，去謀其發展。
>
> ……傳統，就是「和歌——又名短歌」或「俳句」之類。其淵源悠久，且易於普遍。凡稍有文學素養的，勿論上層或下層，都喜弄「和

---

[1] 另外，有一種與俳句相近的「川柳」，是諧謔諷刺的短詩。然而，由於目前在鹽分地帶作家中筆者僅找到極少數幾首王碧蕉的川柳，也未發見有文獻記載其他鹽分地帶作家是否創作川柳，因此本文未一併探討川柳。

[2] 吉田精一、森島久雄，〈(二) 短歌〉、〈(三) 俳句〉，《研究現代国語》，東京：株式會社旺文社，1975 年第 7 版，頁 381、415。

[3] 收錄於島田謹二、神田喜一郎，〈台灣に於ける文學について〉，《日本統治期台湾文学 文芸評論集》第三卷，東京：綠蔭書房，2001 年 4 月 30 日，頁 361。原發表於《愛書》第 14 集。

歌」或「俳句」……

「和歌」「俳句」在台灣，雖早已醞釀，但沒有擡頭。這是由於漢詩獨占鰲頭，且被其光輝壓得不動聲色。……明治三十五年（引者按：1902 年）左右，在醞釀已久的「和歌」「俳句」再也不願寂寞，漸漸地表面化，以後大有雨後春筍之勢，同人雜誌陸續成立。[4]

在此，郭水潭說明了日本人對短歌、俳句文學的重視，以及短歌、俳句在台灣普遍發展的情形。爾後，不僅是日本人，甚至台灣人知識階級也受到和歌、俳句文學的薰陶，而成為教養的一部分。從龍瑛宗〈萬葉集の思ひ出〉[5]（萬葉集的回憶）、吳建堂《台湾万葉集》（台灣萬葉集）或銀鈴會《ふちぐさ》[6]（緣草）等等作品，也可以看出在日治時期台灣作家對短歌、俳句的喜愛。其中，龍瑛宗甚至自述：「當我寂寞時、惆悵時，只要翻開《萬葉集》，我的心自然就能受到安慰，我也會因此獲救。」「其正是我人生的好伴侶。」[7]郭水潭更指出「會作『短歌』的台灣人，當然被日人所看重」的社會觀點，且其也因為所創作的一首短歌受到北門郡守的青睞而獲得通譯的職務[8]。

鹽分地帶的文學活動，除了傳統漢文學以及台灣新文學之外，還有日本傳統文學的短歌與俳句文學。然而一般說到鹽分地帶作家的詩作，人們常會直接想到新詩，仍然有許多人不知道鹽分地帶作家也有短歌與俳句的文學作品。於上述日治教育環境下，鹽分地帶作家也同樣接受到日本傳統文學的短歌與俳句教育，因此除了台灣新文學的新詩

[4] 郭水潭，〈台灣日人文學概觀〉，《新文學雜誌叢刊》34 復刻本附錄，東方文化書局。原文發表於《台北文物》第三卷第三期，1954 年 12 月 10 日。

[5] 萬葉集，為日本現存的最古老的和歌集。

[6] 銀鈴會，於 1942 年由台中一中愛好文藝的同學所成立的團體，並發行鋼版油印日文刊物《ふちぐさ》（緣草）。

[7] 龍瑛宗，〈萬葉集の思ひ出〉，《台灣文藝》創刊號，1944 年 5 月 1 日，頁 64。

[8] 郭水潭，〈暮年情花〉，《郭水潭集》，新營市：台南縣文化局，2001 年 12 月，頁 236~237。

創作之外，也有數位詩人會創作短歌與俳句這類的短詩文學，甚至參加短歌與俳句團體，進行吟詠。

目前已知有關鹽分地帶作家的短歌與俳句作品的先行研究，僅有陳瑜霞的〈台灣短歌文學的初探——以郭水潭日治時期作品為中心〉。文中，陳瑜霞簡介當時歌壇環境，並針對郭水潭於日治時期的短歌手稿中的作品加以探討，另以後殖民論述的「黑人文化認同運動」理論解釋作者創作日文作品的動機，是第一篇有關日治時期郭水潭短歌文學的研究。[9]

本文除了以郭水潭為例之外，主要欲較廣泛地探討日治時期鹽分地帶作家於短歌與俳句方面的活動，以及短歌與俳句文學的鹽分地帶書寫。甚至，探討鹽分地帶作家藉由短歌與俳句的短詩文類，更能表現出一貫的濃厚地方色彩。然而由於時代、政治變遷，多數日治時期作品已散佚，尤其是目前在台灣尚未受到論者所重視的短歌與俳句文學作品，因此本文僅以筆者目前已尋獲短歌與俳句文學作品為探討文本，亦即於俳句方面有吳新榮及王碧蕉，於短歌方面則是郭水潭及王登山。過去台灣文學研究以從新詩、小說或散文等新文學文體來論述鹽分地帶作家作品，本論文希望藉由以短歌與俳句為文本的論述，提供一個和以往不同的分析面向。

二、鹽分地帶作家的俳句與短歌文學活動

「鹽分地帶」文學，早自日治時期便已於台灣新文學史上佔有重要的地位。相對之，截至目前為止，針對鹽分地帶文學集團的先行研究，也絕大多數是以台灣新文學為主要論述主軸，而除了上述陳瑜霞〈台灣短歌文學的初探——以郭水潭日治時期作品為中心〉專門探討郭水潭於日治時期

9 陳瑜霞，〈台灣短歌文學的初探——以郭水潭日治時期作品為中心〉，《2004 語文教育國際學術研討會論文彙編》，2004 年南台科技大學人文社會學院「語文教育國際學術研討會」，頁 89~117。

的短歌之外，尚未見有針對鹽分地帶集團的短歌、俳句文學活動及作品加以探討的論述。

若以台灣新文學為主軸論述鹽分地帶文學集團的話，首先至少可以往前推到郭水潭、王登山（1913~1982）及徐清吉（1907~1982）三人曾參加「南溟藝園社」，創作新詩。其次，則可談到 1933 年 10 月，吳新榮（1907~1967）於留日歸台隔年，便與郭水潭、徐清吉等人成立「佳里青風會」，同年 12 月因受當局注意以及同人發生衝突等事由而解散。1935 年 6 月，又以原「佳里青風會」的部分成員為基礎成立「台灣文藝聯盟佳里支部」。1935 年底離開《台灣文藝》的楊逵成立《台灣新文學》雜誌社，鹽分地帶的吳新榮、郭水潭及王登山列於編輯部名單。1940 年「台灣文藝家協會」發刊《文藝台灣》，吳新榮、郭水潭、林精鏐及王碧蕉等人加入會員。1941 年 5 月張文環等人離開《文藝台灣》，成立啟文社並刊行《台灣文學》，鹽分地帶作家「也認定這是繼續台灣文學運動的正統，即以全力支持」。當時「全台各地文友，往往以吳新榮的小雅園為聚會場所，『鹽分地帶』成為台灣文學的重鎮」等等。[10]

然而，上述郭水潭、王登山及徐清吉三人參加「南溟藝園社」時，創作過新詩，事實上也曾吟詠短歌及俳句。再者，1931 年郭水潭還加入日人主持的台灣最大短歌社《あらたま》（ARATAMA，璞）。另外，1943 年則因北門郡守主導，而有多位鹽分地帶作家加入「白柚吟社」俳句會，並創作俳句。其中，當時為「白柚吟社」俳句會成員之一的王碧蕉（1915~1953），也加入台灣最大俳句社《ゆうかり》（YUUKARI，由加利）。這便是，本論文所關注的鹽分地帶短歌與俳句文學活動。

有關郭水潭、王登山及徐清吉參加多田南溟漱人的「南溟藝園社」一

---

[10] 本段背景參閱吳新榮，〈鹽分地帶的回顧〉，《吳新榮選集（一）》，新營市：台南縣文化局，1997 年 3 月初版，2001 年 12 月初版二刷，頁 459。羊子喬，〈誰能料想三月會做洪水——談吳新榮及鹽分地帶同人與二二八〉，《鹽分地帶文學》創刊號，台南縣政府文化局，2005 年 12 月 1 日，頁 52~53。

事，據林芳年所述，三人參加南溟藝園社「純屬個人的行動，並沒有代表任何文學機構團體」。該社雜誌《南溟藝園》也登短歌及新詩，所以當時郭水潭、王登山及徐清吉除創作短歌及俳句外，也從事新詩創作；郭水潭擅長短歌，王登山及徐清吉兩人偏向新詩。[11]然而，《南溟藝園》雜誌已散佚，無法看見三人的短歌及俳句作品。

目前，筆者僅於其他日治時期雜誌見過郭水潭及王登山的短歌；其中，王登山是台南縣北門人，有「鹽村詩人」之稱，詩作富有鹽村風味，「初攻日本古典文學俳句、短歌，後轉新詩創作」。另外，徐清吉則不僅未見其短歌及俳句作品，甚至有關其曾經創作短歌及俳句的敘述也非常少；依吳新榮所述，徐清吉是「文學的愛好者，在鹽分地帶中並無什麼創作，但他在這裏卻是不可缺的一人」，於團體中具有潤滑、團結的能力，是「最忠實的一人」。[12]

至於郭水潭，則是最常被提起為日治時期創作短歌的鹽分地帶作家，而且其「文學活動，有相當多的部分是日本短歌、俳句的創作」。郭水潭於 1922 年就讀佳里公學校高等科時，便已從事短歌與俳句的寫作。1925 年以短歌獲得北門郡守酒井正之的賞識，也因此獲得通譯的職務。1931 年經由同為「南溟藝園社」同人的陳奇雲介紹加入台灣最大短歌社《あらたま》，並發表短歌。1934 年，短歌作品 14 首被日本歌人聯盟選入《皇紀二五九四年歌集》。戰後，仍持續創作短歌、俳句，並常發表作品於《台北

---

[11] 林芳年（1914~1989），本名林精鏐。參閱林芳年，〈曝鹽人的執著——談戰前鹽分地帶文學〉，第 28 屆鹽分地帶文藝營《研習手冊》，台北：吳三連台灣史料基金會、台灣史料中心，2006 年 8 月 5 日，頁 27。多田南溟漱人，本名多田利郎，1929 年 8 月設立「南溟樂園社」，1929 年 10 月創刊以詩誌為主的《南溟樂園》，1930 年 2 月改名「南溟藝園社」，並擴大為文藝誌的《南溟藝園》。由於只知郭水潭於 1929 年加入「南溟樂園社」，徐清吉於 1931 年加入「南溟藝園社」，至於王登山則不知加入的時點是「南溟樂園社」或「南溟藝園社」，所以在此是依據林芳年所述，三人都加入「南溟藝園社」。

[12] 參閱黃勁連主編，〈王登山小傳〉，《南瀛文學選：詩卷一》，新營市：台南縣文化局，1991 年 10 月，頁 88。吳新榮，〈鹽分地帶的回顧〉，《吳新榮選集（一）》，新營市：台南縣文化局，1997 年 3 月初版，2001 年 12 月初版二刷，頁 456。

歌壇》。[13]

雖然起先鹽分地帶作家的短歌、俳句創作都屬個人行為，但到 1943 年鹽分地帶成立「白柚吟社」俳句會後，便開始有鹽分地帶作家專門吟詠俳句的共同集會活動。吳新榮於 1943 年 3 月 20 日的日記，談到成立「白柚吟社」俳句會一事：

> 晚上武藤勇郡守邀請至其官舍，同行者王登山、王碧蕉、林精鏐、林金莖諸君。郡部也來了三、四個主任級者。目的為討論成立俳句會之事。郡守強調組織吟設的必要，並說明俳句的概念。結果依我提議，此俳句會命名為「白柚吟社」。每月第一、第三週六集會。下次聚會，每人要做三題：「白柚之花」、「入學」、「嫩草」……[14]

以這段簡短的記事為主，配合其他文獻資料，可整理出三件事。

其一，「白柚吟社」俳句會之成立，是歸因於當時郡守之召集以及其「強調組織吟設的必要」。對此，更足以印證本論文於「前言」所述和歌、俳句在台灣的普遍性。

其二，該俳句會成員中，台灣人是以鹽分地帶作家為主；亦即，吳新榮以及日記所提到的王登山、王碧蕉、林精鏐、林金莖[15]。

其三，上述日記提到「下次聚會，每人要做三題：『白柚之花』、『入學』、『嫩草』」，表示該俳句會成員在第一次俳句發表的聚會必須以此三個為主題各自吟詠俳句。之後，吳新榮於 1943 年 7 月 17 日的日記，記載「晚上

---

[13] 以上郭水潭背景，參閱呂興昌，〈郭水潭戰前新詩析述〉，《台灣詩人研究論文集》，台南市立文化中心，1995 年 4 月，頁 135。其中，有關郭水潭加入《あらたま》一事，筆者查閱 1931（昭和 6）年 4 月 1 日《あらたま》第 10 卷第 4 號，於「新社友紹介」載明郭水潭是於該期開始經由陳奇雲氏紹介加入，而非〈郭水潭戰前新詩析述〉、《郭水潭集》所述於 1930 年加入。

[14] 吳新榮，日記〈一九四三年三月廿日〉，《吳新榮選集（二）》，新營市：台南縣文化局，1997 年 3 月初版，2001 年 12 月初版二刷，頁 156。

[15] 林金莖（1923~2003），於戰後 1993~1996 年任駐日代表，2001 年任總統府國策顧問。

去郡守家開白柚吟社例會」[16]，因此可知該俳句會確實在運作。甚至，依據吳新榮留下的「白柚吟社句集」[17]，也確實有關於上述「白柚之花」及「入學」等俳句作品；還有，王碧蕉也在那時期創作多首有關「白柚之花」的俳句[18]。

事實上，王碧蕉於參加「白柚吟社」之前，已加入台灣最大俳句社《ゆうかり》，並發表過多首俳句，其「對俳句造就之高，為日人俳句作家所肯定尊崇」[19]。另外，王碧蕉還發表過多篇論述性文章，例如於《台灣文學》的〈台灣文學考〉以及《台灣時報》的〈俳境句談〉。這兩篇文章都是發表於1943年，且有一個共通點，就是在附和當時文壇所建構的主流大敘事後，還特別強調邊緣小敘事的地方性，主張重視地方性的文化、文學。

於〈台灣文學考〉中，王碧蕉順應日本內地提倡「地方文化」的主張，表示台灣有自己獨特的文學，必須創造出其他地方無法模仿的特殊文化。在台灣不論內台文人，應該挺身於台灣獨特文學的忠實、自主性創作。[20]

於〈俳境句談〉中，王碧蕉主要是針對俳句文學提出觀點，抨擊台灣俳句所存在的「形式化的台灣色彩」[21]傾向，即為了被日本中央俳壇所認

---

[16] 吳新榮，昭和十八年〈七月十七日〉，吳新榮全集卷6《吳新榮日記（戰前）》，台北：遠景出版事業公司，1981年10月，頁145。

[17] 「白柚吟社句集」收錄於吳新榮，《吳新榮選集（一）》，新營市：台南縣文化局，1997年3月初版，2001年12月初版二刷，頁154~158。依據《吳新榮選集（一）》標註，原文發表於1943年《興南新聞》、1944年《鳳凰》。

[18] 王碧蕉在同年發表8首有關白柚花的俳句，請參閱王碧蕉，〈小雅園春香〉，《台灣文學》第3卷第2號，台灣文學社，1943年夏季號，頁117。

[19] 引自林芳年，〈曝鹽人的執著——談戰前鹽分地帶文學〉，第28屆鹽分地帶文藝營《研習手冊》，台北：吳三連台灣史料基金會、台灣史料中心，2006年8月5日，頁30。

[20] 王碧蕉，〈台灣文學考〉，《台灣文學》2-1，1943年，頁21~24。本文收錄於中島利郎等人編，《日本統治期台灣文學：文藝評論集第四卷》，東京：綠蔭書房，2001年4月30日，頁86~89。

[21] 「形式化的台灣色彩」一詞，是筆者借用《ゆうかり》山本孕江的說法；亦即，王碧蕉所提出台灣俳句的缺失，正是《ゆうかり》山本孕江等人抨擊的「形式化的台灣色彩」傾向，此種俳句雖然可看見吟詠台灣風物，卻是單純羅列「椰子、榕樹」等台灣特有吟詠材料，營造異國風情，以迎合於「不知實際狀況的日本內地評選者」的傾向。請參閱島田謹二，〈「うしほ」と「ゆうかり」〉，《華麗島文学志——日本詩人の台湾体験》，東京：株式会社明治

同，再三創作插入台灣特有景物名的俳句，而且其中動不動就有並無忠實表現台灣大自然的作品。強調各地方有不同「季節」，各地方人有特殊感覺，純粹的台灣俳句，決非藉由插入台灣景物名、醞釀出異國情趣便能獲得的。必須掌握台灣季節的循環變換，注意凝視周圍景物、人的動靜，努力正確掌握自己身體的感覺，如果不是真實感受台灣的季感而創作出的俳句，那就不是純粹的台灣俳句。[22]

至此，可知王碧蕉藉由上述〈台灣文學考〉、〈俳境句談〉兩文，提出重視地方文化的特殊性以及真實感受的主張，而且抨擊「形式化的台灣色彩」傾向，也就是強調作品必須有真正的台灣地方本土色彩。若再參照其他資料，可知這樣的論述一致於鹽分地帶作家一貫主張的寫實精神和地方色彩風格。

例如郭水潭曾代表鹽分地帶集團於〈台灣文藝聯盟佳里支部宣言〉表示：

> 本支部的成立，不僅是聯盟機關的擴大強化，我們也要鮮明地從我們的地方性觀點，鼓足幹勁在這個拓開中的鹽分地帶，即使微小也無妨，種植文學的花，並且深信其成果一定是輝煌的。[23]

戰後，郭水潭在〈文學伙伴〉一詩中，談到鹽分地帶的文學愛好者，受世界文學潮流之影響，傾向寫實主義；所表現的新文學，鄉土色彩很強。[24]

再者，吳新榮於《震瀛詩集》抄本末記載一日治時期《白柚花　檳榔

書院，1995 年 6 月，頁 405~406。

[22] 王碧蕉，〈俳境句談〉，《台灣時報》，台灣總督府，1943 年 12 月，頁 58~63。

[23] 郭水潭，〈台灣文藝聯盟佳里支部宣言〉，《郭水潭集》，新營市：台南縣文化局，2001 年 12 月，頁 177。

[24] 郭水潭，〈文學伙伴〉，《郭水潭集》，台南縣文化局，2001 年 12 月，頁 124。原載於 1980 年 10 月 25 日《聯合副刊》。

樹》純文藝雜誌的發刊詞，表示雜誌同人有郭水潭、吳新榮、莊培初及徐清吉等，並宣告「本雜誌站在燃燒著鄉土愛的同人之友情，因之以地方色彩為基準創刊。」[25]不論《白柚花　檳榔樹》雜誌是否曾發刊，單從該發刊詞便可充分了解鹽分地帶作家立基於台灣鄉土所強調的地方色彩、真摯情感。

由此可知，地方性的強調已成為鹽分地帶作家的書寫特色，且其中充滿對家鄉土地人民的熱愛以及現實關懷，包括寫實、真摯的生活情感以及鹽分地帶的自然景物等濃厚的地方色彩書寫。事實上，上述地方性書寫特色又與俳句、短歌這種短詩型文學非常契合，亦即從俳句、短歌文學作品愈加明顯看出鹽分地帶作家的地方性書寫特色。

俳句、短歌有以簡短的詩句掌握瞬間的感動、「抓住意境最凝縮及感情最高最深的剎那」[26]、抒發當下的情感、借景述情等特點，特別是俳句必須注重季節的感受，觀察地域的自然景觀變化。因此，以俳句、短歌為文本，可看見鹽分地帶作家更直接的感情表露，可更直接感受鹽分地帶作家的內心世界，以及對鹽分地帶地理景觀的再現，藉此感受到鹽分地帶作家真摯的情感、濃厚的地方色彩風格。

下面便以實際文本，來探討鹽分地帶作家於短歌與俳句文學的鹽分地帶書寫，而且本論文將鎖定親情與友情、地域景觀與戰時景觀等三面向來探討，以觀察鹽分地帶作家與人交往的熱情書寫、對這地區的景觀書寫以及對戰時的景觀書寫。然而，必須先提出說明，有關鹽分地帶的作品，目前筆者僅尋得郭水潭與王登山的短歌，以及吳新榮、王碧蕉的俳句，因此下文「短歌與俳句文學的鹽分地帶書寫」僅以這些尋得的作家作品為探討文本。

---

[25] 收錄於吳新榮，〈白柚花　檳榔樹〉，《吳新榮選集（一）》，新營市：台南縣文化局，1997年3月初版，2001年12月初版二刷，頁417~418。

[26] 參閱葉笛，〈鹽分地帶文學的靈魂——吳新榮〉，《鹽分地帶文學》創刊號，台南縣政府文化局，2005年12月1日，頁48。

三、鹽分地帶作家於短歌與俳句文學的鹽分地帶書寫

經過對日本傳統文學的短歌、俳句模仿及複製等學習階段，鹽分地帶作家以自己的風格表現出對鹽分地帶的情感。亦即，鹽分地帶作家維持一貫描寫現實、真摯的親友情感、鄉村景觀等濃厚的地方色彩風格，以殖民者的傳統文體，表現當下台灣的鹽分地帶地理、風物人情。

以下，將實際配合鹽分地帶作家的短歌與俳句文學文本，來探討其具有濃厚地方色彩的鹽分地帶書寫。本論文將依序以三面向來探討：其一，是「親情與友情的書寫」，觀察鹽分地帶作家與親友交往的熱情書寫；其二，是「地方景觀的速描」，觀察鹽分地帶作家對這地區的景觀書寫；其三，是「戰時景觀的再現」，觀察鹽分地帶作家對戰時鹽分地帶景觀的再現書寫。

（一）親情與友情的書寫

最能表現生活情感，莫過於親情及友情。同時，親情、友情的書寫，也是鹽分地帶作家非常顯著的特色之一。

說到親情，應該會最先想到吳新榮的〈亡妻記〉。吳新榮的經典作〈亡妻記〉，「對於夫妻情深的描寫，力透紙背」，賺人熱淚。27而其對亡妻的思念不僅從日記隨筆延續到新詩28，還延伸到俳句。在俳句中，吳新榮藉由孩子的入學，連結對已故愛妻的思念：

この姿亡母に見せたや入学日[29]

---

[27] 王昶雄，〈吳新榮的志節標誌——紀念塑像該豎立的〉，《吳新榮選集（一）》，新營市：台南縣文化局，1997 年 3 月初版，2001 年 12 月初版二刷，頁 11。

[28] 例如吳新榮新詩〈旅愁〉，《吳新榮選集（一）》，新營市：台南縣文化局，1997 年 3 月初版，2001 年 12 月初版二刷，頁 143~147。

[29] 收錄於吳新榮「白柚吟社句集」，《吳新榮選集（一）》，新營市：台南縣文化局，1997 年 3 月初版，2001 年 12 月初版二刷，頁 154。原登載於 1943（昭和 18）年《興南新聞》。

（意譯：入學日，真想讓亡母看看這穿制服的模樣。）

這首俳句創作於1943年，當時吳新榮的母親張實尚安在，可證「亡母」是指孩子的亡母，亦即其逝世於1942年3月27日的愛妻，毛雪。根據吳新榮1943年4月1日的日記，記載台灣開始實施義務教育，「妹妹雪金帶次男南河去入學」30，也就是吳氏元配隔年忌日過後的幾天，便是次子進入小學就讀的日子。在這時間點，吳新榮當然感觸良多。真想讓剛過世一年的愛妻看看兒子穿上制服入學的模樣，不捨愛妻與疼惜孩子的情感，從這簡短的一首俳句便能深刻感受到。

「為日人俳句作家所肯定尊崇」的王碧蕉，也有兩首關於妻子的俳句：

菊咲けり妻よ仕事する他なきや[31]

（意譯：菊花開了，妻子啊！除了家事以外沒事做了嗎？）

夏はじめみづいろの袷妻まとう[32]

（意譯：初夏，妻子拿水色和服披上。【註：「袷」為有內裏的和服】）

前一首，或許是詩人多了一份浪漫、悠閒的心吧？或對妻子的疼惜與愛憐？在菊花綻放的季節，王碧蕉看整天忙著做家事的妻子，不禁問「除了家事以外沒事做了嗎？」在涼爽宜人的秋季，何不稍微放鬆心情，賞賞花、到處走走呢？在後一首，詩人用「水色」襯托出夏天與妻子的年輕，而「妻子拿水色和服披上」不只是簡單的動作描述，其更表現出融洽的氣氛。從這兩首俳句，可看出詩人的浪漫，以及與妻子相處的融洽感受。

---

30 吳新榮，昭和十八年〈四月一日〉，吳新榮全集卷6《吳新榮日記（戰前）》，台北：遠景出版事業公司，1981年10月，頁141。

31 王碧蕉，〈同人團欒——二月集〉，《ゆうかり》第22卷第2號（244），ゆうかり社，1942年2月4日，頁11。

32 王碧蕉，〈俳境句談〉，《台灣時報》，台灣總督府，1943年12月，頁62。

接著，王碧蕉藉由土壤、白柚花的香氣，觸動對母親的思念：

土の香を母とおもふや甘藷植う[33]

（意譯：種植蕃薯時，聞到土香，想起母親。）

母の腕にだかれし思ひ白柚薫ず[34]

（意譯：想起曾經被母親手腕抱著，白柚正香。）

前一首，在栽種蕃薯時，翻掘土壤，聞到這發散在空氣中的土香，不由得想起不在身邊的母親。母親在王碧蕉的印象中，應該是常為了生活而種植勞動吧，所以王碧蕉很自然地將土香與母親連結，表出對母親的思念。後一首，詩人在白柚樹下，想起小時候被母親抱著時的感覺，或許小時候被母親抱著時時常聞到白柚花的香味，或許母親也曾種植白柚花，詩人經由當下的白柚花香連結過去的親情溫暖。

相對於王碧蕉懷念昔日勞動而今不在身邊的母親，郭水潭則是在短歌吟詠中，表達出因為父親的勞動而懊惱的自責感受：

皺苦茶の父が稼ぐを見るごとにわが不甲斐なさをしみじみ思ふ[35]

（意譯：每次滿臉皺紋的父親工作勞動，我就深深感到自己沒出息。）

奉養年老的父親，被視為自古以來應有的孝行。郭水潭當然也想讓父親好好享受清福，無奈薪資微薄還得讓年老的父親辛苦勞動，想到這裡，詩人不禁感到自己的沒出息，而深深自責。

另外，有關友情的書寫，是郭水潭短歌的一大特色。經由多首短歌文

33 王碧蕉，〈俳境句談〉，《台灣時報》，台灣總督府，1943 年 12 月，頁 63。

34 王碧蕉，〈小雅園春香〉，《台灣文學》第 3 卷第 2 號，台灣文學社，1943 年夏季號，頁 117。

35 郭水潭，《あらたま》第 10 卷 7 號，あらたま社，1931 年 7 月，頁 33。

本的閱讀後，可知極重視友情的郭水潭與朋友的互動，有些時候近乎激情。例如當知悉遠方友人的近況後，郭水潭會恨不得趕過去和朋友見面：

ルンペイの友の住むなる高雄まで翼をかせよ空の白鷺[36]
（意譯：要去失業友人所居住的高雄，借我翅膀啊！在空中飛翔的白鷺。）

台北に居る友達の便り見てはしなくも湧くわが旅心[37]
（意譯：看著住在台北的朋友的來信，無緣無故地湧起旅行的念頭。）

前一首，知道住在高雄的友人失業中，觸發郭水潭的詩心，想向白鷺鷥借翅膀，恨不得飛衝去和他見面。後一首，類似前首的情緒，在閱讀台北朋友的來信後，突然動起旅行的念頭，只因想去台北和他見面。

郭水潭曾多次吟詠短歌，表明與友人的情誼，而且有數首標明贈與的對象。例如在獲知分別 8 年的小學同窗蘇新被捕入獄時，其作了 5 首短歌以及 1 首新詩〈故鄉的書簡——致獄中的S君〉，表達對朋友的關心與不捨；其中 1 首短歌標明「蘇新君に」（予蘇新君），除了表達對友人的關心外，更暗指友人是受冤入獄[38]。另外，郭水潭還曾寫過短歌贈與陳奇雲、王烏硈：

初産の記念に何か贈らむと心あせれど遂に術なし【陳奇雲兄に】

---

[36] 郭水潭，《あらたま》第 10 卷 8 號，あらたま社，1931 年 8 月，頁 30。
[37] 郭水潭，《あらたま》第 11 卷 2 號，あらたま社，1932 年 2 月，頁 46。
[38] 捕はれて獄舍（ひとや）のうちに日をおくる君の濡衣乾く何時ぞ【蘇新君に】（意譯：被逮捕而在獄中度日的你，潮濕的衣服何時會乾？【予蘇新君】）。發表於郭水潭，《あらたま》第 11 卷 1 號，あらたま社，1932 年 1 月，頁 35。請參閱陳瑜霞，〈台灣短歌文學的初探——以郭水潭日治時期作品為中心〉，《2004 語文教育國際學術研討會論文彙編》，2004 年南台科技大學人文社會學院「語文教育國際學術研討會」，頁 103~104。

39

（意譯：思索初產的紀念要送什麼禮物，焦急但最後卻想不出好方法。【予陳奇雲兄】）

おそざきの垣間の菊も開きたり君が歸りを待ちかたまけて【王烏硈兄に】[40]

（意譯：遲開的籬笆上的菊花也開了，一直等你，卻未歸。【予王烏硈兄】）

陳奇雲與郭水潭同為「南溟藝園社」的同人，而且郭水潭於 1931 年經由陳奇雲介紹加入台灣最大短歌社《あらたま》。當時能吟詠短歌的台灣人並不多，這更增加兩人惺惺相惜的情誼。1931 年陳奇雲長男出生後，郭水潭在為好友高興之餘，思索著要送的禮物，卻因怎樣也想不出可以代表自己親切情誼的禮物而焦急、煩惱。後一首，是寫給從鹽分地帶北門外出遠行的友人王烏硈，郭水潭在故鄉等候友人歸來，但連遲開的菊花都開了，還是見不著友人，表現出期盼、守候朋友歸鄉的情誼。

另外，郭水潭還有一首書寫朋友，而讓人感到親和的短歌：

午後の五時工場帰りの友達の油じみたる手の親しさよ[41]

（意譯：下午五點從工場歸來的朋友，手沾滿油污，讓人感到親切。）

對於朋友手上的油污，不僅不會排斥，還更感到親切。若將「朋友」的定義擴大，也可視為身處社會底層階級的「勞工朋友」，然而不管吟詠對象是實際交往的朋友或是勞工朋友，都能表現出郭水潭不會自傲於受郡守賞識而任北門郡通譯、能寫新詩甚至吟詠短歌的文人身分，反而感受到其

[39] 郭水潭，《あらたま》第 10 卷 12 號，あらたま社，1931 年 12 月，頁 51。
[40] 郭水潭，《あらたま》第 11 卷 1 號，あらたま社，1932 年 1 月，頁 35。
[41] 郭水潭，《あらたま》第 10 卷 5 號，あらたま社，1931 年 5 月，頁 31。

親和的一面。

從上述對親情與友情的書寫，可閱讀到鹽分地帶作家與親友交往的熱情，這正是鹽分地帶文學集團的創作特色之一。以下則繼續探討其另一特色，即對於鹽分地帶的景觀書寫。

（二）地方景觀的速描

郭水潭在〈文學伙伴〉一詩中，談到「所謂鹽分地帶係指日據時期之台南州北門郡即今之佳里、學甲、北門、將軍、七股、西港六鄉鎮」42。因此，鹽分地帶兼有農村與鹽村的風景。在鹽分地帶作家的俳句、短歌中，也同時吟詠出兩種鄉村的風光。

有關農村的地理書寫，吳新榮速描鹽分地帶的成長變化：

拓け行く塩分地帶草崩ゆる[43]

（意譯：愈開拓鹽分地帶，草萌芽旺盛。）

表面上，吳新榮是描述鹽分地帶原本貧脊的土地，在經過村民的開拓之後，植物生長愈加茂盛，一片欣欣向榮的景象。吳新榮曾寫過一首新詩〈歌唱鹽分地帶的春天〉[44]，最後其期待在鹽分地帶開出的是「真理的花朵」。但耐人尋味的是，本俳句是否有隱含意？雖然本俳句應該並非如同上述新詩開出「真理的花朵」的意涵，但俳句中的鹽分地帶，吳新榮是否意指鹽分地帶文學，表示在經過作家們的共同努力之下，愈加看見成果，而如以前郭水潭於〈台灣文藝聯盟佳里支部宣言〉所述的「文學的花」，逐漸

[42] 郭水潭，〈文學伙伴〉，《郭水潭集》，新營市：台南縣文化局，2001 年 12 月，頁 123~124。原載於 1980 年 10 月 25 日《聯合副刊》。其中，「崩ゆる」應為「萌ゆる」之印刷誤植。

[43] 收錄於吳新榮「白柚吟社句集」，《吳新榮選集（一）》，新營市：台南縣文化局，1997 年 3 月初版，2001 年 12 月初版二刷，頁 157。原登載於 1944（昭和 19）年《鳳凰》。

[44] 吳新榮，〈歌唱鹽分地帶的春天〉，《吳新榮選集（一）》，新營市：台南縣文化局，1997 年 3 月初版，2001 年 12 月初版二刷，頁 102~103。

開放？

插秧是農村非常平凡的情景，在吳新榮描寫少女插秧的俳句作品中則多一分趣味：

乙女らの尻高らけて田植かな[45]

（意譯：少女們屁股高翹地插秧。）

少女們踩在田裡，彎下腰，伸手插秧，再以彎腰的姿態，順勢一步一步往後退，並植下秧苗。從插秧的少女們身後遠望，可看見俳句所描述的景象，吳新榮便是在此情景下吟詠出這首俳句的吧。本俳句是吳新榮對農村少女的書寫，而從本俳句可同時看見吳新榮的幽默，這種表現方式在其新文學作品中非常少見。

擅長描寫景觀的王碧蕉，有不少以細膩的手法描寫景物的俳句：

赤榕の芽あふれはなやぐ光りかな

（意譯：老榕樹滿枝都是新芽，華麗在陽光之中。）

花木棉白雲ひかり放ち泊つ

（意譯：木棉花絮，在白雲放射的光亮中飄泊。）

夕光げをもつしづく吊る青朱欒

（意譯：帶有夕陽光影，垂吊水滴的未成熟的柚子。）

椰子の風北より來そめ秋と思ふ

（意譯：初次由北方吹來的風搖動椰子，感覺秋天到了。）

---

[45] 收錄於吳新榮「白柚吟社句集」，《吳新榮選集（一）》，新營市：台南縣文化局，1997 年 3 月初版，2001 年 12 月初版二刷，頁 188。原登載於 1943 年 8 月 30 日《興南新聞》。

由這些俳句中，不僅可以看見王碧蕉透過詩人之眼觀察所細膩描寫的景觀，而且可以體會到其感受台灣季節的變遷、忠實表現台灣鄉村自然的用心，正如其自述的「以身、心和台灣的季節一起變換、循環」。王碧蕉更認為俳句中的人性情感最重要的，「沒有比人類的真情流露，深切情感的吐露還珍貴的事情」，「土地芳香的俳句也好，木棉樹的俳句也罷，那都是我深切情感的呼喊。」[46]

郭水潭藉由鳳凰木的描寫，表現出孤寂情感：

鳳凰木は今を盛りと血に燃えて風もあらぬに花びら散るも[47]

（意譯：鳳凰木現在正盛開，燃成血色，沒有風但花瓣卻散落。）

鳳凰木會在夏季盛開紅色的花朵，又稱為火焰木，因此詩人用燃燒、血色來表示鳳凰木的盛開與生命力。語尾的「も」強調了無奈，表達沒有風但花瓣卻散落的無奈感。從這短歌中，可以感受到詩人的閑寂、靜寂之美。其中，也隱約意涵著人生哲理：人生也會像鳳凰木的花瓣一樣，盛開後掉落，依大自然的規律而終結、死亡，這正是生命自然的律動。

白鷺鷥是台灣鄉下常見的鳥類，鹽分地帶作家當然也喜愛這極有鄉村色彩的鳥類，進而將之入詩。從王碧蕉與吳新榮的俳句，可以感受到白鷺鷥的優雅美感：

月の鷺たわたわ翔ろり光げ放つ[48]

（意譯：月色中的白鷺鷥，優雅地振翅飛翔，閃放著光影。）

一連の白鷺とび行く日暮かな[49]

---

[46] 以上 4 首俳句以及引言，參閱王碧蕉，〈俳境句談〉，《台灣時報》，台灣總督府，1943 年 12 月，頁 58~63。

[47] 郭水潭，《あらたま》第 10 卷 7 號，あらたま社，1931 年 7 月，頁 33。

[48] 王碧蕉，〈俳境句談〉，《台灣時報》，台灣總督府，1943 年 12 月，頁 62。

[49] 收錄於吳新榮，〈俳句二首〉《吳新榮選集（一）》，新營市：台南縣文化局，1997 年 3 月初

（意譯：一行白鷺鷥飛去的黃昏。）

再者，郭水潭則採用藉景述情的方式，藉由白鷺鷥來表達心情：

田におりて餌をあさり居る白さぎのこの冬雨に寒しと思ふ[50]

（意譯：在田中覓食的白鷺鷥，這冬雨裡一定感到寒冷。）

上面曾欣賞過的短歌中，郭水潭藉由欲向白鷺鷥藉翅膀以速訪友人的方式來表現對思念之情，這首短歌則同樣藉由白鷺鷥來表達心情，所不同的是其採用藉景述情的方式。這首短歌發散著閑寂的氣味，表面上推想到冬雨中覓食的白鷺鷥會感到寒冷，事實上是受心情所影響，而藉此景來反映當時寂寞、孤寂的心境。

談鹽村風景，以「鹽村詩人」王登山的作品為例，是最適合不過了。「他的作品充滿個人感情」，「較多取材於鹽村的風物」[51]。目前筆者所尋得王登山的作品，恰巧就是以「鹽村」為題所吟詠的數首短歌[52]。

「王登山居住的地方是白色的鹽田連接藍海，看起來感覺很殺風景的地方」[53]。然而，面對這殺風景的鹽田，王登山在短歌中表露的是怡然自樂的輕鬆心情：

鹽の香のほのかに匂ふ村道を口笛吹きて吾さまよへり

（意譯：發散著微微鹽香的村路，我吹著口哨在那裡徘徊。）

版，2001年12月初版二刷，頁188。原文發表於1943年8月30日《興南新聞》。

50 郭水潭，《あらたま》第11卷6號，あらたま社，1932年6月，頁35。.

51 林芳年，〈鹽分地帶的伙伴〉，《南瀛文學選：評論卷一》，新營市：台南縣立文化中心，1992年6月，頁61。

52 以下引用王登山的短歌，都是引自其以〈鹽村〉為題所創作的7首短歌中的作品，不再贅述；參閱王登山，〈鹽村〉，《台灣之專賣》第19卷第12號，台灣專賣協會，1940年12月1日，頁64。

53 林芳年，〈鹽分地帶的伙伴〉，《南瀛文學選：評論卷一》，新營市：台南縣立文化中心，1992年6月，頁68。

春の夜はほのかに更けて鹽の香の澄んで匂ふ風となりけり
（意譯：春夜慢慢深，鹽的清香變成一陣風。）

王登山出生於 1913 年，這短歌發表於 1940 年底，約是住在鹽村將近 26~27 年創作的。對於都市的遊客，海有一種解憂的魅力，但是對於要以曝鹽維生的家庭一員，對於鹽除了珍惜之外，也有一股勞苦的辛酸味。作者在短歌中一再以清香來表達對鹽感受，並非刺鼻的鹹臭味；是吹著口哨散步，並非生氣生長於貧困的鹽村而踱步，至少可知作者是真的喜歡故鄉鹽村。

和王登山一樣，王碧蕉也是出身於曝鹽世家，而鹽田風景也是其吟詠的對象：

季節風鹽田いたく白らけたり[54]
（意譯：季節風吹，鹽田變得非常白。）

冷颼颼的季節風吹來，使鹽田乾燥而變得更白。這首俳句，以寫生的方式表現，而這種情景只有見過或當地的人，才會知道；倘若沒有經歷過，應該不會想像到這種情景。當作者點出「白」時，筆者感受到高興的氣氛，因為越乾燥越白的鹽田，表示已逐漸結晶成鹽，是曝鹽人所樂見的。也因此，這俳句表面上雖是速描鹽田的情景，實際上筆者也感受到隱含的愉悅情感。

（三）戰時景觀的再現

自 1937 年 7 月 7 日的盧溝橋事變起，日本的漫長戰爭便要到 1945 年才停止。文學作品，會反映時代社會；這戰爭反映在台灣新文學，也反映在俳句或短歌文學。本論文希望從有限的文本中，鎖定的戰時鹽分地帶作

---

54 王碧蕉，〈俳境句談〉，《台灣時報》，台灣總督府，1943 年 12 月，頁 63。

家俳句或短歌書寫，觀察其如何再現戰爭時期的鹽分地帶景觀。然而目前筆者只找到王碧蕉、吳新榮的俳句，未見其他人有關戰爭的俳句或短歌，因此以下說明只舉王碧蕉、吳新榮的俳句為例。

中日戰爭於 1937 年 7 月 7 日爆發後，逐漸激化，日本不僅於 8 月 15 日進入戰時體制，更於隔年公佈國家總動員法，「從此除了勞務物資物價設施等經濟部門之外，有關國民生活的一切均受政府嚴格統治」[55]。特別是終戰的前一、二年，台灣更能感受到戰爭的緊張氣氛以及國家總動員的力量。戰時物資糧食缺乏，台灣作為被日本榨取利益的殖民地，在物資方面被要求支援前方，在人力面當然也無法避免被動員的要求。其中，最明顯的例子就是種植「愛國蓖麻」以提供軍需的增產運動。

蓖麻為經濟作物，種子可供工業或醫藥用，基於戰爭的需要，日本人將原產於非洲的蓖麻引進台灣種植。戰爭時期，日本便以蓖麻油作為飛機的潤滑油。根據同為鹽分地帶的台西鄉光華村辦公處表示，「日本軍需吃緊之時亦要求台灣人種植蓖麻，規定每戶人家定期繳交一定重量的蓖麻子供軍方榨油，作為機械的潤滑油，甚至作為飛機用潤滑油。」[56]

有關種植蓖麻的書寫，日本人加藤漁村寫出其更加強化的決心：

> 蓖麻植ゑて決意は更に新なる[57]
> （意譯：種植蓖麻，我的決心更加堅強。）

由於種植蓖麻是為了提供作為日本戰爭用的飛機使用，因此日人加藤漁村表現出全力響應支持帝國政策，以及奮戰到底的決心。然而，台灣人

---

[55] 井手勇，〈戰時體制下的日人作家〉，《決戰時期台灣的日人作家與「皇民文學」》，台南市立圖書館，2001 年 12 月，頁 83~84。

[56] 以上背景參閱台灣日日新報社，〈保甲民の赤誠ここにも愛國蓖麻の集團栽培〉，1943 年 10 月 7 日《台灣日日新報》第 4 版。台西鄉光華村辦公處網站，http://guanghua.tacocity.com.tw/new_page_3.htm。

[57] 加藤漁村，《ゆうかり》第 23 卷第 10 號，ゆうかり社，1943 年 10 月 1 日，頁 48。

聚焦的情景與日本人有所不同，相對於加藤漁村強調的「愛國心」，王碧蕉有關種植蓖麻的書寫，則是強調表現親情的表現。

上述「親情與友情的書寫」中，提到王碧蕉與妻子相處融洽的書寫。在有關種植蓖麻的書寫，王碧蕉的俳句依然延續著與妻兒和樂生活的氣氛：

明日まかむ妻にも三つぶ蓖麻の種子

（意譯：準備明天播種，我也留三粒蓖麻的種子給妻子。）

發芽せし蓖麻を掘りき告ぐる子よ[58]

（意譯：我的孩子挖已經發芽的蓖麻來告訴我。）

前一首，在即將播種蓖麻的前夕，詩人已在心中決定要留一些種子給妻子，準備和妻子一起播種。後一首，則是播種後，孩子發現蓖麻已經發芽，並將其挖起，非常高興地帶來給作為父親的王碧蕉。二首俳句所描寫的雖然是細微的動作想法，但是藉此正可以感受到詩人與妻兒和諧、親密的情感。

另外，吳新榮則是描寫出婦人種植蓖麻的情景：

モンペ服著てヒマ植ゆる老婦かな[59]

（意譯：老婦人穿著裙褲，種植蓖麻。）

從這首俳句中，可感受到戰時的情景，モンペ服是戰時婦女所穿的勞動裙褲，同時老婦人所種植的不是自己要食用的作物，而是戰爭要用的蓖麻，再再表現了戰爭的時代背景。

---

[58] 以上 2 首都發表於王碧蕉，〈同人團欒——十月集〉，《ゆうかり》第 23 卷第 10 號（244），ゆうかり社，1943 年 10 月 1 日，頁 15。

[59] 收錄於吳新榮「白柚吟社句集」，《吳新榮選集（一）》，新營市：台南縣文化局，1997 年 3 月初版，2001 年 12 月初版二刷，頁 156。原登載於 1943（昭和 18）年《興南新聞》。

當時，不僅是蓖麻，由於物資缺乏，因此相關單位也要求人民多利用空地種植糧食作物。吳新榮也在食用作物種植方面，速描出這時代感：

春雨や葉菜は寸地にすくすくと[60]

（意譯：春雨落下，菜葉在狹小的土地快速成長。）

乾薯や路次の踏み場もなき迄に[61]

（意譯：曬蕃薯籤，小巷連腳踏的地方都沒有。）

前一首，由於糧食缺乏，在無法增加單位面積產量的情況下，只有全面擴大栽種面積，利用如學校、道路和鐵路兩旁的小空地種植。吳新榮描述的狹小「寸地」，便表現出這時代氛圍。另外，蕃薯是僅次於稻米的佇要食糧，後一首同樣也速描出在糧食缺乏時將剩餘的蕃薯曬乾備用的時代感。

戰爭白熱化，1943 年《臺灣日日新報》出現呼籲國民「總蹶起」的報導，1944 年皇民奉公會決定實施「全島民總蹶起運動要綱」，主要加強台灣島民的勞動、強化防衛總協力等，以促使全島要塞化，全力設防[62]。吳新榮以在總蹶起宣告議場所下的一場雨，表現出緊張、覺悟的氣氛：

総蹶起宣す議場に夏雨来たる[63]

（意譯：在總蹶起宣告的議場，下起夏雨。）

雖然這俳句並無標明創作日期，但從內容可推知是約完成於 1944 年。

---

60 收錄於吳新榮「白柚吟社句集」，《吳新榮選集（一）》，新營市：台南縣文化局，1997 年 3 月初版，2001 年 12 月初版二刷，頁 157。原登載於 1944（昭和 19）年《鳳凰》。

61 收錄於吳新榮「白柚吟社句集」，《吳新榮選集（一）》，新營市：台南縣文化局，1997 年 3 月初版，2001 年 12 月初版二刷，頁 158。

62 參閱吳金鍊，〈六百六十萬の總進軍——展開された總蹶起運動〉，《旬刊台新》第 1 卷第 1 號，台灣新報社，1944 年 7 月 20 日，頁 10。本文參閱東京綠蔭書房於 1999 年 11 月的復刻版。

63 收錄於吳新榮「白柚吟社句集」，《吳新榮選集（一）》，新營市：台南縣文化局，1997 年 3 月初版，2001 年 12 月初版二刷，頁 157。

其中，夏雨是指西北雨。在議場上宣告總蹶起，表示為了做好戰爭的後方支援，要加強動員人民，不管是精神或物質。因此，「關心人民」的「人道主義」者吳新榮，藉由這場突然在此時降下的雨要表達的，應該不僅是感受到戰爭激化的緊張感，進而為因此必須更加困苦的人們感到難過，也同時表示了「負擔愈來愈重，非有覺悟重大變化不可」[64]的意思。

以上以短歌、俳句為文本，從三個不同面向來探討鹽分地帶作家對鹽分地帶的書寫。其中，有關王碧蕉，目前尚未見過有先行研究論述其作品，在本文可觀察到其與妻兒的和樂互動，以及擅於寫景的表現；有關郭水潭，可觀察到與朋友交往的親切情誼，甚至是過去新文學未見的，對朋友激情以及孤寂、閑寂表現；有關吳新榮，和其新文學作品的寫實、真情表現風格較相近，但其速描少女插秧的那一幕卻令人記憶深刻；有關王登山，則因已知文本過少，以致無法全面觀察，但也能得知其一貫的鹽村書寫。利用不同文類書寫，鹽分地帶作家所表現出的風格確實多少有所不同，然而，濃厚的地方色彩風格，卻是鹽分地帶作家於短歌、俳句文學以及新文學作品中共同的特色。

另外，鹽分地帶作家的俳句、短歌書寫技巧，也是值得探討的課題。例如王碧蕉的寫景的俳句：「かなかなや雨はれの月にほひ出づ（意譯：蟬啊！雨過天晴後的月亮散發出香味。）」[65]即採用超現實手法。然而，由於篇幅有限，該課題則留待他文再探討。

四、結論

過去論者皆以新詩或散文等台灣新文學作品為文本，評論鹽分地帶作

---

[64] 吳新榮，1944（昭和十九）年〈八月三十一日〉，吳新榮全集卷6《吳新榮日記（戰前）》，台北：遠景出版事業公司，1981年10月，頁162。

[65] 王碧蕉，〈同人團欒——十月集〉，《ゆうかり》第23卷第10號（244），ゆうかり社，1943年10月1日，頁15。

家，而少見以俳句、短歌的日本傳統文學作品為文本的論述，甚至未曾見過針對王碧蕉、王登山的俳句、短歌加以探討者。因此，本論文多少可以補充以往對鹽分地帶作家作品較少著墨的部份，而這部份也正可以補強以往認為鹽分地帶作家作品具有濃厚地方色彩及深厚親友情感的鹽分地帶書寫論述。

鹽分地帶作家經過對日本傳統文學的短歌、俳句模仿及複製等學習階段，仍維持一貫濃厚的地方色彩、真摯的親友情感等風格特色，以殖民者的傳統文體，寫出當下台灣的鹽分地帶地理、風物人情。利用不同文類書寫，鹽分地帶作家所表現出的風格確實多少有所不同，然而，濃厚的地方色彩風格，卻是鹽分地帶作家於短歌、俳句文學以及新文學作品中共同的特色。

俳句、短歌這種短詩型文學與鹽分地帶作家的地方性書寫特色非常契合，以俳句、短歌為文本，可看見鹽分地帶作家更直接的感情表露，可更直接感受鹽分地帶作家的內心世界，以及對鹽分地帶地理景觀的再現，藉此感受到鹽分地帶作家真摯的情感、濃厚的地方色彩風格。同時，鹽分地帶作家的短歌、俳句吟詠，融入真情，描寫生活情感，自然表現鹽分地帶的地方景觀，完全沒有受人抨擊的「形式化的台灣色彩」傾向，甚至更進一步表現出鹽分地帶文學集團特有的濃厚地方色彩。

然而，由於政治變遷、語言轉換以及時間久遠等因素，導致短歌與俳句文學在目前未受重視，加上資料多已散佚，也造成可掌握的鹽分地帶作家作品文獻非常有限。這使本論文除了針對王登山、郭水潭的短歌以及吳新榮、王碧蕉的俳句之外，無法更廣泛地探討其他鹽分地帶作家的作品，甚至針對王登山也只能探討有關鹽村的短歌作品。筆者希望再繼續研究，尋找出更多的文本，以便日後能較全面性地論述鹽分地帶作家的文學作品。

參考文獻

專書

- 吳新榮，《吳新榮選集（一）》，新營市：台南縣文化局，1997年3月初版，2001年12月初版二刷。
- 吳新榮，《吳新榮選集（二）》，新營市：台南縣文化局，1997年3月初版，2001年12月初版二刷。
- 郭水潭，《郭水潭集》，新營市：台南縣文化局，2001年12月。
- 黃勁連主編，《南瀛文學選：詩卷一》，新營市：台南縣文化局，1991年10月，頁88。

單篇

- 井手勇，〈戰時體制下的日人作家〉，《決戰時期台灣的日人作家與「皇民文學」》，台南市立圖書館，2001年12月，頁83~84。
- 王登山，〈鹽村〉，《台灣之專賣》第19卷第12號，台灣專賣協會，1940年12月1日，頁64。
- 王碧蕉，〈小雅園春香〉，《台灣文學》第3卷第2號，台灣文學社，1943年夏季號，頁117。
- 王碧蕉，〈台灣文學考〉，《台灣文學》2-1，1943年，頁21~24。本文收錄於中島利郎等人編，《日本統治期台灣文學：文藝評論集第四卷》，東京：綠蔭書房，2001年4月30日，頁86~89。
- 王碧蕉，〈同人團欒——二月集〉，《ゆうかり》第22卷第2號（244），ゆうかり社，1942年2月4日，頁11。
- 王碧蕉，〈同人團欒——十月集〉，《ゆうかり》第23卷第10號（244），ゆうかり社，1943年10月1日，頁15。

- 王碧蕉,〈俳境句談〉,《台灣時報》,台灣總督府,1943 年 12 月,頁 58~63。
- 加藤漁村,《ゆうかり》第 23 卷第 10 號,ゆうかり社,1943 年 10 月 1 日,頁 48。
- 台灣日日新報社,〈保甲民の赤誠ここにも愛國蓖麻の集團栽培〉,1943 年 10 月 7 日《台灣日日新報》第 4 版。
- 吉田精一、森島久雄,〈(二)短歌〉、〈(三)俳句〉,《研究現代国語》,東京:株式會社旺文社,1975 年第 7 版,頁 381、415。
- 羊子喬,〈誰能料想三月會做洪水——談吳新榮及鹽分地帶同人與二二八〉,《鹽分地帶文學》創刊號,台南縣政府文化局,2005 年 12 月 1 日,頁 52~57。
- 吳金鍊,〈六百六十萬の總進軍——展開された總蹶起運動〉,《旬刊台新》第 1 卷第 1 號,台灣新報社,1944 年 7 月 20 日,頁 10。本文參閱東京綠陰書房於 1999 年 11 月的復刻版。
- 吳新榮,昭和十八年〈四月一日〉、昭和十八年〈七月十七日〉、昭和十九年〈八月三十一日〉,吳新榮全集卷 6《吳新榮日記(戰前)》,台北:遠景出版事業公司,1981 年 10 月,頁 141、145、162。
- 呂興昌,〈郭水潭戰前新詩析述〉,《台灣詩人研究論文集》,台南市立文化中心,1995 年 4 月,頁 135。
- 林芳年,〈曝鹽人的執著——談戰前鹽分地帶文學〉,第 28 屆鹽分地帶文藝營《研習手冊》,台北:吳三連台灣史料基金會、台灣史料中心,2006 年 8 月 5 日,頁 26~30。
- 林芳年,〈鹽分地帶的伙伴〉,《南瀛文學選:評論卷一》,新營市:台南縣立文化中心,1992 年 6 月,頁 61~73。
- 島田謹二,〈「うしほ」と「ゆうかり」〉,《華麗島文学志——日本詩人の台湾体験》,東京:株式会社明治書院,1995 年 6 月,頁 405~406。

- 島田謹二、神田喜一郎，〈台灣に於ける文學について〉，《日本統治期台湾文学 文芸評論集》第三卷，東京：綠蔭書房，2001年4月30日，頁361。
- 郭水潭，〈台灣日人文學概觀〉，《新文學雜誌叢刊》34復刻本附錄，東方文化書局。
- 郭水潭，《あらたま》第10卷12號，あらたま社，1931年12月，頁51。
- 郭水潭，《あらたま》第10卷5號，あらたま社，1931年5月，頁31。
- 郭水潭，《あらたま》第10卷7號，あらたま社，1931年7月，頁33。
- 郭水潭，《あらたま》第10卷8號，あらたま社，1931年8月，頁30。
- 郭水潭，《あらたま》第11卷1號，あらたま社，1932年1月，頁35。
- 郭水潭，《あらたま》第11卷2號，あらたま社，1932年2月，頁46。
- 郭水潭，《あらたま》第11卷6號，あらたま社，1932年6月，頁35。
- 陳瑜霞，〈台灣短歌文學的初探——以郭水潭日治時期作品為中心〉，《2004語文教育國際學術研討會論文彙編》，2004年南台科技大學人文社會學院「語文教育國際學術研討會」，頁89~117。
- 葉笛，〈鹽分地帶文學的靈魂——吳新榮〉，《鹽分地帶文學》創刊號，台南縣政府文化局，2005年12月1日，頁35~51。
- 龍瑛宗，〈萬葉集の思ひ出〉，《台灣文藝》創刊號，1944年5月1日，頁64。

網站

- 台西鄉光華村辦公處網站，http://guanghua.tacocity.com.tw/new_page_3.htm。

講評

許俊雅*

本篇論文以短歌、俳句探討日治時期鹽分地帶四位詩人的作品，凸顯其濃厚的地方色彩的地理書寫，提供一個從新詩、小說或散文等文類以論述鹽分地帶作家作品的不同面向。是值得肯定的議題。但論文有若干值得再思考的路徑，或可做為作者參考。

鹽分地帶詩人的短歌、俳句之所以遲遲未展開研究，在於對日本語文學的掌握能力不足，及可見的史料不多，論者多嚴謹看待，不敢輕易嘗試。誠如呂興昌〈巧妙的社會縮圖：郭水潭戰前新詩析述〉所言：「就台灣文學的立場而言，這類作品應如何定位，容可再詳加討論，也值得精通日本古典文學的學者進一步研究，筆者目前並無能力探討這些詩作。」而本文作者文中亦言：「多數日治時期作品已散佚，尤其是目前在台灣尚未受到論者所重視的短歌與俳句文學作品，因此本文僅以筆者目前已尋獲短歌與俳句文學作品為探討文本，亦即於俳句方面有吳新榮及王碧蕉，於短歌方面則是郭水潭及王登山。」並「希望再繼續研究，尋找出更多的文本，以便日後能較全面性地論述鹽分地帶作家的文學作品。」在先天不足的困境下，作者勇氣可嘉，也是現階段無法避免的，臺灣文學的研究總是在史料未完全盡出時就得試圖去克服困難，理出脈絡線索來。但如何展開論述，成為考驗研究者的一道難題，同時也充滿探討的樂趣。

短歌以歌詠自然景物、戀情為多，俳句重視自然季節感受與幽默，此外，川柳也是日本短歌的文藝型式，本文何以不談「川柳」？是因沒發現相關的文本嗎？若是，其與川柳風格重機制、諷刺人事及時事百態有關嗎？另外，短歌、俳句是否影響了鹽分地帶四位詩人的詩作？在他們的新詩創

* 台灣師範大學國文系教授

作中，是否也像楊華的詩作揉合了日本俳句的風格？再者，在不同語言之間，詩本來就難以翻譯，尤其是短歌、俳句分別以 31 音、17 音組成，日語和漢語不同，一個音節並不等於一個有獨立意義的字或詞，和歌的 31 個音節，實際上只相當於十個左右的漢字；俳句的 17 個音節，也只相當於五六個漢字，因此可以說，和歌，特別是俳句，是極短的詩。後來用中文書寫時，就變成 31 字、17 字或分三行來寫。而經過翻譯之後，難以從形式上分辨是短歌還是俳句，研究者在處理譯文時不能不留意。當然較大的困難也不在翻譯，而是翻譯後對內容的理解、掌握。

論文中其他值得商榷的問題如：1、郭水潭認為 1902 年和歌、俳句如雨後春筍之勢，同人雜誌陸續成立；島田謹二、神田喜一郎則認為明治三十八（1905）年起至昭和初期的二十五、六年，內地人與本島人的漢詩文素養逐漸缺乏，俳句、短歌、詩及小說等文藝繼而盛行。這兩個年代同時出現，作者應加以考辨，以短歌、俳句雜誌成立時間來看，郭水潭所言較可信。而島田謹二以內地人與本島人的漢詩文素養逐漸缺乏，形成短歌俳句之盛行，此論點值得討論。當時臺灣詩人、詩社方正是「雨後春筍」出現。

2、本文引用吳新榮於 1943 年 3 月 20 日的日記，談到成立「白柚吟社」俳句會一事，其成立是歸因於當時郡守之召集以及其「強調組織吟設的必要」。對此，更足以印證本論文於「前言」所述和歌、俳句在台灣的普遍性。並推斷郭水潭應也是「白柚吟社」的會員。這一部份論述值得斟酌，推論郭水潭加入「白柚吟社」是間接根據羊子喬〈誰能料想三月會做洪水——談吳新榮及鹽分地帶同人與二二八〉一文，但是羊子喬該文並未特別交代其依據。何況目前亦未見郭水潭於日治時期的俳句作品。

3、組織吟社何以必要？其實是戰爭環境下使然，當時小說、戲劇、詩、俳句、短歌、川柳、民俗都是文學報國會組織下動員的一環，日本郡守之召集動機，本在配合國策，如「台灣時報」就收錄了在台知名的日本作家之俳句、詩、小說，一般的報刊也開設和歌俳句的欄目，短歌、俳句很快成為戰爭的工具。對大多數人來說，寫小說、寫劇本不太容易，大都是文學者之所為，而亢奮的戰爭情緒，最容易用詩歌來表達，眾多的非文學者和普通的庶民百姓皆參與其中，造成了日本的戰爭詩歌的畸形膨脹。在和歌、俳句和自由詩三種詩體中，和歌數量最多，新詩次之，俳句又次之，另外還有一部份漢詩。

隨著第二次世界戰爭的爆發，昭和十七年（1942）發行的《國語讀本》中，強調近代化或西洋文明的教材更是大幅減少，而介紹日本精神、皇室制度、軍國主義、建國起源、歷史故事、俳句、和歌等日本文化的課文則隨之大為增加。以當時種種背景觀之，鹽分地帶詩人在 40 年代戰爭期的俳句、短歌的創作是否呼應了時局，迎合了「大東亞共榮圈」的建設旨趣，或者也是有技巧的將深意隱藏詩作背後？這四位詩人的個別情況如何等等（如吳新榮戰前日記中可理解他的立場「以文藝處理日支事變……沒有說動我的心。」「文學之路值得走下去嗎？」，其他三位也應讓讀者可以理解其思想傾向，畢竟短歌、俳句不易理解），這都是可以討論的，也是應該釐清的。

其實論文中有一處輕輕帶過的即是王碧蕉發表過多篇論述性文章，例如於《台灣文學》的〈台灣文學考〉以及《台灣時報》的〈俳境句談〉。這兩篇文章都是發表於 1943 年，附和當時文壇所建構的主流大敘事外，還特別強調邊緣小敘事的地方性，主張重視地方性的文化、文學。論文對此沒有再進一步討論，有些可惜。這部份的地方性書寫，有沒有可能也變成是一種「異國情調」的強調呢？閱讀者會有這種焦慮存在，作者有必要討論清楚。

4、作者接下強調的是短歌俳句的地理書寫：「親情與友情的書寫」、「地方景觀的速描」、「戰時景觀的再現」。「親情與友情的書寫」列入地理書寫不很貼切，後二項之書寫，除了鹽田為其特色，白鷺鷥、種植蓖麻非鹽分地帶專有，以此說明其濃厚的地方色彩，便難以成立。想來是因受限於配合此次大會主題導致。

郭水潭曾寫〈穿文官服的那一天〉一文，對吳新榮冷嘲熱諷的筆伐的微弱答辯:「儘管夥伴藐視那官袍，但畢竟是恩人賞識所賜，不能輕言拋棄，更不能讓恩人失望」，當時情景如何，這是否也形成二人不同的風格？在戰後，郭水潭短歌、俳句創作不輟，自己整理手稿輯為《歌帳・句帳》一冊，並常發表作品於《台北歌壇》，不僅郭氏，直至目前，巫永福及不少熟習日本語文的台灣詩人組成俳句會、寫俳句。有些遵守著短歌、俳句的傳統形式，有些則另創新格，自由展現。這些現象說明了什麼？而本文似乎也可以考慮考察此四位詩人戰後短歌、俳句的創作情形，可做一對照性探討。史料蒐集上，作者應該再翻尋相關的短歌俳句文學雜誌及當時報刊，如郭水潭、王碧蕉分別在《臺灣時報》237、283 號有作品，王碧蕉的俳句〈燈〉即值得留意。當然本文亦有其優點，如以有關種植蓖麻的書寫，日本人加藤漁村寫出其更加強化的決心，對比王碧蕉有關種植蓖麻的書寫，強調其親情的表現等等。做為較先行的研究議題，可見作者的用心，因此個人也提出較多問題來討論，正是期待作者的研究能引發讀者的興趣，同時期待他的學術研究能更上一層樓。

生活在「他」方

台灣女性（抒情）散文之空間內外

劉紹鈴*

摘要

本文意圖透過文學內外空間的多重辯證，討論台灣五十年來女性（抒情）散文無地誌書寫的文學空間現象，釐清女性散文家在特定文學美感形式的制約下，如何感知空間的秩序。這美感形式背後則又受囿於政治境遇預設中的抒情傳統，為「強固的集體共同存在的感通意識」所規範。在抒情—美學經濟的運作下，不斷援引一成不變的散文技藝，卻處處設限生命的直觀，無法直面女性的文化品質，透過自己內在的規範來書寫，而將自己侷限一個想像的他方。藉此以反思如何為散文重新定位，再造，測試極限，拓殖新境。

關鍵詞：女性散文、抒情傳統、文學空間、抒情－美學經濟。

* 中正大學中文系博士生，E-mail：jdps1992@yahoo.com.tw。

壹、前言

陳芳明在《五十年來台灣女性散文》前寫了一篇長序〈在母性與女性之間——五〇年代以降台灣女性散文的流變〉，簡單勾勒五十年代以降台灣女性散文的發展史，首先點明台灣女性散文同時置處於「**台灣**」、「**當代**」、「**女性**」、「**散文**」四重邊緣位置（2006：12，文後粗體若無特別註明，皆筆者著重，不再標示），[1]因而導致在文學史上的缺席。這四個邊緣自是相對應於中國、古典、男性與小說四個主流位置，前三項，背後當然不難覷見長久以來男性中心主導的審美趣味和政治意識形態的撥弄。

不過隨時潮翻轉，台灣／當代／女性這些年來亦逐漸躍乎顯學，從台灣文學所的成立，對現代性、後現代性的趨之若鶩，到女性文學的深掘，隨邊緣與中心的換位（儘管不是換位，也正在移位當中），權力的版圖恐怕難以簡單地再以「彼／我」二分。陳芳明與張瑞芬在論述上中心／反中心的操作，其意在為女性散文發聲本無可厚非，然慣於反中心的論調，除了作為文學史的補強，抑或補白之外，對散文研究的技術層面助益並不大。一如張瑞芬在《五十年來台灣女性散文．評論篇》裡的親自示範，除了反覆強調反男性中心的立場之外，其論調仍不脫知人論世，詮釋的招式也還是中文系傳統文學批評的老步數，甚至進退失據。早在十多年前鄭明娳在《現代散文現象論》裡便極其敏銳地批判散文研究方式往往侷限於「論理思維」、「美學詮釋」[2]、「印象式批評」、「闡發主旨」、「修辭解析」（1992：167-182）的批評方式，十多年過去了，鄭的觀察仍為今天大多數散文研究

---

[1] 張瑞芬於〈被邊緣化的台灣當代女性散文研究〉率先提出台灣女性散文處於這四重邊緣的處境。《文訊》（2002.11，55-57）。

[2] 這裡的「美學詮釋」指的純粹僅止於強調散文的「美」，但「美」究竟為何物卻又經常「籠統帶過」，未曾深入分析解釋。（鄭明娳，1992：174）

者的緊箍。

「理論之匱乏」幾乎成為絕大多數研究散文者的焦慮，但是與理論對應的文本——散文本身，似乎存在更多重的焦慮，這焦慮不是擔心散文沒人要看，從金石堂的年度閱讀調查看來，散文儘管無法像小說在排行榜上年年掄元，卻也是居高不下。[3]可見，散文的焦慮不在位置上的邊緣，恐怕更多來自明明處處可見，卻又「視而不見」，一個「消失在地圖上的名字」（借零雨語）。

這視而不見從散文自身被視為「文之餘」、「詩之餘」的文類特質，到讓研究者無計可施，都意味著散文從文學地圖上的消失，不是簡單的中心與邊緣的拔河，[4]而是散文自身在其文學空間內外複雜的結構性問題。簡言之女性散文的失語症，既是散文研究的失語，也是散文此一文類形式的失語——生活在「他」方。我們若不先清理其散文自身的形式問題，將只會在知人論世的論述框框裡，繼續讀後心得式地詮釋散文的表層。

本文意圖從文學空間切入來詮釋散文，找到散文自身的文類形式，而非簡單地去釐清女性散文的邊緣位置，和盲目尋覓女性現實空間表現在文學上的蛛絲馬跡。前者同大部分女性主義文學批評者所做的情緒的價值批評，著心於定立一套反男性霸權的價值，而經常忽略文學自身，極可能一個不小心便落入同樣相同的教條窠臼之中，自鳴得意。[5]若此，寧願偏激如

---

[3] 不過根據這幾年金石堂的排行報告，雖然小說穩居銷售數量榜首，卻大多是外國翻譯小說，去掉這些，散文若再加上哲理小品等，其銷售數量極可能超越小說。

[4] 王志弘在討論空間與性別之間的關係時，就曾提醒我們：「邊緣、邊境和放逐等隱喻，都同時有其正負意涵，對女性主義者而言，重要的應該是**檢討其間所蘊藏的複雜之實質與象徵性的權力關係**，而非作為單純的論述之隱喻。」（1998：52）

[5] 簡媜在她的《私房書》裡寫了這麼一段話：「打算用另一個筆名寫評論文章，或比較尖銳的小說。這個想法讓我快樂很久，一個男性化的筆名。／快樂的原因是，我企圖從女性的思維體系裡創造出來「男性」——為他準備所有的資料、給他現實界的身分証，玩一場借身還魂的遊戲。／我將設定他的語言、觀點、題材，及文學觀。／上帝可以從亞當身上抽取肋骨創造女人，為什麼夏娃不可以自取肋骨創造亞當？」（1988：158-159）且不論後頭的論述是否可行，只簡單地問，為什麼**非得要**一個男性化的筆名，後頭的論述才能發言？為什麼不能就以自身存在的「語言、觀點、題材及文學觀」，不為任何人——男人，甚至女人——

龍應台拒絕納編於《五十年來台灣女性散文》時所說的「為什麼這時代還要分女性、男性散文」(陳宛茜,2006/02/25 聯合報)。而更認真地看待「文學」,如此操作絕非否認男女之間性別間性存在,相反的,我們需要透過更形式化地處理女性文學,回到更根源的文學自身之上,拒絕以性別作為標籤虛張聲勢地浮貼於文本之上,使得女性文學被消費為女性主義者的呈堂証供,成為單一社會價值下的附庸。

後者,則如談到女性散文的在地實踐,永遠只關注其字裡行間是否出現泥土芳香;談論到女性旅遊文學時,百說不厭地論斷,因為女性生活空間的擴展,從此走出閨閣擴展了散文視野,這些失之輕率而簡單的聖伯夫式論斷,往往小覷了文學空間的豐富意涵,[6]忘卻了文學,甚至人所生處的多維度空間,[7]一如走過大半世紀顛沛流離的冰心或琦君,其散文仍舊停留在純美之上,絕非論者習以女性生活空間狹隘所能自圓其說的。也正是這個多維度的空間概念,讓我們得以重新覷見文學的生存美學。

設定,只為自己,如簡媜後來在《女兒紅》序裡脫去與男性對抗的姿態,更加自信說道:「我未把女性放在男性的經緯度上去丈量、剖讀,因為她們即是自身的的經緯,無需外借。」(1996:7)

[6] 西美爾(Georg Simmel)在上個世紀初女權運動初起發表的〈女性運動的意義〉即對女權運動多所檢討,其中提到女權運動者以為「女性之職是當家庭婦女和母親,她們的經濟活動和其他活動體現了一種歷史上嶄新的現象」,其實是「一種毫無根據的、歷史的誤識。在許多未開化民族那裡,女性正是勞動牲口;……女性在最為廣泛的範圍內早就是農業上的一把好手。」(1997b:87)在中國亦然,女性始終是勞動力之一環,在宋明之後,女性從事的工作亦趨多元。我們對過去女性生活的想像,普遍受制五四一輩反傳統的論述框架,預設「我們有史以來的女性,只是被摧殘的女性;我們婦女生活的歷史,只是一部被摧殘的女性底歷史。」(陳東原,1981:18-19),因而往往僅注意到「家」在女性生活上的重要,視而不見諸如從宦遊、賞心遊、謀生遊等,女性閨房之外的空間移動。(高彥頤,1995:21-50)

[7]過去女性主義地理學家往往將女性的空間與男性的空間,先做了簡單的二元對立:男性的空間屬於公共的、政治的、經濟的;而女性的空間則是私密的和社會的,來證明女性文學的空間表現上的狹隘,進而批判男性威權的空間排擠。這種二分的對立,首先便忽視空間會隨著「性別範疇及及角色的產生和改變而辯證地產生和改變」,是一個「具有特定歷史的、可變的性別概念」。(Suzanne Mackenzie ,1989:574)而文學在這裡,空間與性別的表現往往更為迂迴,詳後討論。

貳、文學空間內外

何謂「文學空間」？給人最直接兩種的聯想，一則是將文學與空間視為兩個互涉的概念，文學書寫空間之地景、地貌，空間影響文學之內容；一則將文學自身擬喻為一個空間，一個結構，文學空間指的就是文學這「奇怪的建制」（借德希達語）。前者比較具體，接近克蘭（Mike Crang）在《文化地理學》裡寫的「文學地景」（literary landscapes）。後者就像要定義文學自身一樣，晦澀難解如布朗肖（Maurice Blanchot）所述。兩者彼此不僅從其記述，抑或其語言的存在本身看來，又是如此因襲相關，如波赫士（Jorge Luis Borges）在《阿萊夫》裡企圖「建造一座迷宮／小說」：

> 現在我來到我故事那難以用語言表達的中心；我作為作家的絕望心情從這裡開始。任何語言都是符號的字母表，運用語言時要以交談者共有的過去經歷為前提；我那羞慚的記憶力簡直無法包括那個無限的阿萊夫，我又如何向人傳達呢？……此外，中心問題是無法解決的：綜述一個無限的總體，即使綜述其中一部份是辦不到的。在那了不起的時刻，我看到幾百萬愉快的或者駭人的場面；最令我吃驚的是，所有場面在同一地點，沒有重疊，也不透明，我眼睛看到的事是同時發生的：我記述下來的卻有先後順序，因為語言有先後順序。總之，我記住了一部份。（2002：820-821）

儘管波赫士這段話依舊令人費解，但裡頭隱約涉及一個現實的空間——交叉小徑的花園，一個作者抽象思維表現的空間，以及一個語言同時性的存在空間等等，創作自身往往有意識或無意識地調動，或者說復現了極其繁複的空間，在其相互交錯，卻未必完全疊合的空間錯位中進行書寫。借傅柯（Michael Foucault）對巴什拉（Gaston Bachelard）《空間詩學》的概括：

> 我們並非生活在一個均質的和空洞的空間中，相反的，卻生活在全然地浸淫著品質和奇想的世界裡。我們的基本知覺空間、夢想空間和激情空間本身，仍緊握著本體的品質：那或是一個亮麗的、清輕的、明晰的空間；或再度地，是一個暗晦的、粗糙的、煩擾的空間；或再度地，是一個像湧泉般流動的空間，或是一個像石頭或水晶般固定的、凝結的空間。(2001：20)

在此，為了方便解釋，我簡單地先試著將文學空間概念，略分為文學內部空間與文學外部空間，文學外部空間指的是我們生在茲長在茲的現實空間，而所謂的文學內部空間指的則是文本的想像空間，廣義的文學再現空間。兩者之間不是簡單地影響——反映模式。文學不是單純地從其所處的現實空間反射於文學內部空間，純粹受制於外部空間的限制，一如女性文學中經常出現無地誌的內向書寫。另一方面文學的內部的想像空間也同樣會影響其外部空間，彼此是個雙向的相互定義。

然每一次的書寫，又不是如此完全孤立的，彼此往往千絲萬縷，既形成個人書寫內部的複雜系譜，也被更龐大的文學系譜所構築的文學形式所籠罩，這上有所承的形式（不管是文體，抑或文類），不僅隱隱牽動文學內部的想像空間，也超越狹隘的文學外部空間，而形式本身又有其更龐大的歷史場景拘牽，形成複雜的文學三角習題。

在外部空間與內部空間雙向的互動中，我們其實可以看見女性散文極其多樣的呈現，然而各種主題的出現，卻不僅是外部空間單純對內部空間的牽動，而是更大的外部空間移位導致形式的轉向，進而趨使散文主題開始越位。因此在處理文學空間問題時，尋著外部空間與內部空間單向線索，只從主題式的論述出發便顯得處處捉襟見肘，畢竟藝術即是通過形式的屬性而創作，形式本身就是看待世界的純粹方式（布迪厄，2001：123）。因此唯有先對散文的美感形式背後自身的複雜空間做先行處理，我們才能更清楚地意識外部空間與內部空間之間的巧妙互動，包括女性散文家是如何感知空間的秩序（形式會牽動秩序的順序）、對特定空間的視而不見（形式定然會制約世界觀）、以及在特定空間的不在場（形式會限制特定空間的再現）等問題。

因此本文後頭擬就女性散文中顯而易見的無地誌書寫的文學空間現象切入，討論此一現象所透露女性散文此一文類——充滿女性特質文類——的美感形式，再討論女性生命特質與抒情傳統之間的辯證——成也抒情，敗也抒情，及其背後整個社會空間，遂而提出抒情的文學空間再深化。

參、無地誌的內向書寫

李元貞在一場關於花蓮地誌想像書寫的研討會上，發表了一篇饒富反諷意味的論文——〈從女性雙重「他者」的觀點閱讀吳瑩詩文〉，以女性詩人、散文家吳瑩為例，討論了女性處於「性別」與「地理」兩個無權狀態的邊緣地位，致使女性的書寫方式，往往形成「現代主義式地心靈內挖，耽溺或耽玩於孤寂的精神狀態」，一種「沒有地誌的景觀書寫」。（2000：99-105）李文確實點出了女性書寫上無明顯地誌標記的現象，但這個內向的無地誌書寫是否可以僅從因身處邊緣位置而被剝奪發言權來解釋？

林惠玲則在另一篇回應李文的〈體內地誌與原鄉視景：台灣女詩人吳瑩與零雨空間書寫〉文章中，提出體內地誌的概念來詮釋文本中所呈現的「無地誌書寫」，其所謂的體內地誌是「**以身體向內，發展出一些體內作為容納、刻記、甚至消解某物的想像空間的書寫表現。**」（2003：328）林以為女詩人體內地誌書寫之所以取消地誌書寫，不僅是因為大多數所處被剝奪繼承權的邊緣位置使然，那同時來自「人對精神宇宙、靈魂原鄉的渴望」（327），是一種復歸哀悼的書寫儀式，在這儀式獲得療傷，得而重生。

儘管李元貞和林惠玲研究的對象都是現代詩，然而我們不難發現，理應最貼近現實生命的散文書寫，其書寫，尤其是「女性」散文書寫卻依舊帶著強列浪漫主義的走向內心（der Weg nach innen），走向體內地誌傾向。不管是琦君那個體內地誌是一個童年憶往的美好時光，還是對身邊瑣事的細節描述，抑或張愛玲式的封鎖傳奇，甚至內心的獨白場景，都強烈抽離當下地景地貌，且就算書寫當下，也往往被不斷繁瑣細節削弱，甚至處處魂縈夢牽於體內地誌的召喚。

琦君旅居美國多年，有一次突然朋友問起她現在住在哪時，「恍恍惚惚地好半天才想起來，那地名叫做皇后區的白宮坡。多富麗堂皇的名稱，我竟會差點忘記。可見異邦異土，究不像故鄉那樣，讓你魂牽夢縈。」（1980：202）而這魂遷夢縈落在文字上就如張秀亞所坦言的：

> 在心裡上，我曾是一個遁世者，到夢的國度，去安排自己。泛溢在我生命的邊緣，是無邊無際的白日夢……我用夢去溫暖自己，超脫自己，欺騙自己，……我只欣賞著夢的景色，夢的姿態，我讚美著它，描寫著它，就這樣寫成了一些「葉片」、「蝶翼」一樣只有光麗輕倩外形，缺少靈魂的文字。（2005：395）

張秀亞超脫現實，而遁入夢的國度；呂大明那受雇於美神的天國式散文；像候鳥一樣盤桓於故土的洪素麗；活在比眼前世界更真實，卻又不屬於自己世界中的喻麗清；席慕容《人間煙火》裡寫的大部分恰是不食人間煙火，或原鄉、或童年的記憶廣場；一如張曼娟自己說的：「即使在最寂寞的時刻，即使淚水使人看不清世界的樣子，我仍在聆聽，關於幸福的聲音。」和耽於昔日輝光美好一面的林文月等等。

這內向的體內空間不單是往昔的召喚，也是根源身體內在的本能衝動。如鍾文音在寰宇文學獎得獎的旅遊散文裡寫的：「有個走過同樣旅程的女友曾說她一路上嗟呼著：『如果我的奶子夠大，胸罩的肩帶一定被它給震斷掉，簡直是顛瘋了。』她的話言猶在耳，現下換我體嘗，還真是顛瘋了。只有女人才能在這樣的荒漠顛躓裡感覺那兩條細帶子，緊緊呵勒著胸，讓我走至世界的盡頭依然想到我是一個女人。」（1998：43-44）女性的身體往往也比男性更時時刻刻地牽動對空間的感知。柯裕棻在散文集《青春無法歸類》裡寫到：「我是一個三十多歲的單身女性，生活在台北。……除了憂國憂民之外，我們的困擾大概可以分成三類：體重，工作，錢——或者花錢」（2003：17），體重直接指涉的是身體的知覺，從旅遊的得與失關切的是減重的意外收穫，肥胖的長存隱憂，由身體延伸到衣櫃展現複雜交往——身分、象徵、時間、記憶等的社會焦慮空間，到胸衣聯想到的親密敵人——父權與女性主體永無寧日的自我辯證。而工作與錢，似乎與現實扣連地最緊，卻也還是貼著女性身分——職業婦女、女性自主來寫。女性散文書寫儘管不可能完全脫離地誌空間而存在，你還是可以識得那都會巷弄、識得那山野海岬，然卻難以斟酌辨識，而更貼近自己的心靈、身體，以自身作為書寫的對象空間，現實空間這時候就往往被推向模糊的景深處，我們看到的就經常是內向的抒情，一切景語皆情語，轉向「世界內在空間」。

琦君曾經在一篇散文裡駁斥一般人對閨秀派的偏見：

> 其實，寫家庭親子、身邊瑣事，又有什麼不好？古聖先賢說：「國之本在家，家之本在身。」「親親而仁民，仁民而愛物。」不是都要從一身做起嗎？何況一花一木，一粒微塵中可見大千世界。只要抒發內心真摯情懷，一片的溫柔敦厚，就是人間至情至性之文，必能引起讀者共鳴。（2004：167）

以為題材是可大可小，只要熱愛人生，有什麼不可寫，既可「懷鄉懷土」，當然也就可以「愛憐枝頭小鳥」。頗似方瑜在散文中引的芥川龍之介的話：

「為使人生幸福，就得喜愛日常瑣事。雲之光，竹之搖曳，群雀之聒鳴，行人之容顏——從一切日常的瑣事裡，體味出無上的美味。」（昨夜微霜，1980）而這「生活在他／她方」，一種里爾克所謂的「世界內在空間」（Weltinnenraum），一種無地誌的體內地誌書寫意味著什麼？經過現代主義洗禮後的內在轉向？女性特質的自然顯露？還是抒情傳統幽靈的幽幽再現？還是三者之間的環環相扣？

而這個抒情墜入抒情傳統的形式中，一如琦君時時心懷預設「一份熱誠與善意，不故意渲染，不為了標新立異，譁眾取寵而繪聲繪影」，立意追求「美」，而不願深掘人性之面目（167-168），是否恰是文人抒情傳統——「美學化宇宙觀念的倫理樂觀主義」（蕭馳，1999：Ⅳ）——的美學經濟再現？同時也成為左右散文家們觀看世界的角度？

肆、女性特質與女性散文

> 中國文學是傾向於蘊藉婉約的，所謂不失其溫柔敦厚之旨。而蘊藉婉約、溫柔敦厚的作品，由女性自己來著筆，自更顯得出色當行。（琦君1978：21 ）

琦君將女性與溫柔婉約劃上了等號，企圖將我們所習見對女性散文中細膩、深情、溫馨、蘊藉婉約的抒情傳統正名，也為自己筆下的抒情傳統正名。在此，女性特質與抒情傳統似乎有著先天上的契合。

鄭明娳在她〈八〇年代台灣散文現象〉一文，論及八〇年代知性散文的崛起，感性散文「容易落入濫情的窠臼」侷限，而盛讚曾麗華散文的知性趨向時，卻意外透露了她對女性散文的觀察：

> 她不像許多女性作家，有**強說愁的矯造**，及媚俗作家**刻意追索光明**的結

> 局，取代的是自然而流暢的描述和觀照。她從來不做**情緒的直接暴露**，也排除**修辭上的求工務巧**，而以意在言外的神韻悠然自得。她散文的知性成分遠遠蓋過感性成分。(1990：70)

這裡簡略地勾勒了「許多女性作家」，那「強說愁的矯造」、「刻意追索光明」、「情緒的直接暴露」、「修辭上的求工務巧」的普遍現象。且不論這樣的論斷對「許多女性作家」是否失之公允（這之間還是有高下之分），這段話卻至少大致透露了女性散文的抒情樣貌，不管是「許多女性作家」不免濫情而浮誇的感性，還是曾麗華那自然流暢，意在言外的悠然自得，抒情與女性散文似乎有著更密切的關係。

楊牧在編選《現代中國散文選》時，其序〈散文之為文類〉一文中，便嘗依其主題，將現代散文總結分成七類，從小品、記述、寓言、抒情、議論、說理，和雜文。(2002：107-108）每一類皆舉其祖師爺，及其後繼者。

類型	祖師爺	後　生
小品	周作人	豐子愷、梁實秋、思果、莊因、顏元叔、亮軒、也斯、舒國治
記述	夏丏尊	朱自清、郁達夫、俞平伯、方令儒、朱湘、徐訏、**琦君**、**林海音**、張拓蕪、**林文月**、**叢甦**、許達然、王孝廉
抒情	徐志摩	**蘇雪林**、何其芳、**張秀亞**、**胡品清**、陳之藩、蕭白、余光中、耀東、**張菱舲**、白辛、張曉風、**季季**、陳芳明、渡也
寓言	許地山	梁遇春、李廣田、陸蠡、王鼎均、司馬中原、王尚義、**林泠**、羅青、童大龍

議論	林語堂	言曦、吳魯芹、夏菁
雜文	魯迅、胡適	

儘管這分類並不準確，也大有商榷之餘地；也不管楊牧將後兩類視為「重實用，不重文學藝術性的拓植」存而不論是否畫地自限，我們都可以很明顯看到在這七個分類裡，女性代表作家（粗體字部分）絕大部份集中在記述和抒情兩類，而這兩類往往也是帶著濃濃的抒情氛圍，恰好也是楊牧自身所承襲下來的美學信條。那個從葉珊開始一生念茲在茲執守的「浪漫抒情」。而我們如何看待這樣抒情與女性特質之間近親的關係？先驗的本性？社會化的產物？抑或是它自身文類的形式下的美學經濟邏輯？

關於女性特質，西美爾從文化人類學的角度更具說服力地告訴我們：「女性比男性具有更強的流動性，更傾向於獻身日常要求，更專注純粹個人的生活。……女性的心理節奏確立的典型的生活方式，與我們稱之為客觀文化的價值的生產完全不同。」男人在這裡所追求的卻往往「不是事物，而是事物的載體；不是靈魂的內涵，而是實現內涵的功能；不是存在，而是存在形成的方式。」而女人卻「更多在於直觀，而不是概念。」（2000：187）對女人而言「事物本身的原因、生活、自然和世界隱蔽和不可分割的統一性，就是女性自己的根本依據。女人的這種本質的轉移，不是藉助歷史的強制和推移，也不是靠性別之間的關係賦予其影響實現的，所以說，就女性最本真的本質而言，女人和男人相比，更是從自己本身的根據活出來的（herauslebt）。」（192）正因如此，女人往往就比男人擁有更多「個體的個性形式（Form des personlich Individuellen）存在。」（187）

西美爾不是從男性女性之間的對抗作為切割，而是從性別問題的絕對與相對的角度去詮釋彼此之間的異同。不論是關注的題材、細膩的情感，還是生命的直觀，都不難覷見女性與抒情傳統之間確實表現得似乎更加契合（當然這不代表所有女性，也不代表男性於此便一籌莫展）。但這契合是否就可以完全歸諸女性特質而合理化？顯然也不盡然，不難看到女性特質的發抒很大程度上也受限傳統抒情的詩學規範，不免過分強調怨而不悱、哀而不傷，為含蓄而淵雅，為溫柔而敦厚。

伍、五四抒情小品的精神系譜

自五四以降，新文學在胡適的八不，陳獨秀的三大主義，周作人的人的文學，皆力主文學革命，以白話文對抗文言文，活的文學對抗死的文學，突出社會性和現實性，反對抒情的傾向。然這個概括的描述，卻未必能忠實呈現之中錯綜複雜的關係。當五四一輩作家試圖恢復「人的靈肉二重的生活」（周作人，1918）文學，對人性的關注，對自傳與主觀主義的偏好，對內面之發現，都間接承襲抒情傳統內心的幽微。在對敘事經營，也使小說中角色人物的內心世界被開放出來。

在強調文學通俗面同時，不容諱言裡頭有個極其泛情，甚至濫情的傳統，這使得新文學在回應整個廣大民眾心聲時，不得不認真考量此要素，然這種語言又不能淪為自己所批評的傳統「小女人」式輕浮、絮聒的表達，又拒絕走回頭路，反對文以載道的各項道德說教，於是詩歌的含蓄性又幽幽地回來了（周蕾，1995：194）。小說中如此（陳平原，2003：208-236），散文又何嘗不是（黃錦樹，2003a、2005），周作人甚至將抒情小品推至文學的極致：

> 小品文是文藝的少子，年紀頂小的老頭兒子。文藝發生次序大概是先韻文，次散文，韻文之中又是先敘事抒情，次說理，散文則是先敘事，次說理，最後才是抒情。……小品文是文學發達的極致，他的興盛必須在王綱解紐的時代。……小品文則又在個人的文學之尖端，是言志的散文，他集合敘事說理抒情的分子，都浸在自己的性情裡，用了適宜的手

> 法調理起來。(1935：6-7)

這裡「用了適宜的方法」，則預告了京派小品一步步走向抒情美文的命運，隨後胡夢華與梁遇春等更進一步確認小品文的基本特徵：「如家常絮語、用輕鬆的文筆，隨隨便便談人生；掙脫世俗偏見，從一個嶄新的觀察點去領略人生樂趣；其特質是個人、非正式與詼諧；其風格是灑脫、含蓄與沖淡閒逸。」(參陳平原，2004：200) 這些幾乎是天光雲影共徘徊的審美主張直接影響梁實秋、林語堂，以及女散文大家冰心等人的散文風格。也正是這種含蓄、沖淡不帶政治色彩的特性，才使得儘管四九年後仍舊滯留大陸的冰心，那種永遠只帶著女性抒情與母性關懷的政治不沾鍋，得以和早逝的朱自清、徐志摩，以及政治正確的林語堂和梁實秋一樣，成為白色恐怖年代少數免於查禁的文學讀物，以其纖巧柔情之姿流傳於台灣書肆坊間，而成為女性散文的典範。(林燿德，2001：198)

從琦君、林海音、張秀亞、艾雯，到季季、張曉風，甚至晚近的陳幸蕙、張曼娟等，皆不難嗅到這清新雋麗的氣息。處處可見「 乙乙欲抽」的情懷(阿英，1979：128-129) ，一種「意在言外、文必己出，哀而不傷，動中法度」(郁達夫，1935：16) 的抒情傳統。

陸、美感形式與外部空間

余光中在〈剪掉散文的辮子〉不知是刻意為之，還是無意識地將五四以降那不肯剪去小辮子的散文稱為「小妹妹」，一個相對於其它蓬勃發展文類的「保守小妹妹」：

> 現代詩，現代音樂，甚至現代小說，大多數的文藝形式和精神都在接受現代化的洗禮，做脫胎換骨的蛻變之際，散文，創造的散文（俗稱抒情

的散文）似乎仍是相當保守的小妹妹，迄今還不肯剪掉她那根小辮子。（102）

從其動輒以「浣衣婦」、現代詩現代小說的「么妹」，字裡行間余光中不無把散文形式**性別化**，小女生化的嫌疑。女性主義者可能對此大發牢騷，不過在此暫且先接受（當然不代表同意）此命題，而試著循此無關緊要的縫隙討論女性和散文之間的親密關係。

張誦聖便曾在《文學場域的變遷》提出對戰後台灣的主導美學形態幾項觀察，其中論及寓有女性特質的抒情文類與正統意識形態之間的曖昧關係：

> 在性別化的文學類型與「官方意識形態」結合之下，與「**女性特質**」等同的抒情文類得到額外的正統性，並且在文學生產場域裡分配到很大的發展空間（**比方說在張秀亞、鍾梅音、蘇雪林、琦君、林海音**等作家身上我們看到的是五四一支流派、古典抒情傳統與女性特質文類的相結合）。（2001：127-128）[8]

巧的是張誦聖所舉的張秀亞、鍾梅音、蘇雪林、琦君、林海音例子，每一個都寫散文，且都以散文傳世。而張所舉的反例，歐陽子、李昂，儘管也不免寫散文，卻都以小說傳名，這顯非偶然。當現代主義作家開始試圖對傳統五四揚棄，當現代小說、現代詩進行大規模的文學改造工程時，散文卻形成一個相對穩固的文類形式。

就像女性散文的祖師奶奶冰心所自喻：「我從前也曾是一個小孩子，現在還有時仍是一個小孩子。為著要保守這一點天真直到我轉入另一世界時為止，我懇切的希望你們幫助我，提攜我，我自己也要永遠勉勵著，做你

[8] 張所謂「文類形式的性別化」（gendering of the literary genre）簡單來說就是「將刻板印象中的性別特質與文類做直覺的聯繫或等同。」（127）

們的一個最熱情最忠實的朋友！」（1994：61）

這段話自冰心筆下寫來大概沒有人會詫異，但這拒絕長大的孩子（同時隱喻了散文的特性），除了反應冰心的讀者群之外，無不就是希望通過兒童的純真，一種「單純信仰」（胡適對徐志摩語）的想望，企及一個聖靈充滿的純淨絕美境界，透過文字煉金術，在這絕美的境遇裡去蕪存菁，阻絕現實殘酷。在琦君的散文裡便不只一次地為自己辯駁：

> 我自笑把人生美化得離了譜。但我深感這個世界的暴戾已經夠多，為什麼不透過文學多多渲染祥和美好的一面，以做彌補呢。（1987a：5）

> 世間固多無可隱諱的醜惡，卻也隨處呈現了美好。我們為什麼不多發菩提心，多寫美好的一面，以愛來包容過錯，轉化醜陋呢？（1987b：159-160）

張秀亞亦常自云：

> 我要抒寫的乃是真理、正義、人性的光輝，愛的溫煦……去擷取大自然中生長的喜悅，造物者博大的情懷，為此，寫至真切、深切處，乃是可將一個有情的世界全盤的脫出，於是，一股溫暖，一種溫愛自會迴旋於紙上。（2005b：317）

琦君、張秀亞那種對真、善、美的乾淨信仰，其實正應和了時代的主導文化。戰後的休養生息，加上逐漸起飛的經濟發展，間接使這幸福的純美想像變得更加氾濫時，同時卻就藉此迴避或延遲了對真實的深刻質問。

文論家弗萊（Northrop Frye）在談到美文時，便曾提出如是警告：「追求美比追求真或善更為**危險的愚蠢行為**，因為它為自我提供了一種更為強烈的誘惑。美像真和善一樣，在一種意義上是所有為大藝術的可被斷言的一種性質，但是有意地美化本身只能削弱創作精力。藝術中的美就像道德中的幸福：它可以伴隨行動，但它卻不是行動的目標，正像一個人不能『追求幸福』一樣，而只能追求其它某種能給予幸福的東西。以美為目標，至多產生有吸引力的東西：由可愛這個詞所代表的美的性質，**是依賴於對主題和技巧都進行謹慎的、受限制的選擇。**」（1998：119）

在抒情之純美背面所透露的極可能便是不敢直面生命，尤其在「政治世界成為全部境遇」的中國（于連，1995：135），在迂迴的曲折表達中，可能同時「緩解兩方面的衝突：為一方模糊錯誤，為另一方遮掩羞恥」（59）。因此當散文家們傾心全力於一個建構超歷史—自然的和諧空間，在現實苦難當中，精粹提煉一種趨近自然田園之美作為超越的「榮光」，同時「也成了它的侷限」（陳世驤，1972：2）。就像魯迅對小品文的危機提出的警告：

> 散文小品的成功，幾乎在小說戲曲和詩歌之上。這之中，自然含著掙扎和戰鬥，但因為常常取法於英國的隨筆（Essay），所以也帶一點幽默和雍容；寫法也有漂亮和縝密的，這是為了對於舊文學的示威，在表示舊文學之自以為特長者，白話文學也並非做不到。以後的路，本來明明是更分明的掙扎和戰鬥，因為這原是萌芽於「文學革命」以至「思想革命」的。但現在的趨勢，卻在特別提倡那和舊文章相合之點，雍容，漂亮，縝密，就是要它成為「小擺設」供雅人的摩挲，並且想青年摩挲了這「小擺設」，由粗暴而變為風雅了。（1981：576）

姑且不論魯迅那能殺出一條生存血路的血寫小品，是否夾帶男性的審美暴力。但被魯迅形容的雍容、漂亮、縝密、風雅的小品散文，卻始終是散文歷久不衰的主流。在藉審美形式變粗暴為風雅，消解人生傷悲的同時，何嘗不正消解了人們對現實的反抗。

自 1969 年余光中擎現代主義的大旗，鼓吹剪掉散文的辮子，力主一個「彈性、密度和質料」的現代散文（1993：109）以降，散文滲入更大量的詩元素，而更加趨近隱喻式高度凝縮的美學—經濟表達（黃錦樹，2003a：54-55），跳離現實主義筆下的地誌白描，進入更曲折的體內地誌之中。而這曲折的體內地誌又往往不是架構在嚴肅的大敘事之中，反而是穿梭於無關緊要的細節之中，一如「十九世紀巴黎都市的一種『無關痛癢是其根本』的小品文——生理學——『從在林蔭大道上轉來轉去的街道小販，到劇院休息廳的花花公子，巴黎生活中的人沒有不被『生理學家』所描繪的』,『在各類人寫完後就輪到城市的生理學了。……就連動物的生理學也沒放過，因為動物總是無關緊要的題目』。當然也包括自身身邊的周邊配件，衣服香水室內擺設。」（黃錦樹，2003a：59-60）

另一方面我們也不容否認，這種大量細節的書寫極可能同時意味著「另一種現代性和歷史觀」：

> 通過和困陷、毀滅和孤寂寥落等情感處境息息相關的感情細節描述，油然而生。細節和感性的東西，在如此一個感情背景之下結合，從而為文化提供一個用有力的負面感情來界定的闡釋。此等感情零散不全，只能在深深埋藏於敘事體的意識形態「剩餘物質」中，才能尋著。（周蕾，1995；167）

散文在這裡不僅是所有文類中的「剩餘物質」（文之餘或詩之餘），也同時是最便宜描述「剩餘物質」的文類。似乎更能夠透過這些細節的描述（如周蕾所指的鴛鴦蝴蝶派）對抗一個國家建設的大敘事（人民的語言與文學）。但在中國事實卻不然。因為不僅在周蕾看來這個國家建設的大敘事擺脫不了細節的描述，甚至意外地成為「**中國文人觀念的忠實承繼人**」(178)；這些看似向內轉去的現代主義散文特徵，其實也如黃錦樹所說「也就是魯迅在半個多世紀前譏嘲過的『雍容、漂亮、縝密』『供雅人摩挲』的小擺設，而它和楊牧高度肯定過的那五類散文、甚至和余光中提倡的現代散文也有直接的血緣關係。」（2003a：60）簡單講就是**不論**五四的小品散文，抑或余光中的現代散文都意外地成為中國文人觀念的繼承人。

令人詫異的是在中國，這些沿瑣碎細節而轉向體內地誌的書寫背後，隱隱佔據主導地位的不是普實克所說從傳統哲學、宗教、倫理道德解放出來，反叛社會秩序的「存在的悲劇感覺」（1980：1-3），而是構築在傳統抒情美學的文化機制運作的經濟邏輯之中。

柒、抒情的美學—經濟

尚・拉普朗虛（Jean Laplanche）和尚－柏騰・彭大歷斯（J. -B. Pntalis）在《精神分析辭彙》一書關於「經濟論的」一詞條寫道：「用以描述與下列假設有關的所有事物：**精神過程是一種可被量化——可增加、減少及等同一的能量（欲力能量）之流通與分配。**」（2000：135）換成比較簡單一點的解釋即是從**投資**的經濟活動觀點來考慮人的精神過程。佛洛伊德的精神分析奠基於拓撲論、動力論以及經濟論之上，經濟論提供了一個臨床經驗之外的分析裝置，在這精神裝置中我們得以投資、撤回投資、逆投資與多重投資等經濟論辭彙來解釋性慾在對象、目的與刺激來源之間是如何交互作用（轉換、移置、凝縮、淨化、抑制、弭除等）。

經濟論的解釋，提醒我們在解釋抒情傳統作為一個普遍價值上的律則，不能單單只從本質主義預設的單一不變的核心價值（抒情—本體論），或是自陷於其美學預設中去闡述（如新批評之於古典文學），而必須回到周遭的空間場域上，討論運作於這個精神裝置內部的價值是如何投資、如何流通。甚至就像一般經濟原則一樣，當增強某些能量時，其他活動自然就被減弱；自戀和自我力比多的投資加碼時，也必然犧牲對象的投資。

首先，抒情傳統幽靈的陰魂不散，與散文在文學場域的位置直接相關，直言之，就是現代散文與抒情傳統同樣都盤據於文學場的**高度經濟資本**

（CE＋）、高文化資本（CC+）與低度自主（AUTON－）之中[9]，這跟第陸節張誦聖所說主流意識形態合流的趨向是相一致的，通過編譯館國文課本的選編，文學刊物——副刊與雜誌——的把關，文學獎的審核揀選，讓文學寫手在準備進入文學體制之前，即必須先熟捻整套遊戲規則，歷經一連串的磨難、淨化，與執著的文學養成，[10]才能獲得文學的認可。這時候中文系出身的女散文作家們便顯得得天獨厚，由於其所學，更能以整個中國文學為其材料庫，舞文弄詞，託玄遠飄渺之意境，熟悉抒情傳統的文學操作。

以陳芳明與張瑞芬編選的《五十年來台灣女性散文．選文篇》一書，所選入的50位代表女散文家為例，中文系出身就有：琦君、林文月、張曉風、謝霜天、方瑜、洪素麗、廖玉蕙、凌拂、曾麗華、沈花末、陳幸蕙、周芬伶、黃寶蓮、戴文采、柯翠芬、簡媜、蔡珠兒、張曼娟、鍾怡雯共19位（另蘇雪林、蕭傳文雖不是中文系出身，卻於中文系任教）。另外，1945年戰後出生者，則有15名，更佔28位戰後出生者1/2強。而50位女散文家中，台籍者佔20位（若扣除較特殊〔台籍外省人〕的林海音和林文月則只有18位），且大部分都是戰後出生（計15位），而20位台籍作家不是中文系出身的又僅佔9位，而9位非中文系台籍散文家當中，半數又是台灣高等教育逐漸普及後的五年級生。

藉以上幾個數據約略看得出來，對於欲踏入文學圈（散文創作）的人（尤其是文學教養相對貧乏的台籍學子）而言，中文系的文學訓練不啻提供了一個方便之門。余光中在評論張曉風散文就說過，中文系的教育、女作家的傳統，和五四新文學的餘風阻礙了女性散文進入現代。（2003：5）姑且不論這三項設限是否真的會阻礙散文現代化，從數據上看來，中文系

[9] 關於文化生產場的配置請參布迪厄（P. Bourdieu）《藝術的法則》一書的解釋。（2001：153）

[10] 保羅・雷丁透過巫師的養成三個過程：磨練的考驗、禁忌和淨化的信仰、執著或依附某種目的，來類比知識份子合法性要素。（見齊格蒙•鮑曼，2000：15-16）

的優勢，不因戰後教育的普及，對中文掌握能力益加純熟，而完全消弭（散文尤其顯著）。

而這向古典主義的回歸背後，正與「中國—現代主義」（黃錦樹，2003b：26-29）的強大趨力息息相關。這高文化資本背後意味的其實指向一個復歸中國的大趨向，儘管裡頭不盡然只是單純地滿足戰後大批外省移民的思鄉情愁，童年憶往，然而在這政治意識形態的規範下，透過語言的純化所洋溢的文化情調，與整個中國的現代境遇：造就了一套與「西方—現代化」對抗下的集體民族悲懷／遣悲懷相近的審美方式。[11]

另一方面，運作這高文化資本的邏輯，除了與當時台灣刻意營造的文化復興基地的文化氛圍，以及文化自身的生產邏輯有關外，還是整套高經濟資本的消費邏輯，隨著經濟復甦，教育提高，透過對讀者而言這些作品所營造出來優雅的空間，大戶人家的氣度、精緻的生活氛圍、男女之間曲折的情愛，儘管不盡然就是讀者的生活背景，也不一定代表了讀者單純的灰姑娘夢想，卻依然令讀者著迷徘徊於空間之中，除了沉浸著迷於作者故事的曲折或感同身受，其實也同時可能消費了這些由作者所營造的空間所釋放出來完全外在於意義指涉關係的一種任意偶然和不一致的關係。（布希亞，2001：223）滿足了白色恐怖年代，被外在壓抑情感的一處**宣洩閥**。這與大多數通俗文學背後濫情卻又保守的意識形態，有著極其相近的結構。後頭我試以台灣女性散文的兩個典範：琦君與張愛玲為例，說明這美學經濟的操作。

楊牧曾對琦君散文所擅長的抒情傳統技藝，有著極其準確的捕捉：

> 琦君的淺愁永遠是無害的淺愁，不是傷人的哀嘆——然則，她又如何能

[11] 劉小楓曾指出中國面臨西方的衝擊，在中西價值觀念緊張的張力結構中，試圖透過「審美的人生態度和藝術代替宗教的訴求作為漢語審美主義的基調，表達了中國現代主義話語之基本症候（傳統與現代的衝突和中西思想理念衝突）。」（1998：309-310）

> 不流入泛情的哀嘆？　我發現她時常能於筆端瀕近過度的憂傷之前，忽然援引一句古典詩詞，以蒙太奇的聲形交錯，化解幾乎逾越限度的憂傷，**搶救**她的文體於萬隱之間，忽然回頭，保持琦君散文的溫柔敦厚，而且更廣更博。(1980：6)

這裡幾乎意外透露琦君散文的美學操作：**感懷感傷—審美引喻（用典）—臻至超越**。每每在關鍵時刻引上一兩句古典詩詞，如脂批《紅樓》說的「妙處皆從詩詞句中泛出來」，使瀕臨決堤的情感重新從詩詞悠遠飄渺的審美意境中獲得某種超越，謹守抒情傳統「大對仗原則」，強調「**倫理上有序的，充滿平衡、理想、和樂觀氣氛的世界**」（蕭馳，1999：317）。但楊牧所念茲在茲那「深哀淺貌，景深遙遠」、「言情不盡、其情乃長，此風雅溫柔蹲後之遺」（陳祚明語，楊家駱主編，1962：14）的溫柔敦厚技藝背後，則潛藏了無所遁逃的虛無：

> 中國詩詞的意境追求，使我們陷入趣味的迷宮，這確是很令人著迷的，由於趣味中所含有的高級心智和機巧，使我們認同了這種審美理想，專注於其中。也正是趣味的緣故，它使那些尖銳的不可調和的痛苦，還有崇高壯美的歡樂，全都**溫和化，委婉化**，並且**享受化**了。它其實是有害處的，它就像是蛀蟲，蛀空了感情的機體，使它坍塌下來。從此，我們就以為，所謂情感，就是那些填磚縫的小東西，而不知道，它也是有著自己的體積。(2001：301-302)

這段話幾乎一語中的地道盡琦君及其後繼者不可承受之輕。只是，王安憶這段話竟是針對台灣女性散文另一個祖師娘——張愛玲及其後學者而寫，意外地在琦君及其後學者的抒情散文裡卻看見相同的抒情美學—經濟的操作與危機。世故的張愛玲與溫柔敦厚的琦君分別代表了台灣散文兩個世代的典範，卻同時在更大的憂傷痛苦處不疾不徐地踩了煞車，運用了相近的美學—經濟策略，透過「興」的技藝，「走向山水世界，在自我與山水景物的交會處取得歸宿」（蔡英俊，1986：44），走向「一花一木」捕捉夢痕，領略生活之壯美，[12]甚至根本什麼都不用，就只要引一兩句詩詞，以抒情文字達到「超越於社會倫理、政治關懷之外，而直接與宇宙精神交感相契的真理領悟的心靈經驗。」（柯慶明，2000：105）從而獲得拯救。

這裡美學—經濟的操作一如張曉風所堅信：「散文的寫作不純粹使用生活的語言……有賴於傳統文學的簡潔、閎約及婉轉深厚。散文作者很難靠情節或人物的精采，故必須反求諸己，退而求文學語言本身的魅力——這一點，靠的是詩詞歌賦的源頭。」一個古老起興的文學技藝，透過詩詞歌賦散下細碎的點點光影，滌去現實鉛華，寄寓於唯「美」之上，處處閃現綸音天語，充滿羽化升騰之感。

這整個和諧的圖像，就像琦君借言曦散文所勾勒的理想散文時所透露的：

> 不僅在文字的幽默風趣（美），感情的篤厚濃烈（真），而在乎以「美」的筆觸和「真」的感情，所呈現的道德境界（善）。這是一本**不須用腦筋去思考**，而是要用全副心靈去感受的好書。（1987c：148）

但也不容否認，如果真將真善美的判準推到了極致，肯定是個經過嚴格品管篩選一塵不染的烏托邦唯美境界，與現實空間的阻絕，只能以心感受而流於「溫和化、委婉化、享樂化」，也正因缺乏反思（「不須用腦筋去思考」），而極易被任何意識形態，甚至以真善美之名行商品化之實操控。

七、八○年代以後，隨社會風氣開放，女性意識抬頭，女性小說和散文普遍受張愛玲影響而轉向，充分展現都會女子慧穎、辛辣，似乎與抒情

[12] 琦君在《留予他年說夢痕》後記裡寫道：「『留予他年說夢痕，一花一木耐溫存。』這是恩師的話。他勉我們當以溫存的心，體味生涯中一花一木給與我們的喜悅和啟示，因而領略道生活之壯美。……生涯有限，去日苦多。時光愈短暫，也就彌足珍惜。」（1980：201-203）

傳統漸趨脫勾，但事實卻未必如此簡單。[13]借張誦聖對台灣七、八〇年代張派女性小說家的觀察，這些作品不管是通俗題材；不管是中國結或台灣結的「文化懷舊現象造成張愛玲成為當時的文化象徵」（2001：61）；還是由於張的抒情轉化，美妙地結合中西，以那「高度暗示性的文字意象很清晰地喚起中國古典詩所蘊涵的豐富深度和力度」（63）；以及提供了一個得以全身而退適切地「表達她們自身所經歷的政治矛盾的途徑」，一個「故作姿態的曖昧規避手法、具有高度自我意識的被動態度、以及在主觀的情感中自我耽溺」（65）。這幾項在台灣七、八〇年代以降的女性散文身上，仍舊清晰可見。

這些女性小說家，當然也包括這些女性散文家借用了張愛玲那那獨特的「歷史感」，得以從八〇年代以後，政治、經濟急速起飛後失序、失速充滿參差的都市場景中跳脫，而「站在一段距離之外將戰爭、革命等現實描寫成非理性、超乎人類掌握的事件，並且將寫作的焦點放在以敏銳、細微的感知力記錄個人的情感上。換句話說，藉著將歷史評斷與社會及政治向度分離，以美學欣賞的角度替代理性的詮釋，她們避免直接觸及意識形態。」（66）

張誦聖這極其敏銳的觀察，提供了我們在診斷女性散文的抒情轉折，一個極重要的缺口，這個缺口絕不單純只是張誦聖文中說的「傳統的社會規範限制女性涉足公共事物，並且在文化上偏好被動、柔順等『女性』特質。」（66）而整個抒情傳統文化美學—經濟邏輯的操作，簡單從女性淺層外部空間——受男性威權所規範的空間——來解釋，顯然是不夠的，就像米蘭．昆德拉（Milan Kundera）在《生活在他方》一書開宗明義說的：「抒

[13] 陳芳明以為受到張愛玲影響的台灣女性散文，「在追求現代主義的過程中，在女性意識覺醒的過程中，已經走出一條與男性散文全然不同的道路。她們的空間書寫，極其纖細地寫出隱藏在體內的敏感、脆弱與哀傷。然而，也因為她們能夠寫出那種幽微的感覺，縱然是藉由張腔吐露出來的，女性散文建立起來的美學就再也不是男性尺碼可以輕易衡量的。」（2006：25）即是一例。

情態度是每個人的潛在的態勢；他是人類生存的基本範疇之一。作為一種文學類型，抒情詩已經存在了許多世紀，因為千百年來人類就具有抒情態度的能力。」(1992：5）抒情的必然存在，卻經常因為男性文人以其自身的生活境遇——**尤其是**政治境遇，為抒情傳統**劃定了**一個「樂而不淫、哀而不傷」的「美學化宇宙觀念的倫理樂觀主義」(蕭馳，1999：Ⅳ)，一種代表男性的「強固的集體共同存在的感通意識」(張淑香，1992：45)，卻可能相當程度地限制了女性抒情的表現方式、表現對象，同時也限制了抒情的感知能力（這對女性作家如此，對男性作家的操控又何嘗不是)。在這美學—經濟的複製邏輯中，現代散文所暴露的哲學貧困，就不免像唐諾在〈小說家的散文揮桿〉裡所說的：

> 台灣的散文，一直到今天了還清晰存留個怪現象，那就是在小說書寫隨一波波現代浪潮生猛地翻過好幾番同時，散文奇怪仍像故宮博物院玻璃窗隔絕的明清雕琢圓潤飾物般，仍停留在前周作人的古老時光，一點點五四美文，一點點歷史掌故和詩詞歌賦，一點點生活中無處不在的小禪意小頓悟，一點點不致命的悲歡離合，最終抽空成王維詩仿本的空靈境界，如滿天花雨不沾衣，不，有時也沾的，沾一點點，沾得恰到好處，要沾來寒梅一點經霜越傲，雅不可耐。(唐諾，20021110)

亦如對岸的王安憶，對於現代散文貧血極其相近的敏銳觀察：

> 今天的散文環境，到處是那種一兩千字的小小園地，種植著一些淺近而抒情的文字。區別是這時候的人已經不再被虛構的故事迷惑，他們不愛傳奇，愛的是情調。他們愛一些對人生的喟嘆，越有新意越好，這可充實他們的精神和詞匯庫。這些對人生的詮釋和見解，像作料一樣，使人們能夠更好地享用人生，把人生當作一道美餐。那裡有著一些傷感，回味卻也是甜美的。**它們將生活溫和化了，使人性也溫和化了。**有時它們

> 也打打嘴仗，卻無傷大雅，痛都不痛的。這樣的散文幾乎充塞了雜誌和報紙的空白與夾縫，少一點不覺得，多了就發現它們非常像一些廣告詞，而人生則成了商品。(294-295)

內在情感一個不小心便可能在這包裝美美的審美空間裡迷了路，日益枯竭，[14]滿足耽溺於各種各樣情感反映的審美姿態之中，而忘了思索審美情境背後的情感的真實重量與體積，忘了直接契入生命的存在空間。

捌、小結：成為抒情的理由

女性散文與抒情傳統之間的關係，就如西美爾所坦言：「生命只能通過形式來表現自己和實現它的自由，然而形式又必然妨礙著生命的發展並阻止它的自由。」（1997a：41），就像「任何藝術形式都一定會在某些地方影響到藝術家，例如傳統、從前的典範、固定的原則。」（30）在這形式中，必然會受形式的拘牽、屈服、僵化，甚至屈服，而不自覺地阻礙了生命的奔流。

散文作為一個自由的文類形式，本是最貼近生命直觀，體現女性，能夠更自由自在地透過自身的內在規範。但事實上我們看到的又是，儘管女性擁有她抒情的理由，而且絕對充分，但這內在的抒情衝動卻顯然尚未能完全充分展開，仍舊處處囿於抒情傳統的美學—經濟形式的榮光與侷限當中，受**男性政治境遇**預設下的抒情傳統——一種「強固的集體共同存在的感通意識」所規範，在抒情美學——經濟原則中借助於陳腔濫調與老套的

[14] 王安憶對後來的散文家極盡所能地「揮霍浪費」張愛玲那「最精緻最聰明」的張腔，如是憂患：「這種文字的揮霍浪費，消耗了我們原本就有限的文字儲存以及不斷的積累，許多好字失去了意義，變成通俗的概念，許多好意義則無字可表達。由於小說和詩歌的生產及不上散文，其揮霍的程度便也及不上散文。散文在揮霍文字的同時，其實也在揮霍文字所賴予表達的情感。在煽情和濫情的空氣底下，其實是情感的日益枯竭。」（2001：298）

形式，處處限制了生命的直觀，反而無法按照自己內在的規範來書寫，一如西美爾對上個世紀初的女性文學起步時的困境所描述的：

> 女性作家努力將女人的內在生活客觀化為審美形態，但沒有完全滿足這種客觀化已有的輪廓，以至於為了必須滿足客觀化的要求，**只能借助於某種陳腔濫調和老套的樣式**。在內心世界方面，女性寫作仍然**未能窮盡**女性的感覺之餘（Eine Rest von Gefuhl）和活力，使之成為審美形態。（2000：147）

再借米蘭．昆德拉的話：「**那裡，妳不是在自己的地方，親愛的**」，女性並非錯失了女性特質，只是錯失了一個可靠的目標，而將自己侷限一個**想像的他方——而非存在的她方**——上踩著他人的腳印築夢。

不過，可喜的是這作為**文學這奇怪建制**中，除了支配性的主導力量之外，也同樣存在一股「威脅或削弱這一權威的對抗勢力。」（德希達，1998：19）

> 文學的空間不僅是一種建制的虛構，而且也是一種虛構的建制，……文學作為歷史性建制有自己的慣例、規則，等等，但這種虛構的建制還給予原則上講述一切的權力，允許擺脫規則、置換規則，因而去制定、創造。（1998：3-4）

近年來，女性散文家其實也在一定程度上意識到抒情—美文在形式上的侷限，而思圖出走，周芬伶的姐姐妹妹向左轉，更多女性作家的旅行書寫（鍾文音、張讓等），族群書寫（簡媜等），甚而走上男性主導的嚴肅政治批判品味（龍應台、平路等），犀利地觀察社會百態（簡媜、朱天心等），無不試圖以各種姿態衝撞整個抒情形式的框架。不可諱言絕大多數作品在表現形式上，除了市場的運作機制，和文學傳統的強力拉扯之外，她們**更戮力**於處理此一「**女性文類**」自身，直面女性的文化品質，採取「自我肯定」

的正面形式，處理內向世界。但革命顯然尚未成功，維琴尼亞．吳爾芙一輩子的志業就在試圖「將小說重新定位，再造，以捕捉眼前紛紜以消匿聲跡之萬物，掩有整體，為無窮陌生的狀與態一一定型」(引楊牧譯，2005：154)，而散文又何嘗不是。 換成簡媜的話，散文書寫的「焦慮不全然是壞的，它可以測試極限，拓殖新境。或許有一天，我們必須學習丟開舊名號與舊尺度，直接議論『思想實體』吧！」(2004：147)

參考文獻

專書

- 于連（François Julien）著，杜小真譯。1997。《迂迴與進入》。北京：三聯。
- 什克洛夫斯基（ Victor Shklovsky）等著。1989。方珊等譯。《俄國形式主義文論選》。北京：三聯。
- 王安憶。2001。《我讀我看》。上海：上海人民。
- 王志弘。1998。《流動、空間與社會》。台北：田園城市文化。
- 皮埃爾・布迪厄（Pierre Bourdieu）。2001。《藝術的法則：文學場的生成和結構》。劉暉譯。北京：中央編譯。
- 米蘭・昆德拉（Milan Kundera）。1994。景凱旋、景黎明譯。《生活在他方》。台北：時報。
- 皮埃爾・布迪厄（Pierre Bourdieu）。2001。《藝術的法則：文學場的生成和結構》。北京：中央編譯。
- 西美爾（G. Simmel）。1997a。〈現代文化的衝突〉。曹衛東等譯。《現代人與宗教》。香港：牛津。
- ———。1997b。〈女性運動的意義〉。羅悌倫等譯。《資本主義的未來》。北京：生活・讀書・新知三聯。
- ———。2000。《金錢、性別、現代生活風格》。顧仁明譯。北京：學林出版社。
- 周作人。1935。〈美文〉。《中國新文學大系・散文二卷》。上海：上海文藝。
- 周蕾。1995。《婦女與中國現代性：東西方之間閱讀記》。台北：麥田。
- 尚・布希亞（Jean Baudrillad）。2001。林志明譯。《物體系》。上海：上

海世紀。

- 尚・拉普朗盧（Jean Laplanche）、尚－柏騰・彭大歷斯（J. -B. Pntalis）。2000。沈志中、王文基譯。《精神分析辭彙》。台北：行人。
- 林燿德。2001。《新世代星空：林燿德佚文選 I 》。台北縣：華文網。
- 阿英。1979。《阿英文集》。香港：生活・讀書・新知三聯。
- 波赫士（Borges , Jorge Luis）。2002。王永年譯。《波赫士全集 I》。台北：台灣商務。
- 冰心。1994。〈寄小讀者〉。《冰心全集》卷 2。福州：海峽文藝。
- 張秀亞。2005a。〈我的寫作生涯〉。《 張秀亞全集》。集 4 。台南：國家文學館。
- ———。2005b。〈我的筆耕生涯〉。《 張秀亞全集》。集 8 。台南：國家文學館。
- 張淑香。1992。《抒情傳統的省思與探索》。台北：大安。
- 張瑞芬。2006。《五十年來台灣女性散文・評論篇》。台北：麥田。
- 張誦聖。2001。《文學場域的變遷》。台北：聯合文學。
- 張讓。2003。《和閱讀跳探戈》。台北：大田。
- 莫里斯・布朗肖（Maurice Blanchot）。2003。顧嘉琛譯。《文學空間》。北京：商務。
- 陳世驤。1971。《陳世驤文存》。瀋陽：遼寧教育。
- 陳平原。2004。《中國散文小說史》。上海：上海人民。
- ———。1981。《中國婦女生活史》。台北；台灣商務。
- 陳芳明、張瑞芬編。2006。《五十年來台灣女性散文・選文篇・上下》。台北：麥田。
- 傅科。2001。〈不同空間的正文與上下文〉。陳志梧譯。包亞明主編。《後現代性與地理學的政治》。上海：上海教育。

- 琦君。1978。《讀書與生活》。台北：東大圖書。
- ———。1987a。《琦君讀書》。台北：九歌。
- ———。1987b。《錢塘江畔》。台北：爾雅。
- ———。2004。《青燈有味似兒時》。台北：九歌。
- 黃錦樹。2003b。《謊言或真理的技藝：當代中文小說論集》。台北：麥田。
- 楊牧。1996。《亭午之鷹》。台北：洪範。
- ———。2002。《失去的樂土》。台北：洪範書店。
- ———。2005。《人文蹤跡》。台北：洪範。
- 楊家駱主編。1962。《古詩十九首集釋》。台北：世界書局。
- 齊格蒙· 鮑曼（Zygumunt Bauman）。2000。洪濤譯。《立法者與闡釋者：論現代性、後現代性與知識份子》。上海：上海人民。
- 劉小楓。1998。《現代性社會理論緒論》。上海：上海三聯。
- 德希達（Jacques Derrida）。1998。趙興國等譯。《文學行動》。北京：中國社科。
- 鄭明娳。1986。《現代散文縱橫論》。台北：大安。
- 鄭明娳。1992。《現代散文現象論》。台北：大安。
- 蕭馳。1999。《中國抒情傳統》。台北：允晨。
- 鍾文音。1998。〈咖啡館沒有女人〉。舒國治等著。《縱橫天下》。台北：聯合文學。
- 鍾怡雯。2004。《無盡的追尋：當代散文的詮釋與批判》。台北：聯合文學。
- 簡媜。1988。《私房書》。台北：洪範。
- ——。1996。《女兒紅》。台北：洪範。
- ——。2004。《舊情復燃》。台北：洪範。

- 愛德華．W．蘇賈（Edward W. Soja）。2004。王文斌譯。《後現代地理學：重申批判社會理論中的空間》。北京：商務。

單篇論文

- 王文興。1988。〈張曉風的藝術：評《我在》〉。張曉風。《從你美麗的流域》。台北：爾雅。
- 余光中。1993。〈剪掉散文的辮子〉。何寄澎主編。《當代台灣文學評論大系．散文評論卷》，台北：正中。頁99-111。
- 李元貞。2000。〈從女性雙重「他者」的觀點閱讀吳瑩詩文〉。花蓮縣文化局編。《地誌書寫與城鄉想像：第二屆花蓮文學研討會論文集》。花蓮：花蓮文化局。頁99-106。
- 林惠玲。2003。〈體內地誌與原鄉視景：論台灣女詩人吳瑩與零雨空間書寫〉。范銘如主編：《挑撥新趨勢——第二屆中國女性書寫國際學術研討會論文集》。台北：台灣學生。頁325-342。
- 郁達夫。1935。〈中國新文學大系．散文二集導言〉。《中國新文學大系．散文二集》。1935（2003重印）。上海：上海文藝。頁1-19。
- 唐諾（謝材俊）。2002。〈小說家的散文揮桿〉。《中國時報》。23版書評花園。
- 高彥頤。1995。〈「空間」與「家」——論明末清初婦女的生活空間〉。《近代中國婦女史研究》。第3期（1995.8）。頁21-50。
- 黃錦樹。2003a。〈文之餘？——論現代文學系統中之現代散文，其歷史類型及與週邊文類之互動，及相應的詩語言問題〉。《中外文學》。卷32期7（2003.12）。頁47-62。
- ———。2005。〈抒情傳統與現代性：傳統之發明，或創造性的轉化〉。《中外文學》。卷34期2（2005.7）。頁157-185。
- 熱．熱奈特。1987。〈文學與空間〉。王文融譯。馬克思文藝理論研究編輯部編選：《美學文藝學方法論》。北京：文化藝術。頁 187-192。

- 鄭明娳。1990。〈八〇年代台灣散文現象〉。孟樊、林燿德編。《世紀末偏航：八十年代臺灣文學論》。台北：時報。
- 鍾文音。1998。〈咖啡館沒有女人〉。舒國治等著。《縱橫天下》。台北：聯合文學。
- 蘇珊妮・麥肯齊（Suzanne Mackenzie）。 1989。〈城市中的女人〉。殷寶寧譯。夏鑄九、王志弘編譯。《空間的文化形式與社會空間讀本》。2002。頁 565-592。

講評

鄭明娳*

就一篇論文而言，作者可以不贊同某些約定俗成的名詞定義，在自己論文裡重新界定，並試圖自圓其說。本論文多否定前人對「散文」、「女性散文」、「抒情散文」的義界，但似乎又無法重新詮釋（以「散文」而言，論文頁 267 註 3 把金石堂「排行榜」加上「哲理小品」用廣義定義一網打盡），故本論中這些名詞時常混淆。例如頁 3 論述「散文」「從文學地圖消失」直接把「散文」等同於「女性散文的失語症」的「女性散文」。把「文學」、「女性文學」（頁 268、270）等同於「女性抒情散文」。諸如此類，經常以包含男女兩性的散文作家取代「女性散文家」，有時甚且只論述男性作家，並引述男性作家觀點。

是以，本論文呈現下列問題：1.台灣女性（抒情）散文與台灣男性（抒情）散文究竟有何區別？2.台灣抒情散文與大陸（現代乃至當代，按頁 24 引用王安憶評斷現代散文「貧血」，王文指的是指大陸散文）抒情散文究竟有何區隔？3.其間的內外空間有何不同？本論文看不出「台灣／女性／抒情散文／空間」各項結合之後能夠獨立起來的有機論述。

同樣，論文題目縮限在「女性抒情散文」，但論述時常溢出題目之外，例如「前言」即很明顯：「本論文意圖從文學空間切入來詮釋散文，找到散文自身的文類形式，而非簡單地去釐清女性散文的邊緣位置……」（頁 267）且「前言」提出的問題，至論文結束，並沒有提出解決方法，例如「如何為散文（按，應該是女性抒情散文）重新定位，再造，測試極限，拓殖新境」（摘要）、「散文自身複雜的結構性問題」（頁 267）等等。

就一篇短篇論文而言，火力應該集中且止於「女性／抒情／散文」議題，

---

* 東吳大學中文系教授

但本論文一開始進入正題時卻引用兩篇討論兩位女詩人的「無地誌書寫」（頁 271），後來又引用小說理論（頁 277 行 3、8，頁 287 行 5、8、16，頁 291 行 4），不知是否散文欠缺自己的理論亦或用詩歌及小說理論來補強散文理論？

本論文「摘要」相當貶抑台灣女性散文創作成績，後文論及女性作家作品時，評斷也以負面為主，幾乎看不出「女性抒情散文」有何研究價值，若此，論文如何能為「散文（應是女性抒情散文）重新定位、再造……」云云？

作者既然批評楊牧之散文分類「並不準確，也大有商榷之餘地……畫地自限」（頁 275）那麼應該不適合用來做本論文檢驗散文、統計散文作家的標準（按，統計表內，女作家方令儒、童大龍又被誤當男性統計）。作者經由此統計表歸結「女性代表作家絕大部份集中在記述和抒情兩類，而這兩類往往也是帶著濃濃的抒情氛圍，恰好也是楊牧自身所承襲下來的美學信條。那個從葉珊開始一生念茲在茲執守的「浪漫抒情」。

而我們如何看待這樣抒情與女性特質之間近親的關係？」此言頗多矛盾：表中記述類共列 14 位作家（9 名男性作家、5 名女性作家）、抒情類共 15 位作家（9 名男性作家、6 名女性作家）。男性作家人數遠超過女性作家，是否就此可以斷定男性作家的「抒情氛圍」超過女性作家（若此，上本論文研究意義何在？），又本論文討論對象既是女性散文的抒情特質，何以時常岔到男性作家（如上引用楊牧的「浪漫抒情」，筆者懷疑作者將楊牧／葉珊誤認為女性作家？）

流亡主體、臺灣語境與女性書寫

以徐鍾珮和鍾梅音五○年代的散文創作為例

王鈺婷*

摘要

本文鎖定在戰後第一代來台的女作家鍾梅音、徐鍾珮及其與臺灣空間語境相關之散文文本，以散文為主要創作文類的徐鍾珮與鍾梅音，不同於在大陸早已享有盛名的蘇雪林、張秀亞，是以戰後來台為寫作起點，作為在反共懷鄉文學之外的異聲存在，向來處於邊緣性的五○年代女性散文，由於保留著真實生活的印記與臺灣空間的概括圖像，與時代的互動、互文與互涉反而更見清晰。擁有相同逃難經驗的中國流亡主體——鍾梅音與徐鍾珮，在國民黨撤守來台、動員戡亂、反攻神話的歷史脈絡之下，除了表現對中國鄉土之慾望觀想之外，建立虛擬的中國想像之外，更將移居地臺灣建構為新興科技與現代化的敘事典範，與霸權性國家權力結合。另一方面由於具體在臺灣的生活經驗，土地的貼近接觸，使得徐鍾珮與鍾梅音和這一個亞熱帶的島嶼產生新的情感連帶關係，而緩慢編成屬於地方感之感覺結構，文本中關於台灣在場的浮現，「土地認同」概念之形構，以及引伸而來的矛盾衝突，都具有時代指標性的意義。

關鍵詞：五〇年代女性散文、徐鍾珮、鍾梅音、流亡主體、臺灣空間語境

* 成功大學台灣文學系博士生，E-mail：hilite1219@yahoo.com.tw

一、前言——真實的紀錄

對於戰後初期女作家創作的評價，大致有幾種觀點：一為右翼中國民族主義者，如劉心皇等人，以國族敘事或是民族立場為唯一遵循準則的反共文藝政策下，女作家往往被歸類為寫不出大格局的作品[1]；二者為本土史家葉石濤、彭瑞金提出此時的女作家以婚姻家庭關係為重點、社會觀點較為薄弱[2]，然而上述幾類評論，如右翼中國民族主義者和本土史家的評論採取傳統文學論的位階，認定男作家創作強調家國之思，女作家的作品不脫離柴米油鹽及人間煙火，而視女作家創作較無足輕重。在國共分立的年代裡，五〇年代的文學主流——反共文學，銘記了無數歷經烽火流離、國破家亡的傷痕見證，也在國民政府有意識控制文藝，成為意識型態教條宣傳的基本來源，然而反共文學的文本場域是建構在神州大陸，藉由宣言式的思考模式，以及塑造假想敵的戰鬥精神，宣示共產黨對倫常秩序的破壞，與無所不在的迫害及殺虐，也一再以激奮的語言重申神州大陸才是認同與回歸的所在。

在這些鋪天蓋地的大論述下，文本中所呈現的時間意識和空間概念空前複雜，除了緬懷過往的黃金時代，魂縈舊夢、心戀逝水，還有祈願「還我河山」的未來，以逃避現實裡種種的挫敗，而在反共文學雷同化的模式與明確的目的性之下，遊移於不同時空座標下的故國鄉土，所謂的現實與真正生活的實相在控訴共產暴政，銘刻國仇家恨的波濤下被漠視與壓抑，而長期被視為「蒼白」、「格局太小」、「瑣碎」、「脫離現實」的五〇年代女性散文，寫作題材往往圍繞在家庭，乃至於身邊所見所聞的瑣事，卻反而在國府戡亂戒嚴的時代背景下更

[1] 劉心皇，〈自由中國五十年代的散文〉，《文訊》第9期，1984年3月。
[2] 葉石濤，《臺灣文學史綱》，春暉出版，頁96。

接近「真實」，既見證歷史的創痕，又契刻下發現台灣土地後的理解與差異：

> 在「反共文學」、「現代文學」的大標題底下，其實有一個既不反共、也不怎麼現代的伏流，那就是以散文為大宗的女性作家作品。相對於「反共」、「現代」雙雙走離現實，反而女作家作品還保留一點現實的紀錄。孟瑤、潘人木、林海音乃至郭良蕙的小說；張秀亞、徐鍾珮、琦君、胡品清、羅蘭的散文，比較上是直接從一個「熟悉」的世界出來的「熟悉」作品。只是她們所刻劃的「熟悉」世界只是台灣社會的一角，集中在都會的外省人圈圈裡，和本省籍男性作家所寫的農村鄉土形成強烈的對比。[3]

來自大陸外省籍的女性散文家如蘇雪林、徐鍾珮、鍾梅音、張秀亞等人，經歷了八年抗戰顛沛流離的經歷，1949 年大陸政權易手，國府帶領兩百多萬軍民倉皇東渡，來到甫脫離日本殖民統治的台灣，隨後又歷經中共大舉渡海的威脅，直到韓戰爆發，台灣才在冷戰集體的安全結構中免除了軍事上的立即威脅，自大陸來台的第一代女性散文家如何以不同的性別身份，另闢蹊徑，開展出迥異男性中心建構的家國空間想像呢？這其中以范銘如所提出的「台灣新故鄉」最為著名，范銘如強調戰後第一代的女性文本通過對懷鄉主題的顛覆，揮別被父權體制長久壓抑的封閉故園，迎向性別的新生地——台灣，更企圖泯除省籍的界線與隔閡，建構出和諧共生的新家園。回顧五〇年代女性散文是否真的如同范銘如所描繪的大陸女性在台灣空間文化，察覺性別、族群與文本政治的合謀痕跡，暗自進行對一統家國想像的質疑與

3 楊照，〈文學的神話・神話的文學——論五〇、六〇年代的台灣文學〉，《文學、社會與歷史想像》，聯合文學出版，1995 年 10 月，頁 121。

解構[4]？向來被視為邊緣化的女性散文文本，是如何回應「大敘述」中的家國視景呢？女性散文中對於「空間」的描述顯然成為一大考察的重點，空間也是對於當代如火如荼展開的身份認同論戰中一個重要的思考路徑。本文關懷的重點在於五○年代女性散文中隨著空間語境與地理位置的轉變，到底在其身份認同建構中扮演著什麼樣的角色？在文本中建構記憶中的大陸鄉野空間，是否與當時政治場域的反共懷鄉的主導文化唱和，在當時政治氛圍中扮演著保守的角色呢？還是視大陸鄉野為一權力封閉的傳統社會呢？而當女作家以介入姿態進入台灣這塊土地時，在台灣這個陌生熱帶島嶼的在地化題材上呈現出什麼樣意涵或是想像呢？由於五○年代來台的女作家散文作品意義多重，同時期不同作家作品在不同層面上可能帶出更多元的空間，本論文擬以散文作品深具時代意義與特殊性的徐鍾珮[5]、鍾梅音[6]之五○年代散文創

[4] 范銘如，〈臺灣新故鄉——五○年代女性小說〉，《眾裡尋她－臺灣女性小說縱論》，麥田出版，2002年。

[5] 見朱嘉雯撰寫，《臺灣文學辭典》試用版，徐鍾珮（1917.2.12~ ），散文家、小說家。江蘇常熟人。1950年來臺。中央政治學校新聞系畢業。曾擔任中央宣傳部國際宣傳工作、《中央日報》採訪及駐英特派員、國民大會代表。徐鍾佩的創作以散文見長，代表作包括：《英倫歸來》、《我在臺北》、《追憶西班牙》、《靜靜的倫敦》、《多少英倫舊事》，另有長篇小說《餘音》，以及合集《徐鍾珮自選集》。徐氏的文字風格簡潔清麗，善於運用幽默與諷刺語，內容多為國外見聞隨筆，唯於文章中時常流露出憂國情懷。其小說《餘音》以抗戰前十年的中國社會作為故事場景，透過主人公的種種活動，間接指陳當時社會的諸般問題。網路資訊 http://taipedia.literature.tw:8090/ug-9.jsp?xsd_name=entry&handle=2029

[6] 見張詩宜撰寫，《臺灣文學辭典》試用版，散文家。福建上杭人。廣西大學文法學院肄業。3歲起因感冒誤診而染上喘病，一生與病魔奮鬥。1948年來臺定居，第一篇作品〈雞的故事〉於1939年夏天發表於《中央日報・副刊》，獲得廣大的迴響。1956年接掌《婦友》月刊編務，從鄉居間的家庭主婦而成為都市的職業婦女。卻因為體力透支過度，竟創下一年住院六次的紀錄，迫使她於1947年辭卸《婦友》月刊主編的工作，前後共編了20期。1958年10月，鍾梅音應青年寫作協會之邀，前往金門，時值八二三砲戰停火期間，此趟金門行讓她對金門難以忘懷。因此，鍾梅音與軍中作家俞南屏合作混聲大合唱「金門頌」，並由黃友棣先生譜曲。也因此首「金門頌」讓她有了第二次遊金門的經驗，金門二度行歸來，她便受到台灣電視公司節目部力邀，主持「文藝夜談」節目，創下第一位作家主持電視節目的紀錄。鍾梅音主持此節目前後達半年的時間，並被選為七個最受歡迎的電視節目之一。1964年6月，鍾梅音隨夫婿「環遊世界八十天」，回國後出版了最膾炙人口的散文集《海天遊蹤》兩冊。1971年舉家遷往新加坡。1979年秋天，罹患巴金生症。1984年1月12日因併發症

作為考察對象，張瑞芬分析以散文為主要創作文類的徐鍾珮與鍾梅音，不同於在大陸早已享有文名的蘇雪林、張秀亞，是以戰後來台為寫作起點，並在文本中呈現在台的時空背景與家居生活之多重際會[7]，鋪陳出在過去與未來之間存有的台灣空間結構，戰後來台的新移民徐鍾珮與鍾梅音在五〇年代這一個歷史的現場，其土地空間經驗的書寫方式有著什麼樣的女性鄉土異質經驗呢？而藉由這些繁複的土地意象，又會反映出什麼樣認同的轉變與矛盾呢？這是本文關切的問題。

二、流亡主體的記憶圖景與空間語境

畢業於中央政治學校新聞系的徐鍾珮，曾任職於中央宣傳部國際宣傳處，擔任新聞檢查員，其後入重慶《中央日報》任採訪，1945 年中日戰爭勝利，奉派為駐英特派員，曾在英採訪過第一屆聯合國大會，在法採訪過第一次國際文教會議及對義和會，並赴德國訪問劫後的柏林，1947 年從英返國，翌年出席第一屆行憲國民大會，寫作《倫敦和我》及《英倫歸來》，其後來台[8]；而幼年即罹患氣喘病的鍾梅音，未能按步就班上學，中日戰爭爆發，鍾梅音流徙於內地，以同等學歷考取藝術專科學校，隨後又考取廣西大學法律系，但皆未畢業，1948 年隨夫婿余伯祺來台，居蘇澳四年[9]。在大陸受過高等教育，職業是記者

病逝林口長庚醫院。重要著作有《冷泉心影》、《母親的憶念》、《海天遊蹤》、《旅人的故事》等。她的作品除寫對故人往事的懷思、鄉居的感想外，也有許多對當時社會的反映，是五〇年代重要的女性散文家。網路資訊 http://taipedia.literature.tw:8090/ug-9.jsp?xsd_name=entry&handle=2662

7 張瑞芬，〈文學兩「鍾」書－徐鍾珮與鍾梅音散文的再評價〉，《霜後的燦爛－林海音及其同輩女作家學術研討會論文集》，國立文化資產保存中心出版，2003 年 5 月初版。

8 張瑞芬，〈文學兩「鍾」書－徐鍾珮與鍾梅音散文的再評價〉，《霜後的燦爛－林海音及其同輩女作家學術研討會論文集》，國立文化資產保存中心出版，2003 年 5 月初版，頁 398。

9 張瑞芬，〈文學兩「鍾」書－徐鍾珮與鍾梅音散文的再評價〉，《霜後的燦爛－林海音及其同輩女作家學術研討會論文集》，國立文化資產保存中心出版，2003 年 5 月初版，頁 401。

的徐鍾珮，由於在《中央日報》、「中央通訊社」工作過的經歷，而應該是歸於跟隨著國民政府遷台的中國人士，偏向於國府政經結構的依附者，屬於較為上層的階級；而在普遍以高學歷為主體的五〇年代女作家群中，鍾梅音的寫作得自家學與自修甚多，她由於學經歷不足而偏向不具備經濟和象徵資本的流亡女性，是屬於隨同國家機器而撤退的家眷，必須透過婚姻關係才具備遷台的基本條件[10]，然而做為一個經歷多重移徙的女性，倆人所經歷的流離顛沛以及去國懷鄉的情境卻是有某部分的雷同，由於空間的移動，女性流亡主體穿梭於中國、臺灣等不同的文化與社會地景，而使得在書寫地域時呈現浮移不定的狀態，然而新移民女作家如何觀看臺灣圖像呢？以及在觀看中如何「再現」臺灣，其中隱含什麼樣的位置或是意識型態？

徐鍾珮逃難的經驗始於渡海來台太平輪二等艙的空間結構，她描述走遍艙面，遍尋不著二等艙，卻在船頭的大缺口下梯發現一個黑黝黝的大洞，而二等艙的鋪位就在大洞裡：「洞裡不見天日，不分五指；電燈開處，才發現連排的木床，木床旁邊，堆滿了各式各樣的木箱。一共八九十個床位，一下洞，一股異味撲鼻，地下黏黏的，溼溼的，原來這裡是由貨艙改裝。僥天之幸，我在上鋪，和黑黑的黏黏的艙底絕緣。而且，我的床頭，居然有一個小圓窗，可以通風。」[11]為了躲避中共那種排山倒海的威脅，一路潰散，在戰亂中大舉流亡情境所引發邊界的消失與移動，具體而微地縮影在這一個狹小而侷促、昏暗且充斥著異味的黑洞，一行人當中有四位太太，卻有三個有孕在身，也全暈船，輪流嘔吐，

[10] 趙彥寧分析：「流亡來台女性比率遠低於男，具有近乎決定性的政治與文化因素。我的研究和訪談資料顯示，流亡來台的女性可大致區分為以下數類：一、奉國府令隨同國家機器撤退的軍公教人員；二、流亡學生與孫立人所辦女青年大隊隊員；三、隨同國家機器撤退的家眷。」見趙彥寧，〈戴著草帽到處旅行——試論中國流亡、女性主體、與記憶間的建構關係〉，《戴著草帽到處旅行》，巨流出版，2001年11月初版一刷，頁211。

[11]徐鍾珮，〈地獄天使〉，《我在台北及其他》，純文學出版，1986年，頁25至26。

同行的大孩子小迪問徐鍾珮說：「為什麼要離開家到這個鬼地方？要幾天才能出洞？」[12]戰後來台灣的新移民原本生活在中國大陸廣大的場域，流亡的經驗也反映在空間的遷變，困鎖在窄小擁擠船艙內渡海的險阻，猶如三百多年前先民陸續渡過黑水橫逆的黑水溝，來台開墾後一曲顛沛流離的渡台悲歌，成為新移民普遍共有的逃難經歷，這遷徙遁逃的空間轉移也成為新移民識別「我族」時的一個重要的象徵，從而形構出某種集體意識，將臺灣視為「鬼地方」無非是種異域化臺灣的隱喻，然而，台灣四面海洋環伺的地理構造，也和故土大陸大相徑庭，還未踏臨台灣這塊土地的徐鍾珮，在波瀾不定的海象中隱隱投射出亂世中恨別傷逝之感：

> 海風吹拂，甲板上的空氣和洞裡的相差天壤，但船身浮動，卻連我也打起噁心來。我看小迪，臉黃黃的，一聲不響，似乎難過已極。忽然的我想起了謝冰心在風浪滔天的海船上坐到中天，「這證明我是父親的女兒。」我父親不是海軍出身，見船就暈，我也證明了我是父親的女兒。甲板上散步的乘客來去，都對坐在三輪車裡的我表示驚奇，覺得我為什麼在海上忽然想用陸上交通工具。[13]

空間位移，在黑水溝的橫逆中暈頭轉向的徐鍾珮，為何藉由謝冰心的話，證明了自己所傳承的父系血緣中沒有絲毫乘風破浪的海軍性格？這無啻回證出其幽幽銘記交纏於故鄉土地的記憶，徐鍾珮凸顯自我出生於地處美麗富饒長江三角州的江蘇，境內平坦，平原遼闊的事實，在海上想用陸上交通工具更是傳達出對遙處海峽彼岸舊鄉故國的大陸型地理結構的無限戀棧。而鍾梅音從封閉的大陸輾轉遷徙到傍海

[12]徐鍾珮，〈地獄天使〉，《我在台北及其他》，純文學出版，1986 年，頁 28。
[13]徐鍾珮，〈地獄天使〉，《我在台北及其他》，純文學出版，1986 年，頁 29。

的臺灣，在〈閒話臺灣〉中描述抵台之後第一個印象，也從海港地景開始描繪，然而卻不見徐鍾珮驚心動魄的海上蒙難記，反而以溫情委婉之筆繪製了一幅基隆港風情畫，鮮活地表現出臺灣這一個化外之地所具有的熱帶風情特質：「臺灣給我最初的一瞥是黃昏，中興輪夜泊基隆港外，遙望一串明珠似的燈火，橫亙於水天相接之處，把黝暗的星空，淡淡地映出一帶乳色的光暈，猶如仙女頸上的項鍊，幻麗又神秘！然而次日破曉入港，基隆便失去了美妙的想像，陰沈的天，泥濘的地，只有碼頭上悠揚的音樂，與花裙婆娑的南國少女，為這灰色的天地，點綴幾許青春的線條與色彩。」[14]鍾梅音捕捉下「花裙婆娑的南國少女」所具備熱帶風情的特質，和感官性的想像，這修辭比喻傳達了一種特殊觀看的角度，也凸顯出在1949年臺灣省警備總司令公布戒嚴令，將臺灣建構為「反攻的跳板」之前，五○年代國家權形塑臺灣的自然景觀與氣候為具有「現代熱帶風情」的「世外桃源」：「自1931年九一八事變，且特別自二次戰爭結束臺灣『回歸祖國』後，臺灣於中國大眾文化及國府正統論述中，逐漸被建構為一具『世外桃源』非世俗性、及「現代熱帶風情」特質的化外之地。」[15]

這個陌生的亞熱帶島嶼是生命意識上無從確定的一個瞬間，新移民從一個傳統社會中抽離，來到一個具備現代化雛形的小島，台灣甫

---

[14]鍾梅音，〈閒話臺灣〉，《冷泉心影》，重光文藝出版社，1951年，頁99。

[15]趙彥寧，〈國族想像的權力邏輯——試論五〇年代流亡主體、公領域、與現代性之間的可能關係〉，《戴著草帽到處旅行》，巨流出版，2001年11月初版一刷，頁150。此一論點亦可見1949年3月12日臺灣版創刊的《中央日報》便刊登〈珍愛臺灣〉這篇文章：「（力耕）在好萊塢的五彩電影片裡，有不少曾帶著羨慕的口吻，稱讚過……，和那洋溢著青春與歡笑的熱帶風光。『彩虹島』不過是螢幕上的世界，有誰曾想到過在祖國孤懸海外的一角，竟然……這樣一個四季如春、比彩虹島還要美的臺灣。（中略）因此好奇的××客，帶著遊歷的心情來到臺灣，到北投洗溫泉澡、玩日月潭、逛阿里山、睡榻榻米、吃香蕉、看高山族女郎的歌舞，然後帶一大包風景照片歸去，他們說：『臺灣，這洋溢熱帶風情的海島，美極啊！」見吳復華，《反共／懷鄉：戰爭中國家對分類秩序（集體認同）的重構——以1949年版中央日報臺灣版為分析對象》，東海大學社會學研究所碩士論文，1999年，頁25。

脫離日本殖民，榻榻米、木門這些與故鄉相較起來的差異性人文景觀，高溫及溽雨的氣候特徵，風土意識早已不同於中原，鍾梅音記錄下早期對於台灣土地認同的差異，颱風是臺灣當地的氣候特徵之一，1948年最大的一次颱風，鍾梅音因氣喘病復發而住進台北醫院，對於尚未領教過的颱風感到惶恐，颱風不穩定的氣流，使得外面風雨交加，猶如密密的砂礫，狂暴地打在玻璃上，住進孤零零頭等病房的鍾梅音，如同驚弓之鳥：

> 恐怖的黑暗中，牆上的兩扇氣窗被風吹開，砰砰口彭口彭地旋轉起來，一聲巨響，玻璃豁朗朗砸下來，彷彿在我頭上，又像在我心裡重重地敲了一頓，帳子隨被掀開了，天！我連喊救命的本領都沒有，慌忙拉起身上的被單把頭也包進去，兩排牙齒兀自不住地碰擊著。[16]

聲勢浩大，令人驚心動魄的颱風也構成臺灣異域空間語境的重要符號，在徐鍾珮筆下對於日本殖民統治遺留下來的生活空間，除了初來乍到時的陌生與新鮮之外，沒有太多異國情調的閒情雅致，政治軍事上的威脅未減，屬於先遣部隊的女眷遷台的時刻恰好處於一個局勢未明的「過渡階段」，戰爭、死亡、喪權、離亂在人心中烙下的印象無法抹去，兵荒馬亂的國共內戰呈現出無從界分卻可模糊不清的混亂狀態，「臺灣」這一個熱帶寶島的「新奇」主要在日式建築的差異，除此之後空間感卻多數是稀薄的，在一個向外隔絕的封閉空間中，想像回歸成為主要的精神構圖：

[16]鍾梅音，〈颱風〉，《冷泉心影》，重光文藝出版社，1951年，頁41。

> 初幾天行李還沒有到，各人只有隨身衣服，雖是聖誕節前後，一出太陽還有如初夏，我們人各一件絲棉被，熱得直喘氣，天雨不能出門，天晴也怕熱昏路斃，依然閉門家居。
>
> 我們和外界完全隔絕，初時對進出大門脫鞋穿鞋，對榻榻米，對紙門，都還新鮮有趣。其後也就生膩，長日永晝的不知該如何度過。早上懶懶的十時起床，晚上八時就攤好床褥。雖如此遲眠早起，中間還有足足的十小時需要消磨。
>
> 沒有書讀，沒有筆墨紙張，也似乎沒有朋友可訪，於是只能聊天消遣，人手一杯清茶，席地而坐，無目的的儘著清談。各人所最記掛的，當然是各人留在南京的「他」。大家惶惶然的推測南京的現狀和他們的行蹤，甚至還推測著他們下班後可能的消遣辦法。[17]

素昧平生的談先生家暫時提供了徐鍾珮遮風蔽雨之處，「最高紀錄是在八個榻榻米上，一席一人，蹭得我不敢翻身」[18]，在枕戈待旦的歲月裡，倉皇渡海、驚魂甫定的女眷們來台只是作客，沒有任何久居的打算，等待對岸確定的訊息，然而無望、戰慄局面的世勢，徘徊在未知與苦悶之間的生命情境，如此擺盪而找不到歸屬，乍然退避臺灣，其倉皇流亡的精神圖像可想而知。然而流亡的遷徙地理與生命經驗，與流亡情境和認同之間呈現出什麼樣的關聯呢？當代最重要的知識份子薩伊德（Edward W. Said ）在獲知罹患癌症後開始動筆寫作的自傳《鄉關何處》（Out of Place）是一個知識份子流亡的主題，深切的錯置感與失落感的流亡故事，單德興在本書〈導讀〉中亦代為點明寫作此書對薩依德本人的特殊意義：「對於一九四八年之後便流離失所的巴勒斯坦人和薩伊德家族而言，流亡就是無法擺脫的命運。本書英文原名Out of

[17]徐鍾珮，〈寄居〉，《我在台北及其他》，純文學出版，1986年，頁33。
[18]徐鍾珮，〈寄居〉，《我在台北及其他》，純文學出版，1986年，頁32。

Place，簡短有力的指出了這種地理及心理上的失落與錯置：在地理上，『永遠離鄉背井』，不管到天涯海角，都『一直與環境衝突』，成為『格格不入』、『非我族類』的外來者；在心理上，時時懷著亡國之痛、離鄉之愁，『對於過去難以釋懷』，對於現在和未來滿懷悲苦。」[19]成為巴勒斯坦失地喪權，飄泊無依而長久箝噤難鳴之痛代言人的薩依德，多重而迷漾的身份，輾轉生活於巴勒斯坦、埃及、黎巴嫩、英國、美國等地塑造出文化混雜的視野，其格格不入與矛盾不僅來自於身體上的飄泊流離，更是心靈上的無根（rootlessness）與拔根（uprootedness），薩依德在本書前言即表明：「語言之外，地理——尤其在離鄉背井的離去、抵達、流亡、懷舊、思鄉、歸屬及旅行本身之中出現的地理——也是我這本回憶錄的核心。我生活過的各個地方——耶路撒冷、開羅、黎巴嫩、美國——都是一套複雜、密緻的價值網，是我成長、我養成認同、形成自我意識與對他人的意識的非常重要部分。」[20]同樣烙印著流亡的印記，徐鍾珮在散文中精確地捕捉下「整個的局面就是一葉浮萍」下新移民所謂的「浮萍之感」，她以記者之筆明快地述及臺灣當時不安定的社會環境，是高物價和謠言的溫床，撤退的軍民一批批的來，中共可能再度來襲，小島隨時可能陷落，來台一年半中的國際局勢：「我們在國際舞臺上的寂寞淒清，尼赫魯絕裾而去，英國掉頭不顧，季理諾吞吞吐吐，美國含含糊糊，遍臺灣竟找不到一個西方的大使來。」[21]徐鍾珮描述偶然閒步街頭，常可以遇見來台的友人在舊貨攤上閒逛，或是擠在影劇院洞口買票，失根的大家猶如浮萍一樣茫然惶恐，她紀錄下八席客堂裡，眾人在總體戰外，眼看故國舊鄉一步步沈淪，只能滔滔不絕的言論裡暫時麻醉和遺忘自己這種地理和心理上的錯置：「借一點友情，這些浮萍常飄到我的家裡來。一坐下，一

---

19 單德興著，〈流亡・回憶・再現－薩依德書寫薩依德〉，薩依德著，彭淮棟譯，《鄉關何處》，立緒出版，2000 年，頁 21。

20 薩依德著，彭淮棟譯，《鄉關何處》，立緒出版，2000 年，頁 44。

21 徐鍾珮，〈我只取一瓢飲〉，《我在台北及其他》，純文學出版，1986 年，頁 110。

伸腿，就開始暢談起來，從大城市的失守談到大局的混亂，從歷史談到時政。有時談得激昂憤慨，臉紅耳赤，他們向空發表意見，向空獻策。」[22]

由於職業和身份，徐鍾珮偏向於國府政經結構的依附者，鄭明娳指出記者職業與外交官夫人身分對於徐鍾珮所造成的侷限：「她的職業和身分，也限制了她的觀點，也限制她的文學發展。她在〈中央日報〉、『中央通訊社』的工作，使她的觀察角度成為和『中央』吻合的唯一視角。後來外交官夫人身分，使她一舉手一投足都代表了國家，無形中她失去自己的超然立場與發言權，且漸漸完全接受體制內的價值觀及意識型態。明顯影響她的政治觀、世界觀、價值觀、乃至文學觀都和政體合一。」[23]徐鍾珮唯一的長篇小說《餘音》，與王藍《藍與黑》、紀剛《滾滾遼河》並稱為抗戰三大小說，《餘音》以第一人稱的筆法，前半部講述敘述者孩提時代的家庭生活，後半部刻畫敘述者於風雨飄搖中同撤大後方的情節，捕捉下抗戰期間在重慶從事第一線新聞工作的親身體驗，也涉及共黨邪惡勢力的滲透，勾勒出共產黨崛起前中國社會浮動的現象，徐鍾珮身為一個流亡的女性，引領讀者回首烽火瀰漫的抗戰聖地——重慶，一再重複個人及群體的抗戰經驗，凸顯日軍侵華，全民投身抗戰的國族意識，強化國家意識，更著重於強調國家與個人關係的風雨同舟：「在重慶，國家的悲喜成了自己的悲喜，我從沒有一個時候，見到國家和個人的關係，有如此密切的」[24]，《餘音》中徐鍾珮一再強調的「重慶精神」，也是在遷台之後撫今追昔，以家國的歷史悲劇，來凝聚反攻復國的國族意識，展現的是五〇年代流亡主體建構的一環，透過象徵的認同，尋求較親密地結合領袖、正統歷史、與家鄉（與中原的途

[22] 徐鍾珮，〈浮萍〉，《我在台北及其他》，純文學出版，1986 年，頁 38。

[23]鄭明娳，〈一個女作家的中性文體——徐鍾珮作品論〉，《當代臺灣女性文學論》，時報出版，1993 年，頁 225。

[24]徐鍾珮，《餘音》，純文學出版，1978 年，頁 51。

徑）[25]；徐鍾珮的〈無盡的感念〉是悼念陳誠副總統的專文，宛如官方發言人一般，畢恭畢敬地稱呼陳誠副總統為「水手」，以免犯了當時「舵手」之忌，在此需要特別指出的是徐鍾珮的職業和身分，與官方吻合的視角，再加上流亡身分主體的建構過程，使得徐鍾珮個人與霸權性國家權力的縫合十分緊密，趙彥寧指出：「我則希望指出流亡主體建構過程中一個具吊詭性的面向：本質無限延伸的流亡情境，反能激發主體的愛國認同、及強化主體字面化領袖論述、並與此論述結合的能力。」[26]徐鍾珮以土地改革來指稱陳誠的功勳，從減租、公地放領、耕者有其田，到以國營公司的股票，作為向地主收購土地的地價，展現國家機器對農民的福利政策：「如今臺灣的土地改革已是國際馳名，每年國外有多少人來觀摩學習。在這裡綠油油的一片土地上，種下了對他最深長的記憶。他使臺灣的佃農變成了自耕農，臺灣的農民也使他變成了『陳誠伯』。」[27]

這經由大規模開發，改變地表與視野的現代化土地改革，表面上觀之，和五〇年代強調軍事科技改革是兩種本質大異的科技，但是趙彥寧精闢地分析具有生產性的進步科技和絕對破壞性的軍事，兩者孕生著國家權力重整的無限可能，因為無限進步與進化的奇觀，誇大了國家的榮光，也是估計反攻時刻的碼表，更經由對於科技的想望，讓流亡主體在無限流亡與延宕中結合過去與未來，革命的認同亦得以強化[28]，五〇年代的中國流亡主體與霸權性國家權力的縫合，在公眾領域與正統論述中形成「新興軍事科技」與「人定勝天」的敘事典範，徐鍾珮筆下所顯示的金門建設與鍾梅音所描述的中橫建設，皆屬於此種

---

[25] 趙彥寧，〈國族想像的權力邏輯——試論五〇年代流亡主體、公領域、與現代性之間的可能關係〉，《戴著草帽到處旅行》，巨流出版，2001 年 11 月初版一刷，頁 157。

[26] 趙彥寧，〈國族想像的權力邏輯——試論五〇年代流亡主體、公領域、與現代性之間的可能關係〉，《戴著草帽到處旅行》，巨流出版，2001 年 11 月初版一刷，頁 158。

[27] 徐鍾珮，〈無盡的感念〉，《我在台北及其他》，純文學出版，1986 年，頁 227。

[28] 趙彥寧，〈國族想像的權力邏輯——試論五〇年代流亡主體、公領域、與現代性之間的可能關係〉，《戴著草帽到處旅行》，巨流出版，2001 年 11 月初版一刷，頁 160-161。

無限進步的奇觀。徐鍾珮在〈初識金門〉中寫下了無限感慨與讚嘆，金門不僅是一地理的位置，也形成了「新興科技」與「人定勝天」的敘事典範，徐鍾珮首先敘述金門的公路，修得直且平坦，公路兩旁，樹木扶疏，紅土裡，種著又肥又大的蔬菜，一片新綠：「我不能想像一個沒有樹木和菜蔬的光禿禿的金門，而事實上，那一片綠，幾行樹，全是最近年來的收穫。全仗在金門白手造林，赤地種菜產糧的經驗，我們才敢放膽的派了一個個農耕示範隊去非洲，替我們遙遠的友邦試種水稻。」[29] 徐鍾珮凸顯金門從無到有的地景變化，以二元對立的方式展現國軍未進駐前殘破、光禿禿，幾近民不聊生的的金門，與進行現代化的大規模生產活動之後，綠意盎然景觀的參差對照，農耕隊推展的農業活動是一波創造不可能之奇蹟的敘事，農耕示範隊去非洲試種水稻，更是隔著空間的距離，具現想像裡最輝煌的國族論述，農耕示範隊在遙遠的非洲友邦裡再現某種現代化的金門建設經驗，而創造既在地表的農業活動，又在地下挖掘出明亮的防空洞，透過後者，衡量現代化指標的軍事發展也一再強化對國家霸權的認同：

> 地下金門和重慶防空洞卻又不同。重慶的防空洞裡，溼漉漉的，黑黝黝的；地下金門卻是高爽軒亮。灰白色的花岡岩看上去有如大理石，幾乎令人有身在宮廷之慨。壁邊的陳設看來雅致，竟是大大小小敵人的砲彈殼！[30]

在金門所創設的三民主義實驗村，在肩負「國家至上」、「保家衛國」等神聖使命的軍事發展領導下，衣食無虞、安和樂利：「金門原本貧瘠，他們上一代，遠走南洋謀生，在南洋的金門人，比金門本島的人

[29] 徐鍾珮，〈初識金門〉，《我在台北及其他》，純文學出版，1986年，頁265。
[30] 徐鍾珮，〈初識金門〉，《我在台北及其他》，純文學出版，1986年，頁265。

還多，那時他們的家屬，只有節日才有白米和豬肉。現在不同了，這一代的孩子，學校一畢業就到台北升學，這一代的人天天有米有肉。金門砲戰，沒有嚇退金門老百姓，他們沒有一個搬家。搬什麼家呢？現在的生意好做了，市面只有比以前更繁榮。」[31]

鍾梅音在 1959 年應配合反共文藝政策推行的青年寫作協會[32]之邀而在暮春時節做了橫貫公路之遊，由美援資助並由退役榮民所進行的中橫建設，也呈現無限進步的奇觀，鍾梅音先敘述所搭乘的豪華的金馬號：「金馬號遊覽車是臺灣公路局為了配合觀光事業賺取外匯而造的豪華大客車，機器新、性能好，為了使遊客可以仰觀萬仞絕壁的雄姿，車頂當中和四周都是天窗，窗下更有繃緊的窗帘以便調節陽光的直射。」[33]搭乘電氣化的金馬號，聆聽儀表與素質俱佳的車掌小姐的北京語解說，盡是峭壁、斷崖與連綿曲折的山洞景致中，不但有鬼斧神工自然景觀，亦有幾近垂直的大理岩峽谷，鍾梅音印證的是人比造物更偉大的「人定勝天」的觀點：「它使我不得不驚歎造物的偉大，千年谷底，唯見苔蘚，陽光自群山隙縫裡射入，連草木都長不出來。可是渺小的人卻比造物更偉大，因為他們從亂山的的絕壁之間開出了暢行無阻的大路。」[34]她接著歷數臺灣橫貫公路地形的險阻，地質之之鬆不但可說是遠東最惡劣，更可說是世界上最惡劣的，坍方是家常便飯之事，和日據時代完成工程最險也最偉大的蘇花公路相比，橫貫公路在奇、險、壯三個字勝過蘇

[31] 徐鍾珮，〈初識金門〉，《我在台北及其他》，純文學出版，1986 年，頁 266-267。

[32] 青年寫作協會由國民黨政府於 1951 年成立，和臺灣省婦女寫作協會、中國文藝寫作協會往來密切，身為戰後第一個女性團體「臺灣省婦女寫作協會」一員的鍾梅音，婦協屬於附屬於男性政治權力支配下的後援政治工具，該會成立的宗旨是「鼓勵婦女寫作及研究婦女問題以實踐三民主義增強反共抗俄力量」，她們的任務是「組成筆的隊伍，比筆桿練共槍桿，作為心理作戰的尖兵，鋪成軍事反攻的道路。」，都指向反共文藝體制的形構。見唐玉純，《反共時期的女性書寫策略－以「臺灣省婦女寫作協會」為中心》，暨南國際大學中國文學研究所碩士論文，2004 年。

[33] 鍾梅音，〈臺灣橫貫公路一瞥〉，《塞上行》，光啟出版社，1964 年，頁 226。

[34] 鍾梅音，〈臺灣橫貫公路一瞥〉，《塞上行》，光啟出版社，1964 年，頁 227。

花公路許多，橫貫公路的開鑿更確認的是愚公移山的精神在今日的臺灣已不再是神話：「這一貢獻除了經濟開發與溝通文化的本身價值外，更帶來了工程師豐富的經驗與堅強的信心，並且為沿線訓練出多少技術好手，他們本是只會種田的農夫，如今卻會熟練地運用機器從事涵洞、保坑、鑽山等等工作。」[35]過了天祥抵達深水溫泉時，鍾梅音強調在雄偉壯麗的山川景色之中，都市文明如何天衣無縫地嵌入其中，帶給現今觀覽的遊客許多的便利與舒適：最後藉著李白的詩句，家國之思得以再現，透過愚公移山式的中橫建設與科技的想望，鍾梅音似乎在睡夢中得以歸返家園：「倦極欲眠中，卻想起了李白的詩：『朝辭白帝彩雲間，千里江陵一日還……』睡眼朦朧地望著窗外雲海，是詩？是畫？斜著身體靠著機艙，我自己也有些模模糊糊了。」[36]

五〇年代流亡主體除了紀錄下以新興科技為敘事典範的臺灣，也對中國鄉土持續的慾望觀想，此焦點建立在五〇年代國家意識型態最基本的表現主題——「反共」和「懷鄉」上，雖然「反共」和「懷鄉」就認同角度而言是針對不同的對象，反共是對抗與消滅邪惡的共匪，而「懷鄉」則是對故國河山的魂縈舊夢與無盡追念，卻指涉同一地理空間（中國鄉土），而使得由於喪失故國中重申對故國的追念與對「赤色中國」的認知巧妙地結合。因戰亂而開啟了與台灣的今生緣會，隨著夫婿倉皇渡海，將女兒小安暫時交付給公婆的鍾梅音，一意期盼反攻還鄉，故國舊鄉的景象經常是午夜夢迴時心頭的隱痛：「樓前的那株柚樹可曾結了果實？屋後的廣柑已經熟了嗎？階前水池裡還有斑鳩在洗澡嗎？那拖著長長的雙尾的白壽帶鳥，是否依舊常在我睡過的那間小屋的簷下飛舞翩足遷？」[37]記憶漫衍中盡是豐饒安樂的故園景致，地理上的故

[35] 鍾梅音，〈臺灣橫貫公路一瞥〉，《塞上行》，光啟出版社，1964年，頁227。
[36] 鍾梅音，〈臺灣橫貫公路一瞥〉，《塞上行》，光啟出版社，1964年，頁233。
[37] 鍾梅音，〈遙寄〉，《冷泉心影》，重光文藝出版社，1951年，頁80至81。

鄉更在泛黃的時光流轉中透露著浪漫化的想像魅力，猶如豐美繁複的迦南福地，除了召喚一個原鄉未受污染前的樸素傳統，也深具懷舊的傾向[38]；而當落居島國土地，期間內醞的家／國的糾葛與辯證，絕非單純的懷鄉所能比擬，彼岸嬗變之跡自然無法目睹，只能透過一個「先觀後想」的過程，無法目睹生靈塗炭的對岸場域，正因為無法親眼目睹而經由與話語論述結合的觀想過程中形成個人的認同，亦是集體的認同[39]：「我夢見故園裡已是一片淒涼寂寥，籬畔的雛菊，縱橫倒在地上枯萎了，那隻肥壯的老母雞也不知去向，阿花瘦得乾癟了，看見我，非但不搖尾巴，卻鬼鬼祟祟地逃開了」[40]流亡主體在經由觀想的過程建立故國神州的景象是否是虛妄呢？現今中國鄉土想像到底有多少虛擬性呢？由於音信阻絕一切無從證實，慘烈的亂世下殘破神州大地與黑暗大陸卻一再地經由觀想的方式被確立下來，淒涼寂寥的故園和「苦難的大陸同胞」一樣是在研讀領袖話語下創構互生的霸權式想像，在流亡情境籠罩之下對地理疆界存在著兩套美學價值，浮懸於回憶中的美好家園，與現今充滿鬼魘底調的赤色大陸對峙觀照：「其實除非打回家鄉，如今不管那兒的家鄉味，都已經無法嚐到，昔年時常寄包裹給我們的大伯父，墓木已拱，二伯父正在『人民政府』的壓迫之下苟延殘喘；蘆花蕩裏聽說已經成為游擊英雄集會的秘密場合，而且黃雀也被飢餓的人們捉光了，做糰子和擦酥餅給我們吃的嬸娘，正在以粥度命，想到此時，寫一篇

---

[38] 邱貴芬提及：「『鄉土』一詞隱含內在分裂，通常被用來指涉兩層其實互相矛盾的意思。第一層意思召喚一個『原鄉』未被污染前的樸素傳統；另一個意義則是批判下層農、漁、工業環境被剝削的情況。前者具有懷舊、浪漫化的傾向，後者卻意在表達犀利的批判；前者鎖定一個歷史定點，後者卻凸顯歷史流動的過程。」，〈女性的「鄉土想像」：臺灣當代鄉土女性小說初探〉，《仲介臺灣・女人——後殖民女性觀點的臺灣閱讀》，元尊文化出版，頁 81 至 82。。

[39] 趙彥寧，〈國族想像的權力邏輯——試論五〇年代流亡主體、公領域、與現代性之間的可能關係〉，《戴著草帽到處旅行》，巨流出版，2001 年 11 月初版一刷，頁 158。

[40] 鍾梅音，〈遙寄〉，《冷泉心影》，重光文藝出版社，1951 年，頁 80 至 81。

望梅止渴的『家鄉味』，已覺是一種奢侈。」[41]

三、最早的在地化書寫——在場臺灣與感覺結構的形成

離鄉背井的飄泊失所，在政治局勢未明朗之前，雖然來台只是作客，沒有久居的念頭，但是反攻號角遲遲未吹起，於是安了家，落了戶，胼手胝足所創建的家園，在某個意義上是身歷烽火流離的暫時性居所，徐鍾珮紀錄下來台後第一個屬於自己的新家是一幢二十個榻榻米的小小日本房子，空地上栽有一株杜鵑花，杜鵑花後面是一排竹籬，庭園都小，屋內卻是重新粉刷，乾淨而軒亮，徐鍾珮以簡鍊明快之筆，幽默地描述說：「我有一間最方便的臥室，前通客堂，側通餐室，後通走廊，走廊的一頭通廚房，一頭通廁所」[42]新移民在「他鄉」中新家園的布置一切從簡，所以徐鍾珮自言擁有一間四周全都開了門的臥室：

> 如何喜悅，我們居然又有了家！這是我婚後第四個家。第一個家在重慶，竹籬茅舍，四周幾經轟炸，我的家始終未遭殃。全屋雖沒有一塊玻璃，紙窗泥地，我卻出奇的愛那個儉樸家園。離國後一身如寄，雖是踏著厚厚地毯，總覺得此身在旅，並不像家。歸後再營第三個家，也滿擬是永久的家。我化了三個月經營，才配全了家具，那時我曾給信滯留倫敦未歸的他：「什麼都準備好了，家裡只缺少一個男主人。」誰知第三個家，也只有一年壽命，現在又要著手布置第四個家。這個家我也覺得是暫時性的，因為我的眼睛落在大陸，這不過是我過渡的家。[43]

徐鍾珮圖繪早期身歷戰亂的歲月裡頻頻搬遷的四處家園，同樣是

---

[41] 鍾梅音，〈家鄉味〉，《冷泉心影》，重光文藝出版社，1951 年，頁 97 至 98。
[42] 徐鍾珮，〈我的家〉，《我在台北及其他》，純文學出版，1986 年，頁 55。
[43] 徐鍾珮，〈我的家〉，《我在台北及其他》，純文學出版，1986 年，頁 56。

聚焦於新移民的人事滄桑，從重慶幾經轟炸卻始終未遭殃的家、奉派為《中央日報》駐英特派員時旅外的家、歸國後再營的第三個家與在台布置的第四個家，圍繞著土地而開展家園想像，在廣泛土地上位移，映現出曲折多變的流離視景，而徐鍾珮將這一幢十個榻榻米的小小日本房子定義為暫時性過渡的家，別具意義，一方面由於對反攻大陸的殷切期盼，另一方面便是不輕易置產的過客心態，這種過客心態與移民性格絕大部分是在特定的歷史時空底下所凝聚出來。爾後徐鍾珮在流離三個月後在台建立的第一家中布置出乾淨舒適的風格，增添了簡單的家具，也曾收容過無家可歸的親友，讀書、譯稿，家中的生活規律逐步成形，也構成內部生活節奏的歸屬感，逐漸與周圍疏離的異域建立互動的關係：「在這二十個榻榻米上，我整整的住了一年。麻雀雖小，倒也五臟俱全。每天早上，聽賣豆腐賣菜賣饅頭的各種市聲。下午無事臨窗一坐，可以直看到街心，修洋傘修皮鞋的擔子，也常歇在我們門口。」[44]

法國理論家巴舍拉（Gaston Bachelard）對家的觀點，賦予房屋與寓居力量，影響格外深遠：

> 一切真正為人棲居的地方，都有家這個觀念的本質。記憶和想像彼此相關，彼此深化。在價值層面，它們一起構成了記憶和意象的共同體。因此，房舍不只是每日的經驗，是敘事裡的一條線索，或是在你訴說的自己故事裡。透過夢想，我們生活中的寓居場所共同穿透且維繫了先前歲月的珍寶。因此，房舍是整合人類思想記憶和夢想的最偉大的力量之一……。沒有了它，人只不過是個離散的存在。[45]

寓居的家帶有僻護與安全感，不僅是記憶的儲藏庫，回憶中擾攘雜遝的屋內人生，熟悉而親近的生活動線和生活形態，也是發展出歸

44 徐鍾珮，〈我的家〉，《我在台北及其他》，純文學出版，1986 年，頁 59。

45 Linda McDowell 著，徐苔玲・王志弘合譯，《女性主義地理學概說》，群學出版，2006 年，頁 98-99。

屬某個地方感受的關鍵元素，居住了一年的小屋，在遷徙寬敞新居的同時，被徐鍾珮形容為患難之交，也成為有歸屬感的故居：「離它時我無盡依戀，它好像是我的一個患難朋友，看著我一床一椅的慢慢把家具買全。」[46]鍾梅音初抵臺灣的時候，暫居在一片蕭條景象的基隆工業區，臥室飯廳浴室廚房一應俱全，可是經濟的設計，使人聯想起玩具模型：「漸漸地，我們終於習慣了這個新地方，儘管冷起來也和內地不相上下，畢竟用得著厚衣服的日子很少，即使在霪雨連綿的時候，依然溫暖如春，人們常說臺灣的鳥不語，花不香，可是在我對面山上，便終年響著清澈的畫眉和杜鵑，夏來山邊水涯，開遍了潔白芬芳的百合花。」[47]隨著旅台日久，新來乍到的陌生感漸趨消逝，也逐漸適應霪雨酷熱的氣候，雖然心理的認同歸趨遠在對岸，在自我的心象圖景中，異國情調的島嶼現況，總是盤踞不去的故鄉生活經驗互爲參照，但是在基隆海港這一個差異的地點，由於臺灣具體土地上新生活經驗的累積，碧波萬頃、白鷗點點、嵐影也逐漸滲入生活的記憶之中，更破除了「人們常說臺灣的鳥不語，花不香」的貶抑偏見，鍾梅音對於臺灣各類菜蔬的描繪，充滿生活現實感，呈現出與生活美學結合的樣貌，簡單又有情味，飽含人情物意之美：「我卻欣賞臺灣的菜蔬，花椰菜在內地很少，這兒可不希罕；豌豆在內地要剝殼，這兒的可以連皮吃，甜津津地別有風味；還有絲瓜，內地是細而長的好像黃鱔，難於削皮，這兒的卻是肥而短像花旗麵包……」[48]

鍾梅音的臺灣在地化書寫值得注意之處，是由於鍾梅音隨夫婿余伯祺的職業調動而居蘇澳四年，五〇年代位居邊緣臺灣東部的鄉居情趣與地誌書寫[49]，都在鍾梅

---

46 徐鍾珮，〈我的家〉，《我在台北及其他》，純文學出版，1986 年，頁 59。
47 鍾梅音，〈閒話臺灣〉，《冷泉心影》，重光文藝出版社，1951 年，頁 100。
48 鍾梅音，〈閒話臺灣〉，《冷泉心影》，重光文藝出版社，1951 年，頁 100。
49 鍾梅音提到：「這本「冷泉心影」裡所容納的散文，僅及兩年來在各報發表的五分之一，假如依照『敝帚自珍』的說法，大多是我所心愛的，而且都是在蘇澳寫的，蘇澳是臺灣東北部的一個小小港灣，南方澳與北方澳像兩隻蟹螯，將海水彎彎地圍將過來，我的家，便是螃蟹的一隻眼睛，朝夕與萬頃碧波為鄰，那帆影濤聲，松風鳥語，曾經給我許多靈感。」鍾梅音，〈自序〉，《冷泉心影》，重光文藝出版社，1951 年，頁 5。

音抒情優美的文采中得以展現：「站在這草坪上，當晨曦在雲端若隱若顯之際，可以看見遠處銀灰色的海面上，泛著漁人的歸帆。早風穿過樹梢，簌簌地像昨宵枕畔的絮語，幾聲清脆地鳥叫，蕩漾在含著泥土香味的空氣之中，只有火車的汽笛，偶然劃破這無邊的寂寥。」[50]落居在蘇澳海濱的家屋，鍾梅音以生命的體溫相互見證散文中的時空情境，為貪戀收音機早晨的音樂而延遲進食的早餐、沐浴著曉風朝陽而採購菜疏的生活情趣、蓄雞養鴨的生活實感、午睡之後縫補編織的活計、晚膳後家人聚在一處聽無線廣播的靜謐時光、蟲聲嚶嚶或雨聲潺潺相伴的閱讀寫作之夜[51]，雖然經歷一次移民換位，度過一段栖栖遑遑的危機時刻，親人遠在海洋的彼端，誰都不想在這裡長居久住，但是生活的記憶卻是由此開展，成為生命體的一部份而無法排除。

鍾梅音在一次離開蘇澳遠赴台北訪友探親的過程中，陳述出對那座樹圍花繞小屋的愛戀與鄉愁：「猶如中年的夫妻，儘管平日淡漠相處，一旦分離，便會感到難以描述的空虛感」[52]在依山傍海的鄉居生活中凝塑的家園情感，交纏於歲月和土地之間的生活經驗，使得一種感覺結構（structure of feeling）緩慢的編成，雷蒙・威廉斯（Raymond Williams）提出感覺結構指涉於實際經驗的當即性，著重於發掘探析在特殊時空之中，對於生活特質的感覺方式，而將此種感覺方式結合成為思考和生活的方式，這種生動鮮活地活著與感覺到的意義和價值，使得做為一種空間記憶感覺結構與地方感，於焉形成[53]。

鍾梅音和蘇澳海濱空間長久以來所形構的感覺結構逐漸編織而成，和初抵基隆港的異國情調相較，有著完全不同的空間語境，也隨著生活空間的拓展，當接觸到另一個新的場域……熱鬧繁華的台北時，竟然無法離棄情感的連帶關係，不斷地回憶起蘇澳的天空、海洋、乃至於氣味：「在臺北，有舒適的電影院，有美味的冰

[50] 鍾梅音，〈鄉居閑情〉，《冷泉心影》，重光文藝出版社，1951 年，頁 81。
[51] 鍾梅音，〈我的生活〉，《冷泉心影》，重光文藝出版社，1951 年，頁 54 至 55。
[52] 鍾梅音，〈無題〉，《冷泉心影》，重光文藝出版社，1951 年，頁 92。
[53] 參見陳明柔，緒論中提及概念援引與文學語境，《典範的更替／消解與臺灣八〇年代小說的感覺結構》，東海大學中文所博論，1999 年 6 月。

淇淋，有熱鬧的夜市，有……但這一切，只在初到時給我以新鮮之感。漸漸地，無論是彳亍在柏油路上，擁擠在公共汽車上，老是懷疑自己失落了甚麼？偶然抬頭望見天際一抹青山，靜臥在淡紫的餘暉裡，於是，我驀地想起了鄉下的家。我想起這時鄉下深藍的天空，淡雲清掃，如鶴羽，如輕綃，近海的地平線上，疊滿了重重晚霞，金黃顯得明麗，桃紅透著幽豔，嵌著一圈一圈雪白的銀邊，映著層巒遠岫，樹煙含翠。清流一泓，波光漾碧，農夫趕著牛車涉水而過，浪花四濺。」[54]鍾梅音在台北的榻榻米上半夢半醒之際，依稀回到近海地平線上的蘇澳鄉居，她在檯燈下寫作，忽然覺得有雙柔軟的小手輕撫，低頭一看是倉皇渡海之際，陷落於對岸的女兒小安，仰著圓圓小臉微笑的模樣，鍾梅音為此夢境下了一個耐人尋味的註腳：「醒來更覺悵然，兩處鄉愁，竟攢到一個夢中來捉弄我。」[55]這其中的兩處鄉愁，除了是記憶觀想的中國家園景致，另一個當然是生活空間座落於東部海濱的蘇澳，與便利的台北城相較，那裡獨特的生活空間成為心靈回歸的原鄉，含融著日常生活的經驗，也進而成為一個新認同的指向，內化成為新故鄉語境的一個元素，「日久他鄉是故鄉」的交疊牽扯，使得在細雨迷濛中，踏上宜蘭線的快車，火車翻山越嶺歸返蘇澳，竟雜揉著返鄉的雀躍與喜悅：

> 當火車穿過一座長達二公里的隧道後，眼前一亮，一片海景呈現出來，我立刻意識到一家，近了！幾縷浮雲，像給龜山繞上絲巾；數點白鷗，輕巧地掠水而過。麗日當空，是誰，把天上璀璨的群星撒向了蔚藍的海面？
>
> 只隔著一道三貂嶺，氣候便有不同。我愛宜蘭線的風景，更愛這沿著太平洋海岸的一段路程。沒有海，不能顯出山之壯肅；沒有山，不能

[54] 鍾梅音，〈無題〉，《冷泉心影》，重光文藝出版社，1951 年，頁 93。
[55] 鍾梅音，〈無題〉，《冷泉心影》，重光文藝出版社，1951 年，頁 93。

顯出海的活潑。依山傍海而居的人家最幸福……[56]

范銘如在觀察以臺灣為背景的五〇年代小說中，特別凸顯空間對於性別身分不同的意義，她指出在為數可觀的女性文本中，臺灣對於女性而言，除了是療傷止痛的空間之外，也象徵一個希望的溫床，是再出發的起點；相對而言故土則往往代表不堪回首的過往，鮮少具備多重正面的空間意義[57]。然而，檢視五〇年代女作家鍾梅音和徐鍾珮散文中的空間意象，根據前文可知，「臺灣」在不同階段中所代表的土地意識中具有相當曖昧流動性，它既是具有熱帶風情的化外之地，也是遷台族群被迫放逐的異域；既是國家機器下反攻復興的基地；也是寓寄對未來新生憧憬的新家園，在這些新移民女作家的視點中，以台灣有關的歷史記憶或是空間語境是否皆可詮釋為「台灣新故鄉」值得進一步思辯[58]。

然而和土地空間長久以來所形構的感覺結構孕生鍾梅音對於蘇澳的地方認同，旅次中空間地景的變遷，更激發了新移民對於新住處的鄉愁，此種鄉愁意識，與遙遠而廣袤的中國鄉土，形成兩種屬於不同層次，而各自獨立的鄉愁，因此，我們可以藉此討論一個重要的課題，土地認同的意識並非我們所想像的那般單一與獨斷，與其說是先驗性的存在，毋寧說是後設與相互辯證的。在遙遠彼岸秋海棠版圖的中國空間記憶，也進一步與戰爭記憶與文化鄉愁想像結合，凝塑中國國族意識型態與國族想像，然而五〇年代由於各種不同的情境，流亡主體來到臺灣，當生活的空間座落在臺灣這座亞熱帶環海的島嶼上時，與臺灣異質性的鄉土相濡以沫，逐漸凝聚出一種共識共感，鄉土想像便不再只是指涉神州大陸，而是更涵攝出鍾梅音落

56 鍾梅音，〈無題〉，《冷泉心影》，重光文藝出版社，1951 年，頁 94。

57 范銘如，〈臺灣新故鄉－五○年代女性小說〉，《眾裡尋她－臺灣女性小說縱論》，麥田出版，2002 年。

58 楊翠提及：「五〇、六〇年代大量出現的女性小說，仍多數以婚姻愛情為主題，這些主題亦自有其重要意義，由此下手研究亦可窺見一方清美文學圖景，至若將之詮釋為『台灣新故鄉』的集體開創者，似乎是過於放大了歷史；由於此非本研究主題，容待日後另文討論。」楊翠，《鄉土與記憶——七〇年代以來臺灣女性小說的時間意識與空間語境》，臺灣大學歷史所博論，2003 年 7 月。

腳的蘇澳[59]，或是徐鍾珮生活於期間的台北，土地的認同除了是歸屬感的追尋與確認之外，更是與自身所處的時空脈絡有所連接，霍爾（Stuart Hall）對英國認同所做重要研究的定義，也強調流移經驗中透過差異而產生的新認同：「我在這裡指稱流移經驗，不是由本質或純潔，而是由對必要的異質性和多樣性的承認所界定；由接受並透過差異而生活，而非不顧差異的『認同』概念，由混種所界定。」[60]

鍾梅音在五〇年代提出「兩處鄉愁」，和反共文藝所標舉的政治正確作品，兩者在文學路數或是調性方面均是大異其趣，臺灣的土地空間在其文學想像中重新地位，也改寫了反共文學的歷史時空敘述，雖然此種鄉愁究竟是立基於臺灣具體土地空間上生活經驗之鄉愁呢？還是與觀想中國之後所結合成的異鄉人的鄉愁，「蘇澳鄉土」是否是中國鄉土慾望觀想的替代物呢？值得進一步推敲，但「兩處鄉愁」也讓我們思索到單一土地認同的論述有值得商榷之處，顯示出認同也是處於不斷流變生活空間主體的實踐與抉擇，更反應了外省第一代來台女作家在歷史過程中，由於文化交錯混雜下一再蛻變的土地認同模式，從事榮民研究的胡台麗曾指出外省榮民認同現象中存在著對於大陸「老家」和臺灣「新家」的雙重認同，顯示出認同也是處於不斷流變生活空間主體的實踐與抉擇：「『認同』的情感並非不能變動，個人與認同對象之間的互動情形（例如付出和獲得的程度）。『愛臺灣』與「愛大陸家鄉」在某種社經文化條件下可以並存。」[61]然而這雙重的土地認同雖然是同時存在，臺灣在場的浮現顯然衝擊著由大陸遷台族群中「鄉土」概念之形構與思辨，但不可諱言的是「兩處鄉愁」也明顯存在著高低位階，尤其是當兩者存在著

---

[59] 鍾梅音在東港之遊中吐露將蘇澳視為「第二故鄉」的心情：「我一直想念蘇澳。在高雄時，曾陪友人遊東港，在稅捐稽徵處的招待所，我害了懷鄉病，即使那美味的大蚶子也解不開我濃厚的鄉愁，因為那景物，那房屋，簡直就是我蘇澳的故居。北遷後，有一天在中山堂附近遇見了蘇澳籍的省議員陳火土先生，他說：『太太，幾時到蘇澳來玩？你總不想念你的第二故鄉？』」見鍾梅音，〈旅途隨筆〉，《塞上行》，光啟出版社，1964 年，頁 222 至 223。

[60] Linda McDowell 著，徐苔玲・王志弘合譯，《女性主義地理學概說》，群學出版，2006 年，頁 287。

[61] 胡台麗，〈外省「榮民」的形塑——文學與人類學的對話〉，《跨領域的臺灣文學研究學術研討會論文集》，國家臺灣文學館出版，2006 年 3 月，頁 251。

利益衝突時，鍾梅音如何去面對這雙重的認同之間隱含的矛盾與張力呢？雖然臺灣（現實）與中國（過去）雖然在認同中相互建構，前者是台灣現實生活中留存的痕跡，屬於個人的記憶，後者則是壯闊，包含民族情感的趨向，經常轉化為文化根源的追尋，卻在某些時刻卻呈現後者消解前者的弔詭關係，中國記憶圖像永遠比現實中臺灣的自然或是文化環境優越崇高，鍾梅音也在沉緬過去童年記憶的美好時，抹消現今身處的台灣鄉土為「小盆景」，略顯鄙薄之意，在中國巨大的幻影覆蓋之下，島國的空間無疑是狹窄的：「我們都在臺灣這小盆景裡面蹲得太久太久了，天天看見這些人，天天聽見這些事，所有名勝已踏遍，所有土產已嘗遍，電影也千片一律，會固然懶得開了，連玩樂也不起勁了……」[62]而當類似的情境召喚時，過去的慾望場景自然落在大陸故土，而所謂的今昔滄桑之感，便在往／返記憶歷程中油然而生，因而持續對中國精神鄉土之慾望觀想，貶低臺灣鄉土為狹隘，對彼岸的山水勝地充滿文化意味的幻想，在以臺灣生活空間為文本舞台的同時，內化於精神原鄉的中國想像是如何錯綜轇轕著五○年代女性散文中的本土經驗與文化體驗，迫使臺灣空間語境不斷地變形與異化，也呈現出閉鎖時代下多重時空交會中精神構圖的放逐與漂流：「可是林家花園又怎比得上西湖的氣魄呢？它像盆景，小得實在連個藝專也容納不下。西湖真是神妙，它偉大得可以兼容並蓄東西方不同的風格。『若教西湖比西子，淡妝濃抹總相宜。』她是這般耐看，『一顧傾人城，再顧傾人國。』好風景也正應如是。板橋之春是寂寞的，春無蹤跡誰知？春在故鄉的土地，春在我的心裡。『曾經滄海難為水，除卻巫山不是雲。』走遍臺灣，更添鄉愁，懷鄉病是一日比一日深了。板橋的天主堂再美些，美不過余山；那沙漠似的藝專校舍，更令人深深懷念起西湖。春天也是故鄉的好啊！」[63]

---

[62]見鍾梅音，〈四十歲〉，《塞上行》，光啟出版社，1964年，頁25。

[63] 鍾梅音，〈板橋之春〉，《塞上行》，光啟出版社，1964年，頁255。

四、結語

在文學場域權力板塊重構的五〇年代，跟隨著國民政府來台的戰後第一代來台的女性散文家如徐鍾珮、鍾梅音等出場，由於長期以來從政治史發展的脈絡來關照文學史，於是忽略了反共懷鄉文學之外的異聲，女性文學承受著「閨秀」、「蒼白」、「格局太小」、「脫離現實」等等刻板的定位，再加上散文的邊緣性，使得五○年代女性散文從未得到應有的重視，女性散文寫作題材往往圍繞在家庭，乃至於身邊所見所聞的瑣事，她們作品所展現的記憶圖景和空間語境頗有可觀之處。

在徐鍾珮、鍾梅音這一代新移民女作家的視點中，在在聚焦於空間的意涵，從封閉內陸輾轉遷徙到傍海的臺灣，「身為異鄉為異客」的過客心態，看待風土意識不同於中原的異域，更加深了未知與惶恐的不確定感，另一方面五〇年代的中國流亡主體對中國持續的慾望觀想，也使得個人與霸權性國家權力的縫合，在公眾領域與正統論述中形成「新興科技」與「人定勝天」的敘事典範，徐鍾珮筆下所顯示的金門建設與鍾梅音所描述的中橫建設，皆屬於此種無限進步的奇觀，而對中國鄉土持續的慾望觀想，更在流亡情境籠罩之存在著兩套美學價值，以過往的美好家園對照觀想中現今殘破的黑暗色大陸。徐鍾珮、鍾梅音的台灣在地化書寫，從離鄉背井的漂泊失所，到生活空間家園的誕生，家的雛形建立，含融著日常性的生活經驗，橫錯交疊的族群互動關係，也逐漸產生情感依附，使得做為一種空間記憶的感覺結構與地方感逐步形成，此時鍾梅音定居的蘇澳與徐鍾珮居處的台北，不再只是記憶中中國家園的投影，而是成為一種新的土地認同的趨向，而鍾梅音在五〇年代提出「兩處鄉愁」，顯示出認同是處於不斷流變生活空間主體的實踐與抉擇，也挑戰著目前盛行的單一土地認同論述，雖然臺灣在場的浮現衝擊著「鄉土」概念之形構與思辨，但不可諱言的是「兩處鄉愁」也明顯存在著高低位階與矛盾衝突，反映出流亡主體精神構圖的放逐與疏離。

參考文獻

- 徐鍾珮，《我在台北及其他》，純文學出版，1986 年。
- 鍾梅音，《冷泉心影》，重光文藝出版社，1951 年。
- 鍾梅音，《塞上行》，光啟出版社，1964 年。
- 楊照，〈文學的神話・神話的文學——論五○、六○年代的台灣文學〉，《文學、社會與歷史想像》，聯合文學出版，1995 年 10 月。
- 范銘如，〈臺灣新故鄉——五○年代女性小說〉，《眾裡尋她－臺灣女性小說縱論》，麥田出版，2002 年。
- 張瑞芬，〈文學兩「鍾」書——徐鍾珮與鍾梅音散文的再評價〉，《霜後的燦爛——林海音及其同輩女作家學術研討會論文集》，國立文化資產保存中心出版，2003 年 5 月初版。
- 鄭明娳，〈一個女作家的中性文體——徐鍾珮作品論〉，《當代臺灣女性文學論》，時報出版，1993 年。
- 薩依德著，彭淮棟譯，《鄉關何處》，立緒出版，2000 年。
- 趙彥寧，〈國族想像的權力邏輯——試論五○年代流亡主體、公領域、與現代性之間的可能關係〉，《戴著草帽到處旅行》，巨流出版，2001 年 11 月初版一刷。
- 邱貴芬，〈女性的「鄉土想像」：臺灣當代鄉土女性小說初探〉，《仲介臺灣・女人——後殖民女性觀點的臺灣閱讀》，元尊文化出版，1997 年 9 月 1 日。
- Linda McDowell 著，徐苔玲・王志弘合譯，《女性主義地理學概說》，群學出版，2006 年。
- 陳明柔，《典範的更替／消解與臺灣八○年代小說的感覺結構》，東海大學中文所博論，1999 年 6 月。

- 楊翠，《鄉土與記憶——七〇年代以來臺灣女性小說的時間意識與空間語境》，臺灣大學歷史所博論，2003年7月。
- 胡台麗，〈外省「榮民」的形塑——文學與人類學的對話〉，《跨領域的臺灣文學研究學術研討會論文集》，國家臺灣文學館出版，2006年3月。
- 吳復華，《反共／懷鄉：戰爭中國家對分類秩序（集體認同）的重構——以1949年版中央日報臺灣版為分析對象》，東海大學社會學研究所碩士論文，1999年。
- 唐玉純，《反共時期的女性書寫策略——以「臺灣省婦女寫作協會」為中心》，暨南國際大學中國文學研究所碩士論文，2004年。

講評

張瑞芬*

本文討論範圍設定於文學史較少著墨的散文（尤其女性）上，題材上值得肯定；試圖以西方文論詮解現代文本，也頗見出作者的努力。然而論文本身是否能提出或解決問題？資料有否突破？在在檢驗著作者的能力。以下數點，謹提出與作者討論：

（一）題目的設定宜作說明：外省來臺第一代女性作家，於寫作背景與文字取材上有其同質性，就流亡主體、臺灣語境與女性書寫三項幾乎都可成立，何以獨獨選取徐、鍾二人立論？又何以僅僅討論五〇年代文本而不及六〇年代？在問題意識上需作說明，才不致落入抽樣舉例或以偏蓋全的窘境。

（二）文本及評論資料的掌握應求周全：題目既設定為五〇年代文本，何以鍾梅音散文取用《冷泉心影》（1951）與《塞上行》（1964）二書舉例，未及《母親的憶念》（1954）、《海濱隨筆》（1954）、《小樓聽雨集》（1958）？徐鍾珮五〇年散文非僅《我在台北》一書，五〇年代她在「婦聯」刊物《中華婦女》寫過許多文章，又以筆名「余風」在中央日報「婦週」寫雜文，這些都應涵蓋於本文討論範圍。關於五〇年代女作家，近年學界論文已多（邱貴芬、范銘如外，另有梅家玲、應鳳凰、陳芳明、封德屏等），「家臺灣」與「在地書寫」諸多觀點已多見所論，本文理解基礎應再擴大，同時期女作家散文盡量閱讀，以求突破。使用一般性的辭典或頻頻引用趙彥寧書，或稍欠說服力。

（三）文中幾項論點可再斟酌：

1.本文指鍾梅音學經歷不足，「必須透過婚姻關係才具備遷台條件」，

---

* 逢甲大學中文系副教授

在社會位階上，徐高而鍾低。此說不無問題。許多女作家如羅蘭、琦君來臺時均未婚（既非軍公教人員亦非眷屬），大學未畢業者亦眾，如艾雯、小民、繁露、童真、張漱菡等，戰亂流離中，據文憑以為其社會位階較低，恐有爭議。

2.本文言徐鍾珮或鍾梅音為「國家政經結構的依附者」、「與霸權性國家權力結合」，論點適與近年范銘如諸人之說（隱然與官方意識對抗）相左，再度回到傳統文學史觀的保守立場上。此一論點事關重大，應再作深入論述，否則難有說服力。

3.五○年代徐、鍾散文文本中，是否有「貶低臺灣鄉土」，以中國記憶較為崇高之意？本文僅略舉一二例證，即推出此說，立論甚勇，卻不無推論過當的嫌疑。前文指女作家對臺灣有著情感的依附，後文卻指稱對中國與臺灣存在著高低位階的判定，在不同的論點中游移，似乎未能有效的整合成為一貫的意念。

從新埤到老臺灣

以陳冠學地理書寫為分析對象**

許博凱*

摘要

作為自然寫作的《田園之秋》，處於其對立面的正是益發造成全球環境汙染的現代化文明，該書寫所追尋的似乎也只能是論者筆下所謂永難到達的理想世，而這個追尋理想世的身影也無可避免的成為論者眼中的逃避姿態。然而如果放棄以自然寫作之職志作為量尺，是不是能夠更細緻看到陳冠學在追尋／逃避的歷程中，究竟調動了什麼文學資源？或使用了什麼樣的空間想像結構？以上是本文思考的一個基點，在這個基點上，進一步討論陳冠學地理書寫的三個向度：新埤、臺灣、老臺灣。並且探究陳冠學在向歷史索討那座曾經美麗的島嶼時，如何調動《裨海紀遊》或清代臺灣方志中有關臺灣的地理書寫，在其調動資源的路徑中，處處可見與中國的勾連，這種勾連不是以政治認同為基礎所建構起來的，而是透過某些具有史料外皮的清代書寫作為中介橋樑，這些橋樑有兩種形式，一個是以文學資源的挪用與影響的方式出現，另一個是以共享著這些清代書寫觀看臺灣之空間想像結構的方式構築而成。

關鍵詞：陳冠學、新埤、空間想像結構、地理書寫、裨海紀遊、清代臺灣方志

** 本文章發表後，受評論人東華大學中文系吳明益教授多方提點，筆者受惠良多，在此表示感謝。

* 清華大學臺灣文學研究所，E-mail：nicholas@alumni.nccu.edu.tw。

壹、除了自然寫作之外

以往談論到陳冠學，多將之視為自然寫作作家，而八〇年代初期出版的《田園之秋》幾乎堪稱其代表作，無論是《田園之秋》，或是後來陸續出版的《第三者》、《訪草》，甚至是涉及親子書寫的《父女對話》，也大抵被置入自然寫作的範疇中來加以理解，早期對之有所評論的葉石濤、何欣，都將《田園之秋》與西方自然寫作或博物誌寫作並置而觀（葉石濤 1983：5；何欣 1983：151-152），後來研究自然寫作卓然成家的前行者簡義明、吳明益等人，在細部分析自然寫作的文本時，也幾乎都沒有錯過陳冠學的作品。

陳冠學被視為自然寫作的作品，以其親身返回老家屏東新埤之經驗為書寫依據，藉此描摹出一個抵抗現代化、工業化文明；企求反璞歸真於老莊思想中小國寡民的世外桃源，很輕易的在部分論者眼中取得一個道德高度，其高度不但築基於超脫物外、無欲寡求的理念，也受惠於陳冠學本身直接歸返故里、怡於耕耨的實踐姿態。然而這種實踐姿態也不是毫無疑義，早期劉克襄便對之有所反省，鄭明娳也認為陳冠學筆下的田園世界，其實是一個無法說服讀者的理想世，是一種逃避主義的消極姿態，是一種受傷的戀土情結（鄭明娳 1989：201-202）。吳明益認為劉、鄭二人的觀察有其建設性，並且實屬持平之論：

> 自我消滅、朝向一個似乎永難到達的理想世，《田》展現的或許不能是令人稱美的洞察、諧順、美麗田園，而是作繭自縛、難以實踐的想像域。也許正是了解難以要求他人做到，於是陳冠學便只好回到陳家莊去「盡其在我」。陳冠學的回到農耕生活，其實不只是一種嚮往式的追求，而是一種理念的展演。而《田》，正是這種展演的紀錄，縱使這理論恐怕永遠只有展演，沒有實踐的可能。（吳明益 2004：359-360）

吳明益針對陳冠學的作品進行評價時，特別指出陳冠學理念的展演價值，而不苛求其確實之實踐度，至少對於陳冠學本人來說，一切盡其在我。吳明益認為陳冠學的作品不單單是一種消極的戀土情結，還可能是一種實踐簡樸生活之理念的展演，並進一步指出陳冠學的作品「大多不是來自於進化論後，逐步建立起來的人與動物之間的新倫理，而是建立在一種『信仰』上。」（吳明益 2004：333）無法履踐的理念只能成為信仰，然而極其弔詭的是，因為陳冠學親身展演了難以實踐的理念，於是被劉、鄭兩人批評為逃避的姿態，瞬間成為吳明益眼中堅守信仰的身影，儘管這種信仰只有零星幾個聖徒，而難以有普遍實踐教條的信徒，然而對吳明益來說，堅守信仰的身影並非是對《田園之秋》無條件的正面認可，而是針對其實踐姿態而發。由此觀之，將這種建立在理念與信仰上的書寫置於自然寫作之框架下加以檢視，依然無能於跳脫被指為理想性過高、難以實踐、具有逃避性格之評價，然而筆者想進一步追問的是《田園之秋》與陳冠學其他作品所調動的資源果真只有戀土情結或抽象的「信仰」嗎？而其意義也僅只是一種沒有實踐可能的理念展演嗎？被論者指名為理想世的實質內涵是什麼？書寫中的「田園」或「老臺灣」所負載的又是什麼？假若將自然寫作所被賦予的使命感與標準，從解讀陳冠學作品的歷程中拔除後，在「沒有實踐的可能」之評價下消亡殆盡的能動性，有沒有起死回生的契機呢？

除了將之視為自然寫作之外，筆者在閱讀陳冠學的作品之後，卻有了另一種觀感，無論是具有濃厚中國「隱而不仕」田園書寫傳統的《田園之秋》；或是以小說筆法托寓其慨歎葛天無懷之世不再的《第三者》；還是以沉重口吻憂慮現代化之污染的《訪草》；又或者是以父女對話情節鋪述屏東新埤之地理書寫的《父女對話》，抑或是調動龐大歷史文獻而進行論述的《老臺灣》，雖然都與自然寫作有若近若遠的勾連，但是總有溢出自然寫作之外的敘述姿態，再加上吳明益早已指出，其所調動的資源處處可見不同於一般自然寫作者所擅用的西方保育觀點、自然史或自然科學的視野（吳明益 2004：352）。因此，將陳冠學的作品從自然寫作的範疇中拉開，並成為本文思考的一個起點，筆者無意否定《田園之秋》等作堪稱自然寫作經典，只是在整體閱讀陳冠學作品後，希望能夠從另一個角度切入，將之視為不僅只侷限於自然寫作範疇內的地理書寫，試圖統合性地去理解陳冠學的作品與書寫模式，關心其地理書寫的向度，並挖掘其所調動的文學資源與內涵。以下將先整體性去討論陳冠學地理書寫的樣貌與層次，思考其地理書寫的對象究竟為何？

貳、地理書寫的對象：荒蕪／豐饒的新埤

陳冠學的地理書寫有三個向度，首先是以《田園之秋》與《父女對話》等作品所描繪的屏東新埤，既是作者的故鄉，也是作者據以反抗與反思現代化的真實地理空間；第二個向度是以比較巨幅的視野將整個臺灣對象化，這個臺灣在小說集《第三者》中是以一個已經罔負「福爾摩沙」美名的現代化臺灣之姿態出現，相對於此的是第三個向度，因為失望於現代化臺灣的荒蕪，因此轉過身去遙望歷史中的「老臺灣」，這個老臺灣雖然時不時的出現在陳冠學的多數作品中，然而卻是以最有系統的方式呈現在早於《田園之秋》等作的《老臺灣》一書中。本節將以前兩個向度為討論重心，有關第三個向度留待後節處理。

葉石濤為《田園之秋》所做的序文以相當感性的筆法作為開端，「大約在光復前後的時候吧；從古代西拉雅族盤據的鹽分地帶，有幾十家沒有土地的農戶，成群結隊的，為了找尋一塊乳與蜜流瀉的地方，老遠跑到潮州部分的新埤，就在這荒蕪的地方落了戶。」（葉石濤 1983：1）葉石濤隨後表明之所以稱之為乳與蜜流瀉之地，其實是近似諷刺的話，新埤其實是一個十足的不毛之地，然而也因其自然地理條件的惡劣，才得以反襯出居於其上之人們的堅毅與樸實。（葉石濤 1983：1）然而在陳冠學眼中新埤如

何都不會是荒蕪的，或許正是那種缺乏人煙與塵囂的荒蕪，才更能見證其原始自然地理景貌的豐饒，在葉石濤筆下的乳與蜜流瀉之地只能是諷刺之語，然而在陳冠學眼中，那充滿野生鳥類、昆蟲的原野；廣大蔥蘢植披與生物的樹林，正是乳與蜜流瀉之地都比不上的桃花源。

新埤作為陳冠學地理書寫中的豐饒之地，正是提供抵抗現代化所需之能動的母土。當臺灣如同多數第三世界一樣背負著時間差去追求現代化文明時，處於其中而意圖抵抗現代化及其伴隨而來的汙染與環境破壞，始終都是一項巨大而艱難的工程，因此挖掘能動以支持抵抗、反省現代化的要務，也就成為了新埤地理書寫的首要意義。表現於陳冠學地理書寫中藉以達成增能目的之策略有兩種，第一種是直接調動自然或人文地理資源與景貌作為書寫實體，藉此達成新埤作為豐饒之地的描摹。

> 不見眼前矗立的太母山，北太母西側斷崖直削兩千六百公尺，世界第一削山正擺在眼前，一百公尺兩公尺半的陡坡算得了什麼？太母山百看不厭。李白詩云：相看兩不厭，只有敬亭山。那真是小巫見大巫。令李白生於此地，敬亭山永遠入不了他的詩。孔子自云：登東山而小魯；登泰山而小天下。那也是小巫見大巫。泰山只有太母的一半高，纔只有一千五百四十五公尺。太母不只是高，它擎天筆直起於海平面，照臨千里，世界上沒有一座山可與他媲美！（陳冠學 1983：103）

> 路面雖不寬，路邊照例都留有空地，各有五、六尺寬，南邊是蕃薯田，北邊是蔗田。蔗欉高過人頭，將整個北面遮蓋在後頭，成了寬厚的樹籬。（陳冠學 1983：102）

前一段引文是以自然地理景貌作為書寫實體，後一段引文則以人文地理景貌為書寫實體，兩者都在陳冠學的地理書寫中，扮演著重要的角色。就後者來說，人文地理景貌實為陳冠學之新埤地理書寫的主體，從書名《田園之秋》便可窺之一二，田園本就是人文地理的一大地景（Landscape），因此陳冠學最常調動的資源不同於一般自然寫作者筆下的原始自然風貌，而是經過人類某種程度馴化後的人文地景。簡單幾筆就帶出鄉間小路旁的臺灣特殊經濟作物，一整片的甘蔗園與蕃薯田，雖然是人為的經濟作物，但是畢竟經濟作物也有其地域特性，因此將之作為書寫實體，也連帶的突顯出新埤與臺灣南部的熱帶風情。除了調動人文地理資源之外，陳冠學也常常在作品中著力於臺灣自然山岳的描述，而新埤周圍的太母山更是陳冠學口中獨一無二的聖山，就像前一段引文開頭對太母山的讚譽，「世界第一削山」，讓新埤這個原本充滿了人為開墾意味的地名（新埤舊地名為新埤頭，而埤頭為開墾溝圳之稱），也沾染上某種人力仍有所不及之處的神聖性，一種無法被征服的，世界上沒有任何一座山可與之媲美的獨絕色彩，加深了以人文地理書寫為主體之新埤田園的複雜度，不只是一個宜於躬耕、安恬自適的愜意田園，更是有著天下絕美聖山的桃花源。

而陳冠學地理書寫中藉以達成增能目的的第二種策略，便是透過自己製造地景的敘述來產生能動性，像是收錄到《訪草》中的〈我家有塊糞堆〉一文，便是這種策略的極致展現，該文描述農村本來就應當使用糞堆來完成「地力循環回歸」的歷程，然而現代化幾乎無可迴避的趨勢也蔓延到八〇年代的新埤農村中，家家戶戶開始埋填糞堆，一切都朝向為了讓農村符合現代化要求的衛生、整潔訴求的方向前進，原本村莊中「蒸蒸而發腐化的肥氣和著田野裡來的苗草臭，是農村獨特的風味，聞著極為親切」（陳冠學 1988b：83），也不復存在。然而回到新埤的陳冠學卻在自家門口築起糞堆，並且驕傲而慶幸的描述出至少他們一家還可以一仍舊慣的保留糞堆，在該篇散文中，陳冠學把糞堆的消失，等同於現代性切割時間與空間的臧害，現代化文明規定人們什麼時候倒垃圾，什麼地方才能丟垃圾，即是變相的破壞崇尚自然的人性，陳冠學對於垃圾車也有其獨特的看法：「每天那車來單音曲響時，我都很難過，不敢想像村裡人一路上趕著倒垃圾的情景，或是垃圾筒鵠立路邊的樣相。」（陳冠學 1988b：85）在這篇文章中，陳冠學自己建立地景，一個已然消失卻又被重新構築而成的地景，同時把這個地景的消逝鏈結到現代化中缺乏人性、自由愜意的負面評價上，此時，糞堆不再只是一個單純的地景，不但負載著召喚前現代之農村生活精神的意義，也產生了抵抗現代化與現代性的能動。

以上討論了陳冠學環繞著故鄉新埤的地理書寫，在陳冠學的地理空間結構中，新埤扮演著相對於整體現代化臺灣之中僅存的一處桃花源，假若新埤是桃花源；那麼陳冠學所欲避之秦必是現代化及其所衍生的環境污染，遺憾的是這處桃花源沒有隱藏在曲折的河道盡頭，現代化浪潮早已漸次地湧進這只陳冠學眼中的避秦之地。無法一味的耽溺於不再隔絕的桃花源中，陳冠學也將目光投向已然破敗的美麗之島，藉由小說筆法諷刺著本來擁有絕美地理景貌的島嶼，曾幾何時已經變成包藏貪婪人心的罪惡之島，小說〈天鵝〉中的樸實少年阿泉對天鵝說出：

> 「喔，我曉得了！你們家鄉也在傳說世上有個美麗的島嶼，大家飛遍世界自尋找著，希望一生當中能夠看到一次，是不是？現在你總算找著了。怕教你失望了，是不是？一來這個號稱美麗島的島嶼並不美，二來這個島嶼上的居民心地並不善良。島嶼上的居民心地不善良是事實，但是島嶼本身不美卻不是事實。這個島嶼原本是美得仙境一般的，我們老師說，歷史上記載著，葡萄牙水手第一眼看見這個島嶼時，被島嶼的美感動得幾乎發狂。這個島嶼變醜是近數十年來的事，尤其是近二十年來變得厲害。人們謀殺了這個島嶼。這回回去，請告訴你的親友，不要再找這個島嶼了！世上再沒有美麗的島嶼，世上美麗的島嶼早成了歷史，你無法兒飛進歷史裡去找他，我也無法兒住進歷史裡去。」（陳冠學 1987a：114-115）

這一段對天鵝所說的話，幾乎就是陳冠學代替所有居於其上的住民們對臺灣這座島嶼的自白，慨歎世上再沒有美麗的島嶼。這個不再美麗的島嶼其實正是陳冠學地理書寫的第二個向度，在此向度中，有關這個被現代化侵略的臺灣地理書寫其實只有名號，該名號是以「罔稱福爾摩沙的島嶼」之方式出現於其地理書寫中，然而這個罔稱福爾摩沙的島嶼究竟破敗到什麼程度，陳冠學其實不忍一一描述細節，而迴避了實體，對他來說，指稱臺灣不再是美麗的島嶼，已經逼近他忍受的底限，就像少年阿泉要那隻天鵝轉告其他天鵝的話，不要再找這個島嶼了，世上沒有美麗的島嶼，這個向度中的臺灣，在陳冠學的地理書寫中是以被棄絕的樣態出現，在棄絕的背後，只能是自然資源與人心的荒蕪，所有的地貌都不再具有意義；一切的風景都只能是空談，於是作者放棄在這個向度中細細地去描述臺灣的地理景貌。然而值得論者進一步追問的是，無法繼續耽溺於新埤作為一個豐饒之地的情感寄託，也無能於細緻地去描摹破敗島嶼的陳冠學，難道果真如上段引文結尾所述，世上美麗的島嶼早成了歷史，你無法飛進歷史裡去找他，我也無法住進歷史裡去？其實不然，早在《田園之秋》、《第三者》等作之前，陳冠學就已經循著歷史的路徑，找尋過那曾經存在的美麗之島。接下來兩節將分析陳冠學透過地理書寫尋找那座美麗之島的路徑，以及所調動的資源和空間結構。

參、向歷史索討那座美麗之島

上節以《田園之秋》、《父女對話》等作為分析文本，爬梳陳冠學究竟描摹出怎樣的故鄉地理樣貌，然而在這些後來被視為自然寫作的作品之前，陳冠學的《老臺灣》堪稱是醞釀了後來撰寫這些作品所需的能動性，對此，吳明益已經清楚的指出陳冠學從《老臺灣》到《田園之秋》的書寫路徑，「《老臺灣》其實是《田園之秋》的前奏，也就是說，作者已對臺灣的歷史、自然史、鄉土產生了認同與熱愛，並在消化這些知識性的材料之後，才得以寫出這部被部分論者極其推崇的早期自然寫作經典。」（吳明益 2004：189）確實如吳明益所言，《老臺灣》是陳冠學對臺灣歷史、自然史、鄉土產生巨大認同與熱愛的見證，然而值得更進一步去追問的是，陳冠學調動了什麼資源來達成他追尋那座曾經的福爾摩沙。

在細部的討論陳冠學如何在《老臺灣》中探索那座曾經美麗的島嶼之前，需要先釐清《老臺灣》究竟是誠如陳冠學本人認定的是歷史書寫，還是其實是歷史化的地理書寫？要回答這個問題，必須從出版於一九八一年的該書封面內頁的介紹，作為思考的起點：

> 近年來臺灣史的探究，漸漸引起普遍的關心，坊間多見時賢有關這一方面的新著述。這是很可喜的現象。我們生於斯、長於斯、老於斯、死於斯，對於臺灣的過去自然不能茫然沒有認識與了解。但是時賢的著述，大多是教科書式的，不然則有似一本流水帳，鮮能融會貫通，將臺灣的過去活現於紙上；尤其是臺灣過去地理的變遷和移民的拓荒實況，幾乎全不觸及，取貌遺神，既缺乏興趣又少鼓舞。本書正是為了彌補這一缺陷而作，而梁啟超先生自詡為「筆鋒常帶感情」，又是本書的一個特色。

類似上述的評價也出自葉石濤之口（葉石濤 1983：3-4），誠然，全書處處可見陳冠學筆鋒之情感，然而也因此而失去了史學著作應有的嚴謹與可信度，雖然收入滄海叢刊之歷史書系中，卻期期不可將之視為史學著作，與其說是以求真為尚的歷史書寫，還不如將之視為帶有一絲虛構色彩的地理書寫，然而該書大量引用史料作為論據，單純地將之視為地理書寫也有其缺失，綜合上述兩種考量，該書毋寧應屬「歷史化的地理書寫」，事實上，陳冠學正是意圖在史料中尋找那個曾經存在的美麗島嶼，致力於歷史中那座島嶼之地理景貌的描寫。然而其書寫的並非是當下的地理實體，而是已經逝去的地理風貌，因此作者無能於直接感知與觀察歷史中的臺灣，唯一之途，便是以「史料」作為路徑重返那座福爾摩沙，然而邱貴芬在思考克利弗（James Clifford）有關根（roots）／路徑（routes）的討論時，便以指出「臺灣文學的 roots 和 routes 並非對立，而是相互糾結」（邱貴芬 2006：130），正因為臺灣文學中的根與路徑是相互糾結，因此所採取的路徑，也就決定著最後會尋得的根。陳冠學向歷史索討那座曾經美麗之島的路徑是以清代臺灣方志為主的史料，而這些史料並非是潔白無瑕、不隱含任何結構的死物，以清代臺灣方志為例，這些方志並不單純以承載記錄歷史的功能被加以書寫，其書寫背後有其糾葛複雜的敘述位置與調動文化資本等面向的問題，正是這些不同的面向，有助於我們窺見所謂的清代臺灣方志不單是作為一種史料，更可能是帶有書寫性、虛構性的文本。[1]當作者沒有辨識出這些披有史料外皮之文本的書寫性，而直接將之作為追尋「老臺灣」之路徑時，某種程度上的承襲與影響便幾乎不可避免，而也正是因為這層考量，所以筆者必須在討論陳冠學如何向歷史索討福爾摩沙之前，必須先釐清《老臺灣》究竟是歷史書寫還是地理書寫，以其所使用的史料／文本進行初步的討論。

以下必須藉助前行研究快速的釐清方志書寫的傳統與特性。正像《老臺灣》所展示出來既有歷史性又具備地理性的書寫特徵，方志書寫本身也是

---

1 有關清代臺灣方志的書寫性與虛構性的討論，並非本文論述關鍵，因此無法詳加論述，筆者曾為文以〈星野志〉、〈山川志〉就此問題進行思考。主要針對清代臺灣方志中有關形勢、星野、山川、封域之屬的篇章，進行討論。因此有關清帝國對於臺灣的敘事與視野，也主要是聚焦在上述有關地理政治譬喻如何做為帝國的文化統治資本之層面上，來進行爬梳。究竟清代臺灣方志中呈現出何種帝國視野？而居於其間作為動作者的編纂文人，又如何在揣摩帝國統治者之心意時，發展出多種臺灣空間敘事？對於這些動作者而言，兩種不同的說話位置交錯出現在方志書寫中，一個是站在清帝國的位置看臺灣，利用休戚與共的勾連感，行收編臺灣之效，這是作為清帝國代言者的地方官吏心態；另一是站在邊陲臺灣這頭往中國內地看，透過描寫臺灣與中國的一體感，來消除自己被派往政治與文化邊陲任職的匱乏與焦慮。此外，在方志書寫中，「一統性」與「政治空間序階」又起著什麼樣的效應？並藉此反思所謂空間的領有權、詮釋權是否從來就非本質而先驗，而是屢經敘事與論述，才得以形成。許博凱：〈清代臺灣方志書寫中的帝國視野與臺灣空間敘事：以星野書寫與山川書寫為討論對象〉，未刊。

融合了歷史書寫與地理書寫兩端，杜學知就清代的情形將方志分為新舊兩派，「舊派以方志為地理書，如紀文達總裁四庫全書，即以方志入地理類，主方志與正史有別，意在尊嚴國史。新派以章（學誠）謝（蘊山）阮（文達）諸家首倡，講求體例，以準正史。」（杜學知 1973：1-2），從杜學知的區分可知，紀昀主張方志是地理書，而章學誠等人則是視之為歷史。林天蔚則進一步指出方志之起源應有兩個源頭，一個是代表歷史書寫的《周禮》，一個是代表地理書寫的《尚書．禹貢》，前者重視人與事的記載，後者著重在物與地的描述，「大概由兩漢到魏晉南北朝，仍是史、地分途發展，至《隋書》立地理目，加上隋唐初著重邊疆地理，資料增多，唐初『官修地理書』開始，於是發展成『歷史地理』的新形式，其中《括地志》、《元和郡縣圖志》，更是「一統志」的最早形式。」（林天蔚 1995：13-33）林天蔚整合了此前諸家對於方志起源與發展的看法，認為方志有地、史兩個源頭，這兩個源頭在隋唐時匯流成為方志的前身，促使宋代正式出現方志書寫。從前行者對方志書寫的研究成果可知，陳冠學頻繁挪用的方志書寫恰恰也與《老臺灣》的書寫相互呼應：既是地理書寫，也是歷史書寫。更精準的說，《老臺灣》應當是具有歷史色彩的地理書寫，其描述的不是當下的臺灣地理景貌，而應當歸屬於歷史中美麗之島的地理書寫。

除了清代臺灣方志之外，陳冠學在《老臺灣》中，也廣泛地引用了十七至十九世界有關臺灣的中西文獻，中文文獻部份特別仰賴九〇年代後臺灣文學清領時期研究者多所關注的陳第《東番記》、郁永河《稗海紀遊》，而這兩部作品也屢屢見諸各色清代臺灣方志中。西文史料則遍及一六二二年荷蘭司令官雷爾生（C. C. Reyersen）的航海日記、馬偕神父（G. L. Mackay）所著的《遙遠的臺灣》、一八七五年美國人湯普森（D. Thompson）有關臺灣北路的描寫、英國人必麒麟（W. A. Pickering）的《墾闢中的臺灣》……等文獻。藉著爬梳這些史料與文獻，陳冠學究竟追尋到什麼樣的老臺灣呢？

在作為歷史化的地理書寫《老臺灣》中，臺灣自然地理景貌的特出與精彩，幾乎是老臺灣之所以堪稱福爾摩沙的關鍵。而其中最為陳冠學所鍾愛的自然地理景貌，以山岳為首。不管是後來屢次出現在有關新埤的地理書寫中的太母山；還是臺灣第一高峰玉山；亦或是東部拔地而起的海岸山脈，都是陳冠學所著墨甚多之處，像是讚譽玉山乃是在離海幾十公里的地方拔起四千多公尺（陳冠學一直堅信玉山應當超過四千公尺），比起在海拔六千多公尺的高原上拔起兩千多公尺的喜馬拉雅山聖母峰還要高，因此玉山才是世界第一峰。除了近乎非理性的堅稱玉山比聖母峰還高之外，陳冠學也積極地將臺灣山岳與中國五嶽諸山進行比較，不但可以見證其愛鄉之心，還隱藏著想要透過標舉臺灣的自然地景，和中國的山岳互別苗頭的意味：

> 在我漢族的老地盤上，自黃河而長江而嶺南，五千年來竟沒有足可睥睨四方的高山，而居然在冒險犯難爭自由爭自主的少數移民，跨大海，度重洋，犧牲了多少人的生命幸福之後找到，並且又是一次就是一、兩百座的大數量，比起梁山泊的一百單八條好漢還要多，實在令人振奮；想登臨群峰之頂，環顧八方之末，齊聲歌唱，響入九霄。（陳冠學 1988a：66）

在陳冠學的臺灣地理書寫中，山岳持續盤據著最中心、最醒目的位置，不只一次的提到臺灣山岳乃是聖山、蓬萊仙山，有此聖山、與仙山，臺灣才如此與眾不同，而也只有臺灣才配得上這些充滿神聖性格的山岳。（陳冠學 1988a：67-76）除了直接針對山脈進行地理書寫之外，也藉由談論該地獨特物產來帶出臺灣乃是聖地、神山之所，「然而何以臺灣也會有北極寒帶魚呢？這理由頗簡單，因為臺灣是老天所鍾的神山，總得有些奇蹟纔成；不見那整條大山脈，南至太母山，都已畫進熱帶了，隆冬天氣，山頂上猶然有半里方圓的雪，這不是奇蹟嗎？」（陳冠學 1988a：76）在如是讚譽臺灣之後，陳冠學慣常引用一段中文或西文文獻中描述的臺灣地理風貌，藉此證明自己所言非虛，並求相互輝映之效，在陳冠學敘述中，這些文獻或史料是以一個佐證的位置出現在書寫中，乃是陳冠學最擅長調動的歷史資本，而藉此敘述模式所呈現出來的「老臺灣」，正是本文前述提及的陳冠學地理書寫中的第三個向度，那個曾經美麗的福爾摩沙。

肆、中國性的幽靈

我們從陳冠學返回故鄉新埤從事地理書寫以累積反抗現代化之能動談起，接著思考陳冠學在新埤也不堪擔任桃花源托寓之後，也曾將目光移到已經破敗、不復美麗的島嶼上頭，並且追問陳冠學的地理書寫除了這兩種路徑之外，是否也曾從史料下手，去追尋那個存於歷史中的島嶼？上一節即是本文對這個追問的初步回答，接下來值得更細緻去探究的是，在如是具有表徵發現臺灣、認同臺灣的地理書寫中，雖然可以看見陳冠學追尋那座存於歷史中的美麗之島的努力與路徑，然而這些路徑果真都如此純粹，以在地性為訴求嗎？還是說在八〇年代初期陳冠學開始肯定臺灣以及臺灣地理風貌時，其中還混雜濃重的中國性，本文無意從政治正確與否的立場去思考這個問題，筆者關心的是陳冠學那濃濃的愛鄉愛土之情，反映在其地理書寫中，仍無法迴避中國性的介入，不單單是表面的使用了中國文學經典的典故或敘事技巧，而是繼承了更複雜更深層的觀看視角，以下將分別討論《田園之秋》中如何留存著郁永河《裨海紀遊》觀看原住民的視野，及其在整部《老臺灣》對臺灣地理空間的想像歷程中，如何的強調臺灣與中國的勾連感，而這種想像臺灣地理空間的路徑又與清代臺灣方志中的空間想像結構與一統性，有著如何複雜地既相合；又歧出的影響關係。

以往假若論及《田園之秋》所調動的文學資源，唐捐早期的看法相當經典，其指出陳冠學《田園之秋》的〈九月十日〉乃是臨摩〈桃花源記〉

的行文模式（唐捐 1999：389-393），其說確有可信之處。然而連帶閱讀陳冠學的其他作品後可以發現，一個遠比模擬〈桃花源記〉還要更複雜的文學影響路徑，隱藏其中，在〈桃花源記〉與〈九月十日〉兩作之間，還有一個堪稱臺灣古典文學中的經典作品《裨海紀遊》。將〈九月十日〉對原住民（在該文中，陳冠學將原住民稱為馬來族）的觀察視角，類比成〈桃花源記〉對避秦後人的視角，其實不甚真確，陳冠學在〈九月十日〉中寫道：

> 這些馬來族，純樸善良，最大的好處，是不動腦筋。據我所知，他們不爭不鬬，連吵架都不會有，真可稱得是葛天無懷之民。（陳冠學 1983：56）

這種將臺灣原住民視為葛天無懷之民的觀看姿態，其實遠遠不同於〈桃花源記〉對避秦後人的觀看方式，反倒是和郁永河在《裨海紀遊》中凝視原住民的姿態，如出一轍，郁永河寫道：「若夫平地近番，冬夏一布，麤糲一飽，不識不知，無求無欲，自遊於葛天無懷之世，有擊壤鼓腹之遺風。」（郁永河 1985：318）兩者觀看原住民的角度之所以如此雷同，並非偶然，在陳冠學的另一本著作《老臺灣》中，便可以發現陳冠學在行文中頻繁地引用《裨海紀遊》一書，由此可以推知其對該書知之甚熟，同時也繼承了該書凝視原住民的姿態。此外，林淑慧在其博論指出《裨海紀遊》描寫自然之景的敘事技巧，如「當郁永和乘坐獨木舟入內北投社後，『緣溪入，溪盡為內北社，……轉東行半里，入茅棘中……渡兩小溪……復入森林中』串聯『緣』、『轉』、『入』、『渡』、『復入』數個動詞，頗有〈桃花源記〉的意境。」（林淑慧 2004：257）職是可知，陳冠學〈九月十日〉一文所繼承的視角主要是來自《裨海紀遊》，而以層層逼近來描述自然風貌的書寫技巧，則是為〈桃花源記〉、《裨海紀遊》、《田園之秋・九月十日》所共享。

郁永河在《裨海紀遊》中雖然也曾寫到原住民受漢人欺侮的情形，並為之打抱不平，但是屬於上國俯視的目光，從來沒有缺席於其對原住民的描述中，那種輕易地將它者判定為不識不知，無求無欲的背後，其實是凸顯出作者的傲慢與輕視，當作者這麼說的時候，他說話的對象並不是原住民，而是其它會去閱讀其作品的漢人；其實不是去誇讚原住民的樂天與愜意，而是對其他漢人與自己說：你看，這些人雖然沒有知識與文明，但是也因此而沒有欲求爭端，持有優良文明的我們，更應該要修養德性，不可一味的爭名逐利。那近乎是一種在自己的社會結構中不得意，於是在凝視它者的過程中，藉著標舉出他者的某一種特性（就像郁永河所言的無欲無求，這種特性其實也是論述者視需要而虛構的），來爭取在自己所屬的社會結構中更豐富的說話空間與資本。而繼承了郁永河觀看原住民視野的陳冠學，其實也在透過讚譽馬來族（其實是指原住民），來為自己的敘述位置增能。因此，陳冠學的增能策略除了透過史料去進行地理書寫，藉此尋找那座尚未被污染的美麗島嶼，來抵抗現代化文明的浪潮；也藉由推崇被那些漢人的霸權想像所被綁死在臺灣自然與土地上的原住民，來挖掘在那少數僅存於臺灣的自然與在地性，至於這些原住民是否如他所言，果真不動腦筋，連吵架都不會有？那顯然就不是作者關心的問題。

中國性的幽靈，透過清帝國宦遊文人之臺灣行旅書寫觀看原住民的方式，在陳冠學為抵抗現代化文明而尋求能動性的地理書寫中，獲得轉生的契機。除此之外，中國性也以史料文獻的形式，出現在陳冠學的《老臺灣》中，陳冠學積極地引用《左傳》、《史記・東越列傳》、《臨海水土志》、《後漢書・東夷列傳》等文獻，去論述臺灣與中國的勾連感，例如：

> 左傳哀公二十二年載：「越滅吳，請使吳王居甬東。」杜預注：「甬東，越地，會稽句章縣東，海中洲也。」按甬字是借用的字，本字應該是涌。涌東是越國版圖，在海外，這當然是臺灣。…第二，涌即有名的暖流黑

> 潮，俗稱黑水溝。……。而越國版圖居然跨海到了臺灣。大概自相土征服過以後，一直隸屬商朝的版圖。越是商本部，故一直領有臺灣。（陳冠學 1988a：2）

單憑著短短的兩段經注，就判斷商朝一直領有臺灣。類似的詮釋一再搬演，凸顯出來的是標明臺灣自古屬於中國領有，這種強調臺灣與中國勾連性的敘事背後，是一種想像的空間結構，與《老臺灣》多次引用的清代臺灣方志所持的空間想像結構，若合符節。在清代臺灣方志中，清帝國為求收編臺灣而生成的空間想像結構，所強調的正是「臺灣與中國本為一體」的敘述，以「一統性」作為結構之根基，以同樣屬於地理書寫的〈山川志〉為例，多數清代臺灣方志皆強調臺灣山脈與中國山脈的勾連性，認定臺灣諸多山脈皆源於雞籠山，而作為臺灣諸山之腦的雞籠山又是從中國福建之五虎門，穿洋渡海的延伸到臺灣，標舉出臺灣山脈源自於中國。而《高志》延續《蔣志》的說法，認為「臺灣山形勢，自福省之五虎門蜿蜒渡海，東至大洋中二山，曰關同、曰白畎者，是臺灣諸山腦龍處也。隱伏波濤，穿海渡洋，至臺之雞籠山始結一腦；扶輿磅礴，或山谷、或半地，繚繞二千餘里，諸山屹峙，不可紀極。」（高拱乾 2004：72）如是記述臺灣山脈源於中國的書寫，重複出現在各府、縣志中，除了《蔣志》、《高志》之外，《諸羅縣志》、劉良璧《重修福建臺灣府志》、余文儀《續修臺灣府志》、《噶瑪蘭廳志》皆繼承該書寫。透過該書寫建構臺灣與中國的勾連性，在中國堪輿思想中，山脈源頭與走向可以表彰該地的運勢，書寫臺灣山脈源於中國，可以強化臺灣之走向與運勢與中國內地休戚與共。職是，我們可以發現《老臺灣》與其頻繁引用的清代臺灣方志，共享了一種空間想像結構，這種結構是在論述地理關聯時，刻意以勾連性為表徵。

然而《老臺灣》與清代臺灣方志的空間想像結構雖然有相合，但也有歧出之處，兩者皆強調臺灣與中國的勾連性，但是清代臺灣方志在論述勾連性之後，繼起的是將臺灣置於序階中從屬的位置，正如前段引文所述，臺灣的山脈是自中國五虎門蜿蜒而來，臺灣山脈即便如何磅礡繚繞，不可紀極，都只能是中原祖山的末裔。陳冠學在此與其共享的空間想像結構有所歧出，在陳冠學的地理書寫中，臺灣的山脈是中國千山百岳都無法比擬的聖山，正如前一節所述及的，陳冠學一一的排列出中國諸山的名稱與標高，五嶽、太行山、王屋山、秦嶺、廬山、摩天嶺、五指山等等，然後指出臺灣山岳遠比這些中國名山還要雄偉瑰麗，如是描述臺灣山岳，便和認定臺灣山脈源於中國的多數清代臺灣方志，產生歧出。從這樣的討論中，我們看到陳冠學在從事臺灣地理書寫時，雖無可迴避的共享了和多數清代臺灣方志一致的空間想像結構的基底：勾連感。但是在敘述歷程中，發展與之有所差異的內涵：臺灣（山脈）的獨特性。

伍、結論

從新埤到老台灣，其實並非意味著陳冠學地理書寫的時間向度，而是本文思考的路徑，從陳冠學一向被視為自然寫作的「新埤」書寫出發，翻轉時間的箭頭，朝向已逝的「過往」，這個「過往」不但意味著相較於《田園之秋》等作，更早完成的《老臺灣》是一個書寫時間向度上的過往；這個「過往」也同時指向《老臺灣》中所調動的歷史與文學資本。如果說《田園之秋》等作品著墨於書寫者創作當下的地理書寫，那麼《老臺灣》則是屬於具有歷史向度的地理書寫。

作為自然寫作的《田園之秋》，處於其對立面的正是益發造成全球環境汙染的現代化文明，該書寫所追尋的似乎也只能是論者筆下所謂永難到達的理想世，而這個追尋理想世的身影也無可避免的成為論者眼中的逃避姿態。然而如果放棄以自然寫作之職志作為量尺，是不是能夠更細緻地看到陳冠學在追尋／逃避的歷程中，究竟調動了什麼文學資源？或使用了什麼樣的地理空間結構？以上是本文思考的一個基點，在這個基點上，進一步討論陳冠學地理書寫的三個向度：新埤、臺灣、老臺灣。並且探究陳冠學在向歷史索討那座曾經美麗的島嶼時，如何調動《裨海紀遊》或清代臺灣方志中有關臺灣的地理書寫？經過初步的爬梳後，可辨識出在陳冠學調動資源的路徑中，處處可見與中國的勾連，這種勾連不是以政治認同為基礎所建構起來的，而是透過某些具有史料外皮的清代書寫作為中介橋樑，這些橋樑有兩種形式，一個是以文學資源的挪用與影響的方式出現，另一個是共享著這些清代書寫觀看臺灣的空間想像結構。職是，我們看到在臺灣本土作者追求臺灣地理書寫時，中國收編臺灣的空間想像結構曾出沒於其間，這樣的觀察其實呼應羅永生對香港在九七後的想像空間結構的成果。

羅永生〈談「中華性」當中的「殖民性」〉（陳光興 2005）是從香港受殖經驗出發，指出中國性（Chineseness）[2]中面對殖民經驗時（及其後）所產生的情感結構與知識基模（schema），是如何在有關離散華人或東亞華人城市比較學的討論中起著或隱或顯的作用，接著羅永生進一步指出：

> 更重要的是，目前流通在內地和海外的那種大中華民族主義，在相當大的程度上其實是離散華人民族主義向右轉向的結果，是「海歸派」華人資本擴張的一個組成部份。這種大中華民族主義試圖完成的，是中國民族國家的建設，但他的想像世界卻又不只於將中國塑造成一個民族國家，而是具有帝國式的內涵和視野。這種帝國式的想像結構，在實際操作過程中，已經介入到當代華人的政治和地理想像建構中去。（陳光興 2005：83）

2 在不同的討論脈絡中，中國性或中華性這兩個詞彙往往顯得相當混淆而衝突，這兩個模糊曖昧的詞彙其實正反映出其背後複雜的歷史脈絡、思維模式，甚或是感覺結構，這個部分非本文討論之重點，未免模糊本文論述之重心，筆者選取臺灣文學研究領域中慣常使用的詞彙中國性。

由此可知，對羅永生來說，他所討論的中國性當中的殖民性，其實指的是中國性當中殘留／延續了多少上個世紀初期中國民族主義萌芽時所沾染／繼承了的西方殖民主的帝國性質，因而形成一種羅永生命名為帝國式的想像結構，接著他利用龍應台與南方朔對香港的評論，說明這種帝國式的想像結構如何影響了當代華人的政治和地理想像建構歷程。透過本文對陳冠學地理書寫的考察，可以發現其實這種帝國式的空間想像結構不是從中國民族主義發芽之後才開始發展的；也不單存在於九七後的香港。對於戰後由國府統治的臺灣來說，也同樣具有解釋的效力。以陳冠學的作品為例，《老臺灣》所呈現出來的地理想像結構，正是以將臺灣放置在中國脈絡中進行定義，強調臺灣與中國的一體感與勾連性，並且在此結構中進一步標舉出臺灣的獨特性，而其所引用的資源則是更早在中國民族主義發展之前，就已然存在的中國中心地理想像結構。當然清代臺灣方志做為清帝國收編臺灣的工具，自然有其不同於羅永生討論香港經驗與陳冠學從事臺灣地理書寫之脈絡，但是論者在此無可迴避的是，那本來是清帝國為了收編新領地臺灣的論述，卻在時間的推衍中，化作具有權威性的史料，成為臺灣作家進行臺灣地理書寫時所使用的路徑與資源；而中國中心的空間想像結構，則是如同幽靈般的存在於香港與臺灣知識份子、作家各自的地理想像歷程中。

參考文獻

專書

- 吳明益（2004），《以書寫解放自然》，台北：大安。
- 林天蔚（1995），《方志學與地方史研究》，臺北：南天。
- 林淑慧（2004），《臺灣清治時期散文發展與文化變遷》，臺北：臺灣師範大學中文所博士論文。
- 郁永河（1985）《裨海紀遊》，收入王錫祺編：《小方壺齋輿地叢鈔》，臺北：臺灣學生。
- 高拱乾撰、張光前點校（2004）《臺灣府志》，臺北：遠流。
- 陳光興（2005）《批判連帶：2005 亞洲華人文化論壇》，臺北：臺灣社會研究季刊。
- 陳冠學（1983），《田園之秋：仲秋篇》，臺北：前衛。
- ———（1984），《田園之秋：初秋篇》，臺北：前衛。
- ———（1985），《田園之秋：晚秋篇》，臺北：前衛。
- ———（1987a），《第三者》，臺北：圓神。
- ———（1987b），《父女對話》，臺北：圓神。
- ———（1988a），《老臺灣》，臺北：東大。
- ———（1988b），《訪草》，臺北：前衛。

期刊論文

- 杜學知：〈「臺省通志綱目」商榷〉，收入氏著《方志學管窺》，臺北：臺灣商務，1974，頁 1-2。
- 邱貴芬：〈「在地性」的生成：從台灣現代派小說談「根」與「路徑」的辯證〉，收入《中外文學》406 期，2006 年 3 月，頁 125-154。
- 唐捐：〈《田園之秋》的辭與物〉，《臺灣文學經典研討會論文集》，臺北：聯經，1999，頁 389-399。
- 葉石濤：〈《田園之秋》代序〉，收入陳冠學《田園之秋：初秋篇》，臺北：前衛，1984，頁 1-6。
- 鄭明娳：〈受傷的戀土情結：評陳冠學《田園之秋》〉，收入《聯合文學》53 期，1989 年 3 月，頁 201-202。

講評

吳明益*

許博凱先生的論文統合過去的研究，判斷《田園之秋》並不僅止於是一部自然書寫經典，因此希望能夠從另一個角度切入，試圖「統合性地去理解陳冠學的作品與書寫模式，關心其地理書寫的向度，並挖掘其所調動的文學資源與內涵。」，許先生認為新埤作為陳冠學地理書寫提供抵抗現代化所需之能動的母土，而表現於陳冠學地理書寫中藉以達成增能目的之策略有兩種：一是「直接調動自然或人文地理資源與景貌作為書寫實體，藉此達成新埤作為豐饒之地的描摩。」二是透過自己製造地景的敘述來產生能動性。而陳冠學所欲反抗的是「現代化及其所衍生的環境污染」，但無奈的是此地已遭入侵，因此，陳的《老臺灣》是其「對臺灣歷史、自然史、鄉土產生巨大認同與熱愛的見證」。許文並以〈九月十日〉一文解釋，陳冠學的書寫其實不僅源於唐捐提過的〈桃花源記〉，還包括郁永河的《裨海紀遊》，並判斷陳冠學「藉由推崇被那些漢人的霸權想像所被綁死在臺灣自然與土地上的原住民，來挖掘在那少數僅存於臺灣的自然與在地性。」並進一步分析此在地性所導致的與中國文人、官吏所書寫台灣方志的歧異性。

本篇論文最大的優點在於勇於挑戰前人的說法，並能在文本細讀後觀察出〈桃花源記〉、《裨海紀遊》與《田園之秋》間的隱性互文關係，是論文中具創見的論點。而論文的論述嚴謹，文本閱讀細膩，在本次會議論文中極為出色。由於已於研討會中與許先生交換意見，部分原論文有疑義之處，許先生已在論文集版做了調整，因此本評論修改了會議論文的評論書面稿，僅提及我個人對本篇論文或對陳冠學先生作品的幾點看法。

* 東華大學中文系助理教授

一、正如我在研討會講評時所舉出的，歷來自然書寫研究者對《田園之秋》的評價，與一般不涉獵自然書寫相關論述的文學評論者有很大的差異。包括劉克襄、簡義明，以及我個人都未毫無保留地給予《田園之秋》高度的評價，但散文研究者則多半予以高度評價。葉石濤先生雖也曾從自然書寫的角度評價《田園之秋》，並以其與法布爾成就並舉，但我個人認為那是「不當評價」。關於這點較細部的論述請參考《以書寫解放自然》（台北：大安，下編第二章）。評價差異的主因在於對陳冠學先生一系列著作的定位不同，因此評價的標準自然也有所不同，從自然書寫的觀點來看，陳冠學先生的著作僅能說是早期特定類型的典型，雖在文學敘述上表現出色，但環境倫理觀的思維與其中思辨的合理性並不算突出。

二、許先生嘗試從自然書寫以外的視角去觀察陳冠學先生所欲書寫的「地理景觀」，發現其「調動」了方志的書寫資源，而「方志並不單純以承載記錄歷史的功能被加以書寫，其書寫背後有其糾葛複雜的敘述位置與調動文化資本等面向的問題，正是這些不同的面向，有助於我們窺見所謂的清代臺灣方志不單是作為一種史料，更可能是帶有書寫性、虛構性的文本」。可以想見，這樣的解讀進路應先「指出」調動何本方志，或方志中的那一個段落後，並進一步深化論述其「調動」這些文本進行書寫的「意涵」。許先生藉由細讀的工夫，指出了不少陳冠學調動方志進行書寫的段落，而在「解讀其意涵」，則集中於「突顯臺灣的特殊性」上，指出其著作的顯性特徵（中國性幽靈），與潛在意圖（藉地理呈現臺灣的獨特性，以與中國產生歧出），確有見地。我個人認為，縱觀陳冠學先生所有的作品，特別是作者未提的《進化神話第一部：駁達爾文「物種起源」》（1999），才能看出陳冠學先生這些地理書寫為何常常出現「不當解釋」（比方說硬要說玉山是世界是第一高峰）。在該書中，陳冠學先生解釋自然史或特殊地理景觀（不一定指臺灣）時都常用「信仰」的態度，而非「求證」的態度，不依循現有的科學研究結果，而認同、信仰「近宗教式」的詮釋。若能將這點考慮在內，或許在談到陳冠學描寫臺灣地理、山岳時「調動資源」、「刻意虛構」、「主觀解釋」時，可以進一步發現不僅止於「中國結」、「調動史料」、「共享空間想像結構」而已，恐怕還和他的宇宙觀、宗教觀有關。

三、文學作者欲以其「信仰的理念」來挑戰「科學思維」並非少見，甚至刻意「虛構」（如《田園之秋》部分內容）以求創作性的完整亦是很重要的一種創作策略。但做為一個後來的評論者，或許在評價時要考慮、檢驗的是書寫策略之中，文本所蘊涵的「文學魅力」是否依然存在？而在著作完成當時所獲得的高評價，是否在回到歷史情境後衡量仍屬合理，而可以接受？唐捐在〈《田園之秋》的辭與物〉中曾判斷，《田》書「遠於史而近於詩」，因此認為將其「言史」的文字放在「子部」討論更為恰當，但即使以「子部」的角度檢視，陳冠學書寫中的「理」與「情」的服人或動人與否，理應也會影響其在文學史中的評價（至少二十多年後的現在，是重新評價的時候了）。若一一檢視陳冠學每部著作的內容，會發現陳冠學著作中提及的許多「地理常識」實在悖乎常理，《老臺灣》中甚至認為沙曼那拿（George Psalmanazar）的虛構之書 An historical and geographical description of Formosa （1704，中譯為《福爾摩啥》），為「臺灣的第一部聖典」（1981:85）。類似這樣的錯誤絕非「歷史局限」（因為那些錯誤的部分數十年前就已經是「常識」，而陳冠學並沒有提出足以說服人的說明）。再加上除《田園之秋》以外，陳冠學作品的文學表現整體來看良窳互見，思考脈絡時有矛盾之處，若以較「巨觀」的文學史視野觀察，這樣的書寫策略是否能長時間「打動」讀者？在時間的汰洗下是否仍能發揮其「文學影響力」？而是否許先生用「自然書寫之外」的角度詮釋陳冠學的著作，就能發現、賦予文本的「新意義」或「新評價」？我個人認為還有待商榷。

四、在進行文學經典的「再詮釋」或「再評價」時，或許也應提出過去評論者忽略、或過度評價的部分。如自然書寫評論者對陳冠學的評價，就與一般文學評論者產生歧異，而唐捐也顛覆了過去將陳冠學作品視為「史」、「日記」的看法。陳冠學在作品中是否有過去給予正面評價論者所忽略的部分？他對原住民的態度（《老臺灣》中曾說漢人征服了「遍地荊莽與野人」，才建立寶島，1981:7）、對臺灣地理的解釋，乃至於作品中所透顯的環境倫理觀、地理觀，乃至於人生觀是否在今人讀來仍充滿啟發性？

五、本文雖重點並未放在自然書寫之上，但論述的基點與論點常與自然書寫有交疊之處。關於現代自然書寫（modern nature writing）的研究，這幾年早已有不同的風貌，並非我過去的論述就是確定的、合理的內容。如美國學者墨菲（Patrick Murphy）的說法，代表的就是對過去偏重非虛構散文、較聚焦於「現代自然書寫」（科學性與文學結合的一種次文類）研究的修正意見，同時也用不同的詞將陳冠學這類的田園文學與強調科學性的自然書寫分開。墨菲在《自然導向文學研究的遠行》（Farther Afield in the Study of Nature-Oriented Literature, 2000）一書中，為了擴大自然書寫的定義，使用了「自然導向文學」（Nature-Oriented Literature）一詞來包含涉及自然的書寫，將其再分列為「自然書寫」（nature writing）、「自然文學」（nature literature）、「環境書寫」（environmental writing）、「環境文學」（environmental literature）四個領域。近年我已在多篇文章中表示對《以》書的反省，作者若需要涉及論述自然書寫的概念時可以參考墨菲，或更多思考更縝密的西方論者的著作。

六、本評論稿因篇幅所限，僅以粗淺的方式與許先生的論文進行初步的對話，其中所提及對陳冠學著作的評價或部分看法，較缺乏論述的過程，為避免誤解，請勿直接引用，而請參考本人所引注的原作。

漫遊者的權力

論朱天心小說的歷史書寫、現代文明批判及死亡主題

蕭寶鳳*

摘要

在當代臺灣泛政治化的文學論述場域中，朱天心的文本往往被單純地從政治意識形態甚至族群關注的角度來解讀。無可否認，族群境遇是引發朱天心的創作焦慮的源頭之一，然而在朱天心的個人文學地圖中她的視域已超出狹隘的國族論述話語，而指向對歷史、文化及生命本質的思考。本文以「漫遊者」意象來考察90年代以來朱天心小說創作的一種顯著的書寫策略即「漂泊書寫」的主題關注及文字力量。第一節從《古都》來探勘作者對臺灣歷史文化本質的思考，第二節側重考察朱天心對現代文明情境中人的生存困境的關注，第三節分析《漫遊者》中作者對死亡主題的憂傷紀事。本文認為，朱天心的文學書寫以一種邊緣、流動的姿態展現了對上述主題的辯證思考並從當下僵化的論述話語中突圍而出。

關鍵詞：漫遊、歷史書寫、現代文明、死亡

* 中國廣東省汕頭大學文學院文藝學碩士生，E-mail：myflowerer@sina.com

對一個寫作者而言，一定程度的荒誕感和對現實世界的存疑永遠是必要的。《擊壤歌》時期朱天心就曾感慨：「怎麼我老是常有雖千萬人吾往矣的感覺呢？好像生來與什麼東西都叛逆不合，好累人的。」而在《威尼斯之死》中則以「拾荒者」自喻：「老是若有所思、若有所求的拖著一個大吸鐵，踽踽獨行于城市和荒野，更行過漫長人生的每一路段和角落。而所汲汲吸求到的珍寶往往之於其他大多數人簡直如敝履垃圾……」從朱天心這種與現實的疏離心態可以發現她對歷史、現代文明及死亡等主題的書寫姿態，那就是「漫遊者」[1]的屢屢出現。朱天心的愛漫遊、愛走路在《擊壤歌》中就已淋漓盡致表現出來了，彼時她與少年時的好友遊蕩於臺北街道與山川風物間，筆下儘管多見「日月」、「山川」、「歲月」、「名目」等，卻自有一股樸素而繁華的浩然正氣，有對生命和人間世的大驚奇、大歡喜。走出《擊壤歌》「帝力于我何有哉」的「帶劍江湖」歲月後，漫遊依舊，卻多了一份焦慮、困頓及對歷史、文化及生命更深的省思與寄託，那個玩得天上人間繁華無限的小蝦若干年後成了《古都》中遊蕩於臺北都市廢墟間的城市歷史的守靈人，更成了《漫遊者》中折沖於生死之際戀戀追尋亡父靈魂去向的悼亡者。在朱天心的文學世界中，「漫遊」意味著對現代文明的批判，對歷史岩層的穿越和對死亡的無盡探詢。

壹、漫遊臺北：歷史記憶與文化想像

以文學想像臺灣、書寫臺灣乃至有意經營種種關於島嶼的寓言，是臺

[1] 本雅明在《發達資本主義時代的抒情詩人》中論述波德賴爾時說：「這位寓言家以異化的目光注視著巴黎」，漫遊者置身於現代都市的人群中卻又帶著一種超然、疏離甚至抗拒的態度來注視著都市，這種完全投入又隨時準備突圍而出的姿態在某種意義上可概括朱天心的書寫姿態。（參李歐梵：《上海摩登——一種新都市文化在中國 1930－1945》，北京：北京大學出版社，2001 年 12 月，頁 43。）

灣文學中的一個重要書寫傳統。解嚴前後，隨著政治、文化管束的鬆動，曾出現一個政治/歷史寫作的潮流。七八十年代出現了一些以長篇架構全面展現／再現臺灣歷史的大河小說，如鍾肇政的《臺灣人三部曲》(1981)和李喬的《寒夜三部曲》(1991)等以家族遭遇來隱喻歷史與族群的悲情。在國族論述興盛的今日臺灣，一些大河小說成了一些臺灣建國論者所稱頌的開國史話。90年代關於國族論述的書寫則有走向「迷態敘述」[2]的趨勢，如李昂的《迷園》、楊照的《暗巷迷夜》、朱天心的《古都》、舞鶴的《餘生》、宋澤萊的《廢墟臺灣》、賴香吟的《島》都是此中佳構。這些敘寫臺灣歷史與現實的作品與此前大河小說的文學精神相比已可見出不同時代的書寫者們書寫姿態的不同，從而見證了作家思想與時代意識的某種既緊密又疏離的關係，這種變化也折射出現代臺灣文學的一個演變特徵。

《古都》創作於1997年首屆總統直選後，朱天心自言：

> 當時以為認同／愛臺灣應該可以進步往另一境界：不認同的自由……有空間可以談我與這島嶼這城市各個不同時段的「愛恨情仇」，於是想起再之前十年的某深秋，站在特洛伊遺址畔，俯身探看那因戰火因頻頻毀滅性的地震而層層累累建了又建的七層遺跡（我的帽子遭一陣大風吹落入某層廢墟，腳踝邊亭亭一朵雪青色的蒲公英），每一化石層皆充滿一代人的記憶，我決定用這個方式來寫《古都》。」[3]

這段話為我們理解《古都》的主旨及創作手法提供了很好的啟示。黃錦樹以「都市人類學的（新）民族志」詮釋朱天心的書寫，4朱天心亦自陳三十歲後的自己「正展開一場有趣的探險，探險人類理性已開發的邊際，

---

[2] 柏右銘：《臺灣認同與記憶的危機——蔣後的迷態敘述》，周英雄，劉紀蕙：《書寫臺灣：文學史、後殖民與後現代》，臺北：麥田出版社，2000年4月，頁234。

[3]《朱天心對談舞鶴》：http://www.xici.net/Media/People/b509254/d32346942.htm 。

[4]《從大觀園到咖啡館：閱讀／書寫朱天心》，《謊言或真理的技藝：當代中文小說論集》，臺北：麥田出版，2003年1月，頁91。

探險自己積累三十幾年的龐大複雜的潛意識區，以上個世紀末人類學者對太平洋諸島土著所做的田野調查的心境，重新探險臺北城市。」[5]自傳是民族志的關鍵，對歷史的研究往往導致對自我的重新認知，亦即對人類學家而言，民族志書寫往往也是自傳書寫：「在自傳中，對生活的理解呈現在我們面前。在這裡是外向的、現象的生活歷程，這一歷程形成了理解在某一環境中產生這一生活的東西的基礎。……在其生活歷史中尋找聯繫線索的個人，從不同的觀點，已經在這一生活中創造了一種一致性，他現在將其付諸文字，他在他的記憶中挑選與強調那些他體驗為有意義的時刻……」[6]《古都》對於整體歷史脈絡的考察正是通過漫遊者對生命細節感性諦視的方式得以呈現，以下試圖從人類學與歷史學結合的角度來把握朱天心歷史書寫的這一特色。

《古都》的故事情節很簡單，中年已婚女性「你」與少年時的好友 A 相約日本京都，「你」隻身前往京都 ，但好友並未出現，而「你」漫遊京都後回到臺北卻被當成日本觀光客，於是「你」手持日據時代的殖民地圖開始遊歷這個再熟悉不過的城市，探詢它前世今生的歷史記憶。朱天心關於歷史的思考是通過空間的置換來展開的，《古都》的空間流轉架構相當開闊，有臺北－京都－臺北的不同城市的空間位移，也有關於臺北這同一空間在其殖民史脈絡中、在「你」的青春記憶中及在 90 年代的當下等不同歷史時代的流動變貌。

《古都》的創作靈感得自於川端康成的同名小說，而在文本空間裡，朱天心的臺北與川端的京都更是形成駁雜的對話。當「你」踽踽獨行於京都時，那些市街、橋樑與寺廟、路樹在在讓「你」想到另一空間臺北相似的景物，而此後久待 A 不至的「你」返回臺北被當成日本觀光客卻又是手

[5] 朱天心《流水十九年》，《幼獅文藝》1992 年 8 月，頁 41。

[6] H.P.Rickman：Meaning in History,轉引自參保羅・湯普遜，《過去的聲音：口述歷史》，牛津大學出版社，1999，頁 45。

持日據時代殖民地圖來展開古都巡禮。「你」漫遊於歷史記憶疊影重重的古都，每一景觀都有各個獨特空間形式的多重敍述，那些在殖民地圖上一一標示的昔日景點如臺灣神社、敕使街道、總督府、乃木町……有的已幾經更替，有的更已不復能辨認舊時地貌，地圖只能作為一種地景備忘而存在。正如福柯所言，空間是一個權力場所或權利容器的隱喻，因而對空間地理的命名如同對某種政治圖騰的拆解與重建，如日據時代的東門町即戒嚴時代的介壽路即今日的凱達格蘭大道，不同時代有不同的稱謂，不同的稱謂有不同的政治意涵。再如新公園裡的兒玉總督像後來變成了花鍾，二二八紀念碑建成後又給改種成樹，而原來陳納德的銅像是後藤新平；萬國戲院曾是純日式的演劇館；昔日的歡樂街西門町墮落如塗了濃妝在大街上招徠顧客的老妓女；聖多福教堂前群聚著外勞和菲傭；關渡隘口路齡一百整歲的公路面貌竟像所有新市鎮的重劃區，夾道的油加利樹也人間蒸發……

「你」忍不住問：「這一切和進步有誓不兩立的關係嗎？」我們整個當代社會系統開始漸漸喪失保留它本身的過去的能力，開始生存在一個永恆的當下和一個永恆的轉變之中，把從前各種社會構成曾經需要去保存的傳統抹掉。「你」也質問施行策略的政治反對黨，「批評以往外來政權的新統治者人馬已執政四年，所作所為與外來政權一樣」，以進步、幸福之名來對城市進行有意無意的創造性破壞。這裡對日本殖民記憶進行了反思，日本作為一個殖民國家也如清廷「廷議欲墟其地」一樣動過「一億元臺灣賣卻論」，但從他們的城市建設規劃來看，卻一點沒有打算吃乾抹淨就走人的樣子。文中「日本記憶「以較幽微的形式展現出正面性的意義，不僅京都亙古不變的歷史風俗畫卷對臺灣高度去歷史化的城市面貌是一種警示，而且曾作為殖民者的日本在臺灣的殖民統治相較於今日所謂「愛臺灣」的本土政權也形成尖銳反諷。這與近年來臺灣文化場域裡重新詮釋日本記憶，重估日本對臺灣現代化的積極影響的論述傾向若合符節。[7]

除上述日據時期的臺北—當下的臺北、臺北—京都的差異之外，文本中更交雜著「你」由個體記憶中的臺北—當下臺北的斷裂而展開的追尋個人生命記憶的古都巡禮。文本中引用了李鴻章、劉銘傳、郁永河、藍鼎元、沈葆楨等人對臺灣的論述及《臺灣通史序》、《諸羅縣誌》裡的史料，對這些史料的連綴意在勾勒一條史學脈絡，而真正的血肉仍是靠個人記憶的感性美學來豐富。「你」從少年時對臺北映象的追憶與當前面貌的對照來探討空間政治，進行一番都市考古，反思這些現象背後所呈示的歷史被抽空與導致這些現象的操作行為的粗暴邏輯。文本一開頭便用反問「難道，你的記憶都不算數……」來展開回憶：

> 那時候的天空藍多了，藍得讓人老念著那大海就在不遠處好想去……
>
> 那時候的體液和淚水水清新如花露……
>
> 那時候的人們非常單純天真……
>
> 那時候的樹……
>
> 那時候……（略）（160）

一連串的「那時候」簡單勾勒了過去的美好，顯示出她對那個圓滿、自足的逝去世界的無法忘情。曾經朱天心感歎：「多令人懷念的瘋狂亂走的純真年代！」，「你」與好友A一起在臺北的大街小巷及周邊的市街漫遊，看到淡水河會問「看像不像長江？」看到江面上落日耀目，還有沙洲及白鷺時便想起「晴川歷歷漢陽樹，芳草萋萋鸚鵡洲」，「那時候」是一個素樸而純真的年代，而當下的臺北城市景觀卻呈現出一種失序的狀態，高樓四處竄起，捷運怪獸的橫行破壞了美妙的天際線，而都會消費文化與商品美

[7] 邱貴芬指出「日本」的記憶從1950年代到1970年代的被壓抑而1990年代以來則變得紛雜而矛盾，這樣的日本記憶重整象徵臺灣新的歷史想像的興起。邱貴芬：《「日本」記憶與臺灣新歷史想像》（見《東亞文化與中文文學》2006年1期，頁80）

學的過度繁榮又造成人際關係的混亂與失落。都市開發在把荒原變成一個繁榮的物質空間和社會空間的同時，卻在開發者自身的內部重新創造出了那片荒原。「你」追索著臺北的路樹、市街、地標、建築物，昔日曾與「你」相濡以沫的紅樓、清水岩、偕醫館、真理街的秘密花園都已面目全非，熟悉的生身之地卻讓你感到「無路可走，無回憶可依憑」，文本末尾「你」迷失在桃花源外的淡水河畔，禁不住放聲大哭，驚問「這是哪裡？……」

正如張愛玲所言：「為了要證實自己的存在，不得不抓住一點真實的、最基本的東西，人類在一切時代之中生活過的記憶，這比瞭望將來要更明晰親切。」張愛玲寫她的老上海時間的停滯和空間的閉鎖來傳達她關於文明與荒涼的思考，朱天心疊影重重的臺北卻又是另一種不得已的滄桑、悽惶。文本一再重複：

> 一個不管以何為名（通常是繁榮進步偶或間以希望快樂）不打算保留人們生活痕跡的地方，不就等於一個陌生的城市？一個陌生的城市，何須特別叫人珍視、愛惜、維護、認同」（198）

當大多數人更多的是在遺忘和麻木時，朱天心卻為經驗能力所遭受的深刻威脅所觸動，而著意於經驗真實性的重新獲取。面對當下臺北文明破碎的廢墟風景，她選擇用文字為它造一幅文明崩解以前的圖像，對於那些街道、路樹、古建築及素樸民俗風情的書寫是對已逝和正在逝去的歷史與生命印記的保存，這種文學實踐正是基於「再現的不可能性的再現的努力」。這裡牽涉到朱天心對城市發展與歷史印跡保存的辯證思考與對生命本質的哲學省思：政權更疊不一定要用與前任政權的完全決裂來劃清界限，而後現代都市的發展狂潮也不一定要用完全去國籍化的建築風格來消泯城市的歷史人文景深。進而言之，人有一種對外在世界與主體的內心世界貼合無間的渴求，由此來尋求生命狀態的恬澹和稀釋對死亡本身的恐懼。正如馬爾庫塞所言「人可以無憂無慮地死去，只要他們知道，他們所愛的東西沒有遭受痛苦和被人忘卻。」[8]這些又在在體現了老靈魂對時間、記憶與歷史的不能忘情。

就歷史書寫策略而言，朱天心除了將歷史空間化外還發展了「植物歷史學」的美學向度，她曾自言「想用植物來寫我所理解的城市地志」。其實這一取向在小說《匈牙利之水》中已多所體現，主人公作為外省人的「我」與本省人A相伴憑藉各種植物的氣味來召喚關於過往的記憶。而在《古都》中，作者更是巧妙地選擇以各種植物在不同歷史時期的替換及在同一空間的雜處來顯示臺灣歷史文化的駁雜性質。文中講到少年時火車站月臺和站房前的空地上的各種植物：

> 其上植著南國印象的冶豔小花，例如各種顏色的馬齒莧、馬纓丹、有毒的射幹和長春花，有時還試圖種著根本不可能開花的芍藥、牡丹，同樣勉強的還有南洋杉、羅漢松，當這類溫帶植物被襯著粉白牆和上了瀝青的杉木站房時，便能撫慰很多想念故國的征人。(168)

再如文本中對行道樹的樹種選擇的政治性解讀：

> 路樹是小葉欖仁，整條街都是……植有這種樹和黑板樹的行道及建物，年齡大約不超過十年，就如同種有木棉的地方大約發展近三十年，最顯見的是大量的國中校舍周遭(除非使用的校舍是以老校舍權充，那就是、對、榕樹、北部楓、南部鳳凰和南國の風情的你也會背了的檳榔、蒲葵、大王椰）選這樹種者的原意一定是希望長勢頗猛的木棉能讓那些大量興建的新樓新牆快快擺脫樹小牆新的印象，彷彿在此已落地生根好長好久了，同時期政治上蔣經國時代的大量起用台籍人士，不也是同樣的用意？（231）

[8] 馬爾庫塞：《愛欲與文明》，上海：譯文出版社，2005年7月，頁183。

因為多重殖民的影響，各種植物資源在這裡彙聚，而每家每戶的院落中所種植物也往往由主人的所來之地和階級背景決定，甚至草木的榮枯替換也體現出政權的更疊。空間植被呈現為歷史經驗的開展場域，表徵著主體或文化涉入土地所形塑出來的人文環境。正如列維－斯特勞斯所言：「那些以前我覺得模糊無趣的植物相被另一種植物相取代，每一種植物都似乎具有特別的意義。這種感覺就像突然被人從一個普通的村落運到一個考古遺址上面去一樣，遺址上面的每一塊石頭，不再僅僅是一座屋子的一部分，而且是歷史的見證。……我告訴自己，這些植物每一樣都是植物界的貴族，負荷著各自的特殊使命。[9]在朱天心的植物歷史學圖譜裡，一草一木都具有政治意涵，各種植物的聚集如同一場「靜止不動的芭蕾」，在其搖曳多姿的外表底下保存了各種記憶、意識形態爭鬥的模式和脈絡，從而成為臺灣多重歷史文化身份的形象隱喻。

《古都》關於臺灣歷史文化岩層多樣性的提醒其實是一種策略性書寫。在上世紀末本土化論述關於「想像的共同體」的民族主義話語建構過程中，關於臺灣歷史的書寫和重新詮釋成為此中要義。歷史在本質上是一種多源彙聚，而不是一種簡單的進化或置換。臺北由於多重殖民歷史的影響，其城市景觀理應具有多種文化岩層積澱的豐富性，但當下在政治勢力的消長間，有些歷史被重新發掘，有些歷史卻被選擇性地遺忘，在朱天心看來，這是一種主體性的雙重迷失和罹患歷史失憶症的表現。針對本土派對近百年來臺灣歷史的重新詮釋，朱天心的溯源走得更遠，在《古都》中多次講到「無主之地，無緣之島」，歷數先民千百年前在這塊島嶼上的開拓，兩三百年前荷蘭殖民者對臺灣「Formosa」的命名，一代代從大陸渡海來台者對臺灣文化建構的貢獻，甚至日本殖民者對臺灣文化積澱的影響，文末「婆娑之洋、美麗之島，我先王先民之景命，實式憑之。」猶如漫遊者對

[9] 列維－斯特勞斯：《憂鬱的熱帶》，北京：三聯書店，2005年6月，頁104。

歷史的招魂與憑弔。個人歷史性維度的書寫有其獨立的品格，一旦挖掘凸顯其深度，小說便能在一定意義上參與到歷史詮釋的話語權力場，並足以構成對主流話語的糾偏與顛覆。朱天心的「古都」漫遊所追尋的正是對於城與人的歷史文化主體身份的極為個人化的言說，一種帶著生命氣息的歷史意見。在她富於密度的文字中時間與空間、過去與現在互相闡明，臺北的前世今生也以一種既細膩又深厚的姿態展現出來。

文學臺北引發的問題其實遠為複雜，然而存在一個共同的臺北嗎？像臺北這樣一個歷史複雜的城市，可能形成統一的城市認同嗎？不同階層乃至性別的個人或群體在城市與自我身份的認同上將發掘怎樣的經驗與記憶？這些經驗給予城市的認同將是一種離散還是新的集聚？這一切似乎超出文學的範疇，然而文學所具有的敍述、想像、凝聚和召喚的功能，卻使我們對它不囿於已有的寫作疆界仍寄寓希望。

貳、擺蕩在現代與後現代之間：現代文明批判

朱天心說：「文學共和國中臺北書寫的特殊性，我把它描述為一場不疾不緩、不太長也不太短、不過溫馴也並不致災難……與現代化的遭遇戰。」[10]在臺北繁榮的後工業社會環境中朱天心卻時時將一種荒原感帶入到書寫中，她筆下的臺北彷佛「核戰後的荒原，整個城市沒有燈光只有灰燼和烽煙，因此月亮圓大得像太陽。」而行走其間的老靈魂則時時有 「一種置身曠野蠻荒之感，他們簡直彷佛原始人在原始社會，隨時隨地他都可能、容易受到各種意外巧合的襲擊，並因此遭遇死亡。」人們甚至在記憶漫漶流失的當下只能依賴嗅覺來持護記憶，讓人「看到了禮樂退化為生物本能的訊號，文明逐漸荒涼的必然。」[11]朱天心的這種「文明的荒原觀」與其前輩

---

[10] 朱天心：《尋找臺北城市書寫的意義》，http://apcs.hss.nthu.edu.tw/pages/2005doc/05.doc。

[11] 王德威：《老靈魂的前世今生》，《古都》，臺北：印刻出版有限公司，2002 年 6 月，頁 5 。

張愛玲極為相似，張愛玲《傳奇》序言裡的一段話經常被引用來說明她獨特的「荒涼哲學」：

> 個人即使等得及，時代是倉促的，已經在破壞中，還有更大的破壞要來。有一天我們的文明，不論是昇華還是浮華，都要成為過去。如果我最常用的字是「荒涼」，那是因為思想背景裡有這惘惘的威脅。

80 年代後期的臺北是一個資本主義高度成熟的都市，氾濫的商品、資訊擠壓扭曲著人的生存情境，朱天心晚近的書寫策略和關懷命題回應了此種整體生存場景的改變，她筆下的人物高度概括了在現代化生存情境裡「豐富卻匱乏、自由卻封閉、進步卻退化」[12]的現代人困境。

《去年在馬倫巴》是湮沒於現代都市資訊垃圾中人的具體生存情境的一個隱喻。夔童老頭蜷居於繁華臺北的一角以販書報雜誌為業，以文字元號來想像外界，儘管他兩年不出戶，「而世事全如他所料」。文字元號不斷堆積，以致「他上完廁所都得順便痛敲自己的頭以期把那些不知什麼時候悄悄已然盤踞成山的垃圾給趕出去。」童年時代作為拾荒者撿拾的物品垃圾與現在的符號垃圾竟然如此遙相呼應，「文明」的詭異無甚於此。但這些資訊垃圾並沒給他真實的時間感和生命重量，最後他以「退化為獸」來抗拒龐人的文字元號壓力：「這才發現被欺瞞似的痛恨它們給他什麼樣一個奇怪的世界觀……過往那些個他認為深深瞭解的名字，地方、人物突然集體叛變他的全變成一個個無意義的符號，他好惶張好憤怒……」他像一頭迷失的小獸努力向光源處爬行，想要感受一下人跡，反諷的是，他所記得的有關人類世界的最後一個印象仍是來自一部他沒看過的法國電影《去年在馬倫巴》中的一個畫面，一個他以為瞭解實則陌生的符號。

《我的朋友阿裡薩》借老 B 羊及與他一樣處於中年的阿裡薩自我放逐

---

[12] 李淑娟：〈朱天心小說研究〉，《東亞現代中文文學》，2005 創刊號，頁 241。

的通信寫都市中年雅痞們進退失據的生存困境與精神危機。在連穿衣吃飯也得具備龐大知識的現代都市生活中，力不從心的老 B 羊經歷了緊追「新人類」以不被時代拋棄的掙紮，終於決定放棄，並宣稱「放棄是我的權利」，而一旦放棄，「他們一夕之間就老了，不用說包括肉體、意志力和野心，全部隨之委頓不復」。老 B 羊的朋友阿裡薩則為了尋找生命的意義外出漫遊並從世界各個角落來信，他漫遊於世界各大古文明的發源地，企圖尋求一點文明的厚重感來支撐自己的生存。等待阿裡薩的信成了老 B 羊唯一的期待，結果獨獨等不到寄自特洛伊的信，等待的過程中他漸漸感到阿裡薩追尋生命意義的無望和一種死亡氣息的逼近，最後旅途的終點無法找到答案的阿裡薩果真以自殺作為終結。生命的意義如同那永遠沒寄到的信，不可探問。

文本也反映了這些中年雅痞與新人類的隔膜：

> 他們這輩的小孩習慣反叛一切事情，那自然也就無從發現一個自己想接近的目標；他們奉新鮮事物為宗教，拒絕一切傳統（包括好的那部分），因此對人類偉大心靈長期所產生出的種種思想、藝術、價值觀……有種近乎不解、恐懼的冷漠……（45）

> 對過去，他們天真無邪得像個孩子甚至白癡。對未來，他們早衰得彷彿已一眼望穿人生盡頭處，像個消磨晚年、貪戀世事的老人……我其實很佩服他們對人生為何能那麼缺乏經歷卻如此老練，我簡直好奇極了他們從成長的白癡生涯到一夕之間十足老手一個，那之中失落環節究竟是什麼？（58）

黃錦樹說得不錯，他們「失落的是成長的過程」，或就是「包裹著時間和過程的歷史」。中年雅痞們最重要的困頓來自於對這時代快速流變的焦慮和在無數的形式化的流行資訊垃圾中生活的同質化和生命力的失重。正如老 B 羊所一再追憶的「我仍然對我父親那輩人的老去法充滿好奇，他們是漸漸的老去。年輕的時候，比我們同年紀時要老，老了，也沒我們現在這麼老邁……他們身處那樣封閉孤絕的時代，卻對未來充滿無限肯定和善意……」 而在當下喪失了清晰時空節點的後工業社會，人性變得淡漠，生命也失去了自然衰老的從容。在三個世代間，生命的內容似乎在量上越來越豐富，在精神上卻越來越蒼白荒蕪。

《第凡內早餐》相較《我的朋友阿裡薩》對新人類似乎有了更複雜的辨證思考，小說描繪都市新人類對商品美學的陷溺及對政治現實的淡漠時似乎另有深意在，解構了一個被界定出的族群就應該有某種一致思考形態的觀點，甚至從新人類的精神狀態中隱隱感到某種解放的力量。一個自言「我做女奴，已經有九年了」的新人類在重複採訪及文字寫作生涯中，猛然滋生一種渴望：「我需要一顆鑽石，使我重獲自由。」這個深知資本體系異化說，在文本中反復玩索馬克思《經濟學哲學手稿》等書中關於商品美學價值理論的狡黠女奴，明知鑽石正是商品拜物教的象徵而渴望鑽石純粹是資本體系商品美學刺激控制所產生的假性需求，卻還是情不自禁地陷溺其中。她的購鑽行動嚴肅如朝聖，但這「聖」卻是資本體系，從保養雙手、準備信用卡、適當的面部表情到端雅的行走步伐，其鄭重的態度反而顯示了對資本體系的戲謔，表面的降服反而成瞭解構。敍述者自稱對政治毫無興趣，選給某某只是因為他長得帥，但其實她對政治的表面的漠然、無知與其說是政治冷感還不如說是更深層的對政治虛妄性與荒謬性的覺知與譏誚——這種稍顯犬儒和戲謔的方式是其力量也是其脆弱性所在。看她對「人民」的質疑：

> 在他們腦子裡，「人民」是抽象的，假人似的，但他們對這個假人充滿無限的感情，一說到那兩個字，眼睛就會異樣地水光溫柔，彷佛活生生確有一個善良受盡種種壓迫、集所有美德於一身的人，在等待他們解放救

> 援……最重要的，這麼樣好多的「人民」，是他們想保護、想拯救的才有鬼！」(97)

她甚至對反對運動者的心態進行了大膽質疑：

> ……這大概是為什麼他們老愛留戀解嚴前的原因了，因為只有在那樣的美學氣氛下，才有他們的存在空間和必要性。(97)

而當 A 問到她的認同定位「臺灣人？中國人？臺灣人也是中國人？中國人但在臺灣？……」她從另一個角度作答：自己的這個階層再努力工作也只是流離在這個城市各棟屋頂違建的遊牧民族、當代職場中的女奴，而那些自認帶著理想使命的包括 A 在內的反對黨、執政黨精英卻已穩有自己得熬十年才能爬到的位子和起碼的房子車子。反對運動的盲點不僅在於其二元對立的歷史邏輯操演，也在於它完全建立在一種脫離人們日常生活狀態的迂闊且虛妄的基礎上，它更沒有預料也無法順應臺灣資本主義高度發展背景下商品經濟對人性的重壓而來的社會思潮偏航——80 年代以來在糾纏的政經生態中，以民族國家體制為終極目標的臺灣民主運動向來已經沉浸在資本主義的商品美學中卻無力扭轉資本主義體制下的不公不義。從這個角度來看，小說也是在政治解嚴與資本主義商品經濟肆虐蔓延的當下對主體性尋求的另一向度的思考和關注。

在朱天心的書寫場景中，隨著臺灣都市文化中資訊科技、商品美學的發展，時空顯得臃腫而停滯，人們像碎紙機一般吞進各種垃圾資訊和符號而變成單食性動物。而《古都》中所描寫的「那時候」則顯得素樸、單純而豐富，那是除了在記憶中已永不可複現的君父的城邦。吊詭的是，朱天心對前現代的緬懷和對後現代性的批判所採用的是類似於意識流、後現代拼貼的書寫。朱天心酷愛用典，僅從作品標題來看，她描寫後現代都市場景的創作往往化用現代文學或電影經典，如《第凡內早餐》、《威尼斯之死》、

《去年在馬倫巴》、《鶴妻》等，這些經典在她的創造性改寫下被填入了新的意義與詮釋，同時在文本互涉意義上體現了她對深度模式的執念，甚至體現出「一種不惜與不明白典故出處的讀者決裂的態度」[13]；另一方面她對臺灣當下的都市流行語言與商品符號、資訊等都是順手拈來，文本不再講述完整的故事，不再著意刻畫典型人物，同時穿插引用有關經濟學、哲學、人類學、心理學等非文學性文本的話語，從而形成典型的拼盤式寫作的後現代文本特色。不管是出於無可避免的涉入還是抗拒性、反諷性的轉化，朱天心的現代甚至前現代的思想披著的正是後現代的外衣，她筆下的這些人物擺蕩在現代與後現代之間，正如本雅明的都市漫遊者，他們站在大城市的邊緣猶如站在資產階級隊伍的邊緣，在兩者之間都感到不自在，只能漫遊在人群之外尋找自己的避難所，正因為他們和城市的關係是既投入又疏離的，以至「他們離不開城市，卻又被這個不適合他們居住的城市邊緣化」。[14]

參、死亡與漫遊——放逐抑或朝聖？

朱天心的小說中不乏對死亡的好奇、迷戀和焦慮。《預知死亡紀事》裡她借出自西方占星學掌故的「老靈魂」指稱那些深情於過往，對人類歷史有良好記憶，對死亡有近乎直覺的敏感，對當下文明的荒原景觀深深焦慮的人，其實這個形象也被視為是朱天心自我形象的絕佳指稱。老靈魂們確信自己有預感、預知死亡時刻來臨的能力，而死亡的造訪在這一世生命中只有一次，所以應當為它的來臨作準備。於是有了《拉曼查志士》裡的死亡狂想。因為死亡的猝不及防，所以必須未雨綢繆，從皮包手冊的名片文

[13] 張大春：《一則老靈魂》，《想我眷村的兄弟們》，臺北：麥田出版社，1998年8月，頁5。

[14] 李歐梵：《上海摩登——一種新都市文化在中國1930－1945》，北京：北京大學出版社，2001年12月，頁43。

字、內衣褲的樣式味道、乃至日常行動路線都一一安排妥當，以防猝死後被不當拼貼定位，「最重要的，他大概害怕百口莫辯的就這樣被辨識並認定，不管這輩子活得認不認真、複不複雜、值不值得。」(《拉曼查志士》)對於死亡，對於因死亡的造訪而使生命的現實定位完全喪失自我表述的權利而陷於絕對被動的狀態，朱天心一直是懷著一份焦慮的。她筆下那些置身後工業時代的新人類與老靈魂們也往往有一種「死亡情結」，他們老是懷著對現實的不滿而無法融入當下的情境，同時又拒絕嘩眾取寵的媚俗、滑稽的裝扮，面臨異化社會對人的無形壓制，他們只有在商品美學、資訊垃圾的迷夢中消磨生命（《鶴妻》、《第凡內早餐》、《去年在馬倫巴》）或滿懷憂傷焦慮地無根漫遊直至將自己逼到孤絕的死境（《我的朋友阿裡薩》、《威尼斯之死》)。當然，這些人物明顯有朱天心本人老靈魂精神的投射。

如果說死亡在上述小說中還只是一種想像、一種對現代文明的抗拒，意味著批判和反抗的最後邊界，那麼《漫遊者》則讓我們看到了朱天心另一向度的漫遊身影。這部作品創作於 1998 年其父親朱西寧逝世前後，我們先從收入小說集中的散文《<華太平家傳>的作者與我》及《說明》切入來試圖厘清作者的寫作心境。作者坦言父親去世後自己像「無名魚」只能「無重力、無意志」地四處遊蕩，當聽到姐姐天文說「人死了就是死了，不會再有什麼」時，她驚嚇地想堅持說服自己：即使沒有宗教理論所描述的死後世界，但死亡「只是以一種我們完全無法想像的方式存在著，因為我一直相信，有一天我們在另一個時空裡一定還見得著……」

斬維納斯曾如此描述死亡：

> 死亡是出發，是故去，是消極性，其歸宿是陌生的。那麼，難道人們不應該把死亡想像成一個不確定之問題，不確定到人們不能說，它是作為從它的已知條件出發提出的問題？死亡如同毫無複歸之出發，毫無已知條件的問題，純粹的問號……開向並不帶來任何答案的可能性的開口。

[15]

在死亡中顯示出本體論的結構，即「向來我屬性」，無論我們對他人之死懷著多麼深刻真誠的「瞭解的同情」或傷悲，我們對死亡永遠只能存疑，事實上對死亡的焦慮便是來自這種對死後生命的不確定感。但朱天心面對父親的逝世卻不願也不能把死亡簡單歸結為一種靜止不動的存在的終結，而寧可把死亡想像成一種出發（儘管是一種向著陌生的毫不複返的出發），堅信它還能夠被一種知識所領會，被一種經驗、啟示所領會。而死亡又無法再用我們當下時空的邏輯來加以開顯，於是我們看到，《出航》、《夢一途》《銀河鐵道》《遠方的雷聲》《五月的藍色月亮》等首先在篇名中已顯現一種動態，作品的題材始終圍繞夢境、遠遊、回返童蒙時代的記憶等方式來書寫，在敍述體例上更是無比鬆散如同獨語式的告解，而在這種漫漶零散的漫遊式敍述方式下，書寫的終點卻一意追逐著死亡，猶如一曲死亡的賦格。

《夢一途》裡，正如柏拉圖以為的「哲學是對死亡的準備」，漫遊者為死亡作準備的方式卻是串連起往日遊歷的記憶在夢中勾勒有關新家的形象，為這夢中新家所在的新市鎮添上異國的街道（聖傑芒大道、烏畢諾、禦堂筋）、山巒（比叡山、嵐山）、河流（塞納-馬恩省河、桂川）及熏衣草花田和向日葵花田……「你」將遊歷中所見各種美好物事添置在夢中市鎮、夢中地圖，只願為死去的父親佈置一種最日常的生活環境——「你但願，死去的父親，坐在頂樓甲板的帆布椅上悠然抽煙，要不就在林中木屋的壁爐前就著火光看書」。最終「種種，你有意無意努力經營著你的夢中市鎮，無非抱持著一種推測：有一天，當它愈來愈清晰，清晰過你現存的世界，那或將是你必須——換個心態或該說——是你可以離開並前往的時刻了。」

[15] 李歐梵：《上海摩登——一種新都市文化在中國 1930－1945》，北京：北京大學出版社，2001 年 12 月，頁 43。

「你」反復重組經驗世界的記憶斷片，試圖創造一個夢中之城來趨近死亡世界，然而終究因為對「死亡」的知識脫不出現實時空的想像，「你」一再捕捉不住那物件，就像夢中那一再變換，老搬不進去的新家。以夢境來貼近死亡，終歸不能實現，夢不僅是願望的滿足形式，也真切地讓人在現實與夢境的臨界點碰觸到真實的創痛。

《五月的藍色月亮》寫於父親逝世前，以時空的阻斷來劃分「死」與「生」，想像面臨核戰爆發的文明荒原靈魂要如何返鄉。「你得全憑自己的肉身雙腳、執念的往日出處走去。」，「你」頂朔風而上，穿越奧林帕斯山、色雷斯平原、底比斯、愛琴海島嶼、攀上死神的斗篷遠赴非洲乞力馬劄羅山頂，細數關於這些大洲塊的歷史文明起源，結果卻越走越遠，洪荒的地理終點是文明與野蠻的交接點。「就算再兩倍於奧迪賽的返鄉時間，你也回不到有你親愛渴望重聚的親人的時空了」，「日出處是空白一片，連荒誕或幻想的文字也缺乏。你回不去了。你終將等候凝立成鹽柱」，終於「死亡今天就在我面前，像人被囚禁多年，期待著探望他的親人。」生死之間的斷裂猶如時空巨變後的主體無法克服的孤絕。

創作於父親逝世後的《出航》、《銀河鐵道》裡同樣以旅行經驗串成對「死亡」的追逐。《出航》假想死亡來臨之時就是靈魂出航之日，然而人死後的靈魂到底會去向何方？「你」窮盡一切「生」的經驗試圖描摹那個神秘的死亡之航，苦苦探尋，「死」的世界卻越走越遠，「你」只能以生命遁入死境，帶著自己和父親的靈魂四處遊蕩，揣想著靈魂尋覓的落腳之地，追尋他者之死亡從而以「想像我的死亡、我死之後靈魂的去處」[16]為轉移方式。《夢一途》中「你」勤勉地經營夢中的市鎮，而此時「你」決定做自己「靈魂的打鐵匠」為它的選擇預做計畫，紐西蘭的螢火蟲洞？奧地利的百

---

[16] 黃錦樹〈悼祭之書——朱天心〈漫遊者〉中的死亡與漫遊〉，《漫遊者》，臺北：聯合文學出版社，2000年11月，頁7。

萬年冰洞？「你」開始勤於遊蕩，每到達一個新地點⋯⋯「你」都會殷殷問它：這裡可好？猶如浮士德與魔鬼梅菲斯特的爭辯，靈魂尋尋覓覓直到找到居留之地，呼出「你真美好，請你駐留！」 而在旅程的終點，父親靈魂的落定也再次彰顯生死之間無可跨越的斷離空間。

《銀河鐵道》裡「你」假想自己是遊牧民族展開朝聖之旅。「你」把追尋死後世界的可能性投射於在聽不懂語言的異國旅行經驗和回返到「六歲前不被任何知識、神話所幹擾吸引的不識字狀態」的體驗中，到陌生之地的冥漠之感與不可探測的死亡在形態上有「類似性」，而回到幼童狀態不只因為那個時空自己還擁有與父親在一起的記憶，更因為此刻上下跌宕的傷逝情緒需要找到一個宣洩的出口，「⋯⋯你找不到父母親了，果真那是世界上再沒有過悲傷的事了，你張口放聲慟哭，哭聲震天⋯⋯你成了一頭沒有過去沒有未來洪荒裡的小獸⋯⋯然而親人不在了，不在了，你真想能像四五歲時一般放聲哭斷肝腸⋯⋯」《遠方的雷聲》中再度出現這種由回返童蒙來抗拒死亡的意圖，以設問「假想，必須永遠離開這島國的那一刻，最叫你懷念的，會是什麼？」來串連起成長過程中最難忘的片斷：客家生活記憶、眷村記憶、與好友的遊蕩歲月、等待父親下班回家⋯⋯你巨細靡遺地清理記憶，只因想在文字中喚回與父親同在的真實時空，然而，這一切終將被死亡的陰翳所覆蓋，正如燈籠節晚上父親給你們一干玩伴點好燈籠後停電的那一瞬，記憶與視網膜上的光點同時戛然而止。死亡的突兀、斷裂莫甚於此。

《出航》開頭和《銀河鐵道》文末兩次引用愛倫坡的句子：

> 你的幸福時刻都過去了，而歡樂不會在一生中出現兩次，唯獨玫瑰一年可以盛放兩度，於是，你將不再跟時間遊戲，並將無視於那葡萄藤與沒藥，你將身上披著屍布活在世上，就像麥加的那些回教徒。（78）

一切的追尋回歸原點，追逐死亡的過程猶如穿越虛無的沒有終點的旅行，遁入夢境或以幽靈之姿探詢父親的靈魂去向也好，退回童年來否認父親的死亡也好，死亡對生者最殘酷的打擊竟然還是：人死了就是死了。普魯斯特的《追憶似水年華》以無意回憶取代了柏格森的純粹回憶亦即有意的回憶，對他來說，過去只會在無所意圖的時刻來臨。而朱天心在《漫遊者》中借夢境、漫遊、回到幼童狀態的種種想像來和死亡對話，是否也希望在這種狀態能看到更多過往記憶與冥界想像來為逝者招魂呢。以生命去貼近或否定死亡終歸是無效的，然而在這漫長的追尋之旅中，作者卻畢竟用書寫來完成了她的招魂儀式與自我救贖，「每個圖騰的始祖在漫遊全國時，沿途撒下語言和音符，織成夢的路徑，如果他依循歌之路，必會遇見和他做同一個夢的人。」，但願。

《漫遊者》延續了此前作品中始終貫穿的身份流亡詩學。誠然，朱天心以她「純陽」的文字，「強悍的敏感」在各個寫作時期都不憚於表達與主流論述相違逆的真實感受，她一再提到堂吉訶德、浮士德、普羅米修士……正如普羅米修士說「我寧願被束縛在這岩石上，也不願成為神的忠順奴僕」，入世而孤獨的朱天心似乎從未放棄她自己手中的長矛。她也說一直靠著以行動不斷的挑戰父親的信仰、情感、價值觀、待人處世甚至生活瑣碎才能認識自己和定位自己，這種對父親的挑戰又何嘗不是來自生命底層的最親蜜而無羈的依賴、相知與認同呢。父親的亡逝關閉和埋葬了一些東西，但它顯然也開啟或者釋放了一些什麼。臺灣當下的政治文化正處於劇烈盤整階段，面對強大的本土主義論述，朱天心在《漫遊者》中反能以較此前更為清明沈靜的敍事姿態借生死邊界處的思考清理自己的記憶、文化淵源與思想基點。在追尋父親的靈魂去向的朝聖之旅中，她也提到島上的一些現象：

> 你羨慕他們勤於砍樹把房子蓋得很醜，日子過得全不沮喪；你羨慕他們賊來迎賊、官來迎官、稱大清良民；你羨慕他們一點不怕戰爭；你羨慕

> 他們，絡繹於途前往菱田小鎮買總統肉、保特瓶總統汽水、總統褲、捐金牌給街口湄洲媽祖小廟心存僥倖小孩也能從此到大第一名……（103）

> 捷運元年，這國人不知為何看來像那些通車已百年的歐陸國家和數十年的二三東亞都會城市的市民乘客，人人立即一張冰冷的面膜……勤於把手機掏出來把玩……像尚未有公私領域意識的幼稚園小男生在人前低頭專心玩弄自己的小雞雞……（102）

對島上庸俗的政治朝聖心理和後工業時代的都市文明的荒蕪她仍不失敏感，然而卻不再在意了，某種程度上覺得跟當下的對話是無效的，她離開了《古都》時期還渴望講出不同聲音的咖啡館階段，而讓自己成為一個漫遊者。她說：「《漫遊者》時期，承認自己是不被師長、主流價值和社會所願意瞭解見容的後段班學生，遂自我放逐（棄？）而去。」[17]

同時《漫遊者》充滿感傷和憂鬱氣息的個人心理自傳穿行於這個時代的神話譜系內，寫出一代人的歷史境遇，一種文化的歷史境遇，對自己族群的無根的流亡命運有了更為清醒的意識。作為文化原鄉的中國已是回不去了，而在作為成長故鄉的當下臺灣，外省族群再次被放逐於歷史軌道和文化版圖的邊緣。儘管現在的自己從「清明時節我們並無墳可上」到「居然你也有至親的墳可上了」，但現實生活中因一再被排擠、質疑而產生的異鄉人感覺卻始終揮之不去。從《想我眷村的兄弟們》「怎麼甘願、怎麼可以就落腳在這小島上終老？」到《古都》「你簡直不明白為什麼打那時候起就從不停止的老有遠意，老想遠行、遠走高飛」直至《漫遊者》「你」幽幽地問「假想，必須永遠離開這島國的那一刻，最叫你懷念的，會是什麼？」你終於還是循著自己的「銀河鐵道」決心放逐而去。族群的命運果真只是無終結的漂流嗎？文本中屢屢提及各個古老族群的歷史文明，而在朱天心

[17] 朱天心：〈《古都》新版說明〉，見《古都》，臺北：印刻出版有限公司，2002 年 6 月，頁 44。

的感覺中甚至「你以為自己更像那摩爾人社會裡最低（第八）階級的尼馬迪人……他們堅持，自己才是這塊土地的主人，只是被摩爾人竊取了。」朱天心畢竟強悍，當此生死徘徊之際仍不忘提及族群問題的隱喻。

無可否認，族群境遇是引發朱天心的書寫焦慮的源頭之一。如黃錦樹所言，外省族群的困境「不在於認同而在於不被認同」，而朱天心的漫遊姿態也表明她是在一步步由認同到尋求「不認同的自由」了。漫遊是一種基於生命與自由的漂泊形式，漫遊者甚至對人文時間不自覺地採取漠視與抗拒態度，自我放逐於歷史軌道之外的老靈魂朱天心驚覺自己已成為「宇宙洪荒的過客，時間鴻蒙的遺民」。[18]然而存在與言說永遠有著巨大的錯位，在精神的高蹈漫遊之後，面臨的是更為堅硬的跌落、是更為失重的迷茫虛無還是更為清明沈著的對生命實相部分的深刻透視？「深情在睫，孤意在眉」的朱天心似乎不大可能就此作一種犬儒的逃亡，毋寧說薩義德所定義的「流亡的知識份子」形象更適合她：

> 永遠處於不能完全適應的狀態，總是覺得彷彿處於當地人居住的親切、熟悉的世界之外，傾向於避免、甚至厭惡適應和民族利益的矯飾。對這個隱喻意義的知識份子而言，流亡就是無休無止，東奔西走，一直未能定下來，而且也使其他人定不下來。無法回到某個更早、也許更穩定的安適自在的狀態；而且，可悲的是，永遠無法完全抵達，永遠無法與新家或新情境合而為一。[19]

書寫，仍在繼續……

[18]王德威：《後遺民寫作》，http://www.litphil.sinica.edu.tw/modern/taiwan/david%20wang07.ht。
[19]薩義德：《知識份子論》，北京：三聯書店，2002年4月，頁48。

參考文獻

專書

- 朱天心：《想我眷村的兄弟們》，臺北：麥田出版社，1998 年 8 月。
- 朱天心：《古都》，臺北：印刻出版有限公司，2002 年 6 月。
- 朱天心：《漫遊者》，臺北：聯合文學出版社，2000 年 11 月。
- 朱天心：《我記得……》，臺北：聯合文學，2001 年 1 月。
- 李歐梵：《上海摩登——一種新都市文化在中國 1930－1945》，北京：北京大學出版社，2001 年 12 月。
- 周英雄，劉紀蕙：《書寫臺灣：文學史、後殖民與後現代》,臺北：麥田出版社，2000 年 4 月。
- 黃錦樹：《謊言或真理的技藝：當代中文小說論集》，臺北：麥田出版，2003 年 1 月。
- 保羅・湯普遜：《過去的聲音：口述歷史》，牛津大學出版社，1999 年 11 月。
- 馬爾庫塞（Herbert Marcuse）：《愛欲與文明》，上海：譯文出版社，2005 年 7 月。
- 列維－斯特勞斯（Levi-Strauss）：《憂鬱的熱帶》，北京：三聯書店，2005 年 6 月。
- ·斬維納斯（Emmanuel Levinas）：《上帝·死亡和時間》，北京：三聯書店，2003 年 9 月。
- 薩義德（Edward W.Said）：《知識份子論》北京：三聯書店，2002 年 4 月。

期刊論文

- 邱貴芬：《「日本」記憶與臺灣新歷史想像》，《東亞文化與中文文學》2006

年 1 期，頁 80。

- 李淑娟：《朱天心小說研究》，《東亞現代中文文學》，2005 年創刊號，頁 241。

參考網站

- 《朱天心對談舞鶴》：http://www.xici.net/Media/People/b509254/d32346942.htm。
- 《尋找臺北城市書寫的意義》：http://www.bp.ntu.edu.tw/WebUsers/taishe/index%20forum06.htm。
- 《後遺民寫作》：http://www.litphil.sinica.edu.tw/modern/taiwan/david%20wang07.htm。

講評

郝譽翔*

蕭同學的〈漫遊者的權力〉一文，文字相當流暢，徵引的文獻與論述，亦相當周延。以「漫遊」為主題來分析朱天心的小說，可以說是一個準確、而且妥適的切入點。但問題是，「漫遊」已經被學者所廣泛討論了，所以如何才能別出心裁呢？成為這篇論文最大的侷限。換言之，作者雖然旁徵博引了許多學者的說法，但看來都似乎只在歸納整理，難以提出新的創見。而這對一個年輕研究者而言，也正是最大的挑戰。

要如何才能提出創見？走出一條有別於前輩學者的道路？我以為，最重要的是，作者不能人云亦云，或是被作品牽著鼻子走，大膽的質疑，才能走出一條研究的新路。例如這篇論文研究朱天心的小說，提出了朱天心強烈的歷史記憶。然而，朱天心的小說果然真的是反映歷史嗎？或者，所謂的記憶，其實也只是某個族群的記憶罷了？《古都》小說一開頭，反覆言道：「那時候……」，但果真有那樣一個「美好」的「那時候」嗎？朱天心的記憶又是否可靠？或者，那只是一座記憶打造出來的烏托邦？根本就沒有「那時候」存在過。因為對於某個族群而言，「那時候」是無憂無慮的美好時光，但對於另外一個族群而言，「那時候」卻是肅殺的白色恐怖年代。所以，我反倒以為，朱天心的小說是反歷史的，而她嘗試架構的台灣歷史，事實上，只對某一些人，甚至對於她自己有效，因為，她乃是以自己的成長經驗做為座標，所謂美好的「那時候」，其實就是她自己個人的「青春」。而她哀悼悵然的，其實也正是青春的流逝。

也因此，朱天心果真能據此歷史觀，批判現代都市文明嗎？恐怕也是值得懷疑。尤其在後現代歷史學中，所有的歷史都只是一種「敘述」或「言說」之時，也就無所謂的「倒退」或是「進步」，更無所謂的緬懷或是失落。

---

* 東華大學中文系副教授

故朱天心小說中展現的歷史觀，其實頗值得研究者好好檢討，而不是一味的讚揚。而本篇論文將朱天心小說中外省族群的漂泊情境，和台灣後工業時代的文明、資本主義發達的都市現象聯繫在一起，更值得懷疑。 因為政治與都市化的發展並無必然關係，尤其台灣的外省族群多是以都市做為根據地，而本省族群則多是立足於鄉土，故台灣的都市化與外省族裔的漂泊離散，恐怕無必然關係。

本文另一問題是，大量使用「反對黨」「執政黨」或是「反對運動」等詞彙，但因為台灣政治瞬息萬變，所以在每個階段、每個時刻，這些詞彙都意義都會有一百八十度的大轉變，故使用時要特別註明清楚，以免產生混淆或語意不清的狀況。

《風月報》、《南方》白話小說中的都市空間與市民生活

蔡佩均*

摘要

本文企圖從日據時期台灣漢文文藝雜誌《風月報》、《南方》中的白話通俗小說整理歸納並探討以下二個層面：第一，這些帶有都會市民取向的通俗文本中，再現或鼓吹了何種都會生活的樣態？通俗小說如何示現當時的都市空間與林林總總的市民生活？小說具代表性的主要敘事主題為何？

第二，白話通俗小說文本為人們提供了一個現代的感知框架，這些生活場所更為各種文化想像和慾望投射，創造想像，再想像的條件。通俗作家以何種視角來觀察和分析城市文化？這些都市景觀以何種風貌或姿態進入作家的「視眼」？以及作家對台北城市風景凝視的聚焦點何在？

通俗作家們將充溢心中的現代感觸與流行文化訊息投射到文本中，書寫那個年代某一面向的都會歷史並演繹著自我的文學生命，透過小說閱讀與想像的過程向讀者進行傳遞與感染。具有象徵意義的、獨特的、大眾小說中的公園、圓山、珈琲店、電影院、百貨店等空間也因此逐漸進入市民的現代想像中，值得注意的是，在日常生活與小說文本中，它們都被賦予新興價值，與都會流行文化、市民的婚戀空間劃上等號。

關鍵詞：《風月報》，《南方》，白話通俗小說，市民生活

* 靜宜大學中文所碩士，oneoneone-111@yahoo.com.tw

前言

觀察前後刊行長達十年之久的戰爭期漢文通俗文藝雜誌，從《風月》(1935.5.9-1936.2.8)、《風月報》(1937.7.20-1941.6.15)到《南方》(1941.7.1-1944.1.1)、《南方詩集》(1944.2.25-1944.3.25)，在將近十年的發刊期間，雜誌名稱歷經四次變革圖新，除了國策介入造成的影響外，展演於其上的多聲複義、新舊雜陳的思想文化衝突，構成了日據後期特殊的一隅文藝景觀。在某種程度上也可視為 1930、40 年代瀰漫於台北大街小巷的市民生活的集中展示，在這份刊物上，作家們以通俗文學特有的濃彩重墨加以渲染時髦的珈琲店、酒家、舞廳、旅店、公園、街巷、洋樓、摩登大廈、電影院、劇場……等等繁華勝景，令人眼花撩亂。慾望與現實在文本中交錯疊合，在都市漩流中浮沉翻滾的紅男綠女更烘托出都會的摩登與華麗。

翻閱《風月報》、《南方》中通俗作家的作品，迎面而來的便是 30 至 40 年代以台北為中心，台灣北部特有的文化色彩和都市氣息。通俗作家以其獨特的書寫策略和書寫視角，用他們的語言傳遞了那個年代北部台灣中上階層的生活，透過不同的畫面表現了城市的不同面向。城市的騷動與紛繁、城市的陰暗與奢靡、城市的日常與休閒、城市的人群與建築……，皆一一流淌在他們的筆下。而且，重要的是，在這樣的書寫/閱讀過程中，一種素樸的「台北都會人」的想像、感覺和認同也在悄悄醞釀與誕生。

本文企圖從雜誌中的白話通俗小說整理歸納並探討以下二個層面：第一，隨著城市化進程的加速，都會生活在整個台灣本土中產階級社會中的樞紐功能愈益突顯。都會空間裡以消費活動為主的生活方式日漸形成中產階級的生活型態與重心，在這種背景下，與都會市民生活相關的敘事成了當時通俗文藝的顯著特徵之一。本文首要探討的即是這些帶有都會市民取向的通俗文本中，再現或鼓吹了何種都會生活的樣態？通俗小說如何示現當時的都市空間與林林總總的市民生活？小說具代表性的主要敘事主題為何？

第二，深入白話通俗小說文本，顯現的是消費性的都市文化；譬如，以琳瑯滿目的商品吸引人們注意力的百貨商店，令人目眩神迷的聲色娛樂場所，喧嘩紛攘的街景，川流不息的車水馬龍……，這一切為人們提供了一個現代的感知框架，這些生活場所更為各種文化想像和慾望投射，創造想像、再想像的條件。通俗作家以何種視角來觀察和分析城市文化？這些都市景觀以何種風貌或姿態進入作家的「視眼」？以及作家對台北城市風景凝視的聚焦點何在？

筆者希望藉由白話通俗小說中與都市空間、市民休閒生活相關的敘述或描寫，進而了解通俗作家如何透過公共空間與日常生活書寫傳遞新興城市生活的不同面向。以下筆者將以數篇文本為例，試加闡釋百貨店、珈琲廳、公園、明治橋、圓山神社、動物園……這些極具時尚感的流行空間的指涉意涵，以及文藝雜誌《風月報》、《南方》在透由通俗文本再現文化空間的過程中所扮演的角色與意義。

壹、公園

「公園」意味著什麼？公園如何從都會中極普遍的環境空間變成市民生活的現代公共空間？關於這個問題，以下筆者嘗試在通俗文本中尋找一些解答。

> ……親愛的藝術同志！你們若給夏神迫得無處創作的時候，不妨，暫且擱着筆桿，跑到公園或你們附近的郊外去走一回，當然有許多自然的景物滲着青春的圖畫，給你描寫，可是，你們若創作了，別忘記寄到風月報來？哈哈！[1]

[1] 引自，小吳（吳漫沙）〈月下小語〉，《風月報》66 期，1938.6.15，頁 28。

這段話出自通俗作家同時亦是《風月報》主要編輯吳漫沙的筆下，在雜誌編輯後記的〈月下小語〉中，他向讀者提倡公園是個避暑、構思創作的最佳去處，於此，公園成了象徵「青春」、「藝術」與「創造」的城市休閒公共空間。

除了遊憩休閒之外，公園更屢屢出現在言情說愛的通俗敘事中。無論是馬冀、吳漫沙、洋洋、謝南佳、蔡榮華作品中情侶的約會談心，蔚然〈風雪之夜〉裡落難青年的萍水相逢，還是台語歌謠裡的滿園春色[2]，公園成為通俗話語中，中上階層民眾出遊、會晤最常見的場景之一，公園裡的形形色色，在通俗作家筆下不斷被展演。公園成了大眾時興的戀愛與約會之重要處所，甚至是上演「命運的邂逅」的空間。

而麗影的小說〈初戀書信〉裡，女子「影」則是以信箋邀約戀人同遊公園，信中也隱約流露出她苦惱於社會規範的約束，以及世俗輿論的注視，使得熱戀中的情侶即使住處相隔不遠，卻無法時常聚首。故而她對兩人約會充滿期待，下面引文可一窺其寄盼之熱切：

> （前略）我想去 Y 公園中吸一點新異的空氣！那邊有清脆婉囀的禽喉，可以舒適一下我們底聽覺，那邊有青莖綠葉的植物，雖已秋氣橫溢，也不無可以潤澤我們底視覺之處，我們在那邊可以自由散步，高興時，唱唱心裏所歡喜唱的曲子，跳跳心裏所歡喜跳的舞蹈，這是多麼快樂啊！……，權且試試，這樣能不能丟掉我們底悒鬱之情！
>
> 對於Y公園，我是素來歌頌的，只是沒有機會可以常常去拜詣牠(按：它）！我有時會這樣自度：要是我能長存到Y公園中去，即使祇能得

[2] 例如，訴心難〈惱人春色〉，《風月報》108 期，1940.5.5，頁 21。現代西施〈有約不來〉，《風月報》108 期，1940.5.5，頁 23。怒濤〈歌謠拾遺〉，《南方》135 期，1941.8.1，頁 13。

到一塊粗劣的麵包和一盆清水，也是樂意的！[3]

公園之於這名女子的意義，並不僅止是偕同知心伴侶排憂解悶、一訴情衷的地方，亦是她得以迴避輿論壓力與公眾目光的最佳去處，是一個相對開放且較為容認青年男女追求自由戀愛的場所。

同樣的，連載作品〈純愛情篇：水晶處女〉中，作者陳世慶以赴日求學的青年碧淵歸台與表妹玉冰重聚為樞軸，將30年代後期島都一個富裕之家的生活展現出來：熱情爽朗的知識青年碧淵、浪漫善感且多才多藝的富家千金玉冰、思想開明的姑母、愛慕好友未婚妻的音樂家島田……，小說將這些上流社會裡的人物串合起來，描摹出他們日常生活中的喜怒哀樂，他們的期盼嚮往，他們的煩惱與無奈，他們之間既相互吸引又不時發生齟齬的、複雜微妙的兒女之情。故事中，公園也是一個發生「命運的邂逅」的舞台。作品中的公園是玉冰初識情愛的地方，對玉冰而言，即使經過數年，也能精細的回想起當時的情景：「她舊時和她的表哥哥，遊玩在新公園的時候，一塊兒竝肩着散步，互相細聲地合唱『雨過天晴』的主題歌。」[4]兩小無猜的純情男女攜手遊公園、哼唱電影歌曲……，這些當時的流行文化，在此與小說標題中昭示的純愛聯繫起來。將都會流行元素與日常生活結合的寫法，不僅是白話通俗小說的特點，這樣的創作手法，也使這類作品具有流行指標的意義，雜誌的閱讀者也得以通過作品分享小說中男女戀愛的市民生活與流行風尚。

無獨有偶，陳蔚然〈月明之夜〉所描繪的人物也帶有某種程度的純愛性格。二位主角礙於人言可畏，因此在離別前夕，相約在公園「暢談幽情」，而這月明之夜也成為他們的定情之夜。在一個封建傳統悠久深厚的年代中，未婚男女的幽會難以為人所容，他們的行為或將引起不少非議：擁抱、

[3] 引自，麗影〈初戀書信〉，《風月報》80期，1939.2.15，頁13-14。
[4] 陳世慶〈純愛情篇 水晶處女〉，《風月報》94・95期，1939.9.28，頁22。

親吻、私訂終生，然而夜間公園的隱密與僻靜使他們隱藏起不安與羞愧，在此互許承諾，作者如此形容：「今夜好像是他倆的生命上的一條歧途，同時也是『真正的愛』要開墾的一個時刻。」[5]作者一方面以細膩的筆觸描繪小說主角的侷促不安，但一方面仍賦予新舊思想過渡時代中的男女情愛，浪漫綺麗的色彩。作為一篇通俗小說，作者從中鋪寫少男少女在青春時代生理上的苦悶，心理上的騷動，與異性交往時的興奮與緊張，以及種種複雜的道德壓力或價值矛盾，也讓讀者於戀愛、公園、新風尚的反覆敘述中感受到一種虛擬的共同感。

同樣，在〈最後的一封信〉裡，對那位遭受心上人背棄、憤恨不平的主角而言，記憶中約會的場景也不外乎是淡水河、臺北公園等知名景點。其中，臺北公園曾是兩人主要的戀愛舞台，那個羅曼蒂克的地方滿載熱戀時幸福的回憶。「島都的明月，曾經照着我倆在臺北公園的凳上小憩。你捉着我的臂膀，勾著你的頸項。你說，你的心，祇是一個沒有圓缺的月亮，永遠照着我的衣裳，現在怎樣呢？」[6]往事雖陳舊，但回憶仍清晰如昨，透由男子「T」細數逝去的戀情片段，在公園裡的戀愛似乎具有驗證某種神聖性、美好性的象徵意涵。

不同於上述小說中發生在公園裡的命運邂逅與浪漫情懷，呂人白的〈日曜日〉中則進而將公園轉為試煉婚姻忠誠度的場所，故事始於一封陌生女子的匿名來信：

> 我夢寐中戀念着的青君：
> 我是一個處女，從來也沒有知道過，甚麼叫做愛情。但是，不知為甚麼，自從那天遇見了你，我的一顆心，便給你奪取去了，現在我竟不由自主地，天天在想你，天天在為你哭泣。……。

[5] 陳蔚然〈月明之夜〉，《風月報》90期，1939.7.24，頁11。
[6] 馬翼〈最後的一封信〉，《風月報》79期，1939.2.1，頁9-10。

如果蒙你允許的話，請你于日曜日上午十點鐘，來公園晤面。我當在葡萄棚下盼待着你！愛慕的人吻啟[7]

這封信的收件人為主角孔子青，突如其來的情書令已婚的孔子青受寵若驚，並欣然赴約，然而這謎樣的女子並未如期出現。孔子青悻悻然返家後，妻子曼英才為他揭曉謎底，原來寄信人竟是曼英，這原是曼英於婚前寫給他的第一封情書，藉此表達她的愛慕之意，具諷刺意味的是，相同的情書，收信者卻是兩樣心情。而公園更是夫婦倆初次相約會面的地點，只是景色依舊，伴侶的內心卻早已忘記當年情衷，今昔對比之下，令曼英不禁感慨當年對她呵護備至、從善如流且風度翩翩的男友，婚後三年竟轉變成見異思遷而不修邊幅的婚姻背叛者，面對外界的情慾誘惑，全無招架之力。公園在這個故事中，是他們情竇初開相戀時期的約會殿堂，後來更成為一個愛情道德或情慾拉鋸的象徵空間，用來規範、試煉已婚者的界線。

類似的例子，亦可見於其他小說。「洋洋」的〈情別之夜〉中，小說開頭即以幽靜的公園夜景，月光和星子、微風和楊柳、蛙鳴與螢火……，烘托即將登場的主要人物之間的爭執，以及隨之而起的愁緒。一個着「制服閉襟」、戴學生帽、「鼻樑上架一支眼鏡」的男學生，與身材輕盈阿娜、身穿洋服和高跟靴的妙齡女子，兩人在夜涼如水的公園裡爭辯愛情的真諦，這場爭執起因於女子即將與家人一同遠行，如此一來，對於兩人間的感情是否繼續勢必得作出抉擇：究竟是該接受被迫分隔兩地的無奈，抑或是相約私奔的悖德之愛，才可稱之為神聖呢？要遵守傳統，還是選擇成為一對「新時代」男女成就自由戀愛？公園於此依舊是青年男女愛情旅程上具有特殊象徵或試煉意味的獨特空間，象徵著舊道德與新價值、禮教與自由的戰場與分界點。

考察以公園作為背景的通俗文本，筆者發現在陳蔚然、馬冀、洋洋等

---

[7] 引自，呂人白〈日曜日〉（上），《風月報》80 期，1938.5.1，頁 8-9。

作家對於都市風景的描摹與傳達下，公園已然成為具有特殊象徵意義及新興價值的空間。公園裡的市民生活體驗，開啟了讀者的流行想像，閱讀者並藉由文本消費公園所代表的情愛詩意與神聖，這些通俗文本也因而建構並消費了部分都會文化。

貳、圓山、明治橋

新春的街頭　　曉風

嗚！嗚！嗚！
風馳電掣地閃過，
襯著一對青春時代男女，
太陽射著柔軟的光芒！
嘻！嘻！嘻！
一群少女在和暖的馬路姍姍踱過，
大戲院的入口留著一陣餘香，
裊裊地繚繞在空中！
哈！哈！哈！
「唔！老友！恭喜！恭喜！」
「恭喜！老友新年進步！」
一霎間到那奏著悠揚音樂的酒場去了！
吱！吱！吱！
「少奶奶！上那兒去？」
「二大嬸！我們上神社參拜去！」

老的少的跨上了圓山的汽車！[8]

上述筆者所引之新詩為曉風（吳漫沙另一筆名）發表於第 100 期《風月報》的作品，內容著重描寫新春街頭即景。這首詩作中透露出幾個訊息：汽車、戲院、音樂、酒場這些代表著近代物質文明的事物，構築了 1940 年台灣某一城市的街景，其中圓山神社則是部份市民新春佳節必須前往參拜的勝地。筆者欲進一步探詢的是：「名勝」遊覽，此種市民活動意味著什麼？而圓山一帶除了是宣揚日本天皇神國統治的宗教場所外，它又標誌了何種型態的市民生活空間呢？此一公共空間在通俗文本中是否具備著某種象徵意味？當時的都會居民在此感受到什麼形式的西方文明體驗呢？

圓山的台灣神社於 1902 年（明治 34 年）落成，而為了聯繫台北市區與台灣神社，明治橋便應運而生；接著，圓山公園、動物園、兒童樂園等休憩娛樂場所也相繼成立，明治橋起了連結圓山台灣神社的作用，成為當時銜接圓山與劍橋的交通鎖鑰，以此為中心更形成一個帶狀的、老少咸宜、優美宜人的新興市民生活空間。日據時期的明治橋，除了自動車行駛其上，也常有民眾步行於橋面，或前往神社參拜，或前往動物園遊玩，或駐足橋上觀景，或者經此至基隆河搭乘舟艇，各種繁複多彩的活動往來及休閒娛樂為這個區域開啟了市民活動的氣息。因此，明治橋並不僅只促進民生交通的便捷，更是市民通往神社的參拜之路，故而具有某種政治象徵意義。而〈新春的街頭〉裡的青春男女、中產之家的男女老少在新春的街頭中不無歡慶意味的漫步遊走，可知行步橋上或前往神社參觀祈福乃是都會市民的日常經驗與休閒生活之一，這種體驗甚至如同汽車、電影、酒館般，成為日據時期島都生活的代表，此點在吳漫沙的上述詩作中亦得到映現。

除了新詩，吳漫沙創作的白話中篇小說〈母性之光〉裡不只一次的描

[8] 引自，曉風〈新春的街頭〉，《風月報》100 期，1940.1.1，頁 15。

寫中產家庭於假日前往圓山出遊，主角秀珍的幼女麗子與美子甚至主動向父母親提議至圓山動物園度過週末假期：「阿母！圓山不是很好玩嗎？動物園裡有虎，也有美麗的孔雀，活潑的猩猩！」[9]上述在童稚言談中出現的圓山已是具體的所指，它代表著一個遊樂場所，一個休閒空間，這個新興文化空間伴隨家族成員成長，構築了家庭生活的共同記憶，形成台北市民心中的城市指標，或許這便是吳漫沙的作品中屢次提及這個景點的原因之一，由此也可佐證以它為中心的相關市民生活與休閒風尚，對於居住在台北空間及以台北讀者為主要說話對象的寫作者吳漫沙之重要性。

除了前述吳漫沙作品外，圓山神社與明治橋亦是其他通俗作家樂於作為書寫背景的場景。長篇連載〈水晶處女〉中便曾安排小說主角於閒暇時偕同友人至圓山踏青、賞花[10]，富家千金玉冰便是在此處讓心上人碧淵為她戴上鑽石白金戒指，完成他們極具現代奢華浪漫的訂婚儀式。作者陳世慶如此形容玉冰當時內心的興奮與感動：「……媽媽的許可，神祇的立會，那臺灣神社便是證明我們之結合的聖地！呀！何等的滿意哟！她好像在愛神之前，將一幅的心腸，全精神都灌注在舞踏上，全身是一個諧調，傍若無人地跳舞一樣……」[11]在現代通俗物語裡，圓山上的神祇從護國祐民的天照大神變為愛神，見證了兩人的愛情，神社是證明他們結合的聖地，因此圓山不僅僅是誌面上作家擬寫的一個單純背景而已，更為重要的，它是市民生活中一個蘊含人生特殊意義與新潮風尚的空間。

不同於上述幾篇作品中所描述的圓山上的快樂回憶，小松〈寄給她一封信〉主要著墨失戀男子的心情，小說主人公來到明治橋上追憶、憑弔逝去的情愛，他拒絕接受名為「雲 K」的前女友已羅敷有夫的事實，腦海中時而閃現她遭受丈夫嚴厲叱責的畫面：

---

[9] 引自，吳漫沙〈母性之光〉(二)，《風月報》125期，1941.3.3，頁26。

[10] 陳世慶〈水晶處女〉十六，《風月報》104期，1940.4.5，頁11-12。

[11] 引自，陳世慶〈水晶處女〉十三，《風月報》104期，1940.3.4，頁10。

「你到那裏去！」

……

「和他那麼好，那末去吧！就不會阻碍你們永遠的愛！」

你明知道他是誤會，卻興奮地答到：

「什麼愛？愛就愛有甚麼相干，用金錢的威權就會束縛一切的自由嗎？」

房內的空氣頓呈緊張起來，電燈的光芒也有些繚亂了。

「哼！……金錢！給你用不足嗎？」[12]

主人公深切體會到現代都市人追逐物質欲望的虛假迷亂，原應和諧的交往關係被金錢主義異化為交易，當一切歡樂都如過眼雲煙，無從排解的孤獨和難以言表的悲苦只能藉著對方婚姻失和、夫妻劍拔弩張的想像來紓解內心忿恨難平的情緒。而明治橋代表了他生命中的美好回憶，這裡曾經上演著他的愛情故事，因而當他的愛情逸出軌道，明治橋便成了他心靈的歸宿，他選擇在這橋上悼念無法圓滿的結局，如同參加一場戀情告別式，可見這座橋不僅為一個普遍的地點，更蘊含指涉著都市的相關市民生活與休閒風尚，以及現代男女人生的紀念、縮影或投射。

「恨我」的〈明治橋上〉[13]從篇幅和情節安排上來說，儘管未能提供閱讀者 40 年代初期都會生活的全景圖，但文本中也展現出日據末期市民生活的部分側面。作者營造了一個封閉性的世界，其間沒有其他人物與主角對話，也沒有其他場景的出現。小說通篇皆為一名情場失意的青年男子彳亍於明治橋上，「不論晴天陰天，他都是獨自踽踽地在圓山明治橋一帶」，在此地追憶逝去的愛情，回想當年與佳人遨遊此地時的倚欄私語、攜手徘徊、俯視河面波光粼粼、規劃人生藍圖，種種在這個地方發生的一切，皆令他

[12] 引自，小松〈寄給她一封信〉，《風月報》94・95 期，1939.9.28，頁 19。
[13] 恨我〈明治橋上〉，《風月報》116 期，1940.9.1，頁 10-11。

觸景傷情，對情人琵琶別抱的怨懟，對自我近乎否定的自暴自棄，其內心獨白反映出他迷失人生座標的茫然：「我也知道：為了一個女子斷送自己的一生，是很不值得的。呀！我很願意把這話去勸說人，自己卻不能這樣做！」這篇作品以明治橋命名，在篇末「編者識」的文評中，雜誌編輯更以「明治橋上的青年」代指這位小說主角[14]，筆者發現在想像/書寫/閱讀的過程中，「明治橋」已成為不言可喻、具有某種象徵意義的公共地標，而「明治橋上的青年」也成為了某些類型的青年市民（生活）的代表。

再者，從前舉兩篇小說〈寄給她一封信〉、〈明治橋上〉出現的場景中，可以發現明治橋被作者視為一種兼具心理投射的載體，它濃縮了男性內心世界的憂懼，映現出台灣部分城市生活的真實側面。因此明治橋不僅是存在於都市風景中代表青年文化、新舊價值交會的一座橋，同時亦是承載都市人內心焦慮，以及思索內心該往何處去的一座通往看不見的「現代性的未來」的橋樑。

透過上述文本得知，圓山、明治橋這個空間裡的經歷，在當時的都會市民心中烙下不可抹滅的印記，無論是新嫁娘留影的神社、有著奇珍異獸的動物園、戀人們談情說愛的橋樑、橋下蜿蜒的基隆河……等等，這一帶結合了神域、流行與休閒性質的名勝與景點，成為市民的休閒聚所，建構城市生活的公眾休閒與流行風尚。此外，更重要的是，當這些名勝景點與虛擬的通俗文本中動人的男女情愛故事結合在一起時，它們已然不是一個普通的空間而已，更是形構市民都會生活風尚、集體現代想像與公眾記憶的容器。[15]

---

[14] 編者〈明治橋上——編者識〉，恨我〈明治橋上〉，《風月報》116期，1940.9.1，頁11。

[15] 除了筆者於前文所引《風月報》中的文本，圓山、明治橋這一地域上的景點，亦曾出現於其他日據時期所出版的通俗小說單行本中，例如，林煇焜《命運難違》裡，主角李金池與陳鳳鶯因家庭紛爭難解、婚姻不順遂的原因，不約而同走上明治橋，希望以死尋求解脫，兩人在這座橋上互吐心聲、互相勸勉、安慰，最終了悟生命的意義，決心朝新生之路邁出腳步。參見，林煇焜《命運難違》（下），台北：前衛，1998年8月，頁574-594。

參、珈琲店、百貨店、電影院

1935 年 5 月 9 日，第一號的漢文通俗文藝雜誌《風月》在台北市發刊，初刊首頁便登載了一則「カフエー百合」（百合珈琲館）的商業廣告[16]，自此以迄《風月》終刊，這份刊物上經常可見類似廣告、珈琲館女給芳名錄、藝妲寫真照片以及風流名士所撰寫的種種藝妓小傳，《風月》後期更假台北各個珈琲館，以及「大世界ホテル」、江山樓、蓬萊閣舉行「台北新春美人人氣」活動的投票。[17]；在《風月》後身《風月報》中，作家鷄籠生也以「珈琲館」作為專欄標題介紹上海都市文化的各種景觀[18]，伴隨情色暗示的珈琲香便是如此氤氳於誌面上。由此可知珈琲館在當時台灣社會所代表的時尚風潮，它成了一處體驗城市生活的場所，漢文文藝刊物《風月》也藉由展示部分都會商業文化，與雜誌讀者及城市市民共同參與建構了那個年代的流行氛圍。珈琲館與這份通俗雜誌皆代表著日據時期台北人的某個文化場域。

新竹作家「小紅」在短篇創作〈公休日〉[19]裡描寫一群職場上的工作夥伴於公休假期齊聚珈琲館，舉辦座談會，交換各自不同的見解，討論人生哲理，珈琲館除了是朋友集會的場所，也是個充滿流行風尚意味的公共空間，坐在珈琲館裡暢談知識見聞、啜飲珈琲，佐以女給侑觴，確是都會摩登生活的一種象徵，文本中的這場經歷便可視為一場城市街巷中的文明體驗。《風月》、《風月報》、《南方》中登載的許多關於珈琲館的都市敘事文本，為這種當時的消費娛樂場所蓋上「流行」、「摩登」、「現代」的標誌。

除了珈琲館以外，另有其他都市空間亦與消費活動文化相連，如百貨

---

[16] 參見，《風月》第 1 號，1935 年 5 月 9 日，頁 1。
[17] 參見，《風月》第 38 號，1936 年 1 月 3 日，頁 2。
[18] 鷄籠生，〈珈琲館〉，《風月報》79 期，1939.2.1，頁 13。
[19] 小紅〈公休日〉，《南方》133 期，1941.7.1，頁 16-17。

店、電影院等場所，它們使得日據末期台灣都會裡物質的、精神的、時代的、市民的休閒生活日益豐富而繁盛，這些空間也在建構新興城市文化價值的過程中，產生了不容忽視的影響，以下筆者將就以都市消費文化為背景的吳漫沙小說談起。

> 一盞百灼的電燈在廳裡照得四周通明，圓桌上圍著她們家裡的幾個人，桌的中央一個熱烘烘的火鍋蒸蒸噴出煙來，一盤白批鷄排在涼子面前，秋子從房裡拿着一矸月桂冠給涼子，……。[20]

奢華的電器用品，以及中上家庭才能享用到的鷄肉、月桂冠，上列引文中瀰漫著現代都會家居生活特有的氛圍，這是曉風（即吳漫沙）筆下一幕都市家庭在除夕之夜圍爐的場景。作品展示的都市空間中，顯得荒謬不合常理：有依靠恩客餽贈撐持家用的美麗酒館女給「涼子」，有嬌憨且樂於打扮的小妹「秋子」，還有拿著鴉片煙管吞雲吐霧、不事生產的年邁父親，以及對物質慾望近乎貪婪的家庭主婦，她甚至不時走進女兒涼子房內攬鏡自憐，「整一整衣服對準洋服厨的大鏡照一照全身，皺着眉對自己苦笑了一下，才走出來，似乎是嘆自己老了，不及她女兒的青春年少多媚多嬌。」[21]在這幅都市家庭生活的圖景中，所有事理皆悖反世俗倫常，全家人皆心安理得的享受著女兒付出青春靈肉而換來的種種時髦美麗的現代化奢華家用品；而一肩扛起家中經濟重擔的涼子，面對這不合理的一切沒有絲毫不平，只是巧笑倩兮日復一日在送往迎來的人際交往中周旋，這個四口之家美滿祥和、溫馨而快樂的在城市裡生活著。小說以涼子歌詠摯愛小妹與親密愛人的一曲清唱結束這洋溢著喜氣氛圍的都會家庭生活。

觀諸吳漫沙其餘作品，從中可明顯看出，他針砭都市文明女性的一貫

---

[20] 引自，曉風〈除夕之夜〉，《風月報》124 期，1941.2.15，頁 18。

[21] 引自，曉風〈除夕之夜〉，《風月報》124 期，1941.2.15，頁 17。

態度，並表現出對都市新女性「道德教誨」的啟蒙哲學，[22]對遊走於男性錢袋間的歡場女子略帶同情但不乏批判意味的教說。然而在〈除夕之夜〉中不見涼子的怨天尤人、一家之主的懊惱懺悔、母親對子女淪落歡場的心痛不捨，卻只看到了現代都市空間裡的歡樂喧嘩。試著將之對照小說開頭描寫太平町掛著五光十色「歲暮大賣出」招牌的賣場，以及百貨店裡人群熙來攘往、只為年節用品奔忙應酬的景象；涼子一家孜孜於物質享受、世俗慾望的追求，不啻是那浮華奢迷大都會萬花筒的縮影，作者以此管窺都會文化，並藉由島都中產家庭的除夕夜，突顯了現代都市生活的典型場景。此一通俗文本，因而見證了威嚴的傳統倫理準則在人欲橫流的花花世界中如何頃刻土崩瓦解的過程。吳漫沙透過文本將它們凝聚、串接起來，向讀者展示都會現實生活秩序的不合理，揭示其中衰朽的一面。

浪鷗〈歲末年始風景線〉中有兩首小詩，對都市文化空間作出細密的動態描寫：

〈還比山峯高〉
酸了，
姨太太的小腳跟。
累了，
娘們抱夠了孩子。
擦著汗，還指着百貨店說：
「媽媽你瞧，
還比山峯高」

〈可惜〉

[22] 參見，陳建忠〈大東亞黎明前的羅曼史：吳漫沙小說中的愛情與戰爭修辭〉，《日據時期台灣作家論：現代性、本土性、殖民性》，台北：五南，2004 年 8 月，頁 209-249。

「東海的美女，
水中的人魚，
姿態婆娑，
一絲不掛，
遍身赤裸裸，
快來看，
莫錯過。」
電戲院的館員大叫而特叫。
一跑去，
滿員了，
「可惜」[23]

對那些日據時期中上階層的市民大眾來說，到百貨店的商品賣場消費現代奢華用品，或是坐在附設的食堂[24]品嚐各式西洋美食料理，或者搭乘當時被稱作「流籠」的升降電梯……，皆是體驗現代都會流行、接觸新興文明價值的方式之一。因為提供多種選擇、多樣化流行商品的百貨店以及將情色作為宣傳賣點的商業電影都是現代都市文化的代表，而年節時百貨大樓賣場裡的衣香雲鬢、人聲喧囂，以及電影院的人滿為患，都是都市中特有的氛圍。在這一氛圍中，都市生活的流動性與神秘感，往往在通俗文小說中得到展示，而通俗小說也在展示都會流行文化的過程中，參與建構市民現代生活的過程。

《風月報》中曾刊出數回通俗作家們的觀影感想，例如：良玉〈卷頭

---

[23] 浪鷗〈歲末年始風景線〉，《風月報》58期，1938.1.15，頁11。

[24] 日據時期台灣的百貨業者於大樓內部設置以西式餐點為主的「洋食堂」和喝咖啡、吃點心的「喫茶室」，以供顧客在購物消費之餘，亦可在百貨大樓內休息用餐；此外，如「レコード部」（即唱片部）、化妝品專櫃、西裝洋服、菸酒賣場……等等，皆是百貨大樓裡可以體驗到現代商業文化。參見，陳柔縉《台灣西方文明初體驗》，台北：麥田，2005年7月，頁106-113。

語：看完了大地〉[25]、老徐〈卷頭語：看了「モダンタイムス」〉[26]、笨伯〈「骨肉之恩」〉[27]、程守忠〈我們的樂園〉[28]……等等，亦有專文討論中國的電影概況，如漫沙〈談談本島的新劇與友邦的映畫〉[29]、荊南〈上海電影界概觀〉[30]等作。除此之外，反覆登載於雜誌上的電影（院）廣告也屢見不鮮，由此可見走進戲院欣賞電影、議論電影情節和影星似乎已形成一種和日常現代性相關的公眾話語。學者李歐梵在《上海摩登——一種新都市文化在中國 1930-1945》一書中對 30 至 40 年代上海電影的都會語境有如下描述：「電影院既是風行的活動場所，也是一種新的視聽媒介，與報刊、書籍和另外的出版種類一起構成了上海特殊的文化母體。」[31]倘若將引文中的「上海」置換成「台北」，情況亦如是，從浪鷗的短詩〈可惜〉裡述及戲院座無虛席的盛況即知電影文化在當時蓬勃興盛的風潮。

蔚然〈他的勝利〉便是將此風潮作為小說背景，以展示偵緝犯人過程的方式，向讀者大眾演繹利用電影院為媒介的偵探故事。

小說中《夕刊報》以斗大的標題印寫著：

> 良人殺害的密斯孃，本日赦免無罪！[32]

丈夫的猝死使得共處一室的「密斯孃」被視作兇手遭拘捕，後因政廳的同情獲釋，但關於這起殺夫案件的報導讓女主人公「密斯孃」從一開始就面臨被跟監的風險，跟監的對象也許是警方，亦有可能是躲在暗處的真兇。「密斯孃」為了閃避監視，隱匿於漆黑的電影院，在此處巧遇極具正義

---

[25] 良玉〈卷頭語：完了大地〉，《風月報》63 期，1938.5.1。

[26] 老徐〈卷頭語：看了「モダンタイムス」〉，《風月報》64 期，1938.5.15。

[27] 笨伯〈「骨肉之恩」〉，《風月報》90 期，1938.5.1，頁 18。

[28] 程守忠〈我們的樂園〉，《南方》133 期，1941.7.1，頁 28。

[29] 漫沙〈談談本島的新劇與友邦的映畫〉，《風月報》98 期，1939.11.21，頁 2。

[30] 荊南〈上海電影界概觀〉，《風月報》99 期，1939.12.12，頁 17。

[31] 引自，李歐梵（著）；毛尖（譯）《上海摩登——一種新都市文化在中國 1930-1945》，北京：北京大學出版社，2001 年 12 月，頁 97。

[32] 亦即「殺害丈夫的太太，本日赦免無罪！」。

感的辯護士（律師）偵探「倶禮」因同情其境遇挺身而出，為使案情平反，倶禮策劃出縝密的緝兇計劃。他的策略是：「從今天起，你每天來電影院吧？一日到×電影院一日到×電影館，經過一二星期以後，這便是計劃？」[33]為了顧及不招人非議，這名辯護士更提醒「密斯孃」：「你每天早我十分間來，而回去亦一樣，這樣輪流。」[34]經過幾回謀劃、佈陷的沙盤推演，果真令見財起意殺人的兇手落網。

文本中兩名主角穿梭不同的電影院，藉這個公眾場所躲避警方監視，同時秘密會晤委託人，輾轉傳遞案件的相關資訊，著手進行推理辦案。電影院已然不再只是提供民眾入場觀戲的公共娛樂處所，反成為一個交換關鍵信息的特殊空間。在此，虛擬的偵探文本營造出一個特別的都市文化空間，一種具有現代都會特性的想像。

肆、小結

綜上所述，在這些通俗文本常見的場所中，無論是公園裡花前月下，圓山上的甜蜜熱戀或者哀怨難堪的分手話別，明治橋上的山盟海誓，珈琲館裡談天說地，電影院中的戲如人生⋯⋯，由前舉數例得以證明，作為都市的一份子，通俗作家通過作品描繪在都市空間中上演的人生百態、聚散無常，無論是情愛追逐中的悲喜歌哭，或是對於文明都會的流行體驗，通俗作家們將充溢心中的現代感觸與流行文化訊息投射到文本的骨肉或細縫間，編織成通俗言情敘事，書寫了那個年代某一面向的台北歷史並演繹著自我的文學生命，透過小說閱讀與想像的過程向讀者進行傳遞與感染。財富、慾望、流行、休閒、都會認同，重新成為人們激情的聚焦點。正是在

---

[33] 蔚然〈他的勝利〉（上），《風月報》124 期，1941.2.15，頁 20。上述引文中的〝？〞應是〝。〞之誤。

[34] 蔚然〈他的勝利〉（上），前揭文。

這一點上，通俗敘事和以反殖、抗暴、社會主義改造等作為中心語彙的意識形態話語體系畫出了鮮明的界線。

本文所舉小說中的諸場所常是白話通俗小說中的重要背景之一，藉由佈景的鋪陳，《風月報》、《南方》的通俗小說成為容納了男女情愛、生活休閒、都市摩登等流行文化敘述框架的時尚文本，林林總總的各色人等出沒其間，他們皆有各自的寄盼和追求，然而通過書寫/閱讀/想像的機制，慾望的主體並不只是書中人物，更包含了小說閱讀者，具有象徵意義的、獨特的、大眾小說中的公園、圓山、珈琲店、電影院、百貨店等空間也因此逐漸進入市民的現代想像中，值得注意的是，在日常生活與小說文本中，它們都被賦予新興價值，與都會流行文化、市民的婚戀空間劃上等號。

參考文獻

雜誌

- 《風月》、《風月報》、《南方》覆刻本，台北：南天出版社，2001 年 6 月。

專書

- 陳柔縉：《台灣西方文明初體驗》，台北：麥田，2005 年 7 月。
- 李歐梵（著）；毛尖（譯）：《上海摩登——一種新都市文化在中國 1930-1945》，北京：北京大學出版社，2001 年 12 月。
- 林煇焜：《命運難違》，台北：前衛，1998 年 8 月。

單篇論文

- 陳建忠：〈大東亞黎明前的羅曼史：吳漫沙小說中的愛情與戰爭修辭〉，《日據時期台灣作家論：現代性、本土性、殖民性》，台北：五南，2004 年 8 月。

講評

陳建忠*

這幾年來，關於日治時期台灣文學研究，逐漸注意到了通俗文學的研究。這之中，如「三六九小報」、「風月報」，以及一些如徐坤泉、林輝焜、吳漫沙、葉步月等個別作家，成為較多被被討論的對象。相對而言，這些文本，反應了一個新興的都市中產階級興起後，以台北島都為中心的都市空間的形成，以及衍生的文化現象。因此，一個新興的都市市民文化如何被再現？成為這篇論文的重點。

論文相當詳細地區別出如公園、圓山、明治橋、咖啡店、百貨店、電影院等都市空間，並指出作家如何描寫市民生活。基本上完成了論文題目所昭告的研究範圍與任務，是平實之作。不過尚有一些值得重視的脈絡，或可參酌，藉以凸顯這些通俗文本中都市空間的文化意義。

「都市」對於殖民地作家而言，事實上是顯示殖民都市中的現代性君臨其生活的幅度。想提醒的是，都市空間的出現，依據不同時期的作家，連帶他的文化立場、價值觀，使得他對都市空間的描繪帶有他戴上特定的「眼鏡」觀看下的意義。所謂的都市文化出現了等級劃分，都市的事物有時意味著文明開化，有時意味著帝國壓迫，有時則意味著階級品味，我們必須區分這種「歷時性」中「階段性」的差異，而不能以一種「普遍化」、「共時性」的都市文化觀來指認。

1920 年代啟蒙知識分子眼中，如陳逢源的散文〈站在台南公園的池畔〉（1922），便以將「休閒」視為近代文明價值的「進步」眼光認為，沒有市民去公園，顯示庸俗的市民對自然美、藝術、哲理都沒有興趣，並引用 Howe 的話所謂「國民的文化程度是要看其國民如何打發勞動以外的時間」，認為

* 清華大學台灣文學所助理教授

「台灣的文化是近乎零的」。1930 年代中期無政府主義者王詩琅的〈夜雨〉（1935.1）和〈沒落〉（1935.6）、〈十字路〉（1936.12），便表現了都市成為社運中退縮下來的知識分子頹廢的影子，島都的殖民現代性與他們的反資本主義思想顯然是一種矛盾關係。換言之，若依此反觀「風月報」上的作者，他們宣揚的及時逸樂、自由戀愛、踏青休閒等價值觀，被賦予的必然與啟蒙者、社會主義者眼中的都市不同之意義。

另一方面，即便在「風月報」系統內部，也還可以處理歷時性的都市空間文化意義的差異問題。例如明治橋，它之做為聯繫市民至動物園、兒童樂園、圓山、劍潭一代休閒生活的渠道，固然具有豐富的生活史意義。但，它同時也是聯繫台北市區與台灣神社，並且形塑神社與台北都市成為殖民帝國神權象徵之空間。順帶一提，到了二次大戰後，明治橋更名為中山橋，又是一種政治操作，變成由總統府通往士林官邸的橋道，空間的意義被蔣家的政治威權所取代。明治橋如此，公園的意義也一樣。

例如在「南方」155 期，凌鴻的〈玲玲姑娘〉（1943）裡，他所寫的公園裡的時代驕兒是天真無邪在談心，但他們談的是：如何「驅逐人類之敵的英美的種侵略宣揚東方道義精神」。重點在於，我們不僅要看到市民生活，還要看到作家如何描繪市民面對這些都市空間，態度是厭惡？（像朱點人「秋信」中對島都的厭惡），或是渾然忘我？或是與戰爭話語相互呼應？如此，此處的空間文化意義，方能有更細緻的區別與論證。

罪／醉城

論李永平的《海東青》

詹閔旭*

摘要

《海東青》最容易被析辨出來的書寫主題在於「道德」的討論，論者也陸續指出這是李永平對道德的召喚，以文字重申權柄，道德的挽救行動在小說中的情節體現即是「拯救少女」。然而作為一不可能被召喚的父法，小說最後的道德終將無以被重整，李永平的書寫行為也轉化成時間終止術，維持現狀結構，權充一最後的道德秩序。如此這種既要維持道德秩序，卻又深知道德的不可拯救，實際上是指出了李永平小說敘事者的窘境。作為敘事者的靳五就很難以旁觀的漫遊者來討論之。本篇企圖從看似淡漠的敘事者位置，探討他眼中的台北到底是如何風景，是純粹地理景觀的呈現，或者是以隱喻的方式在運作著。其次，台北若視為一介質，當敘事者穿越過台北這介質，是否改變了敘事者主體本來的面貌（淡漠的、疏離的、毫無角色功能的）？本篇的假設即是我以為李永平的小說書寫的敘事者是一不誠實的敘事者，他隱瞞，遮掩了罪，將自身性格推離，使自己不須受到檢驗。然而因為如此刻意的推離，反倒讓遊逛的動作不經意暴露出他不落言詮的居心。

關鍵詞：李永平、海東青、介質、漫遊體、浪遊體、離散

---

* 清華大學台灣文學所碩士生，E-mail：pizzazza@gmail.com

壹、前言[1]

李永平的寫作之途也有三十幾年了，這三十幾年作品數量雖不算是多產，但也持續發表，無論是《拉子婦》的南洋風情，《吉陵春秋》濃郁的中國性，《海東青》的文字奇觀，又或是《雨雪霏霏》的真情告白，每次出手都是老練幹達的行家，使人眼睛為之一亮。弔詭的是，這樣的小說家卻很難引起評論家更多一步的關注，無論是相較於現代主義其他作家（例如同樣受教於顏元叔的李昂），或是同為大觀園裡失散兄弟姐妹的八Ｏ、九Ｏ年代活躍的外省籍作家（例如意識形態同樣強烈的朱天心）[2]，李永平作品在評論界的能見度是相形失色。

作品太厚固然是原因之一（海東青真的只能遠觀），過於明顯的政治色彩也是某種阻礙。黃錦樹在〈漫遊者、象徵契約與卑賤物——論李永平的「海東春秋」〉一文中，堪稱是筆者認為現今對李永平小說評論最有啟發性、也最完整的豐碑所在。其中對李永平的作品質量與受評論的關注不均質一事，也做出了分析。黃錦樹以為是李永平過於保守、過於政治不「正確」的表態，使得作品的質感容易被誤解為國民黨教義的樣板作家。（黃錦樹 2003:59）

---

1 本文初稿宣讀於文訊雜誌社主辦於二ＯＯ六年十二月十六日、十七日之「2006 青年文學會議：台灣作家的地理書寫與文學體驗」上。在此感謝清華大學台文所邱貴芬教授、暨南大學中文系黃錦樹教授，在論文寫作與論述完整性修改上的提點。礙於時間壓力，本篇僅能就小地方加以更動，本篇未竟之處日後將另起新篇，重新處理。

2 把李永平與台灣外省第二代書寫者齊而觀之，固然有去歷史脈絡化的危險，然而我以為這樣的途徑卻不失為險中求勝之法。我的意思是，單就地理的脈絡來談，李永平與外省第二代作家的成長情景當然不同，不過「脈絡」難道只是由「地方」（place）（馬來西亞與台灣的不同脈絡）的區別來決定的嗎？更多的時候，會不會發生很概念性的把不同地理成長背景作家的人並置，而形成一種新的脈絡——空間（space）。關鍵即在於，很多時候的討論（以及下意識的認知）往往是去脈絡化的，因此問題的回應不一定只能思考如何「重新脈絡化」，另一個可能的途徑是在接受這種「去脈絡化」的存在，進而探討何以會如此「去脈絡化」？機制如何運轉？「去脈絡化」本身自有其有效性以及權力的滲透，若只單純提出「重新脈絡化」的宣告，往往過於草率。

我不否認黃錦樹說法的可能性，然而我以為另外一個可能的因素座落於馬華學者在台灣文學界的發聲，以及他們與馬華作家之間過於穩固的「鏈接」相關。這樣的「鏈接」致使非馬來西亞出身的學者企圖討論馬華文學作家時，發生了一個阻礙，總會有人提醒你馬來西亞的雨林多麼險峻，觀光客務需止步（林建國 80）。這樣的宣告的確很有用，面對馬華學者熱熱鬧鬧的討論著李永平，不具有地緣優勢的學者卻是望著森林，怯步不前。

然而當李永平把台灣與馬來西亞放在手上掂掂重量，宣稱他實在未能分辨到底哪一個是他第一故鄉，哪一個是第二故鄉（李永平 2003:36）。這麼說起來，只將李永平定位成馬華作家，是否失之公允？台灣對他的意義到底何在？作品的詮釋不可能也不必要只能被辨識為「出生地主義」，當李永平在其作品自選集中自稱為「南洋浪子」（李永平 2003:27），實際上是他離散敘事（diasporic discourse）的開啟[3]。離散敘事並非完全將焦點著重在離散者與祖國之間難割難捨的情感，一個更有能動性的討論在於離散者與現居住地之間互相磨合所激盪出來的火花。離散者是與現居住地的敘事相合，抑或者相斥？在相合或相斥的互動之中，是否能夠突出兩者位置的差異，藉由此差異，彌補各自視野上先天的欠缺。

問題的問法其實決定了箭頭的去向，本文企圖從看似淡漠的敘事者位置，探討他眼中的台北到底是如何風景。台北是罪惡之城？或者說這樣的罪惡其實另有所指？小說中的「道德之法」在末世來臨前的審判是否具有其有效性？或只是突顯了法的裂縫四佈？這是以一種「主體－介質－主體」的思考路徑，將「敘事者」與「台灣」分別置放於「主體」與「介質」的

---

3 李永平近年來的作品都與離散敘事有相當緊密的連結，這樣的連結不只是評論者從他的錯綜的認同、移動向度所強加的詮釋，小說家本身的關注是更有力的證據：無論是自己小說創作中屢屢出現的關鍵詞「浪子」，或是不斷藉由翻譯西方離散作家代表奈波爾（V. S. Naipaul）的取經動作，皆回應了李永平與離散敘事的千絲萬縷。李永平翻譯奈波爾的作品分別有《幽黯國度——記憶與現實交錯的印度之旅》，（台北：馬可孛羅），2000；《大河灣》，（台北：天下），1999。

位置，勾勒出兩者之間的對話模式：台北若是為一介質，當敘事主體其間，穿越過台北這介質，是否改變了主體本來的面貌；或者，這面貌才更趨近於主體本來企圖隱藏的本心。就不打算辨析李永平到底是馬華文學作家，還是臺灣文學作家[4]。李永平所站的位置特殊已是不需多加爭辯的事實，我希望能夠提供的思考在於懸空認同問題的藤蔓，而從小說家如此特殊的位置出發探問，在他既可以被理解為馬華作家與臺灣文學作家的同時，希望能追問出作為一臺灣文學作家，他是如何與台灣的歷史場景與道德危機感糾結，進而透過敘事者的觀察，暴露出自身位置的曖昧性，暴露出朝自我主體摸索前進的可能途徑；從另一方面來思考（本文無能處理，但試圖提出的思考向度），作為一馬華作家以及小說中那「旁觀」的敘事者，李永平的作品中的台灣地理風景的呈現是否提供給台灣什麼樣的思考進路？那被遮蔽以至於無法被看清的自我盲區所在。

貳、執法者與棄約者

一九九二年，李永平出版《海東青》一書，引起評論界一陣褒貶不一的嘩然。有人從美學面向稱其為台灣現代主義的新里程碑（張誦聖 2002），有人抱怨這樣的美學效果，卻害得讀者必須抱著字典讀小說（劉紹銘 1992），還有人不從美學下手，直接挑戰李永平的關懷，譏諷《海東青》與作為續篇的《朱鴒漫遊仙境》中的微言大義不過是台北市景的舊聞再炒（李奭學 1998）。毫無疑問的，這絕對是舊聞再炒，連李永平於序中都自承：

> 長篇小說「海東青」很不時髦，以陳舊的寓言方式講述一則亙古的道德

[4] 其實林建國說的很對，馬華文學本就是一座嚴峻的雨林，特別是李永平那參雜不同盤根錯節又根深蒂固的文化雨林，要穿越，更是益發艱難。於是這篇文章就黃錦樹陰魂不散。當然他的文章我受益良多，從反方面來說，他也成了我觀察李永平時，遮擋住李永平的那林子樹。在此感謝清華大學碩士班許博凱同學，提點我關於繞過「樹」的可能途徑。

> 箴言，警世之書微辭託意。〔……〕「海東青」這一部不入大人先生們法眼的小說書，長篇敘說，嘮嘮叨叨，寫的也只是（上天有眼！）「道德」已被狠狠唾棄的自由猙獰金錢世界中的「人心」——時下男女作家都不屑一提的兩個字。（李永平 2006）

正是因為舊聞，因為時下作家都不屑一提，但道德問題於李永平又是如此重要，他方才自甘自願背負起這維護道德秩序的使命感。「道德」議題的探討一直是李永平小說中的重心，然而每一本書的推出，卻都顯示出小說家對於道德秩序的維護穩固一事，顯得更加悲觀。《海東青》裡的鯤京就是一座比吉陵更加不可救贖的城市，因為這個城裡頭人人都意識到罪，然而蠻不在乎，不屑一提，只是冷漠又淡然的行走於街上，彷彿事不關己。《海東青》預言之筆所勾勒的台北就是如此敗壞下去的可能地景面貌：終將會是下一個天火焚城的索多瑪。

問題是天火會降來嗎？父法已然失落，母親註定卑賤，身處於法統不在的海東都城，再談人心已是惘然，那根本是不可被救贖的（黃錦樹 2003：74）。敘事者的出現於是就被理解為一個見證歷史的旁觀者，但他又不夠旁觀，時不時面對世道亂象會「心中一酸」，最後甚至消極的希望「丫頭，不要那麼快長大」（李永平 2006:941）。時間的暫停。性的橫流與欲望的消費是如此龐大而銳不可擋，連作為《海東青》下部的《朱鴒漫遊仙境》裡頭的掃黃大隊都阻止不了，那就只能讓人物消失，時間嘎然而止。換句話說，雖然作者宣稱《海東青》是採用預言式的寫作手法（李永平 1992），然而卻不能簡化的被理解為道德教訓以及連帶作者姿態的拔高：與其說這是一場書寫者以文字見證世界毀滅的怨毒著書（黃錦樹：2003），不如說是在毀滅之前，讓時間暫停，最後的挽救行動。

於是《海東青》呈現了與《吉陵春秋》大異其趣的架構安排。在吉陵那裡，女子一出場即被犧牲，整個故事便是環繞在女子受辱之後，人心自覺的悔恨中所開啟，法統還在，就因為還在，才會對失序一事如此耿耿於懷。然而到了海東這座鯤京，人心還會自省嗎？不會了。於是故事架構的安排顛倒過來，儘管貪婪的覬覦著新鮮度一百女體的眼光不斷四周打轉，少女的失身時間卻不斷後延，藉由後延，好讓先生大人們多看幾眼這些天真爛漫的臉孔。也許，也許，悲劇不會發生。甚至悲劇最後也不曾真正攤牌在讀者眼光，少女僅是不知去向，並沒有如前此作品，例如《吉陵春秋》（李永平 1986）、或更早期的〈黑鴉與太陽〉（李永平 1976），比較明確的指出失身與否。

李永平的「時間終止術」除了是不忍少女墮落以外，從另外一個層面來看，時間靜止（那永遠指向四點零五分的鐘樓）的海東大城中，永遠需要一組一組的人馬互相對比，四處遊走，毫不變形的人物性格與人事際遇，這或許可以被理解為李永平小說世界中「最後的法」。情節的癱瘓與情境的無限堆疊累積，李永平美學手法的解讀，或許可以從結構主義對我們的提示著手思考，李維史陀（Claude Levi-Strauss）的「二元對立關係」（binary opposition）也許就是那組合起零落情境所欠缺的那一塊起點。二元對立最基本的觀念即在於意義往往無法獨立存在，而需要我們與他們、好與壞之間的差異對比，這兩個單位的關係是互相依賴的，若單單從個別現象下手，將一無所獲，唯有能對現象之潛藏關係作一個有系統性的結構探討，事物方能有機。二元對立的觀念原本是語言學上的，然而李維史陀將此概念轉引到人類學研究，把看似混亂的部落族群儀式、禁忌與文化拉出一個社會秩序的結構。

《海東青》的世界表面上看起來正是一個如此散亂，毫無秩序可言的世界。然而面對世界的秩序錯亂，李永平在美學的操作模式即是「重複引用」（citation），形貌類似的少女、教授群、女相男身的慾望體、月子中心的媽媽、一再出現的日本千人斬，透過重複的出現與曝光，試圖讓這些本來毫無相干的人物群之間形成一種慣性，而這樣的慣性也是替他們找到安置自身的位置，是不同遊蕩群彼此對比之下，而分野出來的空間位置。可以這麼說，《海東青》表面上是要呈現一個失序的世界，然而在小說的架構安排上卻刻意在失序之中維持一種平衡關係——貞潔／墮落；少女／淫客；執法者／棄約者——這即是「法的再造」[5]。但必須要有所警覺的是，如此之法，是父法不在以後，敘事者以不斷凝視的眼界企圖安定下來的意義系統，一個法的代替品；於是乎，所謂「法的再造」，它的出場並不氣勢萬鈞眾人肅然起敬，相反的，這僅僅是對世界眾相無可奈何之下最後維繫結構的一線依憑罷了。

參、麻醉物與介質

一如書名副標題點名，《海東青》是一則關於台北的寓言，厚厚近千頁的大書，描述的僅僅是主角回國以後與年幼的妹妹們（亞星、朱鴒）遊逛鯤京的故事。在接近零度的故事情節下，低調的敘事者性格描述下，遊逛的所見所感或是古奧的文字替代了以往小說賞析中佔極重要地位的對於人物的探索，成了這本書最容易被辨認出來的關懷重心，也幾乎是以往早期論者處理《海東青》的主要論述進路：目睹了什麼？到底鯤京怎麼了？學術性的用語即是，文本呈現了如何的，以及用什麼美學方式支架起那樣的空間感？（張誦聖 2002；李奭學 1998；王德威 2001）或者如同作者副標題暗示的，到底我們的台北「將會」怎麼了？寓言，亦是預言（李永平 1992），一則未來式。而李永平替我們展現的台北是一幅物欲橫流，人心不古，住

---

[5] 黃錦樹也提過類似的說法（黃錦樹 2003：70），不過他論述底下法的確立是建立在少女作為一犧牲品之上，然而我以為李永平雖然有意將少女做為某種祭品，但他終究不忍（見景小佩 1989），才會讓少女失身延宕。他所不忍的不只是少女，而是少女不能被犧牲，一但犧牲，即是法之不存，李永平所不忍見到的是法之全面潰散。因此當李永平試圖營造一靜止的鯤京，他的目的也許可以被解讀為現存結構的確定。藉由一組一組的人物對比，形成最後的法。

在遍地保險套衛生棉散落的腥冷城市；是資本主義入侵以後，人被物化，性慾被商品化，道德秩序法規毀壞到最底最底的末日之都。

對於《海東青》都市空間的討論往往多半與艱澀的文字（以及連結其後的書中大量出現的一點都不常識的歷史考題）結合，從陌生化（defamiliarization）的辯證開始入手。是文字的陌生化？歷史的陌生化？文化的陌生化？牽扯出心懷祖國浪蕩僑生與現居地的齟齬（李奭學 1998、黃錦樹 2003）；或更往前推，從李永平刻意替街道改名換姓，以符號的異質性與不規則性，進行一場鬼域台北的探險之旅（張錦忠 2002）。然而，不管是陌生化的形式要求，或是動用符號的美學操演，均在在指向由「正常」往「非正常」狀態傾斜過去的過程。

過程即暗指了儀式性。《海東青》是這樣開始的：

> 海東起大霧。海峽漁火一片溟濛，午夜時分，飛機漂盪在雰雰霏霏漫城兜眩的水霓虹中盤旋了二十分鐘，終於降落機場，一覽，淒厲地，滑進那一水稻田悄沒聲溟茫的煙雨裡。（李永平 2006：3）

是從海東的一場大霧，敘事者靳五走進他的遊逛空間的。厚重的濃霧形成了通過的介質，也是儀式的啟動，通過這霧，方能走進小說的敘事空間。而霧的存在意義就不僅僅是論者所謂地府氣氛的營造（張錦忠 17），而更也隱喻了都市的不可穿透性。威廉斯（Raymond Williams）在討論現代主義與都市小說[6]之間的關係特質時，已提點出西方十八、十九世紀以後的小說時常出現「霧」的意象，隱喻的即是都市本是謎一般，難以被理解，難以被穿透的空間。不可穿透性，換個方式說就是遮掩：在一個不透明的介質

[6] 這裡都市小說並非現代主義筆下的大都會（metropolis）風景，威廉斯觀察出早在浪漫主義時期，便已經出現描寫城市（city）的作品，而「霧」的意象，便是此類作品中一個重要的通性。可參閱 Raymond Williams "Metropolitan Perceptions and the Emergence of Modernism"。作為現代主義者的李永平，筆下城市之「霧」，那意義複雜性當然早已超越十八、十九世紀，而隱隱含有更深刻主體的隱喻：心的遮蔽。

包裹之下，遮掩了罪，遮掩了不可言說之物。李永平之所以讓靳五搭著飛機在空中盤旋了二十幾分鐘，所欲展示的效果即是在霧氣周圍觀望，之後一步一步逼近不可穿透的霧的中央。靳五的浪遊於是可以被解釋為浪蕩在霧中風景，並掀開濃霧中一切被遮掩之物。

打開濃霧的密封以後，眼前所見所感均令敘事者靳五大感駭然，張錦忠稱《海東青》為靳五／李永平的「震鑠之書」（張錦忠 17）。然而這不禁讓我想繼續追問，震鑠敘事者的到底是何？當真是書中這淫亂之都？有無其他可能？

張誦聖的分析或許可以提供一個思考的可能：

> 從姚素秋典型的色魔，日本老嫖客，到圍爐吃火鍋、意淫日本青春女星的迂闊海大教授，全屬一丘之貉——然而靳五自己也屢屢暗示亞星、張澎對他的異性吸引，豈不耐人尋味？靳五和他所一直擺脫不開，「陰魂不散」的安樂新之間的關係更是暖昧之極。後者不但像「浮士德」中的魔鬼天使，領著靳五遊人間地獄，也同時象徵著靳五較本能的另一個自我。（張誦聖 1992）

論者所謂面目不清晰的敘事者，實際上他面目的辨認必需置放在我先前提到的「最後的法」這個結構中，方能明顯。書中，安樂新與靳五一般，每日思家想母，時不時會哀怨的唱幾曲一訴苦衷。安樂新時不時「哥啊哥」的喚，小說裡頭，刻意將兩人的背景做某種程度的疊合，難不成他們是散落多年的兄弟？靳五與安樂新的平行，或許正如張誦聖提及，安樂新是靳五極力想要擺脫掉的人物，但似乎怎麼擺脫也終究未竟，彷彿自己的影子。如果說靳五是自我（ego），那麼安樂新扮演的角色即是靳五進入到霧中世界以後所遇到的本我（id）。

正如同安樂新的名字的暗示：一種麻醉物。麻醉以後，進入的世界則是理智失序以後的癲醉世界（那壓抑遮掩在意識深處的本我狀態），因此麻醉物也可以被理解為是介質：由理智通往不理智的通道。李永平在小說中還調動了其他大量介質，企圖通過這些介質來抵達納被遮掩之物，例如第三章的檳榔，就是吃了會頭暈（李永平 2006:130），當街唱戲，甚至尾隨安樂新進入玉女池逍遙的介質。如果沒有檳榔的中介，作為其儀式性的敲門磚，靳五也無法短暫的放浪形骸，失序的把象徵道德倫常的書都丟掉。類似的場景也出現於第十一章，春酒宴席上平常道貌岸然的教授們喝了「人心酒」以後，居然口出穢言，盡是在青春女體上頭不住打轉意淫。麻醉物的功能在此即是麻醉理性的規範，理性癱瘓以後，浮現的便是赤裸裸的人心。

引起論者注目的是靳五此處的態度，他未免過於曖昧，是柳下惠嗎他？他當然不是，有了第三章玉女池的遊歷之後，靳五相當清楚自己喝了之後的下場會是如何。他沒有喝，是因為他不敢喝；他沒有通過酒這個介質，是因為他害怕通過酒這個介質以後，所看到那被遮蔽的人心。唯有保持意識的清醒，才能穩定《海東青》裡頭「法的穩固性」。也就是說，那被眾多論者辨識為法的守護人的敘事者靳五，是刻意向超我（superego）靠攏，主要原因並非他本質如此；恰恰相反，正因為本質不是那樣，才必須刻意呈現那樣的姿態。他刻意營造了介質般的隧道（一但通過，所有不堪污穢的均將如嘔吐物挖掘而出），其方便性即在於如果洞口封住，腐朽將不會飄散而出，靳五之所以擺出旁觀者的姿態，目的就在遮掩自己內心的不堪。

外在誘惑何其多，如何自安其身成為了書中最後底線的祈求。前面提到了李永平施展了小說的「時間終止術」，除了是保護那些少女不至於受到傷害以外，時間的終止也是唯一能夠讓敘事者靳五擺脫安樂新的方法。長大的不只是朱鴒，連靳五也需得小心長時間下去性格注定的變形，唯有時間不再繼續下去，「靳五／安樂新」這一個的結構才有維持的可能，否則這色欲漫漶的罪惡之都終將會讓象徵本我的安樂新浮起，吞沒靳五。

肆、浪遊體與浪遊人

從《海東青》開始，一個顯著的特色是在於李永平對於「漫遊」書寫的著迷。大部分的論者也注意到此特徵，對李永平的「漫遊體文學」展開論述。大體來說，也許是受到「漫遊」二字在西方理論字義詮釋的影響，他們大多視李永平的「漫遊體」為情境，而非情節的描寫（王德威 1992），小說相當有限的故事性，連同一併被零散化的是歷史的深度——空有一大堆歷史名詞、史實在漂浮。而小說主角不是整篇小說的關懷所在，他成了旁觀者，真正重要的是他的目光所及，那人性的墮落與橫流的欲望方是整部小說的真正關鍵。（黃錦樹 2003：62）

源引了波特萊爾、班雅明、甚至巴赫金的理論進路，的確可以方便的拿來解釋李永平小說自《海東青》以後的漫遊體小說，作為其形式創作上的注腳。問題是主角的道德操守是否就不容被質疑？他是否旁觀，是否無涉？緊接著而來的分析破口會是，何以《雨雪霏霏》竟會是主角的懺情錄？懺情的動作暗示了主體的暴露，那是一條逐步打開心的道路。往自己內裡探索，漫遊視域的疆界不只是作為僑居地的台北，連帶一同處理的是中國文化如何成為影響，更明白的點出了故鄉南洋的不斷回魂、滲透與干擾，漫遊體居然和自白體混合呈現[7]，所謂「旁觀的敘事者」如此稱呼是否還適用？

黃錦樹可能自己也沒有察覺，當他挪用巴赫金理論作為進路，另一方面自己的論述卻又一再地逸離巴赫金對於漫遊小說主人翁所做的要求。巴赫金的要求是這樣說的：「主人公是在空間裡運動的一個點，它既缺乏本質

[7] 於是《雨雪霏霏》就不該被理解為「蛇足式，但必要的補充」（黃錦樹 2003：63）。或許應該這麼說，《雨雪霏霏》以前其實也是李永平的介質，必須要通過這些介質的催化，那見山不是山的境界（喝醉了？），才能順利抵達悠然自得探索自己內心的陰暗面。《雨雪霏霏》不但不是補充，反而是小說家本心的啟航。

特徵的描述，本身也不在小說家藝術關注的中心。」（轉引自黃錦樹 2003：63）然而黃錦樹架構下的小說主角（《海東青》的靳五、《雨雪霏霏》的李永平）卻是這樣被描述「我的聲音籠罩了整個敘事體，主人公朱鴒成了亡者，整個敘事呈現為**你聽我說**。成了遣悲懷。」（黃錦樹 63，粗體為原作者強調）在《海東青》的時代，女孩尚未死去，然而步向死亡的道途卻已是早被刻記下的。「甚至可以說，是靳五的目光把她推向那墮落的洞穴」（黃錦樹 2003;62）這絕對不會是一個旁觀者的姿態，相反的，所暴露的反而是極強大的抒情主體，而主體之所以如此傷不可矜，就是因為靳五也是那隻伸出的手。只不過在《海東青》裡頭，透過最後的法的結構運轉模式，刻意把罪惡的那一面推離，形成了安樂新，到了《雨雪霏霏》，小說方才能真誠的面對安樂新與敘事者的疊合。從頭到尾都不是旁觀者（只是刻意造成旁觀者的假象），無論靳五或是李永平（此指雨雪霏霏的主角），都是城市慾望淵藪中一個共犯結構。

「共犯結構」一直是李永平小說中與「罪惡」相生相伴的。從〈拉子婦〉開始，無法忍受三嬸被欺負，卻又只能默默在旁睜眼望著三嬸漸漸老死的主角阿平；《吉陵春秋》小規模鄉鎮的集體目睹長笙被辱；一直到《海東青》，已經擴大成台北城市男盜女娼的索多瑪式寓言。李永平在小說原出版序〈出埃及第四十年〉中自謂，整篇小說叨叨唸唸，不過是為了關懷「道德已被狠狠唾棄的自由猙獰金錢世界中的人心」。然而我以為這毀壞的人心不只是書中追逐聲色犬馬之輩，更直指書中隱身於其後態度曖昧的敘事者。

《海東青》第四章〈蒙古冷氣團源源南下〉後段關於辮子張鴻的球賽，明顯與勞夫・艾力生（Ralph Ellison）《看不見的人》（Invisible Man）第一章舞會的情節描寫互有對話的可能。在李永平那兒，我們看到的是坐在觀眾席上敘事者的視角流動，受限於視域，可能很難完整剔出這場球賽的意義。不過若能參照艾力生的小說，意義的層次或許可以更豐富，那站在舞會中央黑人，週遭的白面孔對他來說根本一視同仁無有分別，不管有無真正的參予暴力行動，「在場」本身即是暴力的加入了，也就是，一個共犯結構的給出。《海東青》書後段的春酒宴再次呈現了同樣的情景。靳五雖「宣稱」他不滿其他教授以言語姦淫女子，那宣稱卻沒有任何效力，反而繼續留在席上吃酒喝肉。靳五並不那麼道德乾淨。從被犧牲的少女眼中看來，目送少女上路的靳五根本如同其他男人是共犯結構的一員。[8]

當李永平說《海東青》是「一個巨大的失敗」（李永平 2003:43），我們其實可以理解為那是李永平企圖在父法不再以後，企圖從敘事者的凝視底下，建構一個「法的世界」，那最後的法，卻突然驚覺空間早已裂縫四佈，「法之不可能」。他不能太靠近，一但太靠近，自己會有弄髒，安樂新化的可能；然而當他隔開一段距離觀看的時候，他卻又於此亂象無能為力，只能目睹之，無奈之，這一個路徑反而成為了共犯結構的一員。《海東青》的失敗即在於態度的曖昧，與他我之間距離採取的兩難。書的啟航是進入一個被遮蔽的城市，然而城市東繞西繞走完一大圈，卻因為刻意擺出疏離淡漠的眼光，那維護法統，力求對不潔之物的推離與淨化，反而導致原本被遮蔽的主體益發難以彰顯，最後甚至連敘事者都有罪惡化的可能，只能掩耳盜鈴般讓時間終止。

主體的障礙物一但不能釐清，連帶無法明晰的是自身的定位，甚至是認同。「主體——介質——主體」的進行模式之中，主體過渡到介質時，一但卡死，就很難繼續推前，找尋到主體的新定位。在敘事者同樣以性格面貌類似於靳五的小說《雨雪霏霏》裡頭，裡頭的敘事者姿態完全不同。那就是漫遊姿態的取消，並且往浪遊者的路線回歸。相較於漫遊者疏離節制的目光，浪遊者的遊逛是帶有目的，帶有故事的，是企圖透過遊歷城市的過程找尋一個結構，一個可以將自我安安穩穩置立其中的結構；浪遊者的

[8] 這樣的共犯結構到了《雨雪霏霏》推得更遠。在對話對象朱鴒的不斷逼問，主角記憶的不斷翻修，最後居然驚訝的發現所有的罪惡都是源自主角：他是所有罪惡活動的帶頭者。他終於承認，一切因他而起。

出走，是為了替之後一個新的主體的回航作為前導。《海東青》之旅基本上則是如此的浪遊旅程，只是此時的敘事者還無法直視內心的幽暗，將自我內在一分為二，既斥責敗德，卻又無法自持道德高度，態度曖昧，左閃右躲，最後只能相當不誠實的將內底抽空，徒留大片大片的符號漂浮流竄。如果《海東青》的靳五是拒絕通過介質，將本心層層包裹於法的結構底下；那麼《雨雪霏霏》則是積極的與台灣這塊土地對話，企圖透過台灣，讓被遮掩之物層層撥離，讓本心顯露——儘管是自我的黑暗之心，卻是浪遊者最本真的心——卻也因為這番自我盤整的工作，讓敘事者李永平找到了望鄉之路。這裡的望鄉之路不必要理解為某個特定地理實質上的指涉（例如婆羅洲），而可以更形而上的解釋為一個新的主體的安身立命的所在。

伍、他者的餽贈（代結論）

二零零六年三月，《海東青》以新序新封面重出書市，李永平在新序中拿掉舊序，稱其是在「某種奇特的情況下匆促寫成的」（頁二）。不過，當我重讀十幾年前寫的〈出埃及第四十年〉，心中所思所感卻非李永平到底有多中國中心、政治不正確、有多麼老八股；相反的，書中所憂心的資本主義對於人心、對於理想、對於意氣風發的革命情懷的腐蝕，的的確確又命中了二零零六年六月以後，台灣島上的政治風起雲湧。《海東青》，台北的一則寓言。

在這一層意義上，李永平是臺灣文學作家，也不是臺灣文學作家。

他當然是臺灣文學作家。論者陸續指出台灣之於李永平的重要性在於這塊土地提供了一個轉喻的空間，因為台灣，不管是中國或是婆羅洲的想像才能運作。（黃錦樹 2003、王德威 2003）也就是說，台灣實際上是介質，通過這個介質，這距離的中介，這無盡的浪遊，李才有力氣去面對心中之惡，那最初的本心，自我的黑暗之心。小說技巧的漸次拆解不盡然是美學的癱瘓，反而是小說虛構化的降低，藉此往「私我」，往潛藏於主體深處的幽黯國度靠近。

可是他又很難是臺灣文學作家，否則怎麼會一而在，再而三，搬演如此遙遠又不近人情的台北在預言之中的景況。正因為他者的身分，使得李永平能夠遊刃有餘的穿梭不同政黨信仰認同的縫隙，冷眼旁看蕃薯與芋頭的爭鬥（詳見《朱鴒漫遊仙境》）。班雅明以為人的視野永遠有不足，難以觀照的部份，就像你看得到你的手，你的腳，但你無法看到的是那背後的樣態。自身難以透過自身的觀看完足，那自身的盲區只能交由他者的目光一點一點的補足，「這種個體視域的獨特、不可替代和互相依存、互相補充，即為每個人擁有的「視域剩餘」（劉康 23）。也就是說，唯有透過他者，也只能透過他者，才能彌補自己內裡的缺陷，如此一完整的主體認知才有可能。而李永平的特殊位置，正好提供了這樣一個視域補足的發動。唯有在外部，才能透過「較為」純淨無暇（因為不在場，所以客觀）的目光不斷修正主體不足之處。李永平不能是臺灣文學作家，唯有他的不是，他者的身分，一個永恆的馬華文學作家，台灣文學研究方能透過李永平這個書寫者的目光作為介質，抵達主體所可能無法盡善之處。

李永平作品所引發論述層次的可能性，就不只是馬華學者以往環繞的馬華性與中國性的問題，而可以擴大思考的是離散敘事（diasporic discourse）：除了自身作為棄子身分上下求索的認同爬梳，對於其現居住地，離散者對居住地的主體建構能夠給出如何的餽贈？當然，本篇在意義的開啟上仍有其侷限，例如對於臺灣文學不足之處何在？李永平作品又是如何填補這個缺憾？或是其實他也無能填補？總之太多被提出的問題其實仍然懸浮未解。然而本篇企圖透過一個「主體——介質——主體」的範式提出，思考不同說話位置間視域的補足。這將會是相當艱難的命題，但我以為相當的有意義，因為不僅是對離散者現階段身分定位的全面攤牌，也考驗著離散者居住地對於多元，對於異己的容納度。

參考文獻

專書

- 王德威：〈原鄉想像，浪子文學〉收錄於《迌迢：李永平自選集》，台北：麥田，2003 年 8 月。
- 李永平：《拉子婦》，台北：華新，1976 年。
- 李永平：《吉陵春秋》，台北：洪範，1986 年 4 月。
- ———：《朱鴒漫遊仙境》，台北：聯合文學，1998 年 5 月。
- ———：《雨雪霏霏》，台北：天下文化，2002 年 9 月。
- ———：《海東青》，台北：聯合文學，2006 年 3 月。
- ———：《迌迢：李永平自選集》，台北：麥田，2003 年 8 月。
- 黃錦樹：《馬華文學與中國性》，台北：元尊文化，1998 年 1 月。
- ———：〈漫遊者．象徵契約與卑賤物〉，《謊言或真理的技藝》，台北：麥田，2003 年 1 月。
- 劉康：《對話的喧聲——巴赫汀文化理論述評》，台北：麥田，1995 年 5 月。
- 羅鵬：〈祖國與母性〉，收錄於周英雄、劉紀蕙編《書寫台灣——文學史、後殖民與後現代》，台北：麥田，2000 年 4 月。
- Levi-Strauss, Claude. Structural Anthropology. Garden City: Anchor, 1967
- Williams, Raymond. "Metropolitan Perceptions and the Emergence of Modernism". The Politics of Modernism: Against the New Confromists. London and New York: Verso. 1989

期刊論文

- 李永平：〈出埃及第四十年——我寫「海東青」〉，《聯合報．聯合副刊》，1992 年 1 月 24 日。

- 李奭學：〈再見所多瑪〉，《聯合報．讀書人》，1998 年 8 月 3 日。
- 林建國：〈異形〉，《中外文學》，第 22 卷第 3 期，1993 年 8 月。
- 封德屏：〈李永平答編者五問〉，《文訊》，第 29 期，1987 年 4 月。
- 張誦聖：〈中國現代主義小說的里程碑〉，《聯合報．聯合副刊》，1992 年 6 月 13 日。
- 張錦忠：〈在那陌生的城市——漫遊李永平的鬼域仙境〉，《中外文學》，第 30 卷第 10 期，2002 年 3 月。
- 曹淑娟：〈墮落的桃花源〉，《文訊》，第 29 期，1987 年 4 月。
- 景小佩：〈寫在「海東青」以前——給永平〉，《聯合報‧聯合副刊》，1989 年 8 月 1-2 日。
- 劉紹銘：〈抱著字典讀小說〉，《聯合報》，1992 年 3 月 20 日。

講評

黃萬華*

粗讀詹閔旭的〈罪╲醉城——論李永平的〈海東青〉〉(下稱「詹文」),其險中取勝給我留下了深刻印象。

險中求勝是 以清醒的學術意識去「反撥」研究中的定勢思維，潛入至文本歷史的細節深處，在看似不具學術優勢的研究中發揮好自己研究視角的獨特性，求得學術積累性的突破。

我們不妨從詹文的關鍵字來看一下作者如何實現了險中取勝。

「李永平」，一個以唯一的東南亞華文小說入選「20 世紀中文小說 100 強」的馬華旅台作家，對於臺灣文學研究者而言，實在無法給予「地緣優勢」的 探討可能。然而詹文恰恰關注李永平 30 餘年創作中呈現的地緣空間形象，穿越其文化雨林，探尋南洋浪子與其棲居地間的磨合包含的種種潛在因素，「地緣」由此成為跨境越界敘事中的重要內容，詹文也獲得了一個相當高的論述起點。

《海東青》：李永平地緣敘事的一個轉折性空間。〈拉子婦〉中的南洋華族山村寫實意味濃郁；《吉陵春秋》將吉陵小鎮在「中國性」背景上推向一種真幻皆得、虛實逢源的境地；《朱鴒漫遊仙境》中紅塵十里的臺北頗多百戲紛陳的舞臺意味，其「地緣」書寫更有一種「非領土化」的文化意味。《海東青》寫作年月在《吉陵春秋》和《朱鴒漫遊仙境》之間，「海東青」這一中國東北猛禽的意象被用來透視南島鯤京的罪╲醉城形態，臺北第一次成為李永平筆下龐大的隱喻體系，《海東青》也成為詹文借馬華旅台作家的「旁觀者」視野去臺北之蔽的介質。

「介質」：穿越「介質」構成了詹文自覺的學術行旅。介質往往是事物

* 山東大學文學與新聞傳播學院教授

的層層厚重嚴實的包裹，詹文卻視介質為趨近主體本心的自覺行程。《海東青》是詹文走近李永平而穿越的「介質」，而鯤京（臺北）則被詹文視為李永平及其筆下的敘事者抵達自我的本初之心要穿越的介質。詹文細讀功夫極佳，抉發出敘事者和臺北的微妙關係，也時時警醒於自己穿越《海東青》時可能遭到的遮蔽、可能陷入的論述困境，溝通兩者的是對穿越主體和介質關係的把握。於是，有了詹文對漫遊體和浪遊體的開掘。

「漫遊體」中浪遊者的回歸，是詹文穿越《海東青》所見到的作為一個小說家的李永平的本心。這種穿越，由於有了多層次自覺的對照而避免了論述主體被介質化的結果。從這一意義上講，詹文的 學術行旅也是一種浪遊旅程，從以往的脈絡化等研究思路中出走，導向的是一種新的研究主體的確定，這一研究主體由李永平作品拓展開去的思考擴大了 對「離散」這一主題的把握。

離散，在其詞源上就強調了帶著種子漂泊而繁衍生命的創造力，它是一種積極的混雜狀態，從而包含了不同的生命視域。詹文視李永平的離散敍事為「一個永恆的馬華文學作家」對臺灣的饋贈。這種饋贈不僅揭示出離散者以其多元開闊的形式參與著文化的 傳承、顛覆、重建，也檢驗著離散者居住地主體建構中的缺憾。詹文借李永平的離散者身份提出了多種思考方向，從而實現了「探尋學術問題的最好結論是孕育、產生新的問題」的思考境界，詹文的 結論也由此獲得了「引而不發」的學術飽滿狀態。

上述「關鍵」內容的展開中，詹文常常質疑前行研究者的結論，不時自入「險境」，但又自覺於「險境」所在，清醒行走於學術對話中，地緣空間成為「不同說話者位置的補足」。這種險中取勝的實踐反映出作者相當可觀的研究潛質。而我只是從幾個關鍵字粗粗談了點看法，多有疏漏，只能算是險中求穩的做法了。

「美國」與郭松棻的文學／思想旅程

以《論寫作》為中心的考察

李娜*

摘要

郭松棻旅居美國近四十年，然而，他的創作中，既沒有對「釣運」哪怕作為背景的描寫，也匱乏對美國生活的直接反映，雖常有「臺灣人在美國」的背景，卻多採取「自異鄉回眸」的姿態，「臺灣」細膩而飽滿，而「美國」彷彿只是一個簡化了的、荒涼的背景。在有關研究論述中，郭松棻對「異鄉」的疏離似乎成了毋庸置疑也無需深究的前提，但這或許正是看郭松棻的一個盲點。

異鄉的精神磨礪，是否牽連著對原鄉的凝視？在疏落的「美國」書寫中，是否埋藏著尚未發掘的資訊？在此以中篇小說《論寫作》(1993) 為中心，追尋小說中的異鄉軌跡，以探究美國這一空間／文化角色與郭松棻的文學旅程之間的關聯。

關鍵詞：郭松棻、美國、論寫作

* 中國社會科學院文學研究所助理研究員，E-mail：lina@cass.org.cn

引言

對「文學史書寫者」(尤其是大陸的)來說，安置郭松棻(1938~2005)和他的作品，不是件易事——與白先勇、陳若曦、歐陽子、王文興等人同班，與「現代派」的各種演劇、刊物活動淵源頗深，又在 1960 年代赴美留學的郭松棻，卻錯過臺灣文學史「現代文學」和「留學生文學」兩班車。他遲至 1980 年代專注於小說創作，更遲至 1990 年代引發臺灣文壇的矚目。

在美國參與「保釣」運動，且因此背負「郭匪松棻」之名長期不得返鄉，直到 2005 年客死紐約，他的生命與美國糾葛近四十年——然而，在他的創作中，既沒有對「釣運」哪怕作為背景的描寫，也匱乏對美國生活的直接反映，甚至被以為從不處理「美國」。郭松棻在面對訪問時也說，「如果要寫美國，只有像我兒子的一代才有可能，因為你難以真正融入美國社會。」[1]

的確，在郭松棻發表的數量很有限的小說中，《雪盲》、《草》、《奔跑的母親》、《論寫作》、《第一課》、《成名》、《向陽》等作中，雖都有「臺灣人在美國」的背景，卻多採取「自異鄉回眸」的姿態，小說家與他筆下的主人公念茲在茲的，是臺灣的市井人生與歷史運命，無論政治的陰霾創痛，還是人性的蕪雜疏離——「臺灣」是如此細膩而飽滿，而「美國」這個「異鄉」彷彿只是一個簡化了的、荒涼的背景，除了凸顯主人公生存之境的孤獨與荒謬之外，別無他意。

但這或許正是看郭松棻的一個盲點。

1990 年代以來，臺灣評者對郭松棻創作的剖析——諸如徐素蘭從性別書寫、王德威從臺灣現代主義脈絡、何雅雯從「政治文學」、魏偉莉從其政

---

[1] 參見：舞鶴訪談、李渝整理〈不為何為誰而寫——在紐約訪談郭松棻〉，《印刻文學生活志》第一卷第十一期，P52，2005 年 6 月刊。

治實踐與思想歷程——注重開掘其中幽微的臺灣歷史與政治面影；早期亦有吳達芸、董維良以小說細讀的形式發皇其美學企圖與浪子精神，各有深切而精彩的論述。[2]但在這些論述中，郭松棻對「異鄉」的疏離似乎成了毋庸置疑也無需深究的前提，無意間將那「異鄉」與書寫主體之間可能更為豐富的關係忽略了。

異鄉的精神磨礪，是否牽連著對原鄉的凝視？在疏落的「美國」書寫中，是否埋藏著尚未發掘的資訊？在此以中篇小說《論寫作》（1993）為中心，追尋小說中的異鄉軌跡，以探究美國這一空間／文化角色與書寫者之間的精神關聯。

壹、理想旺盛的歲月：世界的遠處埋藏著意想不到的訊息

當臺北還是個小鎮的時候，裱畫店裏畫觀音的青年林之雄，在一排違章建築的窗子裏，看到了一個女人。女人有張姣好的臉。每天，那女人在南下火車路過窗下的時刻，準時打開窗子……

林之雄從此走上寫作之路——他要寫出這女人和那窗後隱藏的幸福。從臺北小鎮到美國紐約，從朋友的家到廢棄教堂的小閣樓，再到曼哈頓的公園與街頭，空間轉換，歲月悠悠，林之雄為寫出視窗的真相，歷經折磨仍不離不棄。直至走進了精神病院，面對藍天下的山林，患了失語症的林之雄仍在想：「可不能讓醫生知道，文章是可以書寫在空中的」。

這就是小說《論寫作》糾纏著的核心意象：為寫作而上下求索的臺灣青年林之雄。

---

2 參見：誰素蘭〈流亡的父親 奔跑的母親——郭松棻小說中性/別烏托邦的矛盾与背离〉，《奔跑的母親》，台北：麥田出版，2002。王德威〈冷酷异境里的火种〉，《奔跑的母親》，台北：麥田出版，2002。何雅雯〈震耳欲聾的寂靜——讀郭松棻，想象台灣〉，「現代文學的歷史迷魅——第一屆國際青年學者漢學會議」，2003 年 11 月 13 日~15 日，台灣暨南大學。魏佛莉〈異鄉與夢土：郭松棻思想與文學研究〉，台灣成功大學碩士論文，2004 年。吳達芸〈齎恨含羞的異鄉人〉，《郭松棻集》，台北：前衛出版，1993。董維良〈小說初讀九則〉，《郭松棻集》，台北：前衛出版，1993。

但這樣「描述」這篇小說或許是危險的。小說的情節開展並不複雜，整個文本卻幽深晦澀，敘事者似乎全不以閱讀者為意，一味沈默固執地將林之雄逼入種種難解的境遇。

也因此，對這小說的解讀，充滿了歧義可能。董維良視其為「一則藝術的探幽／探險故事」，並以藝術與現實、疾病的辯證關係，來解讀林之雄寫作之路的追索、挫敗和「失語」的宿命：

他想直搗美感／命運／幸福本源的某些神秘部分，這已經超出了日常的經驗，因此畫筆無能為力，語言不再是傳達資訊的工具，語言也被迫走出日常生活之外。於是主人公經常無從下筆而感到胸腔的虛弱，最後又成了失語症的病患。語言被套牢在「純粹經驗」裏。這是豐沛而又貧瘠的世界，藝術家想從矛盾中導生希望，從貧困中滋育繁複，在地域裏窺見天堂。那口破落的窗戶造成了苦難，同時也繁殖了光華。[3]

董的剖析直指藝術與其追求者的悖謬關係，不可謂不深刻，且與十餘年後郭松棻自己的解釋頗有切合：

我認為寫作是個只能往「真實」一路逼近的活動（如果有所謂「真實」的話）。能逼近幾分，不曉得。《論寫作》糾纏的就是這個問題，論這個不可能的事業：你一直想追求，追求一個不可能的東西，所以就只能是近似這樣一種可能而已。寫作存在著不確定性，是相當危險的一種事業。寫作本身總是糾纏著災難性的本質。[4]

更多論者關注的是「寫作」之外，林之雄命運的「臺灣象徵」。譬如何雅雯視之為一場追尋「語言」而終不可得的歷程，象徵著臺灣人的「集體失語」。魏偉莉則以林之雄與母親重逢的結尾，提出這標示著「主體從西方價值體系的追求回歸到母親所在的故鄉的認同」。

---

[3] 參見：董維良〈小說初讀九則〉，《郭松棻集》，台北：前衛，1993。

[4] 參見：舞鶴訪談、李渝整理〈不為何為誰而寫——在紐約訪談郭松棻〉，《印刻文學生活誌》第一卷第十一期，2005 年 6 月刊。

這些論述涉及了小說的不同精神層面。但前者純粹的「藝術論」，畢竟略去了對林之雄的身份身世和空間移動的考量，後者的「政治解讀」怕與當下臺灣政治氛圍的關係過於密切。我想，要對這部作品蘊藏的「歷史」（無論是作者的、臺灣的，文學的、政治的）做「歷史性」的解讀，不應忽略「美國」的角色。在這場以生命為賭注的寫作歷程中，「美國」不只是一個荒涼的背景，它還是主人公曾寄予祈望、不斷敲打的「世界」，它將「臺灣」置於世界的目光之下——郭松棻由此展開了別樣的文學與思想旅程。

「來罷，遠離家鄉，對你的寫作也許有益。世界的遠處埋藏著意想不到的訊息。」高中時代的畫家朋友先行赴美留學後，如此召喚林之雄。

「世界」，為什麼是美國？

朋友描述紐約，「雖是世界之都，但不嘈亂。」「一年四季都是工作的好日子。」而且，「修古董都可以養活自己的。」朋友的召喚，牽連的是他們自青春時代萌發的理想。那個時候，書包裏藏著西洋畫、開始玩炭筆的他們，「都是愛生病的人」，他們希望病得嚴重，因為一生病，就可以「收起心，不再焦慮」，彼此寫信，訴說願望——生病原來是退出生活的方式，，暗示著：那理想糾纏著怎樣的焦慮，又是怎樣鄙薄、疏遠著現實。

林之雄與朋友屬於戰後一代，成長於威權統治下、禁錮的文化政策與冷戰的、親美的政經環境中。「美國」在很長時期內是臺灣之外的「世界」，六十、七十年代，留學美國是臺灣青年「出走」、擺脫現實政治壓抑的重要路途。那年代的文學記錄裏，現實的政治文化壓抑往往交織著對「美國」的自由、富裕與現代藝術的嚮往，與青年的莫名憂鬱和蕪雜能量相糾結，生成一種躁動、叛逆而又茫然無措的時代氛圍。白先勇的《寂寞的十七歲》、林懷民的小說《蟬》，還有席德進的名畫《紅衣少年》，都在這個意義上成為那年代的青春記憶。另一方面，對於臺灣政經乃至人的心靈對美國的過分從屬，並非沒有知識人的疑慮，但「出走」的渴望將疑慮遮掩了。早在 1960 年代中期陳映真的筆下，《最後的夏日》、《唐倩的喜劇》，都略略帶了諷刺意味，提及「美國」作為富裕與自由的象徵，吸引著年輕人不擇手段的前往。儘管陳映真從一開始創作就關注、敏銳於「富足會殘殺一些細緻的人性」，但對於美國究竟是怎樣一種富足，於臺灣終將帶來怎樣一種心性的傷害，畢竟是在獨裁體制下臺灣經濟迅速起飛之後，才日漸清晰的。與陳映真接近同年的郭松棻，將高中生已然懷抱藝術理想的林之雄和朋友，展現地更為敏感和早熟，讓他們註定比別人更多承受時代的壓抑和藝術的痛感，「病裏成長的體格並不健壯。然而青春在纖細的體質上還是發散著蓬勃的氣息。」

朋友的美國來信還說：「單單想到那些每天瞎忙起哄的同胞，就感到無比難過。讓他們去高蹈高喊罷。那批老著臉霸佔了一塊地方就以為家鄉是他們的。」對吵鬧、短視、自大而懶惰的臺灣生活氛圍的批評，自然包含著對專制之政治文化的抗辯。

林之雄耽讀著朋友的來信，一晃十年，他身處的小鎮「曾幾何時，人多起來了。店也多起來了」，「安靜的三重埔不見了」——臺灣正在經濟起飛，林之雄面對嘻笑嚷叫的一群男男女女，「越發覺得自己是個有夢想的人。不屬於這個世界。」 政治文化的禁錮之外，飛速發展的經濟開始蠶食人的安寧，林之雄將出走美國／世界了。林之雄的期待，比那個年代嚮往美國的年輕人都更純粹，它與現代文明無關，與對現代文明的疏離，與蓬勃於美國、影響著臺灣的叛逆性的現代主義藝術與思想有關。矢志寫作的林之雄，把「剔除白膩的脂肪，讓文章的筋骨峋立起來」當作道德律來崇拜。也因此他苦於視窗那女人的臉，總從筆下逃開：那裏如何埋藏了人間幸福的秘密？林之雄「剔除脂肪」的寫作，或說是「排除人間煙火」、「形銷骨立」的「純粹美學」,[5]又豈不是有關理想與反抗、一種要剔除現實的蕪雜醜陋的信仰的隱喻？

朋友對家鄉的批評，林之雄對美國的期待，其中很重要的是：美國／世界，那是一個可以「行動」的地方。「行動」，到底意味著什麼呢？對朋友

---

[5] 參見：王德威〈冷酷異境裡的火種〉,《奔跑的母親》，台北：麥田出版，2002。

來說，不倦的工作是能夠獲得的「最神奇的滿足」，甚至於，畫布前的他常常感到「有神寵降臨」。而林之雄要懷著「夢想」到那裏去繼續他無法在故鄉進行的寫作——對寫作的我執，不只是郭松棻于文學態度的自我投射，或還隱喻著青年郭松棻的社會關懷和政治實踐。出國三年後回臺灣探親，郭松棻看望其時病篤的老師殷海光，因而有文《秋雨》（1970）[6]。「五四之子」殷海光，因為他的自由主義而受當局的監控壓迫，那到最後一刻也不曾妥協的「藐視的神情」，那「將自己繳出去」的無所畏懼，一方面讓郭松棻敬重，一方面，卻悲哀地意識到倘若如此犧牲終不免是「白死」，因為「空泛的自由主義」、「無鐵的知識人」，終不能改變臺灣「齷齪、蠻橫、無情」的現實分毫。回到美國寫就的這篇文章，發在郭松棻和朋友們一起辦的《大風》雜誌創刊號上，這正是其後他們投入「保釣」、自海外批判島內專制統治時，發揮重要作用的雜誌——美國，果然是可以「行動」的地方罷。

在那現實苦悶、而理想旺盛的歲月，郭松棻，《論寫作》的林之雄，《奔跑的母親》裏，因著戰爭、暴力的創傷，一生都在恐懼母親有一天「奔跑而去」的「我」，《草》裏患著奇怪的病症、苦於臺灣的濕熱而必須逃離的「他」，《雪盲》裏的在臺北迪化街附近長大的幸鑾，帶著從小學校長那裏得到的一本日據時期印製的《魯迅文集》……統統來到了美國。這世界的遠處，埋藏著怎樣意想不到的訊息？從筆下逃開的女人溫婉的臉，可能在異鄉蒙「神寵」而得見？失落的「中國」，可能在異鄉相逢？被壓抑的介入現實的知識人的理想，可能在異鄉實現？

逃離那窒悶的島嶼，可能挽救那島嶼的窒悶？

貳、豐饒的尋找：誰懷有別樣的心思，誰就心甘情願走進瘋人院

林之雄在美國的生活，由兩個平行發展的困窘構成：一方面，是反反復

6 參見：《秋雨》，《郭松棻集》，台北：前衛出版，1993。原載 1970 年 6 月 15 日美國《大風》創刊號。

複寫著視窗的女人，卻始終無法捕獲那視窗的幸福真相、無法到達那藝術之極美境界的困窘；一方面，是不斷向人訴說他看到的視窗，卻永遠不得理解，甚至不得完整表達的困窘。

初到紐約，朋友為他接風，請來了紐約附近所有的中國畫家。當他在眾人的閒聊中等來機會，插嘴道：「我看見了一個女人」。把為了女人超越倫常的行止叫做「敢於生活」的畫家們，立刻將「女人」從他的「視窗」抽離了出來，即便在他自以為「繪聲繪影」說出了故事之後，換得的仍是「可別惹火燒身哦」、「要寫快寫，免得夜長夢多，整天昂奮」的訕笑起哄。他只能喃喃著「我是說……」——與他在臺北的遭遇並無二致。而朋友「穿進穿出」，「一逕忙著做主人」，「連和他聊幾句的餘地都沒有」。他在心裏默念起朋友的信，那個感受著孤獨的幸福，在畫布前豪情迸發卻又疑慮重重的朋友，是眼前這個走動的人嗎？

林之雄「從臺北帶來的一團難以抑制的鼓脹」，那種分享理想的激情，在紐約的中國藝術家群體中，第一次遭受打擊。他早知道朋友在美國並不是「漂泊」，而是「過著體面的生活呢」，但未料到體面的生活已然傷害了他們的理想和真誠。曾經，他們不也是帶著「憤怒的靈魂」飄洋過海而來？是美國的富裕，或者說，為富裕的奔忙，換取了他們的憤怒？

林之雄在赤貧中繼續寫作，當他付不出房租，在中國城結識的義大利神父收留了他。在廢棄的教堂裏，做了半輩子孤兒的林之雄因為對神父的愛戴，生出「告解」之心，懷揣神父為他指點迷津的奢想，氣氛因此凝重了。他患得患失，吞吞吐吐，神父卻以對待懺悔者的「寬容」之心誤讀了他，神父打斷他的告白，為他開解：人生有一種比食物之於饑餓更加殷切的渴求，這種感覺人人都會體味，並非大過。於是，尋求理解和指引的努力，又在「不，我是說……」的斷片殘語中消散了。

後來，林之雄跟著一位臺灣來的「行為藝術家」，開始了名為《365：無頂藝術》的創作，即，用一年的時間，徒步走遍曼哈頓的角落，用眼睛捕捉城市，教堂、廣場、鴿子、乞丐……要點是：不得進簷入房。自己成為作品的一部分，以肉身的介入來銘刻藝術主張，林之雄重新感到了意念的昂揚：路燈下，他的寫作進度格外迅速。對同伴的羨慕與尊崇也與日俱增：與自己、與紐約的中國畫家相比，這位同伴才是真正的藝術家。他獨來獨往、沒有廢話，不糾纏不執迷，神們別想蠱惑他。「一較量，才知道自己一向在剔除白脂的，其實還是一身纍纍的贅肉。」

林之雄再次迫不及待將作品拿給同伴指點，並且「越來越起了追隨之意」。殊不知「這竟犯了大忌」，同伴終有一天借著人潮擺脫了他。

「不得跟隨，否則我要像一道影子消失。」儘管林之雄從行為藝術家的消失中得來這般反思，他參加在曼哈頓一座拆遷廢樓裏舉行的「作品發表會」的方式，還是不無「追隨」的嫌疑。他的作品名《無題》：「他狂嘯一陣，從三層樓縱身而下。」

「他自信自己提出作品的方式已經達到簡捷的地步」——這豈不是他那「剔除脂肪」的藝術美學的肉身實踐？然而與其說他的作品「獲得了與會者的讚賞」，不如說他唯一的東方人身份和「獻身」（他為此失去了一條腿）的勇氣引起了「譁然」，而他們以為的作品的「重點」——他那一陣狂嘯，因為用的是「臺灣話」，連畫家朋友也不能代為翻譯。

他究竟喊了什麼？那是否確是《無題》的意義所在？郭松棻延宕了這個疑問，醫院裏被削去一隻腿的林之雄只是若有所思地說：「還是失敗了。」

從肉身介入的實踐，又回到了文字。林之雄點燈熬油的寫作觸怒了打工之地的老闆娘，再次被世俗生活放逐。在公園漫無目的的遊蕩中，他與一個美以美的中國教徒——為了「上帝的召喚」辭去大學教職、離家出走的比較文學博士，磨出了患難的友情。他們傾談人間蒙昧的苦痛，神往那「熱情、酩酊」的世界——他們都是自有一番操持的人，林之雄將教士引為同道，又開始傾訴他的窗子和寫作。然而，教士如此這般讚賞他的作品，卻是看他視那些文字如己命，所以寬大為懷、「投其所好」，他一樣並不等待林之雄說出完整的話，不欲走入林之雄的窗子。教士乞求的是「天涯海角，一起試試命運」的愛，面對林之雄的疑懼，教士抱著他僅剩的那只腿哀哀抽泣。林之雄感到了從沒有過的「沉痛」，儘管「他自己對種種沈醉和焦躁，早習以為常，見怪不怪了」。

林之雄在紐約的追尋歷程，在寫作和訴說兩個層面上都一再地遭到挫敗。也許該問問：這兩個層面之間，可有著什麼樣的必然關聯？在寫作上，他傾注了全部的精血，他自信在那視窗窺見了人世的全部幸福和真相，那麼訴說、尋求理解，可是為了釋放、替代文字無法表達帶來的焦慮？還是別有所圖？這裏，或可引入林之雄的身世。

在紐約，林之雄思索自己的「一生」，將之歸結成三點：一、父親在二次大戰死於南洋。二、母親一輩子成為勤勉的洗衣婦。三、他為了把生命剔出白脂，苦心尋找著一種文體。

這三點，構成了林之雄生命的三個空間，有著因果的關聯：死去的父親，是林之雄不可選擇的身世，是生命中的巨大空缺，也是戰爭和殖民歷史一再加於臺灣這個島嶼的創傷；母親代表的空間是「現實的臺灣」，失去丈夫的女人獨立撫養兒子，勤勉勞作，粗礪堅忍，再無能擁有幸福女性的溫柔嫻雅；林之雄，承受著無父的歷史創傷和粗礪的現實困境，這個孤兒有一顆特別敏感和柔韌的心，對自己的降生和道路，有著「別樣的心思」，在異國他鄉的自由中，他決意以「剔出白脂」的寫作，逼近藝術與生命的真相。

由此再來看林之雄在異鄉的尋找：寫作之外，他尋求曾有共同理想的朋友（畫家朋友、紐約的中國畫家）的理解；他向「父親」（義大利神父）告解，期待眷顧和指引；他追隨強有力的「領路者」（行為藝術家）；他珍愛患難朋友（美以美教徒）的扶持……無父的臺灣孤兒林之雄，遠渡重洋，身在異國，似乎暗中展開了一場「尋父」的精神之旅，他在尋找來自男性世界的指引和力量，那將填補他自身的巨大缺失，並幫助他破解那視窗隱藏的秘密。他的血液奔騰，一再燃起了希望之火，然而一次次「迫不及待」地開口，卻換來一次次的誤解、不耐和遺棄。

或者，這挫敗不過是他終需面對的現實。美國給了他自由尋找的空間，但富足消磨了他的同伴，神也救不了他，「告解」與「追隨」之心，只能讓他找不到自己的路——他是無所依靠的臺灣孤兒，是沒有一種比「剔除脂肪」更有力的信仰、無法真正介入現實的知識人的象徵。

但他的挫敗不是沒有意義的。

回到曼哈頓的作品發表會上，在林之雄的《無題》之後，一個裸體的金髮青年展示了名為《花之聖母》的作品：用一把老式的刮胡刀，迅速地取下他那系著金色的水仙花的陰莖，並在倒下之前，「高高舉起仍然壯大的那物，向會場的眾人們無言地召示，宛如高舉著火把的自由神。」

這是一個大有意味的情節。當林之雄在美國苦苦追尋著他在臺灣失去的父之力量時，這個國家的藝術家們卻用己身的損毀，對代表著侵略、戰爭、僵硬道德的父權提出了沈重的控訴。自我去勢的金髮青年高舉陽物的姿勢，恰如自由美國的象徵「自由女神」，而作者有意漏掉「女」字，以「自由神」呼之。

六、七十年代的美國，反越戰的浪潮高漲。郭松棻讀書的柏克萊，是學生運動最為熾熱的學校之一。郭松棻正是在這裏「看美國人反戰反美」而震驚：怎麼自己也可以反對自己的國家？[7]

或可以說，美國啟蒙了郭松棻對於個人與家國、臺灣與大陸之關係的新認識，正是在柏克萊，郭松棻開始真正接觸左派思想，開始關注現實的中國大陸，並終將投入一個踐行理想的蓬勃的政治運動中。1970 年以《秋雨》致敬殷海光之時，已在美國留學三年的他，一方面覺得「自己的心也早就被挖空了的」，對於「只是維持在原則性主張的自由主義」的虛弱，對於留美青年除了牢騷其實無所作為的事實，有著無奈的苦痛，另一方面，經歷美國校

[7] 參見：舞鶴訪談、李渝整理《不為何為誰而寫——在紐約訪談郭松棻》，《印刻文學生活誌》第一卷第十一期，2005 年 6 月刊。

園運動的震撼和左翼思想的接觸，他已經隱隱約約意識到：他們這一代，將走一條行動的路了。

而釣魚島事件正是一個契機。

1971 年釣運爆發，他以與瘦弱身材不相應的活力和熱情投入了這場運動，甚而上了國民黨當局的「黑名單」，甚而放棄了博士學位，走上了從「釣運」到「統運」之路。在運動退潮後的蕪雜現實中，在實地探訪文革中的大陸之後，郭松棻燃燒的政治理想逐漸幻滅，轉而沈浸于重新閱讀思考馬克思主義、清理哲學與政治問題，直到 1980 年代，方重新回到了「文學」。

這樣轟轟烈烈的一段人生經歷，從沒有出現在郭松棻的文學書寫中，然而誰說他筆下那些凝視原鄉的「異鄉人」眼中，沒有這「精神旺盛年代」的影子？

如同《草》中的「他」，似乎是那樣一個含羞的孤獨的青年，在美國小鎮的神學院學著要命的歷史哲學，就是這樣一個「他」，回國後卻出現在報紙上的一角：他因涉嫌叛亂，被判刑入獄。誰都知道那個年代「叛亂」一詞的含義。《雪盲》中的幸鑾，在美國打工時，胸口烙下一塊「美國地圖」模樣的瘀傷，帶著烙印到心底的這瘀傷，帶著那本飄洋過海的《魯迅文集》，在美國荒漠的員警學校裏，教著《孔乙已》……懷著別樣的心思，陷入荒謬的境地，郭松棻讓漂泊美國的臺灣青年，一路承受著訕笑、誤解和背棄，與安定體面的人生逆向而行。美國，給了他們被重新拋入一個世界的孤獨和荒涼，也給了他們探望另一個世界的眼光和熱望。

《論寫作》（上）結束時，林之雄再度落入孤獨的寫作生活：

沿著曼哈頓一條到處是酒鬼和乞丐的人行道，他迎著秋日的餘暉隅行。挾在腋下的丁字杖，在水泥地上嘟——嘟——嘟地敲出了句點一般的鈍響。

這個影像中蘊藏著何等驚人的意志，他始終在用整個生命擁抱寫作：肺病、殘缺的身體，既由寫作而來，也是寫作本身。從青年到中年，一路追尋一路挫敗，林之雄的「決絕」未變；生命浮沉在異鄉，從政治到哲學到文學，郭松棻的「決絕」未變。這是一場在異鄉展開的豐饒的尋找。

能走到哪里呢？

參、愛的實現：媽，我的腦子病壞了……現在我幸福了

林之雄終於走進精神病院。在這裏，他的「神經不再疾走，血液不再奔騰」，坐在輪椅裏，他不但不再伏案寫作，也不再開口訴說了。

然而這個靜下來的時空、近乎停滯的生命，使林之雄與美國發生了更密切的接觸。

小說裏提到兩個病友。一個是「紅鬍子」，高大而文靜的美國青年。因為愛人的挽留，他撕毀了到越南打仗的徵兵卡，於是來到了這樂園。一個是來自華沙貧民窟的老人，二次大戰後，他來到美國，在船上看到自由女神，一時興奮過度，當場發作。「上岸後他沒有機會目睹一生嚮往的自由世界，直接就被送到這裏。」「紅鬍子」為脫離戰爭而成為國家的異類分子；波蘭老人在戰爭結束之後卻走進了「自由世界」的不自由之地。林之雄的入院，豈不同樣隱含著戰爭的創傷？「紅鬍子」每天抱著冰凍的單簧管方能安定如火山灼熱的胸口和大腦，並用它為林之雄吹奏莫劄特；波蘭老人每天清晨對著來到窗前的陽光詠誦「世界，早安」的詩篇，而林之雄，耽溺著在藍天上書寫他的文章。

反戰、和平、戰爭的創傷、理想的追尋、音樂、文學……豈不是歷經人類自製的災難後的所有幻想、人道關懷的要義？這彙聚著不同種族的病人的美國精神病院，莫非是林之雄的新課堂，抑或實現其理想的天堂？

思考不息的林之雄尚未覺察，仍需引導。同時，他的存在，對於他的醫生來說，卻也是一場令人振奮的追尋。

《論寫作》（下）有一個時空原點：美國郊外精神病院的草坪上，林之雄與母親見面的一瞬。圍繞這個原點，不斷插入治療林之雄的醫生的記憶，把這一瞬無限延宕開來：醫生為解開林之雄的精神魔障，投入全副精力，不

惜自己陷入身體倦怠、精神恍惚、為人誤解、家庭失和的困境，這一番苦心與意志，竟如同複製了林之雄寫作的風魔。即將退休的醫生有「私心」：他的父親，一位雕刻家，在生命和事業的盛年跳樓自殺，據說他死前苦於不能捕捉「藏在石頭裏的精靈」。醫生的家族血統上，精神官能症密佈牽連，醫生自己在六十年的生涯裏也數次走到精神崩潰的邊緣，他相信林之雄這個臺灣病人是他解開家族血統秘密的契機。

醫生的形象自有象徵。醫生並不代表美國主流醫界對精神病人的認識，他自身擁有歐洲的身世和曖昧可疑的精神史。小說隱約提及醫生的母親來自立陶宛，父親是旅居巴黎的雕刻家，那麼醫生這個遺腹子的血統究竟是美國的，還是西歐的？小說似故意不予言明，但這豈不是「美國人」的源頭本相？歐洲家世的醫生與義大利神父、中國畫家一樣，構成移民社會、多種族國家的美國背景。更有意味的，是醫生與美國醫學界的關係。「醫生是葛斯達學派的名醫。然而美國的醫界冷落他。」因為他並不把精神病僅僅當成一種身體的疾病。在他看來，「美國的精神病學還躺在搖籃裏嗷嗷待哺」。那種「汲汲指出『病情』，然後稍加紓解，再配上藥方就將病人迅速打發，返回社會」的速成法，並非「治本之道」。「如果錯在社會，怎麼辦？」而在他的同僚看來，他是把醫學的問題變成了哲學的問題，要先瞭解病人的人格才肯診斷下藥，徒然延誤病情，醫生因此被暗中嘲諷為「哲學教授」。

顯然，醫生不只是一個醫生。如薩義德對知識份子的區分，嘲笑醫生的同僚們是專業技術人士，而醫生是一個意圖超越種族、國別與貧富界限的，將人道主義和哲學反思注入「職業」的知識份子。對人性、人的存在、人的苦痛、人的神秘的感性關懷和理性探索，附著在醫生的職業上，使他有了行走在地獄邊緣的神性：他一生負荷著病人無數的秘密，像中世紀真心誠意的神父面對前來告解的信徒，「他與他們的魔鬼打交道。」

再回頭看醫生對林之雄的關注，那種尋找家族血統秘密的「私心」，也就不僅僅是「私心」。醫生的父親為找出「石頭裏的精靈」而風魔，林之雄為寫出「視窗的女人」而風魔，——如果我們早就接受藝術與疾病（特別是精神病患）從來就是一回事，則醫生千辛萬苦的研究林之雄的作品、探訪他的畫家朋友、追問他的臺灣生活……究竟有何意義？我以為，醫生作為一個西方知識份子，與來自臺灣的藝術家的溝通與不能溝通，理解與不能理解，反過來透露著小說家郭松棻對於戰後歐美自由知識份子的困境的關注，在這其中，或也有在「釣運」、「統運」退潮之後，潛心讀馬克思主義以解開問題癥結的郭松棻的心意，在他人的困境中重新理解自己。

醫生有一個嚇倒同僚的言論，他認為，治療失敗經常是醫生這方面的問題——「醫生本人的精神幅度及不上病人」。除去精神病學上的意義，這難道不是人類面對「異己」的藝術也好、文化也好，所必要的謙卑嗎？然而不同的文明之間的理解，在「西方現代性」的當然權威之下，早已失去了平等和耐心。醫生與讀大學的兒子之間，有一場有關林之雄的談話。兒子不假思索地以「窺淫狂」為林之雄定性，並拿出一整套理論來闡釋：

「第三世界的玩意。」

「落後世界的情欲，與不幸意識總是糾纏在一起。有時還被狡猾地解讀為神寵，使歪曲的情欲更加精彩刺激。」

「在父權專制社會裏，這種執迷狀態更容易傷害人格的發展。」

……

對我們來說，這些理論決不陌生，它不僅可以用在臺灣青年林之雄身上，也不僅是高高在上的西方人用來解讀落後的東方。這一書寫背後，顯然有著郭松棻對盛行於美國學院的文學、文化理論的批判認知。那「醫生的精神幅度及不上病人」的謙卑，是美國醫界的另類和邊緣。但另一方面，在郭松棻筆下，「兒子」所代表的美國年輕一代儘管有其不假思索的偏見，卻並非一味狂妄。「兒子」從對學校的亞洲留學生的觀察，提出「東方是東方，西方是西方，不要說他們的文化我們難以瞭解，他們許多日常生活的行為我們看了也感到非常陌生」，繼而以父親的教誨來質疑父親：

你不是說過嗎？人僅僅靠一次肉體的誕生是不能成其為人的。人需要第二次的誕生，降生到歷史裏……爹，除非你瞭解臺灣，瞭解他們的處境，否則你無法醫好你這個病人。

「兒子」用異質文化瞭解的艱難，道出了父親的困境，儘管這與他之前有關「第三世界」的當然判斷似乎構成矛盾。或許這矛盾暗示著：年輕人有風行的理論，但複雜的現實、父輩的思考，仍然會對他們發生作用，那隱含著一個相對多元、寬容的話語場在美國存在的可能。

「兒子」提出的質疑，確實是醫生面臨的最大問題。經過一年的治療，當他一點一點幫林之雄喚回家鄉的街道、母親、視窗……覺得病人解脫在即，正想進一步探索他潛藏的秘密時，病人卻突然喪失了語言，再度以黑暗之心面對醫生。

於是醫生請畫家寫信給林之雄的母親。母親，便跨越千山萬水，急急奔來了。

當母親看著毛毯下只露出一隻腳的兒子，滿心悲傷和惶惑，勉強回答醫生的問題時，兒子慢慢醒來了，他開始用斷線般的語言對畫家喃喃起那視窗、女人、女人的臉……驀然。兒子看到了母親的臉。

他奮身而起，抱住了母親，用顫抖的聲音喊出了「媽」。醫生驚喜地以為治療成功在即。然而林之雄的意識轉念遠比「認出了母親」複雜。他恍若重生，「看到自己咬破了密封的繭，毫不猶豫鑽進了世界。」「他苦苦等待的那景致，現在就在眼前。」「他已經瞭解，他一生鑄成的大錯就是在那視窗徘徊太久。」「母親的臉——漸漸嵌入了那開啟的視窗。」……

這一瞬間，林之雄紛至遝來的思緒，不但醫生不知道、不能想像，對於小說的閱讀者，這種「一句並不預設下一句」書寫，也是極為費解的。顯然母親的臉喚起了比親情更多的情感，而且和他半生追尋的「視窗的秘密」有著密切關聯，那究竟是什麼？若要接近這一瞬間的林之雄，我們或許需要重新閱讀他的「寫作」。

從小說開始，郭松棻在不同章節，反復鋪陳林之雄寫作的內容（被醫生稱作「自傳體的小說」），似乎永遠是一個「開頭」，而每一次都有所不同，或增加了某些新的細節。小說中的小說，以其曖昧不明、遊移不定的狀態，映射著林之雄的苦惱：

寫作起源於無意中瞥見的視窗的女人，然而關於她，他知道的只有「她還不到三十歲。她的名字是他匆忙騎過窗下時聽見的」。

當醫生為了林之雄的病探訪畫家時，他們一時疑心那「視窗和女人」是否真的存在？林之雄想要佔領想像，卻先被想像佔領了？他們討論的是藝術家的奧秘與宿命，林之雄「無意間看到了不屬於世間的景致」，苦於無法描繪，如同畫家醉心表現一幅「雷電交加，同時又在微笑的天空」的畫。然而這小說又可能僅只是由一隻貓產生的無窮推想：有一天打開的視窗拋下一隻貓，那貓早已腐爛了。想像女人抱著死去的貓不放，她的良人則苦苦相勸——他自信窺見了「一幅幸福生活的圖畫」，女人用情深致，良人關愛疼惜……

這就是有關那「二十萬字」自傳小說的資訊了。寫了又撕，是「神往於某種溫雅的婦人的顏臉」而不可得。正如在裱畫店畫觀音的時候，「觀音的臉總從他的筆下躲開。」

到底是什麼窒礙（或者說超越）了他的文字？

回到精神病院裏母子相見的這一刻：林之雄的美好感覺終於蘇醒了。

他看到了：南下的火車駛過窗下，女人探出窗外，將一大碗什麼倒在每節車廂上。火車呼嘯而去。空氣中留下馨醉的酒香。看到女人倚窗安笑的那張臉。

一縷艾草掛在屋簷下，那麼，女人灑下的是雄黃米了。「車裏的每個旅客有福了，在這南下的路程剛剛開始，就有人暗中為他們乞神降福。」

原來，林之雄「半生積鬱的那美妙景致」，是貧窮的視窗裏，一個平凡的女人做出了神的作為。

而這是不期而至的母親的臉給與的啟示：

五月的陽光照耀著母親的臉。

家鄉的後井。母親凍紅了雙手，浸在冷水裏洗衣。水光曳動，托著她一如觀音的臉。

在故鄉，他是愉快的。

在雜亂的街道，騎車賓士，他知道自己是個有福的人。

母親的臉，寫著「所有的絮言、慈愛、期待、困頓、守望」，就是這樣「嵌入」了那個視窗，讓他看到了灑雄黃米的女人，如觀音播撒甘露，為人間祝福。

其實，林之雄在紐約流浪追尋的過程中，曾經擁有「發現」那視窗真相的契機。那個在紐約的中國畫家圈中，如一場林火，將乾燥的荒原「輪番愛過去」的女人，曾猝然將愛澤賜于林之雄。「她剛滿三十，輕手撫過草尖，無意中處處都流露著母愛」，當他講述那窗口時，她一句話就道出了他的迷障。然而，彼時的林之雄汲汲尋父，是如此固執、專注於男性的力量，他寄望于朋友、愛戴著神父、崇敬那強健有力的行為藝術家，卻怕對女人的情感「混淆了視窗的景象」。於是，他從「安詳一如觀音」的女人身邊出走了，也就與「幸福的真相」失之交臂。

勤勉的洗衣婦給與他生命，撫育他長大，林火一樣的女人點燃他的愛與情欲，給他母性的眷顧，然而，他註定要為「無父」的身世流浪異鄉，失魂落魄。直到跨越重洋母子相見，林之雄再次誕生了，誕生在對故鄉的幸福歲月的重新體認中，誕生在對母親／女人之神性的憬悟中，誕生在這個彙聚了不同國度、種族的精神病人／藝術家／知識者的美國醫院裏。

在《月印》、《奔跑的母親》、《雪盲》等小說中，郭松棻一再書寫男子對母親的眷戀，對女人的母性的眷戀，那來自女性的堅忍、包容和無限的愛，是身世畸零的臺灣男子的救贖和飛升，不少論者將其解讀從「中國」的嚮往到臺灣／母土的認同，對於《論寫作》，也有看法是「主體從西方價值體系的追求回歸到母親所在的故鄉的認同」。然而我想這些論斷恐怕都忽略了，由於「美國」這個空間的介入，由於在這樣一個空間裏的豐饒的追尋，書寫者郭松棻早已不再糾纏於中國／臺灣，或者外省／本土，或者西方／東方這樣二元劃分的人為製造的概念爭端裏。《論寫作》裏，郭松棻藉由美國這個背景，藉由「醫生」這個兼具「治療者」與「探秘者」身份的異國知識者，從母親的臉上，找到了生命和寫作的真正秘密：超越國家、種族，甚至超越「身世」和「歷史」的愛。郭松棻借契科夫《劄記》中的阿遼沙道出了秘密：

媽，我的腦子病壞了。我現在跟小孩子一樣了。現在我向神祈禱了。現在我哭了。現在我幸福了。

這樣一個最終的解讀，似乎過於簡單，簡單到令人驚愕，然而對於背負了那麼複雜的臺灣歷史／政治創傷的孤兒，對於經歷了那麼多轟轟烈烈而複歸於沈靜的寫作的郭松棻來說，這「簡單」毋寧是一個新的寫作背景。並且，也並非膚淺的樂觀——《論寫作》的最終結尾是一個懸疑：

林之雄在激動之中，將母親的臉緊緊托起來，以至於母親在他的手掌上感到了窒息，以至於察覺有異的醫生和畫家朋友一起加入也掰不開他的手。於是，四人的纏抱構成了一幅奇異的景象，並被無意中看到的一個老病號想像成「矗立在紐約海港的那尊自由神」。

這意外之筆打破了美滿的結局。提醒著我們，醫生看到林之雄認出母親、拾回語言，卻看不到這可喜轉機背後的內容與意涵；醫生能夠以超越國度、種族的藝術本質來理解林之雄的風魔，但終不能從他胸口的歷史創傷來分享他重新誕生的喜悅。這或許意味著：異質文化之間的完全理解，近乎不可能；那可理解的部分，也是需要付出心血和超常的代價，並以開放、同情之心去體諒，方能達到的。但這種體諒的人文價值是巨大的，正如醫生從林之雄的身上尋找父親和家族血統的秘密，戰後歐美知識份子在反思戰爭時，也必要理解「第三世界」的創傷：理解他人即是理解自身。

如果比照被認為是中篇《論寫作》的基礎的短篇《寫作》（1983），可以發現，增加的部分，有相當分量在於「醫生」，原本那是一個談不上有形象的角色；還有一個很重要的增添，是最後視窗女人撒雄黃酒的記憶（或想像）。這恰可印證郭松棻文學／思想的歷程，從美國醫生的苦心探訪和視窗女人為每個人「祝福」的行為中，我們恍然意識到這簡單的真理：寫作是一種愛的實現，是一種超越性的愛的實現。也是在政治理想和實踐中掙紮之後，郭松棻方有了這樣的寫作：愛，讓他在寫作中關心到一切人類的創傷和細緻的人性。

在郭松棻最新的兩部作品《今夜星光燦爛》（1997）和《落九花》（2005）裏，便透露了更寂寞更深邃的文學省思、更通透更豁達的政治／歷史意識。《今夜星光燦爛》被認為是寫「二二八」「禍首」陳儀。事變幾年後陳儀被蔣介石以「通匪」之名囚禁、槍斃，成了各方一致認定的「歷史罪人」，曾與「二二八」一樣成了禁忌。1980 年代反對陣營要求為「二二八」平反的時候，不會想到探究陳儀之死的真相，只是強調：陳儀以「通匪」之名而不是以屠殺之名被處決，仍然是對「二二八」的不公。因此，郭松棻的「逆向操作」頗讓人費思量。然而，郭松棻寫的真是陳儀嗎？小說寫一個被囚禁的將軍在臨刑前的十個月，如何在密室之中對著鏡子回憶、思索自己的一生：戰爭與家園、功名與責任、背叛與忠實——當研究者費心對照陳儀的生平時，也許郭松棻在笑了，如同「二二八」在這個小說中被放逐，「陳儀」也不曾真的被還原，他只是小說家借用的一個名分，在戰爭、歷史、政治的縫隙中，那些隱秘、細微、不可琢磨的人性展現與自我反詰，也許才是他不可解脫的癡迷。

難以歸類，不容忽視，在書寫風格和思想內蘊上都充滿魅惑的小說家，讓我面臨了「精神幅度」的困窘，也讓我感到了不安的振奮，因為理解，才只是開了頭。

參考文獻

- 郭松棻，《郭松棻集》，臺北：前衛出版，1993。
- 郭松棻，《雙月記》，臺北：草根出版，2001。
- 郭松棻，《奔跑的母親》，臺北：麥田出版，2002。
- 李渝，《族群意識與卓越風格：李渝美術評論文集》，臺北：雄獅出版，2001。
- 鄭鴻生，《青春之歌：追憶 1970 年代臺灣左翼青年的一段如火年華》，臺北：聯經出版，2001。
- 廖瑾媛，《四季、彩妍、郭雪湖》，臺北：雄獅出版，2001。
- 賴瑛瑛，《臺灣前衛：六〇年代複合藝術》，臺北：遠流出版，2003。

講評

黃錦樹*

郭松棻是當代台灣中文小說家中被討論得比較少、也很難討論的個案之一，而〈論寫作〉又是其中很傷腦筋的一篇，李娜有這個勇氣，很令人敬佩。李娜的論文題目〈「美國」與郭松棻的文學／思想旅程－－以〈論寫作〉為中心的考察〉，以〈論寫作〉為中心，從小說的內與外考察郭松棻的文學／思想旅程。如她在摘要與引言中的允諾，「探究美國這一空間/文化角色與郭松棻的文學旅程之間的關聯」，而她的確也做了，在論文裡陳述了諸如：美國作為一個自詡的開放的自由世界對於台灣戰後一代的魅惑、六○年代的紐約的藝術環境，越戰／反美、學生運動、歐洲第二代移民的境遇等等，平穩的勾勒出論文的主題。我想相關談法大部份是可以接受的。

而我覺得論文中比較有意思的有兩點，可以看出李娜的觀察力。一是小說中主人公在美國流浪，包含了這樣的面向「似乎暗中展開了一場「尋父」的精神之旅，他在尋找來自男性世界的指引和力量，那將填補他自身的巨大缺失，並幫助他破解那視窗隱藏的秘密。」（頁 430）與及這一尋找本身的挫敗。二是著重指出〈論寫作〉相對於初稿〈寫作〉一個重要的細節增添：「南下的火車駛過窗下，女人探出窗外，將一大碗什麼倒在每節車廂上。」（437）女人為火車上的旅客祈福，李娜的解釋有點誇大但不無啟發：「一個平凡的女人做出了神的作為。」（438）她由此而延伸出一個結論：「寫作是一種愛的實現，是一種超越性的愛的實現。」這接近郭松棻自己的講法：文學比哲學更撫慰人心。但這樣的解釋當然並不能窮盡〈論寫作〉及寫作本身的複雜度，稍不慎，也易流於老生常談。

以下是一些問題，提出來與李娜商榷。首先針對論文的題目，「美國」

---

* 暨南國際大學中文系教授

與郭松棻的文學／思想旅程，這樣的論題是一個傳記似的，雖然〈論寫作〉中的主人公林之雄的若干生活細節與郭松棻雷同（台灣戰後世代，赴美，寫作，眷戀故鄉）然而作者與這角色的距離到底如何?或者說，我們可以假設他們之間同一與差異的程度到底如何?這部份，很可能就需要更多傳記資料的佐證。其次，同樣針對這個題目，〈論寫作〉作為取樣，到底充份不充份？一個最直接的原因是，郭松棻的一系列代表作都是他 39 歲（1977 年）以後在美國寫的，除了更晚期的幾篇之外，好一些都有著類似的雙鄉結構[1]（異鄉－他鄉；美國－台灣），主人公也一貫是孤兒。不知道是否能藉〈論寫作〉中的美國讓其他篇隱遁在背景裡的美國現形？理論上，那應該是同一個美國。而那些篇章又和郭松棻的文學／思想旅程的關聯如何（同一個傳記似的問題）？

另一方面，如果我們關心的不是「美國」與郭松棻的文學／思想旅程，而是〈論寫作〉本身，問題可能就複雜得多。到底這篇掛著論的小說是在幹嘛?何以需藉小說論寫作？除了部份後設小說的細節（再三回到那個窗和那個女人的臉及相關修辭）及若干寫作信念的陳述（現代主義宣言：剔除白膩的脂肪……一個標點放對了位置……），大部份的篇幅仍然是情節敘事，而且把寫作和若干問題牽連在一起，可以大致列出若干關鍵詞：現象、世界、精神病、聖靈（神寵）、女人、故鄉、自由、愛、重生、身體、自虐、失語、傷害、災難……，這脈絡中的寫作到底是怎麼一回事? 到底何謂寫作？一個比「為何寫作」與「為誰寫作」更為本體論的問題。它是一種怎樣的行為，或生活方式？

為甚麼設計讓主人公到美國去（用中文）寫作？眾所周知，美國並不是個有利的中文書寫環境。所以，失語誠屬必然。因而失語也是寫作的一個環結？這篇小說的結構極不對稱，第二部份大部分（依其情境，包括

[1] 〈月印〉、〈月嘷〉除外。

內心獨白，必須假定出自於另一個原文：英文）在寫那個精神病醫生，顯然強化了寫作與瘋狂、心靈的災難之間的聯繫。但對一戰後及二戰後美國的歐洲移民（尤其是可資比較的知識階層）其實也著墨不多，似乎無意拉開廣泛的比較。如果關涉的是上述那些較抽象的問題，「美國」其實也許不是那麼重要（「巴黎」一樣適用），除了傳記與歷史的原因（美援經濟體下台灣的大哥）——除非歷史是個重要的要素[2]（降生到歷史裡，或被歷史遺棄）。然而在〈論寫作〉的論述結構裡，簡約的出現在背景裡主人[3]的歷史到底居於甚麼位置？更根本的是，這個關於寫作之不可能、寫作是向不可能逼近的敗北的寫作的故事（作為一個窗裡的場景）本身是否即是個證道故事（尋道－殉道）？換言之，寫作這種行為在〈論寫作〉裡，是否已是一種超語言、非語言的行為藝術[4]——宗教行動？以心智、心靈及母親為獻祭？在最接近神的瞬間：愛到痴時便是魔。

---

[2] 決定性的要素。延伸下去，就是已有若干研究成果的政治面向的解讀了。換句話說，焦點就必須從美國轉向冷戰結構下的台灣，或者美國－台灣。

[3] 主人公歸納出來的自己一生的三點的第一點：「父親在二次大戰爭的末期戰於南洋。」（《郭松棻集》，426）

[4] 小說中寫主人公的行動藝術：「他狂嘯一陣，從三層樓縱身而下。他相信自己提出作品的方式已達到簡捷的地步。」（《郭松棻集》，435）

從「伊甸」，到「風塵」

朱天文創作的文學地景轉變

李晨*

摘要

作家朱天文幼年時在眷村構建了最初的家國想像和文學觀念，離開眷村的最初階段，由於面對各種外界變動而產生的心理落差，她創作出一系列回顧眷村生活、梳理家族記憶的作品。而在周遭政治環境的影響下而產生的本上化風潮中，朱天文也開始轉而關注臺灣鄉土題材的創作，其中大部分是描寫兒童和少年在最初面對現實世界時的內心感受。隨著臺灣社會經濟的發展，朱天文置身於其間的臺北的都市化程度日漸加深，此時已經具有更多生活體驗的朱天文也開始關注臺北都市這個全新的「本土」概念，在作品中對都市生活進行細緻描摹，構造出一個全然不同於早期大中國想像中的「伊甸園」的地理概念和文學實踐。本文即從臺灣社會政治經濟環境的變更對朱天文創作心態的影響入手，梳理出一條從想像的「伊甸」到臺灣本土經驗的文學精神尋索之路。

關鍵詞：眷村文學、鄉土、都市文學

* 中國社會院研究生院文學系博士生，E-mail：lee0261@yahoo.com.cn

> 小說家則是封閉在孤立的境地之中，小說形成於孤獨個人的內心深處，而這個單獨的個人，不再知道如何對其所最執著之事物作出適合的判斷，其自身已無人給予勸告，更不知道如何勸告他人。寫小說是要以盡可能的方法，寫出生命中無可比擬的事物……
>
> ——本雅明

這是臺灣作家朱天文因當時尚在創作中的長篇小說《巫言》的第二章節《巫時》獲得臺灣「92 年度小說獎」，發表得獎感言時引用的一席話。[1] 如果說，創作者總會因為各異的文學體驗出發而進行創作的話，那麼，尋求切身相關的生命感悟的出口，或可說是朱天文的創作意圖和存在方式。

1999 年 3 月 21 日，朱天文在《中國時報・人間副刊》上發表〈揮別的手勢——記父親走後的一年〉[2]一文，紀念故去一年的父親朱西寧。朱天文每將父親的創作過程比作《百年孤獨》中的奧瑞裡亞諾・布恩迪亞上校做小金魚，[3]做好了熔，熔掉了再做，終日孤獨的沉浸在自己的世界中，沒有人知道他工作的真正意義。這種創作體驗，也恰好與文章開頭，朱天文借本雅明為自己的創作過程所下的注解相互印證。

1949 年，應孫立人將軍招募，朱西寧投筆從戎，輾轉赴台。今天在文壇頗具聲名的朱西寧，在初任國民黨陸軍官校教育處上尉繪圖官時，所能提供給妻小的，其實也僅僅是侷促擁擠的眷村屋舍。自 50 年代起，北起石門，南到恆春，眷村的建築遍及了整個臺灣全島，成為身曆烽火流離的將士們遮風蔽雨的安身之處。朱天文自幼生長於眷村，在這些「幾乎沒有親戚卻有很多鄰居」[4]的村子中度過了 16 載光陰，從鳳山黃埔新村、誠正新村，到桃園僑愛新村、板橋婦聯一村以及內湖眷村，父親朱西寧從未考慮

[1] 朱天文：《92 年度小說獎得獎感言》(《九十二年小說選》，林秀玲主編，臺北，九歌出版公司，2004 年 3 月 10 日)。
[2] 朱天文：〈揮別的手勢——記父親走後的一年〉(《中國時報・人間副刊》，1999 年 3 月 21 日)
[3] 朱天文：〈做小金魚的人——讀〈華太平家傳〉〉(《聯合報》，1998 年 3 月 28 日)
[4] 蘇偉貞：〈序：眷村的盡頭〉(《臺灣眷村小說選》，蘇偉貞主編，臺北，二魚文化事業公司，2004 年 2 月)，頁 7。

過存錢買房子，答曰：「買什麼房子，安家落戶的，就不打算回去了麼？！」[5]這與電影《童年往事》中那個計畫暫住臺灣而堅持不買傢俱、只買竹器的父親[6]形象如此重合，一樣的外省人漂泊無常的過客心態，一樣的蒼涼與無奈。眷村子民來自五湖四海、大江南北，聚集於一個狹小封閉的孤島上一個更加狹小封閉的空間內，他們懷揣不同的鄉音、記憶和生命創傷，命定般的離鄉背井、烽火連綿，大半生的顛沛流離、輾轉漂泊，鑄就了他們強烈的家國觀念和憂患意識。於他們而言，局促的眷村乃至臺灣這座太平洋上的孤絕島嶼，都不過是暫居之處，決非安身立命之所在。他們抱持著沒來由的熱情和無比堅定的信念，期待著重返故土，在他們看來，無法釋懷的海棠葉才是真正的精神家園和不離不棄的祖國。文化背景和意識形態的優越感使然，眷村子民自以為是不同於村外的臺灣本省「老百姓」的，他們都親歷了血雨腥風的洗禮與去國懷鄉的無奈，「一寸山河一寸血，十萬青年十萬軍」，對他們都是親歷親為，「反攻復國」是他們畢生的終極目標，對黨國的無限效忠和對領袖的無上仰慕是他們不可逃脫的信仰皈依。

而對於朱天文這些生於斯長於斯的外省第二代而言，眷村是他們童年最原始的啟蒙教育，他們自幼浸染於父輩的戰爭記憶和家國想像中，在相對封閉的眷村環境裡建構他們虛無空渺的愛國情懷，接受了一整套眷村特有的生活方式和價值觀念。他們與生俱來的內心漂泊感並不僅僅因為隨時可能而來的遷徙，更如妹妹朱天心所說：

> 清明節的時候，他們並無墳可上。
>
> 沒有親人死去的土地，是無法叫做家鄉的。[7]

[5] 朱天文：《家，是用稿紙糊起來的》（《小畢的故事》，朱天文著，臺北，遠流出版事業股份公司，1992 年 9 月 16 日），頁 100。

[6] 朱天文：《童年往事》（《炎夏之都》，朱天文著，臺北，三三書坊，1988 年 6 月），頁 64，「父親自傳裡面寫說，初來臺灣的時候，本來計畫住三、四年就要回去的，所以不願意買傢俱，暫時只買一些竹器，竹床竹椅竹桌，打算走的時候這些東西就丟掉不要了。」

[7] 朱天心：〈想我眷村的兄弟們〉（《想我眷村的兄弟們》，朱天心著，臺北，INK 印刻出版公司，

如許多外省第二代一樣，早年的朱天文對國民黨的執政權威以及「國父」孫文先生的「三民主義」和「建國綱領」都篤信不疑。她曾寫道，「中國國民黨與世界上的任何一個政黨完全是兩碼事嘛。中國國民黨也不是什麼政黨，它是『士黨』，『咨爾多士，為民前鋒，夙夜匪懈，主義是從』，由士來領導全民的先知先覺的政治，中華民國道統面對一個新世紀的新的遂行與新的姿態，第一就數國父手創的三民主義和建國大綱。三民主義實實在在是真知灼見，是真知就有革命四方風動的氣概和光輝，是真正帶有大的行動力的。」[8]或許，在今天看來，這種論調出自一個幾乎沒有任何政治經驗的少女筆下，總有些難以置信，但畢竟，眷村給外省第二代的「童年經驗」，除了黴漬斑駁的低矮磚牆圍繞起來的淺門淺戶、沒有秘密的生活以外，便是來自大江南北的父輩們南腔北調的方言，[9]和風味各異的飲食習慣，[10]再有就是有朝一日重歸故土後到大西北草原去墾荒，[11]或是在西子湖畔辦學興教育的浪漫想像。[12]「在他們二十歲出外讀大學或當兵之前，是

2002年6月)，頁65，66。

[8] 朱天文：〈我歌月徘徊〉(《小畢的故事》，朱天文著，臺北，遠流出版公司，1992年9月16日)，頁82。

[9] 張啟疆：《君自他鄉來》(《臺灣眷村小說選》，蘇偉貞主編，臺北，二魚文化公司，2004年2月)，頁138，「……然而，也從那裡，藉由南腔北調，吳儂軟語，喚起了每個省份、三川五嶽、大城小鎮的形貌。這些不協調的對話成為他們會議故鄉時唯一的回聲。」

[10] 朱天心：〈想我眷村的兄弟們〉(《想我眷村的兄弟們》，朱天心著，臺北，INK印刻出版公司，2002年6月)，頁63，「……乃至中飯吃得太飽所發自肺腑打的嗝兒味，江西人的阿丁的嗝味其實比四川人的培培要辛辣得多，浙江人的汪家小孩總是臭哄哄的糟白魚、蒸臭豆腐味，廣東人的雅雅和她哥哥們總是粥的酸酵味，很奇怪他們都絕口不說'稀飯'而說粥，愛吃的'廣柑'就是柳丁。更不要說張家小孩山東人的臭蒜臭大蔥和各種臭蘸醬的味道，孫家的北平媽媽會做各種麵食點心，他們家小孩在外遊蕩總人手一種吃食，那個面香真引人發狂……」

[11] 朱天文：〈朝陽庭花兒聞兒語〉(《小畢的故事》，朱天文著，臺北，遠流出版公司，1992年9月16日)，頁37，「那時父母親年輕的夢是有朝一日回到大陸時，兩人要到大西北草原墾荒去，還與彩華叔叔三人想著有一天能辦一份雜誌，就叫做拓荒吧。」

[12] 朱天文：〈仙緣如花〉(《淡江記》，朱天文著，臺北，三三書坊，1988年2月)，頁144，「講起辦三三大學，校址設在哪裡，幾人異口同聲都說，江浙一帶，天心主張杭州，上課可以在小船裡……」

沒有『臺灣人』經驗的」。[13]於他們而言，眷村是「家」的延續，也是「國」的縮影，是一切認同的根基。

眷村生活，歲月安好，時光寧謐，70 年代後期成立的「三三」集團的種種理念主張，成為滋養朱天文早期信仰的源泉。這個時期的臺灣文壇一反 60 年代書齋空談式的現代主義注重個性的風潮，轉而面向社會大眾，開始了本土化傾向的鄉土文學運動。「三三」集團的成立和《三三》集刊的創辦在主觀上雖並非與當時的潮流抗爭，但其深刻宣導的「大中國」意識至少在客觀上形成了與之對立的局面。一方面因為「三三」精神領袖胡蘭成中華文化中心論的教化，另一方面也源於眷村子弟慣有的愛國情操，朱天文等「三三」諸子的作品在甜膩嫵媚的語言中洋溢著濃重的「中國情懷」，飽含了「滿滿」大志。然而，不得不承認的是，因為缺乏社會生活閱歷，「三三」文學集團的「大志」往往空洞而無名目，「三三」女子每每把戀愛與革命、小兒女情長與大愛國情操自然而然相融合。這個時期，在朱天文的散文創作中，經常出現這樣的字句：

> 『曾經滄海難為水，除卻巫山不是雲』，我是只向中華民族的江山華年私語。他才是我千古不盡的戀人。[14]

> 而我們，我們是萬裡江山萬裡人。河水縱然浩大，怎奈載不動我們對中華民族的千歲亙古之思。那三月桃霞十月楓火的海棠葉，是我們永生的戀人——哪一天，哪一天啊，才是民國的洞房花燭夜？[15]

如果不是放到上下文語境和時代語境中考量，單從這樣的告白，似乎很難判斷這段文字真正的意義指涉，文章本身也因「道」與「文」之間不

[13] 朱天心：〈想我眷村的兄弟們〉(《想我眷村的兄弟們》，朱天心著，臺北，INK 印刻出版公司，2002 年 6 月)，頁 77。

[14] 朱天文：〈我夢海棠〉(《淡江記》，朱天文著，臺北，三三書坊，1988 年 2 月)，頁 156。

[15] 朱天文：〈子之於歸〉(《淡江記》，朱天文著，臺北，三三書坊，1988 年 2 月)，頁 182。

大合常規的背離而顯得曖昧了許多。而「中華民族」、「江山華年」、「千古不盡」、「萬里江山」、「千歲亙古」這些動輒浩大的字眼，又把作者借由眷村生活的童年經驗和「三三」集團的青年教化而構築起來的大中國想像直白的傳達無疑。

直到數年後，世界政局風起雲湧，臺灣政經社會迭變紛呈，「復國」渺茫，返鄉無期，眷村改建，曲終人散，眷村子民散落天涯，「各自求生」[16]。那些已成為歷史過往和內心記憶的無名大志被眷村以及眷村人所面臨的種種困境擊打得無力還手，取而代之的是對自我身份的重新觀省。80 年代，大陸開放探親後，眷村人回歸魂牽夢縈的故土，卻獲悉當今的新中國早已不是當年的舊海棠版圖，自己也被冠以「同胞」這個親切又生疏的稱謂。隨著戒嚴時代的終結，本土意識日漸成為臺灣社會論述的主流意識形態，原本處於官方中心立場的眷村則逐漸邊緣化，外省人從滿載政治優越感的群體轉而成為臺灣社會的弱勢族群。眷村子民不得不開始思考，所謂的"家鄉"究竟何在？是自己從未涉足卻自幼念茲在茲、早已變換風貌的"海棠版圖"？還是曾經裝載了太多幼時記憶、狹小又"廣博"的眷村？或者是置身其中、為後現代的聲光幻影所迷陷的當代臺灣？眷村成了朱天文們書寫生命中唯一能夠賦之以真實記憶，唯一可供認同的共同的想像空間乃至建構物件。於是，在眷村逐漸消失的同時，不斷有書寫眷村記憶的文學作品問世，眷村兒女跨越兩種時代的巨變，反而讓他們有幸深刻體會到父輩的流離與失落，疏離與無奈，在這種複雜的心境中，朱天文、朱天心、袁瓊瓊、蘇偉貞、張大春、張啟疆等一批出身眷村的作家紛紛轉而書寫眷村故事，一時掀起一股「眷村文學」熱潮。

較之妹妹朱天心，朱天文關注外部世界的興趣似乎並沒有那麼強烈，她的作品中也沒有那麼濃鬱的政治姿態。她並沒有寫出像朱天心《想我眷

---

[16] 朱天心：〈想我眷村的兄弟們〉（《想我眷村的兄弟們》，朱天心著，臺北，INK 印刻出版公司，2002 年 6 月），頁 68。

村的兄弟們》那麼鮮明的眷村小說，但她作品中潛藏著的對眷村歲月的懷想與憑弔卻不容忽視。她不善以情感直抒方式表達對眷村歲月的懷想，而是以淺吟低唱和閒言碎語將那段美好的伊甸園式的生活娓娓道來。在她的作品中，對眷村最張揚的回顧恐怕也不過是《伊甸不再》（1982 年 8 月 24 日）中那種哀傷的憑弔。

經過整個 70 年代兩岸相對隔絕的各自為政，臺灣在政治方面的威脅稍有放鬆，得以全力發展經濟，到了 80 年代，都市化程度已有了相當程度的提高，歷經了從工業文明向後工業文明的過度，隨著大眾消費文化的擴散，傳統的價值體系、政治信仰、道德觀念都受到了巨大的衝擊，後現代大都會式的消費社會逐漸成型。而大陸方面制定了「改革開放」的經濟方針和「一國兩制」、「和平統一」的政策制度，對臺灣社會不能不說是不小的衝擊。畢竟，「蔣公」辭世，「復國」無期，「聖戰」神話崩塌，「保家衛國」成為少時衝動，對外省軍眷而言，漂泊無常成為命定的淒涼，「處處無家處處家」的咒符將永生跟隨。80 年代後期，國民黨黨勢日漸衰微，當權者對民進黨提出的「臺灣人意識」問題的妥協態度使原本界限已相當模糊的省籍身份問題重新彰顯。出身眷村的外省第二代，逐漸意識到自己原來屬於一個不同於臺灣本省人的「族群」，與本省人之間存在著隔閡，需要通過對「臺灣」的認同才能得到臺灣這片土地上原有的另一個族群的認可和接納。本土派成為臺灣社會的主流力量，而原本依附官方力量的外省人，此時卻因為無法磨滅的家國記憶而成為邊緣族群、弱勢群體。隨著都市社會文化、經濟的發展，40、50 年代修建的眷村自然開始成為阻礙現代化進程的絆腳石，眷村拆毀、國宅改建計畫提上日程，眷村居民不僅失去原來仰仗政治優勢而獲得的某些社會福利，就連多年以來的容身之地也即將失去；與此相比照的卻是本省族群因為所有土地增值而在經濟方面日漸體現出優越感。自幼深受眷村「大中國」氛圍薰陶的眷村子弟雖然日日期盼的是離開擁擠、破舊的村子，但有朝一日，眷村圍欄被拆除、完全喪失了「伊甸園」收容的一刻，園／村內外世界的落差給眷村子弟的靈魂層面帶來了巨大的衝擊。眷村成為像朱天文這樣的外省第二代心中一個永恆的意符，在他們的作品中如同揮之不去的「陰影」反覆出現。

恰逢此時，朱天文開始參與電視劇《守著陽光守著你》的劇本創作，其散文《小畢的故事》又經由電影導演侯孝賢搬上銀幕，從此，朱天文走出眷村的「伊甸園」，墮入都會的「戀戀風塵」。

在此期間，朱天文創作了《安安的假期》、《風櫃來的人》、《最想念的季節》、《童年往事》以及《戀戀風塵》等一系列電影劇本，其中大凡描繪了毫無社會經驗的懵懂少年，初初面對現代都市消費社會時，或不安，或迷茫，或落寞，或躁動的心態。

剛剛走出「三三」集團和眷村的朱天文將少年時期對「三三」的志向轉而投射到新電影的創作中來，在她對電影的期望中依舊保持了「三三」期特有的熱情：

> ……仿佛我的情懷，坤厚的、孝賢的、他們的思緒和用心，共同織出了一片人人都唉的錦爛……[17]

然而，影視圈畢竟不同於眷村，現實「凡世」也不同於「伊甸園」，走出眷村的朱天文開始在創作中審視、回顧眷村經歷。

小說《伊甸不再》講述了一個眷村女子，長大成人，離開那個給自己的童年許多並稱不上美好的回憶的村子，進入影視圈，大紅大紫，擔當女主角，介入導播喬樵的婚外戀情，親歷了現實社會中的種種無奈與糾葛，終於選擇了以自殺作為自己人生的落幕。

在作品第一部分"甄素蘭"的章節中所描寫的眷村，于甄素蘭而言，無

[17] 朱天文：〈我們的安安呀〉（《小畢的故事》，朱天文著，臺北，遠流出版公司，1992年9月16日），頁31。

論在物質方面，還是精神層次，都絕非通常意義上的「伊甸園」：形容嬌好、自戀風流，並由此帶給整個家庭巨大威脅和傷害的父親，因為太愛丈夫而導致「心靈恍惚」、「總是一襲布袋裝在村子的大馬路上遊蕩」[18]的母親，以及那個婚前兢兢業業為娘家盡孝、婚後按部就班為婆家盡忠的姐姐，他們能給予小女孩甄素蘭的家庭，無非是「冷鍋冷灶」、「衣服泡了幾天沒洗，後院的薔薇花給霸王草淹沒了，不再聽見縫紉機撻撻撻的充實的聲音。」[19]對她而言，親情不是溫暖，而是羞愧和恥辱；友情不是感動，而是恐懼和懷疑，眷村中經歷的一切都只是讓她體會了成長的無助和生活的苦難。

可是當她終於真的走出了擁擠侷促、壓抑破舊的眷村，走入了一個光鮮亮麗的現實世界中，成為一個已經擁有了令人豔羨的名利、相對獨立的現代女性，她的感受依舊和她在銀屏上所飾演的民國初年俠骨柔情、風塵女傑戚雙紅相同，「於世上不過一個沒有根基的人」，[20]這種在現實生活中的漂泊感和疏離感，與眷村中的切膚之痛形成鮮明對比。或許離開幼年眷村、進入現代都市後，現在的一切，「她沒有不足」，但又難免感到「總總不切身」，[21]總是「她孤單一個人跌得鼻青臉腫，沒有人可以分擔一點點」。[22]眷村中瑣碎、不圓滿的童年回憶，自然不能算得上美好，但畢竟有父輩構建的家國想像以供信仰，是鋪陳在僅剩的一點兒溫情的底子上，所以值得反復咀嚼。而走出眷村後生活的描寫，雖然異彩紛呈，繁華奪目，卻處處是荒涼落寞，即便在她與情人喬樵相處時，也總是隱隱的荒涼，沒有普通情人間的愛戀與甜蜜：

---

[18] 朱天文：《伊甸不再》（《最想念的季節》，朱天文著，臺北，三三書坊，1988 年元月），頁 37。

[19] 同上，頁 37-38。

[20] 朱天文：《伊甸不再》（《最想念的季節》，朱天文著，臺北，三三書坊，1988 年元月），頁 43。

[21] 同上，頁 57。

[22] 同上，頁 56。

> 客人不在，她會淩空注下，快樂的看著嫩青的豌豆一顆顆像珠玉跌進盤裡迸得四處亂跳，是有一天早上喬樵走出來，客廳的長窗都已推開，屋子裡陽光很燦爛，象牙黃的太陽光，甄梨一腳跪在象牙黃皮沙發上就那樣對著玻璃茶几上一隻瓷碟倒豌豆，玻璃幾上有天竺葵，有豌豆迸跳清脆的聲音，甄梨穿著他象牙黃襯衫的影子。喬樵忽然歎氣說：'昨晚我沒回去，你就這樣高興了？唉。'[23]

這富有畫面質感的情形，雖然籠罩在一片暖暖的象牙黃中，沒有一處蒼涼的表白，但那意境與對話，卻總讓人想起張愛玲筆下的葛薇龍與喬琪那個陰曆三十夜，在灣仔熱鬧喜慶的廟會中的對話：

> 喬琪笑道：『那些醉泥鰍，把你當做什麼人了？』薇龍道：『本來嘛，我跟她們有什麼分別？』喬琪一隻手管住輪盤，一隻手掩住她的嘴道：『你再胡說——』薇龍笑著告饒道：『好了好了！我承認我說錯了話。怎麼沒有分別呢？她們是不得已的，我是自願的！』車過了灣仔，花炮啪啦啪啦炸裂的爆響漸漸低下去了，街頭的紅綠燈，一個趕一個，在車前的玻璃裡一溜就黯然滅去。汽車駛入一帶黑沉沉的街衢。喬琪沒有朝她看，就看也看不見，可是他知道她一定是哭了。[24]

雖然這兩個女人的出現，相隔半個世紀之久，但她們摔打於風塵之中，遍嘗人間冷暖，無法把握自己命運的蒼涼感卻是一脈貫通，在塵世中的現實紛爭已經讓她們看到了生命的種種陰暗，就連通常女人們最賴以依存的感情，在她們那裡也變得斤斤計較又自欺欺人，不夠純粹。歷經了人世的起伏掙扎、探求追尋，甄素蘭發現，在這樣的塵世中，她時常懷念的，仍然是她「從前眷村的日子，很多很多，不一定是快樂甜蜜的，可是都是自

---

[23] 同上，頁 51。

[24] 張愛玲：〈第一爐香〉《張愛玲典藏全集》7，中短篇小說卷，哈爾濱，哈爾濱出版社，2003 年 10 月，頁 162。

己的。再壞，再不快，悲傷的眼淚流下來都是自己的。」[25]畢竟有太多的家國記憶和幼年便形成的價值判斷是永生無法抹除的。甄素蘭同樣出身眷村的好友米姬，對丈夫首先不能容忍的，也是他「用菜極的國語跟她談戀愛。……甚至不曉得孫中山先生是廣東省中山縣人」。[26]文章由此點出，甄素蘭對那些不堪回首的往日所以念念不忘，原因無他——那段記憶是充滿政治信仰和希望的。

小說主人公甄素蘭的這些心境，似乎和同樣擁有眷村背景，而又同樣涉足影視圈的作者朱天文有著很大程度的相似。正是因為離開了眷村的環境，離開了滿懷理想的「三三」伊甸園，離開了不識愁滋味的少年和意氣風發的青春，朱天文在作品中更加緬懷那段沉靜安好的歲月記憶，緬懷那段固然單調、死板，卻擁有至高信仰和絕對精神的最好的時光。

離開眷村後，朱天文也開始根據親身經歷創作了一批從廣泛意義上書寫家族記憶的作品：《敘前塵》記錄父母私奔的故事；《這一天》、《桃樹人家有事》是對外省袍澤間情誼的書寫及外省人在臺灣落地生根後的家庭生活；《荷葉‧蓮花‧藕》則表現了外省第二代間的聯姻。通過這些記憶書寫，朱天文得以建構一個父輩和"黨國"給予自己的家國記憶之外的個體歷史記憶，用對眷村生活的回顧，對眷村經驗的記錄，找尋外省人紮根「臺灣」社會的生活歷程，建構外省人——特別是外省第二代的「臺灣經驗」。

與其他一些外省第二代不同的是，臺灣南部鄉下外婆家的生活體驗，給了朱天文禮樂中國這個想像的文學原鄉之外的創作根基。同時，正如前文所述，因為政治方面的種種影響，外省人開始不得不面對"認同臺灣"的尷尬局面，惟有通過各種形式的表白，反復證明自己的「臺灣經驗」，方能澄清曖昧的身份問題。

[25] 朱天文：〈伊甸不再〉（《最想念的季節》，朱天文著，臺北，三三書坊，1988 年元月），頁 57。

[26] 同上，頁 55。

朱天文的「本土化」過程基本上以《安安的假期》(後改編為電影《冬冬的假期》)為標誌，故事以一個即將升入國中的小男孩安安的心理描寫了80 年代臺灣農村生活的橫斷面。實際上在這篇作品中並未有意識的攙雜太多過於嚴肅而敏感的省籍問題，而是通過書寫「鄉土」來講述了城鄉間的差異和兒童世界與成人世界的隔閡。對主人公安安／冬冬來講，城市是在枯燥乏味的畢業典禮上還要想著「補習ABCD」，但也有許多鄉村中沒有的快樂，可以隨意喝可樂，可以隨便雜亂的放置物品，有更多的家用電器，有更美味的飯菜和好玩的電動玩具。同時，經歷了現代化的過程的鄉村鋪了柏油路，穀倉改成了制塑膠袋廠，大柳樹也被砍掉只剩下一截樹樁。小說完全以一個小男孩的視角審視成人世界，以兒童的簡單心理反射出成人世界的複雜與無奈、溫情與傷感，特別是當妹妹見證了瘋女人的遭遇、他本人又旁觀了小舅舅的婚戀，他隱隱感受到的，就是「很難受」，「為的一件什麼，他還不瞭解的，不願去解的，或許那就是所謂的、成人世界了」。[27]但至少，他也隱隱學會了承擔責任，學會了接受現實。兒童世界與成人世界的巨大差異，在改編後電影《冬冬的假期》(A Summer at Grandpa's)(1984 年，侯孝賢執導）中以影像方式表達得更為明顯。在電影中，我們可以看出，所謂成人的世界，在外公家的房子裡，直接表現在樓下的部分，冬冬的兒童世界則是可以任由他跑來跑去的樓上，樓下世界在影調上永遠是凝重的，木制結構的房屋，以各種邊框框定，所有的人物都被框在格子裡活動，被限制死，壓抑沉悶；而相對映，冬冬樓上的兒童世界，則是明媚柔和、舒緩寬鬆的，也恰似一個沒有限制的伊甸園。

《外婆家的暑假》同樣以一個小女孩何怡寶的視角講述了她因父母辦理離婚而被送往鄉下，在外婆家度過的一個暑假。相比較安安／冬冬而言，她得到了更多關於生命的感悟，幼時父母親的關愛與被父母「離棄」的落

[27] 朱天文：《安安的假期》(《最想念的季節》，朱天文著，臺北，三三書坊，1988 年元月)，頁81。

寞，鄉鄰家小牛出生帶來的期望以及外婆的去世，都讓她看到了更殘酷更真實的人生。如果說安安／冬冬看到的成人世界只是生活中各種最現實而瑣碎事件的呈現，是一個真實而平淡的世界，那麼在何怡寶身邊發生的卻是最赤裸的生命歷程——新生與死亡，背叛與離棄。而無論是安安／冬冬還是何怡寶，都用自己單純的眼光審視他們身邊那個變動中的外部環境，面對成人世界，他們充滿了成長過程中不可避免的因為理想和現實之間的落差而導致的失望和困惑，也在這種難以言表的情緒中，接受現實。

朱天文已經慣用某種特定視角進行意念表達，這個時期她的小說與電影中最首要的特色是展現在城市「都市化」、鄉村「現代化」的經濟大轉型時期，「鄉村」與「都市」之間的對立與隔閡，以及在城鄉間尋找生存縫隙的人們——特別是青年人們的種種困境。

《風櫃來的人》同樣講述了一群在澎湖鄉間無所事事的少年來到大都市高雄時所經歷的人生困境和歷練。

> 澎湖的天空與本島不一樣。海太多了，哪里都是海，常常是把天吃掉了似的。如果把它畫下來，將有一條地平線低低的橫過畫面十分之一的地方，上面是天空與海，僅有的陸地大樹不生，長著蓬草和天人菊，石屋與礁石砌成的短牆，錯落期間。[28]

風櫃是這島上的一戶村落，其間的少年盤旋不定、逃避現實、暴力而又善良，打架、閒蕩、暫且偷歡似的生活在寄託了他們各種痛苦而頑強的記憶的鄉間。村子裡的石牆石階在陽光下黑白分明，清楚爽利，卻又叫人無所事事，昏昏欲睡。主人公阿清在看電影時總是回想起當年父親身體健康時的情形。在這裡，我們可以把「看電影」理解為「逃遁」的代名詞，然而這樣的逃遁毫無用處，少年們找不到生活的意義。於是，他們開始「痛

[28] 朱天文：〈風櫃來的人〉（《最想念的季節》，朱天文著，臺北，三三書坊，1988 年元月），頁 107。

恨自己，想趕快逃離這裡，跑得老遠老遠」。[29]當然，這樣的逃遁也是同樣無意義，小說以及後來的改編電影《風櫃來的人》（The Boys from Fengkuei）中都有一個重要的情節，

> 他們聽瘸三吹某某街專門有人拉看X級的地方，決心去碰碰運氣，……根本是棟沒有蓋好的空房子。空仃仃的窗戶外一盞霓虹招牌，燈光明明滅滅打進屋子裡，一下變青，一下轉紫。阿清沖到視窗望下去，萬丈紅塵平地起，不遠就是高雄港，千條萬條，紅的綠的，岸上燈，水中影，雜雜遝遝跳亂一片，真要一跟頭栽下去，不是蓋。
>
> 不再是澎湖的碼頭，這裡。遠遠的空中有一簇火舌一跳一跳的舔著天。[30]

這個情節的設置對故事是具有象徵意義的相當重要的一筆，它不僅反映出來自鄉間的無知少年，初面都市的侷促與惶惑，同時也以窗框中可以窺探的真實的外部景觀作為現實世界的象徵，以電影作為想像的虛幻世界的象徵，在窗框中出現的都市場景代替了少年們期待的電影，恰恰暗示了少年為了逃遁現實世界，來到他們想像中的城市，尋找一個虛構的人生是一件多麼荒誕的舉動，他們所能真正得到的，依舊是取代了幻想世界的、或殘酷、或光鮮，但一定是最最真實的現實。在這樣的真實世界中，他們同樣要面對生存方式的選擇和情感與責任的追問，在這樣的真實世界中，他們漸漸成長，同時也體會著成長的蒼涼和對現世的失望，以及對昔日的哀悼。在熙熙攘攘的都市中，人來人往，車水馬龍，可是他們卻只能在這擁擠、現代的都市中感到孤獨與空虛，[31]這種情緒來自於他們內心中對都市

---

[29] 同上，頁116。

[30] 同上，頁119。

[31] 「他坐在醫院門口階梯上等。看著大太陽底下來來去去的人、車子和對面街上的商店，櫥窗裡陳設著漂亮的舶來品，屋影投在白光光的馬路上。人都是孤獨的，彼此不能代替。顏

的仰望與不認同，也來自於都市現實生活對他們的擠壓。他們畢竟不屬於這個他們企圖尋夢於其間的都市，現實世界雖然是真實的、物質的，但於他們而言，卻依舊沒有依傍，沒有著落，絲毫與他們無關的所在。

和風櫃少年相同，《戀戀風塵》中的阿遠和阿雲也經歷了進入都市後城市化和成熟化過程中不可免的陣痛。故事中有大量篇幅描寫阿雲初來臺北時的膽怯，她的無助和膽怯大多是以阿遠的視角來表現，因為這些看似不足以對外人道的細微感受只有在同樣感到無助的阿遠那裡才能得到共鳴。而從另一個角度說，對阿雲無助狀態的表現，也是為了襯托阿遠的心境。儘管阿遠已經在這個大都市中打磨了兩年，但他依舊無法真正融入其中。周遭一切對阿遠而言都是陌生而冷漠的，印刷廠老闆一家人的冷眼、工作中生病受傷以及摩托車丟失一系列挫折與同鄉夥伴的相濡以沫形成鮮明的對比。這篇小說的特別之處還在於增加了阿遠服役的金門，形成了鄉村——都市——金門的三角對立關係。金門對阿遠同樣構成了「隱遁」的意義，離開了貧窮淳樸的鄉間和擁擠冷漠的都市，金門看似具有強烈意識形態功用，卻又構成了精神上真空的「伊甸園」，無論是和大陸漁民還是和應召女郎，都可以友善相處。這裡雖然與世隔絕，卻可以拋棄世俗意識形態的分歧和道德判斷的底線，只憑藉人與人之間建立在普遍人性基礎上的單純情義。也正是因為這裡的與世隔絕，才可以讓人拋棄在現實社會中原本顯得那麼重要的物質、道德規範和意識形態的認同等等複雜問題。

都是書寫現實生活中的本土經驗，《安安的假期》和《外婆家的暑假》透過都市兒童的視角審視成人現實世界的困惑，《風櫃來的人》和《戀戀風塵》借由鄉間少年的經歷感受現代都市社會的無奈，而《童年往事》則通

煥清想著，我們都是他媽的孤獨透了。」「阿清站在門口，彷彿整個人，一下，被掏空了。許多事情，眼前的，過去的，一景景如流光裡飛逝的埃塵，看著它離去，抓也抓不住。」（朱天文：《風櫃來的人》《最想念的季節》，朱天文著，臺北，三三書坊，1988 年元月，頁 131，137。）

過對家族中的三次死亡事件更深挖掘了生命的意義。小說及其改編電影《童年往事》（A Time to Live，a time to Die ）雖名為「童年」，但整個故事卻由三次死亡事件組成。三次死亡事件，父親、母親、祖母，一次比一次緩慢，一次比一次對主人公阿哈造成更為強烈的衝擊，對死亡的感悟也一次比一次更內化于阿哈。小說和電影的角色塑造中最為沉重有力的是那個一出場就已經很老，在故事結尾方才死去的祖母。整個故事中，她所做的事情，除了準備身後事、上街召喚孫子阿哈回家，就是心心念念要回大陸，回家鄉。她不樂意「住進這棟日本式榻榻米的宿舍裡，人們像小獸一般爬來爬去，卻又買了許多竹凳子來，蹲坐在上面吃飯寫字。她覺得她睡在家鄉那張大床上，雕鏤著呂洞賓三戲白牡丹的欄杆木床上，好像才是昨天的事。」[32]為了回家鄉，她不時拎著一個包袱經過街道，叫阿哈和她一起回大陸，阿哈考上中學，祖母第一件事情就是收拾包袱，鄭重的邀請阿哈和她一起回大陸稟告祖先。阿哈「跟祖母走著那條回大陸的路，在陽光很亮的曠野上，青天和地之間，空氣中蒸騰著土腥和草腥，天空刮來牛糞的瘴氣，一陣陣催他們進入渾沌。」[33]和祖母這次回大陸的經歷，讓阿哈靜下心來出離了平時的生活環境而反觀之，體會到了人生活在這片再熟悉不過的土地上時的蒼涼和漂泊感。可以說，祖母代表了所有外省人念祖懷鄉的尷尬。至於祖母的形象意義，羅倫斯．基阿瓦裡尼（Laurence Giavarini）認為，她扮演著「不想去知道從此定居在和大陸隔絕的臺灣、不能再回家鄉的事實的人」的關鍵性的過渡角色，她「讓我們意識到歷史只能從個人的記憶中發生的事件、地點、生活的痕跡裡去瞭解；她留給心愛的孫子最後的痕跡（身體潰爛的痕跡）就是將緩慢、無價、不定的生命轉換成一種經驗。」[34]

---

[32] 朱天文：〈童年往事〉（《炎夏之都》，朱天文著，臺北，三三書坊，1988 年 6 月），頁 38。

[33] 同上，頁 47。

[34] 羅倫斯・基阿瓦裡尼：《童年往事》（謝忠道譯）（《侯孝賢》，Oliver Assayas，Alain Bergala，Emmanuel Burdeau，Bernard Eisenschitz，Jean-Michel Frodon，Laurence Giavarini，Erwan Higuinen，蓮實重彥，焦雄屏，Kent Jones，Olivier Joyard，Jacques Mandelbaum，Jacques

對於子孫們並不關注的歷史，祖母儼然承擔了將其孜孜以傳遞的任務，她充當的是將此時處在臺灣島上某個村落的家庭與往日植根在大陸故鄉中的家族的歷史相聯繫的重要角色，換句話說，沒有祖母近乎神經質的「思鄉病」，當下的一輩就不可能反思、回顧歷史，這樣來講，祖母的故去，恰恰暗示了歷史的斷裂與淹沒，來自古老大陸的移民後裔，根據自己的生存經驗所能追蹤到的身份記憶，只能是臺灣這座島嶼。

時移事往，當歲月的車輪行至20世紀末，解嚴後的臺灣社會政治狀況發生驟變，資本主義經濟高速發展，物質生活水準急劇攀升，都市化程度日益加深，因為見證了臺灣都市化的進程，以及身處其間都市人的躁動，朱天文離開了對眷村的追憶和對鄉土臺灣的親近，在小說中開始了對臺北都市的鋪陳和展現。《炎夏之都》正是她作品「都市化」的應該標誌點。

小說以一齣人倫悲劇為背景：主人公呂聰智之妻德美的大弟，精神病發作，砍死二弟，呂聰智南下嘉義協助處埋後事，在往返嘉義與臺北的過程中，他意識中唯一不斷強化的感覺就是「熱」。小說以「這個城市越來越熱了」作為開頭，又就「熱」鋪張開去，夾雜著各種對都市叢林的描摹，不僅描繪出了都市生活中時常浮現的以「熱」為象徵的焦躁不安，同時也映射出都市人生活的疏離、落寞、無所依傍。岳母一家人非常態的生存狀況凸現出都市將委身其間的人們擠壓變形而毫不憐惜：發瘋的大弟、懶散的小妹、尖刻的大姐以及淡漠的岳父，唯有操勞的岳母在呂聰智眼中是值得敬重的。如果一個作者的創作，真有所謂「轉型」之說，那麼《炎夏之都》就可以說是朱天文小說轉型，由這篇小說，朱天文開始明確的讚美身體，眷戀生命。眷戀生命是因為對年華的珍惜，讚美身體也是因為對生命的顧念。或許是因為經歷了那麼突然的死亡事件，呂聰智在躁動於都市煩躁生活的同時開始恐懼死亡，坐電梯的時候他懼怕被電梯摔死，洗澡的時

Pimpaneau，Jean-Francois Rauger，Emma Tassy，Chrles Tesson 著，臺北，財團法人國家電影資料館，2000 年 12 月 1 日），頁 167。

候他懼怕被電死，儘管只要稍微離開死亡的威脅，他就會完全忘記剛剛的恐懼，但正是對如此之快的逃避記憶的強調，更顯示出他對死亡的懼怕。「死亡」猝不及防，身體又是那麼脆弱得不堪一擊，在喧囂、嘈雜、浮躁的都市中，所有的東西都沒有保障到了可能在頃刻間消失的地步，人的生命也朝不保夕，可能隨時被外界吞噬，所以只有此時此刻的身體才是最真實的，可以把握的。

對身體的耽溺與將外界世界汙穢化的處理相互映襯成為小說《炎夏之都》的一個重要特色，小說中的都市充斥大量的穢物：唾液、鼻涕、糞便、垃圾……小說從主人公呂聰智的視角出發，對都市進行主觀性刻畫，所有文字所透露的都市印象其實都是呂聰智的感受，讀者一方面從文字中感受到都市人生存環境——特別是精神環境的惡劣，另一方面，這些描寫也似一面鏡子，折射出呂聰智作為一個非常典型的都市人浮躁頹廢的心理狀態。終日游走于都市叢林的呂聰智雖然也抱怨現代都市生活規則在精神層面給都市人造成的異化，但同時，他也作為都市的一份子，熟練演習都市生活規則。

到了小說集《世紀末的華麗》中，可以說朱天文已經告別了想像中的文學原鄉伊甸園，腳踏實地進入了對生活於其間的臺北這座繁華都市的描摹。這本小說集中的主人公們幾乎都有著頗為隱晦的外省人背景，但在作品中，這種身份認知已經並不再給他們構成太大的影響和困擾，離開究根溯源的執扭和不切實際的幻想，他們所要面對的，是朝夕相處的臺北。

對〈柴師傅〉中年逾七旬的柴明儀，臺北意味著高傳真電視裡的豬哥亮餐廳秀、限制級院線片、深邃幽暗的MTV以及佛堂混雜一處，「神人同在，凱撒的不歸凱撒，上帝的不歸上帝」[35]的盆地沙漠，「午後的洗街車像一隻恐龍從門前沙沙經過，前座腹地噴出半天高的飛瀑，滋滋澆熄蒸煙騰砂」，

---

[35] 朱天文：〈柴師父〉（《世紀末的華麗》，朱天文著，香港，遠流出版公司，1993 年 7 月），頁 22。

[36]在這個四處沙土飛揚的浮躁都市裡，聽著家人的本省語言，柴明儀無法實踐四十年前定居昆明養老的念頭，只能以等待一個年齡或可作他孫女的女孩的到來，作為自己日漸衰老、無法再追逐都市生活腳步的救贖。對〈紅玫瑰呼叫你〉中的快四十歲的翔哥，臺北意味著KTV、大麻與XO等各種文化意符空洞無味的肆意拼貼；對〈帶我去吧，月光〉中的程佳瑋，臺北不時會因為莫名其妙的遊行隊伍而陷入交通癱瘓、街邊各種現代化設施足以將人吞噬；對〈肉身菩薩〉中的小佟，臺北無非是要用肉身普度欲望，閃耀著稀稀落落霓虹燈、彌散著水風腐臭，也愉樂、也寂寞的菩提道場……。

世紀末的都市被物質充斥，散落於世界各地的城市與城市之間的地理概念差異逐漸消失，只保存著同為"都市"的同質異構概念。生活在其間的都市人類儘管無比困頓於都市的異化和壓制，卻又不可救藥、無法避免的依賴著都市。《世紀末的華麗》中的米亞一旦離開了臺北就感覺「陌生直如異國」，好似會「失根而萎」，剛剛到達「荒涼的異國」就「已等不及要回去那個聲色犬馬的家城」，而「當她在國光號裡一覺醒來望見雪亮花房般大窗景的新光百貨，連著塞滿騎樓底下的服飾攤，轉出中山北路，樟樹槭樹蔭隙裡各種明度燈色的商店，上橋，空中大霓虹牆，米亞如魚得水又活回來了。」[37]身為模特的米亞，走在都市生活的前沿，以她對時尚的敏感把握，消費都市文化：「八七年鳶尾花創下天價拍賣紀錄後，黃，紫，青，三色系立刻成為色彩主流」；[38]「恐懼AIDS造成服裝設計上女性化和紳士感，中性服消失」；[39]法國大革命兩百周年，到「九二年冬裝，帝政遺風仍興。上批披風斗篷，下配緊身褲或長襪，或搭長及膝上的靴子」；[40]「環保意識自九

---

[36] 同上，頁 18。

[37] 朱天文：〈世紀末的華麗〉（《世紀末的華麗》，朱天文著，台北，遠流出版公司，1993 年 7 月），頁 199-200。

[38] 同上，頁 187。

[39] 同上，頁 191。

[40] 同上，頁 194。

〇年春始，海濱淺色調，沙漠柔淡感」層出不窮，「人造毛皮成為九〇年冬裝新寵」[41]；漢城奧運會時又出現「可讓手腳大幅度擺作方便運動的裁剪法」[42]。……流行意符對米亞而言，已經超越了單純的服飾意義，而是都市消費文化的一個重要組成部分。米亞們長久生活在充滿物質的現代都市中，商品和物質好像一塊巨大的磁石，將都市人賴以生存的都市物化，進而也物化了依靠都市消費文化滋養的都市人，米亞們真正的鄉土不再是地圖上的某個名字，而是「臺北米蘭巴黎倫敦東京紐約結成的城市聯邦」。[43]日益都市化的過程中，城市自身日漸喪失了自我特質，對於置身其中的個體而言更是如此，他們喪失了根基，只能漂浮於「都市」這個大概念之中。

時光推進了半個多世紀之久，當年義無反顧來到臺灣的少壯們日漸年老，甚至故去。他們的子孫因緣際會，紮根島嶼。半個多世紀以來的沉潛與廝磨後，朱天文這些外省第二代在對文字的擺弄實踐中，進行著文學精神的尋索路徑，從想像中禮樂中國的伊甸園，走入休息相關的臺灣本土社會。這片土地上經由歲月的殘酷洗刷，已經承載了他們難以磨滅的個體記憶和生命體驗，他們也終於得以在紛擾的都會中品評家國故事，並在清明時分，到祖輩、父輩們的墳前，捧一抔黃土。

---

[41] 同上，頁196。
[42] 同上，頁201。
[43] 同上，頁200。

參考文獻

文學作品

- 朱天文：《淡江記》（散文集），臺北，三三書坊，1988 年 2 月。
- 朱天文：《傳說》（小說集），臺北，三三書坊，1987 年 7 月。
- 朱天文：《小畢的故事》（散文集），臺北，遠流出版事業股份公司，1992 年 9 月 16 日。
- 朱天文：《最想念的季節》（小說集），臺北，三三書坊，1988 年元月。
- 朱天文、朱天心、朱天衣合著：《三姐妹》（散文合集），臺北，皇冠文學出版公司，1996 年 8 月。
- 朱天文：《炎夏之都》（小說集），臺北，三三書坊，1988 年 6 月。
- 吳念真、朱天文：《戀戀風塵》（電影劇本），臺北，三三書坊，1987 年 4 月。
- 朱天文：《世紀末的華麗》（小說集），香港，遠流出版公司，1993 年 7 月。
- 朱天文：《荒人手記》（長篇小說），臺北，時報文化出版公司，2001 年 7 月 2 日。
- 朱天文：《好男好女》（電影劇本），臺北，麥田出版公司，1995 年 6 月 20 日。
- 朱天文著，王德威主編：《花憶前身》，臺北，麥田出版股份公司，1996 年 10 月 1 日。
- 朱天文：《千禧曼波》（電影原著中英文劇本），臺北，麥田出版，2001 年。
- 朱天文：《世紀末的華麗》（小說集），成都，四川文藝出版社，1999 年。
- 朱天文：《花憶前身》（散文集），上海，上海文藝出版社，2001 年。
- 朱天文：《炎夏之都》（小說集），上海，上海文藝出版社，2001 年。

- 朱天文：《悲情城市》(電影劇本集)，上海，上海文藝出版社，2001年。
- 朱天文：《巫言》首章（長篇小說)，《INK印刻文學生活志》創刊號，2003年9月。
- 林秀玲主編：《九十二年小說選》，臺北，九歌出版公司，2004年3月10日。
- 朱天心：《想我眷村的兄弟們》，臺北，INK印刻出版公司，2002年6月。
- 蘇偉貞主編：《臺灣眷村小說選》，臺北，二魚文化事業公司，2004年2月。

電影作品

- 《小畢的故事（Growing up)》(1983年） 導演：侯孝賢　編劇：朱天文。
- 《風櫃來的人(The Boys from FungKuei)》(1983年）導演：侯孝賢　編劇：朱天文。
- 《冬冬的暑假(A Summer at Grandpa's　)》(1984年）導演：侯孝賢　編劇：朱天文、侯孝賢。
- 《童年往事（The Time to Live and the Time to Die)》(1985年） 導演：侯孝賢　編劇：朱天文、侯孝賢。
- 《戀戀風塵（Dust in the Wind　)》(1986年） 導演：侯孝賢　編劇：吳念真、朱天文。

學術論著

- 王德威：《想像中國的方法——歷史・小說・敘事》，北京，生活・書・新知三聯書店，1998年9月。
- 王德威：《中國現代小說十講》，上海，復旦大學出版社，2003年10月。
- 王德威：《閱讀當代小說——臺灣・大陸・香港・海外》，臺北，遠流出版公司，1991 年 9 月 30 日。

- 梅家玲編：《性別論述與臺灣小說》，臺北，麥田出版，2000 年 10 月。

學位論文

- 劉叔慧：《華麗的修行——朱天文的文學實踐》，淡江大學中國文學研究所 1995，碩士論文。
- 徐彥萍：《朱天文電影劇作研究》，北京電影學院電影藝術與技術系電影劇本創作及理論專業，1999，碩士論文。
- 徐正芬：《朱天文小說研究》，國立臺灣師範大學國文系在職進修碩士學位班，2001，碩士論文。

單篇論文

- 楊錦郁記錄整理：〈始終維護文學的尊嚴——李瑞騰專訪朱天心〉，《文訊雜誌》，1993 年 6 月。
- 張誦聖：〈朱天文與臺灣文化及文學的新動向〉，《中外文學》，1994 年 3 月。
- 林文佩記錄整理：〈尋找今天的紅樓夢——第一屆「時報文學百萬小說獎」決審會議記實〉，《中國時報》，1994 年 6 月 13 日。
- 朱天文：〈奢靡的實踐——得獎感言〉，《中國時報》，1994 年 6 月 13 日。
- 李鹽冰：〈朱天文知道自立的位置在哪裡〉，《中國時報》，1994 年 6 月 13 日。
- 張啟疆：〈「我」的裡面有個「她」——專訪朱天文〉，《中國時報》，1994 年 6 月 14 日。
- 劉大任：〈不出的荒原——我讀〈荒人手記〉〉，《中國時報》，1994 年 11 月 12 日。
- 楊棄：〈知識論述與抒情生命的奇奧對話〉，《中國時報》，1994 年 11 月 13 日。
- 鐘雲記錄整理：〈在孤獨的月夜裡歌唱——時報百萬小說獎〈荒人手

記〉、〈沉默之島〉新書發表會座談記要〉，《中國時報》，1994 年 11 月 19 日。

- 張誦聖：〈袁瓊瓊與八〇年代臺灣女性作家的「張愛玲熱」〉，《中外文學》，1995 年 1 月。
- 劉紹銘：〈孤絕物語〉，《中時晚報》，1995 年 2 月 5 日。
- 劉亮雅：〈擺盪在現代與後現代之間——朱天文近期作品中的國族、世代、性別與情欲問題〉，《中外文學》，1995 年 6 月。
- 朱偉誠：〈受困主流的同志荒人——朱天文〈荒人手記〉的同志閱讀〉，《中外文學》，1995 年 8 月。
- 紀大偉：〈在荒原上製造同性戀聲音——閱讀〈荒人手記〉〉，《島嶼邊緣》，1995 年 9 月。
- 紀大偉：〈帶餓思潑辣：〈荒人手記〉的酷兒閱讀〉，《中外文學》，1995 年 8 月。
- 邱妙津：〈中國傳統裡的烏托邦——兼論〈荒人手記〉中的「情色」於「色情」烏托邦〉，《聯合文學》，1995 年 9 月。
- 黃錦樹：〈神姬之舞：後四十回？（後）現代啟示錄？——論朱天文〉，《中外文學》，1996 年 3 月。
- 徐淑卿：〈祭胡蘭成——朱天文面對師承有所辯〉，《中國時報：開卷週報》，1996 年 10 月。
- 黃靜宜：〈朱天文短篇小說中的幾個重要主題探討〉，《書評》，1996 年 10 月。
- 王德威：〈從〈狂人日記〉到〈荒人手記〉——論朱天文，兼及胡蘭成與張愛玲〉，《現代中文文學評論》，1996 年 6 月。
- 張志維：〈以同聲字鏈製造同性之戀——〈荒人手記〉的ㄈㄨ、語術〉，《中外文學》，1997 年 3 月。
- 江林信：〈繽紛花叢的太平間——讀朱天文〈花憶前身〉〉，《書評》，1997

年 10 月。

- 莊宜文：〈在君父的城邦——三三文學集團研究〉，《國文天地》，1998 年 1 月。
- 莊宜文：〈〈三三集刊〉的散文研究〉，現代散文研討會，1997 年 5 月。
- 李文冰：〈文學的鑿石者——作家朱天文專訪〉，《幼獅文藝》，1998 年 3 月。
- 朱天文：〈做小金魚的人——讀〈華太平家傳〉〉，《聯合報》，1998 年 3 月 28 日。
- 朱天文：〈揮別的手勢——記父親走後一年〉，《中國時報》，1999 年 3 月 21 日。
- 劉再復、劉劍梅：〈論審美眼睛〉，《共悟人間》，1999 年 5 月。
- 朱天文：〈廢墟裡的新天使〉，《自由時報》，1999 年 9 月 3 日。
- 朱天文：〈來自遠方的眼光〉，《自由時報》，1999 年 10 月 3 日。
- 劉亮雅：〈世紀末臺灣小說裡的性別跨界與頹廢：以李昂、朱天文、邱妙津、成英姝為例〉，《中外文學》，1999 年 11 月。
- 陳綾琪：〈世紀末的荒人美學：朱天文的〈世紀末的華麗〉與〈荒人手記〉〉，《中國現代文學理論》，2000 年 3 月。
- 簡素琤：〈文學與影像的跨越——從朱天文〈安安的假期〉童年憶往式的鄉愁到侯孝賢〈冬冬的假期〉土地凝視的超越體悟〉，《電影欣賞》，2000 年 9 月。
- 朱天文：〈花憶前身——回憶張愛玲和胡蘭成〉，《文學世紀》，2000 年 12 月。
- 莊宜文：〈雙面夏娃——朱天文、朱天心作品比較〉，《臺灣文學學報》，2000 年 12 月。
- 張小虹：〈朱天文〈世紀末的華麗〉導讀〉，《文學臺灣》，2001 年 4 月。
- 陳綾琪：〈顛覆性的模仿與雜匯——由朱天文的〈荒人手記〉談臺灣文

學的後現代〉，《中外文學》，2002 年 3 月。

- 羅怡芬、羅佩瑄：〈徜徉於蒼穹的滑翔翼——朱天文的電影與小說〉，《東吳大學中國文學系系刊》，2002 年 6 月。
- 劉亮雅、王梅春：〈在全球化與地化的交錯之中：白先勇、李昂、朱天文和紀大偉小說中的男同性戀呈現〉，《中外文學》，2003 年 8 月。
- 張瑞芬：〈明月身前幽蘭谷——胡蘭成、朱天文與「三三」〉，《臺灣文學學報》，2003 年 8 月。
- 徐宗潔：〈厭棄或耽溺？論朱天文〈炎夏之都〉中 的身體意識〉，《臺灣人文》，2003 年 12 月。
- 麥哲倫：〈朱天文：命名的喜悅是最大的回饋〉，《南方週末》，2004 年 1 月 8 日。
- 張清志：〈好天氣誰給題名——朱天文對談侯孝賢〉，《INK 印刻文學生活志》，第 15 期，2004 年 11 月。
- 金文京：〈胡蘭成對臺灣文學之影響及其與日本近代文藝思想之關係〉，《文化、認同、社會變遷——戰後五十年臺灣文學國際學術研討會論文集》，台北：行政院文化建設委員會，2000 年 6 月。
- 梅家玲：〈八、九〇年代眷村小說（家）的家國想像與書寫政治〉，《臺灣現代小說史綜論》，臺北：聯經出版社，1998 年 12 月。

講評

郭強生*

在近年來文學研究中，地理、地域、或是空間書寫這樣的觀念逐漸受到重視，原因以及影響可以簡單地從兩個方面來說。首先，相對於過去文學史基本上都以「時間」做為架構，難免呈現的是線性傳承為重點的思考。這種重時間而忽視了空間元素的傾向，顯然已不足以解決整個世界版圖在二十世紀末重劃、全球化時代來臨所引發的多重經驗。「空間」本是所具示的層次、距離感，反而能打破既有的中心化、線性化的批評角度，提供了更具立體化，具歧義複合性的架構。

再者，由空間到地方、地方到疆域，這一連串的延伸更凸顯了這是一種想像建構的過程。地方為單一地理定點的傳統觀念，無法解決更複雜的身份、歷史與認同這種種問題，如許多評論家藉地理這個角度提出的批判所示，一個地方並沒有固定的歷史意義，反而是由於在某塊土地上活著的不同社群，經過衝突、交涉所產生的詮釋活動，讓「土地」成為一個想像的、流動的意義符號。這也使得許多書寫中所呈現的文化、族群記憶與經驗，因這個符號的介入，許多折衝互動的面向也浮上檯面，豐富了我們對文學的多元化解讀。

從這個角度來看李晨同學的這篇論文，朱天文如何在她的作品中「想像」她所在的地方——台灣，確實是一個值得研究的好題目。而李同學也頗有這樣的企圖。在摘要中她說：「在周遭政治環境的影響下而產生的本土化風潮中，朱天文也開始轉而關注臺灣鄉土體裁的創作」，以及稱這段轉變是一條「從想像的『伊甸』到臺灣本土經驗的文學精神尋索之路」，可見得論文作者基本上非常理解前述的「土地想像」之內涵，但不可否認，這是

* 東華大學英美系副教授兼系主任及文學創作與英語文學研究所所長

一個非常龐大的題目，因為從她的前提出發，所面對的就不光是由土地、空間切入台灣族群的歷史這個議題，反而是空間和時間如何一直在「台灣想像」中不斷衝突的焦慮。在所謂的「本土化」風潮中，執行者最著重的便在一九四五年日本戰敗、一九四九年國民黨政權遷台，所造成的一種歷史感被中斷或壓抑後的認同政治。藉了本土的號召，要與國民黨政權做一切割，同時再企圖補修本土意識萌芽發展的歷史。批評者或許就可以說，這套思維凸顯的是本土化本身的保守與反動，將土地與歷史都設定在直線或固定的框架中，以致造成兩者之間的種種矛盾與衝突弔詭。李同學在論文中直稱朱天文已「本土化」，但並未對本土化這個語辭提出自己的、或是其他學者為其所做之定義，因此全文讀來不乏觀點搖擺不定的缺失。譬如都市化書寫如何與本土化經驗聯結？抑或論文作者企圖提出「本土化」不僅是鄉土想像，更包括了後現代社會想像與全球化模擬？但顯然論文中並未更周延地設定她所欲討論的「本土化」議題。

若假設李同學所言之「本土化」是相對於「眷村文學」，以故國秋海棠圖騰為基調的「伊甸式」想像，那麼她在文中稱《安安的假期》為朱天文「本土化」過程的轉折標誌便有需再斟酌。整篇論文中沒有提及《悲情城市》與《好男好女》、《戲夢人生》這三部劇本，而改以《戀戀風塵》與《風櫃來的人》作為朱天文入了「風塵」的本土經驗佐證，明顯有避重就輕之憾。也許也正因這個題目龐大，恐不易在單一論文中有所具體意見，所以建議李同學能繼續以此命題延伸發展，讓命題的脈絡再完整一些，爬梳再清晰一些。眷村文化、故國伊甸想像是否便一定與本土經驗、鄉土認同形容二元對立？本土想像可能因眷村族群的台灣經驗更形完整嗎？而我個人以為，朱天文地理書寫表現最傑出的一篇作品是以香港為背景的〈世夢〉，外有第二代女兒陪伴老父赴港與分離半世紀的姑母相會，藉香港混雜的地理環境反應文化認同的衝突，也推薦李同學更進一步思考。

海的方向，海的啟發

從《黑色的翅膀》探勘夏曼・藍波安的近期書寫

陳宗暉*

摘要

傳統與現代的交纏，一直是夏曼・藍波安往返蘭嶼與台灣與其他島嶼之間所遭遇的難題。在父親過世之後，夏曼・藍波安勢必也隨之被推向了一個新地方。而如果說，來到這個階段的夏曼・藍波安的作品帶有一個方向，這個方向可能就是源自於部落灘頭，指向大海，沿之抵達其他更遠的島嶼與島嶼。本文旨在藉由長篇小說《黑色的翅膀》及其後來尚未集結成冊的散文、小說創作，回溯、推衍夏曼・藍波安最初的夢想，以及往後的寄託。在這之中，當夏曼・藍波安領悟到有別於父執輩的：「我們這一代」的難題時，他要如何找到平衡的可能？平衡的契機可能來自於箭頭的另一端：「原初」。正是更深入地掌握「原初」，而後正面迎向「現代」，夏曼・藍波安再生了屬於他的原初能量。也因此，夏曼・藍波安在漢語文壇找到了屬於他的位置，而這也是他的另一種能量。經驗海洋，隨時準備要再出發的夏曼・藍波安，這一切都是因為來自於原初大海的啟發，以及遠方島嶼與島嶼之間的夢想。

關鍵詞：夏曼・藍波安、海、飛魚、部落灘頭、原初

---

* 東華大學中國語文學系碩士生，E-mail：m9401001@em94.ndhu.edu.tw

前言：波峰與波谷，以及來自大海的啟發

二〇〇三年之於夏曼・藍波安的寫作生涯，有幾個很清晰的標誌：親人的相繼去世[1]、碩士論文的完成，以及，開始建造屬於自己的第二艘拼板船。

父執輩的去世對於夏曼・藍波安而言，除了是肉體的消逝之外，更有傳統文化、信仰逐漸凋零的意涵[2]。儘管這個問題在《海浪的記憶》裡已經有了相當程度的思索，然而，「肉體先前的靈魂」[3]正式離開之後，夏曼・藍波安所要面臨的，是另外一個不同的階段。這早已不只是「從施努來到夏曼・藍波安」[4]，這已然是「夏曼・藍波安」自己本身的課題。這個新課題，在介於《冷海情深》與《海浪的記憶》之間的長篇小說《黑色的翅膀》裡，其實早已開始流動，那是最初的源頭。

夏曼・藍波安藉由這本寫作生涯之中的首部長篇小說寄託了什麼？哪裡是這股伏流的方向？如果總要有個隱隱然的方向，那麼，在夏曼・藍波安後續所發表的散文、小說創作[5]裡，沿途又呈現了什麼樣的風景？

進入取得碩士學位之後的階段，夏曼・藍波安在碩論自序〈波峰與波谷〉之中，除了是以過來人的姿態，統整、回顧自己往昔在「波峰」

---

1 他們分別是夏曼・藍波安的父親、母親與大伯。

2 父親過世以後，在一篇報導之中，夏曼・藍波安表示，很懊悔自己從父親那邊「學得太少了」，「我常只是觀察，問得太少」。詳見2003.05.01聯合報 B6文化版。

3 「肉體先前的靈魂」是指「先父」。夏曼・藍波安在散文〈祖先原初的禮物〉正式啟用這個詞。本文收錄於《印刻文學生活誌》第壹卷第捌期。

4 此乃關曉榮替夏曼・藍波安散文集《冷海情深》所寫的序文標題。《冷海情深》是夏曼・藍波安試圖在山海之中洗刷「漢人」標籤、進而回歸「雅美」的傳統技藝練習簿。此時的夏曼・藍波安尚未自稱為「達悟」。後來採用「達悟」而不使用「雅美」一詞，在其碩論的〈緒論〉開篇即有稍作說明：是為了擺脫行政體系的慣用詞之故。

5 本文所聚焦的夏曼・藍波安作品，除了長篇小說《黑色的翅膀》之外，還有二〇〇二年《海浪的記憶》出版之後（隔年父母親便相繼去世），在《印刻文學生活誌》上所陸續發表的散文與小說，這些作品尚未集結成冊，然而已經可以看出一些端倪：那個屬於夏曼・藍波安的新課題。

（現代）與「波谷」（傳統）之間擺盪的歷程，並且站在「漢人人類學家到目前為止書寫擠不出來的知識」[6]——「海洋人類學」的立場之上，在行文之中，穩紮穩打，夏曼・藍波安儼然有了屬於他自己的架勢。而這個波浪隨著夏曼・藍波安在漢人學術領域裡的鍛鍊，隨著父執輩的過世、以及碩論的主題：「原初」[7]的重新探索，同樣也是來到了另一個層次。透過持續的思考與寫作，以及掌握傳統技藝、可以再度打造拼板船的夏曼・藍波安是否已經踩穩了他的腳步？

而如果說，夏曼・藍波安就是想要在傳統與現代之間，平衡地找到屬於他的站姿，而不致於被現代化的浪潮給淹沒，或者遭到傳統部落的集體檢視給放逐，這一切的源頭與動力可能便是來自於《黑色的翅膀》的那幅偷偷摸摸潛入老師辦公室裡的「世界地圖」的啟示，還有，作為整部小說的主要場景：「部落灘頭」之上的父執輩們，以及灘頭上的一景一物。而所有的這一切，更是來自於飛魚的呼喚、海浪的流動，以及，那最原初的：大海的啟發。

大海遼闊寬深，海浪有記憶[8]，而海也具有「恆常不確定」[9]的特性。「遭遇（達悟）海洋」的經驗，在夏曼・藍波安《黑色的翅膀》及其後續的創作裡，有什麼樣特殊的意義？夏曼・藍波安從他一路以來的矛盾與掙扎之中破浪而出了嗎？透過大海，或許能夠給出一個暫時的解答。

---

[6] 語出夏曼・藍波安（2003）碩論自序〈波峰與波谷〉，新竹：清華大學，未編頁碼。

[7] 夏曼・藍波安的碩論題目為：《原初豐腴的島嶼——達悟民族的海洋知識與文化》。而所謂的「原初」，除了是傳統的充分熟習（《八代灣的神話》）、進而實踐（《冷海情深》、《海浪的記憶》）之外，在夏曼・藍波安後續的創作裡，更有一種藉此「再生」的積極面向。

[8] 正如〈海浪的記憶〉裡所強調的，「射到大魚不是了不起的事，但海能記得你的人，海神聞得出你的體味，才是重點。」

[9] 這是夏曼・藍波安的說法與親身體悟。夏曼・藍波安在他的碩論裡，羅列介紹了達悟族十四種各式各樣的海，而其中「wawa」是指「『靈魂有生命的』海」。

壹、一個新的階段：記憶的收拾與技藝的驗收

夏曼・藍波安的父親早在《八代灣的神話》裡已呈現衰老的姿態。「阿爸在時光隧道裡，早已老邁衰弱，船隻已棄置路旁草叢裡，他日日望著海洋，深陷的瞳眸，可意會阿爸對海的熱愛；鬆弛的線條依舊顯明的肌肉，令我肅然起敬。人確實老了，但是父親的神話故事更精彩了……要我與他合力造舟，實現了我兒時的心願，同時更是阿爸這一生對我最大的願望——雅美男人必要學習造船的技藝。彼時兒時記憶裡被裝進一大堆當時不甚瞭解的神話故事，如今，在從事傳統勞動生產時，一一應驗了[10]。」神話故事因為身體的勞動而獲得意義，落實在樹與海裡；勞動身體因而增添說故事的能力與故事內容的紮實。這段最初的告白，幾乎可以視為後來的《冷海情深》一直到《海浪的記憶》裡最主要的進程走軸[11]。記憶的收拾，夏曼・藍波安因而有了新的姿態；技藝的驗收，夏曼・藍波安因而不再是「冷海情深時期」那樣戰戰兢兢，質疑自己尚未具備「達悟男人」的資格。

在通過《八代灣的神話》進行對傳統神話與文化的重新認識、以及《冷海情深》的勞動書寫與自我反省、沉澱之後，夏曼・藍波安在長篇小說《黑色的翅膀》出版之後，再次離開蘭嶼島，赴台灣清華大學就讀人類學研究所，這段期間除了不再使用「阿爸」一詞，以及將官方的「雅美」置換為後來的「達悟」之外，象徵著傳統達悟精神的父親（以及母親），在夏曼・藍波安於台灣、蘭嶼來來去去之間，逐漸走向衰弱與疲憊：

---

10 參見夏曼・藍波安（1992）〈孤舟夜航的驕傲〉，《八代灣的神話》，台中：晨星，頁1-2。

11 這其中也應該包括介於二書之間的長篇小說《黑色的翅膀》，不過，本文傾向將《黑色的翅膀》視為一種「伏筆」。儘管這本小說還是來自於部分的現實，且不時仍有夏曼・藍波安散文一貫的主題。關於《黑色的翅膀》，詳見本文第貳節。

> 回家十三年後，肉體先前的靈魂有了老人痴呆的症狀，我人在台灣時，他就從早上到晚上逛部落尋找我的靈魂，於是常常跌倒撞破頭皮，我以為也許是痴呆，讓他不會有疼痛的感覺。[12]

> 他們不再說很多心中的話，不再對我以招喚遊子靈魂儀式迎接，他們只是默默的坐在地上看著我這個經常離開他們如幻滅影子般的獨子，青苔淹沒了微笑。他們也不再抱怨，我們島上新舊文明重疊後失去許多原初生活質感的事，他們只是靜靜的望海。[13]

相較於《冷海情深》裡的疾呼與責備，父親最後更是在夏曼・藍波安取得碩士學位之際過世。這無疑是將夏曼・藍波安的處境與思考推到了一個新的地方。

順此脈絡來看待夏曼・藍波安在〈祖先原初的禮物〉裡所紀錄的一個場景：

> 當父親臉上的血跡擦拭乾淨後，我走到大伯身後，大伯仰著臉看我，寫在臉上的是淚水沿著許多皺紋的紋溝，父親開口問大伯說：「他是誰？」[14]

除了因為病症而影響記憶，除了因為在達悟父親的眼中，夏曼・藍波安始終仍有「漢化」的嫌疑，因而讓達悟父親必須問出「他是誰？」之外，這裡更可以視為一個場景的切換：從此以後，已經初步掌握了傳統技藝的夏曼・藍波安就要正式告別父執輩的教導，踩過他們的腳步，走出自己的路。夏曼・藍波安於是也不得不承認：「星移物換，過去他們在山海的求生鬥

---

[12] 夏曼・藍波安（2005）〈祖先原初的禮物〉，《印刻文學生活誌》，第壹卷第捌期，頁 132。

[13] 夏曼・藍波安（2004.03.11）〈原初的勞動者〉，《中國時報・人間副刊》。這或許便是部落老人的「黃昏宿命」，一種被「現代化」逼退到角落的情況。

[14] 同註 12，頁 133。

志已是我們這一代的神話故事[15]」。這不是一種丟棄與不理，而是一種必須的跨越。夏曼・藍波安於是接著強調：「他們過去的歲月在手臂上努力勞動凸出的血管在我心海噴射出原初勞動者的尊嚴。[16]」這便是手中緊握著的「祖先原初的禮物」[17]，然而「我們這一代」的認知已經清楚浮現。儘管沒有引路人，但是大海依舊在。即使是悲傷的，但這同時也是夏曼・藍波安「再生」的契機：「父母親在同個月回到我們人出生之後的『終點家』的八個月以後，我開始建造我的第二艘拼板船。[18]」再造一艘達悟船，除了是傳統技藝的驗證，更是再出發的一種決心。

而這個不斷地「再出發」的傾向，在夏曼・藍波安這裡，就如同潮汐一般，來來回回持續發生著：「十年後，感覺某種事物又喚起我的夢想，我再次的遠離已是老邁的雙親，與一直對我貼心的嬌妻。[19]」預備出發到台灣就讀人類學研究所，在這段文字之中，帶有一種拉扯感，而那個所謂的「某種事物」到底是什麼？什麼又是夏曼・藍波安的「夢想」？如果把時間推回到兒時的場景，四個達悟小孩在大海的面前，在天空的眼睛[20]之下，在部落灘頭之上，長篇小說《黑色的翅膀》無疑是一個必須回溯的源頭。

貳、世界地圖，以及兒時部落灘頭上的夢想

分成四個章節的長篇小說《黑色的翅膀》，其實也可以視為夏曼・藍

---

[15] 同前文，頁 132。
[16] 同前文，頁 132-133。
[17] 夏曼・藍波安在〈祖先原初的禮物〉裡還寫著：「從那時候起，父親的記憶只剩下拼板船、飛魚、鬼頭刀魚，以及深夜裡他已『殘缺不全』的歌聲與歌詞伴著他如朽木般的奉獻給下一棵樹的養分，父親給我的只有這些，在自己邁進五十歲後的遺產」。過濾一位達悟老人的記憶，晚年只餘下拼板船、飛魚、鬼頭刀魚與祝禱的歌詞，而來自大海的這些，也就是全部的「財產」了。
[18] 同前文，頁 134。
[19] 參見夏曼・藍波安（2003）碩論自序〈波峰與波谷〉，新竹：清華大學，未編頁碼。
[20] 這是達悟的用語，即天上的星星。

波安無論是在寫作上或者成長歷程裡，循序漸進、隱隱流動的四個階段。這是夏曼・藍波安的身體與大海的結合。如果沒有回過頭去檢視島上的神話故事而寫出《八代灣的神話》，如果沒有通過《冷海情深》這一段向深海與樹木練習的過程，就不會有後來的這本在想像與經驗的潮間帶裡誕生的《黑色的翅膀》。而這正是發生在大海與部落之間的「部落灘頭」的故事。

《黑色的翅膀》的開場，首先呈現的是飛魚首領：「黑色翅膀的飛魚」[21]率領飛魚群前進人之島的場景：「牠們宿命的按天神（達悟族的神）的指令，亙古不變的航道繼續地往北游移」、「只有游到故鄉方真正體驗到我們跟人類的地位是平等的，甚至被看待為善神」、「故鄉的主人——達悟族最喜歡，最尊重牠們了。牠想，在那兒結束生命是何等的榮耀啊！」[22]。

如此的安排，除了是夏曼・藍波安藉由揣摩飛魚的想法而表示自己已經可以涉入傳統的遺訓之外，另外還有來自夏曼・藍波安透過潛水，模擬飛魚在波浪之間的游動，進一步對海洋所做出的「經驗式想像」：「如果從海底朝上看大魚們的腹部猶如枯乾的葉片皺皺的，也像老人空無一物的肚子，鬆垂地任海水之壓力擠壓」[23]。這顯然是夏曼・藍波安《冷海情深》時期之後，擁有初級[24]潛水經驗的證據。對照更後來的散文〈海浪的記憶〉，敘述的正是真正在浪濤上划船、如同飛魚群專注向前的人，才能體會到的「海的吸氣、吐氣是correct醞釀脾氣」、「迎頭趕上的浪頭煞似一座小島的黑影就要淹沒我們的船的感覺，也像惡靈伸出舌頭地令人毛骨悚然」[25]。而飛

[21] 「黑色翅膀的飛魚」之於達悟族的重要性與指標性，在夏曼・藍波安的作品裡提及多次。無論是季節的區分，或者魚類的分類與煮食的方法，「達悟人整年度的工作和歲時祭儀等，完全依據黑色翅膀飛魚神托夢的遺訓，一直沿用到現在」，詳見夏曼・藍波安（2003）《原初豐腴的島嶼——達悟民族的海洋知識與文化》，新竹：清華大學，未出版，頁 34。

[22] 以上三個段落參見夏曼・藍波安（1999）《黑色的翅膀》，台中：晨星，頁 7-9。

[23] 同前書，頁 13。

[24] 之所以使用「初級」一詞，是為了相對於夏曼・藍波安後續的潛水能力與深度。詳見本文第參節。

[25] 以上兩個段落參見夏曼・藍波安（2002）《海浪的記憶》，台北：聯合文學，頁 26-27。

魚們儘管一路上被鬼頭刀魚追殺，依然奮不顧身前進人之島，一路浮浮沉沉，可與這一章節相互參看的〈海浪的記憶〉裡的夏曼・藍波安也引述了叔父夏本・賈夫卡說過的故事：「彼時，只能用『死』來形容我的疲憊與對海洋的『恨』」[26]——只有真正涉水參與過的人，才能夠說出這種有別於岸邊雲淡風清的海洋經驗。

而前述關於飛魚群向北游動的三段引文，從中亦可看出主詞在敘述之中的游移情況（牠們、我們、牠），視角擺動、敘述聲音轉換，這是否與海浪的不斷層遞有關？包括章節篇幅的比例之安排[27]，習慣在海浪的流動之間游動的飛魚與夏曼・藍波安，要將這本小說的結構引領至何方？夏曼・藍波安《黑色的翅膀》顯然是鬆動了對於小說結構安排的既定想像[28]。第一章佔整本小說極小的比例，篇幅甚至不到第三章的十分之一，這似乎也可以用來說明夏曼・藍波安已經快速通過了《八代灣的神話》的「認識、重述神話／傳統」階段，而進入了一邊複述、一邊實際操作的階段。

於是，在《黑色的翅膀》的第二章裡，夏曼・藍波安除了敘述捕魚的場景，另一方面，更開始模擬島上的父執輩。夏曼・藍波安在大海上，藉由觀察父執輩、向父執輩學習，一邊進行小說書寫。夏曼・藍波安在這一章裡，透過主述者「我」，已經提前唱出了部落老人向晚輩們吟詠的古老的詩歌。藉由「揣摩父執輩」，甚至可以說，這是一種作為後來可以正式

---

[26] 同前書，頁29。

[27]《黑色的翅膀》四個章節的篇幅分別為：第一章11頁（含一頁插圖）、第二章43頁（含兩頁插圖）、第三章135頁（含三頁插圖）、第四章88頁（含兩頁插圖）。

[28] 除此之外，在這本小說後面的章節裡亦出現了小說人物手臂上的刺青「位移」的情形。卡洛洛手臂上的「海戀」在頁210說是：「我孩子的母親」刺的，但在頁218又說是吉吉米特幫忙刺上去的；而吉吉米特手臂上所刺的「浪跡天涯」，在頁214說是在「右手臂上」，到了頁265，卻是出現在「左手臂上」。此外，小說裡也出現「的」、「得」、「地」混用以及錯別字的情況。這是夏曼・藍波安無法專心於書齋內所致？還是漢語能力掌握的問題？而晨星出版社在版權頁上也並未註明有校對人員。又或者，讀者應該以一種遼闊、包容、「海洋的」眼光去看待這一切，意思懂了就好？手臂上的刺青讓它流動亦無不可。而隨著時間與書寫密度的增進，關於漢語能力的問題，在夏曼・藍波安身上，顯然來到了一個不同的局面。詳見本文第參節。

「超越父執輩」的前置練習。而關注島上耆老們，也開啟了之後的《海浪的記憶》。

場景接著轉換到第三章的「部落灘頭」[29]。夏曼・藍波安替他的碩士論文所設定的關鍵字是：海洋、部落灘頭、飛魚、達悟[30]。而其實這樣的一組關鍵字，亦可以放置在《黑色的翅膀》這一本小說裡。尤其是篇幅與內容最為寬廣遼闊的第三章。

而本章最為明顯的敘述重點，便是四個小孩在海邊的部落灘頭上，一邊活動，一邊許下他們長大之後的願望。然而，除此之外，夏曼・藍波安在這樣的敘述之下，更是隱藏了一股「向外」的力量。就是這一股「向外」的力量，在位居於海洋與部落之間的部落灘頭上暗自伏流，拉拔出整本小說的主要旋律：即一種依附在海洋之上的動感與張力，這種「沿著海」的「向外」，或許就是夏曼・藍波安在這本小說裡所欲寄託的心情。

但是一切的源頭，仍是那個最初的夢想。夏曼・藍波安在他的碩論裡，這樣介紹部落灘頭上的人海關係：

> 部落灘頭固然是達悟人永恆的儀式場域，但那裡也是他們傳統教育的空間領域，即認知魚撈次序、魚類生態和認識大海的出發原點，也是達悟小孩（男女）共同成長的教室，海洋與陸地構成達悟社會組織的媒介。[31]

而小說《黑色的翅膀》，如此描述在部落灘頭上，達悟小孩與大海的親密程度：

> 被老師抽打，被罰站，捉青蛙再累，再痛都沒關係，就是不能錯過部落

[29] 所謂「部落灘頭」，根據夏曼・藍波安（2003）《原初豐腴的島嶼——達悟民族的海洋知識與文化》所示，即：「潮間帶前的海（即船舟進出於海）與部落的門之間，自然形成的小澳灣，此為飛魚招魚祭的儀式場域」，頁 16。

[30] 詳見夏曼・藍波安（2003）《原初豐腴的島嶼——達悟民族的海洋知識與文化》，新竹：清華大學，未出版。

[31] 同前書，頁 17。

> 的男人釣到鬼頭刀魚就要抵達港澳前，使盡全身的力氣，把海面用槳攪湧翻白這一短暫的時間，前後仰，向前曲彎，結實的划姿，更是這些孩子們長大後，要在這樣的大海訓練自己的體格。[32]

> 卡斯他們就是在這樣的環境下成長。自從小學三年級以後，每年的飛魚季，只要是好天氣，都睡在海邊，在沙灘上挖個洞，再用沙粒填蓋身子，僅露個頭部呼吸。望天，聽浪聲，夢想長大後划著自己的船在汪洋大海中展現那份只有達悟男人才瞭解的勇敢，才有熱愛海的一顆心，敬畏海神的靈魂。[33]

四個在部落灘頭成長起來的小孩：卡斯瓦勒、吉吉米特、賈飛亞與卡洛洛，他們有著各自的夢想，而他們的夢想註定是要與海相連接。一開始顯得最為蓬勃的，是卡斯瓦勒：

> 「當上海軍，可以由一個島到另一個不認識的島嶼。如果以後沒有共匪和台灣的戰爭，那該多麼多麼的美好。對，這就是我想要的。」他幻想著。[34]

啟發卡斯瓦勒的是一幅世界地圖，然而，小說裡的世界地圖，卻是找不到「蘭嶼」的。這幅世界地圖，甚至是被懸掛在學校教師的辦公室裡，當卡斯瓦勒被「大陸來的老師」命令去「罰站」時，卡斯瓦勒才「發現」了它。於是當卡斯瓦勒帶著吉吉米特偷偷潛入老師的辦公室所進行的「補畫地圖」的行為，就充滿了突破性的積極的意義，像是背著某種壓力[35]而按下一個「啟

---

[32] 夏曼・藍波安（1999）《黑色的翅膀》，台中：晨星，頁128-129。
[33] 同前書，頁160-161。
[34] 同前書，頁81。
[35] 小說中亦有諸多達悟學生與漢人教師之間的衝突場面。達悟小孩「聽不懂老師說的中國人的故事」、「在教室上課好像是一隻死的青蛙，非常痛苦」（頁66），又或者是漢人老師帶有偏見的取笑：「野性難除」、「吃飛魚會變笨的」、「這些山地同胞啊，身子硬朗的很，被打瘀血也不會告訴父母親」（頁143-146），還有夏曼・藍波安不斷重述的，夕陽在蘭嶼是「下海」，

動鍵」，開啟後來的一扇門：

> 卡斯在台灣的東南方畫上一個小黑點說：「這是蘭嶼，這個是台灣，下面是菲律賓。」[36]

> 「在那張世界地圖，有很大的海叫大洋洲，哦，米特。在那兒，有數不清的小島，其中一定有比我們的島漂亮的小島的。如果能實現心願的話，每一個島都去給它Tomaci（尿尿），哦，米特。」[37]

可以說，在夏曼・藍波安的「地圖」裡，是「島嶼」在造形，而不是「國家」的概念：

> 「世界地圖是什麼意思，一個島接一個島在大洋洲，他們皆有共同的理想，便是漂泊在海上，在自己島的海面，在其他小島的海面，去追逐內心裡難以言表的對於海的情感。也許是從祖先傳下來的話。」達悟就是吃飛魚長大的不變的真理，飛魚是生存在海裡，千年來此不移的情感，在生出來的那一刻即孕育的了。[38]

這個「在生出來的那一刻即孕育的」呼喚，是來自大海的呼喚：「祖父的祖父的祖父在這個小島上，一出生就看海、望海、愛海的遺傳基因遺留在自己的血脈裡」[39]。更可以解釋那個「向外」的、以及在碩論自序裡，夏曼・藍波安的告白：「十年後，感覺某種事物又喚起我的夢想」的那個力量。這是屬於卡斯瓦勒兒時的夢想，漂、遠颺，這同時也是不斷驅動夏曼・藍

而不是「下山」。除了與漢人老師的「對抗」之外，另外要面對的，還有達悟學生為什麼必須接受漢式教育？達悟學生面臨漢式教育時，只能避開或者被打敗？如此的矛盾與拉扯，對照夏曼・藍波安後來的求學之路來看，這是不是又是一個伏筆？本文第參節會繼續討論。

36 同前書，頁 92。

37 同前書，頁 127。

38 同前書，頁 164-165。

39 同前書，頁 80。

波安的拉力。

卡斯瓦勒的夢想儘管蓬勃，但最後卻是被一起潛進老師辦公室，後來卻更加執著的吉吉米特給承接。從卡斯瓦勒的案例裡，這其中也間接透露了夏曼・藍波安自己的難題。夏曼・藍波安在「成為吉吉米特」[40]之前，其實也遭遇過卡斯瓦勒曾經思考過的問題：

> 厭惡學校的書，就無法實現當海軍的宏願，需要天天上學就看不到鬼頭刀魚漂亮的、雄壯的魚身，看不到海的律動，聽不到海悅耳的潮聲。[41]

這是傳統部落裡的兩難，是卡斯瓦勒的兩難。成年後的卡斯瓦勒未必只是單純地受到「白色的胴體」的誘惑而已，《黑色的翅膀》封底文字所提問的：「是關於達悟文化的承繼，或是對異文化的追求？」[42]在今日夏曼・藍波安這裡，其實已經無法截然二分。如同本文第壹節所述，當夏曼・藍波安領悟到「我們這一代」時，他所遭遇的，其實已經是另一個層次的問題了。夏曼・藍波安所欲嘗試突破的，或許正是打破這樣的界線：克服「漢式教育」，並回過頭來重新再實踐「傳統技藝」。在《黑色的翅膀》這個階段，夏曼・藍波安儘管還沒有正式穿越這個兩難，然而因為吉吉米特與卡洛洛長大之後的人生抉擇，夏曼・藍波安顯然已經提前安插了屬於他自己的人生的伏筆。

《黑色的翅膀》第四章的時空設定在四個達悟小孩分別長大之後。

> 「朋友，過來這邊。」夏曼・比亞瓦翁用手指前面低矮的小樹說：「這棵是Mazavwa（大花堅木），那棵是Vanayi（台灣黃楊），另外那棵樹叫Vavagtenno yayo（厚葉石斑木）。這三種材質是用來插在船內的槳架mazavwa最堅硬，划船到小蘭嶼用這種木材和槳繩繫綑在一起最為牢

---

[40] 儘管「吉吉米特」另有其人，夏曼・藍波安在《海浪的記憶》的〈自序〉裡曾經提及。但這裡無妨透過小說中的人物來分析夏曼・藍波安所欲暗示的心情。

[41] 同註39，頁81。

[42] 詳見《黑色的翅膀》封底文字介紹。

固，看清楚它的葉片。」[43]

為人父以後，卡洛洛更名為夏曼・比亞瓦翁，夏曼・比亞瓦翁教導在台灣讀完大學之後，回到部落的夏曼・阿諾本（賈飛亞）認識樹木的名字，即是《冷海情深》時期[44]，父親引領著剛從台灣回到部落的兒子夏曼・藍波安（正好與小說裡的賈飛亞處境相似）一步一步靠近傳統文化的再次呈現，顯現夏曼・藍波安心底最是念茲在茲的事。而將兩個與樹木互相認識的畫面作一個交疊，小說作者夏曼・藍波安，此刻更是進一步地站在主動者的位置。夏曼・藍波安藉由夏曼・比亞瓦翁，確認自己對於傳統文化掌握的自信，夏曼・比亞瓦翁像是夏曼・藍波安當時的父親一樣，不斷地對夏曼・阿諾本耳提面命：

> 在處女航的五天之內，以前是半個月，若風浪大，不能出海的話，你要攜帶釣具來海邊，把釣具給海水浸溼一部份，這意思是尊重海神。若不，那表示你在詛咒我們的飛魚、鬼頭刀魚，我們的部落，全島的族人陷於飢荒，流年不利。請你記住，我的朋友。[45]

而在夏曼・阿諾本身上所顯現的虛心學習，正是夏曼・藍波安即使告別《冷海情深》的初學階段，仍然沒有忘記的，達悟性格裡的謙虛的表現：

> 「來吧！Arayo（鬼頭刀魚），我的祖父的祖父的祖父的祖先的朋友，丟棄你原始兇悍的靈魂，順從我胸膛的心願，乖乖地上船吧，我的朋友。」他學著祖父與海洋中的大魚搏鬥時，說話的口氣。[46]

這是夏曼・阿諾本的處女航的第一條大魚，也是三十多歲的他的第一條

---

[43] 同前書，頁 214。
[44] 詳見夏曼・藍波安（1997）〈黑潮の親子舟〉，《冷海情深》，頁 57。
[45] 同註 43，頁 216。
[46] 同前書，頁 248。

Arayo，這是讓「祖父的祖父的祖父的祖先的朋友」認識他，也是讓海浪記得他的一個開始。

而仍然被喚作「吉吉米特」的吉吉米特則是在海上實現著他的遠洋漁船志業。從吉吉米特這裡，或許可以更貼近地看見夏曼・藍波安過去立下的夢想，以及往後的實踐。正如吉吉米特手臂上的刺青：「浪跡天涯」一樣，那是一種透過海洋放射出去的島嶼式的遊歷：「浪跡天涯，到印度洋、太平洋、還有大洋洲的許多島嶼。[47]」之所以進行這樣的島嶼式遊歷，小說裡的夏曼・阿諾本替吉吉米特這樣思考著：

> 也許，在那汪洋的異國歲月，他曾思考兒時以為的英雄；也許他不敢說自己的勇士氣慨淹沒父執輩們為生存、為「黑色翅膀」的飛魚，夜航乘風破浪的那份勇敢。也許……，也許不能同日而語吧。勇敢可能不是他思考的問題。也許超越了父執輩對海洋的熱愛，也許是沒有。但無論如何，祖父執輩們和現在的他們正在進行一種互融的親密關係，牽引出一條模糊的繼承驕傲的使命。[48]

「也許不能同日而語吧」。屬於「我們這一代」的課題，不只是「原地踏步」而已，而是要踩踏過父執輩們所留下來的腳印，那「船的腳掌」[49]在海上走過的路，繼續前進。種種諸如「超越」、「互融的親密關係」、「模糊的繼承驕傲的使命」，都是夏曼・藍波安積極「向外」、遠颺遠洋的預兆。而「互融」與「模糊」亦有一種潮間帶之感，呈現出「兩代」的差異。於是，若是以「實踐」，甚至是「超越」的角度來理解夏曼・藍波安浪遊

---

[47] 同前書，頁265。

[48] 同前書，頁219。

[49] 「船的腳掌」，rapan，即夏曼・藍波安認為的，比漢人學者所翻譯的「拼板船的『龍骨』」更為適合的翻法。rapan 是比喻「船在海上『走路』，不是船過水無痕，而是『足跡留下記憶』」。詳見夏曼・藍波安（2005）〈祖先原初的禮物〉，《印刻文學生活誌》，第壹卷第捌期，頁136。這裡顯然有一種傳承與互動的意涵在。

於南太平洋諸島嶼[50]之上，便充滿了更為積極、寬闊的視界：

> 我始終認為，一個作家不能坐在一個房間冥想地建構他的世界，這太虛無也太虛假。我無意間走到文學這條路上，一直認為要把自己視野的高度、深度從我的島嶼擴及世界各地。[51]

無論是作家身份或者是夏曼・藍波安身為達悟人的本身，夏曼・藍波安早已藉由書寫《黑色的翅膀》抒發自己對於島嶼與大海所投射的理想。於是，從二〇〇五年五月起，預計長達一年半的「達悟之帆」的航行，便不只是夏曼・藍波安所謂的「踏上我祖先忘記的路程」[52]而已，這裡面也代表了夏曼・藍波安的自我完成以及更進一步的自我超越。夏曼・藍波安說，「沒有流浪過，故事都是過去死掉的」、「這兩次的航行，我對海洋的感情比在寫《冷海情深》時還要深刻、複雜得多……」[53]。

於此期間，在與孫大川的對談：〈只有海浪最愛我〉裡，夏曼・藍波安且提及自己正在撰寫的一部長篇小說《基吉米特》，這應該就是從《黑色的翅膀》裡「走出去」的吉吉米特。書寫的過程中，夏曼・藍波安當然必須不斷地「向外」，以一種吉吉米特的精神。他表示必須「親身實地去經驗」：「我可能還要花一兩年的時間，到南非、烏拉圭這些我們民族曾經漂流過的地方，看看那些碼頭、遠洋漁船……」[54]這同樣也是沿著海，沿著達悟，沿著父親，夏曼・藍波安更是走出了自己的海路，邁向島嶼與島嶼——世界之路。

在《黑色的翅膀》出版之後，夏曼・藍波安完成了他的第一艘拼板船，正

---

[50] 夏曼・藍波安的出航經驗至少有：一次是二〇〇四年十二月到今年二月之間航行南太平洋，另一次是今年五月從印尼、馬來西亞再回到香港。參考劉梓潔採訪（2005.12）〈當水手前的準備工作〉，《聯合文學》。

[51] 孫大川、夏曼・藍波安對談（2005.03）〈只有海浪最愛我〉，《印刻文學生活誌》，第壹卷第柒期。頁 44。

[52] 詳見陳希林報導（2005.05.23）〈達悟之帆印尼熱鬧啟航〉，《中國時報》。

[53] 劉梓潔採訪（2005.12）〈當水手前的準備工作〉，《聯合文學》，頁 53。

[54] 同註 51，頁 45。

準備再次離開蘭嶼，前進台灣島，深入他的人類學研究，而這期間又重疊著經歷父母親過世、再造第二艘拼板舟的心志。已然來到了一個新的階段的夏曼・藍波安，如果大海與島嶼是一切，那麼，他所持續書寫下去的，更超越的意義可能是落在一種屬於大海的、島嶼與島嶼之間的，一種具有「島嶼世界觀」的文學範疇之中。夏曼・藍波安所許諾的，進一步地說來，或許就一種「世界文學」。

參、在「原初」與「知識份子」之間，「海人」的誕生

如果要讓不斷「向外」的動力獲得一種和諧的可能，那麼，便要顧及「另外一邊」是否篤定。於是，夏曼・藍波安的碩士論文所要面對的，便是自己民族的海洋知識與文化、思索自己民族的「原初」的意涵[55]。珍視傳統的意義，夏曼・藍波安認為「本民族的『落後』確實『豐腴』了個人在思想層次上的紋路與色澤[56]」，夏曼・藍波安在漢語文壇的特殊之處，或許正是因為不斷來回在「原初」與「知識份子」之間獲取能量。然而這來自兩個方向的文化能量，其實同時也可能是他的另一種「兩難」，想必又是一股短時間之內無法使之平衡的浪潮。在研究所畢業之後所撰寫的〈原初的勞動者〉這篇散文裡，夏曼・藍波安提起他所面臨的「多元挫折」：

> 幾十年來，我的肉體與思維徘徊在舊文明與新文明，在大島與小島的時空中的平台上重疊，要有原初勞動者的體格，也要兼備知識份子憂鬱的

[55] 在論文的〈緒論〉之中，夏曼・藍波安將碩論主標題「原初豐腴的島嶼」作了一個基本的定義：一、atngeh 指生命的原初（樹根）作為解析達悟文化叢體的原點，豐腴的意義。二、依據達悟語意系統解釋其共同認知的周圍環境與人文願望建構的整體宇宙觀，他們稱之為 masawod no pongso「島嶼的原生物種」。三、依據我的祖先傳說的飛魚神話故事，建立的飛魚魚撈文化、宗教信仰等儀式慶典，稱之 cinasasawodan ta「我們原初的信仰知識」。詳見夏曼・藍波安（2003）《原初豐腴的島嶼——達悟民族的海洋知識與文化》，新竹：清華大學，未出版。頁 1

[56] 同前書，頁 1。

> 氣質，於是在成長旅程中的命格，挫折淹沒了平順，承載著重疊而均衡的多元挫折。[57]

早先存在著對「原初勞動者的體格」的單一嚮往（過程之中還必須克服妻小期盼著一家之主去台灣賺錢養家的要求），讓《冷海情深》的夏曼・藍波安通過海洋的試煉，以及族人們評價屋前曬魚架上的重量的眼光。然而讓夏曼・藍波安念念不忘的，除了大海所啟發的「向外」之外，這個方向裡其實還隱含著一種蘭嶼島之外的「知識份子憂鬱的氣質」。這「多元挫折」至少有兩個最明顯的力道，夏曼・藍波安現在的新的課題，就是試圖要和諧兩者：舊文明的「原初」（來自部落），以及新文明的「知識份子」（來自漢人學術界與漢語文壇）身份。取得碩士學位後兩年所寫下的〈鬼頭刀之魂〉，透露了這樣的心情：

> 我就坐在這些族人身邊，我知道他們心海底層就不曾在乎過我的學歷，也不知道我出了幾本書，但卻是非常在意我經常離開我的船去台灣的事情，尤其在釣鬼頭刀魚月，都奉勸我少離開我的船靈。表姊夫不時的提醒我，說，假如不得不離開，至少要去海邊跟船說說話，彼此間才會心安。[58]

不願放棄任何一邊的文化能量的夏曼・藍波安，其實在〈原初的勞動者〉已經強調過：「原初的勞動無非就是傳統知識的承繼與再生」[59]，正是除了「繼承」，還要「再生」。夏曼・藍波安要前往台灣島讀「漢人的書」之前，至少，「要去海邊跟船說說話」，這是一幕雙向互融的場景，夏曼・藍波安似乎找到了屬於他的方法。

---

[57] 夏曼・藍波安（2004.03.11）〈原初的勞動者〉，《中國時報・人間副刊》。

[58] 夏曼・藍波安（2005）〈鬼頭刀之魂〉，《印刻文學生活誌》，第貳卷第貳期，頁 101。

[59] 同註 56。

於是，在研究所畢業之後的作品：〈我的表弟：卡洛米恩的視界〉[60]裡，夏曼・藍波安儼然有了一種海洋人類學者的架勢：

> 汪洋與天空每分每秒在變化的接壤處，我的民族稱之為「do asked no wawa」，意思是氣候變化的故鄉，以及波浪起伏的原點。在不同的季節天候，從我們祖先的時代開始，他邀約我們航海，也時常把我們逼退回陸地；豐收由他賜予。對於我們這個島嶼民族而言，do asked no wawa營造了無限寬廣的幻想空間，讓我們想像著海平線下水世界的種種，想像著海平線上陸地與其他人們，以及宇宙的星空。[61]

開篇即先行鋪陳「我的民族」的傳統文化，夾敘夾議，之後再進入故事的本身，夏曼・藍波安的文字明顯隨著「原初知識」與「現代知識」的增進而逐漸豐厚起來，隨著「do asked no wawa」的牽引，就像《黑色的翅膀》裡，藉由世界地圖的開啟，以及大海的啟發一樣。

夏曼・藍波安顯然是明白：「我的民族到現在一直是比較重視身材的健美，不重視我們下一代在涵化過程中對現代知識的追求」[62]，然而，仍是透過小說主角卡洛米恩對自我的期許，說出欲克服「我們這一代」的「兩難」所應該具備的「能力」：「為了大哥，我下定決心要好好地用功讀書，希望自己將來是部落裡，或是我們的族人少數的知識分子之一。[63]」儘管在接下來的敘事之中仍是挫折：「如果我父親不是我們島上公認的第一代『酒鬼』，不會每醉必鬧，辱罵我的先母，不會羞辱我，讓我以他為恥的話，即便是『新球鞋』事件，我也會劈頭用功念書的。他媽的，幹！要不是我的父親長期酒醉，每醉下令我上山打材不要上學的話，我想我現在已經是

---

[60] 收錄於《印刻文學生活誌》第壹卷第柒期：「夏曼・藍波安專輯」，頁46-65。
[61] 同前文，頁47。
[62] 同前文，頁54。諸如「建構」、「涵化」等學術詞彙，漸漸出現在夏曼・藍波安的文章之中。
[63] 同前文，頁54。

中華民國的空軍飛行員了。[64]」

夏曼・藍波安曾在一場座談裡提起卡洛米恩：「雖然所有人都說他是神經病，可是他每天卻都在認真思考自己的民族是否生病了，他對傳統文化的保留其實是最多的，他正常的時候是別人看不見的。……這個人後來要被送往療養院，……在房間裡看不到沙灘，他說我應該死了吧，……他臨死前只淡淡說了一句話：只有海浪最愛我。[65]」

於是，卡洛米恩的「命運」在夏曼・藍波安二○○六年所發表的小說〈漁夫的誕生〉裡，獲得了一個再生的轉機。

〈漁夫的誕生〉主角名為「安洛米恩」[66]，夏曼・藍波安對卡洛米恩進行了第二次書寫，顯然是有他的寄託隱含在內。〈漁夫的誕生〉的「漁夫」意指潛海的漁夫，而非船釣漁夫。小說裡的安洛米恩有一個潛水的徒弟兼夥伴，那正是從《海浪的記憶・海洋大學生》裡走出來的，只有拿到國中結業證書的「零分先生」達卡安。安洛米恩與達卡安在這篇小說裡所跨越的，正是今日的夏曼・藍波安所抵達的新境界。

「安洛米恩」在〈漁夫的誕生〉裡被視為「神經病」的原因是因為他的「『海帝』信仰」：

> 望著右肩上的午後陽光，坐在潮間帶清洗潛水鏡，把魚槍丟向海裡的同時，他宛如忘了上帝在這個島嶼也有房子的事實在入水前口中喃喃自語的，只有海神理解的禱詞。假如有上帝，應該也有「海帝」掌管水世界裡的事物吧！[67]

---

[64] 同前文，頁 57。

[65] 孫大川、夏曼・藍波安對談（2005.03）〈只有海浪最愛我〉，《印刻文學生活誌》，第壹卷第柒期，頁 43-44。

[66] 「卡洛米恩」與小說的「安洛米恩」令人聯想到「吉吉米特」與小說的「基吉米特」之間的關係，而「安洛米恩」的父親也和「卡洛米恩」的父親同名，都叫做夏曼・沙洛卡斯，加上〈漁夫的誕生〉小說中出現的諸如「無產階級」、「神經病」的封號，與〈我的表弟：卡洛米恩的視界〉有所雷同，因此推測，「安洛米恩」的原型，就是「卡洛米恩」。

[67] 夏曼・藍波安（2006）〈漁夫的誕生〉，《印刻文學生活誌》，第貳卷第柒期，頁 211。

安洛米恩父親的「酒鬼」形象，在〈漁夫的誕生〉裡也獲得了清洗。而信仰「海帝」的夏曼・藍波安，把視野投注在海的裡面，對於潛水的描寫，隨著時間與深度的累積，有了一個新的面向：

> 對於他，他喜愛那股冷海刺骨的瞬間感觸，少數的潛水夫才會體會的感覺，這種肌膚的感受如同他十八歲生平第一次離開蘭嶼到台北時，在士林的某間妓女院把童貞獻給陌生的閩南籍妓女後，那股直通腦門的舒爽，真如他手臂上的刺青「浪人」消除不掉。因此，當他回蘭嶼的家後，經常與妓女做愛的性經驗就一直以冷海塵封他這方面的男性的慾望，……對閩南女人的偏見在他的心底自然是沒有的，就是到現在他的夢想之一，還是娶一位閩南女人在天空的眼睛下做愛，住在天然的洞穴過著烏托邦的生活。[68]

夏曼・藍波安在這裡，也同時洗去了《黑色的翅膀》裡對「白色的胴體」所背負的「罪」。漢人與原住民的「對立」，在這篇小說中，有了一種消融的可能。夏曼・藍波安的視野，除了更加深入，也更加開朗：

> 時間久了之後反而大多是順著他自己的情緒，也順著潮汐的脾氣，對於白毛的有與無似乎已經不是他潛海的主要目的，而是消磨時間，所以不會太苛求自己在每次潛海時有白毛魚給媽媽。[69]

時間久了之後，也走出了《冷海情深》時期「必有魚穫」的壓力。與魚搏鬥的描述，顯得冷靜而快速：

> 安洛米恩常常吐出口中的氣讓這些小魚兒搓破，這種遊戲他常玩，但現在的獵物就在槍頭，機不可失，無聲又無情的鐵條射穿鸚哥魚魚頭，魚

[68] 同前文，頁 212。
[69] 同前文，頁 213。

> 兒掙扎的時間是零，這是一條很大尾的鸚哥魚，腦海中於是浮現出媽媽吃魚時喜悅的神情。射中了，他緩慢的前後拍著蛙鞋像爬樹似的浮衝水面，在浮衝的同時把魚兒從鐵條取下，並在海面換氣後裝進網袋裡。[70]

沒有潛水經驗的人，寫不出「前後拍著蛙鞋『像爬樹似的』浮衝水面」這樣的身體感覺，當然也無法過濾出：「有礁石的海底顏色在太陽未下海前是青藍色的，沒礁石的則是呈現暗紫色」[71]如此細微的景象描繪。潛海漁夫甚至可以體察出「海裡的風」：

> 趴在海底，觀賞水世界的動態，海流是海裡的風，他創造的新名詞，他精神狀態的自在，在此時完全的放鬆，他的自信完全操控在自己。……在潛海的這幾年，他逐漸體會到被部落的人排斥的痛苦，在海底他經常如此反省，偶爾仰頭望海面，想到自己被瞧不起，心中油然萌生自己希望有個潛水的夥伴，可以互相的談心。[72]

漁夫已經誕生，安洛米恩「被部落的人排斥的痛苦」在海底找到了鬆弛的可能。而這似乎也可以是夏曼‧藍波安今日的狀態：「自在」。除此之外，在最近的一次座談中，他自己也表示希望能夠找到一個也會潛水的作家來當同伴[73]。

〈漁夫的誕生〉之後三個月，夏曼‧藍波安緊接著又發表了一篇小說〈海人〉，這位「海人」，同樣也是來自《海浪的記憶》，這次是「三十年前的優等生」洛馬比克。夏曼‧藍波安在這篇小說裡，亦是透過海洋的洗禮，讓「有些靈魂忘了回家」[74]的洛馬比克的潦倒因海而獲得提升。當時

---

[70] 同前文，頁 215。

[71] 同前文，頁 215。

[72] 同前文，頁 214。

[73] 尹蓓芳紀錄（2006）〈我為何寫作：關於語言的問題〉，《印刻文學生活誌》，第貳卷第捌期，頁 198。

[74] 夏曼‧藍波安（2002）〈三十年前的優等生〉，《海浪的記憶》，台北：聯合文學，頁 203。

的洛馬比克在散文結尾讀著偷來的《白鯨記》已經具有象徵意義，〈海人〉裡的洛馬比克明白「海浪的不確定性不是以蠻力對抗的」[75]，海人是深入海裡的人：

> 除了討海人的母親、妻子、家人理解他們如流動海浪的性情外，他們形成特殊的海浪生活圈，討論海洋的喜怒無常，對喜愛吃海鮮的人群而言，只知道風平浪靜時湛藍海洋，陶醉在碧海藍天的浪漫想像，卻永遠無法體會在疾風暴雨，駭浪的險惡掐住討海人心喉，在波峰與波谷裁決生與死的驚恐樣。[76]

就如同夏曼・藍波安曾經的發言：「你吃飛魚一定覺得不好吃，因為你不會游泳划船捉飛魚，不會知道這個民族是用什麼方式、什麼宗教儀式，有次序的將飛魚帶回家」[77]一樣，這裡顯然也承載著夏曼・藍波安出海補飛魚、潛水、以及在就讀成功大學台灣文學研究所博士班之前的乘船遠航的經驗，這裡面必須具備勞動與知識，方能全面性地體驗海洋的縱深橫寬。

從「『三十年前』的優等生」到今日的「海人」洛馬比克；從「神經病」[78]卡洛米恩到充滿自信的「潛海漁夫」安洛米恩，以及安洛米恩與達卡安之間所建立的師徒傳承關係，夏曼・藍波安將曾經因為陷於傳統與現代的徘徊之間的人物帶到了一個他自已比較願意的位置之上，藉由「原初」（海洋）的深入。另一方面，夏曼・藍波安在《海浪的記憶》的序文裡曾經表示：「我想起我青少年最尊敬的好友吉吉米特的話，他說：『我在遠

---

[75] 夏曼・藍波安（2006）〈海人〉，《印刻文學生活誌》，第貳卷第拾期，頁226。

[76] 同前文，頁224。

[77] 孫大川、夏曼・藍波安對談（2005.03）〈只有海浪最愛我〉，《印刻文學生活誌》，第壹卷第柒期，頁36。

[78] 在〈只有海浪最愛我〉這場對談裡，夏曼・藍波安解釋了「神經病」在部落裡的意涵：「通常是到台灣適應不良後回部落，嚴格說應該是幻想症或躁鬱症或是歇斯底里症這一類」，頁42。

洋船的海上生活，我最痛苦的事情是——我不會寫中文字……。』[79]」然而夏曼・藍波安卻在《黑色的翅膀》小說的結尾裡讓吉吉米特有能力可以書寫中文信[80]。這裡面寄託的，無疑是除了「原初」之外的另一個層面——現代「知識份子」夏曼・藍波安的心願。

在〈只有海浪最愛我〉這場對談裡，夏曼・藍波安認為自己的「中文書寫風格」已然確立：

> 我已經可以將自己島上的生活經驗直接轉換為中文，而不用太在意中文原先的句法與結構……。當我對自己母語的認識越來越深時，我是以自己的語言來解釋漢字、駕馭漢字，而不是以漢字來駕馭我的思維，因此漢語不會成為我的絆腳石，而是我要運用、豐富文本的工具。[81]

來到這個階段的夏曼・藍波安，憑藉著自己「原初」的達悟經驗，覺得自己已經可以「走在漢字的前面」，然而考察夏曼・藍波安一路上的求學經歷，這個前提必須是：先「通過」漢字，而非「繞開」。漢字已然成為夏曼・藍波安的「工具」，然而這一個前提則必須是「對自己母語的認識越來越深」，也就是「原初」的深深沉浸。這個時期的夏曼・藍波安也作過表示：「對於儀式祭典的儀式語言，不會困擾我」[82]。夏曼・藍波安幾乎已經走出《黑色的翅膀》裡所呈現的漢式教育的困擾，即使他所使用的仍然是「漢字」。這是夏曼・藍波安取得碩士學位、也通過「原初」試驗之後，所呈現出來的自信發言。而這場對談且是發生在〈漁夫的誕生〉與〈海人〉尚未發表之前。

除了對於漢字的掌握之外，站在「知識份子」這一區塊的夏曼・藍波

---

[79] 夏曼・藍波安（2002）〈一個有希望的夢〉，《海浪的記憶》，台北：聯合文學，頁 20。

[80] 詳見《黑色的翅膀》，頁 282-284。

[81] 孫大川、夏曼・藍波安對談（2005.03）〈只有海浪最愛我〉，《印刻文學生活誌》，第壹卷第柒期，頁 39-40。

[82] 參見夏曼・藍波安（2005）〈鬼頭刀之魂〉，《印刻文學生活誌》，頁 97。

安，其實擁有多過於其他「原住民作家」的（屬於「現代」的、「漢式」的）文化能量，或許也因此使得夏曼・藍波安較易取得「漢語文壇」的關注。除此之外，由孫大川所編選的《台灣原住民漢語文學選集：散文卷》，夏曼・藍波安的獲選篇數亦是最多。[83]

夏曼・藍波安也是從事漢語寫作的原住民作家裡，少數遊走於「聯合文學」與「印刻」之間的作家。主流出版社的廣告、宣傳效益，使其作品的曝光率增高、加速典律化的可能。本文所引用的〈我的表弟：卡洛米恩的視界〉正是出自於《印刻文學生活誌》的「夏曼藍波安專輯」，這是該雜誌第一位，也是目前唯一一位登上封面的原住民作家[84]。此外，除了文章被選入高中國文課本[85]、各式選集[86]之外，夏曼・藍波安近年來也承接了多場文學講座的講師身份[87]。夏曼・藍波安顯然在「漢語文壇」找到了他的位置。

另一方面，筆者以為，在夏曼・藍波安的個案裡，與「漢語文壇」的互動、互助或許不必將它視為一種「被收編」或者「失去主體性」的情況。這是一種能量與資源的累積。隨時都要再出發、海浪一般的夏曼・藍波安，這可能只是他的一個為了增加能見度的「中途站」。

然而，在一場由夏曼・藍波安、詹澈、李維英雄、茅野裕城子所展開

---

[83] 此選集是由漢語文壇的主流出版社：印刻出版有限公司在二〇〇三年所出版。散文選集之中，獲選篇數最多為六篇，共計三位，他們分別是孫大川、瓦歷斯・諾幹以及夏曼・藍波安。

[84] 夏曼・藍波安後來也《印刻文學生活誌》陸陸續續發表了一系列文章，包括本文所引用的〈祖先原初的禮物〉、〈鬼頭刀之魂〉、〈漁夫的誕生〉、〈海人〉等作品皆是。

[85] 即〈海洋朝聖者〉一文。參考劉梓潔採訪（2005.12）〈當水手前的準備工作〉，《聯合文學》。

[86] 《冷海情深》出版隔年，一九九八年，夏曼・藍波安即入列由陳義芝所編選的《散文 20 家》，之後連續兩年入選分別由席慕蓉、顏崑陽所編選的九歌版《九十一年散文選》、《九十二年散文選》，此外尚有余光中、張曉風編選的《中華現代文學大系：散文卷》、陳萬益《國民文選：散文卷》……等，而後被王德威寫進《台灣：從文學看歷史》。最近入選的一本選集則是由向陽所編選的《二十世紀台灣文學金典：散文卷》。

[87] 就二〇〇五年，扣除出海與出航的時間，夏曼・藍波安另外還擔任了包括「第六屆賴和高中文學營」師資、「台東後山文學營」主持講座、「2005 全國台灣文學營」原住民文學師資、「美濃笠山文學營」講師等。

的「我為何寫作」的座談裡，在北京學過中文、來自日本的茅野裕城子向夏曼・藍波安問及：「我自己不曉得為什麼，非常喜歡維吾爾人說普通話。他們說普通話時經常弄錯文法、時態，但是以母語高亢的語調來說普通話就是很有意思。也因此，這一次來台灣，我很好奇夏曼先生會說什麼腔調的普通話，可惜他說話的方式太知識份子了，觀察不出什麼特色，所以很失望。（笑）」[88]夏曼・藍波安趕緊將言談的背景拉回部落，以回答茅野裕城子：「來我們島上的學校裡，聽聽他們學習國語的情況，你會發現那裡面有達悟的腔調，是很具有音樂性的。[89]」在「原初」與「知識份子」之間遊走，難免會產生失衡，在一場與學者的座談之中，夏曼・藍波安必須擺出較多的研究者架勢，茅野裕城子顯然只是觀察到了這一個層面。然而，這未必不是一個現代知識論述逐漸增加的達悟作家夏曼・藍波安接下來必須面對的課題[90]。

暫時的結論：「邊境這個東西是完全不存在的」

在父親過世之前，夏曼・藍波安從台灣帶著挫折返回部落，循著父執輩，依附山林與大海，逐漸長成有魚有船、被大海認識的達悟男人。這是試圖除去漢化（現代化）污名，進而熟練傳統的階段。自父親過世之後，那個象徵著傳統達悟的形象儘管沒有散去、「總是休息在心底」，然而夏曼・藍波安也來到了另外一個階段，必須開始面對、解決「我們這一代」的問題。《黑色的翅膀》裡所伏流的、來自大海的啟示，讓夏曼・藍波安明白並非固守傳統即可，夏曼・藍波安的新課題便是必須更深入原初、再

[88] 〈我為何寫作：關於語言的問題〉，《印刻文學生活誌》，第貳卷第捌期，頁 194-195。

[89] 同前文，頁 195。

[90] 這是一種內心的糾葛（在原初部落與漢人社會之間），然而也未必一定要視為一種「困境」。這種徬徨、徘徊，不也可以是一種寫作上的「優勢」狀態？夏曼・藍波安的未來走向，值得繼續觀察。

生原初，而後迎向現代，因此才能夠更遼闊地航向其他島嶼與島嶼：

> 對一個作家來說最重要的，我想是超越國界這一點。我自己就是一個超越了民族的作家。……如果你們來到蘭嶼，就可以聽見我和朋友們用什麼樣美麗的語言說話。我們是海的民族，漢化的部分其實還很少。海是一直在變化的，人類也是。因此對我來說，邊境這個東西是完全不存在的。[91]

另一方面，夏曼・藍波安取得了漢式高等教育的文憑，同時，也獲得了相當程度的，可以在「漢語文壇」發聲的管道，把它們當成自己的另一種能量。然而，當攜帶著這個能量再次回到部落，夏曼・藍波安又會面臨如何的打量？現代知識與原初傳統之間該如何拿捏？這是一種優勢還是一種煩惱？這都是夏曼・藍波安必須持續思考的問題。與此同時，「海人」也誕生了。

《黑色的翅膀》小說裡的吉吉米特「在天涯海角的某個小島」[92]娶了妻子，然而，在妻子懷孕的時候，吉吉米特「又流浪到另一個小島——斐濟了。[93]」夏曼・藍波安在碩論自序裡寫下了這樣子的一段話：

> 孩子們，你們三位獨立在台北生活，爸爸很心疼，但爸爸屬於海裡的人類，你們屬於西岸的陸地的人，我會偶而上岸陪你們的。[94]

[91] 同註 89，頁 196。
[92] 夏曼・藍波安（1999）《黑色的翅膀》，台中：晨星，頁 267。
[93] 同前書，頁 267。
[94] 參見夏曼・藍波安（2003）碩論自序〈波峰與波谷〉，新竹：清華大學，未編頁碼。

參考文獻

- 夏曼・藍波安：《八代灣的神話》，台中：晨星，1992 年 9 月。
- 夏曼・藍波安：《冷海情深》，台北：聯合文學，1997 年 5 月。
- 夏曼・藍波安：《黑色的翅膀》，台中：晨星，1999 年 4 月。
- 夏曼・藍波安：《海浪的記憶》，台北：聯合文學，2002 年 7 月。
- 夏曼・藍波安：《原初豐腴的島嶼——達悟民族的海洋知識與文化》，新竹：清華大學，2003 年，未出版。
- 夏曼・藍波安：〈原初的勞動者〉，《中國時報・人間副刊》，2004 年 3 月 11 日。
- 夏曼・藍波安：〈我的表弟：卡洛米恩的視界〉，《印刻文學生活誌》，第壹卷第柒期，2005 年 3 月，頁 46-65。
- 夏曼・藍波安：〈我的表弟：卡洛米恩的視界〉，《印刻文學生活誌》，第壹卷第柒期，2005 年 3 月，頁 46-65。
- 夏曼・藍波安：〈祖先原初的禮物〉，《印刻文學生活誌》，第壹卷第捌期，2005 年 4 月，頁 130-136。
- 夏曼・藍波安：〈鬼頭刀之魂〉，《印刻文學生活誌》，第貳卷第貳期，2005 年 10 月，頁 96-104。
- 夏曼・藍波安：〈漁夫的誕生〉，《印刻文學生活誌》，第貳卷第柒期，2006 年 3 月，頁 209-232。
- 夏曼・藍波安：〈海人〉，《印刻文學生活誌》，第貳卷第拾期，2006 年 6 月，頁 214-232。
- 夏曼・藍波安、劉梓潔：〈當水手前的準備工作〉。《聯合文學》，12 月號，2005 年 12 月，頁 52-55。
- 夏曼・藍波安、孫大川：〈只有海浪最愛我〉，《印刻文學生活誌》，第壹卷第柒期，2005 年 3 月，頁 32-45。

- 夏曼・藍波安、詹澈等：〈我為何寫作：關於語言的問題〉，《印刻文學生活誌》，第貳卷第捌期，2006 年 4 月，頁 188-198。
- 曹銘宗：〈達悟作家撰文 思至親故土〉，《聯合報・文化》，2003 年 5 月 1 日。
- 陳希林：〈達悟之帆 印尼熱鬧啟航〉，《中國時報》，2005 年 5 月 23 日。

講評

向陽[*]

本文以夏曼・藍波安小說《黑色的翅膀》及其散文、論述，意欲探討夏曼近期書寫的特質。作者提出的研究論旨主要是：

> 「遭遇海洋」的經驗在夏曼・藍波安《黑色的翅膀》及其後續的創作裡，有什麼樣特殊的意義？夏曼・藍波安從他一路以來的矛盾與掙扎之中破浪而出了嗎？

而其中又特別著重夏曼如何擺盪在達悟傳統與現代、「原初」與「知識份子」之間，尋求平衡的課題。

這篇論文，採取了迴異於學術論文的書寫方式，以著彷彿散文的體式，根據作者對於夏曼文學書寫的領悟和體會，兼採夏曼碩士論文自序、對談談話以及報端採訪稿，據以分析夏曼近期書寫的「風景」。作者文筆流暢，能夠深入夏曼《黑色的翅膀》文本之中，輔以個人觀察所得，舖展成文，指出夏曼的書寫「源自於部落灘頭，指向大海，沿之抵達其他更遠的島嶼與島嶼」，其特色在：深入掌握「原初」，因此能正面迎向「現代」，從而再生其書寫能量，而這一切都來自「海的啟發」。

這樣的論述所得，既是根據夏曼文本的閱讀和言談的印證而來，當然有一定的道理。放棄掉學術理論、學術概念的束縛，直接參照文本，體會論述對象的心境，耙梳文本和現實中的作家圖像，仍不失為方法之一。不過，以作者文末所附「參考文獻」來看，除了夏曼出版的專書與碩論，餘皆為報章雜誌之夏曼作品和訪問、對談，則又有諮諏不足，察納有限的缺憾。孫大川編《台灣原住民族漢語文學選集－評論卷》中諸多原、漢學者的論述，如能參照攻錯，對於本文的論述信度應有助益，以本文言，如能

[*] 國立台北教育大學台文所副教授

參酌董恕明〈浪漫的返鄉人〉、傅大為〈百朗森林裡的文字獵人：試讀台灣原住民的漢文書寫〉[1]、魏貽君〈書寫的文字政變或共和？——台灣原住民文學混語書寫的意義考察〉[2]等多篇論述論點，對於解釋夏曼的書寫或許更能相得益彰。作者將這些論述捨棄，同時也刻意避免包括諸如後殖民理論的援用，也許有避免人云亦云的苦心，但就論述成果來看，似嫌貧乏。

其次，以作者論述主旨的闡發來看，本文雖然詳細勾勒夏曼近期書寫的風貌，惟細讀全文仍難解開夏曼海洋書寫的「特殊意義」何在？作者強調「海浪記憶」、「原初」對夏曼的影響之外，並未告訴讀者，夏曼的海洋書寫具體特色為何？與漢人書寫（如廖鴻基、呂則之）有何不同？其中對於關鍵詞「原初」乃至於夏曼自創的〈海人〉概念，也未見深刻釐清。這都使本文論旨因此渾沌模糊，未能讓讀者確切了解夏曼的海洋書寫在原住民文化、在台灣文學兩領域中的定位與貢獻何在。

基本上，夏曼・藍波安的書寫特色有三：一、從射魚、潛海、造舟等達悟固有生活文化的實踐中，強化達悟族的生活內涵；二、以明亮動人之筆，通過達悟族優美的歌詩、傳說，傳揚達悟族的海洋哲學；三、善於交揉達悟語和漢語，形成自成一格的混體文體。這或許才是夏曼近期書寫對當代台灣文學的開發特具啟發與貢獻之處。《黑色的翅膀》中，這三個特色所在皆有，且為夏曼至今為止書寫的共性。本文若能對於夏曼筆下的達悟文化、海洋哲學與混語書寫多加著墨，或許可以比較清楚地彰顯研究論旨。至於「原初」與「知識份子」之間的矛盾如何、夏曼在「漢語文壇」中的「文化能量」如何，則無關宏旨了。

[1] 兩文均收入孫大川編，《台灣原住民族漢語文學選集：評論卷》，台北：印刻，2003。
[2] 收王德威・黃錦樹編，《想像的本邦：現代文學十五論》，台北：麥田，2005。

竊竊「私」語

析論利格拉樂．阿𡠄、白茲．牟固那那原住民女性書寫中的空間經驗

徐國明*

摘要

臺灣原住民族漢語文學的相關研究，多以「男性特質」(maleness) 為主的「原住民男性」作者及其文本作為分析領域。本文擬以同樣具有「原住民女性」血緣和認同的作家：利格拉樂．阿𡠄、白茲．牟固那那為主要考察對象，輔以其他原住民女性書寫為次要文本，以性別、空間與後殖民等理論作為主要解讀進路，嘗試運用空間相關理論、女性主義等研究成果，分析文本中女性與地域 (locality) 的互動模式，進入差異和認同的新文化政治討論，藉以延伸過去對原住民文學的研究領域，透過原住民女性書寫的經驗力量 (empowering)，重現原住民女性的空間經驗與觀點。

關鍵詞：原住民文學、空間、後殖民、利格拉樂．阿𡠄、白茲．牟固那那

* 成功大學台灣文學系碩士生，E-mail：168ab@yahoo.com.tw

壹、導言

在臺灣原住民文學及其相關領域中，學術研究者多半將焦點置於八〇年代後所萌發的對應歷史環境鬆軟、政治抗爭、本土化趨勢，而以「抗爭」為訴求的原住民族漢語文學，提供漢人另一種文化經驗等概念的各類型作品為研究對象。「臺灣原住民族漢語文學」含納小說、散文和詩歌，具有異於以往現代文學的書寫特質。首先，在這些文本中，使用漢語書寫來控訴原住民族經歷官方教育和社會邊緣之後，被壓迫、被殖民的歷史經驗，因而表現出別於漢人書寫者的「集體記憶」姿態。其次，作者將原住民族特有的傳統思維、視域及關懷，藉由文字的操作，輸入「邊緣性」的批判觀點，而他們刻意選擇包容和發展邊緣性，以之作為建立抵抗和更新社群的脈絡，跨越了邊界。第三，「主體性」不再只是情感層面的吶喊，更是一種積極的建構，由這個線索發展，原住民文學經營出兩種不同層次卻又密切相關的寫作興趣：一是文化評論，另一是神話、傳說的採集、漢譯和編寫。而兩者皆有一共同的目標：即原住民文化、歷史主體性的建構[1]。第四，去／解殖民地書寫，以逆寫帝國／中心為已任[2]。在霸權力量的運作下，從屬於主流社群的原住民族群，援用其推想的定位，抗拒權威式地指派「他者特性」（otherness），奮力反抗這滿佈權力的強行施加。

相對於此，臺灣原住民族漢語文學中的空間概念和性別議題則在相關研究中鮮少觸及。但在西方，此範疇已成為後殖民文學研究的新疆土。一九九八年，美國地理學教授 Richard Peet 所撰著的《現代地理思想》（*Modern Geographical Thought*）一書的導論中寫道，地理學探討社會如何塑造、改變，以及逐漸轉變了自然環境，從原始自然環境的延展中創造出人文化的形式，這意味了社會

---

[1] 孫大川（1993）。〈原住民文學的困境——黃昏或黎明〉，孫大川編，《台灣原住民族漢語文學選集－評論卷（上）》，台北：印刻，頁 61。

[2] 瓦歷斯．諾幹（1999）。〈台灣原住民文學的去殖民——台灣原住民文學與社會的初步觀察〉，孫大川編，《台灣原住民族漢語文學選集－評論卷（上）》，台北：印刻，頁 141-142。

和經濟力量重塑了地景，亦意指觀念和論述的介入。因此，研究地理學中的空間概念（例如地方、環境、城市、家園等），也應切離真實的地理現象和物質實踐，建構一般性的抽象，並予以類型的概括（generalization）——後設哲學、哲學、社會理論、理論和實踐，透過經驗和實踐的再現而形成地理學的動態結構，結合了連結的機制，以觀念的形式儲存某個領域的研究成果摘要，還能夠跨越理論的橋樑，通往種種場域，如文化地理學、基進－馬克思主義地理學、女性主義地理學、或是後現代地理學等相關學派，方能開展地理思想在文學的新視野。

所謂的「女性主義地理學」，是女性主義長期以來對性別和空間關係保持高度的關注，超越過去僅限於社會理論研究的範圍，而以「後殖民」作為批判進路，亦增添其他開放且多層次的基進主體性探索擴展至其它領域的相關思考。

近來，世界後殖民文學的書寫嘗試以語言、主體認同及歷史記憶，進行從邊緣向中心的回寫（writes back），這是一種文化回流和反吸納的過程，它以「都會遭遇」（metropolitan encounter）為其運動場域，作者運用殖民和統治的帝國語言進行書寫，以邊緣文化潛伏滲入，集結文化反抗力量，並試圖以多元論和混雜性對「中心論」和「經典論」（the canon）挑戰，進而達到消解西方正典論述的效應。[3]

臺灣文學中，以原住民漢語文學最具飄泊離散的書寫性格，藉由離與返的辯證，在部落與城市間的空間、文化邊界上跨越，呈現不同程度的漂移經驗，重新塑造了自我身份與文化認同。諸如莫那能、瓦歷斯．諾幹、夏曼．藍波安等人作品，以部落之歷史、文化和人物為寫作題材，從「自我敘事」的視角出發，企圖奪回族群的「文化主述權」，一種帶有「抵抗／自述」之啟蒙意義的書寫策略，其最終目的在於歷史記憶的再建構。而「原住民女性」的女性身分

3 可參見宋國誠，〈混雜、換語，回寫帝國中心——魯西迪和他的魔幻後殖民小說之三〉，《立報》，2004 年 4 月 1 日。

與女性意識，則暗示了另一條可以探觸原住民漢語文學的管道，值得未來進一步研究。

但值得注意的是，在積極建構原住民女性主體差異性的同時，應該避免再度落入二元對立的結構之中。因此，以探討女性主體經驗的「策略的本質論」（strategic essentialism）作為解構進路，亦即從性別「個體」的多樣性和獨特性出發，以多元化的差異取代性別或性別差異的政治。

以下將以作品文本作為分析場域，分別從不同的種族、認同、空間經驗與教育程度的利格拉樂·阿𡠄和白茲·牟固那那，運用原住民的領域感（the sense of territory）的空間概念，探討她們重新以部落空間、傳統文化、記憶作為邊緣書寫的題材，在確立原住民身分的自我認同後，發展出其私人空間或是族群特質的原住民女性書寫。透過原住民男性和漢族女性文本的對照、閱讀，扣連到「共性」底下的「殊性」，作為一種原住民女性漢語書寫的基調。

貳、阿𡠄的動態抵抗：認同與空間的建構關係

迴異於原住民作家由外而內挖掘的單一身分認同，阿𡠄追尋身分認同的過程是複雜且歷經變動的。由於父親是外省人，在眷村長大的阿𡠄，十八歲之前的認同是外省族群第二代，並亟欲逃離排灣族母親的污名化身份，但是父親既是低階退伍老兵，同時亦具有「白色恐怖」受難者的印記，仍然是臺灣等級化族群結構中的弱勢族群之一。身為雙族裔的阿𡠄嫁給泰雅族的瓦歷斯·諾幹後，因接觸《人間》等社會主義刊物，以及當時震撼臺灣社會的「湯英伸事件」，而開始反思自我的原住民意識。其後，由於原住民運動與臺灣女性運動近乎同時勃發，阿𡠄以「原住民」、「女性」的認同進行交叉檢視，一種新的身份認同危機於是產生。

由於身分的多元重疊，有助於阿𡠄體認原住民在臺灣社會所面臨的族

群壓迫，以及原住民女性所受到的多重弱勢處境，其文本空間經驗若隱若現地透露出階段性的認同過程——從童年的眷村、原住民社會運動、部落到自身的原住民女性關懷——展現出自我認同與地域空間高度的互涉。本章節嘗試以利格拉樂．阿𡠄文本中的空間經驗 （眷村、部落、女性空間）析論其個人認同的轉折，並且檢視處於雙重弱勢（族群與性別）的她如何透過書寫，重現原住民女性的經驗與觀點。

一、眷村（原鄉）

原鄉一直是許多書寫者的創作源頭，是孵育其童年的生活環境，不可避免地影響了書寫者日後寫作的文本脈絡，而原鄉的召喚促使著他們一再以文學符碼不斷地建構自己虛實交錯的故鄉。

利格拉樂．阿𡠄由於父親是隨著國民政府播遷來台的外省籍退伍軍人，因此，「眷村」自然是他童年成長的空間環境。阿𡠄自小在眷村居住了十餘年，熟悉眷村所散發出的氣息以及其特有的眷村文化，而在這段眷村歲月中，認為自己是外省籍的第二代子裔，主要是具有各半的原住民和漢人血統，基於當時原住民是極具污名感[4]的賦名，年少的阿𡠄為了躲避同學們的嘲諷，而選擇身分較為優勢的外省第二代的意識。

> 十八歲以前我甚至不覺得我有很堅定的認同，我沒有那個信仰，只能說我偏向外省第二代，我不會主動地說我是原住民。我媽常說：「妳不要告訴別人妳是山地人，以免被人家歧視。」所以在我不說我是原住民的情況下，我理所當然選擇我父親外省人的認同。[5]

---

[4] 「一個族群，特別是少數民族，具有某種確實的或虛構的或想像出來的特質，而這種特質不僅是與該族群相接觸之他族所敬而遠之的，同時也是他本身所厭惡的。這個特質常常就是該族群本身。換句話說，一個具污名感的黑人，往往就會對他是一個黑人懊惱不已。」謝世忠（1986）。《認同的污名》，台北：自立晚報，頁 29-30。

[5] 邱貴芬（1998）。《(不)同國女人聒噪——訪談當代臺灣女作家》，台北：元尊文化，頁 30-31。

在現實生活的物質基礎上，阿媽父親「榮民」（榮譽國民）身份仍然屬於社會階級的底層，但其優越感卻是來自相對更為邊緣的原住民母親，注重家族傳統的漢族觀念，驅使阿媽父親將此優越感傳遞給下一代。而要理解身處特定社會的女性，基本上意味了要深入其生產的社會關係。

外省族群在國民黨的威權統治下，各種壓迫政策皆是奉其為主流的統治理念而執行的，因此，在當時社會結構中外省族群乃是獲利最多的優勢族群。倘若將外省身份父親與原住民母親並置，父親自然是深具權力統合的角色，母親因為被歧視的身分、經濟上依賴他人，而弱化自我的權威，然而在形塑集體認同的過程中，「權力」佔有舉足輕重的地位，父親因此提供子女共有的「一體感」，恰如曼威．柯司特（Manuel Castells）所言：「認同的社會建構總發生在一個為權力關係所界定的脈絡裡。」[6]

> 後來小女孩慢慢的長大了，她的眼睛越來越大，皮膚越來越黑，開始有人嘲笑她，叫她「番仔」……爸爸媽媽告訴小女孩說：「以後人家叫妳番仔，妳就說不是，因為爸爸是外省人，不是山地人，知道了嗎？」小女孩聽完了以後，很快的擦掉了眼淚，因為她以為明天只要這樣告訴同學，同學們就不會再欺負她了。[7]

眷村的生長歷程並沒有建構出阿媽的正當性認同[8]，而是在一種迴避原住民血緣「取其輕」的情況下選擇「外省第二代」的身份。由於認同所要建構出的是一種自我和群眾相同之處、和他者相異之處的隸屬感，藉由個體在群體所扮演的角色來肯定自我意義。當群體將個體視為差異他者，產生擠壓，個體因缺乏所在感（a sense of personal location）產生的個體性

6 曼威．柯司特 Manuel Castells（2002）。《認同的力量——資訊時代：經濟，社會 與文化（第二卷）》，夏鑄九、黃麗玲等譯，台北：唐山，頁 8。

7 利格拉樂．阿媽（1998）。《誰來穿我織的美麗衣裳》，台中：晨星，頁 29-30。

8 「正當性認同（legitimizing identity）：由社會的支配性制度（institutions）所引介，以拓展及合理化他們對社會行動者的支配。」同註 6。

（individuality）以穩固的認同，而淪落原屬群體建構認同時需要辨識的「有意義的他者」（significant others）。

換個角度思考原鄉的定義，學者瑪西（Doreen Massey）認為「應該放棄傳統視地方（place）為一個地理定點，具有單一、特定身份認同的地理區域。一個地方並沒有固定的歷史意義……『土地』的想像可以是以介入的姿態，探討在這塊土地上曾經發生或正在發生的社群關係，想像不同勢力如何爭奪詮釋、界定這個地理領域主要指涉意義的活動。」[9]

值得注意的一點，「眷村」雖然為阿媽負面經驗、遺忘母體文化的場域，卻也是原住民意識萌發的源頭，是一塊滿佈凌亂情結的空間。然而，國民政府高壓統治的時代，外省族群在政治上、社會上和教育上皆具備相當的優勢，阿媽因而較為容易取得進入教育體制的資源，這影響其後轉為原住民認同後的阿媽，亦能輕易地成為原住民族的知識菁英的關鍵，對於探討「眷村」空間與阿媽兩者之間關係的辯証因此出現另一層意義。

二、部落

「所謂原住民文學，當然不能光指出是由原住民自己用漢語寫作就算了事，它必須盡其所能描繪並呈現原住民過去、現在與未來之族群經驗、心靈世界以及其共同的夢想。在這個意義之下，作為一個嘗試以漢語創作之原住民作家來說，他比別人更有必要也有責任深化自己的族群意識和部落經驗，這是無法省略也不能怠惰的工作。」[10]

阿媽與瓦歷斯．諾幹創辦《獵人文化》雜誌，作為進入原住民運動的方式，開創另一個原住民書寫場域，亦是掌握抗議主流文化的詮釋權。在

---

9 可參見邱貴芬（1997）。《仲介，臺灣女人：後殖民女性觀點的台灣閱讀》，台北：元尊文化，頁 79。

10 孫大川（1992）。〈原住民文化歷史與心靈世界的摹寫——試論原住民文學的可能〉，孫大川編，《台灣原住民族漢語文學選集－評論卷（上）》，台北：印刻，頁 39。

《獵人文化》期間，阿𡠄積極進行各個族群部落的「踏查」紀錄，透過實際的田野調查，深入部落，訪談原住民真實的聲音，以報導文學寫作方式呈現出原住民、部落觀點。這種踏查過程，近乎是阿𡠄日後書寫題材的主要脈絡，或許如此，才能貼切地顯現原住民看待事物的特殊視界，以及追尋認同、自我反思的深刻體驗。

> 資本家在向礦物局申請開採權通過之後，不須經過土地所有者的同意，即可進行開採工作。我們嚮導的泰雅父親——林阿石先生，在此種情況下，可說對自己的土地毫無主權可言。據林阿石表示：當時商人只給予口頭通知，第二天即開始了採礦工程，如此一來，他的農作物被挖土機鏟掉了，能夠讓他自給自足的經濟來源被切斷了，此時，資本家就以一副救世主的姿態出現，詢問林阿石是否願意到礦場工作？又給予保證，所得工資絕對高於辛苦農耕……。[11]

資本主義的高度發展，以國家機器與現代文明作為後盾，將資源接收、貧富差距、生態破壞予以「進化論式」的合理化，變相成為殖民主義的掠奪。並且，由於資本主義的殖民因素導致「不對等發展」的不均衡現象，形成「底層與上層結構」（base and superstructure），亦即勞工階級和不同物質條件的國家或族群。

臺灣原住民族在不同政體輪替的歷史經驗中，隨著同化政策所挾帶而來的「文明」開發，破壞自給自足的生產體制和自然生態的相處法則，不僅失去土地、生活面貌改變，甚至淪陷為資本主義中勞力生產的環節之一。在「未開發國家」（undeveloped）時代的臺灣，早期經濟的開發過程犧牲原住民部落、傳統領域和人權，是以「經濟至上」作為政策思維；而當臺灣邁入「開發中國家」（developing）之列，生活水準提升、環保意識抬頭，

[11] 利格拉樂・阿𡠄（1997）。《紅嘴巴的 Vu Vu》，台中：晨星，頁 13-14。

卻又造成原住民另一次壓迫。

資本家與國家機器的合作，造成部落遭受污染、破壞，並萎縮，「這種經濟活動，極可能觸發一個社會的經濟結構、文化、生態，甚至群眾意識的改變，其影響的廣度和深度是無法控制的」[12]於是，原住民再度成為「進步」背後的犧牲者，是一種可有可無的存在。在漢人社會的霸權邏輯下，原住民各種自發性活動（反國家公園、反遊客中心的設立）不斷受到責難，淪為漢人歷史過失的代罪羔羊，其實，需要反省的應該是整個社會。

> 從花東海岸的阿美族在每年為配合暑假舉辦的各村豐年祭，到台北縣烏來鄉近兩年為襯托北縣政府觀光季，而淪為北部觀光重鎮。再往南走，南投縣今年的觀光季也引用布農族舉世聞名的「八度合音」，作為宣傳重點。[13]

當部落資源被掏空後，資本主義便將原住民文化納入生產消費體制內，藉由外在形象的包裝，以及符號和意象的再現、充填，營造出神秘詭異的文化氛圍，社會再以金錢交易來消費原住民文化、祭典儀式，最後達到掩飾社會階層關係中的剝削和不平等。在現今強調回歸傳統的潮流，各個部落紛紛舉辦屬於該部落的傳統祭典，卻常被迫迎合社會大眾「探奇」的品味，因而觀光化色彩相當濃厚，難以回溯祭典與部落密切結合的精神核心，淪於只強調儀式流程。

親身走訪部落，對於摸索原住民認同階段的阿𡠄有著極大的影響。外來文化的湧進，造成部落的社會、經濟、傳統信仰徹底的崩解，甚至是存在根基皆瀕臨危險的窘境。因此，透過阿𡠄訪查後的書寫，其文本的部落經驗展現對資本主義與國家機器的批判、重建族群歷史記憶的企圖，甚至提出了一個激進的意涵：「若大家仍是停留在哭訴、哀泣的原地，那麼我想

---

[12] 同註 11，頁 48。
[13] 同前註，頁 79-80。

這個會議只會使更多的原運者更早凋零、死亡罷了！」

這顯現出相當強烈的原住民意識，並具有「抵抗性認同」[14]的特質。阿𡠄將「被剝奪」的部落視為一個抵抗空間，於是位於邊緣產生了一種看待現實的特殊方式，也就是所謂的反霸權論述的位置——「反霸權論述不僅存在於字詞裡面，也在存有的習慣和我們生活的方式裡」[15]。具有抵抗性認同的阿𡠄，將「邊緣」理解為抵抗的位置和所在，而迥異於其他被壓迫或者被殖民族群將「邊緣」視為一個「絕望的符號」，在如此的意義上，阿𡠄的書寫實踐了邊緣戰鬥的激進特質。

三、原住民女性空間

由男性意識型態支配的社會中，公領域（男人）與私領域（女人）之間的劃分，以及男性角色與女性角色的區別，都被視為是生理上天生的基礎，因為該觀念是由男性所生產，因而顯得自然、普遍，甚至男性經由家庭組織，透過女性生育的生理機能加以對其性奴役（sexual slavery）和強迫性母職（forced motherhood），進而掌控身體，為女性的從屬地位提供意識型態的正當化。從社會學的觀點出發，「在特定的時代與社會中，男人和女人各有其特定的適切角色」[16]。因此，性別的意識型態（ideology of gender）會不斷改變，並遭受弱勢社會群體的反抗，例如女性主義者認為性（sex）是既定的解剖學上差異，但是在社會中所扮演角色的性別（gender）乃是被社會化的結果，而非生理註定的。

女性被壓抑在男性特質的強勢價值觀下，形成社會「男尊女卑」的性

[14]「由支配邏輯下處於被貶抑或污名化的位置／處境的行動者所產生的。他們建立抵抗的戰壕，並生存在以不同或對立於既有社會體制的原則基礎上。」同註 8，頁 8。

[15] 可參見趙慶華（2004）。《認同與書寫——以朱天心與利格拉樂．阿𡠄為考察對象》，台南：成功大學台灣文學研究所碩士論文，頁 84。

[16] Pamela Abbott & Claire Wallace（1990）。*Introduction to Sociology： Feminist Perspectives*，俞智敏等合譯，《女性主義觀點的社會學》，台北：巨流，頁 16。

別體制，即是階層化（stratification）的一個基本形式。以臺灣原住民族群為例，經歷外來殖民文化、資本主義和國家體制的入侵與統治，原住民被帶進統治者社會的階級結構中，因種族差異成為漢族社會的階級底層。然而，這種階層化的概念，亦被植入當代原住民泛族群社會結構中。女性原本是弱勢的集體，但原住民女性更是多重弱勢，在漢族中心主義和父權制度雙重扼制下，陷入極為底層的「從屬階級」（subaltern）。

因此，原住民女性漢語書寫來自一種「動態的抵抗」。在「中心－邊緣」帶有概念性的二元論（dualism），其間仍具有相當的空間，提供不同種族、階級、性傾向、宗教的個體游移，而在中心性與邊緣性複雜的互動過程，導引出一條游牧式路徑來通往「基進開放性的空間」（space of radical openness），進行空間實踐[17]。由於二元論建構出強制性的對立，因而忽略其中可能隱藏的差異性，於是，需要建立另一個其他（an-Other）的政治策略來混亂、顛覆，且可以探索兩者其外（both／and also）的多元特質。

這個「抵抗動作」在阿媽的書寫中展現出亟具「邊緣戰鬥」的意義，置身於社會結構的弱勢位置以文字構築著通往各個相對性主流族群的管道，「轉述」原住民女性經驗的主體性書寫，亦劃分出一道非「本質定義」（essential definitions）的自我邊界，以另一種敘述的可能將差異在主流文化場域搬演。其後，原住民女性作家在這道邊界上不斷運用「內化式抵抗」[18]嘗試各種書寫策略，動態地移動自我位置與外界形成各種對話空間。

史碧瓦克（Gayatri C. Spivak）主張以「策略的本質論」重新考察女性身體經驗的重要性，「她認為對女人來說，異質性主要在於她對自己身體的

17 「空間實踐則在不均等發展的（空間）權力領域中，將（空間）知識轉變為（空間）行動。」Edward W. Soja（1996）。*Thirdspace*，王志弘等合譯，《第三空間》，台北：桂冠圖書，頁 40。

18 若以後殖民與後現代的互涉，將「後現代」強調流動、多元、邊緣與差異的概念，置入「後殖民」追求文化主體性和抵抗性的思維，而形成一種主體的邊緣性及差異性具有先天性（內化）的抵抗能力。

體驗，而這種體驗長期以來一直遭受男權文化的排斥」[19]因此，透過「個人即政治」(the personal is political)的觀念，讓個人經驗得以成為集體行動的基礎，並將個人私密的議題、經驗，放置在政治和公共的領域裡。

> 相信作過田野調查的人都不得不承認，每一個老人都代表著一個文化寶藏，隱藏在日漸衰老的軀體內的生命力，常會在無意識的聊天中突然躍動出來，令人驚訝不已。同樣地在接受文明的過程中，老人在傳統與現代中的掙扎，往往是更甚於年輕的一輩，當問到在面對社會變遷的衝擊時，如何應付呢？……其實，許多的生命經驗不正是靠這些老人的口授相傳，慢慢地累積下來的嗎？[20]

在被阿𡡒自翊「為原住民女性」而寫的《誰來穿我織的美麗衣裳》文本中，藉由閱讀可以體驗到「原住民女性」的日常生活經驗，越是深入觀察原住民族老人外在的行為，越能透視支撐傳統部落的繁雜象徵系統（禁忌、信仰、祭典儀式），對非菁英的、老人的身體實踐（bodily practices）之重新體認，不僅能召喚歷史記憶，並以其「純粹性」的存在價值向主流社會滲透，作為族群象徵性資本的詮釋權。

> 當我仔細地看著老人所繡出的圖案時，竟然帶給我深深地震撼與莫名的感動，隨著她雙手優雅的擺動，一來一往中，一條活脫脫地百步蛇赫然出現眼中，昂首吐著蛇信的百步蛇身，正靈活地纏繞在她手中那塊十字布上，若不是老人優雅的手勢制止住它，那尾百步蛇似乎隨時都會自黑布上一躍而起，攻擊在一旁偷窺的我……。[21]

「經由對身體的儀式(ceremonies of the body)、身體的禮節(proprieties

---

[19] 曹莉（1999）。《史碧娃克》，台北：生智，頁93。
[20] 同註7，頁18。
[21] 同註20，頁98-99。

of body)、身體的技法(techniques of the body)等等身體的符號系統(system of bodily signs)的展演實踐,沉澱的歷史記憶將被重新呼喚而出。」[22]運用細節寫實的筆法,顯微地觀察老人的身體符號系統,從而剖析出表現著排灣族百步蛇圖騰的動作和特性,連結身體的文化展現,將老人們日常生活經驗與歷史記憶再連結。

而「身體不單只是表面上所見的『肉體』而已,它與文化建構、權力、知識形成的體系,都有很密切的關係」[23],此外,「要理解位於特定社會的女人,基本上意味了要檢視其生產的社會關係。」[24]綜論上述兩者論點,藉由書寫這些「原住民母親」的身體展演實踐,喚醒那些未被征服的、純粹的主體歷史記憶,其中挾帶了各部落、族群的文化歧異性,並且從這些分化的異質性(heterogeneity),建構出一個集體抵抗的空間,亦即所有邊緣化的「原住民女性」主體的相遇場域,在這個政治空間中,「可以界定和實現一種徹底新穎且不同的公民資格(citizenship)形式。」[25]

阿𡠄積極地建構且顯示「原住民女性」敘述主體位置的書寫,透過描述原住民女性那種從旁觀察、近似於「轉述」他人經驗的主體性書寫,將自身的價值和個人生活經驗作為文本的主要脈絡,並且適當地把原住民女性的部落經驗融入書寫,傳達關懷、情感、性別概念等,不僅以文字書寫和女性主體的空間經驗,與外在世界對話,表現女性的私領域,並且以「原住民女性」的特質營造柔性的獨特空間,呈現其特殊的生命經驗,展現不同於漢人女性的經驗特質。當個人及群體的聲音交織成的文本便是一個「原住民女性領域」,透過該領域,原住民女性能夠深入探討所受到的多重壓迫

---

22 Connerton. P.(1990)。*Bodily Practices*,魏貽君譯,《台灣原住民族漢語文學選集－評論卷(下)》,台北:印刻,頁 130。

23 可參見廖炳惠(2003)。《關鍵詞 200》,台北:麥田,頁 33。

24 Richard Peet(1998)。*Modern Geographical Thought*,王志弘等合譯,《現代地理思想》,台北:群學,頁 404。

25 同註 17,頁 46。

和特殊邊緣經驗，或者是邊緣女性的自我型塑與論述生產，取得發言權的場域。

參、地方的時間旅行：白茲的記憶梳理

一、記憶

八〇年代之後盛行的多元文化論述，其中特別側重於地方景觀所形構的「記憶」。對於臺灣原住民族群而言，集體記憶（collective memory）的再現是維繫部落認同和文化認同的主要關鍵，其集體記憶是一種宇宙觀與空間的對應秩序，從播種祭、召魚祭到收穫祭、飛魚祭，甚至是以禁忌文化鞏固的各族核心祭典儀式，諸如巴斯達隘（矮靈祭）、以利信（豐年祭）、五年祭等，皆與感官相聯結，從古調、歌謠的韻律到身體的節奏，以「『集體無意識』（collective unconscious）為基準，追溯不同種族所產生的多元文化與精神傳統，來生產『記憶』和『集體無意識』，並進而影響空間觀念與民主文化認同的打造。」[26]

在人文地理學的研究發現，隨著城市的興起、部落變遷，族裔空間配置和族群文化記憶在文化發展的過程中，由於景觀的迅速變化，人們的記憶在公共空間的快速取代不得不被迫失憶，無法透過固定的自然環境、地標和空間想像來確立既有的記憶。

> 幾十年了，您的子孫們為了生活上的方便，也漸漸捨棄了傳統，學會了現代的工作和生活方式，甚至離開家鄉，就個人的能力在他鄉發展……現在您的子孫們，學會在清明節這一天要掃墓，追思先祖們的恩德，也是向布杜學來算是好的習俗，所以我們才會抽空回來掃父母的墓。[27]

在鄒族的傳統文化、風俗，原本沒有清明節掃墓的習俗，而是循著歲

---

[26] 同註 23，頁 164。

[27] 白茲・牟固那那（2003）。《親愛的 Ak' i，請您不要生氣》，台北：女書文化，頁 155。

序，與大自然的作息合一。當家屋有人「壞」了（鄒語過世之意），便趁肉身尚未僵硬之前，將之捆作蹲坐屈膝、雙手抱胸狀，彷彿回歸在母體子宮內原初的生命狀態，並配合鄒族傳統儀式，將屍體下葬於家屋內，一切回覆自然。

在國民政府統治時期，在原住民各部落推行「山地同胞生活改進運動」。族人為了配合該項政策，將所居住的竹屋或者茅草屋翻修成白灰屋，購買漢人使用的家庭用具，以備官員檢查時之用，因此，臺灣原住民族無論在物質文化與部落傳統地景（landscape）皆受到強迫性的極大轉變。然而，記憶不僅和族群中的語言、敘述和地方景觀有關，亦與儀式、圖騰和公共建築更是密切。

> 借他人的文字寫我們鄒的事物，有時也有這樣的感覺，總好像缺少那麼一點點只有鄒才能嗅覺到的鄒的最微妙氣味。因為沒有可記載的工具，所以，除了特殊的人物會被代代口傳述說之外，其他的先祖們，到了三四代以後，就不會被後人所認識。[28]

白茲所懺悔的是鄒族由於殖民統治，導致傳統文化的瓦解，語言、文化、祭儀已不復以往，甚至當自我認同、族群意識覺醒的同時，欲回溯部落的根源，竟然是以漢人邏輯來找尋部落的集體記憶，像是白茲那位積極找尋曾祖父墓碑的姪子 lusungu，豈不知道鄒族的生死儀式是不需要墓碑的，因為肉體要歸還於自然。

記憶在時間不斷地流逝下逐漸消失、改變，而原住民族記錄部落中人、事物的具體痕跡便是以「口傳」的方式，予以傳承。這是種獨特的方法，從空間知識與過往事件中所累積起來的知識，經由語言敘述的「儀式化」崇拜過程，成為神話傳說的原型，它不只是記錄了形體、文化於當時環境

---

[28] 同註 27，頁 151-152。

的相互關係的呈現，並藉由口說言談與生活相互切換、交流，讓情緒重現，以建構部落的記憶。

在這個面向上，記憶經常和「敘述」（narrative）與「故事」（story）有關。在殖民政權的統治下，禁止原住民族使用母語，因而造成「口傳」傳統相當的斷裂，日漸萎縮、退化，加上漢語書寫的宰制和印刷文化的傳入，記憶成為文本版面配置下的物質性空間，為文字、視覺所取代。

二、地緣情結

人類對環境所形成的認知，包括思考、情感，以及將從前經歷、閱讀過的地方進行評價，這種影響認知的記憶或心靈影像，稱為「認知地圖」（cognitive map）。這種地圖並不是如科學上這般精確，是經由個人經驗詮釋後所扭曲、簡化的。認知地圖的效用在於「找路」，但常會出現「走樣」（distortion）的狀況，例如不完整、增添（augmentation）或是將事物放大、縮小。

然而，以文學而言，其空間描述（如地點、場景等）必須要建立在某些「認知地圖」上，由心靈重構的記憶存在於文本中人物的「視角」，亦可視為認識作者與文本心靈的途徑。因此，「洞察諸如經驗、年齡、技能、個性等這些個體差異因素的影響」[29]，以文學批評的視角比較作者個體的差異與空間詮釋的關係，詮釋出其間的意義，並依循文本脈絡所開展的路徑，追尋作者的經驗家鄉。

> 在吃燒仙草的當兒，心中忽然閃起一個埋藏數十年，令我回味無窮的童年往事……那時林校長憐憫大多數的學生們一年四季都穿得破破爛爛，替辛苦的家長們設想，於是窮則變，變則通。他看到村人有空時採

[29] Mike Crang（1998）。*Cultural Geography*，王志弘等合譯，《文化地理學》，台北：巨流，頁106-107。

> 仙草晒乾後拿去賣，發現這個是生財之道，就把學生集合起來分組，每組都有從低年級到高年級的學生，由高年級的男生當組長，利用每週一次的勞動課的時間，由組長帶著往山野林間去採仙草。[30]

藉由對地景的書寫提供一種可堪召喚的「場所精神」（genius loci）的文字描繪（word-painting），其目的不再精確地重現現實，而在包含真相，形成情感結構[31]。因此，書寫創造了一塊「心靈想像」的期待場域，而透過這個期待閾所賦予地方意義的「表意作用」（signification）過程，形塑了地景，及不同時間地景轉變的時代意義。

書寫家園是一種感覺的創造，亦是種追尋根源的方式，這並非是一種客觀的真實，其實是一種感覺結構，而「地緣情結（place attachment）指的是人們對某特定的地方存有根的感覺」[32]。

> 唉！我怎麼盡是記起遙遠的童年？難道我真的那麼老了嗎？年紀也許不算老，我只是喜歡追憶逝去而不可能再有的那個情境罷了……聽到是日本大道上面的那塊「布杜樹」園要被砍，心中也好像被砍一樣。[33]

「地景」有時隱藏著某些暗示，關於白茲所述的「日本大道」是日帝統治時期為了方便控制鄒族各聚落，而命令鄒族開挖的，並且日本政府規定鄒族人必須行走這條路。於是，地景產生了宰制、秩序和權力的隱喻。

其實，地緣情結是相當個人的經驗過程，甚至可以被視為一種精神或宗教的。人類對於故鄉所擁有的感情，或許部分原因是美感特質，但亦與記憶中與事件、個人或情感有著極大的關聯。因此，「一個地方的意義形成，

---

[30] 同註 28，頁 112-113。

[31] 同註 29，頁 59-62。

[32] Paul A. Bell、Thomas C. Greene、Jeffrey D. Fisher、Andrew Baum（1996）。*Environmental Psychology*，聶筱秋、胡中凡譯，《環境心理學》，台北：桂冠圖書，頁 69-70。

[33] 同註 30，頁 131-132。

是來自於個人生命歷程與環境間所累積的互動」[34]。

種種過去的記憶透過白茲的女性敘述與形象而美化、浪漫化與陰柔化，亦透露出對於部落或者過往的思想症狀（homesickness）。在現代化席捲的浪潮下，城市是不同階級、文化與族裔匯集、融合的場域，「理論上，城市空間無法重建已失去的認同確定感、或將喪失中心的主體凝聚於中心，這正因為都市空間本身就在都會空間性的多重論述中生成。」[35]在白茲的書寫中，將自我主體放置在「說話」的位置去紀錄生活，或從眼前事物的觸發跌入記憶的爬梳。這種離鄉之後的思鄉情切、誤把他鄉作故鄉的疾病，便是「懷舊」[36]（nostalgia）的原義，在當代文化論述中，「懷舊」是形成反抗現代主義和現代化論述的拒抗行為。

當然，白茲・牟固那那並非刻意進行政治性目的的書寫，以作為顛覆各種霸權文化的抵抗力量，而是不經意地在書寫過程中篩除批判與戲劇性的雜渣，呈現出原初的純粹特質。對白茲而言，書寫亦是條回歸記憶中「烏托邦」（utopia）的途徑，記憶因而也衍生出一種特殊的力道。

肆、結語：共性、殊性

「原住民女性」泛族群意識的內涵，需要歷經三種層次：首先是差異的認知，經由原住民各族群女性與其他原住民男性的互動過程，發現文化特質的差異，例如排灣族母系與泰雅族父權社會的差異。其次，從目前受壓迫的面向，諸如政治權力、經濟利益、社會地位等不平等認知中，警覺到女性弱勢、男性優勢的社會現象。最後，必須具有集體行動必要性的認

---

[34] 同註 32。

[35] 蘇榕（2003）。〈重繪城市：論《猴行者：其偽書》的族裔空間〉，《歐美研究》第 33 卷第 2 期，台北：中央研究院歐美研究所，頁 346。

[36] 同註 26，頁 181-182。

知，爭取不平等認知中的弱勢面向，以爭取平等、被尊重為目標。[37]

因此，原住民女性在身分及其意識的追尋過程，必須經歷錯綜複雜、彼此交纏的認同層級：女性（sex）→身體（body）→性別意識（gender）→（家族→部落→族群→國家），終於分流到各種不同的境遇。

在原住民女性漢語書寫中，「性別」與「族群」特質是其「共性」的核心，而族群經驗常成為作品中的「教育」工具。雖然，族群經驗與議題亦常出現於原住民男性的作品文本中，其目的在於不斷以書寫對漢族中心進行解構，將政治性訴求逐步獲得實踐，達到與漢族同等的對話位置，終究與原住民女性觀看的視角迥異。從不同的原住民族女性記憶與日常生活實踐中，運用個人的政治觀念，藉以瞭解男性陽剛的社會空間實踐，並重新定義女性流動、無法為男性所理解的家庭、複製生命的私密空間。

每位書寫者都有其特殊的「基調」，那是生命的原始氣候，不會輕易隨著時間而改變。因此，如此的「基調」開拓出觀看世界的視野，自然瀰漫在書寫之中，甚至在這生命的原始氣候中涵養著創作主題。藉由閱讀原住民女性的書寫，彷彿可以描摹出她們的成長歷程，拓印出她們的生命樣貌，各自娓娓道出自己與原住民女性的故事——利格拉樂‧阿𡠄邊緣的敘述認同及其弱勢關懷、白茲‧牟固那那的地緣情結與「鄉人」（place people）書寫——相互拼湊出原住民女性的生活面貌，交織出特殊的「基調」。

女性主義地理學從資本主義、公／私領域的空間分化、殖民、種族與政治結構的角度，對有色人種（族裔）女性的被邊緣化經驗，開拓出許多思考的空間。在身體、家園到國族和世界經濟的各種不同空間尺度下，社會建構出來的差異，深受權力運作的塑造。從這種權力觀點來看，賦予性實踐、種族、階級、區域、國族等等的差異，以及它們在社會空間和地理歷史不均發展（uneven development）上的表現，可以視為粗暴的形塑（brute fashioning）。

[37] 可參考王甫昌（2003）。《當代台灣社會的族群想像》，台北：群學，頁 17。

而這種粗暴的形塑，作為差異的社會生產和空間生產，成為霸權和反霸權文化政治與認同政治的觸媒及競爭空間：核心－邊緣關係的最普遍形式[38]。

而「女人幾乎普遍都是地域（locality）的本質。在傳統社會裡，女人在強化地域的生產形式（採集和農耕）裡擔負主要責任」[39]透過女性對自然和社會地景較為敏感且富感官性的認識方式，以及原住民族群活動空間的特殊性，將原住民女性視為本身就是地理次群體，由原住民女性的空間經驗探討原住民女性書寫。

從利格拉樂・阿𡠄到白茲・牟固那那，在文本中所展現的皆是自身的生命特質，前者身為外省籍父親之女，後者則是外省籍丈夫之妻，個人的生命歷程造就兩者各自的認同追尋過程。這種身分、階級、種族的「殊性」是一種女性再現的方式，藉由身體經驗的書寫、與親人之間的關係，運用多元特質的「殊性」強調不連貫的面向、自由且流動的女性特質，以顛覆父權社會單一的主體性與直線秩序的科學理性。

因此，在原住民女性「共性」特質下的「殊性」，是偏向於文本空間經驗中所展現的虛擬性「擬制人格」[40]，是托身於文本中的「隱藏作者」。並且，藉由文本的再詮釋，賦予原住民族女性漢語書寫新意義，以期能補白臺灣原住民文學研究較少觸及的領域，並藉以理解文本經驗中所顯示的，女性與自然、地域極高的互動關係，和「原住民女性」邊緣族群與弱勢性別的特質，所呈現出特殊的生活經驗，展現不同於漢人與原住民男性的經驗特質。透過地方、認同政治、地方記憶，用較為特定的地方和記憶的方式，來探索認同與主體的形塑過程。

---

[38] 同註25，頁115-117。

[39] 同註24，頁111。

[40] 「所謂『隱藏作者』是一種擬制人格，是托身在系列文學成品中的『職業性作者』，他透過文學作品的文意向讀者提示作品的素材和意義；另一方面，他也是一個書寫者的創造性、理想性的表述者，所謂『風格』、『思想』的存在就繫於隱藏作者的存在。」鄭明娳（1989）。《現代散文構成論》，台北：大安，頁182。

參考文獻

專書

- 白茲．牟固那那：《親愛的 Ak' i，請您不要生氣》，台北：女書文化事業有限公司，2003。
- 利格拉樂．阿𡠄：《誰來穿我織的美麗衣裳》，台中：晨星出版社，1996。
- ——《紅嘴巴的 VuVu》，台中：晨星出版社，1997。
- ——《穆莉淡－部落手札》，台北：女書文化事業有限公司，1998。
- 王志弘、夏鑄九編譯：《空間的文化形式與社會理論讀本》，台北：明文出版社，1994。
- 王甫昌：《當代台灣社會的族群想像》，台北：群學出版有限公司，2003。
- 邱貴芬：《仲介台灣、女人》，台北：元尊文化事業股份有限公司，1997。
- ——《「（不）同國女人」聒噪: 訪談當代臺灣女作家》，台北：元尊文化企業股份有限公司，1998。
- 孫大川：《台灣原住民族漢語文學選集－評論卷（上）》台北：INK 印刻出版有限公司，2003。
- ——《台灣原住民族漢語文學選集－評論卷（下）》台北：INK 印刻出版有限公司，2003。
- 廖炳惠編：《關鍵詞 200　文學與批評研究的通用辭彙編》，台北：麥田出版公司，2003。
- 鄭明娳：《現代散文構成論》，台北：大安出版社，1989。
- 謝世忠：《認同的污名》，台北：自立晚報社，1986。
- Edward W. Soja 著，王志弘、張華蓀、王玥民合譯：《第三空間》（*Thirdspace*），台北：桂冠圖書公司，2004。
- Manuel Castells 著，夏鑄九等譯：《認同的力量──資訊時代：經濟、社會與文化（第二卷）》（*The Power of Identity*），台北：唐山出版社，2002。

- Mike Crang，王志弘等譯：《文化地理學》（*Cultural Geography*），台北：巨流圖書公司，1998。
- Pamela Abbott、Claire Wallace 著，俞智等譯：《女性主義觀點的社會學》（*An Introduction to Sociology： Feminist Perspectives*），台北：巨流圖書公司，1995。
- Patricia Ticineto Clough 著，夏傳位譯：《女性主義思想：慾望、權力及學術論述》（*Feminist Thought：Desire，power，and Academic Discourse*），台北：巨流圖書公司，1997。
- Paul A. Bell、Thomas C. Greene、Jeffrey D. Fisher、Andrew Baum 著，聶筱秋、胡中凡譯：《環境心理學》（*Environmental Psychology*），台北：桂冠圖書股份有限公司，2003。
- Richard Peet 著，王志弘等合譯：《現代地理思想》（*Modern Geographical Thought*），台北：群學出版有限公司，1998。

期刊論文

- 利格拉樂．阿𡠄：〈身份認同在原住民文學創作中的呈現——試以自我的文學創作歷程為例〉，《21 世紀台灣原住民文學》（1999，台北：財團法人台灣原住民文教基金會）。
- 邱彥彬、李翠芬譯：〈從屬階級能發言嗎？〉，《中外文學》第 24 卷第 6 期，頁，1995。
- 邱貴芬：〈原住民女性的聲音：訪談阿𡠄〉，《中外文學》第 26 卷第 2 期，1997 年 7 月。
- 董恕明：〈在路上——綜論利格拉樂．阿𡠄及其後的原住民女性書寫〉（2005：花蓮，山海的文學世界：臺灣原住民族文學國際研討會會議論文）。
- 楊翠：〈認同與記憶——以阿𡠄的創作試探原住民女性書寫〉（1998：台

北，台灣原住民文學座談研討會）。

- 趙慶華：《認同與書寫——以朱天心與利格拉樂・阿𡠄為考察對象》（2004：台南，成功大學台灣文學研究所碩士論文）。
- 蘇榕：〈重繪城市：論《猴行者：其偽書》的族裔空間〉，《歐美研究》第 33 卷第 2 期，頁 348-349，2003。

參考網站

- 宋國誠，〈混雜、換語，回寫帝國中心—魯西迪和他的魔幻後殖民小說之三〉：http://iwebs.url.com.tw/main/html/lipo1/1159.shtml。

講評

陳器文*

徐國明發表的這篇〈析論利格拉樂・阿𡠄、白茲・牟固那那原住民女性書寫中的空間經驗〉，事先作了許多文化準備的工夫。除了臺灣當代文學研究經常採用的「後殖民主義」、「女性主義」觀點，以及原住民課題研究的「認同」論述之外，針對本次大會議題，也參考了文化地理學與環境心理學等相關概念，以利格拉樂與白茲這兩位原住民女性作家，展開共「共性」的綜論與「殊性」的析論。作者徐國明所謂的共性，是指族群與性別的相同；所謂殊性，則分就利格拉樂的眷村、部落及女性空間；白茲的記憶與地緣情結等書寫經驗，層層推展，結構完整、脈絡清晰，表現出高度的學術性自覺與方法感，對臺灣文學研究的潛力與動能，都值得期待。以下四點意見，提供參考：

1.論文中的許多文句承載過多的概念、堆疊意義，以致「所指」喪失焦點產生渙散現象，閱讀過程不免像是看翻譯稿。論文的文筆一般而言仍以明暢、準確為宜。

2.這種堆疊意義的現象也出現章節布置上。如論述利格拉樂・阿𡠄「原住民女性空間」，不僅動用了「性奴役」與「強迫性母職」等字眼導出男尊女卑議題，並在一小節內以「動態的抵抗」、游牧式路逕通往「基進開放性的空間」、「邊緣戰鬥」、「內化式抵抗」等語彙形容阿𡠄的漢語書寫策略；又以引號的強化語彙「地緣情結」、「場所精神」、「情感結構」、「心靈想像」、「感覺結構」等論述白茲・牟固那那的家鄉經驗。不僅令讀者眼花撩亂，也未必與兩位女作家的文學表現完全相應。

3.作者對原住民女性書寫特質進行統觀性的探討，且進一步對兩者的殊

---

* 中興大學中文系教授兼主任

異性予以分辨，值得肯定。然而原住民文學的敘事，不分男女作家，多從自我感覺出發，專注於具體事物的觀察與描述，充滿氣味文化與視覺文化的具象性，如田雅各〈等待貓頭鷹的日子〉、游霸士・撓給赫〈媽媽臉上的圖騰〉等。此外，原住民的尋根與回歸思潮，所謂地緣情結，幾乎是原住民作家普遍的現象，如瓦歷斯・諾幹的泰雅部落手記、夏曼藍波安的八代灣與馬紹・阿紀的七家灣溪書寫等，不勝枚舉。除非進入利格拉樂與白茲兩位女作家文本更細致更誠懇的閱讀，才可能對作家的「殊性」提出具有說服力的論述。

4. 所謂更細致更誠懇的閱讀，例如兩位女作家的生活記事中，利格拉樂想將孩子登記為原住民姓名，子女冠上母姓，在戶政事務所弄得所有辦事員雞飛狗跳，最後功敗垂成，這是利格拉樂的「埋伏坪部落記事」。白茲受四川籍丈夫影響，一心想為埋在野草中的祖父修墓立碑，墓碑上和族譜上該用那個名字，同樣在戶籍登錄上遭遇難以想像的困境，這是白茲的「亞有狒亞山谷記事」。此外，利格拉樂多重身份的認同轉移，榮民父親的認同由顯性變為潛性，眷村成為論者筆下「阿𡠄負面記憶」；白茲隨同四川丈夫前往老家去掃墓，看到族譜記載到二千年前等事件，原住民女性作家與所謂「外省」父親、丈夫的生活記事，既有共性又有殊性，也是論者不能迴避、值得深入探討的空間記憶。

身體與國體

呂赫若皇民化文學中
對國策／新生之路的思索與追尋

林淑慧*

摘要

本文以呂赫若決戰時期的小說創作為研究重心，包括〈鄰居〉、〈玉蘭花〉、〈清秋〉、〈山川草木〉與〈風頭水尾〉，以小說中的「空間」與「身體」經驗的探索入手，試圖為呂赫若小說研究提出新的觀看角度，同時結合後殖民研究與文化研究，觀察日本帝國主義如何操作殖民地的文化生產策略，在佔據、經營殖民地時空的同時，植入帝國的文化想像機能，而呂赫若又如何在皇民文學生產機制的層面上，運用本土的知識／文化資源做為斡旋之思考形態和行動策略，在高壓的國策之下思索並質疑南進的意義與神聖性，巧妙地消解皇民／國策文學的文化生產機制，以提出對臺灣人新生之路的個人見解。

關鍵詞：呂赫若、皇民化文學、身體、空間、大東亞戰爭

* 政治大學台灣文學所碩士生，E-mail：94159002@nccu.edu.tw

壹、前言

日本統治末期特別是大東亞戰爭決戰階段，因為日本官方民族主義的膨脹與政策要求，當時的臺灣文壇被設想成可以解消於一個更大的主體之中—那就是「皇民化文學」[1]。不論受命、受邀或出於自願，在台灣作家的創作中翼贊國策等言說，普遍存在，而列名參與皇民奉公會實際從事奉公運動者，也不乏其人。處於決戰時期，呂赫若的創作也無可避免地遭到嚴格的限制，其〈鄰居〉、〈玉蘭花〉、〈清秋〉、〈山川草木〉和〈風頭水尾〉等小說，因提及內臺親善、志願兵制度、與南進增產等國策，在呂赫若文學向來一直以其「左翼色彩」[2]受到注目的同時，上述小說與國策文學之間的協立或對立，便成為論者關注的焦點所在，現今學界對於皇民化文學的討論也逐漸脫離二元對立式的思考，有著更為細膩的析論。

有關呂赫若決戰時期創作歷程的討論，自發掘《呂赫若日記》的鍾美芳開始，前行研究頗豐。鍾美芳在〈呂赫若創作歷程初探一從「石榴」到「清秋」〉、〈呂赫若的創作歷程再探——以「廟庭」、「月夜」為例〉

---

[1] 邱雅芳認為：「所謂皇民文學，是在皇民化運動的文化層面下，配合戰爭國策所產生的文學作品。戰爭期間總督府對臺灣文學活動全面控制，動員文學者撰寫皇民錬成為目標的文藝作品。」參見邱雅芳，〈聖戰與聖女：以皇民化文學作品的女性形象為中心(1937-1945)〉(臺中：靜宜大學中國文學研究所碩士論文，2001)，頁17。她在論文中使用「皇民化文學」一辭取代「皇民文學 」，乃參考陳芳明對於「皇民文學」與「皇民化文學」的區分：「如果以『皇民文學』一詞來概括的話，等於是暗示了臺灣作家主動配合日本戰爭國策而從事文學創作。如果是以『皇民化文學』為其定義的話，便表示臺灣處於被動的地位，在強勢霸權的驅使之下而不得不進行文學創作。以這兩個名詞與當時的歷史環境相互印證，確切獲得的結論，那就是『皇民化文學』一詞應該是較為恰當的使用方式，因為那段時期的臺灣作家，畢竟是在一個困難的時代被迫接受一項困難的心靈試煉。」陳芳明，〈台灣新文學史．第七章：皇民化運動下的四○年代文學〉，文刊〈聯合文學〉第187期(臺北：聯合文學，2000年5月)，頁157。本文亦以「皇民化文學」來取代「皇民文學」一辭。據上述對皇民化文學的定義，本文選擇以呂赫若小說中皇民化意味較為明顯的〈鄰居〉、〈玉蘭花〉、〈清秋〉、〈山川草木〉、〈風頭水尾〉五篇小說為討論重心。

[2] 見陳芳明，《左翼台灣》(臺北：麥田，1999)中的討論；另外，也可參照《台灣第一才子—呂赫若作品研究》(臺北：聯合文學，1997)中的諸篇論文。

二文中，以《呂赫若日記》為經緯，論證呂氏在經過一段時間的掙扎與冥思後，以〈石榴〉為其創作的一大轉折點，其後以回歸中國傳統文化及回歸田園作為其小說的主要關注。柳書琴以鍾文為基，其〈再剝「石榴」——決戰時期呂赫若小說的創作母題〉以呂氏 1941 年至 1943 年間的行跡及日記為要，並配合 1943 年間臺灣文壇「糞realism」之論戰過程，交織說明呂氏在決戰期創作之內外處境。另外，日本學者垂水千惠《呂赫若研究》的成果亦不容忽視，對於呂赫若決戰期的〈清秋〉、〈風頭水尾〉的創作，她認為呂氏與同是由普羅文學轉進國策文學之路的日本轉向作家有著極高的相似性，最終因冀求「生產性的東西」而不得不以國策文學的方式顯像。朱家慧的碩士論文《兩個太陽下的作家——龍瑛宗與呂赫若研究》則認為決戰時期的呂赫若「也隱藏了批判能力」、「其妥協的色彩不容忽視」[3]；而林瑞明在〈呂赫若的「臺灣家族史」與寫實風格〉一文中，則認為呂赫若的寫實風格既不迴避戰時體制下的時代氣氛，是以「回歸傳統與皇民化對抗」[4]。葉石濤在以印象為主的呂赫若論〈清秋一偽裝的皇民謳歌〉中，以「偽裝」概念為「清秋」解除了皇民文學的枷鎖；呂正惠之〈殉道者一呂赫若小說的「歷史哲學」及其歷史道路〉與〈皇民化」與「決戰」下的追索一呂赫若決戰時期的小說〉論及呂赫若欲在決戰文學的架構與外表下，以小說創作隱約而曲折地影射台灣人應如何自處的問題。黃蘊綠的〈試析呂赫若的「皇民文學」〉著眼於呂赫若小說的抵殖民色彩加以立論。王建國之《呂赫若小說研究與詮釋》對於呂氏決戰時期的小說，其論點則較為偏向呂氏協立國策的面向。

過去幾年間，在地理學以及文學、文化研究中，地方理論化與空間隱喻之間有著令人振奮的匯流。透過對地形學的分析，以及空間隱喻和意義

[3] 朱家慧，《兩個太陽下的臺灣作家一龍瑛宗與呂赫若研究》(臺南：成功大學歷史所碩士論文，1996)，頁 78。

[4] 林瑞明，〈呂赫若的「臺灣家族史」與寫實風格〉，《臺灣第一才子一呂赫若作品研究》(臺北：聯合文學，1997)，頁 71。

分析，得以揭顯建構地方和認同的多元方式。換言之，有一種空間政治[5]，揭發了認同和地方如何轉化與重新連結，將人群定位於包納和排除的新模式或幾何形勢裡，而此時的空間本身，不再是知識權力的通透澄澈之穩定基礎，而是矛盾弔詭的不穩定之政治領域，是爭論、抵抗、差異、協商之可能性的多變幾何形勢。[6]除此之外，近年來有關身體的新研究急速擴展，理論上也十分繁複且具挑戰性，而身體研究也改變了我們對於空間的理解，空間區隔（無論是家庭或工作場所、城市或國族國家的層次）被身體化的實踐和活生生的社會關係所深深影響，此外「身體」也可以做為「尺度」來加以觀察：

> 個人認同的主要物理位置，即身體的尺度，乃是社會的建構。身體的地方標誌自我和他者之間的邊界，兼有社會和物理上的意義，而且除了照字面界定的生理空間外，還涉及「個人空間」(personal space)的建構。……楊恩（Young）特別指出，「身體的量度」(scaling of bodies)，如其所述，除了挪用性之外，還挪用各種肉體差異（最明顯的種族，還有年齡和能力），做為社會壓迫和「文化帝國主義」的假定基礎。[7]

本文以上述研究為基礎，以呂赫若決戰時期的小說創作為研究重心，包括〈鄰居〉、〈玉蘭花〉、〈清秋〉、〈山川草木〉與〈風頭水尾〉，以小說中的「身體」與「空間」經驗的探索入手，試圖為呂赫若小說研究提出新的觀看角度，同時結合後殖民研究與文化研究，觀察日本帝國主義

---

[5] 空間的文化形式，歸屬到再現政治的範圍裡，其主要的實踐意涵就是認同政治之形構，意即關涉了主體之建構所牽動的權力關係和支配結構。也就是說，身分認同與各種尺度空間(地方、家、社區、國家等)形式之再現的關連，乃是此後批判性的空間文化分析之核心，論者稱之為「空間的認同政治」或是「認同的空間政治」。參見王志弘，《流動、空間與社會》(臺北：田園城市文化，1998)，頁77。

[6] 參見Linda McDowell著，徐苔玲、王志弘譯，《性別、認同與地方—女性主義地理學概說》(臺北：群學，2006)，頁290。

[7] 參見Linda McDowell著，徐苔玲、王志弘譯，《性別、認同與地方—女性主義地理學概說》(臺北：群學，2006)，頁55-56。

如何操作殖民地的文化生產策略，在佔據、經營殖民地時空的同時，植入帝國的文化想像機能，而呂赫若又如何在皇民文學生產機制的層面上，運用本土的知識／文化資源做為斡旋之思考形態和行動策略，在高壓的國策之下思索並質疑南進的意義與神聖性，另一方面則巧妙消解皇民／國策文學的文化生產機制，以提出對臺灣人新生之路的個人見解。

貳、內臺親善的烏托邦：〈鄰居〉與〈玉蘭花〉

論及呂赫若決戰時期的小說創作之前，有必要先對戰時的台灣文壇與呂赫若在當時的文學活動進行理解。1940 年代島田謹二首先劃出「外地文學」概念，並明確指出「台灣文學作為日本文學之一翼，其外地文學—特別作為南方外地文學來前進才有其意義」[8]，島田認為台灣在大東亞聖戰爆發之後，其作為南海之大據點的重要性已獲公認，在強調政治、軍事和經濟的同時，也必須重視文藝。[9]他用「外地」來指陳殖民地臺灣，並且強調其作為南方外地文學的意義，顯然是要建構日本擴張領土之後，隨國界擴大而來的新文學史。1940 年日本於國內成立「大政翼贊會」，並在各殖民地推行戰時新體制運動，日本當局在國內與當時所統治的殖民地有系統地進行媒體的掌控，並有計畫地逐步將文藝納入戰爭體系而為政治所用，整個日本帝國在思想宣傳的推波助欄下不斷膨脹。

1941 年 4 月 19 日，皇民奉公會作為日本大政翼贊會的分支在臺成立，展開新體制運動[10]，正值張文環從《文藝臺灣》脫退，發行《臺灣文學》創刊號

8島田謹二，〈臺灣文學的過現未〉原刊於〈文藝台灣〉第 2 卷第 2 期，1941 年 5 月 20 日，頁 3-24。此論文引用葉笛先生發表於《文學台灣》的翻譯。島田謹二作，葉笛譯，〈臺灣文學的過去、現在和未來(下)〉,《文學台灣》第 23 期(高雄：文學臺灣雜誌社出版，1997 年 7 月)，頁 174。

9 島田謹二作，葉笛譯，〈臺灣文學的過去、現在和未來(下)〉,《文學台灣》第 23 期(高雄：文學臺灣雜誌社出版，1997 年 7 月)，頁 186。

10 參見李國生，《戰爭與臺灣人：殖民政府對臺灣的軍事人力動員(1937-1945)》 (臺北：臺灣

前後。在 1942 年 7 月皇民奉公會文化部成立，張文環擔任文化部委員，而呂赫若在此時也顯示了親日的色彩，透過《呂赫若日記》的比對，可以得知呂赫若在此期間，為了進文化部一事，由多位在報界、文化界關係良好的友人陪同下，多次往來於演劇協會、興南新聞及文化部商談工作細節的過程；此後因西川滿、濱田隼雄和葉石濤指責張文環、呂赫若小說欠缺皇民意識而有普羅文學之嫌，認為其創作忽略大東亞戰爭決戰態勢的現實而起的「糞realism論爭」[11]，呂赫若在日記中不僅表達了對西川滿等人的不滿[12]，更透露了對於文學須配合國策的苦惱[13]。而 1943 年 4 月「臺灣文藝家協會」解散，旋即在皇民奉公會

大學歷史學研究所碩士論文，1996)，頁 61。

[11] 西川滿在 1943 年 5 月 1 日發行的《臺灣文藝》中強烈指責「本島作家」，箭靶之一正是指向呂赫若，此外抨擊臺灣文學主流為「糞寫實主義」，並搬出明治時代的日本文學大家泉鏡花，呼籲作家回歸日本傳統以建立「皇國文學」。在批評臺籍作家方面，濱田亦曾指責過度重視寫實主義者是寫實主義的末流，同時也說過「本島人讀者」中有人因「本島人作家總是提出本島人作皇民不積極、不肯定之面」，而有「憤慨之聲」。而 5 月 17 日葉石濤亦銳氣十足地直接點名批判張文環、呂赫若之作品欠缺皇民意識，並提出清算糞寫實主義。相關討論詳見鍾美芳，〈呂赫若創作歷程初探—從「石榴」到「清秋」〉，「賴和及其同時代的作家：日據時期臺灣文學國際學術會議」宣讀論文(新竹：清華大學，1994 年 11 月)、〈呂赫若的創作歷程再探—以「廟庭」、「月夜」為例)，「臺灣文學研討會」宣讀論文(臺北：淡水工商管理學院，1995 年 11 月 4-5 日)、柳書琴，〈再剝〈石榴〉一決戰時期呂赫若小說的創作母題(1942-1945)〉，《臺灣第一才子—呂赫若作品研究》(臺北：聯合文學，1997)，頁 135-138。

[12] 《呂赫若日記》中記載：「最近精神上很不愉快。唯有朝自己的信念邁進。只要有實力成果，就沒什麼好怕的。絕對不向他人妥協。……想來，在臺灣只有文學贊助者而無文學理解者。」(1943 年 5 月 4 日)；「對西川滿的『文藝時評』的拙劣，俄然批評四起。西川氏總歸無法以文學實力服人，才會想用那種惡劣手段陷人入其奸計也。文學陰謀活動家也。不知道什麼時候金關博士說過：『妨礙台灣文學成長的乃是文學家』是至言。濱田氏也是卑鄙傢伙。文學總歸是作品。要寫出好作品。」(1943 年 5 月 7 日)；「今早的《興南新聞》學藝版上有個叫葉石濤的，斷言本島人作家無皇民意識，舉張氏和我為例立說。立論、頭腦庸俗，不值一提。氣他做人身攻擊。中午在榮町的杉田書店和金關博士、楊雲萍碰面，一同在「太平洋」喝茶。談及葉石濤的事，有人說出他是西川滿的走狗，一座愕然。金關博士說：『西川是下流傢伙。』自己只要孜孜不倦地創作就好，寫出好作品來就好，其他則待諸天命。」(1943 年 5 月 7 日)。

[13] 《呂赫若日記》中記載：「想寫小說但覺得為難。為題材傷腦筋。說是要有建設性的。真傷腦筋。晚上在山水亭和工藤好美教授及學生們碰面，一起晚餐。工藤教授給了我以下的批評：『結構、文章很好。希望將來朝向追求美的事物或者是有建設性的方向去發展。』(1943 年 5 月 30 日)；「最近對〈兄弟〉的構成感到頭痛。說要加入時代性甚麼的。但我討厭把輕薄的時代性塞進去。我堅持真實地、藝術性地，我要寫永恆的作品。……晚上繼續創作。塞進了太多時局性之故，情節感到不自然，苦惱。」(1943 年 6 月 15 日)；「對時局性的處

中央本部下設立「臺灣文學奉公會」、6月「日本文學報國會台灣支部」也在皇民奉公會及府情報部的指導下成立[14]，上述機構的設立，原是為了「以臺治臺」的目的，因此具有讓殖民地人民自行調配資源，以便發揮動員最高效能的設計，亦即讓具有影響力的臺人作家，在殖民主與臺人之間擔任國策宣導的工作，而配合國策最明顯的行動，莫過於1944年臺灣文學奉公會，在臺灣總督府情報課的要求下，派遣臺日作家至農礦兵工程地參觀，所撰寫歌功頌德的奉公文學，此間榮獲臺灣文學奉公會舉辦的第二回「臺灣文學賞」的呂赫若，自然成為該會極力網羅的優秀作家，他奉派至台中州下謝慶農場，寫成〈風頭水尾〉，收錄於臺灣總督府情報課編的《決戰臺灣小說集》坤卷中。

〈鄰居〉與〈玉蘭花〉在呂赫若一系列以本島家族為主題的作品中，異質性地書寫出日臺人民超越種族、血緣的畛域、彼此相濡以沫的和睦，可說是所謂的日臺親善之作。〈鄰居〉寫出了日本夫妻的友善與愛護本島籍幼兒的親情，〈玉蘭花〉則是透過小男孩之眼描寫日本青年的親切，然而在這親善的表相之下，是否仍存在著殖民政權下日臺難以彌合的裂痕呢？這二篇小說都是以日人進入異族異地為小說起始。在〈鄰居〉的開頭中，臺籍青年「我」描述了所居之地的地理環境：

> 我所租屋的附近，雖說是市郊，卻是龍蛇雜居之處。大部分的居民不外乎是人力車伕、飲食店的商人、粗製的點心鋪、工人、農夫等。……乍看之下很破舊，矮簷、泛黑、光線很差的房子櫛比鱗次，屋頂覆蓋破板、鍍鋅鐵板或竹屏等。經過屋旁小徑，要彎彎曲曲才能鑽過。來到那條小巷時，地面上鵝糞與雞糞斑斑。路的兩側，紫黑淤泥色的水面上，經常

理感到為難。」(1943年6月7日)；「最近對〈兄弟〉的構成感到頭痛。說要加入時代性甚麼的。但我討厭把輕薄的時代性塞進去。我堅持真實地、藝術性地，我要寫永恆的作品。……晚上繼續創作。塞進了太多時局性之故，情節感到不自然，苦惱。」(1943年6月15日)。

14 柳書琴，《戰爭與文壇：日據末期臺灣的文學活動》(臺北：臺灣大學歷史學研究所碩士論文，1994)，頁145-147。

漂浮著各種垃圾，沼氣閃閃發光，惡臭撲鼻。……背面田裡堆肥的味道、垃圾腐壞泛出的惡臭、木板屋街道某處迎面撲來的霉味、令人作嘔的廁所臭氣、污穢的衣服、汗、垢、家禽的糞便等，整個街上籠罩在這些臭氣中。[15]

文化帝國主義機制在建構主宰群體和劣勢群體之間，主要根據身體差異來區別社會價值。殖民者/文化帝國的一個關鍵機制，就是使用身體區別來生產被殖民者的劣等地位，這些主導的論述以身體特徵來定義被殖民者，並將他們的身體建構為醜陋、骯髒、敗壞、不潔、受汙染或罹病的形象，將「他者」限制在他們的身體裡。[16]日本統治臺灣之後，在臺日人首先不能習慣的便是臺灣骯髒落後的生活環境與衛生條件，而多數選擇另行居住在日人社區，與臺灣人過著涇渭分明的生活，然而在〈鄰居〉中，就連本島人都覺得難以忍受的惡劣環境，日人田中夫婦竟毅然決然地選擇遷入，莫怪乎〈鄰居〉中的「我」對田中夫婦的遷入十分意外，不僅「在是本島人貧民區的這附近，而且是本島人的房子，第一次有個內地人住進來」[17]除此之外，「最令我無法理解的，就是田中夫婦不討厭生活環境與風俗習慣完全不同的本島人生活，還與之為伍。」[18]這與龍瑛宗筆下生活於木瓜樹包圍的住宅空間、與臺人涇渭分明的日本人，有著極為強烈的對比。[19]

生活環境的惡劣污穢，就在田中先生一句「住慣的話就是好地方」[20]中變得微不足道，並入境隨俗地過著本島人的生活方式，以行動證明對本島生活模

---

15 呂赫若著，林至潔譯，〈鄰居〉，《呂赫若小說全集．上》(臺北：印刻，2006)，頁325-326。

16 女性主義政治學者楊恩主張，文化帝國的一個關鍵機制，就是將「他者」限制在他們的身體裡，因此主導的論述以身體特徵來定義他們，並將他們的身體建構為醜陋、骯髒、敗壞、不潔、受汙染或罹病。參見 Linda McDowell 著，徐苔玲、王志弘譯，《性別、認同與地方—女性主義地理學概說》(臺北：群學，2006)，頁65、頁243。

17 呂赫若著，林至潔譯，〈鄰居〉，《呂赫若小說全集．上》(臺北：印刻，2006)，頁328。

18 呂赫若著，林至潔譯，〈鄰居〉，《呂赫若小說全集．上》(臺北：印刻，2006)，頁340。

19 相關討論參見王建國著，《呂赫若小說研究與詮釋》(臺南：臺南市立圖書館，2002)，頁107-109。

20 呂赫若著，林至潔譯，〈鄰居〉，《呂赫若小說全集．上》(臺北：印刻，2006)，頁342。

式的認同，對於向來注重衛生條件的日本人來說，田中夫婦的安適其所顯得有些不合常理，呂赫若在此似乎是為了配合「內臺親善」的寫作需求而選擇了去畛域化的書寫策略。而在〈玉蘭花〉中，小男孩「我」的叔父自留學地東京帶回了照相師好友鈴木善兵衛，這位日本稀客在臺灣鄉村的傳統院落中與此家人相處甚歡，文中的描寫以原本相當畏懼日本人的「我」，在幾經接觸後「原先畏懼他的觀念，已整個被連根拔除，反而有種恰似被母親愛撫的甜蜜感覺」[21]，甚至後來對於鈴木的離開含淚相送，以依依不捨之情來表現日臺一家親的情境。

身體的行動可以在某些特定的場合裡，改變原有的空間部署，將物理性空間改變成為一個深富政治教化與文化意涵的鬥爭場域，使集體意識在其中獲得激情的宣示和落實。[22]在此空間位移之下值得注意的是，呂赫若透過小說中日人身體的游移以及公眾（臺人）的凝視來展演「日臺親善」的戲碼，甚至在這過程中樹立臺人對於國策的認同，雖符合了帝國主義藉以傳播國策神話的政治性要求，但呂赫若同時也透過了臺人的空間與身體經驗，微言地暗示了日臺親善的難為與不可信。

首先表現在臺人對日人的普遍負面印象上。日人的高高在上和兇暴殘酷在臺人心中早已存在著難以抹滅的深刻印象，〈玉蘭花〉裡小男孩的恐懼，是從小祖母或母親總以「你看!日本人來了!」[23]做為嚇阻啼哭的手段、〈鄰居〉中的臺籍老師在田中夫婦搬來的二、三個月間，在睡夢中不斷被田中先生容貌的可怕幻影所追趕，呂赫若特別強調了不論成人或孩童，都對日本人懷有恐懼感，可見當時臺灣人民心目中的日本人形象都是相當負面的。

再者，後殖民理論學者曾指出帝國主義的壓抑，其中一個最主要的特色，

---

21 呂赫若著，林至潔譯，〈玉蘭花〉，《呂赫若小說全集．下》(臺北：印刻，2006)，頁 500。
22 黃金麟，《歷史、身體、國家—近代中的身體生成(1895-1937)》(臺北：聯經，2000)，頁 271。
23 呂赫若著，林至潔譯，〈玉鵑花〉，《呂赫若小說全集．下》(臺北：印刻，2006)，頁 494。

便是對語言的控制[24]，小說中臺人和鈴木之間言語的不相通，在皇民化運動時期急遽展開的國語運動推行之際，呂赫若卻反其道而行寫出這樣超越語言的無聲之作，是否有其反諷之意呢？此外，日本青年鈴木罹患肺炎而昏迷不醒之際，年輕祖母帶著小男孩回到戲水的河邊，以傳統民俗的招魂儀式招回鈴木被水沖攫而去的靈魂，在皇民化運動意圖以日本文化徹底取代臺灣傳統文化信仰的強烈衝擊下，呂赫若雖表面上應合體制書寫日臺親善主題的小說，但實質上卻在小說中對於臺灣傳統民俗加以書寫與肯定，濃厚的鄉土情感躍然紙上，也暗暗抵禦了日本帝國殖民的野心。在小說的最後，由於是小男孩的回憶之作，面對與鈴木親暱相處的過往，小男孩卻不時流露出不確定之感：「為何我會對他感到如此親密?他哪裡值得我親近呢?我自己也驚訝不已。現在，當我拿出他為家人照的相片，也無法回憶出他的容貌。」[25]在記憶與真實的擺盪之間，是否也暗示了「日臺親善」的如夢似幻而缺乏真實性呢?

除此之外，小說中亦可觀察出日人與臺人之間實際上仍舊充滿了階級性。〈鄰居〉中的「我」在田中夫婦搬來後的二、三個月間，夜裡不斷地被田中氏容貌的可怕幻影追趕著；而小說中主力描寫的田中夫人異族母愛的流露，竟是建立在強奪臺籍孩童的前提之上：

> 李夫人伸出兩手，阿民卻不看她一眼。田中夫人愉快似地發出勝利的歡呼。
>
> 「對不對啊!阿民!這個人不是阿母，是褓姆吧。」
>
> 「哎呀!我受不了太太你了。」
>
> 李夫人發出悲鳴，與田中夫人互相抱住肩膀。田中夫人呵呵大笑抱著阿民，逃避李夫人的追擊。[26]

---

[24] Bill Ashcroft, Gareth Griffiths & Helen Tiffin 著，劉自荃譯，《逆寫帝國：後殖民文學的理論與實踐》(臺北：駱駝，1998)，頁 8-9。

[25] 呂赫若著，林至潔譯，〈玉蘭花〉，《呂赫若小說全集．下》(臺北：印刻，2006)，頁 500-501。

[26] 呂赫若著，林至潔譯，〈鄰居〉，《呂赫若小說全集．上》(臺北，印刻，2006)，頁 338。

小說結束於田中夫婦調職遷居、搭乘火車離開的場景，小說中的「我」在載著田中夫婦與阿民的火車緩緩駛離月臺之際，奇怪著阿民的去向，悄悄地問阿民的父親：

> 「阿民已經正式送給田中先生了嗎?」
>
> 我問呆呆站著的李培元氏。李氏的視線沒有離開火車，回答說：「還沒有。」放眼望去，火車消失在市街建築物的陰影裡。[27]

文本中超越民族之愛，最終竟是將阿民強行帶回內地，讓他忘卻自己所生、所來的血源與土地，以歸順日本做個心悅誠服的皇民，這樣的做法恐怕不符合呂赫若在日記中的創作原意：「〈鄰居〉意圖寫出內地人、臺灣人所應有的態度。」[28]小說在親愛的氣氛中也散發著濃郁的制欲，呂赫若是否針對皇民化運動中將人的改造視為一切改造的根基的做法，有著微言的批判呢?〈鄰居〉與〈玉蘭花〉雖然打破了日臺之間因血緣及語言所造成的隔閡，而有所謂內臺親善的意味，然而兩篇小說俱將「內臺融合」的課題放置在下一代的身上、而其收束又均是以日人回到內地的分離為結，在某種程度上，或許也反映了內臺雖然得以「親善」，但終歸無法「合一」的窘境。

參、延遲南進：〈清秋〉的青年之路

隨著日華戰事的日漸吃緊，日本官方於 1942 年起實行陸海軍志願兵制度，號召殖民地青年遠赴南方，「南方」頓時在青年的心中成為愛國與榮耀的地理符碼。〈清秋〉便是以此背景為思考而具有時代感之作。有別於〈石

---

[27] 呂赫若著，林至潔譯，〈鄰居〉，《呂赫若小說全集．上》(臺北，印刻，2006)，頁 344。

[28] 見《呂赫若日記》1942 年 10 月 1 日記載。呂赫若著，鍾瑞芳譯，《呂赫若日記》(臺南：國家文學館，2004)，頁 209。

榴〉創作期間對於時代性問題的苦惱[29]，「本島知識青年的出路」成為了呂赫若欲與時代性相連的新主題。呂赫若在日記中記載著：

> 想到了短篇小說〈路〉的主題。想描寫一個醫生徘徊於開業還是做研究之間，想明示本島知識階級的方向。要更活用自然，將心靈的悸動表現在文章上![30]

> 晚上更新構思，開始寫〈清秋〉。想描寫當今的氣息，以明示本島知識分子的動向。[31]

1942 年日本因南洋戰事逆轉陷入苦戰，迫切面臨軍事人力的補充問題，被迫向從未施行兵役法的殖民地進行軍力徵調時，只好美其名為「特別志願」，並透過媒體與教化系統製造志願熱，形成徵兵輿論，最後再順理成章過渡到徵兵制度[32]。當時的志願熱正如同文中所言，「南方是現在男人憧憬的世界」[33]、「南方現在是能令年輕人熱血沸騰的地方」[34]，本島青年俱以遠赴南洋為光榮的象徵，而在呂赫若的現實生活中，同樣也有著為出徵南洋的親人送行的經驗[35]，在文學創作上為因應戰時所需而書寫出配合動員國策的〈清秋〉，在小說中透過耀動之眼，對耀東和黃明金志願從兵的情形有著如下的描述：

---

29 《呂赫若日記》:「最近對〈兄弟〉的構成感到頭痛。說要加入時代性甚麼的。但我討厭把輕薄的時代性塞進去。我堅持真實地、藝術性地，我要寫永恆的作品。……晚上繼續創作。塞進了太多時局性之故，情節感到不自然，苦惱。」(1943 年 6 月 15 日)。

30 呂赫若著，鍾瑞芳譯，《呂赫若日記》(臺南：國家文學館，2004)，頁 362。

31 呂赫若著，鍾瑞芳譯，《呂赫若日記》(臺南：國家文學館，2004)，頁 389-390。

32 柳書琴，《荊棘之道：旅日青年的文學活動與文化抗爭》(新竹：清華大學中文所博士論文，2001)，頁 281。

33 呂赫若著，林至潔譯，〈清秋〉,《呂赫若小說全集．下》(臺北：印刻，2006)，頁 518。

34 呂赫若著，林至潔譯，〈清秋〉,《呂赫若小說全集．下》(臺北：印刻，2006)，頁 531。

35 《呂赫若日記》中記載著:「叔叔為了是否要去南洋相當煩惱。」(1942 年 6 月 12 日)、「今天是叔叔出發去南洋的日子。」(1962 年 6 月 16 日)、「叔叔在臨別之際，將我叫到天橋邊，流著淚告訴我說:『我最擔心你的健康。首先要注意健康，好令我放心。』感慨無量。自己也是強忍著淚水答不出話來。」(1942 年 6 月 17 日)、「町裡召募志願兵的宣傳聲浪很高。」(1943 年 12 月 14 日)等。

熱中研究工作的弟弟，就這樣輕易放棄而去南方嗎?真令人納悶。不過，正因為是譎變的時代，不能只考慮自己的方便，弟弟的心境也產生變化，所以才毅然決然投入時代的奔流中吧。或許就是因為他具備這樣的性格，因此才率先志願馬來行。「在這樣的時代裡，個人不能任性妄為。而且，公司的方針也有它的理由。不過，沒有關係。有別於我悶居鄉下，耀東想站在新時代的前端」。[36]

「正巧有人提起南方行的事。由於對飲食店營業的前途絕望，於是決心放棄而去南方，因此，我頓覺輕鬆。現在即將出發，近兩、三天內，母親也搬到舅舅家。給您添了許多麻煩，實在很抱歉。」雖然黃明金的臉龐已酣醉，在白色燈光的照耀下，可以看到眼神中流露出毅然的決心與一種崇高的東西。拿著杯子的手很強壯，肩膀很寬，讓人有宛如是挑起時代擔子的選手之感覺。[37]

小說中的耀東、黃明金與江有海的慷慨赴南/難，顯示了身體在此成為大東亞共榮不可或缺的一環，而大東亞的觀念也成為身體的意義和價值的判斷的所在，這個循環式的交互認證和其所形成的價值觀，成為身體的新認知模式。志願兵制度雖然在倫常的層次上挑戰了一些舊慣對身體的權力性和文化性約制，如耀東對家中長輩的不告而別、黃明金不顧貧窮放棄飲食店和母親、和江有海放棄已上軌道的小兒科診所而接受國家徵召等，但與此同時，它卻將身體置放在更為清晰明確的法條的規約下，以國家的普遍性原則來代替傳統習俗的特殊性原則，這使得身體在殖民地空間中受到更為嚴密的監視。這種對身體的規訓，說明國策的制定事實上是對身體更為嚴謹、制式的管束，它所要達到的最終效果，是以「國家」來取代「家族」，以「國策」來取代「親權」，以普遍原則來取代特殊利益的一種身體

36 呂赫若著，林至潔譯，〈清秋〉，《呂赫若小說全集．下》(臺北：印刻，2006)，頁 519。
37 呂赫若著，林至潔譯，〈清秋〉，《呂赫若小說全集．下》(臺北：印刻，2006)，頁 561。

管控。這種新的身體統攝形式使身體的存在意義發生一個急遽的改變。身體不但能以一種權利人的形式出現，同時也可以依它對國家的貢獻而獲得一個光榮的使用價值。

主體通常被描述為一種位置（location），採用空間性的認知與行動方式，立場暗含了位置性，是一種站立的基礎（ground）和抵抗的基地（site）。值得注意的是，當殖民地臺灣相對於內地被建構為邊緣化的、邊陲的負面空間（negative space）時，殖民地青年積極順應南進國策的心理。當他們提到「南方」時，其目的在於佔用空間（appropriate the spatial）以掌握某種權力（empowerment），亦即他們以在殖民地外創造一個新的空間，來描述他們爭取現身、份量和聲音的鬥爭，簡言之，他們是以「南方」的空間語彙來提出某種政治陳述，只要遠赴「南方」戰場，就能擺脫日臺血統天生的不平等，而成為比日本人更「日本人」的皇民。

相對於耀東、黃明金、江有海毅然南進的青年，小說的主角耀勳在留學歸鄉後則藉由參與家鄉中的社交活動，才得以重新認識他的家鄉，方覺得自己是地方上的一份子。然而，由於他的身體實踐遲遲不從南進國策如流，而顯得有些不得其所，在志願兵制度熱烈推行之際，他擺盪於南進、或是留在家鄉開業的二難處境之中。在此類似呼應國策號召的文字下，呂赫若卻可能別有一番用心。耀勳徘徊在要以國策性或是傳統價值來做為人生志向的十字路口上，其兩難的處境和小說中隱含的內在張力，在其面對國策的消極回應中隱微地表露出來，呈現了〈清秋〉作為一國策文本，在方向的抉擇上有著不合理的延遲，而延遲的時間，正顯示了耀勳面對國策自我矛盾的心境。[38]

文化認同被視為是固定的客體，一代傳諸一代，也具有領域特性，該文化的空間充滿了種族或國族觀念，而形成了「血與土」之間的強大結合。

[38] 參見垂水千惠，〈論「清秋」之遲延結構—呂赫若論〉，「賴和及其同時代的作家：日據時期臺灣文學國際學術會議》宣讀論文(新竹：清華大學，1994 年 11 月 25-27 日)，頁 4。

因此，在文化地理學中，領土常以身體的譬喻來描述，如「祖國」（fatherland）和「母土」（motherland），或是被賦予人格。於是，文化地景經常在這個過程裡被視為傳遞文化歸屬的容器，這種族群國族主義認為文化等同於空間，而空間等同於人民的觀點，形成了一種循環邏輯，即某人歸屬於某個空間的權利，端視其是否擁有用以指認該領土的文化。[39]

在〈清秋〉中，呂赫若似乎也有著辨認母國文化的焦慮。小說中耀動對飽讀中國詩書的秀才祖父充滿孺慕之情，且在皇民化運動禁廢漢文之際，藉由祖孫兩人的對話表達對於中國傳統經典的分享與關注，耀動並且說出「小時覺得漢學像是久醃的醬菜，所以很討厭它。不過，隨著年齡的增長，倒覺得滿遺憾的。」[40]之言，加上呂赫若自 1942 年 3 月以降，持續地閱讀購買中國典籍[41]，並且斷言「研究中國非為學問而是我的義務，是要知道自我。想寫回歸東洋、立足於東洋的自覺的作品。」[42]，可見呂赫若在當時致力於重構失落的國族精神，彷彿那是某種秘密的遺產，這種對於過往或傳統的回溯，得以鞏固國族認同傳承好幾代的觀念，猶如某種珍貴的本質。其次，小說中對孝道的著力甚深[43]，當志願兵前仆後繼地向南

---

[39] Mike Crang 著，王志弘、余佳玲、方淑惠譯，《文化地理學》（Cultural Geography）(臺北：巨流，2003)，頁 162-163。

[40] 呂赫若著，林至潔譯，〈清秋〉，《呂赫若小說全集・下》(臺北：印刻，2006)，頁 516。

[41] 根據《呂赫若日記》所載觀之，呂赫若於 1942 年始持續購買和閱讀中國傳統典籍。如《浮生六記》1942 年 3 月 9 日)、擬翻譯《紅樓夢》(1942 年 3 月 14、15 日)、《還魂記》(1942 年 3 月 15 日)、《桃花扇》(1942 年 4 月 1 日)、《北京好日》(1942 年 6 月、7 月)、《今古奇觀》(1943 年 1 月、2 月)、《駱駝祥子》(1943 年 5 月 22、23 日)、《支那思想研究》(1943 年 6 月 5 日)、《詩經》、《楚辭》、《支那史研究》(1943 年 6 月 7 日)。

[42] 呂赫若著，鍾瑞芳譯，《呂赫若日記》(臺南：國家文學館，2004)，頁 358。

[43] 如「聽到父親說得那麼高興，他也無來由地高興起來，充塞著想早點讓父親安心，盡到遺忘已久的孝行之心情」(頁 511)、「父親的衰老、自己的粗心大意，刺痛了他的心靈，意外地發現自己竟然是個不孝子，悄悄咬住嘴唇。下定決心，等醫院開業，就要父親早點辭去莊公所的工作。他認為這樣至少也算是對父親勞苦的孝行。」(頁 511-512)、「祖孫兩人這樣微不足道的對話，是如何清澄、如何溫馨啊。耀動陶然於孝道的氣氛中。」(頁 515)、「認真回顧自己兄弟兩人在東京悠哉讀書的背後，隱藏了多大的犧牲。為了讓兄弟兩人能出人頭地，默默地承受著勞苦日子的煎熬。思及父親老態的身影，如今眼中又映出母親的白髮，他想現在該輪到自己盡孝養之道。」(頁 520-521)

方去時，呂赫若是否藉由「父母在，不遠遊」的孝悌之道，為本島知識青年隱隱指示方向?小說的最後，耀動在心中暗下決定：

> 在如此劇變時代的對應之道，不受第三者迷惑，只要相信自己，堅守自己的工作崗位，然後達成自己的職責。結果是如雙親所望，也可說是盡了孝道，不亦善哉。[44]

隨著戰事的吃緊以及國家力量的漸次抬頭，國家機器對於身體的統屬正透過各種合法的管道、條文、與力量，鼓動並支配著存活於殖民地的臺灣青年，而呂赫若處在皇民化運動的高峰期，他的默示，或許會被視為是抵抗力量的減弱，但是在某種層面上，他也透過了小說中的曲筆對國策消極地回應，甚至提出傳統習俗與人倫孝道的人道色彩與考量，來試圖滅熄「南方」符碼在殖民地青年心中所燃燒而起的戰爭火焰。

肆、擁抱大地：〈山川草木〉與〈風頭水尾〉

隨著時局逐漸進入決戰體制的末期，1944 年台灣文學奉公會在台灣總督府情報課的要求下，派遣臺日作家至農礦兵工程地參觀，以撰寫歌功頌德的奉公文學，呂赫若於此時奉派至臺中州下謝慶農場，寫成〈風頭水尾〉。另外，稍早的〈山川草木〉也是以女性勞動增產為主題的小說，呂赫若在小說中雖然未明言寶連是為了國家放棄藝術追求進而勞動生產，但是就皇民化文學的角度視之，小說主題與寶連的形象似乎正迎合了日本政府「增產鬥士」、「為聖戰而勞動」的美麗口號。

〈山川草木〉中的音樂少女寶連在父親驟逝之後，為照顧年幼的弟妹，不惜放棄在東京的學業，毅然與弟妹一同回歸山林耕種薄田為生，從「臺灣的崔承喜」變成了「增產女戰士」她充滿生命力地對著敘述者「我」說：

---

44 呂赫若著，林至潔譯，〈清秋〉，《呂赫若小說全集．下》(臺北：印刻，2006)，頁 568。

> 現在每天和舅舅耕種自己的田地，眺望四周的綠山，用河流的清淨河水洗手，呼吸著新鮮的空氣，沉浸於田園之樂。但剛開始還是很苦的。沒有比不能回東京、藝術的志願受挫更痛苦的事了。每當夜裡想起總忍不住哭泣，但現在已習慣了田園的生活。我想我已有足夠的勇氣。現在提倡增產，我暫時拋下音樂，努力從事生產。是很不錯的生產戰士哦！[45]

在傅柯所謂的規訓社會（disciplinary societies）的崛起過程中，他認為管制有賴於透過新監視機制以從事身體的社會控制。在《規訓與懲罰》（Discipline and Punish,1977）一書中，傅柯認為，現代的權力不應該視為由上而下、基於消極禁制的力量，而是由下而上運作的力量。傅柯稱這種權力形式為生命權力（biopower），以彰顯身體控制的含義。他認為，公民並非屈服於國家及其機構由上而下施加的權力，權力也是一種連結客體、事件和不同社會層級之微觀或毛細管關係的精密網絡，透過比方說關注提升生活水準和健康的正面管制而連結。因此管制不只是透過國家控制，也藉由個人行為的自我監控而運作。

傅柯將身體理論化為一種由社會實踐銘刻的表面，指出身體受到了論述所建構之機構場合的作用。這導致了視為理所當然的實踐，身體在這些實踐過程裡接受規訓和常規化，社會再生產也得以促進，他同時注意到身體的經濟利用也涉及了權力和隸屬關係：

> 人身也直接涉及政治領域；權力關係直接控制著它、籠罩著它、給它烙上標記、規範著它、折磨著它、強迫它完成某些任務、遵守某些禮節以及發出某些符號。這種對於人身的政治控制，按照一種複雜的交互關係，與對人身的經濟使用緊密相關。人身基本上是作為生產力而被賦予權力和支配關係的。但是，另一方面，只有在它被納入某種依附體制中

45 呂赫若著，林至潔譯，〈山川草木〉《呂赫若小說全集．下》(臺北：印刻，2006)，頁 587。

> 時，它的結構才可能成為勞動力。（在這種依附體制中需求也是一種精心培養、估算和使用的政治工具。）只有當人身既具有生產性又具有依附性時，它才能變成一種有用的力量。[46]

〈山川草木〉中的寶連與〈風頭水尾〉中的徐華，已經一反〈清秋〉中耀勳在面對南進國策的遲疑不安，而積極地配合國策所提倡的勞動增產、進一步開發個人身體的潛能，以增進國家生產力。為因應戰局的需要，除了男性作為軍力的來源，年輕未婚女性也開始納入國家增產勞動的行列，從小說觀之，〈山川草木〉中的寶連是受過教育的新時代女性，更有助於皇民化運動的推行。而〈風頭水尾〉中的徐華，來到須終年與自然搏鬥、否則難以收成的海埔地時，見到師傅和受僱農夫們的全神投入勞動，也帶動了他加入生產行列的興奮之情，徐華對妻子說道：「『鳳嬌!要快點收拾好。因為明天要早起。雞一鳴，就打算去田裡。』好像是說給自己聽。無法按捺喜悅之情，黑暗中，忍不住露出笑容。」[47]增產鬥士的人物書寫，自然在決戰體制下成為國策最好的代言，然而，除卻殖民政權對皇民化文學的宣傳操作之後，再重新省視這兩篇小說，這當中是否能有新的詮釋角度呢?

先回到呂赫若先前對創作主題的思索上，他在1943年6月13日的日記上言及：「我並不是不會寫以人的個性美為對象的小說。而是一直更想以社會為對象，描寫人的命運的變遷。」[48]呂赫若對於「文學社會性」的關注其實早在1936年的雜文中即有過深思，在〈兩種空氣〉中他強調藝術「應從生活中出發」[49]而在〈關於詩的感想〉中又引用了日本馬克思理論家森山啟的論述：

---

[46] 傅科著，劉北成、楊遠嬰譯，《規訓與懲罰：監獄的誕生》(臺北：桂冠，1992)，頁24-25。
[47] 呂赫若著，林至潔譯，〈風頭水尾〉《呂赫若小說全集・下》(臺北：印刻，2006)，頁614。
[48] 呂赫若著，鍾瑞芳譯，《呂赫若日記》(臺南：國家文學館，2004)，頁360。
[49] 呂赫若著，林至潔譯，〈兩種空氣〉，《呂赫若小說全集》(臺北：印刻，2006)，頁372。

> 第一，（與所有的藝術、科學等皆同）詩中有表現價值的東西，經常是與一定的社會階級之「必要」相結合的生活感情。所有的詩人只要把那種必要（不管是否是無意識）透過詩人的世界觀與感情的漩渦，表現在詩裡。第二，因此，為了實現特定社會階級歷史性進步的任務，詩人感情的波濤，越能湧出，那種感情表現在詩裡的價值就愈高。……真正寫實派的詩人，應該對現實有正確的認識，將自己真實的感情，表現於詩的真實中。[50]

由此可知呂赫若對於文學內容的社會現實要求特別強調，而除卻國策面向的閱讀模式，能否自身體經驗的考察對呂赫若的文學觀做一理論上的連結呢?在此值得留意的是呂赫若向來所注重的左翼思維。在馬克思看來，普遍的人的本質是由「身體」所確定的，在種屬意義上，人的集體勞動作用於自然，以滿足他們的需要，在這個過程中，將他們自身轉化為感性的、實踐的、有意識的能動者，而人類所共同擁有的東西就是實踐的轉化潛能，馬克思認為，人將自己作為自然本身的一種力量對立於自然，為了以一種適應於自己需要的形式占用自然的生產，人使胳膊和腿、頭和手，以及身體的自然力量運動起來，就這樣，人通過作用於外部世界改變了外部世界，同時也改變了他自己的本性。[51]

透過身體勞動，原本弱不禁風的寶連在敘述者的眼中看來是「有朝氣而又健康的」[52]，而寶連也透過勞動實作，改變了原有的對藝術的執著，而將目光落實在日日相依的土地上，心念一轉而變為務實的生活觀念：

---

[50] 呂赫若著，林至潔譯，〈關於詩的感想〉《呂赫若小說全集》(臺北：印刻，2006)，頁 369。

[51] Bryan S. Turner 著，馬海良等譯，《身體與社會》(The Body and Society)(瀋陽：春風文藝，2000)，頁 90。

[52] 呂赫若著，林至潔譯，〈山川草木〉《呂赫若小說全集・下》(臺北：印刻，2006)，頁 590。

> 人的生活不只是音樂，還要考慮到其他的事呀!我們都不懂現實的生活，而受到四周環境誘惑著再渡海去大都會裡過著幸福的生活，談論那些藝術，那些哲學，所為何來?又會得到什麼呢!……我也並不否定人的努力向上與活躍於社會。我考慮的是做事的方法，生存的方法。舅舅已經在這住了四十年了!他在這裡看山、看河、看樹木成長，在這耕種了四十年。舅舅們既不是呆子，也不是無能。我想這就是生活。[53]

由上述引文觀之，呂赫若使原本位居社會中心的留學生與知識份子，自願上山下鄉、走向「邊緣」的書寫策略，顯然寓有反戰的意味。當寶連不再浮沉於世俗名聲的爭逐，毅然休學而投向田園生活，她的行動與整個社會潮流誠然背道而馳，[54]當她放棄在東京大都會展露鋒芒、一展長才的機會，而選擇遺世獨立的田園生活，她對於功名的放棄同時也放棄了對國策的響應，她的隱遁，不啻是對戰爭表達無言的抗議。而〈風頭水尾〉中的徐華，也「在如此嚴苛的自然中，強烈感受到生存的氣魄，不由得露出微笑。儘管寒風凜冽，由於心中已有依靠，頓時燃起暖意」[55]，小說中並描寫農村領導和農民苦幹堅毅的性格，以及相互間扶持關懷的情誼。他們的生產勞動在行動上雖有輔助增產的宣傳效果，其個人意志卻未必有此意願，若從馬克思主義的思想觀念來審視勞動對於個人的意義觀之，藉著人與自然的互動過程中，徐華與農夫們得以改變外在惡劣的生存環境以獲得物質需求，另一方面也讓他們達到自我實現的理想。施淑曾針對此二篇小說立論：

---

[53] 呂赫若著，林至潔譯，〈山川草木〉《呂赫若小說全集．下》(臺北：印刻，2006)，頁596。

[54] 陳芳明，〈殖民地與女性—以日據時期呂赫若小說為中心〉，《左翼臺灣：殖民地文學運動史論》(臺北：麥田，1998)，頁213-214。

[55] 呂赫若著，林至潔譯，〈風頭水尾〉，《呂赫若小說全集．下》(臺北：印刻，2006)，頁600。

> 從城市到鄉村，1940 年以後，在日本殖民地政府雷厲風行的皇民運動下，在文學奉公、增產建設一類的集體主義要求的口號裡，包括呂赫若、楊逵在內的本質上信仰集體精神的左翼作家，寫作了表現知識份子上山下鄉，自我改造的〈增產之背後〉、〈山川草木〉、〈風頭水尾〉等小說。這些在表現上可以被解釋為皇民文學，也可能是紀錄著日據時代末期，走出小布爾喬亞的城市，重新踏上荊棘之路的左翼知識份子，透過勞動改造，在「皇民」的偽裝下，努力朝向「人民」轉化的另一部心靈秘史的作品。它的「背後」，它的真實訊息，倒是引人深思的了。[56]

呂赫若在這二篇小說中，讓被原先的差異之社會建構擠向邊緣、邊陲的殖民地人民，彼此策略性地結盟，這樣的書寫策略具有空間的隱喻和連結到實質空間與空間實踐的潛力，當國策鼓動著殖民地青年往南方戰場而去，婦女留守後方為戰爭所需物資而努力，在戰爭期間讓每個國民都能堅守崗位，以提高國家戰備能力的同時，呂赫若卻選擇讓小說主角處在一個邊緣的位置，呂赫若之所以選擇邊緣，乃是希望選擇一個具有基進的開放性的空間，重塑一個與官方政策不一樣的觀看、創造與想像的地方。這地方也許猶如〈風頭水尾〉中的海埔地，總是身處危險、矛盾、曖昧，但也是充滿新生可能性的地方，它同時解構了邊緣與中心，然後在重構了的邊緣裡，重造新的機會之空間。

由此進一步思考這兩篇小說，呂赫若在殖民狀況中，面對殖民者多重的權力關係架構，文本中看似配合勞動增產國策，實際則化以身體勞動、擁抱大地的觀點來製造、善用矛盾空間，化殖民政權國策文學傳播機制所製造的宰制性為去殖民策略，以「身體力行」的方式阻斷國策發聲筒的衍生機能，打造出屬於殖民地人民擁抱土地、展現自主的權力。

---

[56] 施淑，〈書齋、城市與鄉村——日據時代的左翼文學運動及小說中的左翼知識份子〉《文學台灣》第 15 期(臺南：文學台灣雜誌社，1995)，頁 97。

伍、擁抱大地：〈山川草木〉與〈風頭水尾〉

長久以來，「國族認同」（national identity）成為日據時期臺灣文學研究的主要論域，其中作家作品的抗日/親日屬性的剖析、釐定，乃至今人要如何面對皇民化文學遺產的認識論與接受態度的問題，諸多的筆下爭鋒，都呈現出評斷皇民化文學認同情形紛擾的窘況[57]，這樣的現象，同樣道出本文可能遭遇到難以清楚釐辨的模稜認同困境。

呂正惠在評解呂赫若皇民化文學時提出了「曖昧的兩重性」的說法，認為呂赫若運用高度的文學技巧，在許多篇章段落裡，時時隱藏著弦外之音。[58]而本文則是基於呂氏的皇民化文學作品具有多層意涵的假設下，鎖定身體與空間的面向，考察日本帝國主義統治力量對呂赫若的影響與刺激，以及他在面對國策/新生之路的思索與追尋，在另一方面，也試圖探究呂赫若如何在小說中以身體經驗與空間隱喻做為與官方國策協商、斡旋的意義場，企圖改造、轉化殖民者的國策言說，並巧妙消解皇民/國策文學的文化生產機制效能，面對臺灣人的新生之路亦有其充滿左翼色彩的思索與追尋。

至於本文之選由空間與身體經驗的探索入手，主要在於考量大東亞戰爭期間「外地文學」的提倡，其中對於地方感的保存或建構，是一種從記憶到希望，從過往到未來的旅途中的積極時刻。經由地方的重構（南進）可以揭露隱藏的記憶，替不同的未來提供前景。日本在大東亞時期的國策，不僅掌握住地方品質，復活了環境與社會的紐結，

[57] 黃美娥，〈差異/交混、對話/對譯：日治時期台灣傳統文人的身體經驗與新國民想像〉，「文化啟蒙與知識生產國際學術研討會」發表論文(臺北：臺大臺灣文學研究所、臺大音樂研究所主辦，2005 年 11 月 26 日)，頁 3。

[58] 參見呂正惠，〈殉道者一呂赫若小說的「歷史哲學」及其歷史道路〉，《呂赫若小說全集·下》(臺北：印刻，2005)，頁 660-692；〈「皇民化」與「決戰」下的追索一呂赫若決戰時期的小說〉，《台灣第一才子—呂赫若作品研究》(臺北：聯合文學，1997)，頁 38-56。

並試圖使建構時空的社會過程轉向截然不同的目的。隨著認同轉變，通往未來的政治軌跡重新界定，某些殖民地原有的傳統文化、民俗記憶便遭到壓抑，因此，想像的地方、以及大東亞共榮圈的烏托邦思想，都在激活政治上扮演了要角。

此外，人的身體並不存在於或源自於一個社會真空狀態，而是會隨著社會境遇的變化而改易，具有多層次、多維度的意義，身體也自有一部歷史正在述說著。皇民化運動使得身體在殖民地空間中受到更為嚴密的監視。這種對身體的規訓，說明國策的制定事實上是對身體更為嚴謹、制式的管束，它所要達到的最後效果，是以「國家」來取代「家族」，以「國策」來取代「親權」，以普遍原則來取代特殊利益的一種身體管控。身體在此成為大東亞共榮不可或缺的一環，而大東亞的觀念也成為身體的意義和價值的判斷的所在，這個循環式的交互認證和其所形成的價值觀，成為身體的新認知模式。從決戰時期的情勢，和它所激發的高亢民族主義論調，就對身體的發展產生推動力式的影響，使身體的開發一直擺脫不了國家化的趨勢。這既成為它的動力，又限制它的發展方向和範圍的情形，正是一種結構性力量展現在身體上的最典型樣貌。但是，在思考身體作為的同時，除了必須留意既有的結構性情境的確可能對身體的發展產生一定的指引作用外，這種評量並不代表結構就此決定一切，必須注意的是，身體本身可具有的主動性和能動性，以及身體可以因應局勢而具有策略性展演之面向。

在書寫皇民化文學的同時，呂赫若試圖透過地理空間的位移與身體經驗的書寫，來加強小說主題及張力。在描寫日臺親善主題的〈鄰居〉和〈玉蘭花〉中，呂赫若透過日人進入本島人生活的地域空間，並肯定本島人的生活方式，以去畛域化的書寫方式展演內臺親善的戲碼，最終以記憶之虛幻、日人的遷居、歸回內地，微言地暗示了內臺雖然得以「親善」，但終歸無法「合一」的窘境。

日本統治期間，許多臺灣知識分子希望自己不僅是國籍上的日本人，還要追求「內地人」的實質—如特權、日本姓名、通婚、兒女混血或是為日本天皇效死的「日本精神」，如朱點人〈脫穎〉中的陳三貴、龍瑛宗筆下的陳有三等等，都是這樣的人物，而其中意圖轉變自己成為內地人最為積極者，當屬〈道〉當中的陳青楠。面對南進國策的志願兵熱潮，在專賣局樟腦試驗所工作的陳青楠在生活周遭的日本同事中體會何為「日本精神」，而面對日本官方積極以「南方」做為政治操作的符碼，鼓吹本島青年能夠南進投入大東亞聖戰，為成就大東亞共榮圈而奮戰的國策時，陳青楠最終是順應國策、選擇參加志願兵為天皇效死，以成就「皇民」的自我。

相較於陳火泉將「日本精神」解讀為效死天皇，呂赫若筆下同樣在思索人生未來道路的耀勳，在面對南進政策時其內心卻充滿了矛盾與掙扎，這樣的書寫策略隱微地質疑「南方」的神聖性，而文中所洋溢濃厚的孝道思惟，以及小說結尾耀勳決意留在家鄉開業以明孝心的安排，是呂赫若已然明白所謂雄飛南進、步向皇民之道，實質上是讓臺灣青年一步步踏上黃泉之路，走入那沒有光的所在的深刻體會下而為的書寫策略，在日本官方不斷鼓動南進政策之際，呂赫若方以本島青年耀勳最後決意留在家鄉、從事地方醫療工作的選擇，試圖告訴本島青年，不要受到官方政策的鼓動與魅惑，與其到「南方」為天皇效死，留在「家鄉」對臺灣青年來說，才是最為真切踏實的道路。

在確立了臺灣人所應走的方向之後，在〈山川草木〉和〈風頭水尾〉中，可以感受到臺灣知識份子面對強制的國策和己身不可知的未來，已經不再游移徬徨，他開始「頌揚人性善良的一面，寫勞動者跟惡劣的大自然搏鬥的勇氣，並描述知識分子自我改造的經過」。[59]因此

[59] 林至潔，〈期待復活—再現呂赫若的文學生命〉，《呂赫若小說全集上．下》(臺北：印刻，2006)，頁 44。

我們看到了在田園山林的開墾生涯中，體會到山川草木靜謐之美的寶連，也看到了徐華在惡劣艱困的海埔地學習改造的生趣，呂赫若透過身體勞動、擁抱臺灣本土的觀點，顛覆國策對殖民地人民的壓制，進而打造出屬於殖民地人民擁抱土地、展現自主的權力。

本文所討論的文本，雖是呂赫若在皇民化運動時期的應時之作，但細細觀之，在應合體制的表象下，內部蘊含著一個與強者協商、交涉，企圖在戰時體制為臺灣人尋求一個有尊嚴的主體位置的驅力，呂赫若不妥協於殖民政權的堅持，雖未明言，但一以貫之。台灣光復後，呂赫若旋即開始以中文寫作〈改姓名〉、〈一個獎〉等小說，對皇民化運動的荒謬景象百般嘲弄，正得以證明殖民地知識分子的堅韌的主體性格。而當他認清了國民黨政權不過是以民族主義的假面，延續日本帝國主義式的統治，並感受到全中國解放的熱潮時，他的反抗則更為激進，他毅然決然加入臺共的地下組織，相信唯有將臺灣人民自原有的社會結構網絡與階級屬性中解放出來，才是拯救臺灣人民最好的方式，可惜的是，呂赫若未待大業完成，生命便驟然畫下了句點，也將臺灣人的新生之路究竟何往何從的問題，留待後人去解答。

參考文獻

專書

- 呂赫若著，鍾瑞芳譯，《呂赫若日記》，臺南：國家文學館，2004。
- 呂赫若著，林至潔譯，《呂赫若小說全集》，臺北：印刻，2006。
- 陳映真編，《台灣第一才子一呂赫若作品研究》，臺北：聯合文學，1997。
- 王志弘，《流動、空間與社會》，臺北：田園城市文化，1998。
- 陳芳明，《左翼台灣》，臺北：麥田，1999。
- 王建國，《呂赫若小說研究與詮釋》，臺南：臺南市立圖書館，2002。
- 黃金麟，《歷史、身體、國家—近代中的身體生成（1895-1937）》，臺北：聯經，2000。
- Michel Foucault 著，劉北成、楊遠嬰譯，《規訓與懲罰：監獄的誕生》，臺北：桂冠，1992
- Bill Ashcroft, Gareth Griffiths & Helen Tiffin 著，劉自荃譯，《逆寫帝國：後殖民文學的理論與實踐》，臺北：駱駝，1998。
- Bryan S. Turner 著，馬海良等譯，《身體與社會》（The Body and Society），瀋陽：春風文藝，2000。
- Mike Crang 著，王志弘、余佳玲、方淑惠譯，《文化地理學》（Cultural Geography），臺北：巨流，2003。
- Linda McDowell 著，徐苔玲、王志弘譯，《性別、認同與地方——女性主義地理學概說》，臺北：群學，2006。

期刊論文

- 施淑，〈書齋、城市與鄉村—日據時代的左翼文學運動及小說中的左翼知識份子〉《文學台灣》第 15 期，高雄：文學台灣雜誌社，1995 年。
- 島田謹二作，葉笛譯，〈臺灣文學的過去、現在和未來（下）〉，《文學台

灣》第 23 期，高雄：文學臺灣雜誌社出版，1997 年 7 月

- 陳芳明，〈台灣新文學史・第七章：皇民化運動下的四○年代文學〉，文刊〈聯合文學〉第 187 期，臺北：聯合文學，2000 年 5 月

研討會論文

- 垂水千惠，〈論「清秋」之遲延結構一呂赫若論〉，「賴和及其同時代的作家：日據時期臺灣文學國際學術會議，新竹：清華大學，1994 年 11 月 25-27 日
- 鍾美芳，〈呂赫若創作歷程初探一從「石榴」到「清秋」〉，「賴和及其同時代的作家：日據時期臺灣文學國際學術會議」，新竹：清華大學，1994 年 11 月 25-27 日
- 鍾美芳，〈呂赫若的創作歷程再探一以「廟庭」、「月夜」為例〉，「臺灣文學研討會」，臺北：淡水工商管理學院，1995 年 11 月 4-5 日
- 黃美娥，〈差異/交混、對話/對譯：日治時期台灣傳統文人的身體經驗與新國民想像〉，「文化啟蒙與知識生產國際學術研討會」，臺北：臺大臺灣文學研究所、臺大音樂研究所，2005 年 11 月 26 日。

學位論文

- 柳書琴，《戰爭與文壇：日據末期臺灣的文學活動》，臺北：臺灣大學歷史學研究所碩士論文，1994。
- 朱家慧，《兩個太陽下的臺灣作家——龍瑛宗與呂赫若研究》，臺南：成功大學歷史所碩士論文，1996。
- 李國生，《戰爭與臺灣人：殖民政府對臺灣的軍事人力動員（1937-1945）》，臺北：臺灣大學歷史學研究所碩士論文，1996。
- 邱雅芳，〈聖戰與聖女：以皇民化文學作品的女性形象為中心（1937-1945）〉，臺中：靜宜大學中國文學研究所碩士論文，2001。

講評

游勝冠[*]

論文的寫作會運用一定的關鍵概念去談問題，使用這些關鍵概念時，若不先界定清楚這些概念，論述的邏輯性、合理性往往會大打折扣，甚至影響到論點的成立，我想從這個部分談談這篇論文寫作上的問題。本篇論文的題目為〈身體與國體——呂赫若皇民化文學中對國策／新生之路的思索與追尋〉，這個標題中有「身體」、「國體」與「皇民化文學」等幾個需要先定義清楚的關鍵詞，由於作者行文前未先清楚界定、掌握這些概念，以致接下來做出的論述及得出的論點，實在讓人難以接受。

先談將呂赫若小說定位「皇民化文學」這個觀點，因為它涉及最根本的如何定位呂赫若文學的問題。作者所以將呂赫若文學定位為「皇民化文學」，是根據陳芳明：台灣作家主動應合的「皇民文學」與被迫地不得不應合的「皇民化文學」的區分，這種區分能不能成立？牽涉兩個問題，首先是何謂「皇民化」？其次是這種定義下的「皇民化運動」，是否能概括整個戰爭期日本政權所建構的戰時體制？前者涉及台灣人身份的改變，要成為皇民是有嚴格的條件限制，涉及改姓名、說國語、改奉神道教……等等的文化認同上的改變，不是每個台灣人想要成為皇民都可以的；而由一九三七年小林躋造就任台灣總督時所提出的「皇民化、工業化、南進化」的三大政策來看，「皇民化」相對「工業化」、「南進化」，只是整個戰時體制的主要機制之一，並非全部。如果要用皇民化運動來概括整個戰時體制，那麼，即使是「被迫不得不應合」皇民化運動的呂赫若，在文學創作方面，勢必也要對成為皇民

[*] 成功大學台文系副教授兼系主任

這個身份認同問題有所表現，然而，作者於本文所探討的這幾篇小說，有哪篇像陳火泉的〈道〉處理了這個問題呢？事實上，就如作者所論，呂赫若寫的是「內台親善」，既標出「內台親善」，不就顯示殖民當局對身份不同的內、台只要親善也可以接受的政策嗎？並不一定要求每個戰爭下的台灣人都非成為皇民不可嗎？其次，呂赫若關於南進、增產等議題的書寫的所謂「國策文學」，又有那個部分觸及日本皇民的身份認同問題呢？由此來看，「皇民化文學」作為特定身份改造運動脈絡中的概念，是不適合用來概括整個戰爭期的台灣人文學，更不適合用來討論作者認為保有一定台灣人立場的呂赫若文本。

其次，本篇論文以「身體與國體」為主標題，綜觀全文，我沒看到作者對相對「身體」的「國體」做出明確的定義與論述，至於「身體」，雖引 Linda McDwell 的論點，從空間與身體的緊密關係對「身體」做了一定的解釋，但「國體」為何？與「身體」之間形成了怎樣的權力關係？的釐清，卻付諸缺如，因此，作者雖引用了一對看似有用的概念，卻未將之結構化，形成有解釋力的詮釋框架，用來討論呂赫若的小說；再者，要釐清「身體」的意義時所借用的「空間」，卻也在同時鵲佔了鳩巢，當作者在序論中說要：「以小說中的『身體』與『空間』經驗的探索入手」，其實作者早已自己拆解「身體與國體」這個主標所隱含的關係框架，而開了「文不對題」的頭，再加上論文的進行當中，由於所引論的呂赫若的小說內容所寫的多涉及「空間」，如〈鄰居〉、〈玉蘭花〉的主題是透過讓日本人「空間位移」到台灣人的生活空間而突出的，〈清秋〉、〈山川草木〉的寓意則架構在南方與故鄉、都市與鄉村這種相對的空間關係之中，作者雖信誓旦旦說要談「身體」，但受限於小說文本的內容，她所能談的還是「空間」，或者勉強可稱為身體的寫空間時順筆帶到的人，至於像作者：「殖民者／文化帝國主義的一個關鍵機制，就是使用身體區別來生產被殖民者的劣等地位」這種脫離前後文脈絡的抽象理論闡述，或在論〈山川草木〉時，不知為什麼突然拉進來大談特談的傅柯關於「規訓」與「身體」的理論詮釋，都因為未有充分的呂赫若的文本內容來讓這些抽象的身體理論「具體化」，不僅成為證明論文一開始就鵲佔鳩巢的「空間」，對呂赫若小說還是比較有解釋力的證據，抽象的身體理論沒有呂赫若的具體文本內容可以落實的問題，更進一步坐實了我所謂「文不對題」的質疑。

為了不讓這篇論文文不對題，我認為作者最好改題，由作者討論最多的南進與故鄉、都市與鄉村所形成的空間權力關係重新設定本文的標題。不過，如此一來，當本文「名符其實」之後，我們也會發現，作者由上述這些空間關係所闡明的呂赫若由此質疑了國策的主論點，其實早在陳芳明、施淑、王經國等前人的相關研究中就已做出。那麼，當炫目不實的「身體與國體」的標題一被拆解，看似有所開創的關於空間的論點，又多未超越前行研究的成果，作者所要面對的，恐怕是比該固守故鄉？還是轉個方向南進？這種兩難抉擇還要更加嚴苛的困局。

附錄

豐美的地景
「2006 青年文學會議」專題演講

楊照[*]

首先，從一個文學故事開始說起。

1955 年 2 月 28 號，一艘哥倫比亞的軍艦「據說」在加勒比海遇上風暴，意外中一共有八名水兵墜海，七位溺斃，僅一位在海上漂流十天後奇蹟般生還。這件事在哥倫比亞首都波格達引起極大震撼，所有媒體都報導了；不過，波格達的媒體如同台灣的，三天後大眾就遺忘了該名生還者。但，當時波格達的第二大報：《觀察家報》的一位記者，卻在兩個半月後，向報社提出採訪生還水兵的構想。此舉自然令總編輯為難，因為媒體跟文學最大的差別即在於它的時間感，但由於那位記者前一年寫了一篇非常轟動的報導，在報社當紅，於是便同意他去嘗試，並等著看會有什麼樣的成果出來？

其實，可以想見那位總編對此次採訪完全沒有期待，然而這名記者果真找到了生還者，並且花了十四次、每次平均四小時對他進行訪談。起初，水兵不斷吹噓自己的英勇，可是就在第一回採訪將結束之際，記者突然問他：你在木筏上是如何解決小便的問題？剎那間，水兵崩潰了，因為他心底明白記者對他所言沒有一句相信。所以，在之後超過五十個小時的訪問中，記者鉅細靡遺的問清楚這十天中的一切一切：是怎麼掉到海裡、掉下後第一個反應是什麼？……隨即在報上發表了〈我的歷險記實〉，但才寫到第六天，總編輯就走到記者的桌前問他還要寫多久？他尷尬的回答預計一共要寫十六天，總編輯的表情非常驚訝，但更令人驚訝的是他說：「不對！你應該要寫五十天。」

---

[*] 新新聞週報副社長

發生了什麼事？原來，在六天中，《觀察家報》的印量增加了一倍，而那位記者名字叫 Gabriel Garcia Marquez——1982 年諾貝爾文學獎得主賈西亞·馬奎斯。我們必須問為什麼馬奎斯會對海上遇難的故事好奇？為什麼他能夠用這種方式問水兵並且挖出這麼多的故事？

說穿了，那是因為 1952 年全世界最受矚目的文學作品剛好就是馬奎斯當時最崇拜的小說家寫的——海明威的《老人與海》。可以想見，馬奎斯對這本書是反覆閱讀了多少回！而能夠把《老人與海》熟背於心的人，他會知道海洋是怎麼一回事。但，更重要的是，為什麼海上歷險故事足以讓報紙在六天中多增加一倍？要解答這個問題只能找到一個歷史性的因素，也就是西方從 16、17 世紀開始，海洋探險已成為其文明中非常重要的元素，意即大部分在西方文化影響下的人對於海洋，是有一種已經內在於他們文明社會裡的想像和期待。

而這件事的後續出現了原本完全無法預料的結果，因為經過馬奎斯的追查，發現事實是：海上根本無暴風雨，而是甲板走私了太多貨物，貨箱鬆開，連帶把八名水兵撞入海中！馬奎斯的報導必然得罪哥倫比亞的獨裁政府，隔年《觀察家報》隨即被查封，當時馬奎斯在歐洲當特派員，流困於巴黎，從名記者變成流亡作家，這期間他完成了第一部代表作：《沒人寫信給上校》。馬奎斯的悲劇，成了文學界的喜劇。

整個西方書寫和文學傳統出現的重大改變，是來自於海洋！所以對西方的理解，是絕對不能忽略海洋大冒險時代。在那個時代，海洋逼迫、誘引著西方人重新認識自然，因為人類花了幾百萬年的時間從海洋上到陸地，一切生命的構造都是在適應陸地的生活，但是 15、16 世紀的西方，卻有一群人要回到海上，當他們到海上後，對於人是什麼、以及人跟他周圍環境的關係就完全改變了。因為海洋再度把人類所認知的世界變成未知，每一次從港口出發，就是為了去發現從來不知道的地方、去看從來沒有看過的事物、以及從來沒有遇見過的人。

從 15 世紀延續到 17、18 世紀，西方的港口日復一日有一個儀式，那就是當大船進港時，附近群眾都會集中到碼頭，他們並非是為了要迎接船隻，而是要去聽故事。同樣，每艘從遠洋返回的船隻上也有儀式，那就是這次派誰去講故事，而你不可能不講故事，若不講故事就無人相信這艘船曾經真正遠行過。當那些故事隨著波浪向陸上的耳朵湧送驚奇時，每個聽眾的眼睛都發亮了！我們要能夠想像，在那幾百年間，整個西方源自於對外來世界故事的好奇，不斷的在突破他們的文明，這就必然影響了文學和書寫。最深刻的影響就是大自然，當人到海上跟大自然有接觸，大自然不再是上帝造好給我們而我們即知的那一回事，人面對大自然時會出現一種好奇的態度，這占據了也改變了人跟大自然的關係、改變了人跟他周遭地景間的關係。人面對地理、地景，不再是面對一個固定、已知的知識系統，所有新的地景豐富了人類的經驗，變成一門走在人類好奇心最前端的學問，並且進而改變了人跟上帝的關係，因為最初在海洋大冒險時代，人認為上帝是多麼了不起，因為祂造了那麼多我們原來都不知道的事物！

放大的主觀與浪漫的近景

可是，到 19 世紀浪漫主義興起時，出現了重大轉折，在華滋華茨（William Wordsworth）這些作家筆下，自然取代上帝了，自然成為人類有限生命經驗中真正的超越，而那個超越又可以跟人內在的自我相呼應。尤其，讀華滋華茨的詩後印象會非常深刻，他喜歡寫年少時在黑夜的湖上划船，寫他感覺身後的山活了過來，像有一雙巨大的眼睛在看著他；因為山在看他、一雙「自然」的眼睛，所以他才能感知、才能證明自己的存在，他不是這個時空中一個沒有辦法確定的、漂浮的一個點，山的眼睛把他給定著住，那雙眼睛讓他變成一個人、讓他安全。雖然這中間其實充滿極度的恐懼，想像夜色中的山像頭怪獸追趕在後，卻也因為恐懼，生命才變得安全，才知道自己是誰、才知道自己和外在地景之間有什麼樣的關係。

過去的海洋大冒險，追求刺激和探險；到浪漫主義時期，則把原來對海洋、遠方的想像拉近來看生命附近的近景。此種對近景抱持同樣興奮和努力想去發現的態度，我以為是浪漫主義最大的貢獻！它讓本來再熟悉不過的地景重新陌生化，不管你在這個小城、在這個湖上經歷了多少時光，每一次每一次你像華滋華茨在黑夜的湖上划船，那整個地理環境便重新活過一次。為什麼？因為你每一次都是用一種浪漫、新的自我去看待這個地景，而那個浪漫、新的自我如果沒有這些地景，他就沒有著落點；同樣，如果沒有這些浪漫、新的不斷變動的自我，地景也會形同靜態、死板。這是大自然的超我和人內在的自我之間一個永恆不斷的對話關係。

這裡將再前進一步，因為人擺脫上帝了，不管這過程是多麼痛苦和曲折，可是到十九世紀後半二十世紀初，我們已能明顯看見：人在擺脫上帝後，如何更加的有自信、用自我的主觀意識去重新改寫、改造自然。這裡最重要也最明顯的運動就是美術上的印象派。印象派是什麼？簡單說，就是從浪漫主義一路下來，人的主觀不斷膨脹，尤其是人面對外圍環境時，人的主觀愈益重要，而印象派美學的重要根據是，如實描繪地景的意義並不大，因為如果人人都能看見此景，那麼當我將它如實記錄，不過是複製人人心頭皆有的東西。那有什麼比它更具價值的嗎？那具有價值的是 ——我，作為一個自我，我主觀看到的這個地景是別人所看不到、感受不到的，這中間有了主觀的介入。

每個印象派畫家必然是高度主觀之人，他不要如實再現外在的地景，而是捕捉內在主觀的印象。當主觀凌駕客觀，也就讓原來客觀存在的地景其唯一性消失，因為每個人都會藉由主觀的眼睛看見不一樣的事物。所以到二十世紀，印象畫派在人的意識開出另一個可能性，意即導致了一個思想潮流：意識相對主義。

那麼，到底有沒有那棵人人看起來都一模一樣的那棵樹的存在？而倘若每個人主觀裡在這棵樹上看見不一樣的情景，那還能主張那棵樹是存在的嗎？所以，我們能不能不要在意、甚至不要去理會那棵樹的客觀存在為何，真正關鍵的是，我們的主觀已凌駕客觀，開出了一條主觀的地景之路。

東西方不同的人文傳統

其實，在中國有另一種面向發展著，從宋以下中國美術裡最大的主幹是文人畫，文人畫最重要的形式是水墨畫。而有一個角度對我們是有高度參考價值，那就是在面對文人畫裡的山水時，可以去思索：那是什麼樣的山水？在水墨文人畫裡中，我認為最重要的兩個原則是：減色和減形。去看中國水墨畫時，你會懷疑中國古人的眼睛是否跟今人的構造不同？我們看到是彩色而他們眼中的是黑白，而實情自然不可能是這樣。這，就是中國水墨畫最重要的傳統，它把大自然原本非常豐富的顏色予以單調化、把原來複雜的形狀予以簡單化，所以減色和減形是中國文人去感受、感知大自然的方法，這跟西方藝術可以說是完全相反，但其內在共享了相同的態度，就是利用人類的主觀來對外在客觀存在的事物進行合理合法的改造，甚至認為若無經過主觀的改造，藝術就不成立。只不過在用主觀重新詮釋客觀存在、改造客觀地景這件事上，西方藝術走的是增色增形，將樹畫得比看得到的顏色更繁複、光影更美妙虛幻；而中國則倒過來，用主觀把色彩減去、把形狀簡化。

在減色減形情況下所反映出的心靈地景，我們當然瞭解，這種原則來於自物質上的缺憾，因為中國在顏料及畫法（視點）沒有像西方那樣的發展（沒有豐富的顏料），但中國的水墨畫卻把缺憾轉化成它最大的資產，它憑藉的是什麼呢？是眼睛讓我們的主觀重新認知了大自然，甚至隱約主張只有在我們主觀的眼睛看待下，大自然才具有意義、才有真實的存在。是故從這個角度，自然便更能理解陽明學跟朱子學的爭議 ——格物致知和致良知。王陽明問：倘若有一朵花在深山自開自落無人目睹，可以稱那朵花還存在嗎？這個提問，後來在致良知學裡引起爭執，我以為是跟宋以下文人的傳統裡，人跟大自然之間的一種主觀介入是有密切關連。也就是當面對大自然時，必然有作為主觀要去減色和減形的努力，如果不透過這套工夫，呈現的將是畫匠的作法，所以每個文人已經感知、甚至承認經過主觀改造的地景遠勝於客觀描述的地景。因此王陽明便抓住這一點：如果文明的價值是如此，那一個沒有機會經過主觀認知、改造、紀錄與描述的大自然景象，它究竟還存在嗎？於是，這本來是個非常簡單的比喻，忽然間就觸動了集體心靈的焦慮，也揭示出中國文人傳統裡一種獨特的地景認知。

這與西方不同。西方也有高度唯心論的發展，如喬治・貝克萊（George Berkeley），他講人的主觀跟物體存在間的關係，而他為什麼要去發展唯心論？他是一名基督傳道者，他是為了要證明：如果沒有上帝，這個世界會很恐怖。他舉的例子剛好可與王陽明的比喻相並討論，他說：這裡有一間屋子，屋子裡有桌椅，等一下人離開了，如何保證這些桌椅仍將繼續存在？而他的論證是，如果只靠人的意識來證明東西的存在會很恐怖，但幸好我們有了上帝，無所不在的祂將幫我們看顧這一切，讓它們繼續存在。貝克萊舉的是空房中桌椅的例子，王陽明的則是空山裡自開自落的花，從中顯示出兩種文明態度上的差異。

讓自己成為傳說的一部分

以上所言，意在提醒所有的青年文學工作者，永遠不要忘記你們是繼承這些傳統的人，也不要遺忘人類實是靠著不斷的洞見、創意和努力才讓人的主觀意識一步一步的去轉化周遭客觀的地景，而這就是文學的巨大貢獻。而此貢獻在不同時代、社會將發揮不同的作用，當這個文學傳統、文學成就發揮到淋漓盡致，便能訓練人人擁有更豐富的主觀感知能力，雖然外在的客觀世界非他所能改變，但他可以藉由自己的主觀去感受、去描述更豐富的地景，進而讓原來只存在於他主觀內在感受的地景變成具體的事實，傳達給另外的人、並且訓練其他人也能擁有這種主觀的能力。

我們到底是活在什麼樣的環境，其實並不是取決於外在客觀的建物、街道、樹木、山色……，而是取決於我們有多大的決心來訓練自我的感官、有多大的野心開發自己的主觀。每個人能理解、居住的地理環境其實是由他的主觀能力來決定。我感慨的是這個社會、這個時代是一個主觀能力極度貧弱、極度不在意主觀感受能力的荒涼且荒謬的情境，人再也搞不清楚自我跟周遭地理間的關係，大部分的人在台灣被矮化成為所有地理的被決定因素：他是一個數字、是馬路上的一個點，他從來沒有辦法去擴張自我的主觀、用自我的主觀去創造豐美的地景。依照我剛剛所說的文學傳統下來，那個傳統其實在試圖說服我們一件事，那就是豐美的地景只存在於傳說。這不是虛幻悲觀、也不是對現實的否認，這是對人類主觀能力的最高肯定。

豐美地景不是建築師、台北市長所能給予的，那個豐美地景只存在於少數具有強大主觀感知能力的人的心理。而文學，幫助了我們把這些擁有高度主觀能力的人的內在想像地景給傳達出來、流傳下去，讓它變成了傳說。於是，原來虛弱的心靈可以藉由文學去分享，更進一步去參與別人強大主觀感知下所創造出來的豐美地景的傳說，進而他也變成傳說的一部分，提升了自己和地景間的感知能力，也貢獻他對於地景新的傳說和想像。一代一代、一群一群，經過不斷的對話、不斷的互動，我們才能真正創造出活在傳說、活在文學裡的豐美地景；我們才不會一走出去永遠看到的是貧乏的客觀地理存在。這是大家的責任，這個傳統、這個塑造傳說中豐美地景的傳統現在握在你們手裡，我希望你們不一定要把它當成是一個使命，但至少，應該要把它當成是生命的試煉，至少你們要願意、要有心去訓練自己加入到這個傳說的行列。當然有一天，等到你們比我們這一輩的人更加成長茁壯時，希望你們可以對這個社會負起更大的責任和給予更大的貢獻，讓更多的人參與在這個傳說中，去看見豐美的地景！（記錄整理／許劍橋 中正大學中文系博士生）

地域與文學史書寫的辯證關係
「2006 青年文學會議」座談會紀實

許劍橋*

每屆青年文學會議的論文發表告一段落，隨即登台換幕的是依大會主題延伸設立的座談會傳統，將原本作家作品式的單篇論述逐一縫合，提領到更高的視角作全面觀覽；並且，也等於是在同學的報告之外，請學者專家進行一場擴充深度和廣度的研究示範。本次座談題目為：「地域與文學史書寫的辯證關係」，由須文教授主持，另外，邀請到了彭小妍、梁秉鈞、劉俊、袁勇麟四位教授擔任引言人。

兩岸三地文學史書寫的成果觀察

主持人須文蔚教授首先溯及自己參與青年文學會議達九次之多的「資深」淵源，而後即帶出這場座談會在主題訂定上的意義：從華語文學傳播的歷程或文學史書寫的角度，過去非常多文學史的寫作受到政治體制挾持，如今似乎已擺脫此類束縛，但依然受到如地域觀點的影響。而地域，是思考文學史的一個有趣切面，但目前仍缺乏整體和交互影響的觀點來思索台灣、香港、大陸乃至其他區域間文學史形成的種種問題，是故，正可透過此次連續兩天討論各式地理書寫後的時機，以及台上的引言人所形構出的兩岸三地背景（彭小妍：台灣；梁秉鈞：香港；劉俊、袁勇麟：大陸），藉此來釐清現下文學史的問題，並且對將來書寫理論的建構激盪出更熱烈的火花。首先，請各引言人就自己所在地的文學史書寫成果提出觀察心得。

* 中正大學中文系博士生

第一位發言的是現任中央研究院中國文哲研究所研究員彭小妍教授，她以為相對於中國大陸在八〇年代興起重寫文學史的熱潮，台灣文學史的寫作也恰巧是在 1987 年解嚴之後。由於禁忌消除，吸引了大量知識界、文化界人士的投入，而其主編的《楊逵全集》即是在此氣氛下由文建會支持出版，稍後也有諸多台灣作家全集的問世，這些可以視為是重寫台灣文學史中最實務的一環。彭教授接著依時間性介紹幾部台灣文學史的代表作：最早完成的是葉石濤的《台灣文學史綱》（1987），但葉老的專業和本質是作家，由作家從事此活動，就可以了解重寫台灣文學史的必然意義；此外，陳芳明教授也在進行但目前還未完成；較近期的則有王德威主編並包含有選文的《台灣：從文學看歷史》（麥田出版）。現在，中研院也正著手編纂台灣文學選集，內容除了納入張愛玲之外，還希望能呈現早期漢詩、南北管等戲曲資料，雖然這方面對一般讀者來說最是陌生，但倘若台灣文學史缺了這一塊將會是一種遺憾。當然，彭小妍指出，文學史寫作必然會牽涉到政治，從選擇作家到重估作家的活動其實都與政治密不可分，雖然研究者必須經常提醒自己，但究其實卻無法否認，書寫文學史的活動跟政治難以脫鉤，因為人總有立場。

接續發表意見的是筆名也斯的作家學者梁秉鈞，目前為嶺南大學比較文學講座教授、人文及社會科學研究所所長。他的談話主要在介紹香港五〇年代另類的文學史資料，以及迥異於八〇年代台灣、大陸湧動的文學史書寫浪潮，香港反而提出不要那麼快寫文學史的緣由。首先，1949 年後，許多中國文化人南遷香港，其中像司馬長風寫的《中國新文學史》內，羅列大陸不會提的作家如徐訏、無名氏等人，純粹用文學的觀點來捨棄政治的干預。另外像劉以鬯，他在報上連載的〈酒徒〉被稱為第一本意識流小說，但其重要性除了寫作技巧外，更在於小說提及張愛玲、穆時英是如何受歡迎；還有詩人馬博良，他辦有刊物《文藝新潮》，裡面一方面介紹五四以來的作家作品、一方面翻譯西方詩作，這份刊物在香港文學史佔有重要意義。另外，也是 49 年之後，一些文學類型如鴛鴦蝴蝶派在中國逐漸銷聲匿跡，反倒在香港延續了香火、改編有許多這類的作品；同樣的，新派武俠小說也在香港重啟爐灶。到 1987 至 1997 年間，忽然有很多學者欲寫香港文學史，但持相反意見者如也斯本人，他以為香港還未像台灣或大陸每位作家本身已有完備的出版和討論，因此覺得首要工作應該是先把香港文學大系的材料整理好，要有材料才去決定方向、輕重，而不是先有意識型態才去編選作品。

第三位引言人是南京大學中文系的劉俊教授，他沿著中國大陸書寫文學史的脈絡作說明。劉教授指出中國大規模的寫作文學史是在五○年代，這源自於意識型態的建構及大學教育的需要。因此，該階段文學史的指導原則是「思想政治第一，藝術標準第二」。至八○年代，此種史觀受到了質疑，開始出現許多作家和文學現象時移物換的重新評價。這個重寫的過程，既是由於思想解放運動，也是因為有海外漢學的傳入，像夏志清的《中國現代小說史》，便對大陸現代文學研究界帶來極大的衝擊，因為它包含了具體的史實和記載過去未曾被知曉的作家，另外就是在觀念上的突破，也就是依照藝術成就來建構文學史。這時，台灣文學、香港文學乃至海外華文文學的內容也慢慢延伸到大陸的文學史建構裡去。新觀念和新作品的介入對大陸學者產生相當程度的啟發，所以九○年代末有三部具有代表性的著作出爐：洪子誠的《中國當代文學史》、董健等人合寫的《中國當代文學史新稿》、陳思和的《中國當代文學史教程》，從這三部書可以發現大陸在文學史書寫的史料處理、觀念、手法上已有嶄新的變化。而劉教授並且介紹他任教的南京大學目前出版了《中國現當代文學研究導引》，內容是選編具有代表性的論文，裡面隱含有文學史發展的線索，以另一種新的方式來建構文學史。

再來是由福建師範大學傳播學院副院長袁勇麟教授發言。袁教授旨在介紹中國大陸二十年來區域文化研究跟文學史書寫的關係。他認為，大陸八○年代的思想解放運動中有大量文化作品引入，繼而在文學上形成了文化觀點的批評，其中即包括有地域文化批評。而此研究路徑，較早是由嚴家炎教授於 1989 年召開的中國現代文學研究會理事會中提出要研究中國現代作家和地域文化關係的說法；而該研究會的重要刊物《中國現代文學研究叢刊》，九〇年代初便有意識的開闢現代作家與地域文化的專欄研究，到 1992 年嚴教授更策劃一套「二十世紀中國文學與區域文化叢書」，此套書的成績非常大，尤其是主編嚴教授強調了避免寫成區域文學史，而應該是區域文化和文學的關係，從而吸引許多研究者跟進到這塊領域。而關於大陸重寫文學史的時間點，袁教授整理出幾個時間並作重點說明：1985 年黃子平、陳平原提出的〈二十世紀中國文學〉，表面是從時間的角度要把近、現、當代給融合，但實際已提到大陸和台港澳文學間如何整合的問題；1988 年陳思和、王曉明在《上海文論》主持「重寫文學史」專欄，但袁教授的印象是其內容更多的是對個別作家的重新評價；2001 年陳思和在《復旦學報》主持「中國文學史分期問題討論」，其後記即明白指出過去迴避的台灣文學、港澳殖民地文學等現在已進入大陸的研究視野；2004 劉俊主持的「跨區域跨文化的的華文文學研究」，以「跨區域華文文學」取代了長期以來約定俗成的台港澳及海外華文文學的概念。

對未來文學史書寫的展望

在引言人侃侃道出對各區域文學史的現況觀察後，主持人再度請四位學者發表對未來文學史書寫的展望。

彭小妍教授一開始就提醒年輕的研究生：在探討任何地域或國家文學時，必須理解疆界並非是封閉、而是流動和不斷被滲透的！而在任何交換的過程中，對於地域和國家的文化、文學，也許影響不是立即，但往往都會造成深遠的結果。她以自己研究多年的上海新感覺派代表作家劉吶鷗、施蟄存、穆時英為例，此三人都不是上海出身，而其活動、文學概念的接手亦不在上海，如台灣人劉吶鷗先到了日本，之後在上海震旦大學唸法文特別班，他的文學養成是多樣的，因此不能把文學流派看成是一個封閉的對象。同樣的，在研究台灣文學時，也莫忘台灣的文學、文化也是因為有外來的影響才有改變、才催化了本土概念的誕生。是故，若能打破台灣文學的藩籬，相信會有更多的研究課題和概念出現，對本土的文學也會有新的認識。

第二位發表意見的梁秉鈞教授則從切身的研究經驗，強調香港文學不是孤立的見解。他解釋道，在編輯三十年來香港詩人的選集過程中，蒐羅、整理了許多老報刊，發現到這些香港詩人既在台灣的《現代文學》發表、也曾被收錄在大陸的詩選中，但往往介紹這些詩人的生平時僅止於點到他們是香港的詩人。因為地域的隔膜，使得許多現象不能完整呈現和被看見，但事實上，不同的地方、不同的材料、不同的觀點，是可以進行比較多元的研究。他並且觀察到，台灣的學子進行香港文學研究時都圍繞在西西、黃碧雲、董啟章三家，雖然因為他們的著作在台灣有出版，但實際香港文學的風貌是不僅止於這樣，所以對於未來若能有更多的互動和交流他是相當期盼的。

至於劉俊教授，他先指出文學史是一種敘事，在運用敘事的權力時必須須謹，不能像過去那樣的簡單化、狹隘化，而現今的學術視野比昔日開闊許多，跟西方的學術觀念也有許多的互動，因此將來的文學史可能是多元化的，因為時代已經提供了這種可能性。並且，華語文學圈已然成為了文學共同體，當把更多的地域納入到文學史的建構中，會發現很多層次是會產生變化的：以前在小範圍裡重要的問題，放到大範圍後可能變得無足輕重；而過去被忽略的一旦放到大格局下，可能又顯得格外重要。所以，新地域的介入，是可能會引發文學史書寫觀念和型態上的改變，而他預測，地域的因素將會愈來愈重要。

輪到袁勇麟教授時，他先表示相當贊同梁教授的說法，因為他同樣認為史料的建構極為重要，而這也是他一直在進行的主要工作。袁教授深以為要寫文學史也可以從斷代史、文類史的方向來思考，不一定非得刻意追求建構規模宏大的型態，因為材料若掌握得不足，是相當有可能會出現漏洞。所以若能從資料建設著眼，其實兩岸三地可以進行一些合作，像是文學總書目、文學雜誌和報紙副刊目錄等等，因為有紮實的史料就不愁寫不出好的文學史。

在所有引言人陳述完對於文學史書寫的展望後，須文蔚教授作一總結並說明己見。他覺得此議題在中國大陸，由於當初是一門大學的學科建制，所以充滿著一個國族新興建立過程中的各種想像，從中亦累積相當多不同的論述，所以改革後因為新觀念的加入而能不斷形成對話。相較下，台灣的現當代文學研究多屬於主題式的作家作品討論，由於文學史的學門建制晚，所以對此龐大問題的思考會有所侷限是自然的現象。另外，也和引言人的發言呼應，須教授認為在文學研究中，所有美學的主張都是一種歷久彌新的策略、是會超出本土或個別文化語境成為一個永恆的問題，因此疆界並不重要，重要的是如何擺脫限制尋求更多的題目。另外，眼光也應放寬，像台灣的研究者一直忽略的香港作家劉以鬯，這正說明了我們還有一定的侷限，而如何超脫？其實在於去豐富和周邊地區的互動，也就是劉俊教授所說的「共同體」（community），也可以說是「社群」，於是鼓勵在場所有的學員將這次座談會當作是一個新的社群形成的起點，並且期待在未來的華語研究領域將會出現更多豐富、更多元的觀點。

為什麼我們要坐在這裡？
「2006 青年文學會議」觀察報告

楊宗翰*

1997 年《文訊》首度舉辦青年文學會議時，我還是個懵懵懂懂大學生，不知道哪裡來的勇氣或傻氣，居然答應擔任座談會引言人。當時還沒有公布「三十歲以上不得參加」的「青春限定」條款，但全場百餘位聽眾的平均年齡卻明顯比國內其他研討會低上許多。論文發表人與座談引言人也很年輕，我因此而有幸看到郝譽翔、須文蔚、吳明益與丁威仁學生時期的「青年作家身影」，並且發現原來大家口頭報告時都曾發生過緊張、害羞或猛吃螺絲的尷尬情況。（只是我一直很納悶：十年間我憔悴許多，為何他們遲遲不肯變老？）在信義路震旦大樓的會議室裡，剛滿二十歲的我是台上最年輕的一位，也順勢濫用這個優勢，把散佈巫咒囈語與大放厥詞視為青春的特權。當年的發言內容已不敢也羞於回憶（唉，我的羞恥心竟是隨年齡而增長），但首屆青年文學會議的特殊氛圍確實讓人難忘。這裡面摻雜著一點實驗味道、一點理想性格、一點學術化嘗試，還有很多不需柵欄約束的狂猛青春。那是一次場地侷促、規矩未明、中午還神奇地安排了民歌演唱的超小型狂歡節，high 則 high 矣，誰都不知道會不會有下一屆。

翌年《文訊》果敢地舉辦第二屆會議，我也交了篇生澀論文充數；接下來固定每年舉行一次大會，一辦就是十年。就算《文訊》自己出現了生存危機，也不曾影響到這一系列會議的籌備進程。青年文學會議至此可謂完全「接棒」，讓台灣文學研究的能見度更為彰顯（按：所接之「棒」，指的是一九九〇年代初期至九七年間，中國青年寫作協會與時報文化出版公司合辦的一系列學術研討會，詳見《文訊》二五四期拙文〈邁向成熟的年齡〉）。昔日的限

* 佛光大學文學系博士候選人

定版超小型狂歡節，如今已成文壇年度青年祭，典禮莊嚴、規則明確、秩序井然——當然，中場休息搶食物、爭睹明星教授丰采時的萬頭攢洞除外。今年第十屆會議還特別擴大舉行，廣邀兩岸三地青年台灣文學研究者共同參與，二十篇入選論文中就包括了四篇大陸及一篇香港來稿。面對這樣的劇烈轉變，謹列出個人在本次會議期間的一些觀察與思考：

作為大會首度邀請的「外來兵團」，中國社科院文學所、汕頭大學、鄭州大學、香港中文大學的五位青年學者表現有目共睹。若塗去作者姓名與簡介，閱讀這些幾篇論文時，竟會有彷彿出自本地研究人才筆下的錯覺。關於這點，不妨視為一種美麗的誤會，但也說明了這幾年兩岸在政治上雖時有齟齬，但在圖書與人才交流、文教機構互訪上的持續努力畢竟功不唐捐。在肯定對岸學者表現之餘，更值得深思的是：人家很努力瞭解台灣，甚至可能把台灣文學／文化研究當作終身職志，我們呢？台灣本地的中國大陸與香港現當代文學研究，近幾年內有多少突破性進展？我們拿不拿得出夠份量的論文或專書，來跟對岸青年學者對話？

無須諱言，台灣中文系的中國近、現、當代文學研究有嚴重的失衡問題，或該說是多聚焦於兩大目標（一為晚清、一為「新時期」以降的作家作品），其他部分則乏人問津。對「新時期」迄今作家的研究，還有顯著的明星磁吸效應，很容易便錯過了許多豐美的繁花盛景。本地中文系在這方面的課程安排與人才培育顯然還有很大的努力空間。基於「知己知彼」的原則，我甚至主張所有的台文系所都該重視這個領域，積極尋找有此專業的教師來授課。在顏元叔擔任系主任的年代，台大外文系曾將「中國文學史」列為必修課程，後來證明對學生確實頗有幫助。台文系所若能將中國現當代文學（乃至亞洲華文文學）列入主要課程之中，更能讓學生透過與鄰近國家的反覆比較，清楚看出台灣文學的真正能量與份量。

剛剛講的是跨國家，現在來談跨領域。這次二十篇會議論文中最大的遺憾，就是少有觸及到「inter-disciplinary」。雖然青年文學會議一向只限年齡、不限科系，但檢視之前九屆論文發表人與會場聽眾的背景，中文系與台文系師生還是絕對佔了多數。這次當然也是如此（范銘如老師說她來青年文學會議最大的樂趣之一，是會遇到許多失散已久的學生。對此相信很多人都深表認同，或直接把這個競技場變成另一種同學會）。正因為品種相近或系出同門，我才更期待中／台文系師生能響應科際整合的趨勢，展現出精彩的跨領域研究成果。可能受限於種種內外因素，這一屆並未出現此類論文。其實「跨」（「inter-」）還是固守著自己學科的主體性與立場；科際間真正的對話還是得等到「越」（「trans-」），也就是穿梭流動於兩、三門的學科之間，乃至在對話過程裡接受自我學科立場與認同的可能改變。這當然並不容易，也不是只把其他學科累積的資料／資源當作工具或材料肆意援用這麼簡單。如眾所知，Thomas Kuhn（1922-1996）是哈佛物理學博士，但畢生都悠游於哲學、物理學、科學史三種不同領域。成名作《科學革命的結構》（The Structure of Scientific Revolutions）便是重新用哲學角度來看待科學，初稿還是他學生時期繳出的專題論文（被收錄於 International Encyclopedia of Unified Science），1962 年方由芝加哥大學出版社單獨印行成冊。Kuhn 的例子告訴了我們跨越學科門戶的重要性，我也衷心期待，幾年後在座各位會是下一個台灣版的孔恩。

我之所以會認為應該有跨領域的對話，主要理由還是源於本屆大會主題：「台灣作家的地理書寫與文學體驗」。上屆主題「異同、影響與轉換：文學越界」的突出成績，更讓我對今年滿懷期待。果不其然，許多論文作者都依個人偏好，精心挑選了地誌學、空間詩學、文化地理學、環境心理學、建築現象學……等理論做為武器，準備在出場後打一場漂亮的戰役。可是我個人的閱讀體驗，卻覺得這些武器大多未被妥善運用，甚至往往只是虛晃一招半式，讓參考書目很漂亮、台下聽眾很崇拜、台上講評很無奈。不客氣的說，這種理論的「運用」是很淺碟式的，不但抽掉了理論本身的歷史性與社會條件，忽視了個別理論家之間的政治取向，最嚴重的是心態的扭曲（不用理論，不會說話？）與價值的錯亂（沒有「西方」理論，哪夠「現代」或「學術」）。這當然不是青年文學會議才有的毛病，而是近幾年台灣文學研究界師生的共同問題。遠道而來的大陸與香港青年學者，或許可以給我們提一些建議。（還是說對岸目前也陷入了類似的困境？）

本地一年有十場以上與台灣文學相關的學術研討會，頻率不可謂不高。只是受到議題設定、籌辦條件、撰稿成員能力等多重因素影響，會議成果自然各有高低。但參與研討會終究還是學術界的必要儀式，所以這幾年我也不能免俗地去過幾次大、小型文學會議。每次報名或奉命與會，我總會問自己：「我什麼我要坐在這裡？」是啊，為什麼我們要坐在這裡？難道沒有更美好的事等待我們去完成？為什麼我們不去國家圖書館對面的音樂廳與劇院看戲聊天喝咖啡？為什麼……？

每個人會來學術會議的理由都不盡相同：有人是來看明星教授、有人是為了研究所畢業積點、有人是想取得終身學習認證時數、有人是為了精美贈品與下午茶點、還有人是來當發表者的粉絲或應援團……。但我相信絕大多數人還是為了學術、為了興趣、為了給自己新的思辯刺激。十年辛苦不尋常，還盼《文訊》能繼續堅持挺立，讓我們在下一個十年裡，每逢年末都可以驕傲地跟朋友說：「因為這是值得期待的青年文學會議，所以我們一定要坐在這裡。」

跨海峽台灣文學研究・縱古今地理書寫論析
「2006 青年文學會議」側記

顧敏耀

「報名今年『青年文學會議』了嗎？」身邊研究台灣文學的同好們，近幾個月時常這般互相探詢與提醒著。這場一年一度的文學饗宴於各界翹首企盼之中，在 12 月 16、17 日隆重登場。會議地點選在國家圖書館國際會議廳，雖然台北當天陰雨綿綿，但是參與的學者專家以及報名學員們熱情不減，會場樓上樓下將 300 個座位全部坐滿，仍有學員陸續湧入，連會場周圍的走廊與階梯上都擠滿了人。

本次會議的主題是「台灣作家的地理書寫與文學體驗」，徵稿對象擴及全球，在四個多月之內，從各地寄來的稿件將近 90 篇，經由海峽兩岸學者共同謹慎甄選，共選出 20 篇，是歷年來發表篇數最多的一次。論文內容涵蓋了各個層面，論述的空間從鄉村、都市到海外，創作的時代從清領、日治到戰後，作家身分更分別聚焦於女性、原住民或戰後遺民，作品語言方面則包含了古典漢語、白話文甚至日文；至於發表人、講評人與座談會引言人除了國內學者之外，也有來自對岸大江南北學府重鎮的研究者，堪稱百花齊放，燦爛奪目。按照相近題材，分為 9 場依序發表。

開幕式由執行單位《文訊》雜誌社總編輯封德屏主持，她首先歡迎大家蒞臨會場，繼而向大家說明因為其中一位發表人有事耽擱，所以議程略有變更。主辦單位之一的中央研究院文哲所副研究員李奭學代表出席，他盛讚會議論文的水準頗高，絲毫看不出來是青年學者所寫。策畫單位台灣文學發展基金會董事長王榮文則指出，青年文學會議的這十年（1997～2007 年）正是台灣文學走出自我的重要階段，年輕人的加入，使得台灣文學研究開出了燦爛花朵，而中國學者早年受到地域限制而有所隔閡，但是近年來陸續有許多高水準的論著面世，著實令人激賞。

接著是楊照（哈佛大學史學博士候選人、《新新聞》副社長）的專題演講，講題為「那傳說中的豐美地景」，他從哥倫比亞作家、1982 年諾貝爾文學獎得主賈西亞・馬奎斯（GarciaMarquez）當年在《觀察家日報》擔任記者時，報導一宗船難的經歷談起，敘述地景在文學作品中的重要性，繼而述及中國與西方的哲學家對於「人與地」互動關係看法的異同，以及大航海時代航海船隊如何傳播他方故事的歷史。他的演講有史學家的旁徵博引，亦有文學家的浪漫情懷，為台下學員帶來深刻的啟發。

第一、二場討論會：台北、花蓮與香港的空間書寫

中央大學中文系教授李瑞騰擔任首場討論會的主持人，充滿朝氣的開場白讓大家精神為之一振。第一篇論文是祈立峰（政治大學中文所博士生）發表的〈城市・場所・遊樂園——從駱以軍「育嬰三部曲」觀察其地景描繪的變遷與挪移〉，論述對象主要是駱以軍的《我們》、《我未來次子關於我的回憶》與《我愛羅》，探析這些作品中各個故事場景的轉換；不過，文中也對駱氏的作品進行了歷時性的考察，說明他從早期作品刻意的「去台北化」到《月球姓氏》開始正視他所生活的這個城市，到「三部曲」之中則道道地地成為一個與周遭環境無法切割的台北人了。講評人由施淑（淡江大學中文系教授）擔任，她讚許此論文頗有原創性，而且不拼貼理論，文字也帶有感性色彩，其中辛辣之處與駱以軍相較，可謂毫不遜色，另一方面也能整理出駱以軍多年來寫作風格的轉變，十分難得。

第二位上場的是來自香港中文大學中文系博士班的葉嘉詠，發表〈城市・消費・情感——論朱天文小說中的香港〉，以在地人的角度來看「外來者」朱天文關於香港的三部小說：〈世夢〉、〈帶我去吧，月光〉、〈巫看〉。她認為小說中的人物從離開台灣，到達香港，到最後又回歸台灣，顯示香港僅是其中途站；而香港在朱天文筆下則是個雖然注重物質享樂、投機拜金，但是仍存有希望之處。講評人是多年來關注世界華語文學卓然有成的劉俊（南

京大學中文系教授），他指出，「香港書寫」在朱天心所有作品中的意義為何？以及她為何要寫香港？這都應該進行全面的整理爬梳。

開放討論時間，中央英文所碩士班陳平浩發言：駱以軍的作品可能沒辦法那麼明確的分期；另外，台大中文所博士生楊佳嫻則說：在朱天文《荒人手記》之中，可以找到關於她為何要書寫香港的線索。

留著性格鬍子的柯慶明（台大台文所教授）是第二場的主持人，由黃啟峰（中央大學中文所碩士班）首先發表〈集體記憶的書寫——論《溫州街的故事》的時間、空間與敘事〉，文中指出李渝由於多重遷徙的背景，使其作品《溫州街的故事》呈現著一種空間大幅置換的書寫方式，而小說中的地理空間也呈顯著國族的想像。評論者是在福建師範大學開設「台灣文學」課程多年的教授袁勇麟，他細心挑出文中一些對作品本身的誤讀以及同音而誤的錯字，而且認為這篇論文的理論分析可以更深入，文本閱讀亦可更細緻。黃啟峰回應時，除了表示錯誤將修正之外，也說這篇是他碩士論文的一個章節，日後會將論點鋪陳開來。

接著是馬翊航（台大台文所碩士班）發表〈細碎偷窺，迂迴摺疊——陳黎書寫花蓮／地方的幾種方法〉。他認為花蓮作家陳黎在詩文作品當中引入了歷史感，使得花蓮這個地景空間在意義上不斷有所補充與形塑。此篇論文邀請詩人、評論家白靈（台北科技大學教授）擔任講評人，他首先讚許馬翊航的文字頗有詩意，而且也在為「花蓮文學史」進行基礎打造工作；話鋒一轉，他表示：本文在舉例方面可更詳細，讓論述更有說服性，其次，論文題目所說的「偷窺」其實是所有作家的通性（他說道：作家在某方面看來，都算是「偷窺狂」與「暴露狂」），應可更突出陳黎本身的特色。

第三、四、五場討論會：故鄉憶念與女性書寫

第三場由政大台文所所長陳芳明擔任主持人，首先是何淑華（東華大學中文所碩士班）發表〈鍾理和原鄉書寫與認同形構歷程研究——以鍾理和返

回原鄉時期的書寫為對象〉，她以人文地理學的角度來分析鍾理和個人式的「地誌書寫」，進而探索他「原鄉認同」的變化。講評人應鳳凰（成大台文系教授）首先稱讚此文結構清楚，接著指出，文中大篇幅引述艱澀理論，乍讀之下「很嚇人」，但是與論文本身的關連性似乎不夠強；而且，若要談論鍾理和的國族認同，不能忽略他本身的殖民地背景，「空間」應結合「時間」，讓論述更完整。

接著是鍾宜芬（淡江中文系碩士班）的〈鄉關何處？夢遺美濃——論吳錦發《青春三部曲》〉，文中以〈春秋茶室〉、〈秋菊〉與〈閣樓〉這三部作品為探討對象，闡述其中成長小說、性啟蒙、社會變遷、鄉土寓言等元素，而吳錦發筆下的美濃則在現代化的浪潮中，展現了純真或罪惡、猥瑣或神聖等不同的面貌。講評人陳明柔（靜宜大學台文系教授）表示，這篇論文的文字頗為流暢，而且文本與理論能夠緊密結合，只是可能限於字數，未能充分開展，頗有意猶未盡之感。主持人陳芳明補充說明：這三部曲從時間面來看，是在敘述作者的青春時期；從空間面來看，則是講他的故鄉美濃，這兩者都不可抗拒的被毀去了，哀傷感令人聯想到川端康成的《伊豆的舞孃》。

來自中國河南的李孟舜（鄭州大學文學院碩士班）接棒上陣，發表〈原鄉的迴響——李昂小說中鹿港經驗的多重特質〉，探討「鹿港經驗」在李昂作品中的多重特質，主要區分為：叛逆與掙扎、徬徨與覺醒、反思與批判、顛覆與建構。講評人范銘如（政大台文所教授）讚許說：中國學者研究台灣文學的論文在近年來已有長足進步，本篇讀起來就會讓人誤以為是本地研究者所作；略有缺憾之處是看不出來主要的爭論點，問題意識不夠清楚。後來，陳芳明向會場宣布：「李昂本人就在現場！」引起了一陣騷動，作家也微笑揮手向大家致意，成為這場討論會的小插曲。

第四場由劉亮雅（台大外文系教授）主持，第一篇發表的是羅詩雲（政治大學台文所碩士班）的〈秘密的流浪人——試論李望洋《西行吟草》中的蘭陽鄉戀〉，這是繼第八屆青年文學會議（2003 年）之後第二次有台灣古典文學研究論文的出現，文中以李望洋遠赴中國西北任官期間的詩作為主題，探討其中對於故鄉宜蘭的鄉愁書寫。多年來致力於台灣古典文學研究的廖振富（師大台文所教授）在評論時，首先感嘆這塊領域似乎無法吸引年輕學者的注意，本論文能探討目前少有人談及的李望洋，實在頗為難得；但是，文中也有兩大問題，一是理論的誤用，薩依德《知識份子論》所說的「流亡」與清代台灣士子到中國遊宦不可混為一談，其次則是「基本功」需要加強，對於詩作本身的理解以及創作背景的考據都有改進的空間。

來自成大台文所碩士班的周華斌接著發表〈日治時期鹽分地帶作家的短歌與俳句吟詠——以吳新榮、郭水潭、王登山及王碧蕉的作品為例〉，過去論述「鹽分地帶」的文學發展大多集中在新文學方面，本論文則另闢蹊徑，聚焦於日本傳統文學體裁的作品，認為「濃厚的地方色彩」是共同的風格。評論人是鑽研日治時期台灣文學多年的許俊雅（台灣師範大學國文系教授），她指出，「川柳」與短歌、俳句一樣都是日本傳統詩歌體裁，當時也都有台灣人在創作，應該一起放進來探討；而且文中對於這些詩作進行中譯之後，減少了其中的詩味，此亦值得注意。

第五場由中研院副研究員李奭學主持，劉紹銓（中正大學中文系博士班）先發表〈生活在「他」方——台灣女性（抒情）散文之空間內外〉，文中探討台灣 50 年來女性抒情散文「無地誌書寫的文學空間現象」，認為許多女作家都受到抒情／美文的形式或題材的限制，直到近年才有所突破。受邀講評的是台灣散文評論名家鄭明娳（玄奘大學中文系教授），她認為該篇論文應該進一步探索：台灣女性抒情散文與男性抒情散文有何異同？若與中國女性抒情散文相較，又有何特殊性？而且不要摻雜小說理論，應該單純運用散文理論才是。

接著是第二次在青年文學會議投稿獲選的王鈺婷（成大台文所博士班）發表〈流亡主體、臺灣語境與女性書寫——以徐鍾珮和鍾梅音五〇年代的散文創作為例〉，她指出，作為戰後移民的這兩位作家來台定居多年之後，對土地的認同與鄉愁的對象也產生了轉移，因此「認同也是處於不斷流便生活空間主體的實踐與抉擇」。編撰多部「台灣女性散文」論著與選本的張瑞芬（逢甲大學中文系教授）擔任講評人，她先稱讚這篇論文的文筆甚佳，繼而質疑說：為什麼要限定在 50 年代？因為在台灣小說史之中，以反共文學為主的 50 年代與現代主義為代表的 60 年代是可以大致區分的，但是台灣散文史則無此區隔。其次，她也提醒作者，尚有陳芳明、梅家玲以及封德屏等人都有相關論述值得參考。

第六、七場討論會：充滿歷史感的地理空間

一轉眼就到了第二天的議程，第六場原本的主持人何寄澎因為臨時有要事無法出席，胡衍南（淡江大學中文系教授）臨危受命擔任救火隊，幽默風趣的主持風格為會場帶來不少輕鬆氣息。打頭陣的是許博凱（清華大學台文所）的〈從新埤到老臺灣——以陳冠學地理書寫為分析對象〉，文中認為中國中心的空間想像結構仍然如幽靈一般的存在於《田園之秋》、《父女對話》、《老台灣》等陳冠學的地理書寫中。講評人吳明益（東華大學中文系教授）是當前台灣具代表性的自然寫作家與評論家，他指出，陳冠學的寫作與真正的「自然寫作」有一段距離，對於葉石濤在《田園之秋》的序文之中將法布爾的《昆蟲記》與之相比，也感到不以為然。他也說道，陳的著作讓他在首次閱讀時深受感動，往後幾次則感動的力量逐漸減弱，認為其中許多敘述頗有不合實情之處。不過，台下有學者回應，陳冠學著作在當時首開風氣之先，雖難免受到當時社會背景與思想方面的侷限，其實仍不失為台灣文學的經典之作。

第二篇是來自中國廣東的蕭寶鳳（汕頭大學文學院文藝學研究生）發表〈漫遊者的權力：論朱天心小說的歷史書寫、現代文明批判及死亡主題〉，她首先以感性口吻敘述當天凌晨終於坐飛機趕到台灣的複雜心境，且感謝主辦單位以及各界的協助。在論文之中，則以「漫遊者」的意象考察作者對台

灣歷史、現代文明以及死亡主題的思考內容。講評人是作家兼評論家郝譽翔（東華大學中文系教授），她表示，文中的許多看法，前行的研究者都已經說過，而且前人的說法也不一定對，應該批判性的接受，鼓勵作者多提出個人的獨特看法。此外，她也覺得朱天心對歷史的看法是有問題的，是「反進步的歷史觀」，過去那個時代並非都是美好的，只是作者對逝去青春的一種眷戀罷了。

第七場由江寶釵（中正大學台文所教授）主持。首先由蔡佩均（靜宜大學中文所碩士班）發表〈《風月報》、《南方》白話小說中的都市空間與市民生活〉，她認為公園、圓山、明治橋、電影院等都市空間在小說文本之中都被賦予新興價值，與都會流行文化或市民的婚戀空間畫上等號。講評人陳建忠（清華大學台文所教授）則指出，其他新文學作家也有關於空間的描寫可資比較，而《風月報》與《南方》本身的作品亦有歷時性的變化，在戰爭期的作品中，都市空間其實也有呼應著當時官方的戰爭意識。

詹閔旭（清華大學台文所碩士班）的〈罪／醉城——論李永平的《海東青》〉是第二篇論文，文中認為李永平以馬華作家身分寫出的作品是以台北此一空間作為介質，找尋內心安頓之處。講評人黃萬華（山東大學文學與新聞傳播學院教授）為世界華文文學的專家，他首先讚許《文訊》多年來對台灣文學研究的成就，「難以想像如果沒有《文訊》，中國的台灣文學研究會是什麼情況」。接著條分縷析的整理出幾個重要的關鍵詞，讚許論文的結構頗為完整。後來，台下的馬華作家與評論家黃錦樹提出問難：若要證成李永平為不可靠的敘述者，則論據還要加強；而且在論述過程使用的「自我」與「本我」之外，其實應該還有「超我」在場，文中的二元對立的論述結構值得商榷。

第八、九場討論會：異鄉空間與原住民書寫

呂正惠（淡江大學中文系教授）擔任第八場主持人。第一篇是來自中國社會科學院文學所的助理研究員李娜，發表〈「美國」與郭松棻的文學／思想旅程——以《論寫作》為中心的考察〉，闡述身處異鄉的作家與周遭環境間的互動，以及對創作過程的影響。講評人黃錦樹（暨南大學中文系教授）指出，可運用更多作家本身的傳記資料作為佐證（他提醒：台灣至今尚無人整理郭松棻的傳記）；其次，應注意作家的創作理論與其實踐之間的落差。後來，台下楊佳嫻在提問時表示：魯迅對郭松棻的影響亦不容忽視。

第二篇是同樣來自中國社會科學院的李晨（文學系博士生）發表〈從「伊甸」，到「風塵」——朱天文創作的文學地景轉變〉，透過對作家歷年來作品內容的梳理，她認為這些「外省第二代」作家已經逐漸從想像中的中國走出，腳踏實地的進入台灣社會了。講評人郭強生（東華大學英美系教授）說道：文中應該對「本土化」給出明確的定義，而「眷村文學」與「本土化」之間恐怕也不必然形成二元對立。

最後一場由陳信元（佛光大學文學所教授）主持，因為向陽（台北教育大學台文所教授）因事晚到，由徐國明（成功大學台文所碩士班）先發表〈竊竊「私」語——析論利格拉樂・阿𡠄、白茲・牟固那那原住民女性書寫中的空間經驗〉，文中認為這兩位作家分別表現了邊緣戰鬥以及地緣情結的敘述主題。講評人陳器文（中興大學中文系教授）先前也曾發表多篇探討原住民文學的論文，她先肯定此論文做了很多文化背景的準備，具有學術性自覺與方法感，不過，正如《文心雕龍》所說「操千曲而後曉聲，觀千劍而後識器」，應該廣博閱讀其他原住民文學作品，使阿𡠄與白茲兩位作家的特色能更突顯。

當講評人向陽趕抵會場後，陳宗暉（東華大學中文系碩士班）接著發表〈海的方向，海的啟發——從《黑色的翅膀》探勘夏曼・藍波安的近期書寫〉，文中認為這位達悟族作家的創作能量主要來自於「原初海洋的啟發以及遠方島嶼與島嶼之間的夢想」。向陽講評前，先打趣的說，剛剛途中遇到塞車，陷在重重車陣時，實在恨不得有夏曼・藍波安的獨木舟可以划來會場。他接著指出，本文可再深入探討其他漢人的「海洋書寫」與這些文本相較之下有何不同？而蘭嶼跟澎湖都是台灣的離島，兩地的地景書寫差異何在？此外，孫大川編輯《台灣原住民族漢語文學選集》（台北：印刻出版公司，2003 年）的「評論卷（上、下）」也應該充分參考運用。

最後一篇是林淑慧（政大台文所碩士班）的〈身體與國體：呂赫若皇民化文學中對國策／新生之路的思索與追尋〉，文中以創作於「決戰時期」的〈鄰居〉、〈玉蘭花〉、〈清秋〉、〈山川草木〉與〈風頭水尾〉做為論述範疇，她認為在應和體制的表象之下，隱藏著作者不妥協於殖民政權的堅持。講評人游勝冠（成大台文系教授）表示，這篇論文用「皇民文學」或者「皇民化文學」作為論述框架，似乎沒有必要；其次，呂赫若的作品偏向個人主義，左派色彩其實並不濃厚。

座談會與閉幕式

茶敘時間之後，以「地域文學史書寫的辯證關係」為主題的座談會開始，主持人是從第一屆就參與「青年文學會議」的須文蔚（東華大學中文系教授），引言人則有中研院中國文哲研究所研究員彭小妍、嶺南大學人文及社會科學所所長梁秉鈞、袁勇麟以及劉俊，深入論析台灣文學在國內外的研究概況、香港文學當前的研究情形以及中國現當代文學研究的趨勢等，眾人一致的結論則是：當前台灣文學研究幾乎就等於比較文學研究，應思考如何把眼光放寬、打破區域疆界，使文學史的論述更加完整而深入。

閉幕式由李瑞騰主持，他先以台上作為背景的巨幅海報內容說起，稱讚《文訊》雜誌社的總編輯封德屏非常不容易，能夠將國家文學館、中央研究院文哲所、教育部、行政院新聞局、國家圖書館、台北市文化局、台北市教育局、婦聯會、海基會等各方資源匯集起來，用多年累積的經驗，讓「青年文學會議」可以順暢的舉行。他也預告：「明年一定會繼續舉辦！」知名的青年詩人與詩評家楊宗翰接著發表「觀察報告」，他肯定中國與香港研究者所發表的台灣文學研究論文非常像台灣本地研究者所作，對於台灣的歷史、地理、文化背景都非常了解。其次，他也期許能夠將「科際整合」的理念帶進來，促進不同領域之間的交流，讓研究水準更加提升。

主辦單位在統計與會學員的票選結果之後，頒發「青年文學論文獎」給獲得最高票的祈立峰；票數緊追在後的三篇論文則獲頒「優選」，由許博凱、馬翊航與徐國明獲得。最後，封德屏邀請中國來的學者為大家抽出 15 位幸運兒，寄贈三期《文訊》雜誌。

最後，在「大家明年再見！」的歡呼與熱烈鼓掌聲中，「2006 青年文學會議」圓滿落幕了，結束了一次文學的地理漫走與寶貴體驗。

越界書簡：青年學者的會議

也斯*

是怎樣的一個會議，可以吸引近五百位青年報名參加，把台北國家圖書館國際會議廳上下兩層都坐滿了，而且排隊取論文，從早上九時坐到下午五時，聽論文發表、評講、熱烈鼓掌，還要熱心投票選出最優秀的論文？

不，這不是周星馳做秀，不是白先勇的《牡丹亭青春版》，是研究生發表有關台灣文學研究的「青年文學會議」，由中央研究院文哲所、國家台灣文學館主辦，台灣文學發展基金會策劃，文訊雜誌社執行。已經辦了十年，累積經驗和人脈，今年十周年紀念，擴大邀請大陸和香港的研究生參加；國內山東大學黃萬華教授、福建師大袁勇麟教授、南京大學劉俊教授和我應邀赴台，與台灣各大學的教授一起聊當配角，為這群未來的青年才俊敲敲邊鼓。

策劃周詳的研討會，也像一齣排得精采的戲劇，一場賓主盡歡有人情又有交流的宴會，叫人欣賞。《文訊》安排細緻，若果參與的研究生能全程參與，留心論文和評講，相信比課堂上學到更多的東西。大會的籌辦有一年之久，先是徵求論文，收到符合大會主題的完整論文近七十篇，經過專家評審複選，錄取二十篇，安排在兩天會議期間宣讀，並邀請各學院適合的學者主持討論，負責評講。

一般的會議通常由有名學者發表論文，找來相關的學者負責評講。選擇人選，安排配搭的過程，其實也大有學問。合則雙美，離則兩傷。以研究生為主的會議，要挑選適合的評講，就得有更大的學問。一方面，對年輕的學者，固然是鼓勵為主，但另一方面來說，在論文寫作的階段，也最需要嚴格的批評。不指出問題，以後就會一錯到底；獨自摸索的研究生，尤其往往不肯定自己的學術水平，不知自己有沒有鑽牛角尖，有些人或許不知前人已做

---

* 也斯，本名梁秉鈞，嶺南大學比較文學講座教授、人文及社會科學研究所所長。本文原刊自香港《成報》，2006 年 12 月 20 日，現獲梁秉鈞教授同意轉載。

過甚麼。在這樣的情況下，如果評講只是說幾句門面話，泛泛讚美幾句，就好像太不負責任了。但換過來說，如果打擊了年輕人的自尊心，或粗魯地否定了人家的心血，更是不妙，如何可以掌握分寸，作出有意思的建議呢？這就看個別學者的才學和修養了。

政大祁立峰論駱以軍的文字，請來資深的文論家施淑批評，讚美論文不架空、不拼湊觀念之餘，指出分析作家藝術風格變化的優點，亦婉轉勸勉或許不必急於下「駱一哥日暮鄉關，曲終人散」的結論。

東華大學何淑華評鍾理和，找來著有《鍾理和論述》的應鳳凰評講；中正大學的劉紹鈴談女性抒情散文，找散文論述成一家言的鄭明娳評講；成功大學的王鈺婷論徐鍾珮和鍾梅音，找來曾專論這兩位女作家的張瑞芬評講，還有找對陳冠學有研究的吳明益來評許博凱的陳冠學論文，都是恰當不過，不作第二人選。

評論者當然基本上都是採鼓勵態度，但應鳳凰也提醒講者理論與內文是否貼切的問題；鄭明娳要求講者好好界定自己的論題，思考「反前人的定義之餘有沒有提出自己的定義？」，張瑞芬解釋自己當年論兩「鍾」書，是針對大家都在談兩位有「鍾」字的男作家，有其歷史因素。其實五〇年代以來，可談的女性散文作家很多，如林海音，正不必限於兩「鍾」。而要談則要選好例書例文，因為引用甚麼資料也影響了我們的判斷。討論陳冠學的好似推翻前人意見，包括評講人在內，評講的倒是心平氣和解釋歷史，還擔心時間不夠，預先寫了六頁紙交給對方。年輕的發表人終於也心領了。

評講的學者有著述在先，但也未必強迫年輕講者接受。來自社會科學院的李娜，講郭松棻的《論寫作》，一開頭就說自己犯的錯誤，是未讀盡有關資料，尤其是評講者黃錦樹的有關論文！黃錦樹以夠「辣」出名，結果卻是出奇地「慈祥」，僅跟講者討論以「美國」為考察焦點是否恰當！我想或許是論文雖不無欠缺，但至少在挑選難度夠高的題目上，令人見到講者認真而有自己選材看法，並不人云亦云。

聽年輕講者發表論文、有經驗有著作的評者、作評論，也就看到不少人性人情、來往溝通見出視野態度，年輕講者有銳氣有傲氣有害羞有緊張，或會急於突出自己而漠視前人，或者野心過大而應付不了，或者把理論生吞活剝，或者過分謙虛而隱藏自己，或者抹煞了自己的優點而誇張了自己的缺點，有太追隨潮流的，當然也有潛質優厚、好學深思，逐漸發出光芒的，也是成長必然經過的階段吧。

而負責評講的，擔任了師友的角色，或是前行者，或是同行者，婉轉勸勉不必過分自大或自卑，仔細發掘以前也有人做過的事，相互比較也可互相補足。不必奢言顛覆，不必大談理論，不妨細心觀看閱讀，認真分析。許多對理論十分熟悉的論者，反而處處提醒大家不必堆砌與文本無關的理論，而一再被濫用的「漫遊者」，再一次被提醒注意班哲明的原意與脈絡。

研究生報告之後，由彭小妍、我、袁勇麟、劉俊四人負責一個名為「地域與文學史書寫的辯證關係」的座談。最後由大會主持由在座幾百名青年聽眾選出最優秀的論文，最後由楊宗翰作觀察報告，帶感情地回憶自己十年前以研究生身份參加這會議的心情。可見時間和經驗的累積帶來成果，新一代的評論家是這樣產生的。會議翌日還有參觀中研院，以及台大台文所，並有柯慶明教授和梅家玲教授主持的「地理的書寫與書寫的地理」座談，主辦當局顯然不以搞大拜拜式會議為滿足，顧及了會議主題的擴展與延伸，亦讓參與者有就問題進一步思考的機會。

近年有朋友提到香港有些研究生水準低落了。我們每次見到做香港文學和文化的論文都很擔心。各自為政各佔山頭不僅沒有共識，也很容易取材狹窄，不知道（或不承認）前人已做的事，很容易反覆重複浪費精力和資源。簡單地否定學院是容易的，但民間團體是否又更客觀而有公信力呢？我想：若有一個學院和民間合辦的以研究香港為主題的研究生會議，可以有助提高水準、建立共識、積累研究成果、培養我們所缺乏的批評家。但在目前的香港，可以辦一個這樣的會議嗎？我想一定要多方面資源和人力的配合，大家明白背後長遠的意義才可以實踐出來。

議程表

12 月 16 日（星期六）

時間	場次	主持人	發表人	題目	講評
09:00 | 09:20	開幕式				
09:20 | 10:00	專題演講	主講人：楊照 講題：那傳說中的豐美地景			
10:05 | 11:05	一	李瑞騰	祁立峰	城市・場所・遊樂園——從駱以軍「育嬰三部曲」觀察其地景描繪的變遷與挪移	施淑
			葉嘉詠	城市・消費・情感 ——論朱天文小說中的香港	劉俊
11:10 | 12:10	二	柯慶明	黃啓峰	集體記憶的書寫——論《溫州街的故事》的時間、空間與敘事	袁勇麟
			馬翊航	細碎偷窺，迂迴摺疊──陳黎書寫花蓮／地方的幾種方法	白靈
12:10 | 13:00	午餐				
13:00 | 14:30	三	陳芳明	何淑華	鍾理和原鄉書寫與認同形構歷程研究──以鍾理和返回原鄉時期的書寫爲對象	應鳳凰
			鍾宜芬	鄉關何處？夢遺美濃——論吳錦發《青春三部曲》	陳明柔
			李孟舜	原鄉的迴響——李昂小說中鹿港經驗的多重特質	范銘如
14:40 | 15:40	四	劉亮雅	羅詩雲	祕密的流浪人──試論李望洋《西行吟草》中的蘭陽鄉戀	廖振富
			周華斌	日治時期鹽分地帶作家的短歌與俳句吟詠──以吳新榮、郭水潭、王登山及王碧蕉的作品爲例	許俊雅
15:40 | 16:00	茶敘				
16:00 | 17:00	五	李奭學	劉紹鈴	生活在「他」方——台灣女性（抒情）散文之空間內外	鄭明娳
			王鈺婷	流亡主體、臺灣語境與女性書寫──以徐鍾珮和鍾梅音五○年代的散文創作爲例	張瑞芬

12 月 17 日（星期日）

時間	場次	主持人	發表人	題目	講評
09:00 │ 10:00	六	胡衍南	許博凱	從新埤到老臺灣——以陳冠學地理書寫爲分析對象	吳明益
			蕭寶鳳	漫遊者的權力：論朱天心小說的歷史書寫、現代文明批判及死亡主題	郝譽翔
10:05 │ 11:05	七	江寶釵	蔡佩均	《風月報》、《南方》白話小說中的都市空間與市民生活	陳建忠
			詹閔旭	罪／醉城——論李永平的《海東青》	黃萬華
11:10 │ 12:10	八	呂正惠	李娜	「美國」與郭松棻的文學／思想旅程——以《論寫作》爲中心的考察	黃錦樹
			李晨	從「伊甸」，到「風塵」——朱天文創作的文學地景轉變	郭強生
12:10 │ 13:00	**午餐**				
13:00 │ 14:30	九	陳信元	陳宗暉	海的方向，海的啓發——從《黑色的翅膀》探勘夏曼・藍波安的近期書寫	向陽
			徐國明	竊竊「私」語 ——析論利格拉樂・阿媽、白茲・牟固那那原住民女性書寫中的空間經驗	陳器文
			林淑慧	身體與國體：呂赫若皇民化文學中對國策／新生之路的思索與追尋	游勝冠
14:30 │ 14:40	**茶敘**				
14:40 │ 16:30	座談會	須文蔚	主　題：地域與文學史書寫的辯證關係 引言人：彭小妍、梁秉鈞、劉俊、袁勇麟		
16:30 │ 17:00	**閉幕式** 頒贈青年文學論文獎 觀察報告◎楊宗翰				

與會者簡介（依場次序）

◆專題演講

楊照　哈佛大學史學博士候選人。現任《新新聞》周報副社長。著有散文集《星星的末裔》、《Café Monday》，小說集《吹薩克斯風的革命者》、《暗巷迷夜》，論述《流離觀點》、《文學、社會與歷史想像——戰後文學史散論》、《爲了詩》、《問題年代》、《十年後的台灣》等。

◆主持人

李瑞騰　中國文化大學中文所博士。現任中央大學中文系教授。著有散文集《有風就要停》，評論《六朝詩學研究》、《晚清文學思想論》、《新詩學》、《老殘夢與愛》、《文學的出路》等，主編《中華現代文學大系（貳）：臺灣一九八九～二〇〇三・評論卷》等多種文選。

柯慶明　台灣大學中文系畢業，美國哈佛大學燕京學社研究員。現任台灣大學教授兼台灣文學所所長。著有散文集《靜思手札》、《昔往的光輝》，評論《一些文學觀點及其考察》、《境界的再生》、《現代中國文學批評述論》等。

陳芳明　台灣大學歷史所碩士。現任政治大學教授兼台灣文學所所長。著有散文集《掌中地圖》、《時間長卷》，傳記《謝雪紅評傳》，評論《探索台灣史觀》、《殖民地台灣：左翼政治運動史論》、《後殖民台灣：文學史論及其周邊》、《殖民地摩登：現代性與台灣史觀》、《孤夜讀書》等。

劉亮雅　美國德州大學奧斯汀分校英美文學博士。現任台灣大學外文系教授兼系主任。著有論述《慾望更衣室》、《情色世紀末：小說、性別、文化、美學》、《後現代與後殖民：解嚴以來台灣小說專論》等。

李奭學　芝加哥大學比較文學博士。現為中研院文哲所副研究員。著有《中西文學因緣》、《中國晚明與歐洲文學》、《書話台灣：1991-2003文學印象》等，譯有《近代西洋文學：新古典主義迄現代》、《閱讀理論》等。

胡衍南　清華大學中文所博士。現任台灣師範大學國文系副教授。著有論述《食、色交歡的文本——〈金瓶梅〉飲食文化與性愛文化研究》，學者訪談錄《人文薪傳：當代知識推手群像》、《知識的推手：面對當代學人心靈》等。

江寶釵　台灣師範大學文學博士。現任中正大學教授兼台文所所長。著有散文集《不只一扇窗》、《四十花開》，論著《嘉義地區古典文學史》、《從民間文學到古小說》、《論《現代文學》女性小說家》、《台灣古典詩面面觀》、《白先勇與當代台灣文學史的構成》等。

呂正惠　東吳大學中國文學博士。現任淡江大學中文系教授兼主任。著有《杜甫與六朝詩人》、《抒情傳統與政治現實》、《小說與社會》、《戰後臺灣文學經驗》、《文學經典與文化認同》、《殖民地的傷痕》，另與大陸學者趙遐秋共同主編《臺灣新文學思潮史綱》。

陳信元　香港大學研究。現任佛光人文社會學院文學所副教授。著作有《出版與文學——見證二十年海峽兩岸文化交流》、《中國現代散文初探》、《從台灣看大陸當代文學》、《新時期散文概論》、《新時期報告文學概論》、《兩岸暨港澳出版事業的發展與整合》等；另有編選集、研究報告三十餘種。

須文蔚　政治大學新聞研究所博士。現任東華大學中文系副教授、東華數位文化中心主任。著有詩集《旅次》，論述《臺灣數位文學論》，編有《臺灣報導文學讀本》（與向陽合編）。

◆講評人

施淑　加拿大英屬哥倫比亞大學亞洲研究系博士班研究。現為淡江大學中文系榮譽教授。與高天生合編有一系列台灣作家選集，著有《中國古典詩學論稿》、《兩岸文學論集》、《中國大陸新時期文學概觀》。

劉俊　南京大學文學博士。現為南京大學中文系教授。著有論述《悲憫情懷——白先勇評傳》、《從台港到海外——跨區域華文文學的多元審視》、《跨界整合——世界華文文學綜論》。編有《跨區域華文女作家精品文庫》。

袁勇麟　蘇州大學文學博士，復旦大學中文博士後。現任福建師範大學傳播學院副院長，文學院博士生導師。出版專著《20 世紀中國雜文史》（下）、《當代漢語散文流變論》，主編參編《20 世紀中國散文讀本》（三卷本）等三十餘種書。

郝譽翔　台灣大學中文所博士。現任東華大學中文系副教授。著有論述《目連戲中庶民文化之研究》、《情慾世紀末——當代台灣女性小說論》，小說集《洗》、《逆旅》、《初戀安妮》、《那年夏天，最寧靜的海》等。

應鳳凰　美國德州大學奧斯汀分校東亞文學系博士。現任成功大學台灣文學系副教授。著有《筆耕的人》、《台灣文學花園》，編有《一九八〇年文學書目》等三冊年度文學書目、《光復後台灣地區文壇大事紀要》、《鍾理和論述》、《台灣文學百年顯影》（合編）等。

陳明柔　東海大學中國文學所博士。現任靜宜大學台灣文學系副教授兼主任。著有論述《我的勞動是寫作——葉石濤傳》、《日據時代臺灣知識分子的思想風格及其文學表現之研究（1920～1937）》、《典範更替／消解與台灣八〇年代小說的感覺結構》等。

范銘如　美國威斯康辛大學東亞文學研究所博士。現任政治大學台文所教授。著有《大頭坎仔的布袋戲》、《像一盒巧克力——當代文學文化評論》、《眾裡尋她——台灣女性小說縱論》，主編「20 世紀名家大賞」系列。

廖振富　台灣師範大學國家文學博士。現任台灣師範大學台灣文化及語言文學所教授。著有論述《櫟社研究新論》等，與施懿琳等人聯合編撰《全臺詩》。發表論文〈日治時期台灣監獄文學探析——以林幼春、蔡惠如、蔣渭水「治警事件」相關作品為例〉、〈與二二八事件相關之台灣古典詩析論〉等。新著《台灣古典文學的時代刻痕：從晚清到二二八》預計 2007 年出版。

許俊雅　台灣師範大學國文所博士。現任台灣師範大學國文系教授。著有《日據時期台灣小說研究》、《台灣文學論——從現代到當代》、《島嶼容顏——台灣文學評論集》、《見樹又見林——文學看臺灣》、《無悶草堂詩餘校釋》等，並編選《日治時期台灣小說選讀》、《翁鬧作品選集》、《楊守愚日記》、《王昶雄全集》、《中國現代文學讀本》等。

鄭明娳　台灣師範大學國文所博士。現任東吳大學中文系教授。著有散文及論述《現代散文欣賞》、《現代散文縱橫論》、《現代散文類型論》、《當代文學氣象》、《現代散文現象論》等近三十本，編有《六十年短篇小說選》、《有情四卷》、《當代台灣政治文學論》《當代台灣都市文學論》等二十餘種。

張瑞芬　東吳大學中國文學博士。現任逢甲大學中文系副教授。著有《未竟的探訪——瞭望文學新版圖》、《五十年來臺灣女性散文・評論篇》、《臺灣當代女性散文史論》，編有《五十年來臺灣女性散文・選文篇》(上)(下)，發表〈張秀亞的散文美學及其文學史意義〉、〈文學兩「鍾」書——徐鍾珮與鍾梅音散文的再評價〉等論文多篇。

吳明益　中央大學中國文學博士。現任國立東華大學中文語文學系助理教授。著有散文《迷蝶誌》、《蝶道》，小說《本日公休》、《虎爺》，論述《以書寫解放自然台灣現代自然書寫的探索》，編寫《台北伊甸園：士林官邸導覽手冊》，主編《臺灣自然寫作選》。

白靈　本名莊祖煌，史帝文斯理工學院化工碩士。現任台北科技大學副教授。著有《後裔》、《大黃河》、《給夢一把梯子》、《一首詩的誕生》、《一首詩的遊戲》、《一首詩的玩法》等多部，主編《新詩二十家》、《中華現代文學大系（二）・詩卷》等。

陳建忠　清華大學中文所博士。現任清華大學台文所助理教授。著有論述《書寫台灣・台灣書寫：賴和的文學與思想研究》、《日據時期台灣作家論：現代性、本土性、殖民性》等，主編，《彰化縣國民中小學台灣文學讀本》。

黃萬華　現任山東大學文學與新聞傳播學院教授。著有論述《中國抗戰時期淪陷區文學史》、《中國與海外：20 世紀漢語文學史論》、《文化轉換中的世界華文文學》、《新馬百年華文小說史》、《中國現當代文學（五四—1960 年代）》、《傳統在海外——中華文化傳統和海外華人文學》、《東北淪陷時期文學史論》等，編有《美國華文文學論》《中國文學藝術社團流派詞典》等。

黃錦樹　清華大學中文所博士。現任暨南國際大學中文系教授。著有小說《夢與豬與黎明》、《由島至島 Dari Pulau Ke Pulau》、《土與火》，論述《馬華文學：內在中國、語言與文學史》、《謊言或真理的技藝：當代中文小說論及》，編有《一水天涯：馬華當代小說選》、《別再提起：馬華當代小說選（1997～2003）》、《原鄉人：族群的故事》、《想像的本邦：現代文學十五論》等。

郭強生　紐約大學戲劇博士。現任東華大學英美系主任及文學創作與英語文學研究所所長。著有《在文學徬徨的年代》、《2003／郭強生》、

《閱讀文化流行閱讀》、《在美國》（中英對照）等書，編有東華創作所文集《偷窺》、《風流》，劇場作品《慾可慾，非常慾》、《慾望街車》、《非關男女》。

向陽　本名林淇瀁。政治大學新聞所博士。現任國立台北教育大學台文所副教授、吳三連史料基金會秘書長。著有詩集《向陽詩選》、《向陽台語詩選》，散文集《日與月相推》，論述《書寫與拼圖：台灣文學傳播現象研究》、《浮世星空新故鄉》等多種。主持「向陽工房」網站（http://hylim.myweb.hinet.net/）。

陳器文　香港大學文學博士。現任中興大學中文系教授兼主任。著有論述《臺灣小說志稿》（收於《重修臺灣省通志卷十藝文志文學篇》）、《中國通俗小說試煉故事探微》、《玄武神話、傳說與信仰》等，發表論文有〈台灣原住民的啟示神話〉、〈原住民的文學的神話靈感試探〉等。

游勝冠　清華大學中文所博士。現任成功大學台文系副教授兼主任。著有論述《台灣文學本土論的興起與發展》、《殖民進步主義與日據時代台灣文學的文化抗爭》等。

◆座談會與談人

彭小妍　哈佛大學比較文學系博士。現任中央研究中國文哲研究所研究員。著有小說《斷掌順娘》、《純真年代》，論述《歷史很多漏洞：從張我軍到李昂》、《海上說情慾：從張資平到劉吶鷗》、《跨越海島的疆界：台灣作家的漂泊與鄉土》等，編有《楊逵全集・小說卷、翻譯卷、戲劇卷》等。

梁秉鈞　筆名也斯。美國加州大學比較文學博士，現為嶺南大學比較文學講座教授、人文及社會科學研究所所長。著有詩集《雷聲與蟬鳴》、《游詩》、《半途》，小說《養龍人師門》《剪紙》、《記憶的城市・虛構的城市》、《布拉格的明信片》，評論《書與城市》、《香港文化拾論》等，合編有《再讀張愛玲》、《香港文學電影編目》、《現代漢詩論集》等。

袁勇麟　同前。

劉俊　同前。

◆觀察報告

楊宗翰　現爲佛光大學文學研究所博士候選人、《當代詩學》主編、玄奘大學中文系兼任講師。著有評論集《台灣現代詩史：批判的閱讀》與《台灣文學的當代視野》、詩合集《畢業紀念冊：植物園六人詩選》。編有「林燿德佚文選」五書、「台灣文學研究叢刊」二書；另與楊松年教授合編《跨國界詩想：世華新詩評析》。

大會組織表

會　　長：王榮文

顧　　問：李瑞騰

總 策 畫：封德屏

執行秘書：邱怡瑄・杜秀卿

工作小組：蔡淑華・吳穎萍・廖于慧・詹宇霈・游文宓・吳思鋒

攝　　影：李昌元

策劃單位：財團法人台灣文學發展基金會

主辦單位：國家台灣文學館、中央研究院文哲所

贊助單位：教育部・行政院新聞局・台北市政府文化局・中華民國婦女聯合會・財團法人賢志文教基金會

協辦單位：國家圖書館・九歌出版社・立緒出版公司・印刻文學生活誌・秀威資訊科技公司・麥田出版公司・財團法人海峽交流基金會・遠流出版公司・爾雅出版社

執行單位：文訊雜誌社

歷屆青年文學會議論文發表名單

◆第一屆青年文學會議

時間：86 年 11 月 9 日

地點：台北市信義路五段二號三樓

震旦國際大樓多功能會議室

主持人：高大威、陳昌明

1.須文蔚／x 世代的現代詩人與現代詩（曾淑美講評）

2.黃　粱／新世代躍登文壇的管道分析（焦桐講評）

3.吳明益／初萌之林──台灣大專院校校園文學獎初探（周慶華講評）

〈座談會〉這一代的青年文學

主持人：陳昌明

引言人：郝譽翔・楊宗翰・薛懷琦・丁威仁・周易正

◆第二屆青年文學會議

時間：87 年 10 月 31 日、11 月 1 日

地點：國家圖書館國際會議廳

主持人：林明德、許悔之、楊昌年、龔鵬程、林水福、李瑞騰

1.范銘如／合縱連橫──五十年代台灣小說（沈謙講評）

2.郝譽翔／論一九八○年前後台灣新生代文學的發展（李豐楙講評）

3.楊宗翰／重構詩史的策略──一個「新世代／青年」讀寫（鄭慧如講評）

4.蕭義玲／九○年代崛起小說家的同志書寫──以邱妙津、洪凌、紀大偉、陳雪為觀察對象（梅家玲講評）

5.胡衍南／當代青年作家出書環境研究（陳雨航講評）

6.鍾怡雯／散亂的拼圖──青年散文作家的創作與出版（柯慶明講評）

7.林淑貞／尋訪文學的翔翼──當前高中國文有關現代文學教材及教法述評（張春榮講評）

8.賴佳琦／文學嘉年華──九○年代台灣地區文藝營暨文學寫作班初探（白靈講評）

9.莊宜文／重組文學星空──從文學獎談新世代小說家的崛起（焦桐講評）

10.須文蔚／網路詩創作的破與立（向陽講評）

〈座談會〉他們都在關心什麼？

主持人：蔡詩萍

引言人：平　路・袁哲生・馬　森・成英姝・紀大偉

◆第三屆青年文學會議

時間：88年11月7、8日

地點：國家圖書館國際會議廳

主持人：焦桐、許悔之、王添源、陳義芝、何寄澎、李瑞騰

1.蔡雅薰／凋零的花菲──六○年代青年作家古錚、王尚義小說探微（范銘如講評）

2.林積萍／《現代文學》青年作家群的歷史意義（江寶釵講評）

3.傅正玲／有心栽花，無心插柳──台灣當代大學文學教育與創作的互動關係（林淑貞講評）

4.丁鳳珍／九○年代青年學生台語文運動與母語文學創作──以「學生台灣語文促進會」刊物《台語學生》為分析主體（林央敏講評）

5.林于弘／解嚴後兩大報文學獎新詩得獎現象觀察（鄭慧如講評）

6.徐國能／版圖的重建──論近兩年之地方性文學獎現象（黃武忠講評）

7.石曉楓／世紀末台灣男性散文中的性別書寫（張堂錡講評）

8.廖淑芳／青春啟蒙與原始場景──論年輕小說家的誕生（蕭義玲講評）

9.須文蔚／文學創作線上出版初探（孟樊講評）

10.許秦蓁／女書店：女有、女治、女享的閱讀烏托邦（劉亮雅講評）

〈座談會〉得獎的滋味

主持人：張啟疆

引言人：郝譽翔、張維中、張惠菁、唐捐、鍾文音

◆第四屆青年文學會議

時間：九十年十二月十五、十六日

地點：國家圖書館國際會議廳

主持人：何寄澎、張雙英、康來新、林政華、李瑞騰

1.吳旻旻／九○年代大陸女性小說的突圍表演（蕭義玲講評）

2.蔡雅薰／新移民的弦歌新唱──九○年代新世代海外女作家小說初探（劉秀美講評）

3.顏健富／「感時憂族」的道德書寫──試論黃錦樹的小說（郝譽翔講評）

4.邱珮萱／九○年代散文中的「原鄉」書寫──以夏曼・藍波安和廖鴻基的海洋散文為例（鍾怡雯講評）

5.林秀蓉／生命與人文得對話／侯文詠醫事寫作析論（王浩威講評）

6.林積萍／九○年代的小說新典律──入選「年度小說選」的六篇佳作（張瑞芬講評）

7.陳巍仁／食譜詩／詩食譜──試論焦桐《完全壯陽食譜》的文類策略（唐捐講評）

8.陳昭吟／隱匿在色彩下的訊息──從幾米的繪本文學談起（吳明益講評）

9.王正良／第七位作者的誕生──以《畢業紀念冊・植物園六人詩選》為基點（陳大為講評）

10.黃清順／高貴靈魂的輓歌──試探邱妙津文學作品中的死亡意識及相關問題（莊宜文講評）

〈座談會〉文學：科技、圖書與消費、閱讀的再思考

主持人：陳信元

引言人：王榮文・向　陽・須文蔚・侯吉諒・陳昭珍

◆第五屆青年文學會議

時間：九十年十一月十五、十六日

地點：國家圖書館國際會議廳

主持人：何寄澎、高大威、王金凌、高柏園、陳啟佑

1.王浩翔／輕舞飛揚的 e 世代小說──由痞子蔡的小說初探網路文學（向陽講評）

2.尹子玉／張惠菁的旅行書寫（許建崑講評）

3.紀俊龍／疏離・末日・預言──試析張惠菁作品中「疏離感」與「預言性質」的關聯（郝

譽翔講評）

4.許劍橋／驚蟄！絕響？──1998第一屆全球華文同志文學獎得獎作品觀察（朱偉誠講評）

5.梁竣瓘／置社會脈動於「度外」，不讓文學創作「留白」──略論新生代作家黃國峻（陳建忠講評）

6.張文豐／尋訪部落・重返原鄉──談原住民小說中的族群認同（浦忠成講評）

7.陳國偉／世界秩序的汰換與重置──駱以軍小說中的華麗知識系譜（張瑞芬講評）

8.陳惠齡／新世代文學中都會愛情小說的顯隱二元閱讀──以王文華《61*57》為例（郭強生講評）

9.黃渼婷／跌落懸崖的龜殼花──《島》、《惡寒》、《人類不宜飛行》中的連通式沉陷計（許琇禎講評）

10.鄭柏彥／視覺書內外緣問題研究（吳明益講評）

11.蕭嘉玲／文學出版中的集團現象──以紫石作坊為例（陳信元講評）

12.簡義明／後書可以轉精嗎？──論新世代自然寫作者的問題意識與困境（焦桐講評）

〈座談會〉開創文學新紀元

主持人：李瑞騰

引言人：張曼娟、李癸雲、唐捐

◆第六屆青年文學會議（一個獨立文本的細部解讀）

時間：九十一年十一月八、九日

地點：國家圖書館國際會議廳

主持人：顏崑陽、陳萬益、陳芳明、渡也、賴芳伶、許俊雅、焦桐、何寄澎

1.王良友／論明華園《界牌關傳說》的劇本美學（蔡欣欣講評）

2.王萬睿／期待母親救贖的凝視──論張惠菁〈哭渦〉的女性書寫策略（簡瑛瑛講評）

3.余欣娟／洛夫〈長恨歌〉的隱喻世界（須文蔚講評）

4.李文卿／走過殖民──論王禎和《玫瑰玫瑰我愛你》戲謔書寫（應鳳凰講評）

5.李欣倫／乳癌隱喻，文學療程──析論西西散文〈血滴子〉（王浩威講評）

6.徐碧霞／站在山林與平地的交界處──論布農族田雅各的小說〈拓拔斯・塔瑪匹瑪〉（陳

建忠講評）

7.張耀仁／在我們灰飛湮滅的羽翼──評析可樂王〈離別無聲〉之圖文諷刺關係（吳明益講評）

8.許秦蓁／再現童年記憶的地理版圖──細讀林文月〈江灣路憶往〉（鄭明娳講評）

9.陳室如／批評的鑑賞／鑑賞的批評──試以《文心雕龍》「六觀」法解讀簡媜《天涯海角》（胡仲權講評）

10.陳雀倩／歷史、性別與認同──〈彩妝血祭〉中的政治論述（劉亮雅講評）

11.陳聖宗／「急凍的瞬間」──論張讓「顯微鏡」兼「望遠鏡」的時空書寫

12.曾馨慧／魂析歸來──論周夢蝶的紅黑一夢（向陽講評）

13.黃淑祺／解讀張愛玲──看〈紅玫瑰與白玫瑰〉之空間與權力（邱貴芬講評）

14.楊佳嫻／這是一個弄錯地圖的故事──談駱以軍〈中正紀念堂〉的空間記憶與歷史隱喻（張啟疆講評）

15.劉乃慈／假作真時真亦假──評蘇偉貞〈日曆日曆掛在牆壁〉

16.蕭嘉玲／雙關的記憶──評簡媜《女兒紅．在密室看海》的女性記憶書寫（張春榮講評）

17.賴奕倫／古都新城──朱天心〈古都〉的空間結構之研究（陳其澎講評）

18.顏俊雄／歸去吧！我的鄉愁──舞鶴《思索阿邦・卡露斯》的文本解讀（張瑞芬講評）

〈座談會〉作家如何看待作品被解讀

主持人：李瑞騰

引言人：駱以軍、可樂王、郝譽翔

◆第七屆青年文學會議（台灣文學的比較研究）

時間：九十二年十一月二十八、二十九日

地點：台北市立圖書館國際會議廳

主持人：李瑞騰、邱坤良、陳芳明、吳文星、何寄澎、高柏園、封德屏

1.徐宗潔／我們是那樣被設定了身世──論駱以軍《月球姓氏》與郝譽翔《逆旅》中的姓名、身世與認同（范銘如講評）

2.楊子霈／殖民／性別／情慾的多音對話──以吳濁流、王昶雄、鍾肇政小說中的台日異國

戀情比較爲例（許琇禎講評）

3.郭素娟／顏艾琳與江文瑜情色詩之比較（李癸雲講評）

4.鍾宜彥／「故鄉四部」版本比較研究（張春榮講評）

5.王蕙萱／髮與性別認同──〈柏拉圖之髮〉與〈薇薇的頭髮〉的分析與比較（劉亮雅講評）

6.彭佳慧／藝術與文學中「閨秀」之比較與探討（吳瑪悧講評）

7.劉慧珠／從〈沙河悲歌〉到〈思慕微微〉──論七等生小說追尋／神話母題的再現與變奏（張恆豪講評）

8.汪俊彥／在學院長大，在表坊說相聲──八○年代賴聲川劇作之風格意識與戲劇場域關係轉變初探（鴻鴻講評）

9.凌性傑／面對海洋的兩種態度──從《海洋遊俠》與《海浪的記憶》談起（鹿憶鹿講評）

10.許家真／口傳文學與作家文學的結合、運用──以布農作家拓拔斯・塔瑪匹瑪及霍斯陸曼・伐伐之作品比較（陳建忠講評）

11.林麗美／乙未文人的離散書寫──以丘逢甲、洪棄生、林癡仙爲討論範圍（翁聖峰講評）

12.蘇益芳／論夏志清在台灣文學批評界的經典化現象（沈謙講評）

13.王文仁／台灣的「日本語文學」初探──從「日本語文學」的定義到語言同化政策問題（林水福講評）

14.潘秀宜／回到出發的所在──陳若曦小說中「鄉土關懷」之文化轉變（黃錦珠講評）

15.林致妤／從《橘子紅了》跨媒體互文現象看現代文學傳播（柯裕棻講評）

16.顧敏耀／仙拚仙，拚死猴齊天──以械鬥爲主題的台灣古典詩文作品比較（廖一瑾講評）

〈專題演講〉科學人觀點：曾志朗

〈座談會〉創作者的幽微與私密情懷

主持人：楊照

引言人：阮慶岳、鍾文音、郝譽翔、駱以軍

◆2004 青年文學會議：文學與社會學術研討會

時間：93 年 12 月 4、5 日

地點：國家台灣文學館

主持人：陳昌明、陳萬益、陳芳明、林明德、張淑麗、游勝冠

1.黃恩慈／誰的傳人？誰的派？──試論王德威的張學與張派（莊宜文講評）

2.伊格言（鄭千慈）／關於一場酷刑的不在場證明──檢視七等生的現代主義，與其作品中的規訓或懲罰（張恆豪講評）

3.蔡明原／上海與台灣──新感覺的兩種實踐：以翁鬧與劉吶鷗的作品為探討對象（陳建忠講評）

4.王靖丰／鄉愁與記憶的修辭：台灣鄉愁詩的轉變（蔡振念講評）

5.曾琮琇／虛擬與親臨──論台灣現代詩中的「異國」書寫（李癸雲講評）

6.邱雅芳／荒廢美的系譜──試探佐藤春夫〈女誡扇綺譚〉與西川滿〈赤崁記〉（向陽講評）

7.徐秀慧／「中國化？台灣化？或是現代化？」──論陳儀政府時期的文化政策（1945/8~1947/2）（應鳳凰講評）

8.陳明成／反攻與反共：關鍵年代的關鍵年份──台灣文壇「一九五六」的再考察（李瑞騰講評）

9.汪俊彥／劇場裡的解嚴臺灣──《戲劇交流道》劇本集的臺灣圖像研究（王友輝講評）

10.尤靜嫻／遊目歐美，遊心臺灣──從林獻堂《環球遊記》看臺灣遲到的現代性（江寶釵講評）

11.鄧慧恩／文化的擺渡──楊逵翻譯作品的社會意義與詮釋（楊翠講評）

12.陳政彥／原住民現代詩中的空間意涵析論（簡政珍講評）

13.曾基瑋／論文字書寫與口傳故事母題及主題之差異──以撒可努〈巴里的紅眼睛〉為例（陳器文講評）

14.蔡依伶／台灣日治時期階級意識的形塑──以《三字集》為例（蔣為文講評）

15.蔡孟娟／當代文學之佛學世應──論東年《地藏菩薩本願寺》（陳益源講評）

〈專題演講〉文學與社會：黃春明

〈座談會〉誰的文學？誰的世代？

主持人：楊佳嫻

引言人：楊照、郝譽翔、高翊峰

◆2005 青年文學會議：異同、影響與轉換文學越界學術研討會

時　間：2005 年 12 月 9、10 日

地　點：國家台灣文學館國際會議廳

主持人：簡政珍、洪銘水、李瑞騰、廖美玉、蔡振念、柯慶明

1.王國安／從《妙繆廟》單飛——試論姚大鈞的《文字具象》與曹志漣《澀柿子的世界》（李順興講評）

2.林芷琪／筆名、都市與性別：論夏宇詩與李格弟歌詞的雙聲辨位（李癸雲講評）

3.曹世耘／《行過洛津》：小說與戲曲《荔鏡記》的互涉書寫（郝譽翔講評）

4.劉淑貞／書寫已死・殘肢重生——以張大春〈預知毀滅紀事〉的宣言為起點（蔣美華講評）

5.李靜玫／「她史」(herstory)的傳記敘事模式——以 90 年代台灣女性口述史文本為例（楊翠講評）

6.陳芷凡／原住民文學數位化的語言觀察——以明日新聞台原住民新生代寫手巴代、乜寇為例（陳徵蔚講評）

7.王慈憶／行動越界與身分演繹（義）／藝——論杜十三跨媒的詩學表現（蕭蕭講評）

8.平怡雲／從《白水》回溯《雷峰塔傳奇》看符號的變異與轉換（石光生講評）

9.王鈺婷／性別越界與民俗禁忌——以《豔光四射歌舞團》為例（劉亮雅講評）

10.李美融／記・憶中的〈咖啡時光〉：科技／影像裡的文學性與歷史性（李振亞講評）

11.梁瓊芳／影像與性別之曖昧——試論台灣新電影男性導演電影文本與女性作家小說文本之異同（李幼新講評）

12.佘佳燕／從跨藝術互文現象考察台灣五、六十年代詩人與畫家對話鎔鑄而成的超現實風潮（蕭瓊瑞講評）

13.張雅惠／「旅人」視線下的外地文學——試論佐藤春夫〈女誡扇綺譚〉帝國主義文本化的過程（向陽講評）

14.張琬琳、林育群／主流文化場域轉移對臺灣文學的影響——二戰前後臺北城南之「地方」文本研究（應鳳凰講評）

〈專題演講〉進入台灣．走出台灣：文學的接受、吸收與擴張：陳芳明

〈座談會〉「理論」重要嗎？談當前台灣文學研究的重大問題

主持人：須文蔚

引言人：蘇其康．陳器文．江寶釵．黎湘萍

文訊
跨越世紀 風雲再起
快速報導文藝資訊◆準確評析文學表現◆深層探索文化問題◆生動描繪文人風貌

2006青年文學會議論文集：台灣作家的地理書寫與文學體驗

作　　者／王鈺婷、白靈、向陽、何淑華、吳明益、李孟舜、李娜、李晨、周華斌、林淑慧、祁立峰、施淑、范銘如、徐國明、袁勇麟、郝譽翔、馬翊航、張瑞芬、梁秉鈞、許俊雅、許博凱、許劍橋、郭強生、陳宗暉、陳明柔、陳建忠、陳器文、游勝冠、黃啟峰、黃萬華、黃錦樹、楊照、葉嘉詠、詹閔旭、廖振富、劉俊、劉紹銓、蔡佩均、鄭明娳、蕭寶鳳、應鳳凰、鍾宜芬、羅詩雲、顧敏耀（依姓氏筆劃序）
發 行 人／吳麗珠・王榮文
共同出版／國家臺灣文學館籌備處・財團法人台灣文學發展基金會
國家臺灣文學館籌備處
地　　址／70041 台南市中西區中正路 1 號
電　　話／06-2217201　　傳　　真／06-2217232
電子信箱／pba@nmtl.gov.tw　網　　址／www.nmtl.gov.tw
財團法人台灣文學發展基金會
地　　址／10048 台北市中正區中山南路 11 號 6 樓
電　　話／02-23946103　　傳　　真／02-23946103
電子信箱／service@wenhsun.com.tw
網　　址／www.wenhsun.com.tw

編輯製作／文訊雜誌社
地　　址／10048 台北市中正區中山南路 11 號 6 樓
電　　話／02-23433143　　網　　址／www.wenhsun.com.tw
主　　編／封德屏　責任編輯／邱怡瑄
封面設計／不倒翁視覺創意工作室・翁國鈞

印　　刷／松霖彩色印刷有限公司
著 作 人／王鈺婷、白靈、向陽、何淑華、吳明益、李孟舜、李娜、李晨、周華斌、林淑慧、祁立峰、施淑、范銘如、徐國明、袁勇麟、郝譽翔、馬翊航、張瑞芬、梁秉鈞、許俊雅、許博凱、許劍橋、郭強生、陳宗暉、陳明柔、陳建忠、陳器文、游勝冠、黃啟峰、黃萬華、黃錦樹、楊照、葉嘉詠、詹閔旭、廖振富、劉俊、劉紹銓、蔡佩均、鄭明娳、蕭寶鳳、應鳳凰、鍾宜芬、羅詩雲、顧敏耀（依姓氏筆劃序）
著作財產權人／國家臺灣文學館籌備處・財團法人台灣文學發展基金會

經銷展售／國家臺灣文學館籌備處　06-2217201 ；文訊雜誌社　02-23433143
國家書坊台視總店　02-25781515 ；五南文化廣場　04-22260330
文建會員工消費合作社　02-23434168
ISBN-13／9789860090369
初版一刷／2007 年 3 月
定 價／新台幣 540 元整

國家圖書館出版品預行編目資料

青年文學會議論文集. 2006：台灣作家的地理書寫與文學體驗／王鈺婷等作. --初版--
臺北市：國家台灣文學館籌備處, 2007【民 96】
面： 公分
ISBN 978-986-00-9036-9（平裝）
1. 臺灣文學 – 論文, 講詞等
850.32207　　96004584